NÃO PISQUE

STEPHEN KING

NÃO PISQUE

TRADUÇÃO
Regiane Winarski

Copyright © 2025 by Stephen King
Publicado mediante acordo com o autor através da The Lotts Agency, Ltd.

Grafia atualizada segundo o Acordo Ortográfico da Língua Portuguesa de 1990, que entrou em vigor no Brasil em 2009.

Título original
Never Flinch

Capa
Will Staehle/ Unusual Corporation

Foto de capa
Paul/ AdobeStock

Preparação
Angélica Andrade

Revisão
Huendel Viana
Valquíria Della Pozza

Dados Internacionais de Catalogação na Publicação (CIP)
(Câmara Brasileira do Livro, SP, Brasil)

King, Stephen
    Não pisque / Stephen King ; tradução Regiane Winarski. — 1ª ed. — Rio de Janeiro : Suma, 2025.

    Título original : Never Flinch.
    ISBN 978-85-5651-259-8

    1. Ficção de suspense 2. Ficção norte-americana
  I. Título.

25-258961	CDD-813

Índice para catálogo sistemático:
1. Ficção de suspense : Literatura norte-americana   813

Cibele Maria Dias – Bibliotecária – CRB-8/9427

Todos os direitos desta edição reservados à
EDITORA SCHWARCZ S.A.
Praça Floriano, 19, sala 3001 — Cinelândia
20031-050 — Rio de Janeiro — RJ
Telefone: (21) 3993-7510
www.companhiadasletras.com.br
www.blogdacompanhia.com.br
facebook.com/editorasuma
instagram.com/editorasuma
x.com/editorasuma

Para Robin Furth, com amor e gratidão por todo o trabalho árduo.

TRIG

1

Março, e o tempo está horrível.

O Círculo Reto se reúne no porão da Igreja Metodista da rua Buell todos os dias de semana, das quatro às cinco da tarde. Tecnicamente é uma reunião dos Narcóticos Anônimos, mas também conta com a presença de muitos alcoólatras. O encontro costuma ficar lotado. O calendário marcou o início da primavera há quase uma semana, mas em Buckeye City, às vezes conhecida como Segundo Erro no Lago, sendo Cleveland o primeiro, a primavera de verdade chega atrasada. Quando a reunião termina, tem um chuvisco fraco caindo. Ao anoitecer, vai ganhar intensidade e virar chuva de granizo.

Uns vinte ou trinta frequentadores se reúnem perto do cinzeiro próximo à entrada e acendem cigarros, porque o consumo de nicotina é um de dois vícios que lhes restam e, depois de uma hora no porão, eles precisam de uma trégua. Outros, a maioria, viram para a direita em direção ao Flame, um café que fica a um quarteirão dali. O café é o outro vício ao qual ainda podem se entregar.

Um homem é parado pelo reverendo Mike, que também frequenta aquela reunião, e muitas outras, regularmente. O reverendo é um viciado em opioide em reabilitação. Nas reuniões (ele vai a duas ou três todos os dias, inclusive aos fins de semana), ele se apresenta dizendo: "Eu amo Deus, mas, fora isso, sou só um viciado qualquer". Isso sempre gera acenos e murmúrios de aprovação, embora alguns dos mais antigos o achem meio cansativo. Eles o chamam de Mike do Livrão por seu hábito de citar (palavra por palavra) longas passagens do manual do AA.

Agora, o reverendo sacode o homem com um vigoroso aperto de mão.

— Não estou acostumado a te ver por aqui, Trig. Você deve morar mais para o norte.

Não é o caso, mas Trig não diz nada. Tem seus motivos para ir aos encontros fora da cidade, onde há pouca chance de ser reconhecido, mas aquele dia era uma emergência: ir a uma reunião ou beber e, depois do primeiro copo, todas as escolhas se evaporariam. Ele sabe disso por experiência própria.

Mike apoia a mão no outro ombro do homem.

— Você pareceu perturbado durante seu relato, Trig.

Trig é um apelido de infância. É como ele se apresenta no começo das reuniões. Mesmo no AA e no NA de fora da cidade, ele raramente fala mais do que a identificação inicial. Em reuniões onde todos falam, em geral ele diz apenas: "Hoje só quero ouvir". Mas, naquela tarde, levantou a mão.

— Eu sou Trig e sou alcoólatra.

— Oi, Trig — respondeu o grupo. Estavam no porão e não na igreja, mas ainda havia um clima de falar e responder como num culto. O Círculo Reto é, de fato, a Igreja dos Fracassados.

— Só quero dizer que estou muito abalado hoje. Não quero falar mais nada, mas tinha que dividir isso. É tudo que tenho para hoje.

Houve murmúrios de "obrigado, Trig", "aguenta firme" e "volte sempre".

Agora, Trig diz ao reverendo que ficou perturbado porque descobriu que tinha perdido alguém que conhecia. O reverendo pede mais detalhes, ou, na verdade, tenta arrancá-los. Mas Trig diz apenas que a pessoa por quem ele está de luto morreu na cadeia.

— Vou rezar por ele — diz o reverendo.

— Obrigado, Mike.

Trig começa a se afastar, mas não na direção do Flame. Ele anda dois quarteirões e sobe a escada da biblioteca pública. Precisa se sentar e pensar sobre o homem que morreu no sábado. Que foi assassinado no sábado. Esfaqueado no sábado, no chuveiro de uma prisão.

Ele encontra uma cadeira vazia na sala de periódicos e pega um exemplar do jornal local, só para ter algo para segurar. Abre-o na página 4, em uma notícia sobre um cachorro localizado por Jerome Robinson, da Agência Achados e Perdidos. Tem uma foto de um jovem negro bonito com o braço em volta de um cão grande, talvez um labrador. A manchete consiste em uma palavra: ENCONTRADO!

Trig dá uma olhada na página, pensativo.

Seu verdadeiro nome saiu no mesmo jornal três anos antes, mas ninguém fez a conexão entre aquele homem e o que frequenta reuniões de grupos de apoio fora da cidade. Mesmo que houvesse (e não havia) uma foto dele junto, por que o fariam? Aquele homem tinha barba meio grisalha e usava lentes de contato. A versão atual tem a barba feita, usa óculos e aparenta ser mais jovem (é o que dá parar de beber). Ele gosta da ideia de ser uma nova pessoa. Mas isso também pesa. É com esse dilema que ele vive. Esse e o que envolve pensar no pai, o que acontece com cada vez mais frequência.

Deixa pra lá, pensa ele. *Esquece.*

É 24 de março. O esquecimento dura só treze dias.

2

No dia 6 de abril, Trig está na mesma cadeira na sala de periódicos, olhando para um artigo no jornal do dia, um domingo. A manchete não apenas fala, mas grita: BUCKEYE BRANDON: DETENTO ASSASSINADO TALVEZ FOSSE INOCENTE! Trig leu o artigo e ouviu o podcast de Buckeye Brandon três vezes. Foi o autoproclamado "foragido das ondas de rádio" que descobriu a notícia, e, de acordo com ele, não havia nenhum "talvez". Será que a história é verdade? Considerando a fonte, Trig acha que sim.

O que você está pensando em fazer é loucura, ele diz para si. E é mesmo.

Se fizer isso, nunca mais vai poder voltar atrás, ele diz para si. Também verdade.

Quando começar, precisa continuar, ele diz para si, a parte mais verdadeira de todas. O mantra do pai: *Você precisa persistir até o mais amargo fim. Sem piscar, sem vacilar, sem desistir.*

E... como seria? Como seria para *ele* fazer algo assim?

Precisa pensar mais um pouco. Não só para ter clareza sobre o que está planejando, mas para dar um tempo entre o que descobriu por cortesia de Buckeye Brandon (e daquele artigo) e os atos, os *horrores*, que ele talvez cometa para evitar que alguém faça a conexão.

Ele se pega lembrando a manchete sobre o jovem que recuperou o cachorro roubado. Era da mais pura simplicidade: ENCONTRADO! Trig só consegue pensar no que perdeu, no que fez e nas compensações necessárias.

UM

1

É abril. No Segundo Erro no Lago, o resto da neve está enfim derretendo.

Izzy Jaynes dá uma batida educada com um dedo na porta do tenente, e entra sem esperar resposta. Lewis Warwick está com a cadeira inclinada para trás, um pé apoiado no canto da mesa e as mãos frouxamente unidas sobre a barriga. Parece estar meditando ou sonhando acordado. E até onde Izzy sabe, está mesmo. Ao vê-la, ele se empertiga e apoia os pés no chão, onde deviam estar.

— Isabelle Jaynes, a craque dos detetives. Bem-vinda à minha toca.

— Às ordens.

Izzy não inveja a sala dele, porque está ciente de toda a merda burocrática que vem junto com ela, acompanhada de um aumento de salário tão ínfimo que é praticamente simbólico. Está feliz com seu humilde cubículo no andar de baixo, onde trabalha com outros sete detetives, inclusive o atual parceiro, Tom Atta. É a cadeira de Warwick que Izzy deseja. O encosto alto, reclinável e ergonômico a torna ideal para meditação.

— O que posso fazer por você, Lewis?

Ele pega um envelope na mesa e entrega para ela.

— Você pode me dar sua opinião sobre isto. Sem compromisso. Fique à vontade para tocar no envelope. Todo mundo, desde o carteiro até a Evelyn lá de baixo e só Deus sabe quem mais, já tocou mesmo. Mas o bilhete talvez precise de coleta de digitais. Dependendo do seu veredito.

O envelope está endereçado em letras de fôrma ao DETETIVE LOUIS WARWICK, COURT PLAZA, 19. Abaixo da cidade, do estado e do CEP, em letras ainda maiores lê-se: CONFIDENCIAL!

— O *meu* veredito? Você é o chefe.

— Não estou passando a bola. O bebê é meu, mas respeito sua opinião.

A ponta do envelope está rasgada. Não tem remetente. Ela desdobra com cuidado a folha de papel dentro dele, segurando-a pelas pontas. A mensagem foi impressa, quase certamente, por computador.

Para: Tenente Louis Warwick
De: Bill Wilson
cc: Chefe Alice Patmore

Acho que deveria existir um corolário para a Regra de Blackstone. Acredito que os INOCENTES deveriam ser punidos pela MORTE desnecessária de outro inocente. Os que causaram tal morte também deveriam ser mortos? Acho que não, porque aí não estariam mais aqui e o sofrimento pelo que fizeram acabaria. Isso é verdade mesmo que tenham agido com a melhor das intenções. Eles precisam pensar no que fizeram. Precisam lamentar. Isso faz sentido para vocês? Faz para mim, e isso basta.

Eu vou matar treze inocentes e um culpado. Assim, os que causaram a morte do inocente vão sofrer.

Isso é um ato de REPARAÇÃO.

Bill Wilson

— Uau — diz Izzy. Ainda tomando cuidado, dobra a carta e a enfia no envelope. — Alguém colocou o chapéu de maluco.

— Realmente. Pesquisei a Regra de Blackstone no Google. Ela diz que…

— Eu sei o que diz.

Warwick apoia o pé na mesa de novo, com as mãos agora entrelaçadas na nuca.

— Elucide.

— É melhor dez homens culpados ficarem livres do que um inocente sofrer.

Lewis assente.

— Agora valendo o prêmio em dobro: de que inocente nosso correspondente do chapéu de maluco pode estar falando?

— Meu palpite é que seja Alan Duffrey. Esfaqueado no mês passado em Big Stone. Morreu na enfermaria. Aquele podcaster, o Buckeye Brandon, botou a boca no trombone e teve um artigo no jornal em seguida. Ambos sobre o cara que confessou ter incriminado Duffrey.

— Cary Tolliver. Apareceu com um câncer agressivo no pâncreas, em estágio final, e quis limpar a consciência. Disse que não queria que Duffrey morresse.

— Então a carta não é de Tolliver.

— Provavelmente não. Ele está no Kiner Memorial agora, piorando bastante.

— Tolliver abrir o jogo foi tipo trancar a porta do celeiro depois que o cavalo foi roubado, você não acha?

— Talvez sim, talvez não. Tolliver alega que confessou em fevereiro, dias depois de receber o diagnóstico terminal. Nada aconteceu. Aí, depois que Duffrey foi morto, ele procurou Buckeye Brandon, também conhecido como o foragido das ondas de rádio. O procurador-assistente diz que é uma baboseira pra chamar a atenção.

— E o que você acha?

— Acho que a alegação de Tolliver faz certo sentido. Ele diz que só queria que Duffrey cumprisse alguns anos. A verdadeira punição seria que ele ficasse fichado.

Izzy entende. Duffrey seria proibido de residir perto de zonas de proteção infantil, como escolas e parques. Proibido de se comunicar por mensagem de texto com menores, exceto os filhos. Proibido de ter revistas pornográficas e de acessar pornografia on-line. Teria que informar qualquer mudança de endereço ao seu policial supervisor. Constar no Registro Nacional de Criminosos Sexuais era uma sentença para a vida.

Se ele tivesse sobrevivido, claro.

Lewis se inclina para a frente.

— Deixando de lado a Regra de Blackstone, que ao menos pra mim não faz muito sentido, precisamos nos preocupar com esse tal Wilson? Isso é uma ameaça ou uma baboseira vazia? O que você acha?

— Posso pensar?

— Claro. Depois. Mas o que seus instintos te dizem agora? Vai ficar nessa sala.

Ela reflete. Poderia perguntar a Lew se a chefe Patmore deu algum pitaco, mas não é assim que Izzy funciona.

— Ele é maluco, mas não está citando a Bíblia nem *Os protocolos dos Sábios de Sião*. Não sofre de Síndrome do Chapéu de Alumínio. Pode ser um trote. Se não for, então é alguém com quem se preocupar. Provavelmente alguém próximo de Duffrey. Eu diria a esposa ou os filhos, mas ele não tinha nada disso.

— Um lobo solitário — diz Lewis. — Allen falou à beça disso no julgamento.

Izzy e Tom conhecem Doug Allen, um dos procuradores do condado de Buckeye. O parceiro de Izzy chama Allen de Hipopótamo Comilão por causa de um jogo com bolinhas de que os filhos de Tom gostam. Ambicioso, em outras palavras. O que também sugere que Tolliver podia estar falando a verdade. Procuradores ambiciosos não gostam de ver sentenças de condenação derrubadas.

— Duffrey não era casado. Mas não tinha parceira ou parceiro?

— Não, e, se era gay, ele estava no armário. Bem *no fundo*. Não há nenhum boato. Ele era gerente de empréstimos no Banco de First Lake City. E estamos *supondo* que é de Duffrey que esse cara está falando, mas, sem um nome específico...

— Pode ser outra pessoa.

— Pode, mas é improvável. Quero que você e Atta falem com Cary Tolliver, supondo que ele ainda esteja na terra dos vivos. Falem com *todos* os colegas de Duffrey, no banco e em outros lugares. Falem com o cara que defende Duffrey. Pegue a lista *dele* de contatos conhecidos. Se ele trabalhou direito, vai saber de todo mundo que Duffrey conhecia.

Izzy sorri.

— Desconfio que você queira uma segunda opinião que concorde com a que você já tem.

— Dê um pouco de crédito a si mesma. Eu queria a opinião de Isabelle Jaynes, a craque dos detetives.

— Se é uma craque dos detetives que você quer, devia chamar Holly Gibney. Eu posso passar o número dela.

Lewis coloca os pés no chão.

— Nós ainda não nos rebaixamos ao nível de terceirizar nossas investigações. Me diz o que *você* acha.

Izzy bate no envelope.

— Eu acho que esse cara pode estar falando sério. "Inocentes deveriam ser punidos pela morte desnecessária de outro inocente"? Pode fazer sentido pra um maluco, mas pra uma pessoa sã? Não mesmo.

Lewis suspira.

— Os perigosos de verdade, desses que são e não são malucos ao mesmo tempo, me dão pesadelos. Timothy McVeigh matou mais de cento e cinquenta pessoas no Edifício Murrah e estava perfeitamente racional. Chamou as criancinhas que morreram na creche de dano colateral. Quem é mais inocente do que um grupo de crianças?

— Então você acha que isso é real.

— *Talvez* seja real. Quero que você e Atta dediquem um tempo a isso. Vejam se conseguem encontrar alguém tão revoltado com a morte de Duffrey...

— Ou alguém que sofreu.

— Claro, isso também. Encontre alguém enlouquecido, nos dois sentidos, a ponto de fazer uma ameaça assim.

— Por que treze inocentes e um culpado? Isso dá um total de catorze ou o culpado é um dos treze?

Lewis balança a cabeça.

— Não faço ideia. Ele pode ter sorteado o número.

— Tem mais uma coisa nessa carta. Você sabe quem foi Bill Wilson, né?

— O nome é familiar, mas por que não seria? Não é um nome tão comum como Joe Smith ou Dick Jones, mas também não é um Zbigniew Brzezinski.

— O Bill Wilson em que pensei foi o fundador do AA. Talvez esse cara frequente o AA e esteja nos dando uma pista disso.

— Tipo querendo ser descoberto?

Izzy dá de ombros como se dissesse "sei lá".

— Vou enviar a carta pra perícia, mesmo sabendo que não vai adiantar nada. Vão dizer que não tem digitais, que é fonte de computador, que é um papel comum.

— Me manda uma foto da carta.

— Pode deixar.

Izzy se levanta para sair.

— Você já se inscreveu no jogo? — pergunta Lewis.

— Que jogo?

— Não se faça de desentendida. O Secos & Molhados, o jogo dos policiais contra os bombeiros. Mês que vem. Eu vou ser o capitão do time da delegacia.

— Ih, nem olhei isso ainda, chefe. — Nem pretende olhar.

— O time dos bombeiros ganhou três vezes seguidas. Vai ser uma partida difícil este ano, depois do que aconteceu na última. Lembra da perna quebrada do Crutchfield?

— Quem é Crutchfield?

— Emil Crutchfield. Patrulheiro, trabalha no lado leste.

— Ah — diz Izzy, pensando: *homens e seus jogos...*

— Você não jogava? Na faculdade?

Izzy ri.

— Jogava. Quando os dinossauros ainda habitavam a Terra.

— Você devia se inscrever. Pensa nisso.

— Vou pensar — diz Izzy.

Mas não vai.

2

Holly Gibney vira o rosto para o sol.

— T.S. Eliot disse que abril é o mês mais cruel, mas não estou achando este tão cruel assim.

— Poesia — diz Izzy, com desdém. — O que você quer?

— Taco de peixe, acho.

— Você *sempre* pede taco de peixe.

— Nem sempre, mas quase. Eu sou uma pessoa de hábitos.

— Ora, ora, que surpresa.

Em pouco tempo, uma delas vai se levantar e entrar na fila do Fabulosos Frutos do Mar do Frank, mas no momento elas ficam em silêncio na mesa ao ar livre, curtindo o calor do sol.

Izzy e Holly nem sempre foram próximas, mas isso mudou depois que se envolveram com dois professores universitários idosos, Rodney e Emily

Harris. Os Harris eram loucos e extremamente perigosos. Seria possível argumentar que Holly ficou com a pior parte por ter de lidar com eles cara a cara, mas foi a detetive Isabelle Jaynes que precisou contatar a maioria dos parentes e entes queridos das vítimas dos Harris. Ela também teve de contar a essas mesmas pessoas o que os Harris tinham feito, o que não foi nada fácil. As duas mulheres carregavam cicatrizes, e quando Izzy ligou para Holly depois que a cobertura dos jornais nacionais e regionais acabou perguntando se ela queria almoçar, Holly aceitou.

"Almoçar" virou uma coisa meio regular, e as duas mulheres formaram um laço cauteloso. No começo, conversavam sobre os Harris, mas isso foi ficando cada vez menos frequente. Izzy falava do trabalho; Holly também. Como Izzy era da polícia e Holly era investigadora particular, as duas tinham áreas de interesse similares, ainda que raramente sobrepostas.

Holly também não tinha desistido completamente da ideia de atrair Izzy para o lado sombrio, principalmente porque seu sócio, Pete Huntley, tinha se aposentado e incumbido Holly da Achados e Perdidos sozinha (com ajudas ocasionais de Jerome e Barbara Robinson). Ela estava se esforçando para dizer a Izzy que a Achados não cuidava de coisas relacionadas a divórcio.

— Espiar pelo buraco da fechadura, rastrear redes sociais. Mensagens de texto e fotos com teleobjetiva. Aff.

Quando Holly tocava no assunto, Izzy sempre dizia que não esqueceria da possiblidade. O que significava, Holly pensava, que Iz cumpriria seus trinta anos na polícia, se aposentaria e iria morar em um apartamento perto do mar no Arizona ou na Flórida. Provavelmente sozinha. Depois de fracassar duas vezes nas apostas de casamento, Izzy dizia que não estava à procura de outro relacionamento, principalmente do estilo matrimônio. Durante um dos almoços, perguntou a Holly como poderia chegar em casa e contar ao marido sobre os restos humanos que havia encontrado na geladeira dos Harris.

— Por favor, eu estou tentando comer — respondera Holly, na ocasião.

Hoje elas estão almoçando no parque Dingley. Como o parque Deerfield, do outro lado da cidade, o Dingley pode ser um ambiente meio sinistro depois que escurece ("uma porra de mercado de drogas", de acordo com Izzy), mas durante a manhã e a tarde é bem agradável, principalmente num dia como aquele. Agora que o tempo quente está chegando, elas podem comer nas mesas ao ar livre não muito longe dos abetos que circundam a antiga pista de patinação.

Holly tomou todas as vacinas possíveis, mas a covid continua matando uma pessoa a cada quatro minutos nos Estados Unidos, e ela não quer se arriscar. Pete Huntley ainda está sofrendo dos efeitos de seu encontro com o vírus, e a mãe de Holly morreu por causa da doença. Por isso ela continua se cuidando, usando máscara em ambientes fechados e carregando um frasco de álcool em gel na bolsa. Mas, mesmo deixando a covid de lado, ela gosta de comer ao ar livre quando o tempo está bom como naquele dia, e está ansiosa pelos tacos de peixe. Dois, com molho tártaro extra.

— Como Jerome está? — pergunta Izzy. — Eu soube que aquele livro sobre o bisavô bandido dele entrou na lista de best-sellers.

— Só por duas semanas — diz Holly —, mas vão poder escrever "best--seller do *New York Times*" na capa, o que vai ajudar com as vendas. — Ela ama Jerome quase tanto quanto ama a irmã dele, Barbara. — Agora que a turnê do livro acabou, ele anda pedindo pra me ajudar na agência. Diz que é pesquisa, que seu próximo livro vai ser sobre um detetive particular. — Ela faz uma careta para mostrar que o termo não lhe agrada.

— E Barbara?

— Vai pra Bell, aqui na cidade. Pra estudar língua inglesa, claro. — Holly fala isso com o que acredita ser um orgulho justificável. Os dois irmãos Robinson são autores publicados. O livro de poemas de Barbara, pelo qual ela ganhou o prêmio Penley, que não é coisa pouca, foi publicado em há uns dois anos.

— Então seus filhos estão bem.

Holly não protesta. Apesar de o sr. e a sra. Robinson estarem vivos e bem de saúde, Barb e Jerome meio que são filhos dela. Os três já passaram pelas trincheiras juntos. Brady Hartsfield, Morris Bellamy, Chet Ondowsky... os Harris. Todos foram guerras de verdade.

Holly pergunta o que há de novo no Mundo Azul. Izzy olha para ela pensativa e pergunta:

— Posso mostrar uma coisa no meu celular?

— É pornografia? — Izzy é uma das poucas pessoas com quem Holly se sente à vontade para brincar.

— De certa forma, acho que é.

— Agora eu fiquei curiosa.

Izzy pega o celular.

— Lewis Warwick recebeu essa carta. A chefe Patmore também. Dá uma olhada.

Ela passa o telefone para Holly, que lê o bilhete.

— Bill Wilson. Hm. Você sabe quem é?

— O fundador do AA. Lew me chamou na sala dele e pediu a minha opinião. Eu falei que preferia pecar pelo exagero de cautela. O que você acha, Holly?

— A Regra de Blackstone. Que diz...

— Que é melhor dez culpados ficarem livres do que um inocente sofrer. Blackstone foi advogado. Eu sei porque fiz o básico da faculdade de direito em Bucknell. Você acha que esse cara pode ser do direito também?

— Acho que não é uma boa dedução — diz Holly com certa gentileza. — Nunca fiz uma matéria de direito na vida e sabia disso. Eu colocaria na categoria de conhecimento comum.

— Você é uma esponja de informações — diz Izzy —, mas eu entendi. De primeira, Lew Warwick achou que era da Bíblia.

Holly lê a carta de novo. Ela diz:

— Acho que o homem que escreveu isso pode ser religioso. O AA fala muito de Deus... "relaxe e deixe nas mãos de Deus" é um dos ditados deles. E o codinome, além dessa coisa sobre reparação... É um conceito muito católico.

— Isso reduz as possibilidades pra, eu diria, meio milhão — comenta Izzy. — Grande ajuda, Gibney.

— Palpite extremo: essa pessoa pode estar com raiva por causa de Alan Duffrey?

Izzy junta as palmas das mãos num aplauso silencioso.

— Se bem que ele não menciona especificamente...

— Eu sei, eu sei, nosso sr. Wilson não dá nenhum nome, mas parece o mais provável. Um pedófilo morto na prisão, e aí surge a notícia de que ele não era pedófilo coisa nenhuma. O timing meio que encaixa. Vou pagar seus tacos de presente.

— É a sua vez mesmo — diz Holly. — Me relembra do caso Duffrey. Você pode fazer isso?

— Claro. Só promete que não vai roubar de mim e descobrir quem é Bill Wilson sozinha.

— Prometo. — Holly está falando sério, mas se interessou. Esse é o tipo de coisa que ela nasceu para fazer, e que já a levou a caminhos estranhos. O único problema com o fluxo de trabalho diário dela é que envolve mais formulários e conversas com agentes de fianças do que casos solucionados.

— Pra resumir, Alan Duffrey foi o gerente de empréstimos do Banco de First Lake City, mas até 2022 ele era só mais um funcionário do departamento que trabalhava num cubículo. É um banco muito grande.

— Sim — fala Holly. — Eu sei. É o meu banco.

— Também é o banco do Departamento de Polícia, e de várias outras corporações da região, mas isso não importa. O gerente se aposentou e dois homens estavam competindo pela vaga, que representava um belo aumento no salário. Alan Duffrey era um. Cary Tolliver era o outro. Duffrey conseguiu a vaga e Tolliver o fez ir preso por pornografia infantil.

— Parece uma retaliação severa demais — aponta Holly, e parece surpresa quando Izzy cai na gargalhada. — O quê? Que foi?

— É só… o seu jeito, Holly. Não vou dizer que é o que eu amo em você, mas pode ser que eu passe a amar com o tempo.

Holly segue confusa.

Izzy se inclina para a frente, ainda sorrindo.

— Você é uma fera da dedução, Hols, mas às vezes meio que esquece o que pode motivar um crime, principalmente para criminosos com parafusos soltos por raiva, ressentimento, paranoia, insegurança, inveja e sei lá mais o quê. Havia um motivo monetário para o que Cary Tolliver diz que fez, claro, mas tenho certeza de que houve outros fatores envolvidos.

— Ele se manifestou depois que Duffrey foi morto, né? — lembra Holly. — Foi falar com aquele podcaster que vive chafurdando na lama.

— Ele alega que confessou *antes* de Duffrey ser morto. Em fevereiro, depois de receber um diagnóstico de câncer terminal. Escreveu uma carta para a promotoria que, segundo ele, foi engavetada. Então ele foi falar com Buckeye Brandon.

— Esse pode ser seu motivo de reparação.

— Não foi ele que escreveu isso — diz Izzy, batendo na tela do telefone. — Cary Tolliver vai morrer a qualquer momento. Tom e eu vamos falar com ele hoje à tarde. Então é melhor eu ir buscar nosso almoço.

— Molho tártaro extra pra mim — diz Holly quando Izzy se levanta.

— Holly, você não muda.

Holly olha para ela, uma mulher pequena com cabelo grisalho e um sorriso leve.

— É o meu superpoder.

3

Na mesma tarde, Holly está no escritório preenchendo formulários do seguro. Reconhece a inutilidade de odiar grandes empresas de seguro, mas ainda assim elas estão em sua Lista de Merdas, e ela *abomina* as propagandas de tv. É difícil odiar Flo, a moça da Progressive — e não só porque Jerome Robinson disse que "ela é meio parecida com você, Holly!" uma vez —, mas é bem fácil odiar Doug e aquele LiMu Emu idiota, ou o Homem do Caos da Allstate. Ela detestava o Pato Aflac, que felizmente foi aposentado, assim como o Homem das Cavernas da Geico (embora não seja impossível que ambos acabem voltando). Como investigadora que já trabalhou com avaliadores de muitas daquelas companhias, ela sabe o segredo: a diversão termina quando uma solicitação, principalmente uma grande, é acionada na empresa.

Os formulários daquela tarde são da Global Seguros, cujo mascote é Buster, o Burro Falante, com sua risada aguda irritante. Buster está em todos os formulários, sorrindo para ela com os dentes grandes e meio insolentes. Holly odeia os formulários, mas fica feliz de saber que, naquele caso, o Burro Falante da Global em breve vai reembolsar o valor do cofre de joias roubadas numa invasão de domicílio. São sessenta ou setenta mil dólares, menos os impostos. A não ser que ela consiga encontrar as pedras desaparecidas, claro.

— O burro está atrás de quem hoje? — pergunta Holly para o escritório vazio, e precisa dar uma gargalhada.

Seu telefone toca, não o do trabalho, mas o pessoal. Ela vê o rosto de Barbara Robinson na tela.

— Oi, Barbara. Como você está?

— Ótima! Eu estou ótima! — E parece mesmo, praticamente explodindo de empolgação. — Tenho uma notícia maravilhosa!

— Seu livro está na lista de best-sellers? — Seria uma ótima novidade mesmo. O livro do irmão dela chegou à décima primeira posição da lista do *Times*. Não alcançou os dez primeiros, mas não foi ruim.

Barbara ri.

— Com exceção dos da Amanda Gorman, nenhum livro de poesia consegue. Vou ter que me contentar com quatro estrelas no Goodreads. — Ela faz uma pausa. — *Quase* quatro.

Holly pensa que o livro da amiga deveria ter *cinco* estrelas no Goodreads. *Ela* deu cinco. Duas vezes.

— Então qual é a novidade, Barb?

— Eu fui a décima nona pessoa a ligar pra k-pop hoje de manhã e ganhei dois ingressos pra ver Sista Bessie! Ainda nem anunciaram!

— Não sei quem é essa — diz Holly, mas sente que está *quase* lá. Provavelmente saberia se sua cabeça não estivesse cheia com as perguntas do seguro, todas fazendo a balança pender sutilmente a favor da empresa. — Lembra que estou ficando velha. Meu conhecimento e apreciação de música popular acabou em Hall e Oates. Eu sempre gostei daquele loiro.

Além disso, ela não tem nenhum interesse em rap nem em hip-hop. Acha que talvez gostasse se seus ouvidos fossem mais jovens e apurados (ela não entende muitas das rimas) e se estivesse mais sintonizada com as serenatas sobre a vida nas ruas dos artistas que Barbara e Jerome escutam, pessoas com nomes exóticos como Pos' Top, Lil Durk e, o favorito de Holly, apesar de ela não fazer a menor ideia de qual seja o assunto dos raps dele, YoungBoy Never Broke Again.

— Você *devia* saber, ela é da sua época, Holly.

Ai, pensa Holly.

— Cantora de soul?

— É! E de gospel também.

— Beleza, eu sei, sim — diz Holly. — Ela não fez cover de uma música do Al Green? "Let's Stay Together"?

— Fez! Foi um *sucesso*! Eu canto essa no karaokê. Cantei ao vivo no Spring Hop quando estava no terceiro ano.

— Eu cresci ouvindo a Q102 — comenta Holly. — Tocava muitos roqueiros de Ohio, tipo Devo, Chrissie Hynde e Michael Stanley, mas eram brancos. Não tinha muita música negra na Q, mas aquela versão... Eu me lembro dela.

— A Sista Bessie vai começar a turnê de *comeback* aqui! No Auditório Mingo! São dois shows, e estão esgotados, mas eu tenho dois ingressos e... *credenciais de bastidores!* Vai comigo, Holly, por favor, diz que vai. — Puxando o saco agora: — Ela canta música gospel também, e eu sei que você gosta.

Holly gosta mesmo. É muito fã dos Blind Boys of Alabama e dos Staple Singers, principalmente Mavis Staples, e, apesar de não se lembrar direito de Sista Bessie, nem da maior parte da música da última década do século XX, ela ama o velho soul dos anos 1960, de artistas como Sam Cooke e Jackie Wilson. Wilson Pickett também. Até tentou ir a um show de Wilson Pickett uma vez, mas sua mãe a proibiu. E agora que Mavis Staples passou pela cabeça dela...

— Ela se chamava Little Sister Bessie nos anos 1980. Eu ouvia a WGRI na época. Era uma estação AM pequena, saía do ar ao anoitecer. Tocava música gospel. — Mas Holly só ouvia a GRI quando a mãe não estava em casa, porque muitos daqueles grupos, como BeBe & CeCe Winans, eram negros. — Eu lembro da Little Sister Bessie cantando "Sit Down, Servant".

— Devia ser ela, sim, antes de ter ficado famosa. O único disco que ela gravou desde que se aposentou foi todo gospel: *Lord, Take My Hand*. Minha mãe ouve muito, mas eu gosto das outras coisas. Diz que vai comigo, Holly. Por favor. É o primeiro show, a gente vai se divertir muito.

Holly associa o Auditório Mungo a coisas ruins, que têm a ver com um monstro chamado Brady Hartsfield. Barbara estava lá, mas não foi ela que bateu em Brady. Quem fez isso foi a própria Holly. Com ou sem coisas ruins, ela não consegue dizer não para Barbara. Nem para Jerome, na verdade. Se Barb dissesse que tinha dois ingressos para ver a YoungBoy NBA, ela teria aceitado (provavelmente).

— Quando é?

— Mês que vem. No dia 31 de maio. Tem tempo pra você cancelar outros planos.

— Começa tarde? — Holly odeia voltar tarde para casa.

— Não, nem um pouco! — Barbara ainda está vibrando, toda feliz, o que alegra consideravelmente o dia de Holly. — Começa às sete, acho que acaba lá pelas nove, nove e meia no máximo. Sista não deve querer ficar acordada até tarde, ela é velha, já deve ter uns sessenta e cinco.

Holly, que já não acha sessenta e cinco anos exatamente velha, não comenta nada.

— Você vai?

— Você vai aprender "Sit Down, Servant" pra cantar comigo?

— Vou. Claro que vou! E ela tem uma banda soul ótima. — A voz de Barbara se reduz a quase um sussurro. — Alguns deles são do *Muscle Shoals*!

Holly não sabe a diferença entre *Muscle Shoals* e Mr. Músculo, mas tudo bem. Ela ainda quer fazer Barbara se esforçar um pouco antes de concordar.

— Você também vai cantar "Let's Stay Together"?

— Vou! Se você for, vou cantar como louca!

— Então tudo bem. Está combinado.

— Oba! Eu passo aí pra te buscar. Estou de carro novo, comprei com o dinheiro do prêmio Penley. Um Prius, igual ao seu!

Elas conversam mais um pouco. Barbara conta que quase não vê Jerome desde que ele voltou da turnê. Ele está sempre fazendo pesquisas para o novo livro ou no escritório da Achados e Perdidos.

— Eu também não o vi nos últimos dias — diz Holly —, e quando vi ele estava meio emburrado.

Antes de encerrar a ligação, Barbara diz (sem disfarçar a satisfação):

— Ele vai ficar ainda mais emburrado quando souber que vamos ver Sista Bessie. Obrigada, Holly! De verdade! A gente vai se divertir muito!

— Espero que sim — diz Holly. Então acrescenta: — Não esquece que você prometeu cantar pra mim. Você tem uma ótima v...

Mas Barbara já desligou.

4

Izzy e Tom Atta pegam o elevador para o quarto andar do Kiner Memorial. Quando saem, setas na parede apontam a Cardiologia (direita) e a Oncologia (esquerda). Eles viram para a esquerda. Na estação de enfermagem, mostram os distintivos e perguntam qual é o quarto de Cary Tolliver. Izzy fica interessada ao ver a expressão de desprazer no rosto da enfermeira responsável, um movimento para baixo nos cantos da boca que aparece e some rapidamente.

— O quarto dele é o 419, mas vocês devem encontrá-lo no solário, pegando sol e lendo um daqueles livros de mistério de que ele gosta.

Tom não mede as palavras.

— Ouvi falar que o câncer no pâncreas é um dos piores. Quanto tempo você acha que ele tem?

A enfermeira, uma veterana que ainda usa raiom branco dos pés à cabeça, se inclina para a frente e responde em voz baixa.

— O médico diz que é coisa de semanas. Eu chutaria duas, talvez menos. Ele já teria sido enviado pra casa se não fosse a cobertura do plano, que deve ser bem melhor do que o meu. Ele vai entrar em coma, e aí é bom dia, boa tarde e boa noite.

Izzy, ciente da implicância de Holly Gibney com seguradoras:

— Estou surpresa de a empresa não ter dado um jeito de pular fora. Afinal, ele *incriminou* um homem que foi assassinado na prisão. Você sabia disso?

— Claro que sei — diz a enfermeira. — Ele se gaba do quanto está *arrependido*. Viu um *pastor*. Pra mim, são lágrimas de crocodilo!

— O promotor recusou o processo, diz que Tolliver é cheio de lenga-lenga, aí ele se livra e a seguradora do plano fica com a conta — observa Tom.

A enfermeira revira os olhos.

— Ele é cheio de alguma coisa, sim. Tentem achá-lo no solário primeiro.

Enquanto eles andam pelo corredor, Izzy pensa que, se existir uma vida após a morte, Alan Duffrey talvez esteja lá esperando seu antigo colega Cary Tolliver.

— E ele vai querer trocar umas palavrinhas.

Tom olha para ela.

— O quê?

— Nada.

5

Holly puxa o último formulário da Global Seguros para sua frente, suspira, pega a caneta; os documentos precisam ser preenchidos à mão se ela quer alguma chance de encontrar as quinquilharias que faltam, só Deus sabe por quê. Mas ela bota a caneta de lado. Pega o celular e olha para a carta de Bill Wilson, quem quer que ele seja de verdade. O caso não é de Holly, e ela nunca o roubaria de Isabelle, mas sente as luzinhas se acendendo mesmo assim. Em geral, seu trabalho é tedioso, cheio de papelada, e ultimamente os casos bons e envolventes andam escassos, então ela fica interessada. Tem outra coisa também, ainda mais importante. Quando sua luz interior se acende… ela ama a sensação. Adora.

— Isso não é da minha conta. Sapateiro, foca na tua bigorna.

Um dos ditados do pai. Sua mãe, Charlotte, tinha mil aforismos, seu pai apenas alguns… mas Holly se lembra de todos. O que é uma bigorna de sapateiro, afinal? Ela não sabe e ignora a vontade de procurar. Sabe qual é a bigorna *dela*: preencher aquele último formulário, depois verificar casas de penhores e gatunos em busca de joias roubadas de uma viúva rica em Sugar Heights. Se encontrar essas joias, vai ganhar um bônus de Buster, o Burro Falante. *Que ele provavelmente vai tirar da bunda*, pensa ela. *Com muita relutância.*

Ela suspira e pega a caneta, então coloca-a de lado e escreve um e-mail.

Iz,

Você já deve saber isso, é bem óbvio, mas o cara que está procurando é inteligente. Ele mencionou a Regra de Blackstone, algo que um homem sem estudo não conheceria. "Acredito que os INOCENTES deveriam ser punidos pela MORTE desnecessária de outro inocente" pode ser uma ideia meio doida, mas precisamos admitir que é uma bela frase. Equilibrada. Toda a pontuação dele é perfeita. Repare no uso de dois pontos no cabeçalho e no CC para a chefe Patmore. Antigamente, quando eu cuidava de correspondência empresarial, isso significava "cópia de carbono". Agora, só significa "com cópia para", e costuma ser usado em negócios. Sugere que seu Bill Wilson pode ser um sujeito de colarinho-branco.

E quanto ao nome, Bill Wilson. Não acho que ele o tenha tirado da cartola. (Supondo que seja um homem.) Não é impossível que tenha conhecido o detento assassinado, Alan Duffrey, no AA ou no NA. (Também supondo que seja sobre Duffrey que o autor da carta fala.) Talvez você consiga conversar com alguém que frequenta esses encontros. Se não, tenho uma fonte que está no NA e fala abertamente disso. É um barman (sim, isso mesmo) que está há seis anos sóbrio e limpo. Ele, ou outra pessoa com quem você converse, talvez consiga identificar alguém preciso e desenvolto. Alguém que talvez tenha mencionado, numa reunião, algo sobre Duffrey ou "aquele cara que foi esfaqueado na prisão". O anonimato do AA e do NA torna isso um tiro no escuro, mas TALVEZ seja possível localizar o cara dessa forma. A chance é pequena, eu sei, mas é uma linha de investigação.

Holly

Ela bota o cursor sobre o botão de enviar, mas acaba acrescentando algumas linhas.

PS! Reparou que ele digitou o primeiro nome de Lewis Warwick errado? Se você pegar alguém que acha que pode ser o cara, não peça para escrever o próprio nome. Repito, esse homem não é burro. Peça que escreva algo do tipo "Eu nunca gostei de Lewis Black". Veja se ele escreve Louis. Você já deve saber disso tudo, mas estou aqui sentada sem nada para fazer.

H

Ela relê tudo e acrescenta "PPS! Lewis Black era um comediante". Depois reflete e conclui que Izzy pode achar que *Holly* pensa que Izzy é burra ou inculta. Então apaga e pensa *Mas pode ser que ela não saiba mesmo quem é Lewis Black*, e bota a linha de volta. Esse tipo de coisa a tortura.

Bill Hodges, que fundou a Achados e Perdidos, uma vez disse a Holly que ela tinha empatia demais com as pessoas, e quando Holly respondeu: "Você fala isso como se fosse uma coisa ruim", Bill disse: "Nesse ramo, pode ser".

Ela envia o e-mail e diz a si mesma para sair do buracovsky (esse é Charlotte Gibney todinha) e começar a procurar as joias desaparecidas. Mas ela fica onde está por mais um tempo. Porque algo que Izzy disse a está incomodando.

— Não, não Izzy. *Barbara.*

Holly entende de computadores, foi assim que ela e Jerome se aproximaram, mas é antiquada quanto aos compromissos, e tem uma agenda na bolsa. Ela a procura e folheia até chegar ao fim de maio. Lá, escreveu: *Kate McKay, AM 20h. Talvez?.* AM é Auditório Mingo.

Holly vai ao cinema com frequência desde que a covid arrefeceu (sempre de máscara se o local estiver com metade da plateia ocupada ou mais), mas raramente vai a palestras e shows. Apesar disso, pensou em ir à palestra de McKay. Isso se não precisasse esperar muito tempo na fila, e supondo que conseguisse entrar. Holly não concorda com tudo que McKay defende, mas quando ela fala de abuso sexual de mulheres, Holly Gibney está com ela. Também sofreu abuso sexual quando jovem e conhece poucas mulheres, inclusive Izzy Jaynes, que não sofreram, de uma forma ou de outra. Além disso, Kate McKay tem o que Holly interpreta como *manha*. Por nunca ter sido alguém com manha, Holly aprova. Acha que teve quando o assunto foram os Harris, mas isso foi mais questão de sobrevivência. E sorte.

Ela decide que vai resolver o mistério do agendamento duplo depois. Como ainda tem a tendência de se culpar pelas coisas, acha que pode ter anotado a data errado. De qualquer modo, parece que é seu destino estar no Auditório Mingo na noite de sábado, 31 de maio, e por mais que admire a manha de Kate McKay, no geral prefere estar com Barbara.

— As joias — diz, levantando-se. — Preciso encontrar as joias. — Os formulários da Global Seguros podem esperar até mais tarde.

6

Izzy tem uma noção de como o gerente de empréstimos do Banco de First Lake City deve ser, talvez por causa de algum folheto que recebeu pelo correio ou algum programa de televisão. Meio gorducho, mas bem-arrumado, com um belo terno, perfume (não muito) e sorriso agradável, pronto para perguntar: "De quanto você precisa?".

Cary Tolliver não é esse homem.

Ela e Tom o encontram cochilando na sala de estar do quarto andar com um exemplar de um livro de mistério chamado *Toxic Prey* sobre o peito.

Em vez de um terno de três peças, está usando uma camisola de hospital surrada por cima de um pijama amassado com carinhas da Hello Kitty. As bochechas fundas exibem uma barba grisalha por fazer. O cabelo está meio comprido e meio calvo. Placas de eczema amarelado cobrem as partes carecas. A pele do rosto que não está coberta pela barba rala é tão branca que é quase verde. O corpo está esquelético, exceto pelo volume da barriga, que é enorme. *Como um cogumelo pronto para produzir esporos*, pensa Izzy. De um lado dele, há uma cadeira de rodas, e do outro um suporte de soro. Quando se aproximam, Izzy percebe que Tolliver não está com um cheiro bom. Não, isso não é bem verdade. Ele está fedendo mesmo.

Sem combinar, eles se separam, Tom ao lado da cadeira de rodas e Izzy ao lado do suporte de soro que pinga, pinga, pinga um líquido transparente que entra pelas costas da mão de Tolliver.

— Acorda, Cary — diz Tom. — Acorda, bela adormecida.

Tolliver abre os olhos, que estão vermelhos e cheios de secreção. Ele olha de Tom Atta para Izzy, e então para Tom de novo.

— Polícia — diz. — Já falei tudo que sabia pra aquele procurador. Escrevi uma carta. O filho da puta engavetou. Sinto muito que Duffrey tenha morrido. Não era pra isso ter acontecido. Não tenho mais nada a dizer.

— Bom, talvez um pouco mais — diz Tom. — Mostra a carta pra ele, Iz.

Ela pega o celular para entregá-lo. Tolliver faz que não.

— Eu não consigo pegar. Estou muito fraco. Por que vocês não me deixam morrer em paz?

— Se você consegue segurar esse livro aí, consegue segurar isto. Lê — ordena Izzy.

Tolliver pega o celular e o segura perto do nariz. Lê a carta de Bill Wilson e devolve o aparelho.

— E daí? Vocês acham que pra esse cara eu sou o culpado? Tudo bem. Apesar de eu ter tentado voltar atrás, tudo bem. Ele que venha me matar. Estaria me fazendo um favor.

Izzy não pensou que "Bill Wilson" podia considerar Tolliver a pessoa culpada… embora aposte que Holly, sim. Ela diz:

— Nós queremos a sua ajuda. Bill Wilson é um codinome, é quase certeza. Você sabe quem poderia ter escrito isso? Quem era próximo o bastante de Alan Duffrey pra fazer uma ameaça assim?

29

— Talvez a carta seja conversa fiada, mas, se não for, você pode salvar algumas vidas.

— Eu não sou nenhum tarado por crianças — retruca Tolliver, e Izzy percebe que ele está drogado até a raiz dos cabelos. — Falei isso para os outros policiais. E o promotor, aquele fodido. As coisas que encontraram no meu computador, eu só salvei pra que acreditassem em mim. Deletei e puxei de volta quando fiquei doente. São cópias da maioria das coisas que eu mandei para o Duff. — Quando ele diz *o Duff*, ergue o lábio superior numa careta que parece de cachorro, e Izzy nota que ele perdeu alguns dentes. Os que restam estão ficando pretos. Ele está *mesmo* fedendo: *eau de mijo, eau de merde* e *eau de mort*. Ela mal pode esperar para ir embora e respirar ar puro.

— Além daquelas merdas no computador, ele tinha revistas — conta Tom. — Eu conversei com Allen e li o arquivo no caminho pra cá. Uma delas se chamava *Orgulho e Alegria do Tio Bill*. É nojento o bastante pra você?

— Se foi você… — começa Izzy.

— Fui eu, e aquele merda do Allen sabe disso. Mandei uma carta pra ele em fevereiro, depois de receber meu diagnóstico. Expliquei tudo. Contei coisas que não saíram nos jornais. Ele engavetou. Duffrey devia estar solto. *Allen* é o culpado.

— *Se* foi você — repete Izzy —, a gente não quer saber como você fez. A gente quer saber quem pode ter escrito essa carta.

Tolliver não olha para ela. Mantém os olhos fixos em Tom. Izzy não se surpreende; quando trabalha com um parceiro homem, os homens com quem conversam costumam ignorá-la. As mulheres também.

— Eu comprei as revistas na deep web — explica Tolliver. — Entrei na casa dele pelo porão, que estava destrancado, e guardei atrás da fornalha.

— Conta pra gente quem era próximo de Duffrey — diz Izzy. — Quem poderia estar tão puto que faria…

Tolliver continua a ignorá-la. É com Tom Atta que está falando, e se exaltando.

— Você quer saber como eu botei as coisas no computador dele? Expliquei tudo para o Allen, mas aquele cuzão não deu a mínima. Depois que eu fiz as pazes com a ideia de morrer, ou mais ou menos isso, tanto quanto dá pra fazer, contei pra Buckeye Brandon. *Ele*, sim, ouviu. Eu mandei um aviso para o Duffrey fingindo que era dos correios. Pacote extraviado. Todo mundo sabe que isso é *phishing*, até *velhinhas* sabem que é *phishing*, mas aquele cabeça de vento, que supostamente era tão inteligente que podia ser gerente de empréstimos mas na verdade tinha a inteligência de uma porta, clicou no link. A partir daí, ele estava nas minhas mãos. Mandei um arquivo zip no meio do arquivo do imposto. Mas eu não tinha a intenção de que ele morresse. Foi por isso que me manifestei.

— Não foi porque você descobriu que estava morrendo? — Apesar de não ser por isso que eles estão ali, Iz não consegue se segurar.

— Bom… claro. Teve a ver com isso, sim. — Ele a olha brevemente, mas então volta a atenção para Tom. — Uma parte da culpa tem que ser do cara que deu as facadas, né? Eu só queria que ele estivesse no Registro quando saísse. A promoção devia ter sido minha. Devia ter sido minha e ele roubou. — Inacreditavelmente, Tolliver começa a chorar.

— Pensa — diz Izzy. Ela pensa em bater no ombro magro de Tolliver para redirecionar a atenção dele, mas não consegue tocar o homem. O fedor faz seu estômago se contrair. — Pessoas conhecidas. Ajuda a gente, e deixamos você em paz.

— Falem com Pete Young, do departamento de empréstimos. E Claire Rademacher, a chefe dos caixas. Ele era amiguinho dos dois. Ou Kendall Dingley, o gerente de filial. — Aquele movimento do lábio superior, parecendo um cachorro. — Kendall é burro como uma porta, só conseguiu a vaga de gerente porque o avô dele fundou o banco e o tio gerencia o departamento de incêndios. Tem um parque com o nome do velho Hiram Dingley, sabe. Eu devia ter mandado umas fotos de crianças pra Kendall também, todo mundo teria achado que o Duff e o Dingo estavam juntos nisso, mas não fiz isso porque eu sou bonzinho. Sei que vocês não acreditam, mas, no coração, sou um cidadão de bem. Duff mamava o Dingo o tempo todo. Por isso que ganhou a promoção.

Izzy está anotando os nomes.

— Mais alguém?

— Talvez ele tivesse amigos onde mora, mas eu não saberia dizer… — Ele faz uma careta e levanta a pança grávida. Solta um estrondo flatulento e, quando o cheiro alcança Izzy, ela pensa que aquilo seria capaz de provocar bolhas na tintura da parede.

— Meu Deus, que dor. Preciso voltar pro quarto. A bomba de morfina já deve ter reiniciado. Empurrem minha cadeira, por gentileza.

Tom se inclina para perto do fedor e fala, em voz baixa:

— Eu nem sequer mijaria em você se estivesse pegando fogo, Cary. Se você estiver falando a verdade, mandou um homem inocente pra prisão, e ele foi esfaqueado e morreu em um dia. Você acha que está sofrendo? *Ele* sofreu e não mereceu. Eu daria um soco nessa sua barriga grotesca se isso não fosse fazer você peidar mais.

— A minha esposa me deixou — conta Tolliver. Ainda chorando. — Pegou meu filho e foi embora. Fiz isso por ela também. Ela vivia reclamando que a gente não tinha dinheiro pra isso nem pra aquilo, e quem vai me enterrar? Hã? Quem vai me enterrar? Meu irmão? Minha irmã? Eles não respondem meus e-mails. Minha mãe disse…

— Eu não ligo pro que ela disse.

— … ela disse: "Você fez a cama, agora deita". Não é escroto?

Ele levanta o quadril e produz outro estrondo que parece uma metralhadora.

— Vamos sair daqui. A gente arrancou tudo que podia dele — diz Izzy.

— Eu falei abertamente — retruca Tolliver quando eles começam a se afastar. — *Duas vezes*. Primeiro pra aquele promotor cuzão e depois pra Buckeye Brandon. Eu não precisava ter feito isso. E, agora, olhem só pra mim. Só olhem.

Izzy e Tom voltam para a estação de enfermagem. A enfermeira veterana de uniforme branco de raiom está preenchendo formulários.

— Ele falou que quer voltar para o quarto — explica Izzy. — Disse que a bomba de morfina já deve ter reiniciado.

Sem erguer o olhar, a enfermeira diz:

— Ele pode esperar.

7

Maio, e o tempo está lindo.

Perto da cidade tem um município suburbano arborizado chamado Upriver. Na extremidade norte fica um parque pequeno onde algumas pessoas fazem poses de meditação que podem (ou não) ser chamadas de asanas. Trig não liga para o nome. Elas estão olhando para o horizonte, não para ele. Isso é bom. Ele comprou um hambúrguer no drive-thru, mas o largou no banco do passageiro depois de umas duas mordidas. Está nervoso demais para comer. A carta que enviou para a polícia foi um aviso. Aquilo é pra valer.

Há uma dúvida sobre ele ser capaz de fazer aquilo. Claro que há. Ele *acha* que é, mas sabe que só vai ter certeza quando estiver feito. Já matou esquilos e passarinhos com uma arma de chumbinho quando criança, e foi tranquilo. Foi bom, na verdade. Na única vez que seu pai o levou para caçar cervos, Trig não teve permissão para segurar uma arma de verdade. Seu pai disse: "Te conhecendo, você cairia em um buraco e daria um tiro no próprio pé". Papai disse que, se vissem um cervo, deixaria Trig atirar, mas eles não viram nenhum, e Trig tinha quase certeza de que o pai não teria permitido que mexesse na arma de qualquer jeito. Papai teria dado o tiro ele mesmo.

E perder a virgindade de matar um homem? Trig entende que, depois que ultrapassar esse limite, não dá mais para voltar.

A rua que passa pelo parque tem um nome engraçado: Via de Qualquer Forma. É sem saída. Trig esteve ali três vezes antes e sabe que a trilha Buckeye passa perto do fim da rua. A trilha tem quase trinta quilômetros. Era uma ferrovia, mas os trilhos foram removidos trinta anos atrás e substituídos por um caminho amplo de asfalto, financiado pelo condado, que serpenteia pelas árvores e arbustos para emergir ao lado da rodovia e terminar nos arredores da cidade em si.

Há um quadrado de terra batida no fim da Via de Qualquer Forma, com uma placa que diz PROIBIDO ESTACIONAR DEPOIS DAS 19H. Em todas as visitas de reconhecimento prévias, uma retroescavadeira Komatsu suja estava estacionada ali, desafiando a placa, e ainda está naquela tarde. Até onde Trig sabe, está ali há anos e pode ficar por muitos outros. Vai dar cobertura ao carro dele, e é isso que importa. Depois há um bosque repleto de placas que dizem TRILHA BUCKEYE, NÃO JOGAR LIXO e ANDE DE BICICLETA/CAMINHE POR SUA CONTA E RISCO.

— Pois é, papai.

Seu pai já morreu faz tempo, mas ainda assim Trig fala com ele às vezes. Não é exatamente reconfortante, mas parece dar sorte.

Trig estaciona atrás da retroescavadeira e pega uma mochila e um mapa da trilha no banco de trás do Toyota. Coloca a mochila nos ombros e o mapa no bolso de trás. Pega um revólver Taurus.22 de cano curto no console central. Ele o enfia no bolso da frente. No bolso esquerdo, há uma pasta de couro fina com treze folhas de papel. Ele passa por mesas de pique-nique, uma cesta de lixo cheia de latas de cerveja e um poste pintado com um mapa plastificado da trilha. Viu muitas pessoas caminhando e pedalando por ali nas visitas anteriores, às vezes em pares ou trios (o que não é nada bom para seu objetivo de hoje), mas às vezes sozinhas.

Talvez eu não veja ninguém sozinho, pensa ele. *Se não vir, vai ser um bom sinal. "Pare enquanto ainda há tempo, antes que você ultrapasse o limite. Quando ultrapassar o limite, não dá pra voltar."*

Isso o faz pensar em um mantra do AA: *Uma bebida já é muito e mil nunca são suficientes.*

Ele está usando um suéter e um boné marrons, o boné puxado até quase as sobrancelhas, e sem nenhum logo que algum passante possa lembrar. Ele anda para leste, em vez de oeste, para que o sol não ilumine a parte exposta de seu rosto. Um casal idoso de bicicleta passa por ele indo para oeste. O homem o cumprimenta e Trig levanta a mão, mas não fala. Segue andando. Um quilômetro e meio à frente o bosque fica menos denso, e ali a trilha contorna um condomínio onde haverá crianças brincando em quintais e mulheres pendurando roupas. Se ele chegar até lá sem ver ninguém andando desacompanhado, vai desistir. Talvez só por aquele dia, talvez de vez.

Claro, diz o papai. *Amarela logo, seu bundão do caralho.*

Trig segue em frente, uma das mãos na coronha do revólver. Ele assobiaria, mas sua boca está seca demais. E, agora, da curva seguinte da trilha vem a pessoa solitária que ele esperava (e temia) encontrar. Bem, não completamente sozinha; tem um poodle grande numa coleira vermelha. Ele sempre imaginou que a primeira pessoa seria homem, mas é uma mulher de meia-idade usando calça jeans e moletom.

Não vou fazer, pensa ele. *Vou esperar um homem, um que esteja sem cachorro. Volto outro dia.* Mas, se ele pretende seguir em frente com a missão, até o fim, *precisa* incluir quatro mulheres.

A distância está diminuindo. Em pouco tempo, a mulher e o cachorro terão desaparecido. Ela vai seguir com a vida. Fazer o jantar. Ver televisão. Ligar para uma amiga e dizer "meu dia foi ótimo, como foi o seu?".

É agora ou nunca, pensa ele, e pega o mapa no bolso de trás com a mão esquerda. A direita ainda segura o revólver. *Não vai dar um tiro no pé*, pensa ele.

— Oi — diz a mulher. — Linda tarde, não é mesmo?

— Com certeza. — Ele está rouco ou é coisa da sua imaginação? Deve ser a imaginação, porque a mulher não parece alarmada. — Você poderia me mostrar exatamente onde eu estou?

Ele ergue o mapa. Sua mão está tremendo um pouco, mas a mulher parece não notar. Ela chega mais perto e olha. O poodle grande fareja a perna da calça de Trig. Ele tira o revólver do bolso. Por um momento o cano da arma fica preso no forro do bolso, mas logo se solta. A mulher não vê. Está olhando para o mapa. Trig passa um braço em volta dos ombros dela, e ela olha para cima. Ele pensa: *Não pisque.*

Antes que ela possa se afastar, Trig coloca o cano curto da Taurus na têmpora dela e puxa o gatilho. Ele testou a arma e sabe o que esperar — não um estrondo alto, mas algo mais parecido com um estalo, como um graveto seco sendo quebrado no joelho. Os olhos da mulher rolam para cima até ficarem brancos e a ponta da língua sai da boca. Esta é a única parte horrível. Ela cai no braço que a envolve.

Tem sangue escorrendo do buraco na têmpora. Ele pousa o cano da Taurus sobre o buraco preto de pólvora e atira mais uma vez. A primeira bala não saiu, ficou no cérebro moribundo, mas essa sai. Ele vê o cabelo dela voar, como se erguido por um dedo brincalhão. Ele observa ao redor, certo de que alguém está olhando, *com certeza* está olhando, mas não há ninguém. Ainda não, pelo menos.

O poodle observa a tutora, ganindo. A coleira vermelha caída nas patas da frente. O cachorro encara Trig, os olhos parecendo perguntar se está tudo bem. Trig bate na bunda encaracolada dele com a mão livre e diz:

— Vai embora!

O poodle pula e corre uns dez metros pela trilha, para fora de alcance, então para e olha para trás. A coleira é uma fita vermelha atrás do animal.

Trig arrasta a mulher pelos arbustos que ladeiam a trilha e vai para o bosque, olhando para os dois lados até estar escondido. Tem carros passando por perto, mas ele não os vê.

O cachorro, pensa ele. *Alguém vai se perguntar por que ele está solto arrastando a coleira. Ou ele vai voltar. Eu devia tê-la deixado ir embora.*

Tarde demais agora.

Ele pega a pasta de couro no bolso. Suas mãos estão tremendo muito, e ele quase a deixa cair. Tem uma mulher morta aos seus pés. Tudo que ela era se foi. Ele remexe nas folhas. Andrew Groves... não... Philip Jacoby... não... Steven Furst... não. Onde estão as mulheres? Onde estão as malditas *mulheres*? Ele finalmente encontra Letitia Overton. Uma mulher negra, e a mulher que ele matou é branca, mas não importa. Ele talvez não possa deixar nomes em todos os alvos, mas naquele pode. Ele o coloca entre dois dedos da mão aberta dela, se vira e segue para a trilha. Faz uma pausa ainda nos arbustos, verifica se há alguém andando ou pedalando, mas não vê ninguém. Sai de lá e segue para oeste, na direção do estacionamento e do carro.

O poodle ainda está lá, na ponta da coleira caída. Quando se aproxima, Trig balança as duas mãos para ele. O cachorro se encolhe e sai correndo. Quando Trig faz a curva seguinte, vê o cachorro de pé com as patas da frente no asfalto e as traseiras nos arbustos. Ele recua ao vê-lo, espera Trig passar e corre para o caminho de onde tinha vindo, arrastando a coleira. Vai encontrar a tutora e provavelmente começar a latir: *Acorda, moça, acorda!* Alguém vai passar e se perguntar por que aquele cachorro idiota está latindo tanto.

Como a trilha ainda está deserta, Trig começa a correr devagar, depois mais rápido. Chega ao estacionamento sem ser visto, coloca a mochila no banco de trás e se senta ao volante, ofegante.

Você precisa sair daqui. O pensamento é dele, a voz é do papai. *Agora mesmo.*

Ele gira a chave e há um apito, mas não acontece mais nada. O carro não liga. Deus o está punindo. Ele não acredita em Deus, mas Deus o está punindo mesmo assim. Ele olha para o console e vê que deixou o câmbio em *driving* quando desligou o motor. Ele bota em *parking* e o carro liga. Ele sai de ré de trás da retroescavadeira e dirige pela Via de Qualquer Forma, resistindo à necessidade de acelerar. *Devagar e sempre*, diz a si mesmo. *Devagar e sempre é o que vence a corrida.*

Pelo jeito, as asanas, saudações ao sol ou o que quer que sejam, acabaram. Os homens e as mulheres estão conversando ou voltando para o carro. Ninguém olha para o cara de boné marrom no Toyota Corolla completamente esquecível.

Eu consegui, pensa ele. *Matei aquela mulher. A vida dela acabou.*

Não há culpa, só um arrependimento distante que o faz pensar no seu último ano de bebida, quando cada primeiro gole tinha gosto de morte. Aquela mulher estava no lugar errado na hora errada (embora no lugar e na hora certos para ele). Tem um livro que ela nunca vai terminar, e-mails e mensagens de texto aos quais nunca vai responder, férias que nunca vai tirar. O poodle grande pode receber comida hoje, mas não pelas mãos dela. Ela estava olhando o mapa dele, e, de repente... não estava.

Mas ele conseguiu. Quando chegou a hora, não deu um tiro no pé nem piscou. Lamenta que a mulher de calça jeans e moletom tivesse que ser parte da reparação dele, mas tem certeza de que, se *existir* um céu, aquela mulher já está sendo apresentada ao pessoal. Por que não?

Ela é um dos inocentes.

DOIS

1

É uma manhã chuvosa em Reno e Kate quer um jornal. Não qualquer jornal, mas do tipo que ela chama de "jornaleco" ou "lixo". Esse jornaleco específico é o *The West Coast Clarion*.

Corrie aponta para o notebook, mas Kate balança a cabeça e abre um sorriso.

— O *Clarion* só existe em mídia física. — Ela abaixa a voz. — A internet é uma ferramenta do Estado paralelo. Se bem que as pessoas que escrevem essa bosta não se importam que as partes picantes sejam postadas nas redes sociais. Onde coisas incômodas como fatos e contexto não importam. — E, como se tivesse lembrado depois (tudo que é lembrado depois acaba causando problemas): — E bota o meu chapéu.

— Você está de brincadeira?

O Borsalino, um tipo de chapéu fedora comicamente grande, quase uma paródia do que o homem bem-vestido da *Esquire* vestiria, é uma marca registrada de Kate McKay. Ela o usa em todos os eventos, tira e faz uma reverência extravagante para agradecer pela tempestade de aplausos (e uivos) inevitável. Ela o estava usando na capa da *Ms.* e da *Newsweek*.

— Brincadeira nenhuma.

Ela está fazendo anotações para o próximo discurso no Pioneer Center, que vai acontecer naquela noite. Embora a turnê mal tenha começado, não é a primeira vez de Kate. Ela tem um esqueleto básico, mas acredita na máxima de Tip O'Neill de que toda política é local, e ajusta cada discurso à cidade onde está. E o objetivo final não é *comprem meu livro, agora em promoção* porque o livro já é best-seller, como os três anteriores. O livro é só o que abre a porta para sua visibilidade e sua agenda. Os aplausos vêm em seguida, a raiva vem em seguida, a imprensa e a cobertura de televisão vêm em seguida. Depois, a cidade seguinte. Que será Spokane.

— Eu quero ver as merdas que eles têm a dizer sobre mim. Talvez consiga usar hoje à noite, mas não quero que você fique encharcada. Deus que me livre de você ficar doente no começo da turnê. Está chovendo canivete aqui. Achei que Reno era uma cidade *seca*.

Corrie coloca o Borsalino na cabeça quase com reverência, inclinando-o para o lado como Kate faz. Desse jeito, boa parte do rosto dela fica obscurecida, o que deve garantir uma ida ao pronto-socorro do St. Mary não muito tempo depois.

— Aquele jornaleco vai gritar como um porco entalado — diz Kate, não sem satisfação. Ela olha pela janela molhada de chuva na sala de estar do último andar do Renaissance Reno Hotel. — Mas nada se iguala à manchete de *Breitbart* quando começamos a turnê.

Aquela tinha sido A P*TA ESTÁ DE VOLTA. Kate tinha mandado emoldurar, e já deve estar pendurada no escritório de sua casa na encosta em Carmel-by-the-Sea. Ela chamou de uma ótima propaganda. Hattie Delaney, sua agente, chamou de receita para atrair excêntricos, loucos e conspiracionistas de extrema direita. Kate abriu as mãos e fez um gesto de "podem vir", outra marca registrada, e disse:

— Que venham.

2

Corrie pergunta onde pode encontrar uma banca de jornal bem equipada e ouve que a Hammer News na West 2nd deve ter tudo o que ela quer. Ela liga e pergunta se eles vendem *The West Coast Clarion*. Interpreta a resposta — "Você ligou para a banca ou para a mercearia?" — como um sim e sai.

A ruiva de chapéu e sobretudo amarrado na cintura está sentada no saguão quando Corrie pede instruções na recepção? Olhando uma revista ou o celular, talvez? Mais tarde, Corrie pensa — e diz para a polícia depois — que devia estar. Devia ter ouvido o concierge solícito dando instruções e depois se posicionado.

Corrie vê uma mulher sair antes dela do hotel? Ela dirá com honestidade que não consegue se lembrar. E não se importa. No pronto-socorro, só se importa com duas coisas. A primeira é se vai conseguir enxergar de novo ou não. A segunda é: se conseguir, o quão feio vai estar o rosto a encarando no espelho?

Serão essas as preocupações dela.

3

No ano anterior, Corrie e dez outras pessoas foram escolhidas para ir a um seminário de pós-graduação ministrado por Kate McKay. Durou duas semanas, e foram as melhores aulas da carreira acadêmica de Corrie. Depois da última, Kate pediu para que Corrie ficasse pois queria discutir algo com ela. Kate disse que seu livro novo seria publicado em abril e que faria uma turnê de divulgação em várias cidades, começando em Portland, Oregon, e terminando em Portland, Maine.

— Preciso de alguém pra me ajudar. Achei que você poderia gostar do emprego. Setecentos dólares por semana. Você teria que se organizar pra terminar as outras matérias mais cedo. O que acha?

De primeira, Corrie ficou tão surpresa com a proposta inesperada que nem conseguiu responder. Aquela mulher tinha aparecido em capas de revistas. Aparecia na televisão *o tempo todo*. O mais impressionante para Corrie, uma filha da era das mídias sociais, era que Kate tinha doze milhões de seguidores no Twitter. Um doze e mais seis zeros na frente.

— Fecha a boca — disse Kate. — Vai entrar mosca.

— Por que… por que eu?

Kate foi marcando os motivos nos dedos.

— Quando eu precisei de um PowerPoint, você conectou tudo pra mim. Seu trabalho sobre Ada Lovelace foi bem escrito e profundo. Você não negligenciou o fato de que ela passou a se interessar por matemática por medo de que a insanidade do pai dela pudesse ser hereditária. Você a viu como uma mulher, não uma deusa. Humana, em outras palavras. Você faz boas perguntas e não tem nada que te prenda. Deixei passar alguma coisa?

Só que eu idolatro você, pensou Corrie, mas depois passaria a entender que Kate sabia disso o tempo todo... e que é uma mulher que gosta de ser idolatrada. De muitas formas, Corrie também entenderia, Kate é um monstro do ego. A língua dela é uma faca Ginsu. Ela é capaz de fazer picadinho de um comentarista que ousar se opor às visões dela com muita frieza e, por outro lado, fazer um escândalo por causa de uma alça de sutiã arrebentada. Ela não tem botão de ligar e desligar. Também tem uma coragem gigantesca. Corrie pensou na época, e continua pensando, que Kate McKay será lembrada por muito tempo depois que a maioria das mulheres (e homens) de seu tempo for esquecida.

— Não! Quer dizer, sim! Eu quero o trabalho!

Kate riu.

— Relaxa, garota, não é um pedido de casamento e não vai ser glamouroso. É provável que eu mande você ao Starbucks às sete da manhã. Ou ao Walgreens, pra buscar Prilosec. Você vai ter que carregar equipamentos, ligar equipamentos e às vezes consertar equipamentos, como consertou aquela merda do PowerPoint quando eu não estava conseguindo fazer funcionar. Também vai passar muito tempo no telefone. Organizar agenda, fazer ligações, elaborar umas desculpas de vez em quando, organizar coletivas de imprensa. A única coisa que eu nunca vou pedir pra você fazer é pedir desculpas por mim, ou, Deus nos proteja, "esclarecer" alguma coisa que eu disse. Eu não peço desculpas, eu não esclareço nada, e você também não vai fazer nada disso. Ainda parece que...

— *Sim!*

— Você sabe dirigir carro com câmbio manual?

Corrie deixou cair os ombros.

— Não.

Kate a segurou pelos ombros. O aperto era forte.

— Então arruma alguém pra te ensinar. Porque a gente vai na minha picape. A garota aqui não pega avião, principalmente de um lado a outro do país. Sou uma garota do povo.

Corrie fez autoescola e aprendeu. Quando pegou o jeito de passar marcha, até que foi divertido. Ela gostava do instrutor dizendo:

— Relaxa, mocinha. Se você não encontrar, enfia com tudo.

Kate disse que elas dividiriam a direção. Não havia necessidade de ajustar o banco quando trocavam, porque as duas tinham a mesma altura, um metro e sessenta e cinco. Kate era loira, Corrie era o que a mãe chamava de moreninha, mas em Portland ela pintou o cabelo de loiro com a desculpa de que era só para mudar um pouco. Kate devia saber a verdade.

— Quando você solta o cabelo, e se for de longe, quase dá pra pensar que somos irmãs — disse Kate quando as duas saíram de Portland de carro, a caminho de Reno.

E esse foi o problema, claro.

4

Corrie anda pela Lake Street para a West 2nd, com o Borsalino puxado na cabeça. Se a mulher de sobretudo está na frente dela, Corrie não percebe ou não lembra. Ela vê seu destino à frente — HAMMER NEWS JORNAIS DE FORA DA CIDADE, diz a placa — quando, à esquerda, uma mulher exclama:

— Ei, Kate!

Mais tarde, Corrie vai dizer à polícia que a voz era rouca, como se a mulher tivesse gritado loucamente num show de rock.

Quando vira a cabeça, Corrie é agarrada pela gola do casaco e puxada para um beco que fede a lixo. Ela tropeça, mas não cai. Pensa: *Estou sendo assalt…*

O resto some da mente, porque ela é jogada contra a parede de tijolo do beco com tanta força que seus dentes se chocam. *Agora* ela vê a mulher de sobretudo: alguns centímetros mais alta do que Corrie e com cabelo ruivo reluzente que com certeza não é natural. Está esmagado debaixo de um daqueles chapéus de chuva transparentes que se compra por um dólar. A bolsa está pendurada no ombro esquerdo. Ela enfia a mão dentro e tira dali uma garrafa térmica com a palavra ÁCIDO escrita com caneta preta. Ela solta Corrie para abrir a tampa, mas Corrie está atordoada demais para correr. Não acredita que aquilo esteja acontecendo.

— É isso que você merece — diz a ruiva, e joga o conteúdo da garrafa nos olhos arregalados e sobressaltados de Corrie. — Não permito que a mulher ensine ou domine o homem. Que conserve, pois, o silêncio. Primeira epístola a Timóteo, piranha.

A queimação é imediata. A visão dela fica borrada.

— Vá pra casa, Kate. Enquanto ainda pode.

Ela não vê a ruiva sair do beco. Não vê nada. Mal consegue ouvir os próprios gritos. A dor a engoliu.

5

A primeira coisa que ela faz no pronto-socorro, quando sua visão começa a voltar, embaçada mas presente, graças a Deus, a Jesus e a todos os santos, é pegar o espelhinho na bolsa e olhar o próprio rosto. As bochechas e a testa estão com um vermelho intenso e o branco dos olhos está escarlate, mas não há nenhuma das bolhas que esperava.

Isso é depois de o médico ter lavado os olhos dela com uma solução salina. Arde pra cacete. Ele avisa que vai voltar em dez minutos para repetir o procedimento.

— Seja lá o que ela tenha jogado em você, não foi ácido — diz ele, antes de sair às pressas para cuidar de outro paciente.

A segunda coisa que ela faz é ligar para Kate, que deve estar se perguntando onde Corrie está. Ela já está um pouco mais calma. Kate também está calma. Diz para Corrie ligar para a polícia, caso alguém da equipe já não tenha feito isso.

Kate chega dez minutos depois de um policial uniformizado e cinco minutos antes de uma detetive. Corrie espera que Kate assuma o comando, é o que ela faz, mas hoje ela só fica no canto da sala de exames e escuta. Corrie não sabe se é porque a policial que está no comando é mulher. Talvez seja. A detetive ouve a descrição e toma notas. Arranca uma folha do bloco e dá para o policial uniformizado, que sai, supostamente para pedir ajuda. A detetive se apresentou como Mallory Hughes.

— O cabelo ruivo… era pintado ou podia ser peruca?

— Podia ser qualquer uma das duas coisas. Foi tudo muito rápido. Eu sei que isso é meio clichê, mas…

— Entendo, entendo perfeitamente. Se era *mesmo* peruca, é provável que encontrem em uma lixeira próxima. Se já não tiverem roubado, claro. Como estão seus globos oculares?

— Melhores. Desculpe por ter tido uma reação tão histérica, mas...

— Não peça desculpas — diz Kate, da cadeira no canto.

— É só que eu achei que fosse ácido. Era o que estava escrito na garrafa térmica.

— Porque era o que ela queria que você achasse — aponta Hughes. — Tipo aqueles desenhos do Papa-Léguas em que a caixa diz EXPLOSIVOS ACME. — Ela vira a cabeça. — Kate McKay, certo?

Kate assente. Não está participando da conversa, está deixando Hughes fazer o trabalho dela, mas sua atenção é total. Corrie acha que a chefe está muito zangada; dá para perceber pelos lábios repuxados e pelas mãos unidas com força no colo. Mas ela está demonstrando respeito. Pelo menos, até ali. Se achar que Hughes está fazendo merda ou não dando a devida importância, isso vai mudar.

— Eu li dois livros seus — conta Hughes. E, voltando-se para Corrie: — A mulher que jogou essa merda, provavelmente água sanitária, na sua cara pensou que você fosse ela, não foi? — Ela inclinou a cabeça para Kate, cujos lábios estão agora tão apertados que quase desapareceram.

— Provavelmente.

— O Borsalino — diz Kate. — É uma marca registrada. Está nas sobrecapas dos quatro livros e em muitas fotos de publicidade.

— Bom, temos uma prova — diz Hughes. — Vamos devolver em algum momento, mas você vai ter que comprar outro se quiser usar no seu show de hoje.

De Mallory Hughes, Kate ouve isso sem comentários. Corrie se pergunta de novo se seria assim com um homem. Kate não odeia homens, mas é bastante reativa a eles.

— Você ainda vai dar a palestra de hoje no Pioneer?

— Ah, vou. Ficaria feliz em oferecer ingressos de cortesia se você quiser ir.

— Vou trabalhar. — E, para Corrie: — Quero que você vá à delegacia hoje à tarde pra dar um depoimento. Você consegue?

Corrie olha para Kate, que diz:

— *Começo* da tarde, se possível. Preciso da Corrie depois. — Simplesmente supondo que Corrie vai estar pronta e disposta a fazer o que tem que fazer para o show. Corrie vê certo grau de arrogância de diva naquilo, mas isso não a irrita. Ao contrário, ela fica agradecida. Entende que é o jeito de Kate de dizer que supõe que Corrie seja tão corajosa quanto ela. Corrie quer acreditar nisso.

— Vamos marcar uma e meia — diz Hughes. — Fica na East 2nd 455, perto do lugar aonde você estava indo quando foi agredida. Vou querer os números de telefone e endereços de e-mail das duas, porque imagino que você seguirá viagem com a sra. McKay. — Sem se dirigir a Kate porque ela não é a vítima. Pelo menos não daquela vez.

— Uma e meia — diz Corrie.

— Se nós a pegarmos, você vai ter que voltar. Sabe disso, né?

Corrie diz que entende.

6

Quando Hughes vai embora, Kate fala:

— Quero você no palco hoje. Topa?

Corrie sente uma onda de medo diante da ideia.

— Eu teria que falar?

— Não se não quiser.

— Então tudo bem. Acho.

— Você não se importa de ser o exemplo prático da Kate McKay? Não fica ressentida por isso?

— Não. — É verdade? Corrie quer que seja.

— Quero tirar uma foto sua. Com os olhos vermelhos e inchados e a pele ainda irritada. Tudo bem?

— Tudo.

— As pessoas precisam entender que existe um preço por se impor. Mas que é possível pagá-lo. Elas precisam entender isso também.

— Tudo bem.

Eu me tornei um diferencial de venda, pensa Corrie. Ela percebe a disposição de Kate de fazer isso, *agarrar* isso, como uma falha de caráter, mas também uma força de caráter. A possiblidade de ser ambos é uma ideia nova para ela.

Kate McKay já foi chamada de fanática. Ostenta esse rótulo com orgulho. Na CNN, um especialista a acusou de sofrer de Síndrome de Joana

D'Arc. A resposta de Kate: "Joana D'Arc ouviu a voz de Deus. Eu ouço as vozes das mulheres oprimidas".

Ela pergunta se Corrie quer continuar a turnê depois daquela noite. Kate diz que não quis perguntar na frente da detetive.

— Sim, claro.

— Tem certeza? Agora que você viu o que pode acontecer?

— Tenho.

— Falar sobre ódio é uma coisa. Vê-lo em ação, vivenciá-lo, é bem diferente. Você não acha?

— Acho.

— Tudo bem. Assunto encerrado. — Kate pega o celular para tirar uma foto de Corrie. Depois de olhar para a tela, diz: — Bagunça o cabelo. Arregala os olhos.

Corrie olha para ela sem entender. Ou sem querer entender.

— Sejamos honestas, Corrie. Isso não é uma turnê de livro, o livro iria bem mesmo se eu ficasse sentada em casa vendo televisão. É uma turnê de *ideologia*. Otto von Bismarck comparou ideologia a uma salsicha: você pode até querer comer, mas não quer ver como é feita. Bem, não, na verdade estava falando de fazer leis, mas dá no mesmo. Tem *certeza* de que quer continuar comigo?

Como resposta, ela faz o gesto que é a marca registrada de Kate, as duas mãos abertas e todos os dedos chamando: *Pode vir.* Ela bagunça o cabelo. Kate ri, tira uma foto, envia para o celular de Corrie e diz o que é para ela fazer.

— Depois liga para os seus pais, meu bem. Eles precisam ficar sabendo por você antes de verem nos noticiários.

7

Ela está numa loja chamada Cloth & Chroma, fazendo o que Kate pediu com a foto (mais constrangida do que nunca com o resultado), quando Mallory Hughes liga e diz que encontraram a peruca. *Uma* peruca, pelo menos. Ela envia uma foto para Corrie. Embora a peruca esteja sobre um fundo branco liso, traz tudo de volta: a garrafa térmica, a queimação, a certeza de que seu rosto derreteria.

— É ela.

— Tem certeza?

— Absoluta.

— Ótimo. Perucas são minas de DNA, a menos que ela estivesse usando uma toca de banho por cima do cabelo real. Se tivermos um bom resultado e a pegarmos, uma correspondência com DNA da bochecha é fim de jogo. Você ligou para os seus pais?

— Liguei.

A mãe quis que ela voltasse para casa na hora. O pai, mais durão, só falou para ela tomar cuidado. E arrumar proteção. Disse uma coisa que repetiu a vida toda: "Os desgraçados não vão vencer".

Ao fundo, sua mãe gritou:

— Não é *política*, Frank, é a *vida* dela!

Não é política, é ideologia, pensa Corrie.

— É exatamente da vida dela que eu estou falando — disse o pai.

8

Kate ligou do local do show e disse para Corrie usar um vestido.

— Fica bonita, meu bem. E eu tenho uma coisa pra você.

Quando ela chega aos bastidores do Pioneer Center, Kate a examina, aprova o vestido azul acinturado até os joelhos que Corrie usa e dá a ela uma lata de spray de pimenta.

— Amanhã eu vou comprar uma arma pra você. É moleza em Nevada.

Corrie fica olhando para ela, perplexa.

Kate sorri.

— Uma pequena. Pra caber na bolsa. Você não vai ter problema com isso, né? Ou vai?

Corrie pensa na garrafa térmica com ÁCIDO escrito. Como EXPLOSIVOS ACME num desenho animado. Pensa na mulher que achou que ela era Kate dizendo *é isso que você merece*.

— Não vou ter problema nenhum — diz ela.

9

O Pioneer Center acomoda mil e quinhentas pessoas e está quase lotado quando Kate entra no palco pontualmente às sete da noite. Os alto-falantes tocam "The Gambler", de Kenny Rogers. Corrie preparou isso a pedido de Kate. Há os aplausos frenéticos de sempre, além das vaias animadas habituais. Do lado de fora, as pessoas exibem placas a favor e contra. Dentro, placas são proibidas. Há homens na plateia, mas a maioria dos presentes são mulheres, mulheres por toda parte. Algumas aos prantos. As pessoas que foram mostrar seu ódio e desprezo por tudo em que Kate acredita — e há muitas mulheres nesse meio — vaiam sentadas. Algumas sacodem o punho. Muitos dedos do meio são mostrados.

Em vez do Borsalino, Kate está usando um boné do Reno Aces (que Corrie também encontrou). Quando o assunto é encantar a plateia, ao menos a parte que *pode* ser encantada, Kate não perde uma chance.

Ela tira o chapéu e se curva para a frente em seu gesto habitual. Está na metade do caminho entre o pódio e um cavalete coberto por um pano. Parece uma exibição de provas de tribunal. Ela pega o microfone sem fio no suporte sem nenhuma hesitação, como uma comediante de stand-up pronta para começar a apresentação. Ela o aponta para o teto.

— Poder feminino!

A maioria da plateia responde:

— *Poder feminino!*

— Poder feminino! Eu quero ouvir vocês, Reno!

— *Poder feminino!*

— Vocês podem fazer melhor. Eu quero ouvir vocês! *Poder feminino!*

— *PODER FEMININO!* — grita a plateia, e a voz dos vaiadores é completamente abafada. A multidão ainda está de pé, e alguns erguem punhos, mas a maioria ainda aplaude. Corrie pensa: *Ela vive pra isso. É o que a alimenta.* Isso é ruim? Corrie acha que não. Acha que é uma raridade, uma situação em que todo mundo, de fato, sai ganhando.

Quando a plateia se acalma — os vaiadores intimidados e em silêncio temporário, o que é parte do motivo para os gritos —, Kate começa.

— Vocês podem estar se perguntando por que eu não estou com meu chapéu de sempre, e também devem estar se perguntando o que é isso. —

Ela bate na fotografia enorme coberta no cavalete. — Meu chapéu agora está na sala de provas da polícia de Reno, porque estava na cabeça da minha assistente quando ela foi vítima de uma agressão.

Ofegos da plateia. Os vaiadores ficam paralisados, esperando.

— Ela usava meu chapéu porque estava chovendo. A agressora, uma mulher, pensou que fosse eu, então puxou minha assistente para um beco e jogou na cara dela um líquido de uma garrafa com a palavra ÁCIDO na lateral.

Mais ofegos. Mais altos. Os vaiadores se olham, inquietos. Muitos deles, Corrie pensa, devem estar desejando ter ficado em casa vendo alguma coisa na Netflix.

— Não era ácido. Era água sanitária. Não tão ruim, mas bem ruim. Olhem.

Ela puxa o pano que escondia a foto, e ali está Corrie, de olhos vermelhos e inchada, com o cabelo todo emaranhado. Isso produz mais ofegos, gemidos e um grito de "vergonha!". Os vaiadores, que estavam militando tanto quando Kate subiu no palco, parecem se encolher nas cadeiras.

— Senhoras e senhores, eu quero apresentar essa mulher corajosa a vocês. Depois dessa agressão covarde, eu dei a ela a chance de deixar minha turnê e voltar pra casa na Nova Inglaterra, mas ela se recusou. Ela quer continuar, e eu também. Corrie Anderson, por favor, venha aqui e mostre a essas pessoas que você está bem e que vai reagir com força total.

Corrie, sem nenhuma energia para reagir, sobe no palco com o vestido azul e os saltos baixos, o cabelo preso numa trança de estudante, a maquiagem discreta. A plateia fica de pé de novo, aplaude e grita. Não tem vaiadores agora; eles não ousam. A plateia está unida. Unida por Corrie Anderson de Ossipee, New Hampshire.

E o que o objeto dessa barulheira de aprovação sente? Como dizem na televisão, é complicado. Mas ela pensa naquela voz baixa que gritou *vergonha*, e será que é isso que ela está sentindo? *Isso*? Por que estaria sentindo isso?

Kate dá um abraço nela e sussurra:

— Você fez tudo certo.

Então Corrie é liberada para voltar para os bastidores, e não há dúvida do que sente agora: alívio. Kate pode desejar os holofotes; Corrie, não. Se ela não sabia antes, sabe agora.

10

Não foi vergonha, no fim das contas.

Os aplausos, de pé ainda por cima, elucidaram sua mente, e Corrie se vê pensando com clareza pela primeira vez desde que a ruiva falsa jogou água sanitária nos seus olhos abertos e no seu rosto desprotegido. Ela volta para os bastidores e liga para a polícia de Spokane. O atendente a passa para um tal de policial Rowley. O policial Rowley é uma mulher. Que bom.

Corrie se identifica e conta para Rowley para quem está trabalhando. Rowley sabe quem é Kate. A maioria das mulheres de uma certa idade sabe; Corrie diz para Rowley que ela e Kate estarão em Spokane no dia seguinte. Fala o que quer e por que quer. A policial Rowley, Denise, diz que vai checar o que pode fazer e promete enviar uma mensagem a Corrie assim que possível. Durante a conversa, elas se tornaram não irmãs de armas, mas ao menos parceiras.

Da plateia, nos bastidores, ela ouve o trovejar periódico de aplausos quando Kate discursa. Os *haters* são sobrepujados.

Mas basta um, pensa ela ao encerrar a ligação. *Acho que eu sabia disso, mas eu… o quê?*

— Internalizei — murmura ela.

Não foi vergonha. Quando estava parada ao lado daquela foto absurdamente enorme dela mesma, ouvindo os aplausos, ela se sentiu *usada*. Isso não a deixa com raiva, mas faz com que perceba que precisa se cuidar. Precisa crescer um pouco. Uma arma não vai fazer isso. Nem spray de pimenta.

11

No dia seguinte, elas dirigem até Spokane no Ford F-150 de Kate, com o equipamento na caçamba, debaixo de uma cobertura de vinil presa. Kate está ao volante, dirigindo um pouco acima do limite de cento e dez quilômetros por hora, ainda eufórica por causa da noite anterior. O rádio está alto, Alan Jackson cantando sobre o Chattahoochee e o que aquela água lamacenta significava para ele. Corrie se inclina para a frente e desliga.

— Vou ficar com o spray de pimenta, mas não quero a arma.

— Nem tive tempo de arrumar uma mesmo — diz Kate. — Somos escravas da maldita agenda agora, flor.

— Combinei com a polícia de Spokane de ter um policial à paisana com a gente enquanto estivermos na cidade. *Ele* vai ter uma arma. A mulher com quem eu falei, Denise, diz que sempre tem uns grandões a fim de ganhar dinheiro. Você vai ter que pagar, claro.

Kate está de testa franzida.

— Eu não quero…

Pela primeira vez naquele relacionamento ainda novo, Corrie a interrompe.

— Vou ir combinando outras estratégias durante a turnê. — Ela se compõe e diz o resto, o ponto importante: — Se você quiser que eu continue, isso não é negociável. Não foi só uma ameaça, Kate. Não foi um troll de boca suja na internet. Essa pessoa disse "vá pra casa enquanto ainda pode". Ela me pegou por engano, ela quer pegar você, e pode tentar de novo.

Kate fica em silêncio, mas Corrie percebe pela posição da boca e pela linha vertical entre as sobrancelhas que ela não está nada feliz com (é preciso dar nome aos bois) aquele ultimato. Kate McKay não quer ser vista como uma mulher que precisa de um homem para protegê-la. Vai contra tudo que sempre defendeu e construiu em sua carreira. Mas tem outra coisa, uma bem simples: Kate McKay não gosta que ninguém lhe diga o que fazer.

Ela muda de ideia quando as duas fazem check-in. Há a quantidade habitual de mensagens, alguns buquês e cinco cartas. Quatro são de fãs. A quinta contém uma foto de Kate e Corrie comendo em um restaurante com mesas ao ar livre em Portland um ou dois dias antes do primeiro show. Elas estão rindo de alguma coisa. O F-150 está estacionado no meio-fio ao fundo. Há um bilhete escrito com capricho: *Este será o único aviso, então preste muita atenção. Da próxima vez vai ser você, e vai ser pra valer. Quem diz mentiras perecerá.*

O nome de Kate está escrito no envelope, mas não há um selo. Ela pergunta na recepção quem deixou aquilo. O recepcionista, um jovem bonito de camisa branca de botão e colete, diz que alguém deve ter deixado enquanto ele estava fora — o que provavelmente quer dizer num intervalo para um xixi.

— Vocês têm câmera de segurança no saguão? — pergunta Corrie.

— Sim, senhora, temos, mas é virada para a porta de entrada, não para a recepção. E a pessoa que deixou isso pode ter vindo pelo restaurante.

Kate pensa e se vira para Corrie.

— Quando seu policial de aluguel chega?

— Ele vai me encontrar, ou nós duas, se você quiser, no saguão às três da tarde. Antes de eu ir para o local conhecer o coordenador do evento e o pessoal da livraria.

Kate ergue a foto e o bilhete.

— Vamos mostrar isso pra ele. E dar uma olhada nas imagens de segurança. Vamos ver se essa vaca cometeu o erro de entrar pela porta da frente.

— Boa ideia — diz Corrie. Agora que as coisas estão tomando o rumo que queria, ela voltou a ser a assistente dócil (e hábil).

— Essa vaca está nos seguindo — comenta Kate, impressionada.

— É — diz Corrie. — Está.

TRÊS

1

Trig esperava ter pesadelos. Esperava se ver botando a arma na têmpora da mulher o tempo inteiro, em replay instantâneo e em câmera lenta. O poodle observando a dona cair no braço de Trig, com os olhos questionadores: *O que aconteceu com a minha humana?*

Não houve pesadelos, ao menos de que ele lembrasse. Ele dormiu sem interrupções.

Agora, faz café e serve uma tigela de flocos de milho. Cheira o leite, conclui que está bom, encharca o cereal e senta-se para comer. Ultrapassou a linha e se sente bem com isso. Bem de verdade. A melhor coisa a fazer, decide, é ir trabalhar como se fosse um dia qualquer e depois dar continuidade ao seu *verdadeiro* trabalho.

Menos uma, agora faltam treze.

Ele coloca um pouco de água na tigela e a deixa na pia. Bota mais café em um copo térmico e sai do trailer. É um trailer duplo, bonito, no Parque de Trailers Elm Grove, que fica no final do Martin Luther King Boulevard, antes de este virar a rodovia 27 e o condado de Upsala virar o condado de Eden. Onde o vento faz a curva, em outras palavras.

A sra. Travers, a vizinha, está botando os gêmeos no banco de trás do carro. Ela acena e Trig retribui. As crianças estão usando jaquetas idênticas, porque a manhã está fria. Acabaram de completar três anos. A sra. Travers fez uma festa de aniversário na semana anterior, ao ar livre porque o tempo estava mais quente. Ela levou um cupcake para Trig, uma gentileza.

Os gêmeos acenam para ele, abrindo e fechando as mãozinhas. Muito fofos. Não há nenhum homem no trailer de Melanie Travers, mas a dona e seus pacotinhos de felicidade parecem estar indo muito bem. Trig acha que ela tem algum bom emprego na cidade, além do que alguns homens chamam de extorsão. Trig jamais chamaria dessa forma. Ele acredita que todos devem pagar pelos próprios erros. Seu pai o criou assim.

Melanie tem um Lexus, que não é novo, mas passou a ser vintage apenas recentemente, então, sim, ela está se saindo bem. Trig fica feliz por ela. Também fica feliz de não tê-la encontrado no dia anterior, na trilha Buckeye. Se tivesse, agora ela estaria morta. Seus filhos, órfãos. Ele a segue no Toyota para fora do MLK, quando ela vira para a direita na direção da cidade. Três quilômetros depois ela entra à esquerda, na Creche Pequeninos.

Trig segue em frente e deixa o campo para trás. No rádio, o DJ da manhã está dizendo que o tempo quente da semana anterior foi só provocação, há uma frente fria chegando e os próximos dias serão gelados.

— Se aqueçam, Buckeyes! — diz ele, e então toca "A Hazy Shade of Winter", de Simon & Garfunkel.

O estômago de Trig está roncando. Ao que parece, o cereal não foi suficiente. Ele pensa: *O assassinato de uma mulher indefesa é a fome. Uma mulher que apenas estava no lugar errado na hora errada. Uma mulher que podia ter filhos, talvez até gêmeos que usam casacos iguais. O homem que fez aquilo está com fome.* Ele está meio impressionado. Atravessou a linha, e quer saber? O outro lado não é diferente. A ideia é, ao mesmo tempo, terrível e reconfortante.

Ele entra em uma loja de conveniência nos arredores da cidade e compra um burrito de café da manhã. E um jornal. As notícias acima da dobra são sobre política e guerras. Abaixo da dobra há a manchete MULHER ASSASSINADA NA TRILHA BUCKEYE. Os parentes já devem ter sido avisados, porque o nome dela é citado: Annette McElroy, trinta e oito anos.

Trig lê a notícia enquanto come o burrito, que está quente, fresco e saboroso. Não tem nada ali que o preocupe. Nenhuma menção ao pedaço de papel com o nome de Letitia Overton encontrado na mão da mulher morta. A polícia vai segurar essa informação.

Eu conheço os truques de vocês, pensa Trig. Ele vai para o centro, marcar presença no escritório, mas vai sair cedo. Agora que começou, quer continuar. Não há necessidade de se apressar, a pressa é inimiga da perfeição, mas ele já pesquisou muito e sabe onde encontrar outra pessoa inocente, talvez até duas.

O tempo frio vai ajudar.

2

Holly se encontra com Izzy para almoçar, mas não no parque Dingley. Está frio demais para isso. Elas comem em um café chamado Tessie's, onde conseguem um compartimento de canto e podem ver os pedestres passarem. Na praça Love, do outro lado da rua, um músico de jaqueta de motoqueiro está tocando violão. *Você não vai conseguir muita grana hoje*, pensa Holly.

Sentada à frente dela, Izzy diz:

— Olha só pra você, comendo num lugar fechado, como gente grande. Você está saindo da sua concha da covid. Que bom.

— Eu estou vacinada — retruca Holly enquanto olha o cardápio. — Pra covid, gripe, vsr e herpes-zóster. A vida tem que continuar.

— Tem mesmo — concorda Izzy. — Eu tomei as vacinas de covid e gripe juntas, e elas me derrubaram por dois dias.

— Melhor do que ser derrubada numa funerária — diz Holly. — O que você acha que é o Aussie Melt?

— Acho que é cordeiro com queijo pepper jack e algum tipo de molho.

— Deve ser gostoso. Acho que vou…

— Bill Watson não era um maluco qualquer, no fim das contas. Ele matou uma pessoa.

Holly abaixa o cardápio.

— Você está falando daquela mulher chamada McElroy? — Ela também lê o jornal matinal, só que no iPad.

— É. Não tenho cem por cento de certeza. Mas uns noventa e muitos.

A garçonete chega. Izzy escolhe o Reuben, Holly o Aussie Melt. As duas pedem bebidas quentes, chá para a policial e café para a investigadora particular. Holly tentou parar de tomar café, a cafeína às vezes faz seu coração disparar, mas ela diz a si mesma que parar com o cigarro é suficiente por enquanto.

Quando a garçonete se afasta, Holly diz:

— Me conta.

— Fica entre nós, tá?

— Claro.

— Nós seguramos uma prova. Havia um pedaço de papel na mão de Annette McElroy. Com um nome impresso em letras pretas: Letitia Overton. Isso significa alguma coisa pra você?

Holly faz que não, mas memoriza o nome para refletir depois.

— Nem pra mim. Tom Atta e eu conversamos com Cary Tolliver, o escroto que incriminou Alan Duffrey.

— Você acha que ele fez mesmo aquilo?

— Acho. Nós também falamos com os colegas de Duffrey do First Lake City, o banco onde ele trabalhava. Todos disseram que nunca acreditaram naquela história de pedofilia… mas o que você acha que disseram quando Duffrey foi preso e levado a julgamento?

Holly gosta de acreditar no melhor nas pessoas, e *acredita* que tem coisas boas em quase todo mundo, mas seu tempo na Achados e Perdidos também ensinou a ela que quase todo mundo tem um lado merda.

— A maioria deve ter dito que ele "sempre teve algo de esquisito" e "não é surpresa nenhuma".

— Pode apostar que disseram.

A garçonete leva as bebidas e diz que a comida chega em breve. Izzy espera ela se afastar, então empurra o chá para o lado e se inclina por cima da mesa.

— Estamos *supondo* que foi Duffrey que irritou Bill Wilson, mas ele pode ser só um maluco que acha que está vingando a Taylor Swift ou o Donald Trump ou… sei lá… Jimmy Buffet.

O Jimmy Buffet já morreu, Holly se sente compelida a acrescentar, apesar de saber que Izzy só está dando um exemplo.

— O marido de Annette McElroy está muito abalado. Não sabia nem *quem* era Alan Duffrey e diz que tem certeza de que a esposa também não. Falou que os dois evitavam os noticiários o máximo possível, porque só tem tragédia.

Holly entende.

— Mas a parte do Alan Duffrey não importa, né? Wilson disse que ia matar inocentes pra punir o culpado. Se Letitia Overton for culpada, nem que seja apenas na cabeça desse cara, você precisa falar com ela.

— Nem brinca. Ela é uma pessoa de verdade, morou na Hardy 487, mas não reside mais na cidade. De acordo com o vizinho, ela e o marido se mudaram para a Flórida. O vizinho acha que foram para Tampa, ou talvez Sarasota. Pelo que parece, o marido arrumou um emprego melhor como gerente regional da Staples. Só que podia ser a Office Depot ou a Stats &

Things. Estamos investigando. Talvez tenhamos alguma coisa amanhã ou depois do fim de semana.

— Você anda muito ocupada.

— Isso é importante, porque o maluco está prometendo matar mais. — Izzy olha para o relógio e depois para o salão, à procura da garçonete. — Eu tenho quarenta e cinco minutos, então preciso refazer as entrevistas com as pessoas do banco e o advogado de Duffrey. Tenho que citar o nome Letitia Overton pra eles. E Annette McElroy, mas isso é só pra cumprir tabela. McElroy foi um alvo casual.

— Uma inocente — murmura Holly. Tenta não odiar ninguém, porém acredita que poderia odiar "Bill Wilson". Mas por que desperdiçar a emoção? O caso é de Izzy.

A garçonete chega com os sanduíches. Holly morde seu Aussie Melt e acha delicioso. Pensa que, provavelmente, o cordeiro é a carne mais subestimada. Quando jovem, teve uma fase vegetariana, mas desistiu depois de uns oito meses. Agora acredita que é carnívora de coração. Caçadora, não coletora.

— Você disse que conhecia um barman que vai a essas reuniões de ex-adictos — diz Izzy. — Pode falar com ele?

— Com prazer — responde Holly.

— Mas seja discreta. Não quero que os chefes saibam que eu estou... — Como foi que Lew Warwick disse? — Terceirizando nossas investigações.

Holly limpa o molho, que está simplesmente delicioso, e faz um gesto de zíper nos lábios.

— Depois que você encontrar Letitia Overton, pode me contar o que ela disse? Na miúda, claro.

— Sem dúvida. Vou repetir as entrevistas de tarde. O que você vai estar fazendo?

— Procurando joias roubadas.

— Muito mais animado.

— Não exatamente. Só tenho visitado casas de penhores. — Holly suspira. — Eu odeio aquele burro.

— Que burro?

— Não importa.

3

A parte nordeste de Buckeye City é chamada Breezy Point. Ali, o não tão Grande Lago no entorno da cidade dá lugar à água rasa poluída em que um óleo cancerígeno deixa manchas de todas as cores do arco-íris. Há pouca brisa, mas, quando sopra, o fedor de lama e peixe morto se espalha. Breezy Point consiste basicamente em conjuntos habitacionais. Tem prédios de tijolos de quatro e cinco andares que parecem muito as acomodações de Big Stone, a penitenciária. Todas as ruas têm nomes de árvores, o que é meio engraçado, porque há poucas árvores em Breeze. De vez em quando, na rua Salgueiro, na rua Amoreira ou na rua Carvalho, o asfalto se abre e a lama emerge. Às vezes também se abrem buracos tão grandes que poderiam engolir um carro. Breezy Point foi construído em um pântano, e o pântano parece determinado a recuperar seu espaço.

Mais à frente, na rua Palmeira (um nome idiota para uma rua em Breeze, mais do que todos os outros), há um shopping pequeno e pobre com uma Dollar Tree, uma pizzaria, um fornecedor de maconha medicinal, uma agência de empréstimos chamada Wallets (onde um empréstimo rápido pode ser negociado a juros abusivos) e uma lavanderia chamada Lava Que Embranquece, o que pode ser politicamente incorreto (ou até mesmo racista), mas os Breezy Pointers que usam o local não parecem se importar. Nem Dov e Frank, uma dupla de veteranos bêbados que costuma passear pelo local em busca de restos de alimentos para depois abrirem cadeiras dobráveis atrás da lavanderia em dias frios como aquele.

Faz nove graus na maior parte de Breeze, mas atrás da Lava Que Embranquece são agradáveis vinte e três. Isso por causa do sistema de exaustão das secadoras. Está tão gostoso quanto possível. Dov e Frank têm revistas, *Atlantic* para Dov e *Car and Driver* para Frank. Foram achadas na lixeira na última ronda deles atrás da loja de maconha. Além das revistas, coletaram latinhas e garrafas suficientes para comprar uma caixa de seis latinhas de bebida alcoólica saborizada. Depois de cada um tomar uma, eles estão começando a ficar alegres e a curtir a vida como ela é.

— Cadê a Marie? — pergunta Dov.

— No intervalo do almoço, eu acho — diz Frank. Marie trabalha na Lava Que Embranquece, e às vezes vai para os fundos para fumar um cigarro e socializar. — Olha esse Dodge Charger. Não é legal?

Dov olha rapidamente e diz:

— Os frutos do capitalismo sempre apodrecem no chão.

— O que isso quer dizer? — pergunta Frank.

— Vá estudar, meu filho — responde Dov, embora seja de fato dez anos mais jovem do que Frank. — Leia algo que não seja...

Ele faz uma pausa quando um homem dobra a esquina do Lava Que Embranquece. Frank já o viu antes, mas faz um tempo.

— Ei, cara. Não foi você que vi em algumas daquelas reuniões em Upsala, anos atrás? Talvez no Brilho do Meio-Dia? Eu morava pra aqueles lados. Eu te convidaria pra sentar, mas você não tem cadeira, e as nossas...

— ... estão ocupadas — conclui Dov. — A gente te convidaria pra compartilhar da nossa libação também, mas infelizmente os fundos andam baixos e precisamos preservá-los.

— Tudo bem — diz Trig. E, para Frank: — Eu não vou ao Brilho do Meio-Dia há algum tempo. Pelo visto, aquelas reuniões não faziam o seu tipo.

— Não. Eu tentei, mas quer saber? A sobriedade é uma merda.

— Eu acho útil.

— Bom — diz Frank —, o mundo precisa de todo tipo de gente, como dizem. Eu já vi você por aí? Na Dollar Tree, talvez?

— É possível.

Trig olha em volta, confirma que não há ninguém os observando, tira a Taurus do bolso e atira no meio da testa de Dov. O estalo do revólver, que já não é alto, se perde no ruído constante da exaustão das secadoras. A cabeça de Dov balança para trás e bate na parede de concreto, entre dois dutos de metal da exaustão, depois pende sobre seu peito. O sangue escorre pela ponte do nariz.

— Ei! — exclama Frank, erguendo o olhar para Trig. — Que porra foi essa?

— Alan Duffrey — diz Trig, e aponta a pistola para Frank. — Fica parado que assim vai ser rápido.

Frank não fica parado. Ele se levanta e derruba a bebida no colo. Trig atira no seu peito. Frank cambaleia para trás até o bloco de concreto, mas pende para a frente com as mãos esticadas, igual ao monstro de Frankenstein. Trig recua alguns passos e atira mais três vezes: *tá-tá-tá*. Frank cai de joelhos e, inacreditavelmente, se levanta de novo, ainda com as mãos esticadas. Tentando agarrar alguma coisa, qualquer coisa.

Trig não se apressa para mirar e dispara em Frank Mitborough, que já morou no norte do estado e chegou a passar quase um ano sóbrio. Na boca. Frank se senta na cadeira dobrável, que desmonta e o derruba no chão. Um dente cai.

— Desculpa, pessoal — diz Trig. E ele lamenta mesmo, mas de um jeito acadêmico. Nos filmes, os assassinos dizem que só o primeiro é difícil, e, embora Trig acredite que sejam falas escritas por gente que nunca matou nada maior que um inseto, percebe que é verdade, no fim das contas. Além do mais, aqueles dois eram um peso morto para a sociedade, não serviam para nada. Ele pensa: *Pai, talvez eu comece a gostar disso.*

Trig olha em volta. Ninguém. Ele pega a pasta com os pedaços de papel no bolso e olha os nomes. Coloca PHILIP JACOBY na mão de Dov. Na de Frank, TURNER KELLY.

A polícia já sabe o que ele está fazendo? Se não, vai saber em breve. Será que vão oferecer proteção para os que restam quando entenderem? Não vai adiantar, porque ele não está matando os culpados. Está matando os inocentes. Como aqueles dois.

Ele vai para a lateral da Lava Que Embranquece, espia, não vê ninguém além de um homem que entra na Wallets para trocar o cheque por dinheiro ou pegar um empréstimo. Não há sinal da mulher que trabalha na lavanderia. Quando o cara some na Wallets, Trig anda até o Toyota, que está estacionado em frente a uma loja vazia com vitrine coberta e uma placa na porta dizendo ALUGA-SE — IMOBILIÁRIA CARL SIEDEL. Ele entra e vai embora.

Menos três, faltam onze.

Parece uma escalada.

Quando a reparação estiver completa e a compensação feita, você pode descansar. É o que ele diz a si mesmo.

Trig volta para o trabalho, que pouco significa para ele.

4

Duas horas depois, Holly Gibney entra em um bar chamado Feliz. São só duas da tarde, mas há pelo menos vinte clientes, a maioria homens, sentados ao balcão e se entregando à sua droga de escolha, que por acaso é legal.

Apesar do nome do estabelecimento, ninguém parece especificamente feliz. Tem um jogo de beisebol passando na televisão, mas deve ser antigo, porque o time de uniforme branco da casa é o Indians, e não o Guardians.

John Ackerly está atrás do balcão, todo gostoso de camisa branca com as mangas enroladas, exibindo os antebraços musculosos. Ele se aproxima com um sorriso.

— Holly! Quanto tempo. O de sempre?

— Obrigada, John. Sim.

Ele leva para ela uma coca diet com duas cerejas num palito, e ela empurra uma nota de vinte sobre o balcão.

— Não precisa do troco.

— Ah! Por mim, tudo bem. O jogo está rolando?

— Sim e não. Você ainda está indo às reuniões?

— Três vezes por semana. Às vezes, quatro. Dom Hogan me deixa sair se for uma reunião de tarde.

— É o dono do bar?

— É, sim.

— E o sr. Hogan valoriza seu talento.

— Isso eu não sei, mas ele gosta de eu sempre chegar sóbrio. Por que a pergunta?

Ela conta o que quer aos poucos, interrompida pelos momentos em que ele sai para atender outros clientes. Ele se nega a servir um. O cara discute um pouco e acaba saindo do Feliz com cara triste. Quando Holly termina, ela está na segunda coca diet e sabe que vai ter que usar o banheiro antes de ir embora. Ela se recusa a chamar de toalete, assim como se recusa a chamar a roupa de baixo de calcinha. Garotinhas usam calcinha, mas seus dias de garotinha estão bem longe no passado. Holly concorda totalmente com Kate McKay no que ela chama de "infantilização das mulheres motivada pela publicidade".

Quando termina de contar tudo para John, ela diz:

— Se isso entrar em conflito com seu voto de anonimato, ou seja lá como você chamar…

— Que nada. Se um cara confessasse assassinato numa reunião e eu acreditasse, eu correria pra polícia mais próxima e contaria tudo. Acho que qualquer um dos antigos faria isso.

— Você é dos antigos?

John ri.

— De jeito nenhum. As opiniões variam, mas a maioria dos viciados diria que você precisa de vinte anos pra se qualificar como antigo. Eu ainda estou longe disso, mas mês que vem completo sete anos desde a última carreira que cheirei.

— Parabéns. E trabalhar aqui não te incomoda mesmo? Não dizem por aí que se você passar muito tempo perto de uma barbearia vai acabar cortando o cabelo?

— E dizem também que ninguém vai a um puteiro pra ouvir o pianista. Só que aqui *eu sou* o pianista. Se é que você me entende.

Holly acha que entende.

— E eu nunca gostei muito de álcool mesmo. Eu acreditava firmemente que tudo ficava melhor com coca. Até que parou de ficar.

John se desloca pelo bar para servir um uísque, depois volta até ela.

— Só para recapitular, você quer que eu fique de olho em alguém que está com raiva porque esse Alan Duffrey foi incriminado por algo que não fez e depois levou umas facadas.

— Correto.

— Tem certeza de que tem alguém fazendo… o quê? Matando gente inocente pra apontar o dedo pros culpados?

— Basicamente, sim.

— Que caralho.

— É.

— Esse cara já matou uma pessoa inocente?

— Matou.

— Você tem certeza?

— Tenho.

— Por quê?

— Não posso contar.

— A polícia está segurando alguma informação, né?

Holly não diz nada, o que por si só já é resposta.

— Você acha que esse cara vai a reuniões porque ele diz que se chama Bill Wilson.

— É. Um cara que diz que se chama Bill Wilson ou Bill W. talvez se destaque.

— Talvez, mas você tem que lembrar que acontecem trinta e seis reuniões do NA nesta cidade a cada semana. Se somar os subúrbios e o resto do estado e ainda incluir o AA, estamos falando de quase cem. É uma agulha no palheiro. Além do mais, Bill Wilson com certeza é um nome falso.

— Com certeza.

— E mesmo que não fosse, as pessoas no programa às vezes usam apelidos. Conheço um cara chamado Willard que se apresenta como Telescópio. Um outro se apresenta como Smoothie. Uma mulher que se apresenta como Sereia Ariel. Enfim, você entendeu. O que você tem a ver com isso?

— Nada. É um caso da polícia. Só fiquei meio... interessada.

— Essa é a minha Holly, só mais uma viciada. Não me entenda mal, quase todo mundo tem um vício ou outro.

— Filosofia antes das cinco me dá dor de cabeça — diz ela.

John ri.

— Eu vou tentar, porque agora também fiquei meio interessado. Se alguém souber, seria o reverendo Mike, conhecido como Rev ou Mike do Livrão.

— Quem é esse?

— Um pé no saco. O Rev perdeu a igreja porque era viciado em óxi, mas deve ter conseguido algum tipo de aposentadoria, porque o trabalho dele agora é ir a reuniões em toda a cidade, de Sugar Heights a Lowtown. E também em Upsala, Tapperville e Upriver. Mas, Holly... eu diria que as chances são poucas, ou nenhuma.

— Talvez um pouco mais do que isso. As pessoas falam de tudo nessas reuniões, né? O pessoal de vocês não é do tipo "honestidade em tudo"?

— É, e a maioria das pessoas é assim. Mas, Hol... não é mentir se você só fica de bico calado.

Esse cara talvez não consiga, pensa Holly, lembrando-se do bilhete. Sem mencionar o codinome. Ela acha que esse cara se vê como um anjo vingador com uma espada chamejante, e gente assim não consegue ficar calada. Alivia a pressão.

Ela repara em uma placa atrás do bar que mostra uma laranja com um canudo enfiado. Um beija-flor claramente bêbado está voando ao lado. Embaixo da laranja está escrito: ESPECIAL DOS PASSARINHOS MATINAIS! SEU PRIMEIRO SCREWDRIVER POR UM DÓLAR! DAS 8H ÀS 10H!

— As pessoas vêm mesmo tomar vodca com laranja às oito da manhã? — pergunta Holly.

— Amiguinha — diz John Acker —, você ficaria surpresa.

— Aff. — Holly termina a bebida e vai ao banheiro. Tem uma pichação na porta da cabine que diz FODAM-SE OS DOZE DIAS DE NATAL.

Alguém estava tendo um dia muito ruim, pensa ela. *Provavelmente ano passado, quando Alan Duffrey ainda estava vivo.*

Ela está vestindo a calça quando uma ideia a atinge com tanta força que ela se senta com um baque. De olhos arregalados, olha para FODAM-SE OS DOZE DIAS DE NATAL.

Ai, meu Deus, pensa ela. *Preciso falar com a Izzy.*

Ela começa a contar nos dedos, os lábios se movendo.

Do lado de fora do bar do John, ela liga para Isabelle Jaynes. É uma regra da vida dela que, quando se liga para alguém com uma notícia ruim, a pessoa sempre atende. Quando se liga com uma notícia boa, cai no correio de voz. Ela espera que aquela seja uma exceção que prove a regra, mas não é. Pede para Izzy ligar assim que puder e sai em busca das joias perdidas… embora, agora, as joias não sejam prioridade. Duffrey não é caso dela, mas ela está metida nele de qualquer modo.

5

Izzy olha o celular, vê que é Holly e aperta o botão de desligar. *Agora não, Hols*, pensa. O plano era que ela e Tom se separassem e fizessem as entrevistas, perguntando sobre Letitia Overton, mas como John Lennon disse uma vez, a vida é o que acontece quando você está fazendo outros planos.

Ela encontrou seu parceiro em frente ao Banco de First Lake City, e eles estavam prestes a entrar quando Lew Warwick ligou.

— Acho que Wilson pegou mais dois. — Ele deu a Izzy um endereço em Breezy Point.

Agora, ela está ao lado da Lava Que Embranquece com uma mulher corpulenta chamada Marie Ellis. Ela está tremendo e não quer ir até os fundos da lavanderia. Diz que uma vez foi suficiente.

— Eu não vejo uma pessoa morta desde a minha avó — fala para Izzy —, e pelo menos a vovó morreu na *cama*.

Tom está na esquina, fotografando os dois mortos, as cadeiras (uma fechada), as latas de Fuzzy Navel e o recipiente onde estavam. A van da perícia vai chegar logo com as câmeras e os pincéis, mas é melhor tirar fotos o mais rápido possível.

Marie Ellis trabalha como faxineira, dobradeira, fornecedora de troco e faz-tudo no Lava Que Embranquece. Os homens podem ter sido mortos durante o almoço dela… ou não. A parte do não é uma ideia que a deixa morrendo de medo. Mesmo vazias, as secadoras grandes giram por cinco minutos em cada quinze, ela não sabe por quê, e são barulhentas. Se houvesse tiros, ela provavelmente só ouviria se fossem muito altos.

Ela estava com um bolinho recheado no avental para comer de sobremesa, e quando a última leva de roupas foi dobrada, foi para os fundos comê-lo e fumar, porque a exaustão das secadoras mantém aquela área quente. Pensou que, se os dois bêbados não estivessem lá, poderia se sentar em uma das cadeiras para comer. Só que eles *estavam*, e estavam mortos.

— Você sabe o nome deles, sra. Ellis?

— Um era Frank. Acho que é o que está no chão. O outro era Bruv, Dove ou algo assim.

— Você não ouviu tiros?

Marie balança a cabeça.

— Coitados! Quem fez isso podia ter entrado e atirado em *mim*! Eu estava sozinha!

— Você não viu ninguém?

— Não. Só… eles. — Ela aponta para a parte de trás, mas puxa a mão de volta, como se o dedo fosse um periscópio que poderia mostrar o que ela não quer ver de novo.

Tom volta.

— Moça, você vai precisar ir à delegacia em Court Plaza gravar um depoimento, mas só depois. Pode ser às cinco?

— Sim, acho.

— Agora pode voltar para o trabalho.

Marie olha para ele como se ele fosse louco.

— Eu vou pra *casa*. Tenho um Valium no armário de remédios e vou tomar. — Ela olha para Tom com uma expressão provocadora, como se desafiando o detetive a contradizê-la.

— Faça isso — diz Izzy. — Pode me dar seu endereço?

Marie toca na pele flácida embaixo do pescoço.

— Eu não sou suspeita, sou?

Izzy sorri.

— Não, Marie, mas nós vamos precisar daquele depoimento. Você está bem pra dirigir?

— Acho que estou.

Quando ela sai, Tom diz:

— Todos os mortos estavam com um papel na mão. Consegui ler TURN em um deles. E algo que talvez seja um BY no do outro cara. Fiquei tentado a abrir um pouco os dedos, mas não fiz isso.

— Melhor assim. Nós vamos saber em breve. O tenente está vindo?

— Está. — Tom olha em volta. — Graças a Deus não tem ninguém espiando. Isso aqui é um shopping zumbi. Claro que isso também quer dizer que não tem testemunhas.

— Nem a Marie — diz Izzy. — Você acha que ela tem sorte de estar viva?

— Acho. E eu acho que ela sabe.

Izzy vira a esquina. O corpo de um está sentado na cadeira dobrável com a cabeça sobre o peito, como se dormisse. O outro está com a cara no mato, com um mocassim rachado e sujo encostado na parede de concreto dos fundos da lavanderia.

— Que lugar merda pra morrer.

— Pelo menos morreram quentinhos — comenta Tom. — Eu trouxe seis picolés de gente para o necrotério depois daquela onda de frio que tivemos em janeiro. Dois sem identificação. Um era um garoto.

— Com licença um minuto.

Ela vai até a calçada e vê que Holly deixou um recado. São duas palavras, *me liga*, mas Holly parece empolgada.

Ela descobriu alguma coisa, pensa Izzy. *Caramba, essa mulher é muito sinistra. Um Sherlock Holmes de salto baixo, blusa de cor pastel e saia de tweed.*

6

Holly encontra algumas das joias que procura na O'Leary Penhores e Empréstimos da rua Dock. Por ser alguém que evita confrontos, a menos que sejam absolutamente necessários, Holly não discute com Dennis O'Leary, que quer brigar e ser um merda, apenas fotografa as joias e sai. Que o pessoal do seguro assuma agora, com ou sem envolvimento da polícia. Ela vai receber ao menos parte do bônus, o que a deixa feliz.

Quando está entrando no carro, seu telefone toca. É Izzy. Holly estava empolgada antes, no banheiro feminino, com a certeza de ter entendido ao menos parte da charada, mas tem uma tendência de duvidar de si mesma, e agora hesita. E se estiver errada? Mas Izzy não vai rir dela mesmo se estiver, lá dentro Holly sabe disso. E além do mais...

— Eu estou certa, eu sei que estou — diz ela, e atende a ligação.

— E aí, Hols?

— Você sabe quantas combinações de dois dígitos diferentes somam catorze, Izzy?

— Não. Isso importa?

— Sete, mas só se você usar o sete duas vezes. Seis se não usar. E uma dessas combinações é doze mais dois.

— Para de enrolar, garota. Eu estou numa cena de crime. Assassinato duplo. Trabalho de Bill Wilson. A van da perícia está a caminho.

— Ai, meu Deus! Ele deixou nomes?

— Deixou, mas não dá pra ler. Estão nas mãos dos cadáveres, que estavam fazendo uma festinha da birita atrás de uma lavanderia em Breezy Point antes de esse canalha aparecer e atirar. Vamos descobrir quais são depois que o pessoal da perícia chegar e fizer o trabalho deles. O que você está pensando?

— Você já localizou Letitia Overton?

— Não. Mas espero que aconteça em breve.

— Quando localizar, pergunta se ela estava no júri que condenou Alan Duffrey.

Silêncio do outro lado.

— Iz? Está aí?

— Poooooorra — sussurra Izzy. — Tem doze pessoas num júri. É isso que você está pensando?

— É — diz Holly, e se apressa para acrescentar: — É só um palpite, mas se você juntar o juiz... e o promotor... dá...

— Catorze — diz Izzy.

— *Poderiam* ser só treze, a carta não é clara, talvez de propósito. Mas eu acho que são catorze. O culpado pode ser Cary Tolliver. Faz sentido lógico. — Ela pensa nisso e diz: — O sr. Tolliver está morrendo, mas pode ser ele mesmo assim.

— Vou descobrir sobre Overton e também sobre os nomes que os dois homens mortos têm nas mãos. Você não pode falar nada sobre isso, Holly. Se o tenente Warwick descobrir que eu te contei...

Holly passa um dedo pelos lábios. E, porque Izzy não pode ver o gesto, acrescenta:

— Não vai sair daqui. Mas, se for isso mesmo, os tacos de peixe são por sua conta na nossa próxima ida ao parque Dingley.

7

Trig passa o resto da tarde enrolando no trabalho. Fica esperando que a polícia apareça e o prenda pelo assassinato duplo atrás da Lava Que Embranquece. Ele tem certeza de que não foi visto, mas a ideia, talvez resultado de muitos episódios de *CSI*, não sai da cabeça dele. No entanto, seu único visitante é Jerry Allison, o zelador-chefe idoso do prédio. Jerry acha que pode parar e bater papo, seja com Trig ou qualquer outra pessoa, a hora que quiser, porque empurra uma vassoura e encera chão desde que Reagan era presidente, como fica feliz em contar para qualquer pessoa, o tempo inteiro.

Depois do trabalho, Trig entra no carro e dirige cinquenta quilômetros até Upsala, onde tem uma reunião chamada Hora do Crepúsculo à qual vai às vezes.

No caminho, uma coisa maravilhosa acontece: a ansiedade passa. A sensação de dúvida sobre sua capacidade de completar aquela missão também. A menos que cometa um erro, a polícia não vai conseguir encontrar nenhum rastro que leve a ele, mesmo se (*quando*) perceberem o que está fazendo, porque seus alvos são completamente aleatórios. Sim, ele sabia que aqueles bêbados às vezes bebiam atrás da lavanderia, porque viu um deles em uma de suas saídas investigativas depois da morte de Alan Duffrey e da confissão horrível de Cary Tolliver naquele podcast de Buckeye Brandon. Só faltam onze. É importante ir até o fim. Quando ele terminar, o mundo vai saber que quando um homem inocente morre, outros inocentes também precisam morrer. É a única reparação perfeita.

— Porque aí os culpados sofrem — diz, entrando no estacionamento da Igreja Congregacional de Upsala. — Não é, papai? — Não que o papai de *Trig* tenha sofrido. Não. Esse era o trabalho do filho.

Eu vou esperar um pouco até o próximo. Uma semana, talvez até duas. Vou me dar um descanso e um tempo para eles desvendarem o motivo.

De certa forma, é engraçado, porque é o que ele sempre pensou sobre beber. *Eu vou tirar uma semana de folga, vou ficar sóbrio, só para provar que eu consigo.* Mas aquilo é diferente, claro que é, e a ideia de parar por um tempo tira um peso dos ombros dele.

Ele desce a escada até o porão da igreja, onde cadeiras dobráveis foram montadas e a urna de café onipresente emite aquele aroma agradável. Seu bom humor se sustenta durante a leitura do Preâmbulo do AA e do Como Funciona. Continua durante a leitura das Promessas e depois da pergunta retórica, "Essas são promessas extravagantes?", ele recita "Achamos que não" junto aos demais. Continua durante o monólogo de bebida do líder, que segue o padrão de sempre: rum seguido de ruína, ruína seguida de redenção. Continua até o líder perguntar se alguém tem um tópico que gostaria de discutir e um homem corpulento, um sujeito que Trig conhece bem, embora esteja na fileira da frente e Trig na de atrás, levanta a mão e fica de pé.

— Eu sou o reverendo Mike.

— Oi, reverendo Mike — respondem os alcoólatras e drogados.

Diga a eles que você ama Deus, mas...

— Eu amo Deus, mas, fora isso, sou só mais um viciado qualquer — fala o reverendo Mike, e de repente o bom humor de Trig evapora. *Talvez fosse só uma onda doida de endorfina, afinal,* pensa ele.

É verdade que o reverendo pode aparecer em qualquer reunião (embora raramente tão no fim do mundo), sempre de pé para que todos possam vê-lo, falando, falando sem parar. Ele estar na Hora do Crepúsculo logo depois que Trig matou dois bêbados... parece um mau presságio. O *pior* presságio.

— Como o capítulo 7 do *Grande livro dos Alcoólicos Anônimos* nos diz...

— O reverendo então começa a citar palavra por palavra do referido capítulo. Trig se desconecta da declamação (e, a julgar pelos olhos vidrados que vê em volta, ele não está sozinho), mas não do reverendo em si. Lembra-se do reverendo Mike o chamando depois de uma reunião do Círculo Reto no final do inverno ou começo da primavera. Dizendo que Trig pareceu perturbado quando falou.

Como ele tinha respondido mesmo?

Era difícil lembrar as palavras exatas, principalmente com Mike do Livrão ainda no centro do salão recitando as polissílabas. Trig não tinha dito que havia perdido alguém recentemente? Sim, e essa parte não era problema, só que aí ele contou ao reverendo que a pessoa que ele tinha perdido estava presa.

Eu não falei isso!

Mas Trig tem quase certeza de que disse.

Mesmo assim, ele não vai se lembrar, e que diferença faria se lembrasse?

Mas aquilo foi só um ou dois dias depois que Alan Duffrey morreu, e saiu no jornal, e se o reverendo fez a conexão...

O quão improvável é isso?

É muito improvável... mas improvável não é impossível.

Por fim, o reverendo decide se sentar. O grupo murmura "obrigado, reverendo Mike", e a conversa finalmente começa. Trig não fala nada porque não sabe qual assunto o reverendo acabou sugerindo quando terminou a tagarelice. E também porque está concentrado naqueles ombros largos e cabeça calva.

Trig está pensando que talvez mate uma quarta pessoa antes de tirar uma folga. Só para garantir que o improvável não aconteça. E quem é mais inocente do que um viciado em reabilitação, um demônio, que ama Deus?

Um pensamento indigno passa pela cabeça de Trig, mas também é um pensamento *divertido*, e ele cobre a boca para esconder um sorriso. *Calá-lo seria um favor para a comunidade em reabilitação.*

Depois da reunião, Trig aperta a mão do reverendo e diz o quanto gostou de ouvi-lo. Os dois conversam por um tempo. Trig confessa que está tendo muita dificuldade em fazer reparações, e escuta pacientemente enquanto o reverendo cita (palavra por palavra) do capítulo 5 do *Grande livro*:

— Precisamos estar dispostos a fazer reparações onde antes fizemos mal, desde que não façamos mais mal no processo. — E assim por diante, blá-blá-blá.

— Eu preciso de aconselhamento sobre isso — diz Trig, e vê Mike do Livrão quase se expandir. Eles marcam um horário para Trig passar na casinha do reverendo, às sete da noite do dia 20.

— É perto do centro recreativo.

— Eu encontro.

— A menos que você pense em beber antes. Aí pode ir amanhã. Ou agora mesmo.

Trig garante que vai ficar bem até o dia 20 de maio, mais porque não quer continuar a missão tão rápido. Ele segura o braço grande do reverendo.

— Por favor, não toque nesse assunto com ninguém. Eu tenho vergonha de precisar de ajuda com isso.

— Nunca tenha vergonha de pedir ajuda — diz o reverendo, os olhos cintilando com as revelações interessantes a caminho. — E, acredite, eu não vou tocar nesse assunto com ninguém.

Trig acredita, o reverendo Mike é um chato tagarela, mas também é um bom AA. Trig o ouviu declamar do *Grande livro sem parar*, mas nunca uma história ou mesmo uma anedota sobre outro viciado. O reverendo leva a sério a ordem final de cada reunião: "O que você ouviu aqui deve ficar aqui quando você sair".

Isso é bom.

8

Enquanto o assassino de Annette McElroy, Frank Mitborough e Dov Epstein está em uma reunião do AA em Upsala, Isabelle Jaynes está no cubículo em Court Plaza 19 telefonando para Letitia Overton. Tom Atta a localizou pela ex-cunhada, que disse que só tinha o número de Letitia porque havia se esquecido de apagar dos contatos. Ela chamou Overton de "aquela escrota", mas a mulher de voz suave que atende a ligação de Izzy não soa nenhum pouco como uma escrota.

Izzy se identifica e pergunta onde Overton está morando.

— Estou nos Apartamentos Trellis, na cidade de Wesley Chapel. Fica na Flórida. Por que você está ligando, detetive Jaynes? Não estou metida em nada de ruim, estou? Sobre aquela… coisa?

— Que coisa seria essa, sra. Overton?

— O julgamento. Ah, sinto muito pelo que aconteceu, mas como a gente ia saber? Coitado do sr. Duffrey. É horrível.

Izzy tem o que queria, mas quer ter certeza absoluta.

— Só para deixar tudo claro, você estava no júri que condenou Alan Duffrey de crime de terceiro grau por traficar material pornográfico envolvendo exploração sexual infantil?

Letitia Overton começa a chorar. Em meio às lágrimas, ela diz:

— A gente fez o melhor possível! Ficamos naquela sala do júri por quase *dois dias*! Bunny foi a última a ceder, mas um grupo de nós a convenceu. Estamos encrencados?

De certa forma, sim, e de certa forma, não, pensa Izzy. Ela vai dizer àquela mulher, que fez o que pôde com as provas que tinha, que outra mulher foi encontrada morta com o nome de Overton na mão sem vida? As chances de que ela acabe descobrindo são enormes, mas Izzy não vai contar agora.

— Não, sra. Overton… Letitia, você não está encrencada. Sabe quem mais estava no júri? Se lembra dos nomes?

Há uma fungada alta, e, quando Overton fala, soa um pouco mais controlada, talvez porque a detetive ligando de sua antiga cidade disse que ela não está encrencada.

— Nós não nos chamávamos pelos nomes, só números. O juiz Witterson foi muito rigoroso com isso, por causa da delicadeza do caso. Falou que em outros julgamentos já houve ameaças de morte. Mencionou o caso de um homem que matou uma pessoa que realizava abortos. Talvez pra nos assustar. Se era isso, deu certo. A gente ficava com adesivos colados na blusa. O meu dizia "Jurada 8".

Izzy sabe que a identidade dos jurados em casos de destaque — e o de Duffrey foi assunto de primeira página — costuma ser omitida para a imprensa, mas nunca tinha ouvido de não ser revelada para os demais jurados.

— Mas a senhora não foi chamada a fazer o juramento pelo nome, Letitia?

— Você quer dizer as perguntas que fizeram quando tiraram nossos nomes no sorteio? — Antes que Izzy possa responder, Overton desabafa: — Eu queria tanto não ter sido chamada! Ou que um dos advogados tivesse dito "ela não!".

— Entendo perfeitamente, Letitia. Mas é que o procedimento padrão é o oficial de justiça chamar os nomes dos jurados que podem ser…

— Ah, sim, eles fizeram isso, mas o juiz Witterson disse, antes mesmo de o julgamento começar, que queria que esquecêssemos nossos nomes. Tipo quando ele disse algumas vezes durante o julgamento que o júri devia desconsiderar o que tinha sido dito, porque era impróprio por algum motivo. Se bem que foi bem difícil de fazer.

— Você se lembra de alguns dos nomes?

— Bunny, claro. Eu me lembro do nome dela porque no final ela foi a última que defendeu o inocente, e porque no começo ela disse "eu sou Belinda, mas todo mundo me chama de Bunny". E o líder, o Jurado 1, disse "nada de nomes", então ela tapou a boca com a mão e arregalou os olhos de um jeito engraçado. Bunny estava sempre sorrindo ou fazendo piada.

Izzy escreve *Belinda, apelido Bunny* no bloco.

— Mais alguém? — Se bem que não sabe por que está perguntando. Os *jurados* não são os alvos, no fim das contas.

— Tinha um cara chamado Andy… outro chamado Brad… eu acho… Desculpe, só lembro disso. Tem muito tempo. Quase três anos. Sei que existe uma lista em algum lugar. Você não tem?

— Ainda não — diz Izzy. — A escrivã está de férias e o juiz Witterson falou que não lembra. Ele vê muitos júris.

Tem um certo alarme na voz de Letitia Overton quando ela diz:

— Tem alguém atrás da gente?

— Não, senhora, não tem. — Izzy fala isso com satisfação. A antiga cunhada de Overton pode achar Letitia uma escrota, mas, com base naquela conversa, a opinião de Izzy é diferente. — Vou deixar você voltar para o que estava fazendo, mas, antes disso, me diz se os nomes Turner Kelly e Philip Jacoby significam alguma coisa pra você.

— Sim, Turner foi do júri. O outro eu não sei. Turner, que acho que era o Jurado 6, e Bunny eram tagarelas. Ela era o 10. Alguns dos outros eram mais ouvintes. Philip Jackson…

— Jacoby.

— Jacoby, isso. Ele talvez fosse um desses. Quer dizer, mais de ouvir do que de falar.

— Você disse que levou dois dias. Por que tanto tempo? Com base nas provas, eu pensaria que seria rápido.

— O advogado do sr. Duffrey ficou falando que as provas podiam ter sido plantadas. Eu acho que ele até mencionou o tal Tolliver, que queria um emprego que o sr. Duffrey conseguiu. Ele era muito bom. O promotor, que acho que era assistente, na verdade, disse que isso era improvável, porque as digitais de Duffrey foram encontradas nas revistas escondidas atrás da fornalha dele. Mesmo assim, havia dois ou três que achavam que não havia provas suficientes para fechar o caso. Bunny era uma. O número 7 era outro. Era outra mulher.

— Você foi uma das que resistiram?

Outro fungado úmido.

— Não. Aquelas imagens, as do computador de Duffrey, me convenceram. Eram tão horríveis. Tem uma que eu nunca vou esquecer. Uma garotinha com uma boneca. Ela tinha hematomas nos braços, o Jurado 9 destacou, mas ainda estava tentando sorrir. *Sorrir!*

Izzy conseguiu tudo de que precisa e poderia ter ficado sem essa última parte — a garota com hematomas e a boneca. *Não fico surpresa por terem condenado o sujeito*, pensa. *E não fico surpresa por ele ter sido esfaqueado.* Ela agradece a Overton.

— Você jura que não estamos encrencados? Nem correndo perigo?

— Nenhum.

— Eu vim pra cá começar uma vida nova, detetive. Meu marido era… ruim. Mas quando ouvi o podcast do Buckeye Brandon sobre Alan Duffrey ter sido incriminado, pareceu que a minha vida antiga estava me seguindo. Eu nem consigo comer direito, só pensando no que fizemos com o coitado.

— Foi uma falha da Justiça, Letitia. Acontece.

— Qual é o motivo desse contato?

— Eu não tenho autorização pra entrar em detalhes. Desculpe.

— Eu vou voltar a usar meu nome de solteira — diz ela. — Não gosto mais desse.

Izzy diz que entende, e está sendo sincera. Ela já passou por casamentos ruins.

Ela desliga e liga para Tom Atta. Depois de ela relatar a conversa com Letitia Overton, ele diz:

— Agora nós sabemos. Jurados, juiz, promotor. Façam as malas, pessoal, Bill Wilson está preparando sua viagem para o país da culpa.

— O que ele está fazendo é tão sem sentido — diz Izzy. — A mulher com quem eu falei já se sente bem culpada. Só Deus sabe o quanto isso vai piorar quando souber que Annette McElroy foi assassinada pelos pecados *dela*. Pelo menos aos olhos desse maluco do Bill Wilson.

— Overton vai ser a exceção. A maioria das outras pessoas daquele júri não vai se sentir mal. Vão dizer que se basearam nas provas, deram um veredito e não vão perder sono por isso.

— Espero que isso não seja verdade.

Mas, quando eles finalmente conseguem todos os nomes do júri de Alan Duffrey, é basicamente isso mesmo.

QUATRO

1

Embora a turnê seja do livro novo de Kate McKay, *O testamento de uma mulher*, a editora não teve nada a ver com a definição das datas. Kate tem experiência com planejamento e tira o máximo proveito disso. As datas são mais distantes entre si no começo da turnê, mas depois vão ficar mais próximas e incluir algumas cidades onde elas só vão ficar uma noite. Ela disse para Corrie que é como uma luta de boxe: você sonda o adversário, se aproxima e então começa a atacar.

No dia 10 de maio, a apresentação é no Teatro Ogden de Denver, com capacidade para mil e seiscentas pessoas. Corrie toma café às nove da manhã com o coordenador do evento, que garante que Kate vai ocupar quase todos os lugares. O fato de não haver cobrança de entrada ajuda (o livro, com exemplares aleatórios autografados, vai estar à venda).

As mulheres têm quartos adjacentes conectados pela mesma porta num andar alto do Hotel Brown Palace.

— Bem luxuoso — comenta Corrie. — Tem até bidê.

Kate ri.

— Aprecie enquanto pode. É provável que seja ladeira abaixo a partir de agora.

Corrie termina com o coordenador às nove e meia da manhã. Tem uma reunião no hotel com uma livreira da Tattered Cover às dez e meia. A mulher vai chegar com duzentos exemplares de *O testamento de uma mulher* para serem autografados. Enquanto Kate autografa, Corrie vai se encontrar com os seguranças que vão acompanhá-las até irem embora da cidade, a caminho de Omaha. O nome dele é Brian Durham, ou "Bull". Ele levará mais dois policiais de folga, que ficarão com elas desde a hora que saírem para o show até voltarem para o hotel.

Corrie combinou com Durham antes da chegada delas. Os adicionais são cortesia do coordenador do evento no Ogden. A notícia da aventura de Corrie em Reno se espalhou. Ninguém quer que a famosa Kate McKay seja atacada (ou, que Deus não permita, assassinada) na sua área. Às três da tarde Corrie estará de volta ao hotel, preparando uma sala de reuniões para a coletiva de imprensa, onde ouvirá várias perguntas sobre o que aconteceu em Reno. Ela preferiria, e *muito*, ficar nos bastidores, mas Kate insiste, e Kate é a chefe. Corrie diz a si mesma que não se ressente de ser o animal de exibição de Kate.

Será um dia agitado.

Ela gostaria de ter alguns minutos para si antes de se encontrar com a moça da livraria (um dos motivos é que precisa fazer xixi), mas, quando coloca a cabeça na suíte de Kate para ver se a chefe precisa de algo, percebe que vai ter de adiar aquele tempo para si, porque a chefe está tendo um grande chilique, digno de Katie McKay. Esses chiliques não são comuns, e Corrie descobriu que são basicamente inofensivos. É como Kate bota a tensão para fora. Corrie tenta não achar aquilo irritante nem autoindulgente. Lembra a si mesma que Kate tem razão, os homens podem gritar o tempo todo; quando estão em dúvida, eles berram. Mas Corrie não gosta. Não foi assim que foi criada.

— Filho da *PUTA! BOCETA! BICHINHA!* Só pode estar de *SACANAGEM!*

Kate ergue o olhar e vê Corrie, de boca aberta, parada na porta. Joga o celular no sofá e afasta o cabelo desgrenhado do rosto com as costas da mão. Abre um sorriso apertado para Corrie.

— E aí, como está o *seu* dia?

— Pelo jeito, melhor do que o seu — responde Corrie.

Kate vai até a janela e olha para fora.

— Já reparou que os melhores xingamentos, os mais *eficientes*, sempre focam na mulher e nas partes íntimas delas? *Filho da puta*, isto é, ser filho de uma mulher de reputação duvidosa, era o maior dos xingamentos, e nem o uso exagerado acabou com sua força. E *boceta*. Tem palavra mais feia? Parece algum tipo de faca que perdeu o corte. Até *vaca*, pelo menos do jeito que os britânicos usam…

— E *caralho*?

Kate balança a mão com desdém.

— Uma vulgaridade não discriminatória.

— *Escroto*?

Mas Kate perdeu o interesse. Está olhando para as Montanhas Rochosas com as mãos enfiadas no fundo dos bolsos da calça Lafayette.

— O que aconteceu?

— Perdemos o local na porra de Buckeye City. E por que estamos descobrindo isso só agora? Porque eles estavam com medo, esses covardes! Covardes de Buckeye City! De agora em diante eu nem quero dizer esse nome. De agora em diante, é só a "*não*-Cleveland".

Corrie nem precisa consultar as anotações.

— O Mingo? — Ela está atônita.

— É, esse mesmo. Uma diva cantora de soul quer dar uma pulada fora da aposentadoria e *nós* somos chutadas. — E, contrariada: — Tudo bem que não é uma diva *qualquer*. É a Sista Bessie, e ela é ótima. Eu ouvia muito quando era adolescente...

— A Sista? Sério? De "Love You All Night"?

Kate olha para ela com expressão azeda.

— Ela é maravilhosa, sem dúvida, mas fomos chutadas de lá. O que me irrita. Não posso chamar a Sista Bessie de vaca, mas as pessoas que tiraram a gente da agenda? Elas eu chamo de arrombadas! Elas eu chamo de filhas da puta!

Corrie tem todas as informações da turnê no notebook e no tablet, mas não precisa ir para o quarto ao lado para buscar nenhum dos dois. Sabe a turnê, ao menos a parte do Meio-Oeste, de cor.

— Eles não *podem* fazer isso, Kate. Eu tenho o contrato. Ela é uma cantora maravilhosa, claro, mas a data é *nossa*! Dia 31 de maio!

Kate aponta para o celular, que está meio escondido entre duas almofadas.

— Pode ler o e-mail do coordenador do evento se quiser. Aquele cuzão covarde do caralho nem teve coragem de me ligar. Citou a cláusula das "circunstâncias extraordinárias" no contrato.

Corrie resgata o celular de Kate, digita o código e olha o e-mail de Donald Gibson, o diretor de programação do Mingo. A expressão *circunstân-*

cias extraordinárias está lá, sim. Agora o chilique de Kate parece justificável. Até Corrie está furiosa. Que audácia!

— Isso é baboseira. *Circunstâncias extraordinárias* são uma enchente, uma nevasca, um blecaute na cidade toda! *Circunstâncias extraordinárias* seriam se a porra do local pegasse fogo. Não se a Sista Bessie aparecesse lá! Ou mesmo os Beatles, se decidissem voltar.

— Não dá — diz Kate, começando a sorrir. — Dois dos quatro não tocam mais nada.

— Bom, mesmo que *tocassem*, e que escolhessem o Mingo! Além disso, estão nos chutando de uma data que marcamos com meses de antecedência? Ridículo. Vou ligar pra esse tal Gibson e dar uma dura nele.

— Opa, garota, vamos mais devagar. — O sorriso está mais largo agora, e um pouco indulgente. A raiva diminuiu; então o raciocínio pode voltar à ativa. — Sista Bessie não é os Beatles, mas é importante. A mulher não faz um show há dez ou doze anos, muito menos uma turnê. Ela é uma lenda. Além disso, ela por acaso é negra. A gente teve uma divulgação favorável depois que aquela vaca assustou você...

— Ela fez mais do que me assustar. Aquilo *machucou*!

— Sei que machucou, e sei que estou sendo insensível, mas pergunte a si mesma o que acontece se eu executar meu contrato, com advogados e tudo, contra Sista Bessie. Em uma cidade quase quarenta por cento negra. Com que cara vou ficar se ela disser: "Sinto muito por termos que cancelar. A culpa é da branca palestrona que exigiu que o contrato fosse cumprido e impediu nossa apresentação". Como seria? Qual seria a *impressão*?

Corrie pensa, e sua conclusão a deixa com mais raiva do que nunca.

— Ele sabe disso, né? Esse tal Donald Gibson sabe.

— Pode apostar. Ele fodeu a gente a seco, meu bem.

Ele também fodeu as pessoas que queriam ver você, pensa Corrie, mas não diz.

— O que a gente vai fazer?

— Replanejar.

Corrie sente um buraco no estômago. Ela se esforçou muito para ajustar a agenda, e agora Kate quer jogar tudo no lixo. Não que seja culpa de Kate.

Kate apoia as mãos nos ombros de Corrie e diz:

— Você consegue resolver isso. Eu tenho total confiança em você.

— Lisonjas não resolvem problemas. — Ainda assim, Corrie *está* lisonjeada.

— Os coordenadores dos eventos vão colaborar na maioria das cidades, Cor. Seria diferente se a temporada de shows de verão já tivesse começado, mas não começou. A maioria daqueles locais está vazia, exceto nos fins de semana. Além disso... nós temos três dias de folga depois de Cincinnati, não é?

— É.

— E se a gente tirar esses dias em não-Cleveland? A gente pode ir ver a Sista Bessie. O que acha?

— Acho bem legal, até. Escuta, Kate, você tem a coletiva às cinco. E se você dissesse que, em solidariedade às mulheres negras e por amar a música da Sista Bessie, está abrindo mão da sua data no Mingo para que ela possa tocar?

— Se Donald Gibson disser que a ideia não foi minha...

Corrie está sorrindo.

— Você acha que ele ousaria?

Kate dá um beijo em uma bochecha de Corrie, depois na outra.

— Você é boa, Anderson. Muito boa mesmo. E eu acho que nosso novo amigo Donald vai ficar feliz de nos dar lugares de cortesia no primeiro show da Sista. Você não concorda?

Corrie, sorrindo mais largamente do que nunca, diz que com certeza concorda.

— Com acesso aos bastidores. — E então, com grande satisfação: — Aquele escroto.

2

Dois mil quilômetros a leste de Denver, Izzy e Holly estão novamente almoçando no parque Dingley. Como prometido, Izzy paga.

Holly não perde tempo.

— O que está rolando com Bill Wilson? — Depois, acrescenta: — Só entre nós, claro.

— São os jurados, com certeza — responde Izzy. — Ele está mirando neles indiretamente. Os homens assassinatos atrás da lavanderia... Você sabe dos dois?

— Claro — diz Holly, e morde o taco de peixe. — Dov Epstein e Frank Mittborough.

— Você está *mesmo* acompanhando.

— Buckeye Brandon tinha os nomes.

— Aquele bosta xereta.

Holly não diria exatamente assim, mas entende a frustração de Izzy. Seja qual for a fonte que Buckeye Brandon tem na polícia, é boa. E houve a abordagem dele a Alan Duffrey, claro.

— Você conseguiu os nomes dos outros jurados?

— Seis dos doze até agora, graças ao que Letitia Overton, Philip Jacoby e Turner Kelly lembram.

— Esses três nomes estavam…

— Nas mãos das vítimas de homicídio, sim.

— Ui.

— Os nomes dos jurados foram mantidos em segredo por causa da natureza do caso. O juiz queria que chamassem uns aos outros pelos números.

— Que nem em *O prisioneiro* — diz Holly.

— O quê?

— Uma série de televisão. "Eu não sou um número, sou um homem livre!"

— Eu não tenho ideia do que você está falando.

— Não importa. Continua.

— Vamos ter o resto dos nomes quando a escrivã voltar da Disney. A gente conversou, mas ela diz que os nomes estão no computador do sistema de tribunais.

— Claro — diz Holly. — Enfim, os jurados provavelmente não importam. Eles são afetados indiretamente, como você disse. Os que precisam viver para poderem… como ele disse? Lamentar. O juiz Witterson era o responsável. Quem era o procurador?

Izzy passa uma batata no ketchup e não responde.

Holly recua.

— Se você não quiser falar sobre isso, tudo bem.

Izzy olha para ela e sorri. É um sorriso largo, que por um momento faz com que ela pareça ter dezesseis anos.

— Você é melhor do que eu nisso.

Holly não sabe o que dizer. Está perplexa.

— O que representa um problema pra mim. Eu sou uma garota que acredita em dar crédito quando for merecido, mas também sou uma garota...

— Mulher. — Holly não consegue evitar a interrupção.

— Tudo bem, eu também sou uma *mulher* que está de olho em ser tenente caso Lew Warwick se aposente em alguns anos. Não quero a merda burocrática que acompanha o cargo, mas vai ajudar com a minha aposentadoria. Além do mais, eu adoro a cadeira dele.

— A cadeira?

— É ergonômica. Deixa pra lá. O que estou dizendo é que, se você fizer uma dedução incrível, como essa dos doze jurados e possivelmente mais dois, te dar o crédito pode ser problemático pra mim no departamento.

— Ah. Só *isso*. — Holly descarta a questão e diz uma coisa que é tão parte dela que não parece nem ridiculamente modesto demais nem extraordinário. — Eu não ligo para o crédito, eu só gosto de encontrar respostas.

— Você está falando sério, né?

— Estou.

— Você gosta de *deduzir*.

— Acho que sim.

— Come seu taco.

Holly come.

— Tudo bem, vou contar mais. O assistente que acusou Alan Duffrey é Doug Allen. Ele é promissor e está de olho na vaga de Albert Tantleff como promotor do condado quando Tantleff se aposentar. Ele mergulhou nesse caso de cabeça, então *pode ser* o cara que Bill Wilson chama de parte culpada. Além do mais, Tolliver alega, *alega*, que escreveu para Allen em fevereiro e confessou sobre a incriminação.

— Caramba. Alguma prova?

— Se você quer saber se ele enviou um e-mail ou uma carta registrada, não. Só uma carta comum. Tolliver pode estar mentindo. Também pode estar mentindo sobre o que contou a Buckeye Brandon.

— Você acha que está?

— Não.

— Por quê?

— Não posso contar. Primeiro preciso reentrevistar uma pessoa, mas vai ter que ficar pra amanhã, quando Doug Allen estiver fora da cidade numa arrecadação de fundos republicana.

— Que pessoa?

Izzy balança a cabeça em negação.

— Você pode me contar depois?

— Posso, e aí você vai poder me impressionar. Encontrou as joias desaparecidas?

— Uma parte, sim.

— E você está no encalço do resto?

Holly levanta a cabeça, que estava voltada para seu segundo taco de peixe. Seus olhos cintilam.

— *Quase* em cima.

Izzy ri.

— Essa é a minha Holly.

3

Naquela tarde, a jovem amiga de Holly, Barbara Robinson, recebe uma ligação de um número desconhecido. Ela atende com cautela.

— Alô.

— Quem está falando é a Barbara Robinson, que escreveu *Rostos mudam*? — A pessoa tem uma voz grave para uma mulher. Rouca. — Diz na orelha que você mora em Buckeye City.

— Sim, é ela — diz Barbara, e percebe que falou de si na terceira pessoa. — Sou eu. Como você conseguiu meu número?

A mulher ri, um som grave e rouco que convida Barbara a rir junto. Barbara não ri, já passou por coisa demais com Holly para não confiar em pessoas desconhecidas, mas um sorriso toca seus lábios.

— Spokeo — diz a interlocutora. — É um site…

— Eu sei o que é Spokeo — responde Barbara. Ela não sabe exatamente, mas sabe que é um dos vários sites que conectam nomes e locais com números. É pago, claro.

— Talvez seja melhor você tirar seu nome da lista — comenta a mulher. — Agora que está famosa e tal.

— Gente que escreve poesia não é famosa e não costuma precisar tirar o número da lista — diz Barbara. O sorriso está mais pronunciado agora. — Principalmente poetas com só um livro publicado.

— Eu gostei muito, especialmente o poema do título, sobre os rostos que mudam. Quando se está no ramo pelo tempo que estou...

— Que ramo? Quem é você? — Pensando: *Não pode ser, não pode.*

A mulher com voz grave e rouca continua, como se a pergunta não merecesse resposta... e, se Barbara estiver certa, não deve precisar mesmo.

— A gente conhece pessoas que têm *três* caras, não só duas. Eu queria saber se você autografaria meu exemplar. Sei que é meio abuso da minha parte pedir assim, do nada, mas como estou na sua cidade, pensei: por que não tentar? Minha mãe sempre me disse que quem não chora não mama.

Barbara se senta. É isso ou cair no chão. É loucura, mas quem mais ligaria com um pedido tão ousado? Quem além de uma pessoa acostumada a ter todos os caprichos realizados?

— A senhora é... isso é loucura, mas a senhora é a Sista Bessie?

Aquela risada rouca de novo.

— Eu sou quando estou cantando. Fora isso, sou só Betty Brady. Eu cheguei de avião ontem à noite. A banda está comigo, pelo menos uma parte. O resto está vindo.

— E as Dixie Crystals? — pergunta Barbara. Ela sabe pelo site da Sista que o famoso grupo feminino dos anos 1970 também pausou a aposentadoria para fazer backing vocal e harmonia na turnê. Esse é o primeiro encontro de Barbara com a fama, aconteceu do nada, e ela está com dificuldade de respirar.

— As meninas devem chegar hoje. Estou no Garden City Plaza Hotel, no centro, e mais tarde vamos começar nossos ensaios, num lugar velho vazio perto do aeroporto. Era um Sam's Club, o Tones disse. Tones é meu gerente de turnê. Você pode passar aqui no hotel, ou se quiser ir até lá pra ver um primeiro ensaio bagunçado, também pode. O que acha?

Silêncio do lado de Barbara.

— Srta. Robinson? Barbara? Está aí?

Barbara encontra a voz, embora pareça mais um guincho.

— Seria... ótimo. — E acrescenta: — Eu ganhei ingressos no rádio pra ir no seu primeiro show. Na K-POP. E credenciais para os bastidores. Eu sou sua fã.

— Sobre ser fã: igualmente, garota. Então talvez você prefira não ir ao ensaio. Faz muito tempo que não me apresento, e, como gosto de dizer, vai ser bem desajeitado no começo. Nós temos duas semanas e mais um pouco pra acertar.

— Não, eu vou! — Barbara se sente como uma garota num sonho. — Que horas?

— Vamos começar às sete, acho, e deve ir até tarde. Você não ia querer ficar o tempo todo, mas vai ter comida.

Claro que vou, pensa Barbara. Ela encontra a voz de novo.

— Sista... Betty... sra. Brady... isso não é piada? Trote?

— Querida — diz Betty Blake de novo, com aquela risada rouca —, é a mais pura verdade. Aparece lá naquele Sam's Club. Tones e Henrietta, que é a minha agente, vão saber seu nome.

4

Quando Barbara para o Prius no estacionamento do Sam's Club defunto, perto do aeroporto à noite, sente uma pontada de expectativa misturada com medo. Ela é bastante autoconfiante, mas ainda é difícil acreditar que não foi trote. Qual é a chance de uma pessoa famosa ligar para *ela* só porque escreveu um livro fino (128 páginas) de poemas? Ela vê algumas picapes Ryder paradas perto do prédio e acha que estão cheias de equipamentos, então, sim, Sista Bessie deve estar lá, mas, quando se aproxima do homem sentado do lado da porta fumando um cigarro, quais são as chances de ele dizer "nunca ouvi falar de você, moça, some daqui"? Barbara acha que são muitas.

Ainda assim, ela não é uma pessoa sem coragem (acha que sua amiga Holly tem mais ainda), então sai do carro e anda até o homem sentado na caixa de leite de plástico. Ele se levanta e abre um sorriso.

— É você que ela quer ver, acho. Ela disse jovem, negra, mulher. Barbara Robinson?

— Isso — diz Barbara, aliviada. Ela aperta a mão estendida do homem.

— Anthony Kelly, mas todo mundo me chama de Tones. Eu sou o gerente de turnê da Betty. É um prazer te conhecer.

— Estou incrédula — diz Barbara.

Ele ri.

— Não fique. Nós somos pessoas comuns. Entra.

É um espaço amplo cheio de ecos. Há alguns homens e mulheres empurrando equipamentos. Alguns outros estão encostados nas paredes, conversando. Uma mulher idosa de rosto estreito, figurinista de Sista Bessie, Barbara supõe, está empurrando uma arara cheia de roupas brilhantes para onde antes ficavam as registradoras.

Betty Brady — Sista Bessie — está na frente sozinha, pendurando uma guitarra no ombro. A caixa do instrumento, velha e coberta de adesivos, está aberta aos pés dela. Usando uma calça jeans e uma blusa sem mangas que se esforça para acomodar seios enormes, ela poderia ser qualquer musicista de esquina. Logo de cara, Barbara fica impressionada com seus ombros largos. Como ela está indubitavelmente *presente*.

— Vou apresentar vocês — diz Tones.

— Não, ainda não. Por favor. — Barbara só consegue emitir um sussurro. — Eu acho que ela vai tocar. Eu queria… você sabe…

Uma mulher branca com o rosto cheio de linhas de expressão, um nariz enorme e blush demais nas bochechas se junta a eles.

— Você quer ouvi-la cantar. Eu entendo.

Betty está aquecendo, ou tentando. Um dos roadies se aproxima. Betty dá o violão para ele e diz:

— Faz você, Acey. Quando eu descobri que não era boa nisso, já estava muito rica pra parar.

A mulher com blush demais diz:

— Meu nome é Henrietta Ramer, sou a agente da Betty. Não acho que você seja o único motivo pra Bets querer iniciar a turnê nesta cidade, mas acho que foi parte dele. Ela simplesmente *ama* aquele livro de poemas. Leu até ficar gasto. Acho que ela teve uma ideia sobre um deles. Talvez você goste, talvez não.

O roadie devolve a Gibson. Betty a pendura no ombro e canta "A Change Is Gonna Come", dedilhando cada acorde uma única vez. Tones e Henrietta se afastam, Tones para falar com um homem negro idoso que está tirando um saxofone da caixa, e Henrietta para falar com a mulher que levou o figurino. Todos já ouviram aquilo, mas quando Betty chega ao ápice de seu alcance, Barbara fica arrepiada da nuca até a lombar.

Dois outros roadies chegam com um piano surrado, e, um pouco antes de pararem, Betty começa a tocar "Aunt Hagar's Blues". Ela toca de pé, sacudindo a bunda na calça jeans, inserindo um rosnado rouco naquela voz suave e única. O homem negro com o sax bate palmas e move os quadris magros. As pessoas estão andando por aí, conversando, rindo, mas Betty as ignora. Está totalmente concentrada, afinando a voz como o roadie afinou a guitarra.

Sista pega a Gibson de novo. Um cara magrelo de cabelo comprido, Barbara supõe que o responsável pelo som, bota um suporte de microfone na frente dela e prende um fio de energia. Ele também liga a guitarra. Sista nem parece notar; está cantando gospel agora. Os amplificadores são posicionados. Os monitores de som. Alguns músicos começam a chegar, carregando instrumentos. O sujeito mais velho para ao lado dela e toca o sax.

Sista Bessie para no meio do verso de "Live A-Humble" para dizer:

— Ei, Red, seu filho da mãe.

Red responde e canta com ela:

— *Watch the sun, see how steady he run, don't let it catch you with your work undone.*

Barbara fica arrepiada de novo. Acha que estão perfeitos, mas a perfeição ainda está sendo desenvolvida.

Um a um, os outros membros da banda se posicionam atrás dela. Duas das três Dixie Crystals chegam. Uma está com o cabelo preso em coquinhos, e a outra com um afro cinza como neblina. Elas veem Betty, gritam e correm até ela. Sista abraça as duas e diz algo sobre Ray Charles que as faz gritarem de tanto rir. Betty entrega a guitarra sem olhar, supondo que algum roadie vai pegar. As três mulheres juntam suas cabeças. Elas murmuram, iniciam uma versão eletrizante de "Don't Leave Me This Way", de Thelma Houston, que termina com Red tocando sozinho. Todos riem e Betty tromba com os seios nele e quase o derruba. Há mais risadas e aplausos.

Betty começa a dizer alguma coisa para uma das Crystals, mas vê Barbara. Ela bota a mão no peito e pula alguns fios ao se aproximar.

— Você veio! — diz ela, e segura as mãos de Barbara. Em seu estado de atenção apurada, ela sente os calos nas pontas dos dedos da mão esquerda de Betty, a que a artista usa para fazer os acordes da guitarra.

— Eu vim — diz Barbara, baixo. Ela pigarreia e tenta de novo. — Eu vim.

— Eu tenho um camarinzinho lá atrás. Seu livro está lá. Se precisar ir embora, já que uma garota bonita como você pode ter um encontro marcado, posso ir buscar agora pra você autografar. Mas se quiser ficar mais um pouco…

— Eu quero — diz Barbara. — Quero ficar, foi o que eu quis dizer. Nem acredito que estou aqui. — O que ela diz em seguida sai sem querer: — Você é tão absurdamente talentosa!

— Você também é, querida. Você também é.

CINCO

1

Às nove e quinze da manhã seguinte, Holly está olhando a lista diária do Departamento de Correção de fugitivos de condicional. Costumam ser quatro ou cinco; hoje, são doze. *Febre de primavera*, pensa ela, e como se o pensamento a tivesse conjurado, Barbara Robinson entra derrubando a porta, quase literalmente. Não bate, só entra na sala de Holly e se senta na cadeira do cliente. A expressão no rosto dela, com olhos arregalados, sem maquiagem, as roupas amassadas como se tivesse dormido vestida, é alarmante.

Holly empurra o notebook para o lado.

— Barbara? O que houve?

Barbara ri e balança a cabeça.

— Nada. Não houve nada. Se eu estiver sonhando, não me acorde.

Holly acha que entende. Ela está ao mesmo tempo feliz e preocupada.

— Você conheceu alguém? Talvez... sei lá... tenham passado a noite juntos?

— Não do jeito que você está falando, apesar de que estava tarde mesmo. Eu fui pra cama por volta das três, acordei às oito, vesti a mesma roupa. Tinha que vir te contar tudo. *Jerome* conheceu uma pessoa, você sabia?

— Sabia. Georgia Nickerson. Ele nos apresentou. Uma jovem simpática.

— E sabe aqueles ingressos que eu ganhei quando liguei para o Morning Circus da K-POP?

— Sei. O primeiro show da Sista Bessie no Mingo.

— Eu posso dar para o Jerome. Ele pode levar Georgia. *Nós* vamos como convidadas da Sista Bessie. Só que o nome real dela é Betty Brady.

E então Barbara conta tudo, começando com a ligação inesperada da Sista Bessie. A ida dela ao Sam's Club. As pessoas que conheceu (ela recorda alguns nomes, mas não o da maioria). E, mais do que tudo, da cantoria.

— Já era mais de uma da manhã quando eles terminaram... ou tentaram. Tones Kelly, o gerente da turnê, apontou para o relógio e disse: "Hora de encerrar, crianças", e aí a maior parte da banda... Eles se chamam de Bam Band, eu já falei?

— Falou, Barbara.

— Eles começaram a guardar os instrumentos, mas aí o cara do teclado começou um riff no órgão e foi bom demais. Nos oito minutos seguintes, eles cantaram "What'd I Say" com as Dixie Crystals fazendo os vocais de fundo. Todo mundo vibrou com a música. Não tem outra palavra. Não sei se você conhece essa música...

— Conheço, sim. — Holly a conhecia desde antes de Barbara Robinson nascer.

— Foi tão incrível! Ela ficou dançando com Red Jones, o saxofonista. E aí, Betty começou a acenar pra *mim*! Ela gritou "sobe aqui, garota!" com aquela voz potente e retumbante dela. Eu subi... Fiquei com uma sensação de sonho... e as Crystals me puxaram, e *eu cantei com elas*! Dá pra acreditar?

— Claro que dá — diz Holly. Está muito feliz pela amiga. É um jeito excelente de começar o dia. Melhor do que buscar fugitivos lentos que ela consiga pegar.

— Aí fomos para o Waffle House, porque fica aberto vinte e quatro horas. Todo mundo! Holly, você devia ter visto a Sista, a Betty, eu quis dizer a Betty, você devia ter visto ela *comendo*! Ovos, bacon, salsicha, batata cheia de manteiga... e um *waffle*! Ela é grande, mas, se eu comesse aquilo tudo, eu iria *explodir*! Acho que cantar deve gastar muitas calorias. Eu *me sentei* com ela, Holly! Eu comi ovo mexido com a Sista Bessie e a agente dela!

Holly abre seu maior sorriso, em grande parte porque foi para ela que Barb decidiu contar toda aquela maravilha.

— Mas você autografou o livro dela?

— Autografei, mas essa não é a parte importante. Tem dois poemas rimados no meu livro, mais por causa da Olivia Kingsbury. Como mentora, ela era durona. Ela insistiu pra que eu escrevesse coisas que rimassem. Pelo menos duas. Ela disse que era uma boa disciplina para uma jovem poeta.

"No começo, quando estávamos nos conhecendo, nós lemos um poema de Vachel Lindsay chamado 'Congo negro'. É racista pra caramba, mas tem um ritmo interessante."

Barbara bate com o pé no chão para demonstrar.

— Então eu escrevi um poema chamado "Lowtown Jazz", meio que pra, sei lá, contar o outro lado da história. Não é um rap, mas quase. Tem um monte de rimas.

Holly assente.

— Eu adoro esse.

— Betty disse que adora também. Holly... *ela quer musicar e gravar*!

Holly só fica olhando para ela, boquiaberta. Em seguida, começa a gargalhar e aplaudir.

— Era *por isso* que ela queria encontrar você!

Barbara parece meio abalada.

— Você acha?

— Não, eu quis dizer que é porque você é você, Barbara. Seus poemas são parte de quem você é, e eles são muito bons.

— Mas, então, nós vamos ao show no Mingo como convidadas da Betty, e eu posso voltar aos ensaios a hora que eu quiser. Ela disse que a minha amiga podia ir comigo, e a minha amiga é você.

— Que ótimo, eu vou adorar — diz Holly, sem saber que ela não estará em Buckeye City por um tempo, nem mesmo no estado. — Me conta o que você escreveu no livro dela.

Barbara faz uma expressão atordoada.

— Eu não lembro. Eu estava muito empolgada.

E, com isso, Barbara cai no choro.

2

No dia seguinte, Izzy está sentada em um banco no sol fraco da manhã não muito longe da Praça do Fórum. Está tomando um latte do Starbucks que fica a meio quarteirão dali, na rua First. Ao lado dela, no banco, há outro latte. O nome no copo é Roxann, no qual falta um *e*, mas não dá para esperar que os baristas saibam todos os nomes, não é?

O sol no rosto é maravilhoso. Izzy tem a sensação de que poderia ficar ali tomando café a manhã toda, mas lá vem seu alvo, uma mulher bem acolchoada com um terninho cinza. Ela se aproxima do banco de Izzy com a bolsa pendurada em um ombro e os olhos grudados no prêmio, que por acaso é o café Starbucks. Izzy acompanhou a rotina de pausa de Roxanne por duas manhãs, mas não a abordou. Naquele dia, com a chefe longe, em Cincinnati, ela ataca.

Bem, talvez não de um jeito tão predatório. Ela só ergue o copo e diz:

— Acho que é seu, Roxanne.

Roxanne Mason para e olha para Izzy com cautela. Depois, para o copo. Ela diz:

— Isso não é meu.

— É sim. Eu comprei pra você. Meu nome é Isabelle Jaynes. Sou detetive do Departamento de Polícia de Buckeye City. Gostaria de falar com você.

— Sobre o quê?

— Sobre umas revistas mais que pornográficas. *Criancinhas. Orgulho e alegria do tio Bill. História de ninar*. Revistas assim.

O rosto de Roxanne, frio no começo, agora congela de vez.

— Isso é assunto do tribunal. Assunto *antigo*. Tome você o outro café. — Ela dá um passo na direção do Starbucks.

Izzy diz, em um tom menos afável:

— Você pode falar comigo aqui no sol agradável ou em uma sala de entrevista abafada dentro da delegacia, sra. Mason. A escolha é sua.

De certa forma, ela já sabe o que precisa saber. O jeito como o rosto de Roxanne Mason ficou gélido revelou a maior parte.

Roxanne para no meio de um passo, como se brincando de estátua, então volta devagar até o banco e se senta. Izzy entrega o café. Roxanne o recusa como se pudesse estar envenenado, e Izzy o coloca entre as duas.

— Como vou saber que você não é uma repórter *fingindo* ser polícia?

Izzy pega a identificação no bolso de trás e a exibe. Roxanne observa a foto e afasta o olhar com um beicinho emburrado infantil no seu rosto redondo: *Se eu não estiver te vendo, você não existe.*

— Você trabalha pra Douglas Allen, correto?

— Eu trabalho pra *todos* os assistentes da promotoria — diz Roxanne. E, ainda sem olhar para Izzy, continua: — Não sei por que vocês precisam ficar remexendo nessa coisa do Duffrey. Se aquele homem estava contando a verdade, foi um erro trágico da Justiça. Acontece. É triste, mas acontece. Se quiser culpar alguém, culpe o júri, ou o juiz que *instruiu* o júri.

Roxanne, assistente dos seis promotores-assistentes do condado de Buckeye, não sabe que três pessoas foram mortas com os nomes dos jurados de Duffrey nas mãos. Até aquele momento, a polícia conseguiu manter isso em segredo. Mais cedo ou mais tarde alguém vai contar, e, quando acontecer, os jornais vão surgir como ímã em metal. Ou (Izzy está pensando no blog e no podcast de Buckeye Brandon) como moscas em merda.

— Vamos dizer que apareceram algumas questões.

— Pergunte a Cary Tolliver. Que tal? Foi ele que incriminou Duffrey, e fez isso direitinho.

Ou talvez ele tenha tido ajuda de certo promotor-assistente ambicioso, pensa Izzy. *Um que gostaria de subir na cadeira atualmente ocupada por Albert Tantleff. Um promotor-assistente ambicioso que recebeu um caso interessante para as manchetes e não queria que fosse anulado.*

— Cary Tolliver está em coma desde hoje de manhã e não vai mais responder pergunta nenhuma.

E isso é uma pena, porque ele poderia ter revelado o que Izzy quer descobrir agora, mas, como Tom Atta observou, eles não sabiam a pergunta certa a fazer, e Tolliver, meio drogado de morfina, não pensou em contar. *Ou pode ter achado que nós já sabíamos,* Izzy pensa.

— Você conhece Claire Rademacher, Roxanne? Ela trabalha no First Lake City Bank, onde Alan Duffrey e Cary Tolliver também trabalhavam.

Roxanne finalmente pega o copo de café. Retira a tampa e bebe.

— Eu me lembro do nome. Acho que ela foi entrevistada. Todo mundo que trabalhava com Duffrey no banco foi entrevistado.

— Mas ela nunca foi chamada para testemunhar.

— Não, eu me lembraria disso.

— Meu parceiro e eu falamos com ela. Foi uma conversa interessante. Você sabia que Alan Duffrey colecionava revistas em quadrinhos vintage?

— Isso aqui vai dar em alguma coisa ou não? — Pela cara que faz, Roxanne Mason sabe *exatamente* onde vai dar.

— Revistas em quadrinhos vintage em sacos herméticos especiais. Duffrey gostava muito de um personagem chamado Homem-Borracha. Sessenta e quatro revistas foram publicadas entre 1943 e 1956. Eu pesquisei. Mas aí, uns sete anos atrás, a DC Comics fez uma publicação com seis volumes das revistas do *Homem-Borracha*, o que chamam de minissérie. E sabe de uma coisa? Cary Tolliver deu para Duffrey essas seis revistinhas como gesto de boa vontade quando Duffrey conseguiu a vaga de gerente de empréstimos. Você não acha estranho? Considerando que Tolliver também estava concorrendo à vaga e depois acabou incriminando Duffrey como pedófilo?

— Eu não sei o que você quer — disse Roxanne. — Nós sabemos o que Tolliver fez, ou pelo menos o que diz que fez. Ele contou tudo naquele podcast!

— Ele disse que contou tudo que tinha pra contar antes disso. Falou que escreveu uma carta para o promotor-assistente em fevereiro, admitindo tudo. Que deu informações que não saíram na imprensa.

— É mesmo? Então cadê essa carta?

Deve ter ido para o picador de papel de Douglas Allen, pensa Izzy.

— Vamos voltar aos gibis do *Homem-Borracha*. A sra. Rademacher disse que Duffrey ficou muito feliz com eles. Foi mostrar pra ela. Disse que ficou aliviado de Cary não ter nenhum ressentimento. Mas tem uma coisa interessante, Roxanne. Quando ele mostrou os gibis pra sra. Rademacher, eles não estavam em sacos herméticos. Não tenho ideia do motivo para Tolliver querer os sacos de volta, ou melhor, que *história* ele contou a Duffrey pra querer os sacos de volta, mas ele os levou.

— E *daí*? — Só que Roxanne sabe. Está na cara dela. Está no jeito como o copo de papel treme na mão dela. — Isso é perda de tempo. Só tenho quinze minutos para o café. — Ela começa a se levantar.

— Sente-se — diz Izzy, com sua melhor voz de policial.

Roxanne obedece.

— Vamos falar agora sobre aquelas revistas de pornografia infantil que foram encontradas atrás da fornalha de Duffrey. As que supostamente tinham as digitais dele. O detetive Atta e eu acreditamos que eram de papel brilhante, tipo a *Playboy* e a *Penthouse*, até olharmos as fotos das provas incluídas no julgamento. Elas estão mais pra panfletos, não encadernadas, mas grampeadas. Feitas no porão de um pedófilo doente qualquer, provavelmente, e enviadas por correio em envelopes pardos comuns de caixas postais, com nomes falsos. Papel barato, vagabundo. Tamanho pequeno.

Roxanne permanece em silêncio.

— Esse tipo de papel pega impressão digital, mas não muito bem. Fica borrado. As que o promotor-assistente Allen enviou como prova eram claras. Cada crista e cada sulco evidente. Havia duas em *Orgulho e alegria do tio Bill*, duas em *Criancinhas* e três em *História de ninar*. Você está preparada pra pergunta importante, Roxanne?

Izzy percebe que Roxanne está preparada. O copo de café parou de tremer. Ela decidiu que, se a cabeça de alguém tinha que rolar, não seria a dela.

— Aquelas digitais estavam nas *revistas* ou estavam nos *sacos* em que as revistas estavam guardadas quando foram encontradas atrás da fornalha de Alan Duffrey?

Roxanne faz uma última tentativa débil.

— Que diferença faz? *Eram* as digitais do Duffrey.

Izzy fica calada. Às vezes, o silêncio é melhor.

— Estavam nos sacos — responde Roxanne, por fim. — Não foi *má-fé* nem nada, só que, quando as revistas foram fotografadas nos sacos...

— As digitais pareceram estar *nas* revistas, não foi?

— Foi — murmura Roxanne, com a boca no copo.

— Você e eu podemos ter uma diferença de opinião sobre o que constitui má-fé, Roxanne. Certamente, se Allen recebeu uma carta de confissão de Cary Tolliver e jogou fora, isso seria má-fé inquestionável. Claire Rademacher...

— Você não tem prova disso!

Não, pensa Izzy. *E, se foi para o picador de papel, nunca vou ter.*

— Claire Rademacher não estava na lista de testemunhas de Allen, e Grinsted, o advogado de Duffrey, não a interrogou. Ela não se apresentou porque nunca passou pela cabeça dela que os gibis fossem importantes. Basicamente, seu chefe omitiu provas, não foi?

— Eles são *todos* meus chefes — diz Roxanne, com raiva na voz. — Na maioria dos dias, eu sou uma mulher com uma perna só num concurso de chutar bundas.

Mas Allen disse que levaria você junto se subisse na carreira, não foi?

É uma pergunta que Izzy não vai fazer.

— Na verdade, foi mais do que omissão. Foi desvio deliberado e um fator contribuinte no assassinato de Alan Duffrey.

— Algum criminoso matou Duffrey. Enfiou nele um objeto perfurante feito de um cabo de escova de dentes. — Roxanne derrama o café e suja os sapatos. — Nós acabamos aqui. — Ela se levanta e vai na direção do fórum.

— Doug Allen não vai pra promotoria — grita Izzy atrás dela. — Não vai importar a carta de Tolliver que ele pode ter jogado fora. Quando isso se espalhar, ele vai ter sorte se conseguir um emprego no setor particular.

Roxanne não se vira, apenas segue em frente. Tudo bem. Izzy agora sabe o que ela (e Tom) só desconfiavam: Cary Tolliver não foi o único responsável por botar Alan Duffrey na cadeia. Ele teve ajuda. Se "Bill Wilson" souber disso, ele pode considerar o promotor-assistente Allen o mais culpado.

Izzy vira o rosto para o sol agradável do dia, fecha os olhos e toma o café.

3

Kate e Corrie chegam em Omaha às duas da tarde, com Kate pisando fundo no acelerador durante a maior parte do tempo. Elas fazem turnos de meia hora ouvindo o Sirius XM, Kate cantando hinos de rock dos anos 1980 a plenos pulmões, e depois Corrie cantando com Willie, Waylon e Shania. O show evento da noite para *O testamento de uma mulher* é no Holland Performing Arts Center, com dois mil lugares e, como Corrie relata com alegria:

— Uma bunda em cada um!

Corrie fica na posição de sempre, atrás do gerente da casa, com fones de ouvido e a tela de televisão na parede, enquanto Kate sobe no palco com aplausos trovejantes que superam ocasionais vaias. Ela não comprou um Borsalino novo, nem encomendou. Naquele dia, está usando um boné vermelho dos Cornhuskers. Ela o tira no gesto de sempre de se curvar, pega o microfone no pódio (em cada parada, Corrie enfatiza que *precisa* ser um microfone sem fio e não um microfone de lapela; Kate não acha os de lapela confiáveis) e anda até a frente do palco.

— Poder feminino!

— *Poder feminino!* — grita a plateia.

— Vocês conseguem fazer melhor. Eu quero *ouvir* vocês, Omaha!

— *PODER FEMININO!* — grita a plateia. A maioria, pelo menos.

— Bom, muito bom — diz Kate. Ela está andando. De um lado para outro. Com uma calça vermelha brilhante que combina com o boné. Corrie encontrou uma para ela na Fashion Freak. — Foi ótimo. Podem se sentar. Eu preciso testemunhar, Omaha. Eu sinto que o espírito está forte em mim hoje, então sentem-se.

As pessoas se sentam numa barulheira de roupas. Algumas mulheres estão chorando de felicidade. Sempre tem uma ou outra chorando. Algumas têm tatuagens de Kate McKay.

— Para começar, quero que vocês finjam que estão na escola. Podem fazer isso? Podem? Que bom! Maravilha! Agora quero que todos os homens na plateia levantem a mão. Vamos lá, homens, não sejam tímidos.

Há risadas e alguma movimentação, mas os homens estão determinados a levarem na esportiva. Eles levantam a mão. Corrie chegara à conclusão de que, em geral, vinte por cento da plateia costuma ser de homens. Nem todos fazem parte do clube das vaias, mas a maioria, sim.

— Homens que tiverem feito um aborto, deixem as mãos levantadas. Os que não tiverem podem abaixar.

Mais risadas. A maioria das mulheres aplaude quando todas as mãos masculinas descem.

— Peraí, *nenhum* de vocês? Uau! *Caramba!*

Risadas em geral. Corrie já ouviu aquela sequência de introdução várias vezes.

— Mas quem faz as *leis* aqui no Nebraska? Estou pensando nessa pergunta em relação à decisão de Dobbs, que repassou a legislação sobre aborto para cada estado. No Nebraska, a idade gestacional limite é doze semanas. Setenta e dois por cento dos legisladores que fizeram essa lei são homens, que nunca precisaram determinar se deviam ou não encerrar uma gravidez.

— *É a lei de Deus!* — grita alguém no fundo do auditório.

Kate nem hesita. Ela nunca hesita.

— Eu não sabia que Deus tinha sido eleito para o Legislativo do Nebraska.

Isso gera uma rodada de aplausos. Corrie já ouviu aquilo tudo antes, e como não vai ser chamada para participar naquela noite (Kate vai ter o palco todo para ela, que é como as duas gostam), Corrie vai para os bastidores fazer umas ligações. Tem pontas soltas a serem amarradas antes da próxima parada.

O policial que faz a segurança delas ali está em um canto dos bastidores, comendo de um dos muitos pratos oferecidos como cortesia. Trata-se de um policial do condado de Douglas chamado Hamilton Wilts. ("Vocês, moças, podem me chamar de Ham.") Corrie sabe que não é politicamente correto pensar em pessoas acima do peso como gordas, mas, quando olha para Ham Wilts, não dá para não pensar no pai indicando uma pessoa assim e murmurando: "Lá vai outra bola de queijo ambulante".

A sala dos bastidores está mostrando Kate no palco, andando de um lado para outro, entrando no clima, *testemunhando*, mas o som está baixo e Wilts está lendo um livro de mistério. Além dos petiscos, o balcão comprido embaixo de três espelhos de maquiagem tem tantos buquês que eles chegam a brigar por espaço. A maioria é de vários grupos de mulheres, o maior do grupo que patrocina a apresentação. As flores e pratos de petiscos já estavam lá. Agora, há também um envelope branco. É novo.

Corrie o pega. No canto superior esquerdo está escrito DO GABINETE DA PREFEITA JEAN STODART. O envelope está endereçado à mão para a sra. Kate McKay e a sra. Corrine Anderson. Não fosse o que aconteceu em Reno e Spokane, Corrie teria aberto o envelope sem hesitar e o deixado no balcão, para Kate olhar quando terminasse a performance da noite (não tem outra forma de chamar). Mas Reno *aconteceu*, e a foto com o bilhete ameaçador também. Por isso, Corrie fica atenta a alertas. Deve ser bobagem, mas seus dedos parecem sentir algo *volumoso* no fundo do envelope. Pode ser só um alto-relevo chique no cartão, mas...

— Policial Wilts... Ham... quem trouxe isto?

Ele ergue o olhar do livro.

— Uma pessoa do atendimento. A sra. McKay está terminando?

— Ainda não. — Vai levar vinte minutos, pelo menos. Talvez mais. — Homem ou mulher?

— Hã?

— A pessoa que trouxe isto era homem ou mulher? — Ela ergue o envelope.

— Tenho quase certeza de que era uma mulher jovem, mas não prestei atenção. — Ele ergue o livro. Na capa tem uma mulher apavorada. — Estou chegando na parte em que vou descobrir quem foi.

Você devia *estar prestando atenção, caramba*, pensa Corrie. *Prestar atenção é a porra do* seu trabalho, *sua… sua bola de queijo.* Ela não diria isso em voz alta, tanto quanto Holly não diria.

Ham Wilts volta a ler o livro. Corrie olha as várias gavetas na sala dos bastidores. Encontra maquiagem velha, um sutiã e meio pacote de pastilhas, mas não o que está procurando.

— Policial Wilts.

Ele ergue o rosto e fecha o livro. Tem algo na voz dela.

— Você tem uma máscara? Uma máscara de covid? Este envelope… não deve ser nada, mas nós tivemos ameaças, e em Reno…

— Eu sei o que aconteceu com você em Reno — diz ele, e agora tem algo na voz *dele*. E no rosto. Corrie acha que pode ser um vislumbre do homem que Wilts era trinta anos e trinta quilos antes. — Deixa eu ver isso.

Corrie entrega o envelope para ele.

— Eu sinto alguma coisa aí, pode ser só alto-relevo ou um cartão com algum detalhe, mas pareceu se *mexer* quando eu apertei e…

Ele está com a testa franzida.

— Está errado.

— O quê?

— O nome da prefeita. Não é Stodart, é Stothert.

Eles se olham. Na televisão, sem som, Kate está fazendo o gesto registrado dela de "vamos, vamos", e Corrie ouve aplausos ao longe. Parece que estão vindo de outro mundo.

Wilts não tem uma máscara de covid, mas levou Corrie até a viatura e tem algumas máscaras antidrogas lá, as N95 que os policiais usam quando pegam um suspeito de carregar drogas. Wilts diz para Corrie que já perderam um policial depois que ele inalou coca batizada com fentanil ou heroína de um saco arrebentado. Ele entrega uma máscara para ela e diz:

— Melhor prevenir do que remediar.

Corrie coloca a máscara. Não tem certeza, mas, ao olhar para o monitor, acha que Kate começou a parte de perguntas e respostas da apresentação, pronta para metralhar com comentários ridicularizantes e bem afiados qualquer um que ouse discordar das posições dela em questões políticas e femininas… que, para Kate, dão no mesmo.

Wilts, parecendo cada vez mais um policial, corta o envelope no alto. Ele espia dentro. Arregala os olhos.

— Saia do local, senhora, isso deve ser talco, mas…

— É melhor prevenir do que remediar. Entendi.

Com o coração disparado, Corrie recua para a posição habitual ao lado do gerente de palco. O tempo passa devagar. Ela imagina Ham Wilts caído morto no chão da sala dos bastidores. Burrice, mas, desde Reno e Spokane, a mente dela tem a tendência de imaginar os piores cenários.

Kate termina com um grito de "obrigada, Omaha!" com a mão levantada e sai do palco, sorrindo e corada. Foi uma boa apresentação, obviamente, o que não é surpresa para Corrie; Kate a melhora a cada parada. Quando chegarem a Nova York, vai estar sacudindo o chão.

Ela dá um abraço em Corrie e pergunta:

— Foi bom?

— Claro, foi, mas…

— Vamos pular fora daqui. Eu quero um bife e um banho. Estou fedendo.

— Talvez tenha um problema — diz Corrie.

4

É um problema.

Em vez de passar uns dias de folga em Des Moines, como tinham planejado, Kate e Corrie permanecem em Omaha. Não era talco, nem fermento, nem bicarbonato. Era *Bacillus anthracis* e sílica. O xerife do condado de Douglas mostra a elas uma foto do pó que saiu do cartão e caiu na dobra no fundo do envelope. Depois, mostra uma foto de um montinho de pó numa balança de laboratório. Explica que eles aceleraram o procedimento. Se espera agradecimento de alguma das duas, ele não recebe. Kate está séria e pálida. *Talvez esteja começando a levar isso a sério agora*, pensa Corrie.

Wilts não tenta enfeitar a história, e Corrie o respeita por isso. Ele estava absorto no livro. Uma pessoa do atendimento bateu na porta e entrou. Ele sabe que era alguém do atendimento por causa da calça cinza e do blazer azul. Ele usa "pessoa" porque não tem certeza se era mulher, mas tem *quase*. Muito cabelo escuro. A pessoa o cumprimentou com a cabeça, apoiou o envelope em um dos vasos de flores e saiu.

— Eu queria poder dizer mais — diz Ham Wilts —, mas várias pessoas entraram e saíram enquanto a sra. McKay estava no palco. E o livro estava muito bom. Eu sinto muito por ter deixado vocês na mão.

— Você não achou que fosse acontecer alguma coisa, né? — O tom de Kate é seco. Não acusatório, mas também não *não* acusatório.

Wilts deve estar ciente de que o xerife está olhando para ele de cara feia. Ele não responde. O que já é uma resposta.

— Você tem uma foto do cartão? — pergunta Kate.

O xerife empurra outra foto por cima da mesa. Kate olha e mostra para Corrie. É o tipo de cartão que se compra em branco em uma farmácia ou papelaria, que permite que você escreva sua mensagem no lado de fora e no de dentro. O que tem do lado de fora é UM CARTÃO BÁSICO PARA PIRANHAS BÁSICAS.

— Legal — diz Kate. — O que tem dentro? Desejos de sucesso da sua amiga maluca pra caralho?

Uma quarta foto é empurrada por cima da mesa. Dentro, está escrito, novamente em letras de fôrma: O INFERNO AGUARDA O TRAPACEIRO.

5

Na noite do show de Kate em Omaha, Chrissy Stewart está hospedada no Sunset Motel nos arredores da cidade. É um buraco. Do tipo de hospedagem que ainda aceita dinheiro, não exige reserva e às vezes aluga quartos por hora. Chrissy vai passar a noite, mas deve acordar cedinho no dia seguinte. Quer chegar na próxima parada antes das vacas assassinas de bebês.

Ou não, se o antraz tiver feito o trabalho.

No quarto 6, Chrissy tira a calça cinza, a camisa branca e o blazer azul que serviu como uniforme de recepcionista. Provavelmente ela se esforçou à toa, porque o policial idiota nem desviou os olhos do livro direito. Ela tira a peruca e a touca de banho que usa por baixo. Entra no armário de paredes de plástico que serve de banheiro e lava a maquiagem leve do rosto. No dia seguinte, vai jogar a roupa fora, junto à peruca e à touca, num lixo de área de descanso a quilômetros dali.

Chrissy não pode matar *todas* as mulheres que querem recuperar o direito de matar a próxima geração, mas ela e o irmão podem matar a que faz mais barulho, a que se posiciona de forma tão estridente e desavergonhada contra a lei de Deus. Embora não tenha filhos, Chrissy sabe o que a igualmente sem filhos Kate McKay não sabe: perder uma criança é como perder o céu.

— Não pense nisso — murmura ela. — Você sabe o que vai acontecer se pensar.

Ela sabe. Pensar em perder a criança vai trazer lembranças. Uma mão inerte, por exemplo, unhas cintilando no sol matinal. Vai trazer uma dor de cabeça daquelas. Como se o cérebro dela estivesse tentando se partir em dois.

Ela viaja com duas malas. De uma, tira uma camisolinha, deita-se e apaga a luz. Do lado de fora, a oeste, um trem de carga infinito está passando, trovejando. *Talvez Kate já esteja morta. Kate e a vaca que anda com ela. Talvez meu trabalho esteja feito.*

Pensando nisso, Chrissy pega no sono.

6

Corrie pediu que todas as fotos que o xerife mostrou fossem encaminhadas para o e-mail dela, e o xerife concordou. Na manhã seguinte, Kate entra no quarto de Corrie. Kate parece mais nova e vulnerável de pijama.

— Já chega pra você?

Corrie faz que não.

Kate abre um sorriso.

— Que se foda aquela vaca se não aguenta uma brincadeira, né?

— É. FSEF.

Kate franze a testa.

— O quê?

— FSEF. Coisa de fuzileiros. Significa foda-se, sempre em frente.

— Boa — diz Kate —, mas temos um pouco de tempo livre antes de termos que FSEF para Des Moines. Graças a Deus. Tem um bar esportivo aqui na rua. A gente pode ver os Yankees jogarem com o Cleveland. Dividir um litrão de breja. Interessada?

— Claro — diz Corrie.

— Ei, peraí. Você já tem idade pra beber?

Corrie apenas olha para ela.

Kate cai na gargalhada.

7

Kate e Corrie veem os Yankees jogarem com os Guardians no DJ's Dugout Sports Bar em Omaha. Em Buckeye City, Dean Miter está vendo o mesmo jogo no Feliz, o bar onde John Ackerly trabalha quase todo dia. Dean é um veterano de dezoito anos na força policial de Buckeye City e foi designado por Lew Warwick como arremessador inicial do jogo de softball Secos & Molhados no fim do mês. Por que não? Dean arremessou três entradas sem pontuação do adversário no ano anterior, antes de os bombeiros virarem e marcarem seis corridas contra dois arremessadores reserva.

Dean está de folga hoje. Está tomando a segunda cerveja com shot, vendo o jogo, sem incomodar ninguém. Uma pessoa se senta ao lado dele no bar e esbarra com força em seu ombro. A cerveja derrama no balcão do bar.

— Ah, *mil* perdões — diz o recém-chegado.

Dean olha e vê, que glória, o bombeiro que ele venceu na última rodada do ano anterior. Antes, aquele sujeito tinha gritado pelo campo que nunca tinha visto tantas mocinhas de uniforme azul juntas. Depois que o tirou do jogo com seus arremessos, Dean gritou: "Quem é a mocinha agora, quinta divisão?".

— Cuidado — diz Dean naquele momento.

O bombeiro, um sujeito corpulento com uma cabeça grande, olha para Dean com uma expressão de consternação exagerada.

— Eu não pedi perdão? Por que tanta sensibilidade? Pode ser porque vamos massacrar vocês de novo este ano?

— Fecha a matraca, pateta. Eu estou tentando ver o jogo.

O barman — que não é John Ackerly, aquele dia é a folga de John, mas é um cara igualmente atento para perceber quando pode surgir um problema — se aproxima.

— Tudo na amizade aqui, né?

— Claro, eu só estou pegando no pé dele — diz o bombeiro, e quando Dean ergue o copo de shot para levá-lo à boca, o bombeiro não só esbarra nele, mas lhe dá um empurrão forte com o ombro.

Em vez de beber o uísque, Dean acaba encharcado.

— Ah, *mil* perdões — diz o bombeiro. Ele está sorrindo. — Acho que eu...

Dean gira no banco e pula, o punho fechado no copo de shot. O bombeiro de cabeça grande percebe a chegada do soco — Dean não é exatamente veloz — e se abaixa. O sr. Cabeça Grande também não é exatamente veloz, e em vez de passar sem acertar nada por cima da cabeça dele, o punho de Dean acerta a área ampla da testa do bombeiro. O sr. Cabeça Grande cai do banco.

— Chega, chega! — diz o barman. — Vão lá pra fora se quiserem continuar com isso!

Dean Miller não tem a menor intenção de ir lá para fora, nem de continuar nada. Abre o punho com um grito de dor. Três dedos estão deslocados e um está fraturado. O copo de shot se quebrou na mão dele. Tem cortes profundos dos quais saem presas de vidro. O sangue escorre no bar.

Os dias de arremesso estão encerrados para Dean.

SEIS

1

Depois de dias de tempo agradável de maio, a segunda-feira, 19, amanhece escura e chuvosa. Enquanto Holly preenche mais papelada de seguro (e luta para ficar acordada; tem um problema com segundas chuvosas), recebe uma ligação no número pessoal. É Izzy.

— Tenho uma coisa pra você, mas não quero enviar por mensagem de texto e nem por e-mail. Essas coisas podem voltar para assombrar burocratas inferiores como eu. Você pode vir me ver?

Qualquer desculpa para abandonar a papelada é uma boa desculpa. Holly pergunta se Izzy está na delegacia.

— Não. Na Bell College. Ginásio Stucky Memorial.

— O que você está fazendo aí?

— Longa história. Conto quando você chegar.

2

Holly encontra Izzy no ginásio da Bell College, usando moletom, tênis e uma camiseta do Departamento de Polícia. O cabelo está preso e ela está usando uma luva de defensora na mão esquerda. Tom Atta está agachado a uns dez metros de distância. Ele bate com o punho na luva e a eleva até o nível do peito.

— Joga a bola. Você já se aqueceu. Manda ver, Iz.

Izzy está mais do que aquecida, Holly avalia: tem uma árvore de suor descendo pelas costas de sua camiseta enquanto ela gira o braço e solta a bola. A bola começa alto, provavelmente fora da zona de strike, e cai cerca de dez centímetros. É tipo mágica.

— Boa — diz Tom —, mas você precisa começar mais baixo, senão vai acabar na área de rebatimento e home run de um bombeiro. Mais uma.

Ele joga a bola de volta. Dessa vez, o arremesso começa na altura dos braços de um batedor imaginário e faz a mesma queda maluca de quase dez centímetros.

— Perfeito — diz Tom, se levantando da postura agachada com uma careta. — Se eles conseguirem rebater isso, e provavelmente não vão, mas, se conseguirem, vão bater no chão. Poupa seu braço. Sua amiga chegou.

— Poupa seus joelhos, coroa — retruca Izzy com um sorriso. Ela segura um arremesso de devolução de Tom e vai até Holly. — Nós estaríamos lá fora, no campo de softball, se não fosse a chuva. — Ela balança a camiseta no pescoço. — Aqui dentro é muito quente.

— O que exatamente você está fazendo? — pergunta Holly.

— O que meu mestre mandou.

Tom se junta a elas.

— Ela está falando do Warwick. O capitão do time de softball da polícia deste ano. Também nosso chefe.

Izzy os leva até a arquibancada e se senta enquanto massageia o ombro.

— Lew me convocou pra arremessar no jogo do Secos & Molhados deste ano porque Dean Miter, que *deveria* arremessar, quebrou a mão numa briga de bar na cidade.

— O bar se chama Feliz, mas Dean está bem triste — diz Tom.

Holly conhece bem o bar, mas não diz nada. Tom tira a luva e balança a mão no ar. A palma está vermelha.

— Você manda ver quando aquece, Iz.

— Vou travar quando estiver na frente de rebatedores de verdade — diz ela de mau humor. — Eu não arremesso desde a faculdade, e isso faz *muito* tempo.

— Mas essa queda é danada — diz Tom. — Vai ser seu arremesso final.

Holly sabia que Izzy estava em forma, mas aquele lado dela, o atlético, é surpresa.

Izzy se levanta, se alonga e coloca as mãos fechadas na lombar.

— Eu estou velha demais pra essa merda. Vem comigo, Holly.

Izzy a leva para o vestiário feminino. Gira a combinação de um dos armários. As roupas estão penduradas lá dentro, junto à Glock. A bolsa está na prateleira. Ela remexe dentro e tira um pedaço de papel dobrado.

— Aqui. Se você for pega com isso, não foi de mim que recebeu.

— Claro que não.

Izzy suspira.

— Claro, de quem mais você *teria* recebido? Lew sabe que somos amigas. — Ela se anima. — Por outro lado, ele não pode me demitir, ao menos não antes do jogo do Secos & Molhados.

Holly desdobra o papel e lê.

Andrew Groves (1), Philip Jacoby (2), Jabari Wentworth (3), Amy Gottschalk (4), Ellis Finkel (5), Turner Kelly (6), Corinna Ashford (7), Letitia Overton (8), Donald Gibson (9), Belinda "Bunny" Jones (10), Steven Furst (11), Brad Lowry (12).
Juiz: Irving Witterson
Promotor: Douglas Allen

— Seja pra que for — diz Izzy.

— Você não colocou o advogado de Duffrey. Acho que eu posso pesquisar...

— Não precisa. O nome dele é Russell Grinsted, e duvido que ele seja o culpado sobre quem Bill Wilson escreveu. Até onde eu sei, Grinsted fez tudo que pôde pra soltar Duffrey depois que o cliente deixou claro que queria ir a julgamento.

— Ele podia ter feito um acordo?

— Segundo Grinsted, sim. As provas eram frágeis, o argumento de que a merda foi plantada era forte, ainda que não poderoso. Ele diz que Al Tantleff, o chefão, teria permitido que Duffrey tivesse se declarado culpado de um crime menor. Podia ter pegado um ano de prisão, talvez até liberdade supervisionada e serviço comunitário. Mas Duffrey alegou que era totalmente inocente... que tinha sido incriminado... que tinha sido armação. Ele não queria entrar no Registro, o que teria acontecido se admitisse culpa. Tantleff passou o caso pra Doug Allen, que pegou a partir daí. Tom e eu precisamos conversar com Grinsted de novo, só pra contar pra ele, e nós precisamos *muito* conversar com Allen.

— Sobre o quê?

— Sobre o que descobri com Claire Rademacher. Ela é…

— A caixa principal do banco onde Duffrey e Tolliver trabalhavam.

— Você anda investigando, Gibney.

Holly abre um sorriso incomodado.

— Não tenho muita coisa pra fazer.

— A promotoria descobriu uma coisa com Rademacher.

Izzy explica sobre os sacos herméticos dos gibis que Cary Tolliver pegou de volta depois que Alan Duffrey os segurou.

— Allen deixou Rademacher de fora da lista de testemunhas dele. Por que não faria isso? Ela não podia ajudar no caso, só atrapalhar. O que deixou na mão de Grinsted descobrir o que ela sabia, e ele não descobriu.

— Não havia nenhum investigador que esse Grinsted pudesse chamar? — A própria Holly só trabalhou para advogados criminais poucas vezes, mas tem certeza de que *ela* teria localizado Claire Rademacher e ouvido a história dela.

— Não, Russell Grinsted trabalha por conta própria. Ele falou com todas as testemunhas da lista de Allen e convocou algumas, inclusive Tolliver, que ainda não estava doente e não tinha tido seu momento de ver Jesus, mas ele não chegou a Rademacher. Provavelmente não viu necessidade. Quando souber o que Allen estava escondendo, vai ficar furioso.

— Que comportamento merda.

— Merda, sim, mas não fora do permitido. Um promotor destruir uma carta de confissão teria sido, isso se Allen tivesse efetivamente cometido o crime, mas brincar de esconde-esconde com as testemunhas é uma estratégia clássica. Os advogados de defesa também fazem isso. O que *está* fora do permitido são as fotografias que Allen enviou para o julgamento. Elas alegavam ser das digitais de Duffrey nas revistas de pornografia infantil. Mas eram fotos das digitais de Duffrey nos *sacos*, iluminadas com cuidado pra que não desse pra ver os sacos em si.

— Ele falsificou provas! — exclama Holly. Esse tipo de artimanha sempre a deixa furiosa. Não é muito diferente de como algumas seguradoras com as quais faz negócios operam… inclusive a do Burro Falante.

— Ele vai sorrir e dizer que não fez uma coisa dessas quando eu o confrontar. Vai dizer que tem diferença entre *alegar* uma coisa e deixar que as pessoas, nesse caso o júri, tirem as próprias conclusões. Vai dizer que só mostrou que as digitais eram de Duffrey. Nunca disse especificamente que estavam nas revistas pornográficas.

Holly está estupefata.

— Ele pode fazer isso?

Izzy abre um sorriso de tubarão.

— Não. É uma violação ética. A Suprema Corte do estado não vai tirar a licença dele, mas acho que ele vai ser sujeitado à revogação disciplinar, que é *equivalente* a tirar a licença. Porque, afinal, Alan Duffrey não pode pedir um novo julgamento, não é?

— Não.

— Com carta de confissão ou não, Douglas Allen nunca vai se sentar na cadeira de promotor. Mas agora não é isso que importa.

— Você acha que Bill Wilson considera *ele* o culpado.

— Se souber do jogo sujo dos sacos e das revistas, acho que é provável. Se acreditar que Tolliver realmente escreveu uma carta confessando ter incriminado Duffrey em fevereiro, é quase certeza. E Tolliver contou ao podcaster, Buckeye Brandon, sobre a carta. Brandon chamou de *alegada* carta no podcast, mas, mesmo assim...

— Ainda assim, o promotor-assistente pode estar com um problemão — conclui Holly.

Izzy tira a camiseta e a usa para limpar o suor do rosto.

— Vou tomar um banho.

— Vou te deixar em paz.

— E Holly?

Ela nem precisa dizer. Holly passa um dedo nos lábios e gira uma chave invisível.

— Outra coisa. Você disse que conhecia uma pessoa dos programas de reabilitação da região. Falou com ele? Ou ela?

— Não recentemente — responde Holly, o que tecnicamente não é mentira, mas, quando sai do ginásio, ela liga para John Ackerly, que atende no primeiro toque.

— E aí, Holly.

— Desculpa te incomodar no trabalho, John.

— Tranquilo. Hoje o movimento está fraco.

— Você teve a oportunidade de falar com o cara que mencionou?

— Mike do Livrão. Tenho que admitir que não. Eu meio que esqueci.

— Eu também — admite Holly.

— Eu vou falar, mas é provável que não consiga nada. Ele nunca para de falar nas reuniões, mas leva a coisa do anonimato muito a sério.

— Ah. Tudo bem. Entendido.

— O reverendo às vezes vai à reunião do Círculo Reto às quartas, e depois para o Flame. Sabe qual é o lugar? Um café na rua Buell?

— Sei. — Ela já tomou café lá. É perto do escritório.

— Eu vou à reunião e, se ele estiver presente, pergunto depois. Se não, vou perguntar a alguns outros. Você está interessada em alguém que diz que se chama Bill, ou Bill W. Certo?

— Certo.

— Mais alguma coisa?

— Pergunta ao Mike do Livrão se ele ouviu alguém manifestar raiva sobre o assassinato de Alan Duffrey.

3

Tapperville é uma região agradável e abastada, parte rural e parte suburbana, que fica uns trinta quilômetros ao norte da cidade. É onde Michael Rafferty — às vezes conhecido como reverendo, às vezes como Mike do Livrão — pendura o chapéu quando não está em reuniões do AA e do NA por todo o condado de Upsala. É também onde fica o Centro Recreativo de Tapperville, onde há três campos da Liga Infantil e um da Liga Sênior. Todos estão iluminados, e o Centro Recreativo fica a apenas oitocentos metros da casa do reverendo.

Trig avaliou a área com cuidado, mas só podia torcer com antecedência para não chover naquela noite de terça. Tempo ruim atrapalharia os jogos de beisebol, o que, por sua vez, atrapalharia seus planos. Mas, depois das pancadas de chuva do dia anterior, o céu está sem nuvens, e o clima, quente. Trig não vai dizer que é o carimbo de aprovação de Deus, mas também não vai dizer que não é.

Há jogos acontecendo nos quatro campos, e os dois estacionamentos estão quase cheios. Trig entra com o Toyota comum em uma das poucas vagas restantes, coloca óculos de sol e um boné do Cleveland Cavaliers e sai. Está com uma jaqueta cinza que é tão esquecível quanto o carro cinza. Em um dos bolsos tem um revólver Smith & Wesson calibre .38. Ele preferiria o .22, mas decidiu com relutância que o reverendo não pode ser o substituto do quarto jurado. O reverendo leva a Décima Primeira Tradição ("Precisamos sempre manter o anonimato pessoal") muito a sério, mas será que Trig estaria disposto a botar a missão em risco por acreditar que Mike do Livrão não deixou escapar para ninguém que ele faria aquela visita? Não.

Por que eu contei que a pessoa por quem estava de luto estava presa?

Seu pensamento, mas na voz do falecido pai.

— Porque eu estava chateado — murmura ele enquanto levanta a gola da jaqueta e sai andando pela rua até a casinha com um quarto onde o reverendo mora.

Mesmo que o reverendo não tenha contado para ninguém que Trig vai lá para conversar, os dois estiveram em reuniões juntos. A maioria fora da cidade, mas mesmo assim. Se Trig deixar o nome do jurado na mão do Mike, podem fazer a conexão entre os dois. É extremamente improvável, porque Trig não dá o nome nas reuniões, mas improvável não é impossível.

Melhor fazer com que pareça roubo. Isso significa matar um a mais, mas Trig já fez as pazes com isso.

Pelo jeito, matar realmente fica mais fácil com o tempo.

4

O reverendo se encontra com Trig na porta e faz uma pergunta inesperada.

— Cadê seu carro?

Trig enrola, mas se recupera.

— Ah. Sim. Eu deixei no Centro Recreativo. Não quis bloquear sua entrada.

— Não precisava ter se preocupado, o meu está na garagem e tem espaço do lado de fora. Entre, entre.

O reverendo leva Trig para uma salinha confortável. Em uma moldura na parede está o "Como funciona", do *Grande livro*. Em outra tem uma foto dos fundadores do AA, Bill W. e dr. Bob, um com os braços sobre os ombros do outro.

— Quer uma bebida? — pergunta o reverendo.

— Um martíni muito seco.

O reverendo cai na gargalhada. O som lembra a Trig o jeito como o burro falante ri naquelas propagandas de seguro: *hi-ha! Hi-ha!*. O reverendo tem até os dentes grandes, como os do burro.

— Aceito uma coca, se tiver.

Ele lembra a si mesmo de prestar atenção em tudo que toca, por causa das digitais. Até agora, nada.

— Não tem coca, mas tem ginger ale.

— Está ótimo. Posso usar o banheiro?

— Fica ali no corredor. Seu problema é sobre o seu amigo que morreu na prisão?

— Esse mesmo — responde Trig, pensando que, se o destino do filho da mãe xereta já não estivesse selado, essa pergunta teria cravado o último prego no seu caixão. — Com licença.

Embora o reverendo seja um eterno solteirão, o banheiro é de um rosa bem feminino. Trig não conseguiria mijar nem se sua vida dependesse disso, sua bexiga está totalmente travada, mas ele dá descarga, depois pega uma toalha de mão (rosa) no toalheiro e limpa o botão. Tira o .38 do bolso da jaqueta e enrola na toalha, como Vito Corleone fez em *O poderoso chefão 2* quando atirou em Don Fanucci. Aquilo vai abafar o som na vida real? Trig só pode torcer para que sim, apesar de o .38 ser uma arma maior do que a Taurus .22.

Pelo menos não tem nenhum vizinho.

Com uma oração para o seu Deus, Trig sai do banheiro e percorre o corredor curto, até a sala. O reverendo está vindo da cozinha com dois copos de ginger ale em uma bandeja de metal. Ele abre um sorriso para Trig e diz:

— Você se esqueceu de deixar a toal…

Trig atira. O som é abafado, mas mesmo assim alto. No filme, a toalha pegou fogo, mas aquilo é a vida real, e isso não acontece. O reverendo para com uma expressão comicamente impressionada, e Trig acha que errou, porque não tem sangue. Imagina que acertou a parede, talvez. Mas, lentamente, a bandeja se inclina. Os copos de ginger ale deslizam e caem no carpete. Um deles quebra. O outro, não. O reverendo deixa a bandeja cair. Ainda está olhando para Trig, impressionado.

— Você atirou em mim!

Ah, Deus, vou ter que atirar de novo. Como aconteceu com a mulher e os bêbados.

O reverendo se vira, e Trig vê sangue. Está saindo por um buraco no meio da camisa xadrez do homem.

— *Atirou* em mim!

Trig reenrola a toalha (não é nenhum grande silenciador, mas é melhor do que nada) e levanta a arma de novo. Antes que possa disparar, o reverendo cai de joelhos, e depois de cara na passagem para a cozinha. Um dos seus pés tem um espasmo e chuta o copo que não quebrou. O copo rola uns trinta centímetros, ainda derramando ginger ale, e então para.

Trig vai até o reverendo e procura pulsação no pescoço do homem robusto. Não consegue encontrar, e acha que ele está morto. Mas aí, o olho que Trig consegue ver se abre.

— Atirou em mim — sussurra o reverendo, e o sangue escorre pela boca. — Por quê?

Trig não quer atirar de novo, e conclui que não precisa. Há duas almofadas, uma em cada canto do sofá. Em uma, está bordado VÁ COM CALMA. Na outra, RELAXE E DEIXE NAS MÃOS DE DEUS. Trig pega a do RELAXE E DEIXE NAS MÃOS DE DEUS e a coloca na cara do reverendo. Segura por um minuto, talvez um pouco mais. A voz de seu pai diz: *Seria uma péssima hora para alguém aparecer.*

Quando tira a almofada, o olho visível do reverendo está aberto, mas estático. Trig passa um dedo na frente. Sem reflexo de piscar. Ele morreu.

— Desculpa, reverendo — diz Trig.

Ele remexe no bolso de trás do sujeito, tira a carteira e olha dentro dela. Trinta dólares e um cartão Visa. Trig bota a carteira no próprio bolso. Tira o relógio Shinola do reverendo e faz o mesmo. Vai até o quarto. Usa a toalha para o closet, com um movimento tão forte que arranca a porta de correr dos trilhos. Ele derruba as roupas, a maioria calças jeans e camisas baratas, que formam um monte emaranhado de cabides. Usa a toalha para abrir a mesa de cabeceira. Dentro, encontra uma Bíblia, um exemplar do *Grande livro*, outro de *Doze passos e doze tradições*, uma pilha de medalhões de sobriedade do AA, quarenta dólares, uns óculos que parecem de farmácia e uma foto do reverendo chupando o pênis de um jovem. Trig acha que já viu o rapaz nas reuniões. O nome deve ser Troy. Trig pega o dinheiro e, depois de pensar por um momento, pega a foto. Não ia querer que a polícia a encontrasse. O jovem pode se meter em encrenca.

Na cozinha, encontra uma agenda onde, no quadrado do dia 20, está escrito TRIG 19h em letras de fôrma. Isso acaba sendo um dilema incômodo. Um ladrão qualquer levaria uma coisa tão sem valor quanto uma agenda? Não, alguém poderia notar que tinha sumido. A faxineira, por exemplo, se o reverendo tiver uma. Um ladrão arrancaria *uma página* de uma agenda? De jeito nenhum. Quando Trig olha os meses anteriores, vê outros compromissos anotados com capricho com a mesma letra. Provavelmente outros encontros de aconselhamento. Ou amorosos.

O que fazer?

Seu primeiro impulso é riscar vários nomes e horários aleatórios, inclusive o dele, achando que isso é o que o reverendo poderia fazer se as pessoas não aparecessem nas "sessões" marcadas. Ele pega a caneta ao lado da agenda para começar a fazer isso, mas a larga de lado. Pode haver agendas de outros anos guardadas em algum lugar, possivelmente no sótão, no porão ou na garagem. Se a polícia encontrá-las e não houver nenhum nome riscado, vão desconfiar de alguma coisa, não vão? Vão olhar a data de hoje com atenção especial, e, se conseguissem fazer algum feitiço científico para ver atrás do rabisco sobre seu nome... infravermelho, ou algo assim...

Ele solta uma risada. Ter cometido quatro assassinatos e se ver encurralado por uma agenda! Que absurdo!

Você é um idiota, diz a voz do pai, e Trig quase consegue vê-lo.

— Pode ser, e pode ser que isso tudo seja culpa sua — diz Trig.

Ouvir a própria voz o acalma, e uma ideia surge. Ele pega a caneta e se curva na direção do quadrado que tem seu nome. *Tome cuidado*, diz ele para si mesmo. *Faça como se sua vida dependesse disso, porque talvez dependa. Mas não hesite quando começar. Não pisque. Tem que ficar certo.*

5

Quando Trig sai da casa, está quase escuro. Ele anda na direção das luzes em volta dos campos de basquete e dos sons de pessoas torcendo. Ninguém o vê, o que ele encara como sinal de que seu pai aprova a missão e a alteração pequena mas crucial que fez na agenda do reverendo. Seu pai está morto, mas a aprovação dele ainda importa. Não deveria, mas importa.

Trig entra no carro e sai dirigindo, e fazendo apenas uma pausa para limpar o .38 e jogar no riacho Crooked. A carteira e o relógio do reverendo vão junto. Em Elm Grove, ele pega uma lata de sopa de tomate vazia no lixo, bota a fotografia dentro e taca fogo. A ida a Tapperville foi um desvio necessário, mas agora ele pode voltar à sua missão principal.

Ele percebe que está ansioso para isso. Se for da mesma forma que ficava ansioso para a próxima bebida, e daí?

6

Izzy nunca teve nenhum contato com o promotor-assistente Doug Allen, mas Tom, sim.

— O sujeito é um babaca — opina ele enquanto os dois andam pelo corredor até a sala de Allen.

Allen é um homem alto de ombros caídos, e está cultivando um cavanhaque que não combina com o rosto fino e pálido. Não tem secretária nem assistente lá. Ele mesmo os recebe. Sua mesa é rigorosamente organizada, sem nada em cima além do computador e de um porta-retratos com uma foto da esposa e as duas filhas. Na parede, há o diploma dele e uma foto de Allen com J. D. Vance, um com o braço nos ombros do outro.

Tom Atta assume a liderança. Primeiro mostra a Allen a carta de "Bill Wilson", depois delineia o caso até ali. Quando recapitula a parte sobre Tolliver alegar que escreveu uma carta de confissão ("endereçada a *você*, sr. Allen"), um rubor sobe pelas bochechas pálidas de Allen, começando na mandíbula e subindo até as têmporas. Izzy nunca tinha visto um homem ficar vermelho daquele jeito, e acha fascinante. Ele a faz lembrar alguém, mas, no momento, ela não consegue recordar quem.

— Ele mentiu. Não houve carta, como falei pra aquele tal Buckeye Brandon quando ele pediu um comentário. — Allen chega para a frente na cadeira, as mãos unidas, tão apertadas que os nós dos dedos estão brancos. — Vocês só estão trazendo isso pra mim agora? Depois de três assassinatos relacionados ao caso Duffrey?

— No começo, não conectamos os nomes nas mãos das vítimas aos jurados de Duffrey — explica Tom. — Os nomes foram mantidos em sigilo, como os dos jurados do caso Trump versus Ghislaine Maxwell.

— Mas e quando vocês *ligaram*? — Allen balança a cabeça com repulsa. — Meu Deus, que tipos de detetives vocês são?

E que tipo de promotor você é?, pensa Izzy.

— Nós não viemos falar direto com você por dois motivos, sr. Allen. Primeiro, porque aqui é como uma peneira: qualquer informação chega e vaza para fora em um segundo — diz Tom.

— Não estou gostando disso!

— O caso Rodney e Emily Harris, por exemplo. Quando seu escritório recebeu, todo mundo soube, começando por seu amigo Buckeye Brandon.

— Esse caso não foi meu e ele não é meu *amigo*!

— E as revistas pornográficas encontradas no porão de Alan Duffrey? Esse caso *era* seu, e o pré-julgamento saiu em todos os jornais e na internet.

— Não tenho ideia de quem vazou aquelas informações, e, se soubesse, essa pessoa estaria procurando outro emprego.

De repente, Izzy se dá conta de quem Allen a faz lembrar: Alan Rickman, que fez o vilão principal em *Duro de matar*. Não consegue se lembrar do nome do personagem, mas sabe que Holly lembraria.

Tom segue em frente.

— Isso não é mais questão da promotoria, sr. Allen. Até prendermos alguém, é algo estritamente policial. Nenhum dos outros jurados foi informado porque não acreditamos que estejam correndo risco.

— Esse psicopata não está matando jurados, está matando pessoas no nome deles — disse Izzy. — As vítimas são...

— Representantes. Eu entendi isso, detetive Jaynes. Não sou burro.

— De acordo com a carta de Wilson — continua Izzy —, ele planeja matar treze inocentes e um culpado, ou incluindo um culpado, a carta não está clara, talvez intencionalmente. O juiz Witterson pode ser a pessoa que ele acha que é culpada, mas é mais provável...

— Tolliver — completa Allen. — O homem que o incriminou. — Ele abre as mãos como quem diz "pronto, resolvi o caso para você".

— Cary Tolliver morreu no Kiner Hospital hoje de manhã — diz Tom. — Quando se trata de quem ele considera culpado, achamos que *você* é o alvo provável.

— Por quê? — Mas os olhos de Allen mostram que ele tem uma ideia do motivo. A carta (a *suposta* carta).

Mas Izzy segue por uma direção diferente.

— As digitais de Duffrey não estavam nos livretos de pornografia infantil, estavam?

Não há resposta de Allen, mas Izzy consegue ler o pensamento dele: *Ninguém disse que estavam.*

— Estavam nos sacos herméticos de gibis que Tolliver pegou de volta depois que Duffrey mexeu neles. Você levou os jurados a acreditarem que as digitais estavam nas revistas.

Há um breve momento de pânico nos olhos do promotor-assistente Allen enquanto ele considera as ramificações do que os dois sabem... e para quem poderiam contar. Mas ele se recompõe.

— Eu... quer dizer, eu e meu colega... nós nunca mentimos sobre a localização das digitais. Cabia a Russell Grinsted...

— Guarde suas justificativas para o comitê que vai decidir se deve ou não sancionar você — diz Izzy. — Nossa preocupação é se Bill Wilson sabe que você deixou Alan Duffrey numa situação difícil que fez com que ele acabasse morto. A carta sobre a qual Tolliver pode ter mentido...

— *Claro* que ele mentiu! Ele queria seus quinze minutos de fama tirando um homem culpado de Big Stone! O nome nos jornais! Entrevistas na televisão! Nós por acaso o levaríamos a julgamento por mentir? Claro que não, e ele sabia! Não com ele morrendo!

— Estou supondo que Bill Wilson levou isso em consideração — diz Izzy. — Mas a sacanagem com as digitais, sr. Allen... aquilo é por sua conta.

— Estou ofendido...

— Pode se sentir tão ofendido quanto quiser — diz Tom. — Nós queremos ver seus arquivos sobre o caso. Temos que encontrar Bill Wilson antes que ele mate mais gente inocente. E, muito provavelmente, *você*.

Doug Allen os encara. Palavras são o sustento dele, mas, no momento, ele não parece ter nada a dizer.

Izzy tem.

— Você está interessado em proteção policial até pegarmos esse cara?

7

Naquela tarde, John Ackerly vai à reunião do Círculo Reto em Buell. É uma discussão animada sobe como lidar com as pessoas queridas próximas que ainda bebem e/ou usam drogas, e John gosta de ouvir diferentes pontos de vista. Mas Mike Rafferty do Livrão não está presente, nem aparece no Flame depois.

Como John passa o resto do dia ocupado resolvendo coisas triviais, e também porque gosta de Holly e lamenta ter esquecido o que ela pediu para ele fazer, ele decide correr até Tapperville. Não sabe exatamente onde o reverendo mora, mas deve ser perto de Ree, porque todos os anos o reverendo faz um churrasco lá para o pessoal do programa, no aniversário de Bill Wilson. Que, de acordo com o reverendo, devia ser feriado nacional (um sentimento com o qual John até que concorda).

John pergunta no Piggly Wiggly ali perto. O atendente não sabe, mas um carteiro do lado de fora sabe. Ele está sentado em um banco na sombra tomando um refrigerante de fim de turno.

— Segue por ali por uns quatrocentos metros — o carteiro aponta. — Número 649. Uma casinha meio isolada. Pintura meio marrom-cocô.

— Obrigado — diz John.

— Você é amigo dele?

— Mais ou menos.

— Ele cala a boca em algum momento?

John sorri.

— Raramente.

— Pode levar a correspondência dele, por favor? A caixa está cheia. Tive que enfiar com força hoje.

John diz que vai fazer isso e dirige até a casa do reverendo, que é de fato marrom-cocô. A caixa de correspondência está abarrotada de contas, catálogos e revistas, inclusive uma cópia do *Grapevine*, do AA. John para na entrada de carros e sai, carregando a correspondência do reverendo. Vai até a porta dos fundos, sobe os degraus e toca a campainha. Seu dedo fica paralisado antes de encostar no botão. Ele abre a mão e deixa cair as cartas do reverendo nos sapatos. Tem uma janela na porta, e, olhando pela cozinha, ele vê os pés de Mike Rafferty. A porta está destrancada. Ele entra e confere se o reverendo está mesmo morto. Em seguida, sai, pega a correspondência que nunca será lida e liga para a emergência.

SETE

1

22 de maio. O dia seguinte ao desastre de Des Moines.

Corrie entra na suíte de Kate usando um cartão magnético que funciona nos dois quartos. Chega com café, croissants e o jornal matinal. Kate está olhando pela janela. Não tem nada para ver lá fora além do estacionamento, Corrie sabe porque ela tem a mesma vista, mas Kate não desvia o olhar quando a porta se fecha. O iPad dela está aberto na mesa ao lado da janela.

— Talvez eu devesse cancelar o resto da turnê — diz Kate para a janela. — Desde Reno, foi uma maré de azar.

Ei, eu também estou aqui, pensa Corrie. *Estou desde o começo. E não foi você que levou água sanitária na cara. Não foi quem poderia ter inalado antraz. Fui eu, Kate. Eu.*

Como se ouvisse o pensamento dela (e Corrie acredita que esse tipo de coisa é possível), Kate se vira da janela e abre um sorriso. Não há muita energia nele.

— Então você é o Jonas, ou sou eu?

— Nenhuma de nós. Você não está mesmo pensando em cancelar a turnê, né?

Kate serve uma xícara de café.

— Na verdade, depois de ontem, estou. Você viu o jornal de hoje?

— Não, você viu? Você deixou lá fora. Eu peguei. — Louca pelas notícias sobre ela, Kate McKay. Normalmente.

— Vi no iPad. Nem precisei pagar pra passar pelo paywall. Os cinco primeiros artigos são de graça. Eu estou na primeira página. A minha foto ao lado da foto de uma mulher gritando de dor.

— Se você cancelar a turnê, o seu pessoal, o *nosso* pessoal, vai te chamar de covarde. O pessoal *deles* vai se gabar. Você perde de qualquer modo. O único jeito de vencer é continuar continuando.

Kate olha para ela fixamente. Corrie, desacostumada com um escrutínio tão próximo e direto, baixa o olhar e começa a passar geleia num croissant.

— O que os seus pais acham, Corrie?

— Eu não liguei pra eles. Não preciso. — Porque ela sabe o que diriam. Àquela altura, até o pai dela poderia dizer que estava na hora de parar enquanto ela ainda estava com vantagem.

Kate dá uma risada sem humor.

— Ou os últimos dias mudaram você, ou você sempre foi mais durona do que eu imaginava. Quando começamos, eu achava que você não era capaz de matar uma mosca.

Corrie pensa: *Esse foi um dos motivos pra você me escolher. Não foi?* Uma nova perspectiva, e não muito bem-vinda.

— Então como é, Cor?

— Não sei. Talvez um pouco de cada.

Corrie sente um rubor esquentando as bochechas, mas Kate não percebe. Ela se virou para a janela de novo, as mãos unidas na lombar. Ela faz Corrie pensar em um general observando um campo de batalha pelo qual lutou e perdeu. Pode ser exagero, mas, no caso atual, talvez não. O que aconteceu na noite anterior depois da apresentação foi um verdadeiro show de horrores.

Ela olha para o iPad de Kate, que mostra a primeira página do *Register* de Des Moines. Observar a justaposição das duas mulheres faz Corrie se contrair. Kate à direita, sorrindo de forma brilhante (para não dizer "sexy"), e a mulher desgrenhada gritando à esquerda, com uma camiseta de Poder Feminino.

Olhando pela janela, Kate diz:

— Quem sabia que tinha tanto Iowa?

— Os iowanos — responde Kate. Ainda encara a mulher gritando. Desgrenhada ou não, parece uma bibliotecária. Do tipo que enfrentaria gente que gosta de proibir livros com educação, mas também com firmeza.

— Foi um bom show, não foi, Cor?

— Foi. — É a pura verdade.

— Até que não foi mais.

Também a pura verdade.

2

A multidão de sempre estava esperando perto da porta do palco: mulheres que queriam selfies, mulheres que queriam autógrafos, especuladores com raridades que queriam que fossem autografadas, mulheres que queriam exibir suas tatuagens de Poder Feminino, mulheres que só queriam gritar "eu te amo, Kate!".

O segurança de Des Moines não era nenhum Ham Wilts. O sargento Elmore Packer era jovem, forte e atento. E depois do que aconteceu em Omaha, não queria correr riscos. O que acabou sendo um problema.

Packer viu o que parecia ser o cano de uma arma no meio da multidão de mulheres agitadas e empolgadas e não hesitou. Pegou a suposta arma sem registrar, em seu estado acelerado, que era vidro e não aço. A mulher na outra ponta foi junto, chocada demais para soltar ou com medo de alguém estar tentando roubar o presente um tanto caro que tinha comprado para sua ídola. Packer a agarrou e a girou, fraturando o braço dela no processo. A garrafa que a mulher estava carregando caiu no asfalto e explodiu, deixando uma multidão de mulheres horrorizadas e aos gritos com a chuva de Dom Pérignon 2015, um ano muito bom. Mais de trinta celulares registraram o momento para a posteridade.

A mulher com o braço quebrado é Cynthia Herron, não bibliotecária, mas superintendente do DMV do condado de Polk. Uma autêntica Boa Pessoa, ela faz trabalho beneficente na igreja e é voluntária num abrigo de animais da cidade. Sofre de diabetes tipo 2 e osteoporose. A legenda embaixo do rosto gritando diz: "Eu só queria dar uma coisa legal para ela".

— *Breitbart* não perdeu tempo — comenta Kate. — Você sabe como eles me chamam, né?

Corrie sabe: BC, de boca de catraca.

— Eles dizem, abre aspas: "BC é contra brutalidade policial exceto quando a brutalidade em questão é empregada para proteger sua própria bunda preciosa". Legal, né?

Corrie fica em silêncio, e Kate emprega a telepatia feminina.

— Tudo bem, acabou o festival de autopiedade. Você tem razão, o show precisa continuar, então como a gente lida com isso? Tenho algumas ideias, mas quero as suas.

— Comece com uma declaração. Tem um monte de gente da imprensa lá embaixo. Algo tipo que todo mundo está tendo depois do que aconteceu em Reno e Omaha.

— O que mais? Me mostra o quanto você aprendeu.

Corrie acha graça, mas ao mesmo tempo se ressente. Passa pela cabeça dela que, até o final de agosto, que é o tempo que a turnê deve durar, ela talvez deixe de gostar de Kate. Se as duas ficassem juntas até o Natal (*por favor, não,* pensa ela, por reflexo), o não gostar pode virar detestar. É sempre assim com gente famosa, ou só com gente famosa totalmente obcecada por suas causas?

— Estou esperando — diz Kate.

— Precisamos ir direto para o hospital visitar a sra. Herron. Se ela quiser nos ver, claro.

— Ela vai querer — responde Kate com total confiança.

E ela quer mesmo.

3

Kate dá a Cynthia Herron uma camiseta autografada do Poder Feminino ("Para compensar a que ficou com manchas de champanhe"). Estão presentes um repórter e o fotógrafo que o acompanha, e no *Register* do dia seguinte haverá uma foto de Herron não gritando de dor, mas segurando a mão de Kate e a admirando com olhos brilhantes.

Kate responde a mais algumas perguntas no saguão do hospital. Elas voltam para a picape e seguem para Iowa City. Pode não ser uma metrópole agitada, mas o lema de Kate é "o pequeno dá boas recompensas".

— Acho que correu tudo bem — diz ela.

Corrie concorda.

— Correu, sim.

— Quero que você entre no seu iPad, meu bem, e pesquise as próximas paradas da turnê. Precisamos de alguém cuidando de nós, você estava certa sobre isso, mas chega de homens. Packer teve boas intenções, mas o homem grande e forte protegendo a donzela em perigo... — Kate balança a cabeça. — Imagem errada. Concorda?

Corrie concorda.

— Chega de homens — diz Kate — e chega de policiais.

— Quem sobra?

— Cinquenta por cento da população. Dá seus pulos.

E, antes de elas chegarem a Iowa City, Corrie acha que já sabe.

4

Enquanto Kate e Corrie estão a caminho da Atenas do Meio-Oeste, Holly, Izzy e Barbara Robinson estão almoçando no parque Dingley. Barbara as entretém com histórias dos ensaios de Sista Bessie no Sam's Club, e conta que ela e Betty estão trabalhando em colaboração para transformar o poema de Barbara, "Lowtown Jazz", em uma música.

— Mas ela quer chamar só de "Jazz" — diz Barbara. — Falou que, quando tocar no Mingo, começando dia 31, vai cantar "Jazz, jazz, como é doce esse jazz, toquem aquele Lowtown jazz". Mas quando estiver em Cleveland...

— Vai ser aquele Hough jazz — completa Izzy. — E em Nova York, Harlem Jazz. O toque pessoal. Eu gosto.

— Não só isso — diz Barbara. — Um dos roadies da Betty teve um ataque cardíaco, não foi muito grave, mas ele não pode trabalhar por um tempo. Eu conversei com Acey Felton, o cara responsável pela equipe, e perguntei se podia ficar no lugar do Batty.

— Batty — repete Holly, e morde o cachorro-quente estilo Chicago. — É um apelido e tanto.

— O nome dele é Curtis James, mas a história é que, quando ele participou da turnê do Black Sabbath, ele... deixa pra lá, é que os roadies têm os melhores apelidos e as melhores histórias. Estou anotando tudo num caderno. Talvez faça alguma coisa com isso, não sei bem o quê. Enfim, Avey me fez empurrar um dos monitores e levantar, e quando viu que eu conseguia, me contratou! Acho que Betty, vocês sabem, a Sista, acha que ter uma poeta empurrando bases e amplificadores é meio engraçado.

A conversa está muito interessante, mas Holly não consegue mais manter a curiosidade.

— O que você sabe sobre o homem que foi morto em Tapperville, Izzy? Foi trabalho do Bill W.?

Izzy lança um olhar significativo na direção de Barbara.

— Acho que você pode confiar na Barb — responde Holly. — Ela recebeu uma oferta e tanto pra contribuir com o podcast *Casa dos Horrores* do Buckeye Brandon sobre os Harris, mas recusou. — E isso nem é tudo. Uma vez Barbara viu algo no elevador do prédio da Holly que ia além de tudo que é racional, e nunca tocou no assunto... a menos que você conte o poema-título do livro, que, claro, é sobre o pesadelo que (pelo menos em Buckeye City) recebia o nome de Chet Ondowsky.

— Eu posso dar uma volta no campo de softball se você quiser — oferece Barbara.

— Não precisa. Se Holly diz que você sabe guardar segredo, isso basta pra mim.

— O que você ouvir aqui, e quem você vir aqui, deve ficar aqui quando você sair — murmura Holly.

— O que é isso? — pergunta Izzy.

— É o que dizem no final das reuniões dos Alcoólicos Anônimos. Meu amigo John Ackerly que me contou.

Izzy levanta as sobrancelhas até quase o cabelo.

— Você *conhece* o sujeito que encontrou o corpo de Rafferty?

— De certa forma, sou responsável por ele ter encontrado. Lembra que eu falei que conhecia uma pessoa do programa? Era o John. Ele me disse que, se havia uma pessoa que talvez soubesse quem podia querer vingança pela morte de Duffrey, essa pessoa seria um cara chamado Mike do Livrão, ou reverendo. Ele perdeu sua congregação por causa do vício em opioide, e John diz que ele trocou a igreja pelo AA e NA. Você encontrou um nome de jurado na mão dele?

— Holly, você é sinistra. Sempre um passo à minha frente.

— Ela tem um talento irado mesmo — comenta Barbara.

— Não tinha nenhum nome na mão do morto. Um policial de Tapperville e um detetive do xerife do condado responderam ao chamado do seu amigo. Interpretaram como roubo. A carteira e o relógio de pulso tinham sumido, as roupas tinham sido derrubadas dos cabides e as gavetas da mesa de cabeceira tinham sido abertas. Eles fizeram boletim de ocorrência com a gente, e a primeira pessoa que me veio à mente foi Bill Wilson.

— É o vilão? — pergunta Barbara.

— É o codinome que ele está usando — diz Holly. E, para Izzy: — Esse Rafferty devia saber de alguma coisa, ou Bill Wilson achava que ele sabia. Ele foi morto pra não abrir a boca. — Um pensamento incômodo surge na cabeça dela: se John Ackerly tivesse ido a Tapperville mais cedo, ele também poderia ter sido morto. *E eu seria a responsável.*

Holly se inclina na direção de Izzy. Não é boa em invadir o espaço dos outros (nem gosta que invadam o seu), mas aquilo é importante.

— Você pode pegar esse caso? Eu sei que Tapperville é jurisdição do condado, mas...

— Nós nos damos bem com a polícia estadual e com o departamento do xerife. Eles vão até nos cobrir na noite do Secos & Molhados porque muitos dos nossos vão jogar ou querem ver. Não vão nos dar o caso, mas não tenho dúvida de que dividiriam.

— Alguém precisa olhar a casa dele. Bill Wilson teve algum motivo pra matá-lo. Talvez o motivo ainda esteja lá.

— Tom e eu vamos dar um pulo lá hoje de tarde. — Ela faz uma pausa. — Não, de noite. Eu tenho fórum de tarde.

— E eu tenho um fugitivo de condicional pra localizar. E um caminhão roubado. Uma daquelas "ciber coisas". Um Musk-móvel.

— Como estamos trocando segredos, posso contar um? — pergunta Barbara.

— Claro — diz Holly.

— A prefeita pediu à Sista, quer dizer, à Betty, pra cantar o Hino Nacional no jogo do Secos & Molhados. E ela aceitou!

— Finalmente uma boa notícia sobre essa porra de jogo — comenta Izzy. — Alguém quer outro cachorro-quente?

5

O irmão gêmeo de Christine, Christopher, está em outro motel vagabundo, mas em Iowa City. As mulheres assassinas estão em um lugar bem melhor, claro, provavelmente tomando café da manhã no quarto, e possivelmente fazendo as unhas no spa. Não vai haver serviço de quarto no inferno, só serviço de danação.

Isso o faz rir.

O quarto dele está quente, quase sufocante. Ele coloca o ar-condicionado no mínimo. O aparelho sacode loucamente, mas o quarto não refresca muito. Ele comprou um envelope pardo na Mail Now da avenida Kirkwood. O fato de toda a turnê constar no site de Kate McKay é útil; ele e Chrissy podem receber correspondência em qualquer lugar. A única que ele espera é de Andrew Fallowes, o tesoureiro da igreja Sagrado Cristo Real em Baraboo Junction, Wisconsin. A congregação da Sagrado Cristo Real sabe para onde vai uma porção considerável do dízimo? Chris acha que não, mas imagina que a maioria (se não todos, a maioria) aprovaria se soubesse. Ainda assim, Andy Fallowes tem razão: compartimentalizar é o único jeito de ter sucesso naquela missão. Se forem pegos ou mortos, a igreja não pode sofrer com o rebote. A Sagrado Cristo Real já está no radar do FBI e do ATF.

Ele abre o envelope. Não tem bilhete nenhum, apenas sessenta notas de vinte dólares embrulhadas em plástico filme. Vai haver mais, provavelmente em Madison ou Toledo. Ele bota algumas notas na carteira, e o resto no nécessaire. Está viajando com duas malas de bom tamanho, uma rosa e uma azul.

Chris vai até o banheiro e examina o rosto no espelho. *Está meio abatido, Christopher*. Sim. Ele está. Chrissy pode usar maquiagem e é bem bonita. Não de parar o trânsito, mas nunca vai fazer um espelho quebrar.

Ele pensa: *Elas foram avisadas. Nós demos a chance para que recuassem.*

Mas ele achou que recuariam? Chrissy talvez tivesse achado, ela é parecida com a mãe. Mas ele não. A vaca McKay é tão cruzada quanto aqueles cavaleiros que queriam libertar Jerusalém no século XI. Ele pode até admirar isso; também é um cruzado. E, do jeito um pouco mais gentil dela, Chrissy também é. Fanáticos, alguns diriam. E Reno não era uma chance de acabar com tudo sem derramamento de sangue?

Ele não é burro, sabe perfeitamente bem que Andy Fallowes os mandou no que deve ser uma missão suicida, mas tudo bem. Pretende ir até o fim. Chrissy também. Talvez quando o trabalho estiver feito e a líder do culto dos assassinatos por aborto não existir mais, eles possam encerrar aquela vida dividida infeliz que ele e a irmã estão vivendo.

Ele se despe devagar. Camisa, sapatos, calça, meias. No outro quarto, o ar-condicionado não para de fazer barulho. Ele pensa no beliche, claro que pensa. A mão pendendo num raio de sol matinal, com pontinhos de poeira dourada dançando em volta. A mão morta. Ele diz a si mesmo para parar, ela não está morta (*nunca morreu, nunca morreu*), mas a lembrança o atormenta. Consegue apagar o resto, mas nunca a mão na luz do sol, pendendo da cama de cima do beliche.

Nosso segredo, disse a mãe. *Nosso segredo.*

— Isso é trabalho de Deus, vontade de Deus, e a vontade de Deus será feita — diz ele para seu reflexo no espelho. — *Não deixarás viver a feiticeira.* Êxodo 22, versículo 17.

Nosso segredo, nosso segredo.

Será que vai para o inferno depois de matar McKay, ou Deus vai recebê-lo com um "muito bem, servo bom e fiel"? Ele não sabe, mas sabe que vai acabar com seu tormento.

Nosso segredo.

No outro quarto, o ar-condicionado não para de fazer barulho.

6

Às três e meia da tarde, Holly está no telefone com o antigo parceiro, Pete Huntley. Pete está elencando as virtudes da aposentadoria em Boca Raton, e cada vez que ela acha que a parte boa acabou, ele vem com mais um pouco. É um alívio quando a linha do escritório toca.

— Pete, eu preciso atender.

— Claro, o dever chama. Mas, se parar de chamar, você devia trazer essa bunda magrela pra cá pra me fazer uma visita. Boca é incrível!

— Eu vou — diz Holly, apesar de saber que provavelmente não vai. Tem medo de furacões. — Se cuida.

Ela encerra a ligação e atende o telefone do escritório.

— Achados e Perdidos, Holly Gibney falando. Como posso ajudar?

— Oi, sra. Gibney. Meu nome é Corrie Anderson. Eu trabalho para Kate McKay. Você por acaso sabe quem ela é?

— Sem dúvida — responde Holly. — Eu estava torcendo para conseguir ir à palestra dela no Auditório Mingo, mas soube que foi adiada.

— Foi, mas nós ainda vamos. Na verdade, estamos querendo ir a um dos shows da Sista Bessie. — Uma pausa. — Tivemos alguns problemas no caminho, sra. Gibney.

— Eu soube. — Em seu tempo livre, Holly anda obcecada pelo caso de Izzy (e desejando que fosse dela), mas também anda acompanhando as notícias de Kate McKay. Está curiosa sobre onde aquilo vai dar. E empolgada. Se a assistente de McKay está ligando, conhecer a mulher pessoalmente não está fora de questão. — Soube que houve um incidente com água sanitária em Las Vegas. Foi você que levou a substância na cara?

— Foi em Reno, não Vegas. Mas, sim, fui eu. Kate era o alvo. Estava chovendo, e por acaso eu saí com o chapéu dela.

Corrie conta para Holly sobre o antraz em Omaha. Holly também sabia desse incidente, mas não do fiasco do champanhe em Des Moines. Depois, Corrie vai direto ao ponto e pergunta a Holly se ela faz trabalho de guarda-costas.

— Nunca fiz. Tenho certeza de que você poderia arranjar alguém da polícia que esteja fora de serviço, e por uma quantia consideravelmente menor do que eu...

— É exatamente isso que nós... que Kate, quer dizer... *não* quer. Ela quer uma mulher que não tenha ligação com a polícia.

— Entendo.

E entende mesmo. Os que se opõem às coisas que Kate McKay defende vão fazer uma algazarra com um policial grandalhão que quebrou o braço, ou o ombro, ou o que quer que tenha sido, de uma mulher — se bem que algumas daquelas mesmas pessoas comemoram quando um policial atira em algum suspeito indisciplinado.

— Você pode esperar um pouco? Preciso olhar minha agenda.

— Claro. Isso é importante pra Kate. E pra mim também.

Claro que é, pensa Holly. *Foi você que levou o banho de água sanitária.*

— Só um segundo.

Holly olha a agenda, sabendo que vai encontrá-la cheia de espaços em branco. Tem a fugitiva de condicional que precisa localizar (deve estar com a família, é para onde as moças costumam ir), e tem o Cybertruck Tesla roubado que a contrataram para encontrar, mas talvez Jerome, o irmão de Barbara, possa ser convencido a procurá-lo. Fora isso, ela está livre. E coisas novas podem ser coisas boas. Coisas novas quase sempre são uma oportunidade de aprender.

— Sra. Anderson? Você ainda está...

— Estou — diz Corrie.

— Se eu aceitar isso, meu valor é seiscentos dólares por dia, com um mínimo de três dias. E despesas, que vou registrar no Excel. Eu aceito Visa, Master ou um...

— Pode nos encontrar em Iowa City? Amanhã? Sei que é em cima da hora, mas estou com dificuldade de encontrar alguém que se adeque às necessidades de Kate. Entendo que não dá tempo de você chegar aqui pro evento de hoje, mas teremos escolta policial na ida e na volta. Kate reclamou disso, mas eu insisti.

Que bom, pensa Holly.

Corrie continua, claramente preocupada.

— Mas não vai ter ninguém no local, *ela* insistiu. Você ficaria com a gente por um bom tempo. Antes de chegarmos à sua cidade passaremos por Davenport, Madison, Chicago, que vai ser dos grandes, e Toledo. Temos uma pausa na sua cidade por causa do show da Sista Bessie.

— Eu vou a esse show com uma amiga. Ela conhece a sra. Brady — diz Holly.

— Kate tem uns seis lugares na primeira fila, se servir de estímulo. O gerente do local nos deu de cortesia. Acho que foi compensação por não criarmos caso sobre perdermos nossa data.

Holly está fazendo as contas de cabeça e percebendo que pode ser um pagamento muito bom. Que nada, um pagamento *excelente*. Graças à herança da mãe, a agência está em boas condições financeiras, mas Holly acredita que o único dinheiro que importa é o que se ganha com trabalho. Deixando o pagamento de lado, estar com uma das feministas mais influentes em atividade nos Estados Unidos é um grande incentivo. A curiosidade dela sempre foi forte, e aquela poderia ser uma oportunidade de ver como a mulher é de verdade. Sem sapatos e de cabelo solto, por assim dizer. Ela também está curiosa sobre a assistente de McKay, essa Corrie Anderson. Ela soa muito jovem para estar numa posição de tanta responsabilidade. Então, de modo geral…

Mas a Holly que ainda mora dentro dela — a jovem, assustada, a que sempre tinha herpes e uma explosão de acne antes de uma prova importante — ergue uma grande placa de "pare".

E se a pessoa que jogou a água sanitária e enviou o antraz pegar McKay de qualquer jeito? Você sabe que qualquer pessoa pode matar qualquer pessoa, desde que esteja disposta a se sacrificar para isso. Aí você teria seu próprio problema de publicidade, não é? Você seria a mulher que permitiu que Kate McKay fosse ferida ou morta sob seus cuidados. Seria o fim da agência.

A agência nem importa, pensa Holly. *Acho que isso me mataria. De culpa. E o que eu entendo sobre ser guarda-costas?*

Não muito, isso é verdade, mas ela entende de manter olhos e ouvidos abertos. O nariz também, ela foi ficando muito boa em farejar perigo. Além do mais, *alguém* tem que cuidar daquelas mulheres, e como McKay insiste para que seja uma mulher não policial, Holly pode ser uma boa escolha.

— Sra. Gibney?

— Minha agenda está bem livre e estou inclinada a aceitar, mas eu gostaria de falar com a sra. McKay antes de tomar a decisão final. Pode colocá-la no telefone?

— Vou falar com ela, ligo de volta em dez minutos. Não, cinco!

— Tudo bem.

Holly encerra a ligação. Inclinada a aceitar? Besteira. Ela *vai* aceitar, supondo que Kate McKay não seja uma cabeça de merda arrogante. Isso é sempre possível, mas a mulher não chegou aonde está sem algum carisma.

Vai ser algo novo e fora do comum, ela pensa.

Ao que sua mãe, que, morta ou não, sempre vai viver na cabeça de Holly, responde: *Ah, Holly. Só você poderia pensar em uma viagem para Iowa City como algo fora do comum.*

Holly se encosta na cadeira de escritório, as mãos unidas acima dos seios pequenos, e ri.

7

Izzy e Tom são escoltados para a casa do reverendo Michael Rafferty, em Tapperville, por Mo Elderson, um detetive do xerife do condado.

— Deem uma olhada em volta, depois vou mostrar uma coisa interessante — diz ele.

Eles contornam a silhueta do corpo feita a giz, mais por superstição, e passam pela sala. A porta do closet do quarto foi solta e está entreaberta. As roupas estão espalhadas pelo chão.

— O cara podia estar procurando um cofre — observa Tom.

Izzy vai até a gaveta entreaberta da mesa de cabeceira e usa um lenço para abri-la por completo. Não quer sujar a mão de pó de digitais. É uma coisa horrível, difícil de tirar de debaixo das unhas.

Ela vê uma Bíblia, alguns livros sobre reabilitação e um monte de medalhões. Também procuraram digitais ali. Ela pega um medalhão, segurando pelas bordas. Na frente estão os cofundadores do AA. Abaixo tem o numeral romano IX. Atrás tem o lema do AA: *Raramente vimos alguém fracassar tendo seguido cuidadosamente nosso caminho.*

— Tom.

Ele se aproxima. Izzy mostra os medalhões.

— Um ladrão comum talvez tivesse levado isto, achando que poderia valer alguma coisa. Uma pessoa no AA ou do NA saberia que não vale muito.

— E esse tal Rafferty era do AA até os fios de cabelo — comenta Tom. — Você viu os quadros na sala? E as almofadas no sofá?

Da porta, Mo Elderson diz:

— Uma das almofadas foi usada pra sufocá-lo quando a bala não fez o serviço completo. Dá pra dizer que ele foi com o AA enfiado até a garganta.

Tom ri. Izzy, não.

— O que você queria nos mostrar? — pergunta ela.

— Talvez o nome do assassino. Não tenho certeza absoluta, mas estou bem confiante.

Elderson os leva até a cozinha e mostra a agenda. Escrito com capricho em letras de fôrma no dia 20 de maio, há BRIGGS 19H.

— Não temos como ter certeza, mas achamos que a maioria desses nomes seja de sessões de aconselhamento. — Ele volta para abril, onde há três outros nomes e horários: BILLY F., JAMIE e TELESCÓPIO. Nenhum em março, mas quatro em fevereiro e dois em janeiro. Izzy tira algumas fotos com o celular.

— Alguém chamado Telescópio? — pergunta Tom. — Sério?

— Provavelmente um apelido — diz Izzy. — E Billy F. para diferenciá-lo de algum outro Billy.

— Nós achamos que, se encontrarmos esse tal Briggs, vamos encontrar o assassino. O problema é a porra do anonimato — diz Elderson.

— Acho que posso dar um jeito nisso — diz Izzy. *Ou talvez Holly possa.*

8

Kate McKay foi, ao menos no telefone, tão encantadora quanto Holly achava que poderia ser, e naquela noite Holly está fazendo a mala para Iowa City e outras cidades. Está empolgada e baixou um livro chamado *O essencial para guarda-costas* no seu Kindle. Ao passar pelos capítulos, pensa que o título poderia ter sido *Segurança pessoal para leigos*.

Ela está pensando se coloca outra calça de tecido ou um jeans na mala quando o telefone toca. É Izzy. Ela conta para Holly sobre a visita que ela e Tom fizeram à casa de Rafferty.

— Não quero que saia por aí violando o anonimato de ninguém, Hols, mas você pode se encontrar com esse John Ackerly? Pra perguntar se ele conhece alguém no programa chamado Briggs?

— Não posso. Vou viajar amanhã. É maluquice, mas parece que vou ser guarda-costas. De Kate McKay.

— Fala *sério*!

Holly está falando sério. Ela conta a Izzy como aconteceu e *por que* aconteceu, um motivo basicamente político.

— A assistente dela, Corrie Anderson, leu um pouco sobre mim e decidiu que eu talvez fosse a mulher certa para o serviço. Sendo *mulher* o requisito principal. Eu falei com a sra. McKay, a Kate, e ela parece agradável.

— Normalmente, ninguém famoso é muito agradável, Holly.

— Eu sei — diz Holly. — Mas eu aguento uma certa arrogância, porque o pagamento vai ser dos bons.

— Como se você precisasse.

— É também uma coisa diferente — retruca Holly, na defensiva. — Vai ser interessante.

— Sim, principalmente se a mulher que a está perseguindo atirar nela.

— *Isso* seria um contratempo.

— Será que você pode pelo menos ligar pra John Ackerly?

Holly está melhor em dizer não do que antes. Não muito, mas um pouco. E ela não quer ser ainda mais arrastada para o caso da polícia.

— Eu estou enrolada demais, Izzy. Você não pode...

— Entrevistá-lo? O pessoal da estadual já fez isso, porque ele encontrou o corpo. Tom e eu poderíamos entrevistá-lo de novo, mas tecnicamente é caso do condado. E aí tem a questão do anonimato. Achei que ele talvez se sentisse mais disposto a falar com você.

— Tive uma ideia. Jerome meio que o conhece. Eu os apresentei e eles se deram bem. John foi à festa de lançamento do Jerome. Deu a Jerome uma Thompson de borracha que comprou no eBay. Você só quer saber se John foi a reuniões com alguém que se apresenta como Bill W. ou alguém chamado Briggs, certo?

— Nós acreditamos que Briggs *é* Bill W. O detetive do condado encarregado do caso perguntou a Ackerly sobre o nome, mas ele disse que não era familiar.

— Você acha que, se Jerome perguntasse a John, ele estaria disposto a contar?

— É improvável. Eu preferiria que fosse você, mas é possível. O problema é essa coisa de só usarem primeiros nomes nas reuniões. Ou apelidos, em alguns casos.

— Briggs é mais comum como *sobrenome* — reflete Holly. — Claro que houve Briggs Cunningham. Ele foi capitão na corrida America's Cup. E piloto de carro de corrida.

— Só você saberia isso, Gibney.

— Eu sou fanática por palavras cruzadas. Quer que Jerome passe no bar onde John trabalha? Posso ligar para o Jerome amanhã, a caminho do aeroporto.

— Ackerly trabalha em um *bar*?

— Eu te contei. Ele diz que não incomoda.

— Tudo bem, pede para o Jerome falar comigo, depois com Ackerly. Agora, os dois irmãos Robinson sabem sobre meu caso. Aff.

— Eles não vão falar.

— Espero que sim. Boa sorte com Kate McKay, Hols. Me manda uma foto de vocês duas. Eu li todos os livros dela. A mulher arrasa. E não deixa ela morrer.

— O plano é esse — diz Holly.

9

Naquela noite, Trig vai a uma reunião em Treemore Village. É bem longe para ele, mas ele não questiona o motivo. Não na parte mais superficial da mente, pelo menos. Uma parte mais profunda está ciente da Taurus .22 no console central do Toyota. Faz com que ele pense numa antiga piada do AA sobre um truque de mágica que só os bêbados podem fazer: o Cara em Recuperação está indo de carro para uma reunião sem pensar em nada específico e, de repente, o carro dele vira para o estacionamento do bar.

A reunião é no porão da St. Luke e o grupo se chama Novos Horizontes. Há umas vinte pessoas presentes. O assunto é "honestidade em tudo que fazemos" e todo mundo tem chance de falar. Quando chega a vez de Trig, ele diz que dessa vez só quer ouvir. Há murmúrios de "beleza" e "continua vindo, Trig".

Depois da reunião, a maioria dos alcoólicos fica em volta da urna da cozinha, tomando café, comendo biscoitos e contando histórias de guerra. Trig vê duas pessoas que conhece de outras reuniões mais próximas da cidade, mas não fala com elas, só sai. A um quilômetro e meio dali, seguindo a rodovia 29-B, fica o Parque Estadual John Glenn. Um jovem de casaco comprido está parado embaixo do único poste de luz no acostamento, segurando um cartaz que diz WASHINGTON. Quando vê Trig desacelerar, sorri e vira o cartaz para mostrar OU QUALQUER OUTRO LUGAR. Trig para e bota o carro no neutro para o homem poder abrir a porta do passageiro e entrar.

— Valeu, cara. Pra onde você está indo?

Trig levanta o dedo num gesto casual de *um segundinho* e abre o console central. Então pega a arma. O jovem a vê. Ele arregala os olhos, mas fica paralisado por dois segundos letais antes de tentar abrir a porta. Trig atira nele três vezes. O jovem pula a cada bala que entra no seu corpo. As costas se arqueiam, depois ele pende para a frente. Como fez com Annette McElroy, Trig coloca o cano da Taurus na têmpora do rapaz e dispara uma quarta vez. Uma fumaça sobe. Ele sente o cheiro de cabelo queimado.

O que você está fazendo?, pergunta a si mesmo, e dessa vez não é a voz do pai, mas a sua própria. Se pensamentos pudessem gritar, é o que aquele estaria fazendo. *Você nunca vai conseguir matar todo mundo se agir por impulso! Sua sorte vai acabar!*

Provavelmente é verdade, mas não vai acabar naquela noite. A estrada está deserta, e embora o portão esteja trancado na entrada do parque, que fechou às sete da noite, ele consegue contorná-lo com o carro. Apaga as luzes e estaciona numa área de piquenique que dá caminho para várias trilhas, todas marcadas como FÁCIL, DIFÍCIL ou AVANÇADA.

Trig contorna o capô do carro e abre a porta do passageiro. O jovem de casaco comprido cai no cascalho. Não tem sangue no carro, ao menos não que Trig consiga ver. O casaco pesado do jovem absorveu tudo. Trig o segura por debaixo dos braços e o arrasta na direção da fila de banheiros químicos depois da área de piquenique. Um carro passa pela rodovia. Trig se agacha, ciente da cabeça do morto balançando entre seus pés. O veículo passa sem reduzir a velocidade. Faróis traseiros vermelhos... e foi. Trig continua arrastando o corpo.

Nos banheiros químicos, o disco desinfetante rosa no vaso de plástico não é páreo para o cheiro de merda. As paredes estão cobertas de pichação. É uma tumba triste para um homem que não fez nada além de tentar pegar uma carona. Trig tem um momento de arrependimento, mas lembra a si mesmo que a inocência do homem é a questão: ele não fez nada, assim como Alan Duffrey. Além do mais, Trig precisa admitir que arrependimento não é o mesmo que culpa, algo que ele não sente nem um pouco. Não imaginou que a noite dele podia terminar assim, com o carro — abracadabra! — virando uma cena de crime? Não foi por isso que ele veio para Treemore? Dizer a si mesmo para dar uma pausa antes de matar aqueles inocentes foi algo racional. A necessidade de continuar com a missão é o oposto. É muito parecido com os dias ruins de antes, quando dizia a si mesmo que podia parar quando quisesse... só não ainda, não essa noite. A ideia de que matar pode de fato ser viciante o deixa paralisado por um momento, com o jovem parcialmente erguido sobre o vaso sanitário.

Se for, que importância tem? Tem uma cura para o vício que é ainda melhor do que o AA e o NA.

Quando o jovem está sentado, Trig pega uma das mãos frias dele e a dobra em volta de uma folha de papel com o nome STEVEN FURST. Então volta para o carro e inspeciona o banco do passageiro em busca de buracos de bala. Não encontra nenhum, o que significa que todas as balas ficaram dentro do corpo do rapaz. Até o disparo na cabeça, que poderia ter resultado numa janela rachada. O que foi bom. Sorte. Há alguns pingos de sangue no assento, mas tem lenços de papel no console central. Ele limpa os pontos de sangue e guarda os lenços no bolso para jogar fora depois.

Você só precisa de sorte se fizer isso impulsivamente. E, mais cedo ou mais tarde, a sorte sempre muda.

Ele decide não fazer mais nenhum por impulso, mas sabe que talvez não consiga se segurar. Como quando, nos dias ruins, dizia a si mesmo que teria um fim de semana sóbrio, que pelo menos uma vez acordaria sem ressaca na segunda-feira. Mas o que era uma tarde de domingo com sessão dupla de futebol sem uma ou duas bebidas? Ou cinco, ou seis?

— Não importa — diz ele. — Já foram quatro, faltam nove. E depois o culpado.

Ele dirige até a cidade. Tem uma ligação para fazer.

OITO

1

O voo de Holly para Iowa City no dia 23 de maio está marcado para cedo, mas sai tarde. Não é como ela organizaria o mundo se estivesse no comando, mas é o procedimento padrão para uma companhia mequetrefe como a Midwest Air Service. Ela não se importa. Assim, vai ter um tempo para conversar com Jerome antes do voo partir.

Ele só atende no quinto toque, e sua voz está rouca.

— Oi, Holly. Que horas são?

— Sete e quinze.

— É sério isso? Isso nem é um horário de verdade.

— Estou acordada desde as quatro e meia.

— Que bom pra você, mas a maior parte do mundo não funciona no fuso horário da Holly. Estou ouvindo aviões.

— Aeroporto. Estou indo pra Iowa City.

— É sério? — Jerome parece um pouco mais desperto agora. — *Ninguém* vai pra Iowa City. Pelo menos não por vontade própria.

Holly explica por que está indo viajar e Jerome fica impressionado.

— Guarda-costas de uma mulher que saiu na capa da *Time*! Uma página nova no seu currículo. Muito bom, uma salva de palmas pra minha garota. Mas por que você está me ligando?

— Preciso que isso seja confidencial. Pode falar com a sua irmã se quiser, mas, fora isso, é pra ficar de bico calado. É possível que tenha um assassino em série agindo na cidade.

— Pode parar por aí — diz Jerome. — Seu assassino em série pode ser o responsável por uma mulher morta na trilha Buckeye e dois caras sem-teto que morreram atrás de uma lavanderia? Com nomes nas mãos? Possivelmente nomes de jurados do julgamento Duffrey?

O coração de Holly despenca. Não por ela, mas por Izzy.

— Como você soube? Não foi pelo jornal, eu já olhei.

— Três palpites, e os dois primeiros não contam.

— Buckeye Brandon.

— Na mosca — diz Jerome.

— Onde *ele* soube?

— Não faço ideia.

— Izzy estava com medo disso acontecer. E quanto a um homem que foi encontrado em Tapperville?

— Saiu no jornal, sem o nome da vítima porque ainda falta notificar parentes, mas, se estiver relacionado com os outros três, ninguém fez essa conexão ainda. Nem mesmo Brandon. O que você tem a ver com isso, Holly?

Faz meses, talvez até um ano, que ele não a chama de Hollyberry, e ela meio que está com saudade disso.

Ela conta a Jerome que Izzy lhe mostrou a carta original do homem que se apresenta como Bill Wilson e que ela, Holly, falou com John Ackerly. Que foi John que encontrou o corpo de Michael Rafferty, conhecido como Mike do Livrão.

— John o encontrou e agora você está sendo consultora da polícia! — exclama Jerome cheio de alegria. — Holly é o Sherlock Holmes e Izzy é o inspetor Lestrade! Que irado!

— Eu não colocaria nesses termos — retruca Holly... mas em que outros termos ela colocaria? — Na noite em que Rafferty foi morto, ele ia se encontrar com um cara chamado Briggs. Izzy tirou uma foto da agenda de Rafferty. Se eu te mandar as fotos, você mostraria ao John? Pra perguntar se ele conhece o nome? Talvez conheça. Se for um primeiro nome, é meio diferente.

— Com prazer.

— Desculpa interromper seu trabalho...

— Não interrompeu nada. Eu dei de cara com um bloqueio no livro novo.

— Quando você encontra um bloqueio, derruba. Provérbio chinês antigo.

139

— Mentira. Eu conheço um ditado de Holly Gibney quando escuto.

— Mas ainda é um bom conselho — diz ela, fazendo a voz afetada.

— Tudo bem. Ando querendo uma distração. Acho que talvez eu tenha nascido pra ser autor de um livro só.

— *Isso* é baboseira cocozenta — responde Holly.

— Pode ser que sim, pode ser que não. De qualquer modo, uma pausa vai me fazer bem. Izzy é Lestrade e você é Sherlock. Eu sou só um figurante irregular da Baker Street.

Ainda com a voz afetada, Holly diz:

— Acho que você é *bem* regular, Jerome.

— Valeu, Hollyberry. — E ele encerra a ligação antes que ela possa fazer um habitual protesto.

2

Não tem wi-fi no avião (claro que não), mas o celular dela começa a apitar com notificações de mensagens de texto quando ela está descendo a escada para uma manhã quente de primavera em Iowa. É de Izzy.

Nosso amigo Bill W. pegou mais um. Me liga.

Ao entrar no terminal, Holly liga para Isabelle, que conta que a vítima mais recente foi um jovem chamado Fred Sinclair, nascido em New Haven, Connecticut, cujo motivo para estar na cidade rural de Treemore, perto do vilarejo de Treemore, na rodovia 29-B, continua indeterminado. Levou quatro tiros. Uma tropa de escoteiros estava acampando no Parque Estadual John Glenn. Um deles desceu da trilha logo que amanheceu para usar um banheiro químico, e teve uma surpresa desagradável quando abriu a porta. Uma surpresa sobre a qual provavelmente vai contar ao psiquiatra pelos próximos quinze ou vinte anos.

— Cena primária, meu bem — comenta Izzy. — Eu li sobre isso em introdução à psicologia.

— Algum dos escoteiros ouviu os tiros?

— O acampamento era um quilômetro e meio adentro no parque. Os escoteiros estavam cantando em volta da fogueira ou dormindo, suponho. Um dos adultos com eles, imagino que o chefe escoteiro, disse que pensou ter ouvido um carro com escapamento estourando. Podem ter sido os tiros. Provavelmente foram.

— Você encontrou um nome na mão do sr. Sinclair, suponho.

— Bom, eu não. O policial estadual que atendeu a ligação do chefe dos escoteiros o encontrou no chão do banheiro químico. Caiu da mão do rapaz. Steven Furst. Outro jurado.

— Mesma arma?

— É cedo demais pra perícia, mas, com base nas fotos que os estaduais me mandaram, Sinclair recebeu tiros de uma arma de calibre baixo, quase certamente o mesmo .22 que usou nos outros. O cara de Tapperville, Rafferty, levou tiros de uma arma diferente, de calibre maior, provavelmente .38. Os policiais do condado ainda estão investigando o caso como latrocínio. Sendo assim, o Briggs deles e o nosso Bill W. não são o mesmo homem.

— Mas são — diz Holly, quase distraída. — Briggs levou uma arma diferente pra usar em Rafferty, só isso. Tentou fazer parecer roubo. Premeditação total. Esse cara é inteligente, Iz. A pergunta é por quê, considerando que ele não deixou um nome de jurado.

— Eu sei. — Izzy suspira. — E tem o Buckeye Brandon.

— Jerome me contou.

Buckeye Brandon, que às vezes se refere a si mesmo como Grande BB, ou o Podcaster Foragido, é especialista em fofoca, sujeira policial e escândalos no blog e no podcast. Prefere a classe endinheirada que mora em Sugar Heights ou The Oaks. Também trata de crimes.

— Ele está chamando de Assassinatos dos Substitutos dos Jurados, e eu acho que vai pegar.

— Ele já sabe sobre Fred Sinclair?

— Ah, sabe. Notícias ruins espalham rápido. Não descobriu sobre o bilhete com o nome de Furst, ao menos ainda não, mas ele já está especulando que pode ter relação com os outros. Se eu descobrir a pessoa vazando essas informações, sou capaz de abrir um segundo cu nela com a maior satisfação.

— Pode ter sido ele mesmo — comenta Holly.

— O quê? Quem?

— Bill W. Ou Briggs, se é que esse é o nome real dele. Ele quer que as pessoas saibam. Quer que os *jurados* saibam. E o juiz. E o promotor-assistente

Allen. Quer que eles se corroam de culpa. Escreveu pra sua delegada e seu tenente anunciando com antecedência o que pretendia fazer.

— Verdade — diz Izzy, e suspira.

— Ele pode ter ligado para o BB. Aposto que ligou. Os canais de notícias mais sérios teriam problemas em dar publicidade a um assassino.

— Então por que Brandon não *disse* que ele tinha ligado? Eu acharia que era o tipo de coisa dele, contar para os ouvintes que tem linha direta com o assassino.

— Briggs deve ter dito pra ele não falar se quiser que continue mantendo contato.

— Preciso desligar, Holly. Tom e eu vamos ao Parque Glenn. Tecnicamente, é fora da nossa jurisdição, mas os estaduais querem ter certeza de que esse bebê também é nosso. Me avise se Jerome e Ackerly descobrirem alguma coisa.

— Pode deixar.

— Você está em Iowa City?

— Estou.

— Manda ver — diz Izzy.

— Obrigada.

— Eu estava sendo sarcástica.

— Eu sei — diz Holly. — Eu estaria declarando o óbvio se dissesse que Bill W. está acelerando o trabalho?

— Estaria.

— Pegue-o o mais rápido que puder, Izzy, porque ele realmente pretende seguir em frente com o plano. Que ele deve encarar como *missão*. Ele é perigoso porque pensa que é são. — Ela faz uma pausa. — Só pra declarar outra coisa óbvia: ele não é.

3

Holly puxa a mala de mão até o carrossel de bagagens e se senta para esperar. Seu telefone toca de novo. Dessa vez, é Barbara. Ela também quer saber se Holly está em Iowa City. Parece ser a pergunta do dia.

— Estou. Manda ver, eu!

— Jerome vai falar com seu amigo barman no intervalo do almoço — conta Barbara. — Eu teria ido junto, mas temos que levar vários equipamentos da banda do antigo Sam's Club para o Mingo.

— Não vai dar um mau jeito nas costas — diz Holly. — Levanta com as pernas, não com…

Barbara ri.

— Eu te amo, Holly. Como você se mete nessas coisas? Hartsfield, Morris Bellamy, os Harris… — Ela faz uma pausa e acrescenta: — Ondowsky.

Tem outra pessoa também, uma em quem Holly tenta não pensar… mas é claro que Ondowsky a lembra do forasteiro que tinha a cara de Terry Maitland. Ambos eram vampiros que bebiam dor em vez de sangue.

— Esse caso não é meu Barb. É da Izzy.

— Pode ficar repetindo isso. Você atrai gente doida do mesmo jeito que um ímã atrai raspas de ferro. — Ela faz uma pausa e diz: — Isso pode ter soado errado.

— Acho que soou. — Na opinião de Holly, Barb não sabe que Holly já conversou ao telefone com Izzy sobre os Assassinatos dos Substitutos dos Jurados… que, justiça seja feita ao Podcaster Foragido, é um nome muito bom. — Mas eu te perdoo, porque talvez seja verdade. Mas não tem gente maluca nesse serviço.

— É o que você espera.

— Sim. É o que espero.

— Num livro de mistério, McKay teria ordenado que um dos seus seguidores ignóbeis matasse aquelas pessoas pra conseguir a data da palestra preciosa de volta.

— Isso não faz nenhum sentido lógico — diz Holly —, e, de qualquer modo, a vida não é um livro de mistério. — Se bem que às vezes parece que é. A vida dela, pelo menos.

O carrossel de bagagens começa a se mover e a primeira mala aparece.

— Tenho que ir, Barb. Lembre-se, levante com as *pernas*, nunca com as costas.

— Pode deixar. Você se cuida, hein, Hol. Guarda as costas daquela mulher.

— Beleza, princesa. — Ela pegou essa expressão do Jerome e a usa quando parece adequada. Acredita que a faz parecer moderna.

4

Sua malinha cinza, meio surrada, veterana de muitas viagens, aparece no carrossel. Vem seguida de uma outra peça que ela nunca tinha tido oportunidade de usar: uma caixa amarela feita de plástico de alto impacto. Destrancá-la exige um código de quatro dígitos. Pendurada no cabo tem uma etiqueta vermelha que diz ARMA DE FOGO DESCARREGADA. Ela ganhou a caixa de transporte de armas de presente de Natal dois anos atrás, de Pete, seu ex-parceiro.

Antes que Holly possa guardar o telefone pessoal no bolso do paletó do terninho, o celular da Achados e Perdidos começa a tocar no outro bolso. Holly o pega, ciente de que agora está com um telefone em cada mão. *Sou a perfeita mulher do século XXI*, pensa ela. A tela diz NÚMERO DESCONHECIDO, mas ela tem quase certeza de que sabe quem é.

— Achados e Perdidos, Holly Gibney. Como posso ajudar?

— É Corrie, sra. Gibney. Corrie Anderson, a assistente da Kate. Como foi seu voo?

— Foi bom. — Na verdade, foi meio agitado, como aqueles voos mequetrefes costumam ser.

— Kate quer saber se você gostaria que o hotel enviasse um carro pra te buscar.

— Já aluguei um carro. — Holly sabe, pela conversa com McKay, que elas viajam de cidade em cidade pela estrada, então Holly vai fazer o mesmo … mas não exatamente com elas. Vai ficar atrás, atenta para perceber se houver alguém as seguindo. — Espero estar aí em uma hora, talvez antes.

— Nós, quer dizer, Kate, quer você aqui o quanto antes. Nossa admiradora secreta fez contato de novo. Mandou uma foto de Kate comigo, com os braços em volta uma da outra depois do evento de Reno. Havia uma palavra rabiscada com batom vermelho. Alguma ideia de qual?

— Vou dar um palpite aleatório e dizer que deve ter sido *lésbicas*.

— Nossa, você é mesmo detetive.

Holly pensa em dizer "beleza, princesa", mas não diz. Fala que não foi tão difícil assim e que chegará assim que possível… primeiro, ela precisa de um momento para pensar. Para *esclarecer* as coisas.

Holly se senta na área de retirada de bagagem vazia, uma mulher pequena e bem-vestida, com sapatos confortáveis. O cabelo tem um corte estiloso, mas prático. As mãos estão unidas no colo. Ela é ignorada pelo restante dos passageiros, algo que também considera um superpoder. Uma investigadora discreta e boa no que faz pode ser uma grande detetive, e em várias ocasiões Holly alcançou essa grandiosidade. Ela questionaria isso, mas Izzy sabe. Jerome e Barbara Robinson também.

Seus outros superpoderes são clareza de pensamento e a capacidade de levar o tempo necessário para resolver problemas difíceis. Ela está sentada em silêncio, parecendo não ter interesse em nada além da bolsa cinza e da caixa amarela circulando no carrossel de bagagens, mas, por baixo do corte de cabelo prático, seus pensamentos correm em duas trilhas.

Uma delas tem a ver com o caso de Izzy: o elusivo Bill Wilson, que matou pelo menos quatro pessoas, provavelmente cinco. Um número grande num período curto. Usar o nome de Wilson como codinome sugere (ao menos para Holly) certa arrogância. Ou isso ou um desejo, possivelmente subconsciente, de ser pego. E *Briggs*. Sobrenomes são malvistos no AA e no NA, então é quase certamente um primeiro nome ou apelido. Se Briggs estiver no programa, é bem possível que John o identifique.

Holly deseja, não pela primeira vez, que o caso fosse dela.

A outra pista tem a ver com Kate McKay. A perseguidora dela provou em Reno que não é inofensiva, mas a água sanitária foi só um aviso. O antraz foi uma tentativa séria de matar, e que se danassem os acompanhantes que talvez inalassem o pozinho venenoso por acaso. O que viria depois? Uma arma parece o mais provável, o que é um dos motivos para Holly ter levado a dela, mesmo que com muita relutância.

O essencial para guarda-costas contém uma lista de precauções para manter gente controversa como Kate McKay o mais segura possível, embora o autor, Richard J. Scanlon, avise que ninguém tem como ser mantido em total segurança, nem mesmo o presidente dos Estados Unidos... como Lee Harvey Oswald, John Hinckley e Thomas Crooks provaram.

Holly se pergunta quantas outras precauções McKay vai estar disposta a tomar. Supõe que a mulher não vá gostar da ideia e se pergunta se vai conseguir convencê-la. Convencer não é o ponto forte de Holly, mas ela acha que precisa tentar. Corrie Anderson talvez a ajude.

Ela pega a bagagem e vai para o balcão de locadoras. Normalmente, Holly alugaria um carro pequeno como o Prius. Hoje, pediu algo com mais impacto. Depois de refletir sobre as opções, que não são muitas em Iowa City, decidiu por um Chrysler 300. Se precisar dos cavalos a mais, o que é improvável, mas possível, o Chrysler pode oferecer. Holly pega a pasta do carro e aceita o seguro. *Sempre prevenindo, nunca remediando* era outra das frases de Charlotte. Quando se senta (macio!), liga o GPS do celular e busca a rota mais rápida para o Iowa City Radisson, no subúrbio de Coralville. O Chrysler tem sistema de navegação, mas Holly só confia nos próprios equipamentos.

Sempre.

5

Trig chega ao trabalho na hora, cumprimenta Maisie na sala externa e passa a primeira hora do expediente fazendo ligações e apagando pequenos incêndios. No ramo dele, sempre há incêndios para apagar. Só não dá para deixar que fiquem grandes.

Como a mente de Holly, a dele está correndo em duas direções. Em uma, ele é um homem profissional em seu auge: nunca discutindo, sempre sendo sensato, tentando convencer, às vezes recorrendo à lisonja. *Dá pra pegar mais moscas com mel do que com vinagre*, sua mãe dizia. Antes de *partir*.

Na outra trilha, ele está esperando ser preso. Não sabe se outros assassinos em série (é isso que ele é agora, melhor chamar pelo nome) têm uma sensação de invulnerabilidade, mas Trig não tem. Qual é a distância de St. Luke's, onde o grupo Novos Horizontes de quinta à noite se reúne, para o Parque Estadual John Glenn? Não muita. E se alguém fizer a conexão? E se houver câmeras de segurança no parque? Ele nem verificou, mas, em retrospecto, parece lógico, principalmente perto dos banheiros químicos, onde todo tipo de tráfico de drogas pode acontecer. E tem a agenda do reverendo. Deixá-la pareceu tão inteligente na hora, mas, se tivesse que fazer tudo de novo, teria só levado aquela merda embora. Quem saberia? A faxineira? Por que o reverendo teria uma faxineira numa casinha daquelas? E como ele a pagaria? Até onde Trig sabe, o único trabalho do reverendo nos últimos anos havia sido ir a reuniões e citar o Livrão de cabeça.

Trig está fazendo merda por toda parte.

Ele fica na expectativa de que policiais entrem pela porta, ignorando os protestos de Maisie, um recitando os direitos dele depressa e o outro segurando um par de algemas. Visualiza Fin Tutuola e Olivia Benson de *Lei e ordem*, o que é loucura. Serão os dois anunciados no *Register* como investigadores principais do caso: Atta e a mulher, ele não consegue se lembrar do nome dela.

Parece inevitável que eles o peguem em algum momento, mas, agora que começou a jornada, gostaria de terminá-la antes disso. Se não tudo, o máximo possível. *Treze inocentes e um culpado*, ele pensa.

Pelo jeito, matar é mesmo viciante. Ele nunca teria acreditado. Bom, talvez para os assassinos de crimes sexuais como Bundy e Dennis Rader, mas ele não era um deles. Não havia *alegria* em matar...

Ou talvez houvesse.

Se você já estiver mergulhado demais para conseguir sair fora, não adianta se enganar, pensa. É a voz do pai? Ele não sabe. *Não tem nada de sexual, pelo menos. Eles só precisam saber que o sangue dos inocentes está nas mãos deles. E se eu quiser acelerar, isso é errado? Tem um final à vista, já que um dia o culpado vai morrer e tudo vai acabar.*

Ele usa o tablet para entrar no blog de Buckeye Brandon. Debaixo da faixa vermelha que pisca e diz NOTÍCIA URGENTE, ele lê:

O Parque Estadual John Glenn é agora local de outro ASSASSINATO HORRÍVEL! O corpo de Fred Sinclair, de idade desconhecida, foi encontrado por Matt Fleischer, de doze anos, que nunca esquecerá o TRAUMA de abrir um banheiro químico e dar de cara com um HOMEM MORTO sentado lá dentro! Esse CRIME SANGRENTO teria relação com os Assassinatos dos Substitutos dos Jurados? A bola 8 mágica de Buckeye Brandon diz SIM, mas fiquem ligados. E lembrem-se: ESCUTEM MEU PODCAST E ASSINEM O PATREON!!

Trig ligou para a linha de dicas do Buckeye Brandon, mas não disse o nome do jovem. Como poderia? O grande BB conseguiu isso de outro jeito. E foi um garoto de doze anos que encontrou o corpo? O que ele estava fazendo num parque estadual? Isso vem seguido da improvável, ainda que estranhamente persuasiva, ideia de que o garoto *testemunhou* o assassinato, e que, quando Trig for capturado, vai apontar na sua direção e dizer: "Foi ele, foi ele o cara que arrastou o corpo…".

O interfone toca e Trig quase grita. Precisa se forçar a atender, imaginando a voz intrigada de Maisie dizendo "a polícia está aqui e eles disseram que precisam falar com você".

Mas Maisie apenas o lembra de sua consulta no dentista às duas da tarde. Trig agradece e desliga. Está suando frio, e não pela perspectiva de fazer três obturações. Há tantas formas pelas quais pode ser descoberto!

Preciso ir mais rápido, pensa, e percebe que está ansioso por isso.

6

John Ackerly se encontra com Jerome para almoçar no Rocket Diner. Os dois pedem sanduíche de lagosta (é o prato do dia) e Arnold Palmers para beber. Pela janela, John aponta com o polegar para o Garden City Plaza Hotel do outro lado da rua.

— Tem realeza hospedada lá, cara.

— Sério?

— Sista Bessie, a rainha do rock e do soul nos anos 1970 e 1980. Tô ansioso pra ver. Os ingressos pro show do dia 31 esgotaram, mas consegui dois pra noite seguinte.

— Que bom. — Jerome espera que as bebidas sejam servidas e mostra a John uma foto, cortesia de Izzy e de Holly, da agenda de Michael Rafferty. Ele bate no quadradinho que diz BRIGGS 19H, no dia 20 de maio. — Você por acaso conhece esse cara? Não se preocupe em violar o voto de anonimato, ou como quer que chamem. Vou dizer pra Holly e ela pode passar pra polícia, não vão pedir o seu nome.

— A polícia já sabe meu nome — diz John. — Eu encontrei o corpo.

— Ah. É. Holly me contou. — Jerome se sente um pateta. — O que você acha? É familiar?

A resposta de John chega com velocidade desanimadora.

— Não. — Ele bate no quadrado do dia 4 de maio, onde se lê CATHY 2-T, escrito com a letra de fôrma caprichada do reverendo. — Mas conheço ela. Já a vi em algumas reuniões anos atrás. Tinha um lado do cabelo pintado de vermelho, o outro de verde. As pessoas começaram a chamá-la de Cathy 2-Tons, e ela começou a se identificar assim nas reuniões. Esses outros nomes podem ser de quase qualquer pessoa. Sabe quantas reuniões do AA e do NA tem aqui na área metropolitana?

Jerome faz que não.

— Eu falei trinta e seis pra sua chefe, mas, quando verifiquei o livro de reuniões, descobri que é quase o triplo disso se acrescentar o Comedores Compulsivos Anônimos e o DDA, que é de Diagnósticos Duplos Anônimos. Se acrescentar a área dos subúrbios, são mais de quatrocentos grupos.

— Holly não é minha chefe — explica Jerome. — Ela é minha amiga.

— Minha também. A Holly é danada.

— O que isso quer dizer?

John sorri e desliza a mão acima da mesa, com a palma virada para baixo.

— Ela é *sinistra*, cara.

— Entendi direito, então. Há quanto tempo você a conhece?

John calcula enquanto a garçonete leva o almoço.

— Há muito tempo, cara. Foi mais ou menos na época em que o amigo dela morreu, o ex-policial...

— Bill Hodges.

— Deve ser. Acho que eles eram próximos.

— Eram.

— Ela estava com dificuldade de manter a agência aberta — diz John —, mas conseguiu manter funcionando, e que bom pra ela.

Jerome não conta para ele sobre a herança que Holly recebeu da falecida mãe. Não cabe a ele compartilhar esse tipo de informação, e, além do mais, quando Charlotte Gibney morreu, a Achados e Perdidos já estava bem.

— Como você a conheceu? — pergunta Jerome. Ele nunca pensou em Holly como frequentadora de bares.

John ri.

— É uma boa história, cara. Quer ouvir?

— Claro.

— Ela estava atrás de um cara procurado por vários tipos de merdas relacionadas a dívidas, incluindo levar uma picape pra um test-drive e "esquecer" de devolver. Eu tinha acabado de ficar sóbrio. Holly falou com a mãe do cara, que disse que ele ia procurar um violão na Penhores e Empréstimos do Dusty, que fica a três lojas do meu bar. A Holly parou numa vaga em frente ao Dusty e viu o cara, o nome dele era Benny alguma coisa, saindo do Dusty e indo pro Feliz com uma caixa de violão na mão. Ela o seguiu. Àquela altura, o querido Benny já estava no bar, pedindo um bourbon com gelo, que eu não quis vender pra ele.

— Por quê?

— Eu o tinha visto em reuniões. Eu falei: "Você quer mesmo fazer isso? A sobriedade é uma dádiva, cara".

Jerome mal pode esperar pra ouvir o desfecho.

— Esse Benny era um cara grande, com mais de um metro e oitenta e uns cento e vinte quilos. Holly, por outro lado, tem um metro e sessenta, mais ou menos. Ela ganhou um pouco de peso desde aquela época, mas não devia pesar mais do que cinquenta quilos encharcada, como dizem por aí. Benny a viu. Sabia quem ela era porque Holly falou com alguns amigos dele, e os amigos o alertaram. Então ele correu para a porta, bem onde ela estava. Aí eu pensei *puta merda, ele vai passar por cima dela como um caminhão*. Mas ela não se moveu nem um centímetro. Apenas disse: "Se você não for até a Provident Empréstimos fazer um plano, Benny, e não trouxer a picape de volta, vou contar pra sua mãe que você está num bar".

Jerome está perplexo demais para rir. É uma história perfeita de Holly Gibney.

— Benny parou a meio metro dela. Ele era muito maior do que ela, que precisava olhar pra cima, mas não saiu do lugar. Ela disse: "Eu vou confiar que você vai fazer isso sozinho, ao menos desta vez, porque vai pegar melhor". Benny disse que tudo bem e meio que saiu arrastando os pés. Aí a Holly foi até o bar e pediu o que sempre pedia lá, uma coca diet com duas cerejas. Eu contei que conhecia Benny das reuniões que frequento e estava tentando convencê-lo a não comprar uma bebida. Ou pelo menos uma alcoólica. Perguntei se ela acreditava que Benny ia mesmo até a Provident fazer um plano de pagamento, e Holly disse que provavelmente sim, porque ele morria de medo da mãe. Ela soube disso pelos amigos. Disse também: "Sempre gosto de dar uma chance, se eu posso". Pegou a caixa do violão, que Benny deixou para trás de tão atordoado que estava, me entregou por cima do bar e disse: "Segura minha bebida". Eu segurei e ela saiu.

— Para o Dusty.

— Pelo jeito você a conhece mesmo. Sim. Ela voltou cinco minutos depois e disse que Benny pagou pelo instrumento. Em dinheiro. Me falou para entregar pra ele quando ele voltasse.

Jerome assente.

— Essa é a Holly.

— Depois a gente começou a conversar. Ela me deu o cartão dela e os nomes de quatro golpistas que estava procurando. Disse pra eu ligar pra ela caso algum deles aparecesse no bar. Foi um acordo no começo, dinheiro por informação, mas passei a gostar dela. Ela tem um monte de maluquices, mas, como falei, é *danada*.

Jerome assente.

— E tem coragem pra dar e vender.

— Tem mesmo.

— E você já viu um dos golpistas dela nas suas reuniões?

— De tempos em tempos — admite John —, mas eu só conto pra ela se alguém que está caçando vem ao Feliz. Não sou santo como o reverendo, o Mike R., mas defendo a regra do anonimato. As reuniões são sagradas. Abri uma exceção desta vez porque, se ela estiver certa, aquele filho da puta do Briggs, além de alcoólico, é assassino. — Ele faz uma pausa, dá uma mordida no sanduíche de lagosta. E diz: — E também porque é ela. Holly.

Jerome assente.

— Entendi isso também. — Ele sorri e estende o punho sobre a mesa. — Sempre Holly.

John bate com o punho no dele e repete:

— Sempre Holly.

7

O assunto da conversa deles entra com o Chrysler, que parece uma banheira em comparação ao Prius, no estacionamento do Radisson. Vê uma mulher parada na sombra, embaixo da marquise do saguão. É alta e parece jovem. Cabelo curto claro, calça jeans e uma blusa sem mangas. Tênis nos pés. Holly acha que é a assistente de Kate McKay. Ansiosa para conhecer a nova segurança e botar tudo em ação. A garota (ela parece jovem o bastante para ser chamada de garota) acena, hesitante, e Holly levanta a mão em resposta.

Em um Kia alugado, algumas vagas ao lado, Chrissy Stewart observa a recém-chegada andar até a marquise e apertar a mão da vaca Anderson. Pensando *quem é essa agora?* Não que importe. Nada muda. O trabalho é o trabalho. A matança de inocentes, por conta da política e por abortos, precisa ser impedida.

A qualquer custo.

NOVE

1

Corrie viu a foto de Holly no site da Achados e Perdidos, mas fica surpresa com o quanto a mulher é pequena. E o cabelo dela está mais grisalho do que na imagem. Quando Holly dá um aperto rápido e firme em sua mão estendida, Corrie pensa em como ela é diferente dos seguranças homens que as duas tiveram, principalmente Elmore Packer, do infeliz incidente com o champanhe.

Isso provavelmente é bom, pensa Corrie. *Outro grandalhão é a última coisa de que precisamos. Ninguém vai notar que ela está por perto. Eu só queria que ela não fosse tão pequena. Parece quase… frágil.*

Da parte dela, Holly está pensando que Corrie Anderson parece uma formanda de ensino médio. Mas é claro que, quanto mais velha ela se torna, mais jovem o resto do mundo fica.

— Estamos arrumando as malas — diz Corrie enquanto elas atravessam o saguão do Radisson. — Na verdade, *já* fizemos. É só uma viagem curta até Davenport, nossa próxima parada, mas, quando tem um tempo, Kate gosta de nadar antes das… das palestras. E eu vou ter algumas coisas pra fazer. — Elas entram no elevador. — A… — novamente, uma leve hesitação — … palestra de Iowa City é hoje, claro, e o domingo está livre. Bom, a maior parte dele. Vamos até Madison. As datas estão ficando mais apertadas agora. Eu comentei que iremos de carro, né?

— Sim — responde Holly. — E você não encara os eventos como palestras, né?

Corrie fica um pouco vermelha.

— Bem… Kate é intensa. Digamos assim.

— Eu estava ansiosa pra ouvi-la em Buckeye City. Agora, acho que vou conseguir, no fim das contas. — Se bem que Holly não vai poder dar a Kate sua total atenção. Não está lá para e entreter.

Corrie usa um cartão magnético para abrir uma pequena suíte no quarto andar. Kate McKay está sentada num raio de sol junto à janela, um pé encolhido embaixo do corpo, fazendo anotações num bloco amarelo. Há duas malas perto da porta. Pequenas. *Ela viaja com pouco*, pensa Holly, aprovando.

Kate se levanta, observa Holly de cima a baixo rapidamente e abre o sorriso radiante que agracia inúmeras capas de revista, jornal e postagens de blog.

— Holly Gibney! — Ela sequestra as duas mãos de Holly. — Bem-vinda à Aventura Fantástica de Kate e Corrie!

— É um prazer estar aqui. Como eu estava dizendo para Corrie, eu planejava ir ver você no Mingo.

— Nos roubaram! — grita Kate. Ela abre as mãos, como se mostrando uma manchete. — Cantora de soul derrota a irmandade! "Get Down Tonight" derrota "We Shall Overcome"! Parem as máquinas!

Ela ri, os olhos verdes iluminados. Holly pensa que ela tem certa aura, um estalo de eletricidade estática psíquica. Holly poderia dizer a si mesma que isso é besteira, que ela só está sentindo o espanto que pessoas comuns sentem quando estão no mesmo lugar que uma pessoa famosa, mas desconfia que as pessoas que atingiram certo renome realmente possuam essa eletricidade ao redor de si. Não porque são famosas; mas porque foi assim que *ficaram* famosas.

— Você acha que eu deveria protestar, Holly?

— Talvez seja um gesto positivo, em termos de relações públicas, ceder graciosamente.

Kate sorri para Corrie.

— Viu? Nós escolhemos a mulher certa! Quer beber alguma coisa, Holly?

— Talvez uma coca-cola, se houver alguma no seu frigobar.

— Se não houver, vou reclamar com a gerência — declara Kate. — Corrie, arruma uma coca pra essa mulher.

Corrie vai até o frigobar. Kate volta toda a atenção para Holly. É um pouco como estar recebendo a luz de um holofote.

— Eu tenho um show hoje. — Ela não hesita em usar a palavra tanto quanto Corrie. — Vou querer você com a gente. Macbride Hall, rua North Clinton, às sete da noite.

Holly está com o caderno na bolsa. Ela anota a informação.

— Posso perguntar se você está armada, Holly?

— Estarei, nos seus eventos — diz ela… e não gosta muito.

— Por Deus, não atire em ninguém — pede Kate. — Depois de Des Moines, é a última coisa de que precisamos. A menos que a pessoa mereça, claro.

— Copo, Holly? — pergunta Corrie.

— Não, obrigada. — Ela pega uma lata de coca da mão de Corrie e toma um gole. Está gelada e gostosa. Para Kate, Holly diz: — Se exercitarmos a cautela razoável, tudo vai ficar bem. Aqui e nos outros lugares. Ninguém vai levar tiro nenhum. Nenhum confronto vai acontecer. Vamos evitá-los.

— Confronto é parte do que Kate *faz* — diz Corrie.

Kate se vira para ela, as sobrancelhas erguidas. Corrie está com cara de que deseja poder retirar aquela observação. Mas Kate solta sua gargalhada alta de novo.

— Ela tem razão, mas eu gostaria de ficar nos disparos verbais daqui em diante. Todo mundo se diverte e ninguém se machuca.

— Me parece ótimo, sra. McKay.

— Pode me chamar de Kate. Nós vamos ser amigas.

Não, Holly pensa. *Não Acredito que vamos. O que eu vou ser é funcionária, como a jovem srta. Anderson.* Mas Kate McKay talvez seja do tipo que quer que *todo mundo* seja seu amigo. Que caia sob o feitiço dela. Para algumas pessoas, Holly sabe, é uma compulsão. Talvez esteja errada, julgamentos de primeira não são muito confiáveis, mas ela não acha que seja o caso.

— Kate, então. A prioridade do meu trabalho é garantir que você possa fazer o seu sem ser ferida. E seria mais fácil fazer isso se a mulher que está te ameaçando for encontrada e presa. Por esse motivo, eu gostaria de olhar as mensagens dela para você. E quero saber mais sobre seus…

— Meus inimigos? — Kate ri. — Seria uma lista longa, mas a maioria limita a agressão a painéis de TV a cabo e tuítes cruéis. Não consigo pensar em ninguém que colocaria antraz num cartão.

— Se nos unirmos, pode ser que a gente pense em alguém que faria isso. Talvez até mais de uma pessoa.

— Tudo bem — concorda Kate —, mas depois. Tenho uma chamada pelo Zoom daqui a pouco, quero nadar, depois a imprensa, o Macbride hoje à noite e o River Center em Davenport amanhã. E domingo? É dia de folga, graças a Deus. Exceto pela viagem para Madison. Corrie disse que…?

— Que você vai de carro? Disse. Eu estou com meu carro. Corrie pode me explicar o trajeto. Em uma parte do tempo, eu vou atrás de vocês, e vocês me verão. É um Chrysler 300 azul, difícil de não notar. Em outra parte do tempo, estarei mais à frente, e aí vocês não vão me ver.

Kate aponta para Holly com o dedo e dá uma piscadela.

— Tentando identificar nossa perseguidora. Inteligente. E vamos te contar tudo assim que possível.

Holly não gosta disso. Ainda é sexta-feira; elas com certeza poderiam arranjar um tempo para falar da comunicação da perseguidora antes de domingo. Kate poderia não nadar na piscina do hotel, por exemplo. (*Piscinas de hotel e candidíase andam de mãos dadas*, Holly pensa. *Eca*.) Ela acha que Kate não está levando as coisas tão a sério quanto deveria.

Na verdade, pensa Holly, *é difícil saber o quanto ela está me levando a sério*. Não que seja surpresa. Ela está acostumada a ser subestimada. Às vezes, é útil. Nesse caso, talvez não.

— Eu também tenho um rastreador GPS. Gostaria de colocar no seu carro, se você não se importar.

— Não é um carro, é uma picape, e não tem problema nenhum.

— Onde vocês vão ficar em Davenport?

Kate dá de ombros, mas Corrie sabe.

— No Axis. Na verdade, fica do outro lado da fronteira estadual, no Illinois.

— Mantém essa reserva, mas escolhe outro hotel — diz Holly. — Três quartos, no meu nome. Sua perseguidora sabe o nome de vocês, mas não sabe o meu.

— Eu vou querer uma suíte — diz Kate. — Com conexão para o quarto da Corrie. E para o seu, se possível.

É, eu sou uma empregada mesmo, pensa Holly.

— E a coletiva de imprensa? — pergunta Corrie para Holly. Ela não está feliz com a mudança. Talvez também não esteja feliz com Holly assumindo o comando. — *Sempre* tem coletiva de imprensa.

— Isso ainda pode acontecer no Axis. Corrie, eu entendo que é chato. Sendo alguém que é maluca por programação, eu entendo. Mas sua perseguidora conhece a agenda de vocês, está no site da Kate pra quem quiser ver, e essa maluca já demonstrou que está interessada em fazer mal de verdade. Se você estiver levando a sério a questão da proteção, *precisamos* fazer essas mudanças.

Holly espera que atrapalhar o planejamento da perseguidora torne a mulher mais fácil de pegar. Se estivesse com Pete Huntley, ou com Jerome, deixaria um deles vigiando o Axis, atentos a alguém que chegasse à procura de Kate e Corrie. Mas Pete se aposentou e Jerome está de olho no caso de Izzy. Ela torce para que ele também tenha voltado a trabalhar no novo livro.

— Entendi — diz Corrie. — Me dá seu cartão de crédito, Holly. Nós vamos trocar de hotel por todo o caminho? Na turnê toda?

— Infelizmente.

Corrie suspira, mas não protesta mais. Holly acha que ela já está calibrando as mudanças que precisarão ser feitas. E Kate? Não faz diferença para ela; para ela, o show continua. Holly sabe, mesmo a conhecendo tão pouco, que se sugerisse uma mudança que impactasse Kate diretamente, como cancelar uma das datas, por exemplo, sua reação seria mais do que um suspiro. Isso faz com que ela goste mais da mulher mais jovem, e ela só leva um momento para entender por quê.

Ela é como eu.

2

Chrissy está usando o vestido marrom simples de camareira comprado no dia anterior, na A-1 Uniformes em Coralville, e pago em dinheiro, uma oferenda amorosa da Sagrado Cristo Real, por intermédio de Andy Fallowes.

Ela sai do Kia, contorna o hotel a pé e entra pela entrada de serviço, que está aberta e presa com um tijolo. Para fumantes, sem dúvida. Em uma das mãos, segura um saco plástico que pode conter lixo. Não é o que tem lá, mas *contém* carne podre. Chrissy chegou a Iowa City por estradas secundárias e encontrou muita coisa útil no caminho: esquilos, pássaros atropelados, uma marmota e um gato explodido. Kate McKay é fã de sangue e destruição?

Ótimo.

Tem um saco cheio disso para ela.

3

Holly não quer esperar o domingo para ir atrás da perseguidora. Pergunta a Corrie se ela tem os comunicados da mulher no celular ou no tablet.

— Eu tenho um arquivo de computador com tudo, inclusive os relatórios da polícia.

— Isso é ótimo. Me manda o arquivo. Talvez eu possa dar uma olhada depois da sua palestra de hoje, Kate.

— Não tem muita coisa — comenta Kate. — O cartão com o antraz estava...

Nessa hora, o alarme de incêndio dispara numa série de sons quase ensurdecedores. Um momento depois, um alto-falante ganha vida.

— Há um alarme — diz uma voz automática. — Por favor, saiam do prédio. Não usem os elevadores. Esperem lá fora até que haja autorização para voltar. Há um alarme. Por favor, saiam...

— Jura que tem um alarme? — Kate parece irritada. — Vai explodir as porras dos meus tímpanos.

— O que a gente faz? — pergunta Corrie a Holly.

— Nada — diz Kate antes que Holly possa responder. — Alguém deve ter acendido um baseado no banheiro e...

— Nós vamos sair — afirma Holly. Ela queria que a arma, o .38 do Bill Hodges, não estivesse no porta-malas do carro, trancado na caixa de avião.

— Eu não acho... — começa Kate.

— Desculpa, Kate, mas é exatamente pra isso que você está me pagando. Me siga pelo corredor. Espere do lado de fora da porta da escada até me ouvir dizer "limpo". A mesma coisa em cada andar. Espera eu liberar a passagem. Entendeu?

Kate decide levar aquilo como algo divertido e não irritante. Não está com medo, mas Corrie está. *Porque foi ela que levou o banho de água sanitária,* pensa Holly. *Nada aconteceu com Kate, ao menos por enquanto.*

Holly vai até a porta da sala de Kate e olha para o corredor. Naquela hora do dia, há poucos hóspedes no andar, e só quatro ou cinco estão a caminho da escada. Dois outros olham pela porta com a mesma expressão exasperada que Holly viu no rosto de Kate quando o alarme começou a tocar. *Alarme falso, claro,* dizem aqueles rostos. *Nada acontece comigo, é sempre com outra pessoa. Eu estou livre disso.* As portas se fecham quando Holly chama Kate e Corrie para sair.

Elas avançam pelo corredor, agora vazio, em fila indiana. Holly espia a escada, o corpo abaixado. Não tem ninguém lá. Os poucos hóspedes que decidiram obedecer ao alarme já percorreram a maior parte do caminho. Ela grita:

— Limpo!

Kate e Corrie a seguem para baixo, parando na escada até Holly poder olhar o patamar e o corredor do terceiro andar, onde uma camareira de cabeça baixa e vestido marrom está empurrando um carrinho, parecendo não dar bola para o alarme. Elas chegam ao saguão desse jeito. Ali, os funcionários da recepção e um homem de terno, provavelmente o gerente, estão guiando as pessoas para fora.

— Desculpe, sra. McKay — diz ele quando elas passam. — Deve ser alarme falso.

— Mulheres estão bem familiarizadas com alarmes falsos — diz Kate. O homem de terno ri como se fosse a coisa mais engraçada que já ouviu.

Do lado de fora, uns vinte ou trinta hóspedes esperam embaixo da marquise do saguão, onde Holly viu Corrie a aguardando quando chegou. Kate olha para o relógio.

— Eu deveria estar na próxima ligação agora — diz ela. — Primeiro você chegou atrasada, Holly, agora isso. Está na cara que é alarme falso.

— Eu acho… — começa Holly, mas Kate tomou uma decisão.

— Que se foda, vou voltar.

Holly está consternada. Ela deveria ir junto? Tentar segurá-la? Acha que tentar segurá-la pode fazer com que seja demitida. No fim das contas, não há necessidade de decidir. O alarme para e o homem de terno sai.

— Pessoal, vocês podem voltar para os quartos. Sentimos muito pelo inconveniente.

— E tem que sentir mesmo — diz Kate.

— Parece que alguém fez uma brincadeira... — explica o gerente, mas Kate já está andando vigorosamente à frente dele.

— Onde o alarme foi disparado? — pergunta Holly. — Qual andar?

— Não sei — diz o gerente.

Holly se pergunta se é verdade, mas não é hora de investigar. Sua cliente já está se aproximando dos elevadores, uma personalidade Tipo A que está bem à frente dos outros hóspedes, com a intenção de entrar no primeiro disponível. Corrie está logo atrás, mas olhando para Holly, que as alcança e entra assim que a porta começa a fechar.

— Alarme falso, como eu falei — diz Kate.

— Parece que sim. — Holly não está totalmente convencida. Há algo de errado.

— Eu aprecio sua dedicação ao trabalho, Holly, mas talvez você esteja ansiosa demais pra demonstrar suas habilidades. — Kate está olhando o indicador digital de andares avançar, dando a Corrie a chance de lançar rapidamente um olhar de lado para Holly, como quem diz *desculpa, desculpa*.

Holly não responde, mas, quando a porta do elevador se abre, faz questão de sair primeiro. Dá quatro passos na direção da suíte de Kate e abre os braços.

— Para, para.

— Pelo amor de Deus, *o que foi*? — Kate não está exasperada agora; aquilo é um incômodo beirando a raiva.

Holly nem repara. Seus sensores, que já estavam no amarelo, agora ficam bem vermelhos.

— Fiquem onde estão.

— Eu não preciso que você... — Kate passa por Holly e para. — Qual de vocês deixou a porta aberta?

— Nenhuma de nós — diz Corrie.

A porta da suíte de Kate se abre para dentro. Holly consegue ver parte do tapete da sala e um pedaço de janela, onde Kate estava sentada no sol com o bloco. Ela também vê lascas no tapete do corredor.

— Não está aberta, foi arrombada. Provavelmente com um chute.

Seu primeiro impulso é levá-las de volta para o elevador, para o saguão, e pedir ao gerente para informar à segurança. Só que o gerente talvez seja a única segurança trabalhando àquele horário, e ela não confia que Kate não vai sair entrando no quarto.

— Esperem aqui, as duas. Por favor.

— Eu quero... — diz Kate.

— Deixa ela fazer o trabalho dela, Kate. Foi pra isso que você a contratou — diz Corrie.

Holly vai até a porta deslizando os pés, as costas na parede e nas portas pelas quais passa. Pensa de novo no revólver trancado no porta-malas e promete a si mesma que não vai mais ficar sem ele. Não foi por isso que levou a bolsa grande, apesar de ser feia? Quando diminui a distância, vê que algo foi escrito na porta. E apesar de parecer escrito com sangue, ela relaxa um pouco. Se tem uma mensagem, significa que o mensageiro foi embora. *Provavelmente f...*

Uma mão pousa no braço dela. Holly dá um pulo e um pequeno grito. É Kate, que obviamente tem dificuldade para seguir instruções. Está olhando por cima do ombro de Holly.

— O que isso quer dizer? — Na porta, está escrito EX 21 22 23. — Isso é *sangue*?

Holly não responde. Ela solta a mão de Kate e chega mais perto da porta aberta. Dessa vez, Kate fica onde está. Holly espia depois da porta arrebentada. O que vê não é bonito, longe disso, mas a deixa ainda mais segura de que a pessoa que fez aquilo já foi embora.

As malinhas de Kate McKay foram encharcadas com sangue e cobertas de corpos massacrados de aves e animais pequenos. *Animais mortos na estrada*, pensa Holly. *Eca.* No tapete está o saco plástico branco onde as coisas mortas estavam antes.

— Temos que voltar pra recepção — diz Holly, mas Kate passa por ela e encara sem acreditar o sangue e as entranhas na bagagem anteriormente impecável. Ela solta um grito que faz os hóspedes que tinham ficado no quarto abrirem a porta e olharem. Vários deles, voltando para o quarto depois do alarme falso, param. Holly já ouviu gritos assim antes, e em pelo menos uma ocasião saindo da própria garganta. Não é medo. É, em parte, horror, e principalmente fúria.

Kate não está mais livre de nada.

4

Izzy e Tom estão olhando para o banheiro químico onde o escoteiro encontrou o corpo. Um detetive da polícia estadual chamado Ralph Ganzinger está os acompanhando. O banheiro foi isolado com um quadrado de fita que diz PASSAGEM PROIBIDA, mas a porta foi aberta. O vaso, o mictório e as paredes de plástico estão pretos com pó de digitais. A unidade de perícia da polícia estadual já esteve lá e foi embora.

— Tem muitas digitais — diz Ganzinger —, todas provavelmente inúteis. A maioria no mesmo lugar. Homens que usam o mictório têm o hábito de apoiar os dedos na parede enquanto faz o serviço.

Izzy pensa no que Holly diria sobre isso: *Eca.* Mesmo com a porta do banheiro químico aberta, o cheiro de dejetos humanos vaza.

— Câmeras de segurança? — pergunta Tom.

— Seis. — Ganzinger indica o bosque. — Cinco apontam para as trilhas. A sexta fica ali naquele poste, virada para os banheiros. E está quebrada desde o ano passado. O cara do Serviço de Parques falou que ela é vandalizada regularmente. Acontece que, às vezes, pessoas que não querem ser vistas usam esses banheiros para o que podemos chamar de objetivos nefastos. Dessa última vez não deu para consertar, e não há dinheiro para uma nova.

— A câmera está bem alta — observa Izzy. — Alguém com boa mira deve ter jogado uma pedra.

— Aposto que você conseguiria — diz Tom. E, para Ganzinger: — Ela é nossa arremessadora inicial no jogo do Secos & Molhados semana que vem.

— Nem me lembra — diz Izzy.

Lew Warwick pediu, não, *ordenou*, a presença dela na coletiva de imprensa no City Center naquela tarde, com o objetivo de aumentar o interesse no jogo e, assim, as contribuições beneficentes. Ele prometeu que ela não vai precisar falar muito, mas Izzy não confia totalmente nele quanto a isso, e apesar de Lew ser seu chefe, ela não pôde resistir a comentar que, com Sista Bessie a bordo para cantar o Hino Nacional, "aumentar o interesse" não será nada necessário; o jogo vai ser um sucesso. Ela sabe que a imprensa é uma oportunidade para a chefe Alice Patmore e o Comissário dos Bombeiros Darby Dingley (o nome mais idiota do mundo, na opinião de Izzy) botarem a cara no noticiário da noite. E tudo isso é depois. Agora, ela pergunta a Ganzinger se havia marcas de pneus.

— Sim. E das boas. — Ele levanta o tablet e o protege do sol com a mão para que ela e Tom possam dar uma boa olhada nas fotos. — Há uma boa chance de essas terem sido feitas pelo carro do elemento. Foi coisa de improviso.

— Assassinato por impulso — declara Tom.

Ganzinger assente.

— Sinclair estava indo de carona até Washington, depois talvez pra Nova York. O criminoso não levou a carteira, então conseguimos falar com os pais dele.

— Eu odeio fazer essas ligações — diz Tom.

— E quem não odeia? — retruca Ganzinger. — Nós temos uma garota que é boa em dar notícias como essa.

Ninguém é bom nesse tipo de ligação, pensa Izzy.

— Enfim. O criminoso pega Sinclair. Entra no parque contornando o portão, que é onde encontramos essas marcas de pneu. Dá vários tiros dentro do carro, tem menos barulho assim, mas o escoteiro-chefe ouviu de qualquer modo. O criminoso arrasta o garoto até o banheiro. As marcas do corpo arrastado começam perto das marcas dos pneus.

— As marcas vão ser úteis? — pergunta Tom. — Por favor, diz que sim.

Ganzinger faz que não.

— Conseguimos uma correspondência no computador imediatamente, porque estão boas, nítidas. Toyo Celsius II. Esses pneus estão nos Toyotas, Huglanders, RAV4s. Em outros modelos também, como os Prius, mas o veículo que fez essas marcas é maior. Acho que foi um sedã.

— E existem zilhões assim no estado — diz Izzy. — O cara tinha um cartaz?

— Cartaz? — Ganzinger parece não entender.

— Os caroneiros às vezes exibem cartazes que mostram seu destino.

— Não encontramos nada assim — responde Ganzinger. — Quer procurar por aí?

Izzy e Tom trocam um olhar. Tom dá de ombros. Izzy diz:

— Precisamos voltar pra cidade. Eu tenho um circo pra ir. Se você conseguir alguma resposta interessante pras digitais, avise.

— Pode deixar. Tenham um ótimo dia.

No caminho de volta para o carro, Tom diz:

— Seria bom se o cara tivesse parado pra mijar depois de botar o cara na privada.

— E se apoiado na parede com as pontas dos dedos — acrescenta Izzy. — Seria tudo. Quer dirigir?

5

Em Iowa City, Kate e Holly estão se consultando com o detetive Daniel Speck no escritório do gerente do Radisson. Corrie saiu para comprar malas novas para a chefe. Holly não gosta que a garota saia sozinha, mas Corrie tem suas ordens, e pelo menos não tem como ser confundida de novo com a mulher atrás de quem a perseguidora está. Ao menos, é o que Holly espera.

Kate está furiosa pela destruição das malas L.L. Bean, mas feliz porque a vaca que fez aquilo não teve tempo de abri-las e estragar as roupas.

Holly também está interessada em roupas, mas não as de Kate. Ela pergunta ao gerente que tipo de traje as camareiras do Radisson usam. Ele diz que são vestidos azuis com golas de babado. Holly se vira para o detetive Speck.

— Eu tenho quase certeza de que vi a mulher que fez aquilo. Ela estava no terceiro andar, fingindo empurrar um carrinho. Usando um vestido marrom que parecia muito... muito de camareira.

— Vou verificar nas câmeras de segurança — diz Speck —, mas se ela estivesse atenta o bastante para ficar com a cabeça baixa...

— Ela fez isso quando levou o cartão com o antraz — informa Kate. — E em Reno estava de peruca.

— Ela já vai estar longe agora — diz o detetive Speck.

Se estiver, já deve estar seguindo para Davenport, pensa Holly. *Se não, vai estar no Macbride hoje. Talvez com uma arma.*

— Você vai falar sobre isso hoje, Kate? — pergunta Holly. — Ou na coletiva de imprensa?

— Claro que vou.

Mantendo a voz moderada e (ela espera) não combativa, Holly diz:

— A mulher vai amar isso.

Kate olha para ela com uma expressão de sobressalto que se torna reflexiva.

— Como posso não falar? Não posso parecer estar escondendo. Isso faria com que eu parecesse com vergonha.

Holly suspira.

— Eu entendo isso, mas posso dar uma sugestão?

— Pode.

— Seja breve. Faça com que pareça quase uma piada. E quem sabe... você pode chamá-la de covarde?

— Isso não seria incitá-la? — Mas Kate está sorrindo. Ela gostou.

— Seria — responde Holly. Às vezes, a melhor coisa que se pode fazer é forçar a questão. Dali em diante, ela vai andar com sua arma. — Porque quanto antes essa pessoa for pega, mais rápido meu trabalho vai ficar fácil.

— E a mensagem na porta? — diz Speck.

— Êxodo 21, versículo 22 — diz Holly. Ela abre o iPad e lê: — "Se homens brigarem e ferirem mulher grávida, e forem causa de aborto, sem maior dano, o culpado será obrigado a indenizar o que lhe exigir o marido da mulher; e pagará o que os árbitros determinarem".

Kate solta uma risada sem um pingo de humor.

— Já ouvi antes, só que sem a referência. Os crentes chatos adoram. Na verdade, esse versículo é sobre agressão, sobre homens que brigam e derrubam uma mulher grávida e fazem com que perca o bebê. Sabe o que a Bíblia diz sobre aborto mesmo? Nada. Zero. Então, eles distorcem isso.

— Esse é o primeiro versículo — diz Holly. — O seguinte diz: "Mas se houver dano grave, então darás a vida por vida". — Ela fecha o iPad. — Pra essa mulher, Kate, *você* é a causadora de danos.

— Você considerou cancelar o show de hoje? — pergunta Speck.

Kate abre um sorriso gélido para ele.

— Não tem a menor chance.

6

Maisie liga para Trig à uma e quinze da tarde e lembra a ele que é dia D, dia do dentista.

— Melhor você ir logo se quiser chegar na hora, porque o trânsito de um lado para o outro da cidade começa cedo na sexta-feira.

Trig agradece a ela e deseja que tenha um ótimo fim de semana. Seu Toyota está parado ao lado do Nissan Rogue de Maisie na lateral do prédio. Ele prende o cinto e começa a dar ré, olhando para a direita porque não quer arranhar o carro de Maisie. Vê uma coisa alarmante e enfia o pé nos freios. No pé do banco do passageiro está o cartaz do caronista, com o lado que diz OU QUALQUER OUTRO LUGAR virado para cima.

Há algumas gotículas de sangue seco sobre ele.

Como você pôde ser tão burro?, ele se pergunta. Não, não é uma pergunta, é um esporro, e não é ele. É o pai. Trig quase consegue ver o papai no banco do passageiro, o papai de calça marrom com a corrente que prende a carteira. *Você quer ser pego? É isso?*

— Não, papai — murmura ele. Essa coisa de "querer ser pego" é muita baboseira psicológica. Ele só estava abalado, ansioso para sair do parque estadual.

Mas Maisie parou ao lado dele. E se ela olhasse pela janela do carro e visse o cartaz? Visse as gotas de sangue?

Ela não viu. Ela teria dito alguma coisa.

Teria?

Mesmo?

Trig sai, vai até o lado do passageiro e, depois de uma olhada rápida para ter certeza de que está sozinho, pega o cartaz e joga no porta-malas. Tem um barril incinerador atrás do escritório em Elm Grove, onde ele mora agora, e ele pode se livrar do cartaz à noite. Os residentes não podem usar, porque gera poluição, mas a maioria usa e a gerência finge que não vê.

Ele volta para o carro e limpa o suor da testa com o braço. *Ela não viu. Tenho certeza.*

Quase *certeza.*

Talvez eu devesse pensar…

Mas ele corta esse pensamento. Ele o amputa. Pensar em atirar em Maisie? A Maisie bem-intencionada, um pouco acima do peso, sempre pensando em Ozempic? Nunca!

Nunca? Mesmo?

Isso é um pensamento… ou uma voz?

Ele olha pelo retrovisor e por um momento vê o pai, agora lá atrás em vez de no banco do passageiro, sorrindo. E então ele some.

7

Rothman, o dentista de Trig, aponta para a tela de televisão na parede, onde um raio X dos dentes de Trig é exposto.

— Número 18, seu segundo molar. — Ele parece um diretor funerário. — Tem que sair. Não dá pra salvar. Tem uma infecção embaixo. — Ele se anima. — A boa notícia é que seu seguro cobre oitenta por cento da despesa. Posso fazer?

— Eu tenho alternativa?

— Não se não quiser continuar tomando antibiótico pra uma infecção leve de gengiva. E seria bom considerar usar uma placa noturna. Você trinca os dentes, e o coitado desse molar foi o mais maltratado.

Trig suspira. *Achei que a possibilidade de ser preso fosse meu único problema hoje.*

— Pode fazer.

— Vou localizar a área, mas recomendo óxido nitroso pra tornar a experiência o mais agradável possível. — Rothman reflete. — Bem... uma extração nunca é agradável, mas mais confortável.

Trig pensa. Não tem problema com drogas, o álcool foi sua ruína (sem mencionar uma certeza burra, presente duvidoso do pai), mas ouviu que pessoas sob efeito de óxido nitroso podem ser... qual é a palavra? Indiscretas? Mas com um protetor de borracha mantendo a boca aberta, ele vai ser incapaz de dizer qualquer coisa que não seja *oooo* e *aaaa*.

— Com óxido nitroso, sem dúvida — diz.

Depois de várias injeções analgésicas, o assistente de Rothman coloca o tubo no nariz de Trig e o instrui a respirar só por ali.

— Agora relaxe.

Trig faz isso. Pela primeira vez desde Annette McElroy, relaxa completamente. Quase não percebe Rothman cutucando, mexendo, furando e, finalmente, empurrando o dente ruim de um lado para o outro para fazer as raízes se soltarem.

Preciso terminar isso o mais rápido possível, pensa ele, *para que eu também possa deixar de lado*. Esse não é um pensamento totalmente novo, mas sua mente está livre e o que vem em seguida é *e se eu puder ser como o alfaiate que pegou sete de uma vez?*

Sete seria muito, mas e se ele pudesse acabar com *vários* de uma vez? Inclusive o mais culpado? Existe um jeito de fazer isso?

Com a mente livre de ansiedades, Trig pensa que poderia acontecer. E, se acontecesse, transformaria sua cruzada numa sensação mundial; o tiro na orelha do Trump não seria nada perto daquilo. Ele não está interessado em ser famoso (é o que diz para si mesmo), mas e se suas ações iniciarem uma conversa útil sobre a frequência com que inocentes são considerados culpados? Haverá uma, possivelmente duas mulheres famosas na cidade na semana seguinte, e se houvesse um jeito de torná-las parte da reparação pela morte de Alan Duffrey...

— Já estou terminando — diz Rothman.

— *Iiiii ee ee aaaa* — responde Trig.

— O quê?

Mas Trig apenas sorri do jeito que dá com o bloco de borracha na boca. *Inocentes têm que pagar.*

DEZ

1

A ida da equipe da Sista Bessie do antigo Sam's Club para o Auditório Mingo é um trabalho gradual. Para entrar, Jerome menciona o nome da irmã para Tones Kelly, o chefe da turnê. Não tinha certeza se funcionaria, mas funciona. Tones está sentado no saguão, dedilhando distraidamente um baixo Fender, mas dá um pulo e fica de pé como se Jerome tivesse dito "abre-te sésamo" em vez de "Barbara Robinson".

— Barb é a nova melhor amiga da Betty — diz Tones — e um urso pra trabalhar, o que a torna amiga de todo mundo da equipe. Quem imaginaria que uma poeta conseguiria carregar um amplificador Marshall sozinha?

— Nós aprendemos que para conseguir viver neste mundo é necessário trabalhar duro — diz Jerome.

— Sei bem. Até as luzes se apagarem e a música começar, é só trabalho duro. Equipes de filmagem, equipes de parque de diversão, o exército do rock 'n' roll... tudo basicamente a mesma coisa. Trabalho braçal.

O auditório está semi-iluminado. Jerome vê uma mulher corpulenta sentada a um piano à esquerda, tocando o que só pode ser "Bring It On Home to Me". Barbara está no meio da área principal de assentos (depois que acrescentaram um balcão recentemente, o Mingo acomoda sete mil e quinhentas pessoas), levando um dispositivo Yamaha grande para o engenheiro de som, cuja mesa de mixagem parece estar só parcialmente montada. Barb está usando uma calça jeans de cintura alta presa com suspensórios, uma camiseta do disco Steel Wheels dos Rolling Stones (que Jerome tem quase certeza de que foi garimpada do sótão dos pais) e uma bandana vermelha na testa marrom lisa. Jerome acha impossível que ela fique com mais cara de roadie, o que não o surpreende. Barbara tem essa qualidade de camaleão. Em uma festa do country club, ela poderia usar um vestido de noite e uma tiara cintilante de diamantes falsos com a mesma tranquilidade.

— Barb! — diz ele. — Eu trouxe seu carro de volta.

Ele entrega a chave para ela.

— Sem amassos nem arranhões?

— Nem unzinho.

— Ross, este é meu irmão, Jerome. Jerome, este é Ross MacFarland, nosso ES.

— Não sei o que é isso, mas é um prazer conhecer você — diz Jerome, apertando a mão de MacFarland.

— Engenheiro de som — explica MacFarland. — Durante o show, eu vou mixar daqui mesmo. O diretor de programação não gosta porque são lugares privilegiados que ele não pode vender...

— Os diretores de programação nunca gostam de *nada* que a gente faz — diz Tones. — Faz parte do charme duvidoso deles. Gibson não é tão ruim quanto alguns com quem já trabalhei.

— *Três horas, pessoal! Três!* — grita alguém.

— Estou indo, Acey! — responde Barbara.

— E quem seria aquele jovem bonitão? — pergunta uma mulher.

Jerome se vira e vê a mulher do piano se aproximar pelo corredor. Tarde demais, percebe que aquela mulher, usando um suéter de babados e mocassins volumosos, é a participante do Rock & Roll Hall of Fame, Sista Bessie.

— Betty, este é meu irmão Jerome. O outro escritor da família.

Betty aperta sua mão como um homem.

— Você tem uma irmã talentosa, Jerome. E você também não é nada mal. Ela me deu seu livro e eu já estou no meio.

— *Barbara!* — grita alguém. — *Bases e apoios depois de três horas!*

Barbara se vira para Jerome.

— Nós não fazemos parte do sindicato, mas temos que seguir a maioria das regras deles. A pausa das três horas é obrigatória. — Ela ergue a voz: — *Eu ouvi, Bull. Você nasceu num celeiro?*

Seguem-se risadas de todos, e Betty Brady dá um abraço de lado em Barbara.

— Vai lá e guarda um bagel pra mim, se é que existem bagels nesta cidade primitiva. Quero conversar com este jovem.

Barbara franze um pouco a testa, mas se junta a Tones Kelly e Ross MacFarland, supostamente a caminho do intervalo das três. Ela olha para trás uma vez e, só por um momento, ele a vê como era quando tinha oito anos, com medo de as garotas da escola nova não gostarem dela.

Betty passa o braço em volta dos ombros de Jerome.

— Aquela garota te escuta?

— Às vezes — diz Jerome, sem entender.

— Ela contou que estamos colaborando numa música? Com letra dela e melodia minha?

— Contou. Ela está muito animada.

Betty começa a levá-los pelo corredor, na direção da escada, o braço ainda em volta dos ombros de Jerome e um seio extremamente grande apoiado na lateral dele.

— Ela ouviria você sobre participar do resto da turnê? Cantar um pouco?

Jerome para.

— Ela disse *não*?

Betty ri.

— É complicado, e não só porque eu quero que ela faça backup com as Dixie Crystals. Ela tem uma voz muito boa. Tess, Laverne e Jem, todas gostam dela, dizem que se encaixa perfeitamente. As quatro estavam cantando "Lollipop" outro dia, *a capella*. Sabe qual é, a antiga das Chordettes?

Jerome não conhece "Lollipop", mas sabe que Barbara tem uma voz boa, e que normalmente não fica tímida de cantar na frente de uma plateia. Ela fez a única Jane Calamidade negra da história no último ano do ensino médio, e algumas coisas de teatro comunitário depois… pelo menos antes de a poesia virar a vida dela.

— Ela disse não pra *isso*?

— Não… exatamente. Mas quando eu pedi pra ela fazer um dueto comigo em "Lowtown", ela disse que de jeito nenhum.

— Você é importante pra ela — diz Jerome. — Ela não é tão tímida quanto já foi, mas ainda não consegue acreditar que está aqui, além de todo o resto.

— Eu entendo isso, mas ela *encaixa*. — Ela o encara com expressão intensa. Pela primeira vez, Jerome vê não só uma senhora corpulenta com suéter de babados, mas uma diva acostumada a ter o que quer. — Eu consegui que ela dissesse que *talvez* cantasse "Lowtown" comigo aqui e que fosse com a turnê até Boston, mas como roadie. Ela é um *desperdício* como roadie!

— Eu entendo *isso* — diz Jerome, e quando Betty dá um belo tapa nas costas dele, ele quase cai no poço da orquestra.

— Ela te escuta?

— *Às vezes.*

— Pode ser que escute quanto a isso. — Ela o puxa para perto e sussurra no ouvido dele: — *Porque ela quer fazer.*

A equipe e os músicos estão reunidos nos bastidores comendo mini-hambúrgueres, frutas, torradas e queijo. Betty se afasta de Jerome para falar com um homem negro idoso. Barbara segura a mão de Jerome.

— O que ela queria?

— Eu te conto depois.

— Ela quer que eu cante com ela.

— Eu sei. E não só aqui.

— Eu sou *poeta*, Jerome! Não uma… uma garota do rock 'n' roll!

Jerome beija a testa dela abaixo da bandana vermelha, que está molhada de suor. Ele não está pensando em John Ackerly, nem no nome Briggs na agenda de Mike Rafferty, "o reverendo". Naquele momento, só está pensando no quanto ama a irmã bonita e multitalentosa.

— Quem disse que você não pode ser as duas coisas?

2

Holly fica nos fundos do Centro de Convenções do Radisson durante a coletiva de Kate. A bolsa está pendurada no ombro, aberta. O revólver (ela ainda pensa nele como sendo o revólver do Bill) está dentro, com a primeira câmara, para a qual o cilindro vai girar quando o gatilho for puxado, descarregada, como seu mentor lhe ensinou. Tem também uma lata de spray de pimenta e uma sirene antiestupro Original Defense. Ela lembra a si mesma de comprar mais duas de cada, para Kate e Corrie. O spray ou a sirene seriam suas primeiras escolhas, a pistola só um último recurso.

O comparecimento à coletiva de imprensa é bom: depois de Reno e Des Moines, Kate está nas notícias. No que Holly considera ser o jargão desagradável da Era das Mídias Sociais, Kate está "nos trends", isso se ainda não tiver "viralizado". Há câmeras e repórteres da KWWL e da KCRG. Um sujeito grisalho do *Press-Citizen*. Correspondentes de vários sites de internet, a maioria pendendo para a esquerda no espectro político. Kate está bonita, com uma camiseta branca lisa que enfatiza os seios fartos e uma calça jeans apertada que combina com os quadris estreitos. Puxado para trás na cabeça dela está um boné azul do Iowa Cubs.

Kate dá uma declaração breve, sem mencionar o fato de que a bagagem foi encharcada de sangue e vísceras. Mas conta que o quarto sofreu um vandalismo infantil e menciona os versos do Êxodo, diz que os fanáticos religiosos pró-vida distorceram os versículos — os *torturaram* — para dar um significado que eles não têm. Holly tem quase certeza de que a perseguidora vai receber a mensagem e ficar furiosa.

— Não há uma grande diferença entre Deus encerrar uma vida fetal e os médicos a destruírem? — pergunta um dos repórteres.

— Depende se você acredita ou não em Deus, e em que deus você acredita. Seja como for, este país é uma democracia, não uma teocracia. Leia a Constituição, meu filho.

Holly nem está prestando atenção direito. Está olhando os presentes em busca de alguém que não tenha credencial de imprensa. Alguns observadores entram, mas ninguém faz nenhum gesto que Holly considere suspeito. Ela queria ter dado uma olhada melhor na mulher de vestido marrom de camareira no terceiro andar, mas boa parte da sua atenção estava fixada em Kate e Corrie. A mulher era loura? Ela acha que sim, mas não tem certeza.

Kate encerra a coletiva dizendo que está feliz de estar em Iowa City, que vai falar no Macbride Hall às sete da noite e que ainda há lugares disponíveis. A mulher com a credencial que diz que é do *Raw Story* puxa aplausos, mas ninguém se junta a ela. Todo mundo só sai. Kate vai para uma suíte nova. A dela foi isolada pela polícia e, depois do evento da noite, as três vão para um hotel diferente.

— Foi tudo muito bem, não foi? — pergunta Kate a Corrie. Sempre a mesma pergunta.

— Arrasou — diz Corrie. Sempre a mesma resposta (certa).

3

Mais ou menos na mesma hora, outra coletiva de imprensa está acontecendo em outra cidade. Alice Patmore, a chefe de polícia de Buckeye City, está em frente aos microfones com Darby Dingley, o comissário dos bombeiros. Atrás deles, há dois membros designados dos times adversários no jogo entre policiais e bombeiros, o Secos & Molhados. Um é um jovem alto chamado George Pill, bem-vestido demais com o uniforme e chapéu cerimoniais brancos do Corpo de Bombeiros. A outra é Isabelle Jaynes, que parece mais à vontade no uniforme azul de verão.

Antes de encontrar a imprensa, Lew Warwick falou para Izzy que um pouco de provocação não seria ruim.

— Tudo em nome da diversão, sabe como é, né?

Izzy *não* sabe. Ela se sente ridícula com o uniforme de mangas curtas. Tem um assassino em série para pegar, mas está ali brincando de picuinha no que é essencialmente um evento para fotos. Ela olha para Pill para ver se ele está sentindo a mesma coisa, mas ele está olhando para os repórteres reunidos com uma expressão severa e competente no rosto. Se o cérebro embaixo daquele chapéu branco idiota está incomodado, ele não demonstra.

Enquanto isso, os chefes falam sobre as maravilhosas instituições de caridade que a competição vai beneficiar naquele ano. A chefe Patmore fala primeiro, depois o comissário Dingley. Izzy espera que isso seja o suficiente e que ela possa voltar às roupas civis (e ao trabalho), mas não rola; os dois voltam a falar. A imprensa reunida parece tão entediada quanto Izzy, até que a chefe Patmore anuncia que Sista Bessie aceitou cantar o Hino Nacional; o desejo distante virou um compromisso certo. Isso gera um murmúrio de interesse entre os repórteres e um breve aplauso.

— Antes de mandarmos vocês para a mesa de lanches — diz o comissário Dingley —, eu gostaria de apresentar dois dos principais jogadores deste ano. Na equipe Molhados, o bombeiro de primeira classe George Pill, que vai jogar como meio-campo.

— E, na equipe Secos, a sargento-detetive Isabelle Jaynes, nossa arremessadora inicial — diz Patmore, por sua vez.

Os cachorrões recuam. Izzy não sabe o que fazer de cara, mas Pill sabe. Ele abre um sorriso de astro de cinema, segura-a pelo braço e a puxa para a frente. Ela tropeça de leve. Há flashes de câmeras. Alguns repórteres dão risadinhas.

— Ansioso pelo jogo e para dar uma surra nessa mocinha — diz Pill, ainda sorrindo e segurando o braço dela como se ela fosse uma criança que pudesse sair correndo.

Genuinamente irritada, Izzy ergue o olhar para ele (Phil tem pelo menos quinze centímetros a mais do que ela) e diz:

— A mocinha talvez tenha algo a dizer sobre isso.

O sorriso de Pill se alarga.

— Ah, essa aqui é *rabugenta*.

Risadas dos repórteres.

— O que é isso na sua cabeça? Você vai estar usando quando eu tirar você do jogo com três strikes? — diz Izzy.

O sorriso de Pill congela. *Talvez tenha sido demais*, pensa Izzy. Ou que se foda, talvez. Ela não gosta de ser humilhada.

Antes que Pill possa responder, uma mulher na fileira da frente se levanta. Izzy a reconhece como Carrie Winton, que cobre a página de crimes do jornal local. Cobrir amenidades como aquela não faz o estilo dela. Izzy já sabe o que vem pela frente.

— Detetive Jaynes, você pode nos atualizar em relação aos chamados Assassinatos dos Substitutos dos Jurados? O homicídio de Fred Sinclair tem alguma relação com eles?

A chefe Patmore entra no meio de Izzy e George Pill.

— Essa investigação está em andamento — diz ela, tranquilamente — e vocês serão atualizados na hora adequada. Só por uma tarde, vamos nos concentrar em algo positivo, certo? A polícia e os bombeiros indo para campo por instituições de caridade! E vou te dizer, esse pessoal vai arrasar.

Winton ainda está de pé, ignorando Patmore.

— Você tem alguma pista, detetive Jaynes?

Ela está prestes a dizer que não pode comentar, mas Buckeye Brandon se intromete.

— Você deveria estar se concentrando num jogo beneficente de softball com um assassino à solta?

Pill interrompe.

— Acho que está na hora de eu levar a policial Jaynes daqui. Se não, vai ficar tarde para o cochilinho dela.

Muitas risadinhas, e é o fim. Os membros da imprensa vão até a mesa dos fundos, onde alguns policiais e bombeiros esperam para servir um camarão borrachudo de supermercado e coolers de vinho (limite de dois por pessoa). Izzy se solta da mão de Pill e sai pela porta nos fundos do palco, querendo voltar para a Court 19 e trocar de roupa antes que a camisa fique suada. Pill vai atrás dela, já sem o sorriso de astro de cinema no rosto.

— Ei. Você. Garota. Eu não gostei da piadinha sobre o meu chapéu. Me mandaram usar.

Assim como me mandaram vir de uniforme, pensa Izzy. *Nós todos servimos aos peixes grandes.*

— Eu também não gostei da sua última piadinha. Sobre meu cochilo.

— Bota na sua lista e entrega para o capelão. — Ele tira o chapéu e o encara como se houvesse algo de importante escrito dentro. — Este chapéu foi do meu pai.

— Que bom pra ele. Quanto a você, bota na sua lista.

— Eu soube que o arremessador inicial de vocês quebrou a mão numa briga de bar idiota. Você é a substituta.

— E daí? É só um *jogo*. Não seja idiota.

Ele se curva na direção dela, novamente fazendo com que se sinta uma criança.

— Vamos dar uma surra em vocês. *Mocinha.*

Ela não acredita nisso.

— Nós tínhamos que dar um showzinho, e o showzinho já acabou. É um jogo beneficente, não a porra da World Series.

— Vamos ver. — Com isso, Pill sai andando. Só que é mais um gingado.

Inacreditável, pensa Izzy, mas quando está trocando de roupa no vestiário, ela já esqueceu tudo.

Pill, não.

4

Holly e Corrie pegam um carro pelo Lyft até o Macbride Hall. Corrie conversa com o pessoal da livraria Prairie Lights e com o gerente de palco e especifica um microfone de mão para Kate e não um de lapela. Ela está testando o som ("som, som, um, dois, três, testando"), enquanto Holly examina a porta do palco, por onde elas vão entrar e sair, e observa os outros pontos de entrada.

Ela se identifica para a diretora de programação do Macbride, Liz Horgan, e pergunta se a plateia vai ter que passar por detectores de segurança. Horgan diz que não, mas se as pessoas com bolsas se recusarem a passar por uma revista, não vão poder entrar. Holly não fica muito feliz com isso, mas reconhece os limites do que ela e o local podem fazer. Lembra de novo a si mesma que, se alguém realmente quiser atacar uma celebridade visitante, só a sorte, uma reação rápida ou uma combinação das duas vai impedir que aconteça.

Corrie fica no local. Holly pega outro Lyft para o hotel. A nova suíte de Kate fica no terceiro andar.

— É um quarto de cortesia — diz ela para Holly. — O que chamam de sala de espera. Pelo menos não é uma *cela* de espera. Pra onde a gente vai depois do evento? Corrie deve ter planejado isso. Ela é ótima.

— Pra um Holiday Inn — diz Holly.

Kate franze o nariz.

— O diabo manda, obedece quem tem juízo, eu acho. Shakespeare.

— *Bem está o que bem acaba.*

Kate ri.

— Não só guarda-costas, mas conhecedora de literatura.

— Não, eu só li muito Shakespeare quando era adolescente. — *Romeu e Julieta*, por exemplo. Muitas vezes.

— Vamos jantar — diz Kate. — Isso também é por conta da casa, então pode pedir alguma coisa cara. Eu vou comer peixe. Se comer qualquer outra coisa, vou acabar arrotando e peidando no palco.

— Você fica nervosa antes do seu... antes de subir no palco?

— É um *show*, Holly. Não precisa ter medo de dizer. E não. Fico empolgada. Pode me chamar de guerrilheira, não me importo. Eu tento disfarçar o zelo com humor. É stand-up, o mais engraçado que eu consigo fazer, mas no fundo é mortalmente sério. Este não é o país onde eu cresci, são os Estados Unidos da casa maluca agora. Nem quero falar dessa merda. E você? *Você* está nervosa?

— Um pouco — admite Holly. — O trabalho de guarda-costas é novo pra mim.

— Bom, você se saiu bem quando o alarme disparou. Eu fui meio escrota, não fui?

Holly não quer dizer que sim nem que não, então ela balança a mão em zigue-zague no ar.

Katie sorri.

— Boa em situação de crise, sabe Shakespeare e é diplomática. Uma ameaça tripla. — Ela entrega o cardápio do serviço de quarto para Holly. — Agora, o que você quer?

Holly pede um sanduíche de frango, sabendo que não vai comer muito. Está quase na hora de começar a merecer o que vai ganhar.

5

Quando Trig volta para o trabalho, o anestésico que Rothman usou, Novocaína ou o seja lá o que use agora, está passando, e o buraco onde ficava seu molar começa a latejar. Rothman lhe deu uma receita de analgésico, e ele parou no caminho para comprar. Só seis comprimidos. Estão tão *muquiranas* com isso agora.

Maisie pergunta como ele está. Trig diz que não muito bem e ela diz:

— Coitadinho.

Trig pergunta se tem algum compromisso a que tenha que comparecer, ou ligações para retornar. Ela diz que não tem nada que ela não possa resolver, só a agenda atual sobre a qual ele já sabe. Sugere que ele vá para casa. Que se deite. Quem sabe coloque uma bolsa de gelo no rosto.

— Acho que vou — diz ele. — Boa noite pra você, Maisie.

Ele não vai para casa. Vai para o parque Dingley.

Tem um estacionamento pequeno para os funcionários perto da forma bamba de silo do Rinque de Hockey Holman. Ele para lá, faz menção de sair do carro, pensa melhor e pega o .22 no console central. Ele o guarda no bolso do paletó esporte.

Não vou fazer nada, pensa ele. O que o faz lembrar, talvez de forma inevitável, dos dias de bebida. De ir ao Three-Ring no caminho para casa depois do trabalho e dizer a si mesmo que só vai tomar uma coca. *Mas agora é sério.*

Isso faz o fantasma do seu pai rir.

O velho rinque é cercado de pinheiros e abetos. Há bancos de piquenique e carrinhos de comida à direita (Fabulosos Frutos do Mar do Frank, Tacos do Joe, Dogão e Pizza de Chicago), agora fechados durante a tarde. Mais ao longe, Trig ouve homens gritando enquanto treinam para o grande jogo beneficente da polícia contra os bombeiros. Ouve o barulho de bastões de alumínio e risadas.

A porta dupla e bamba do rinque é ladeada por pinturas de jogadores de hóquei fantasmas, quase ausentes. Uma placa diz RINQUE HOLMAN CONDENADO POR ORDEM DO CONSELHO DA CIDADE. Abaixo, alguém pichou PORQUE JESUS NÃO PATINA! Isso não faz sentido para Trig.

Ele tenta abrir a porta. Trancada, como esperava, mas tem um teclado numérico, e a luz vermelha no alto diz que a pilha ainda funciona. Ele não tem ideia de qual pode ser a senha, o que não quer dizer que não consiga entrar. Seu pai era eletricista, e, quando não estava gritando com Trig, dando surras nele ou levando-o para aquele mesmo lugar, às vezes falava do trabalho, inclusive de certos truques do ofício. *Sempre tire uma foto do quadro elétrico antes de começar a trabalhar. Tenha sempre lacres à mão, eles são úteis para várias coisas. Não enfie o dedo onde não enfiaria o pau.* Quando menino, Trig encorajava esses sermões, em parte porque eram interessantes, mas sobretudo porque, quando o papai estava falando, o papai estava feliz. O *hóquei* o deixava feliz, principalmente quando os jogadores largavam as luvas no gelo e partiam para cima uns do outros: *tac-tac-tac*. Às vezes, ele até passava o braço em volta de Trig e lhe dava um abraço distraído. *Trig*, dizia ele. *Meu bom e querido Trigger.*

Sermões e conversas instrutivas no rinque Holman costumavam durar dezoito minutos, nem mais, nem menos. Era a duração dos intervalos dos jogos.

Trig olha em volta, não vê ninguém e enfia as unhas embaixo da cobertura do teclado numérico. Ele a levanta, arranca e olha dentro. Ali está impresso CB 9721. O CB significa Código do Bombeiro, mas seu pai disse que era coisa de antigamente. Todos os tipos de trabalhadores de serviço, como gente da manutenção, eletricistas, o operador do veículo reparador de gelo, usavam o CB.

Trig bota a capa do teclado numérico no lugar e aperta 9721. A luz amarela fica verde. Ele ouve o trinco estalar ao ser recolhido e entra. Moleza. Atravessa o saguão, onde uma máquina de pipoca abandonada monta guarda ao lado de uma lanchonete vazia. Pôsteres amarelados de jogadores de hóquei antigos do Buckeye Bullets ocupam as paredes.

Ele vai para o rinque em si. O teto que se desintegra lentamente está partido com feixes de luz intensa. Pombos (Trig acha que são pombos) voam e pousam. Diferentemente das arquibancadas firmes de metal dos campos de futebol e softball, as dali são de madeira, bambas e cheias de farpas. Adequadas para fantasmas como o pai de Trig, e não para pessoas. O gelo já não existe faz tempo, claro. Tábuas creosotadas de seis metros se cruzam no concreto rachado, fazendo padrões de jogo da velha. Há vegetação rasteira brotando nos vãos entre muitas delas. Surpreendentemente, tem pouco lixo — nada de sacos de salgadinho, frascos quebrados de crack nem camisinhas usadas. Os drogados ainda ficam entre as árvores da região, ao menos até aquele momento.

Trig vai até onde era o centro do gelo. Apoia-se em um joelho e passa a mão por uma das tabuas, de leve, para que uma farpa não entre e sua mão fique latejando como a boca. Não tem ideia do que aquelas tábuas estão fazendo ali. Talvez sejam para desencorajar skatistas, ou pode ser que alguém quisesse tirá-las do sol e da chuva, mas ele sabe de uma coisa: elas pegariam fogo rápida e intensamente. O local todo pegaria fogo como uma tocha. E se certas pessoas inocentes estivessem ali dentro, algumas talvez famosas, elas também pegariam fogo como tochas.

Eu não poderia botar os nomes dos culpados nas mãos delas, pensa ele, *porque elas teriam queimado e virado cinzas.*

Mas aí ele tem uma ideia tão brilhante que chega a se balançar um pouco, como se tivesse levado um golpe súbito. Botar os nomes dos culpados nas mãos dos inocentes talvez não seja necessário. Pode haver um jeito melhor. Pode botar os nomes em algum lugar que todos os habitantes da cidade veriam. E depois todo o *mundo*, quando as equipes de jornais televisivos chegassem.

Não vou conseguir pegar todos mesmo, pensa ele, levantando-se. *Foi uma ideia ambiciosa demais. Um sonho ingênuo. Não tem como eu ficar tendo sorte. Mas pode ser que consiga pegar a maioria, inclusive o culpado. O que mais merece morrer.*

— Preciso bolar um plano — murmura Trig ao andar de volta pelas tábuas cruzadas. — Tenho que encontrar um jeito de trazê-los pra cá. Tantos quanto possível.

Por que tem que ser aqui?

Tem que ser, só isso. Ele pensa nos sermões de dezoito minutos e no abraço desajeitado ocasional do pai. Além disso,

(*Trig, meu bom e querido Trigger*)

ele não se permite ir. Certamente não até a mãe, que *foi embora*.

— Cala a boca — diz ele, alto o bastante para fazer alguns dos pombos saírem voando no susto. — Só cala a boca.

Ele passa pela lanchonete abandonada e pela bilheteria. Abre a porta de leve e não vê ninguém. Uma brisa sacode os pôsteres no saguão. Ele sai e digita o código para trancar a porta. Segue pelo caminho rachado de cimento cheio de mato até o carro, mas muda de ideia e decide dar uma olhada no treino acontecendo no campo de softball.

Está na metade do caminho pelas árvores quando uma garota de cabelo sujo, olhos fundos, corpo magro e uns vinte anos o aborda.

— Ei, cara.

— Ei.

— Você está vendendo?

Apesar de ele ter frequentado encontros do NA, além dos encontros do AA — pois todos tratam da mesma doença, o vício —, a força do desejo do viciado nunca deixa de impressioná-lo. Aquela garota vê um homem que, de paletó esporte e calça Farah, mais parece um empresário (ou um policial à paisana) do que um usuário ou traficante, mas sua necessidade é tanta que ela o aborda mesmo assim. Ele acha que ela provavelmente perguntaria até a um velhinho de andador se ele estava vendendo.

Trig está quase dizendo não, mas muda de ideia. Ela está se oferecendo de bandeja, e, se morrer, só quem vai perder será a reabilitação para a qual acabaria indo. Ele toca na arma no bolso e diz:

— O que você está procurando, querida?

Os olhos antes mortos ganham um brilho.

— O que você tem? Eu tenho isto. — Ela aperta os seios.

Ele pensa nos saquinhos de drogas que viu em várias sarjetas e vielas ultimamente.

— Você estaria interessada no Melhor da Rainha?

O brilho vira chama.

— Bom. Ótimo. Sim. O que você quer? Punheta? Mamada? Talvez um pouco de cada?

— Pela Rainha — diz Trig —, eu quero tudo. Até o fim.

— Ah, cara, não sei. Quanto você tem?

— Uma bola branca. — Ele conhece o jargão; a branca é o dobro da bola oito.

— Onde? — Ela olha ao redor em dúvida. — Aqui?

— Ali. — Ele indica o Holman. — Privacidade.

— Está trancado, cara.

Ele abaixa a voz, torcendo para não parecer estar contemplando uma garota que deve estar incubando pelo menos umas cinco doenças diferentes.

— Eu tenho um código secreto.

Depois de outra olhada ao redor para ter certeza de que estão sozinhos, ele a pega pela mão e a leva para o rinque abandonado.

Sem vacilar. Nunca vacile.

Mais tarde, o nome que ele põe na mão dela é Corinna Ashford.

6

Quando Kate sobe — não, *pula* — no palco, a maior parte da plateia fica de pé, gritando e aplaudindo. Nas sombras à esquerda, ao lado de Corrie, Holly fica arrepiada. Aprendeu a ter coragem e ousadia porque foi necessário. Essas características a tornaram uma pessoa melhor, mas no fundo ela sempre vai ser uma mulher fundamentalmente tímida, que muitas vezes se sente inadequada, incapaz de botar um pé na frente que não seja o pé esquerdo, e não consegue compreender como alguém pode entrar com tanta confiança no campo de visão de todas aquelas pessoas. E nem todas estão aplaudindo. Um grupo perto dos fundos, usando camisetas azuis que dizem A VIDA COMEÇA NA CONCEPÇÃO, está vaiando com gosto.

Kate para no centro do palco, tira o boné e se curva. Em seguida, pega o microfone e o gira como um bastão.

— Poder Feminino!

— *Poder Feminino!*

— Poder Feminino, eu quero te ouvir, Iowa City!

O público grita em resposta, extasiado. O pessoal da Vida na Concepção está sentado de braços cruzados, como crianças emburradas.

Holly sente a mão de alguém se fechar no seu cotovelo.

— Ela é impressionante, né? — pergunta Corrie baixinho.

— É — diz Holly. — É mesmo.

Principalmente porque a mulher que jogou água sanitária em Corrie e sangue e tripas na bagagem dela pode estar nessa plateia agorinha. Armada. E não com uma das camisetas azuis. Nem de vestido marrom de camareira. Alguém que deve parecer comedida e interessada. Aplaudindo e comemorando.

Uma mulher, em outras palavras, que poderia se parecer com a própria Holly.

A maior parte da plateia fica quieta. Mas não o grupo da Vida na Concepção. Assim que o resto da plateia se senta, eles ficam de pé e começam a cantarolar:

— *Aborto é assassinato! Aborto é assassinato! Aborto é assassinato!*

Holly fica tensa e enfia a mão na bolsa. A maior parte da multidão vaia. Há gritos de "senta e cala a boca!". Uma algazarra irregular de "nossos corpos, nossas regras" começa. Há recepcionistas indo na direção do pessoal de camiseta azul.

Kate levanta a mão. Está sorrindo.

— Silêncio, esquerdalha, seus floquinhos de neve. Fiquem calmos. Recepcionistas, podem deixar. Vamos deixar que eles botem pra fora.

O pessoal do Vida na Concepção primeiro continua cantarolando, depois percebe que está sendo observado pela maioria da plateia como macacos fazendo algum tipo de atividade peculiar no zoológico — jogar fezes uns nos outros, talvez. O canto perde força, fica irregular, vai sumindo... para.

— Pronto — diz Kate com gentileza. É a voz que uma mãe usaria ao falar com um filho exausto depois do próprio ataque de birra. — Vocês disseram o que queriam. Defenderam aquilo em que acreditam. É assim que fazemos neste país. Agora é minha vez, certo? A vez de uma mulher que acredita que *uma criança que engravidou de um estupro deveria ter alternativa!*

Uma explosão de aplausos. Corrie se vira para Holly, e se Holly nunca tivesse visto uma pessoa com estrelas nos olhos, estaria vendo naquele momento.

— Sempre mexe comigo — diz Corrie. — *Ela* sempre mexe comigo. Às vezes, ela é um pé no saco, mas quando sobe no palco… você sente, né?

— Sinto.

— Ela fala sério. Cada palavra. Do começo ao fim. Ela fala sério.

— Sim.

— Pronto, já tomei minha dose. — Corrie ri e seca algumas lágrimas. — Vou estar nos bastidores fazendo ligações e preparando tudo pra Davenport. Você sabe chegar lá, né?

— Sim. Lembra que nós não vamos sair pela porta do palco.

Corrie faz um sinal de positivo.

— De South Hall, claro. A bagagem e os veículos ficam no Radisson. A gente pega amanhã.

Outra onda de aplausos no auditório quando Kate faz o gesto padrão de *vamos, vamos, vamos,* balançando os dedos das duas mãos.

7

Chris está sentado na terceira fila, cabelo louro curto bem penteado, usando uma camisa azul de botão e uma calça jeans nova. Não tem arma nenhuma. Achou que poderia haver detectores de metal, mas esse é só um motivo. Ele vai morrer se precisar, mas espera que ele e a irmã possam acabar com a piranha e sair ilesos. Ainda há muitas paradas na Turnê da Morte de McKay. O martírio é o último recurso.

Ela é magnética, ele admite. Não é de admirar que as mulheres em volta estejam hipnotizadas. Não é de admirar que o pastor Jim da Igreja Sagrado Cristo Real a chame de "serva do anticristo". Mas foi Andy Fallowes, o primeiro decano do pastor Jim e tesoureiro da igreja, que botou Chris no rumo atual. Porque, disse ele, o pastor Jim só pode ser visto falando.

— Cabe a patriotas cristãos como nós agir, Christopher. Você concorda?

Ele concordava, de coração. Chrissy também.

No palco, Kate está dizendo para todos fingirem que estão na escola.

— Vocês podem fazer isso? Ótimo. Eu quero que todos os homens na plateia levantem a mão. Vamos, caras, finjam que eu sou a professora por quem vocês eram apaixonados no sexto ano.

Há um murmúrio de risadas. Os homens levantam a mão, Chris entre eles.

— Agora os homens que fizeram aborto deixem a mão levantada. Os que não fizeram podem abaixar.

Chris não consegue acreditar no que está ouvindo. É como se ela estivesse falando diretamente com ele.

— Estou vendo um homem incrível ali? — pergunta Kate, protegendo os olhos. — A versão da Virgem Maria com cromossomo xy?

Chris percebe que ainda está com a mão levantada. Ele a abaixa com sons de risadas bem-humoradas, que para ele soam como deboche. Ele ri junto por questão de defesa, mas sua mente está disparada e martelando, como ele às vezes martela os punhos nas paredes dos quartos vagabundos de motel onde fica, que são tudo o que ele merece, martelando até alguém gritar "para, droga, estamos tentando dormir aqui!".

Tudo bem, pensa ele agora. *Podem rir de mim. Podem rir o quanto quiserem. Vamos ver o quanto vão rir quando eu mandar sua rainha piranha para o inferno.*

— Chega de brincadeira — diz Kate. — Homens não fazem aborto, todo mundo sabe disso, mas quem faz as *leis* em Iowa?

E, com isso, ela dispara.

8

Izzy trabalha até tarde naquela noite, botando os outros casos em dia. Em horários como aquele, quando a maioria dos cubículos está vazia e até o escritório de Lew Warwick está escuro, ela acha que talvez devesse aceitar a proposta de Holly de entrar para o Achados e Perdidos. Ainda haveria papelada, mas ela talvez não tivesse que aguentar showzinhos como a coletiva de imprensa daquela tarde e o odioso George Pill.

O telefone dela toca. A tela diz 911.

— Jaynes.

— Izzy, aqui é a Patti, do andar de baixo. Acabei de receber uma ligação de um cara que diz que é o seu assassino. Ele queria falar com você se você estivesse aqui. Eu passei...

O telefone da mesa de Izzy se acende.

— Rastreia, rastreia — diz ela para Patti, e encerra a ligação. Atende o telefone fixo em seguida. — Alô, aqui é a detetive Jaynes. Com quem estou falando?

Quando Izzy estava no primeiro ano como detetive, Bill Hodges disse que ela ficaria surpresa com a frequência com que aquela pergunta pode arrancar um nome de alguém de supetão.

Não daquela vez.

— Bill Wilson. — O nome foi omitido para a imprensa. — Me dá o número do seu celular, detetive Jaynes. Quero te mandar uma foto.

— Que tipo de...

— Eu sei que vocês enrolam pra ganhar tempo. Se quiser a foto, me dá seu número. Se não quiser, vou desligar e enviar para Buckeye Brandon.

Seu interlocutor é um homem adulto, sem sotaque distinguível, ao menos que ela consiga perceber. Um especialista em linguística que escute a gravação talvez consiga encontrar um. Izzy dá o número. Da próxima vez que ele ligar, se houver próxima, ela vai gravar.

— Obrigado. Vou mandar a foto porque quero que você veja o nome de outra pessoa que ajudou e incitou o assassinato de Alan Duffrey. Adeus.

E, de repente, ele desliga, mas segundos depois o telefone dela emite a notificação de nova mensagem. Ela a abre e vê a mão de uma mulher muito de perto. Tudo no fundo é cinza. Possivelmente concreto. Uma calçada, talvez?

Na mão da mulher, com letras de fôrma, está o nome Corinna Ashford. No julgamento de Alan Duffrey, ela foi a Jurada 7.

9

Trig encerra a ligação no telefone descartável que usou (tem mais três no compartimento de ferramentas do Toyota). Não se dá ao trabalho de tirar o chip. Que rastreiem a ligação, se conseguirem. Ele está no estacionamento do Auditório Mingo, onde o evento daquela noite de sexta é um show de carros customizados com um grupo country chamado Ruff Ryders como atração adicional. O estacionamento principal está cheio de carros, muitos com adesivos como PENSE DUAS VEZES, PORQUE EU NÃO VOU PENSAR e GAROTAS TAMBÉM CURTEM ARMAS.

Trig leva o celular para uma lata de lixo próxima, limpa todo o aparelho e o descarta, depois volta para o carro e vai embora. Podem ou não achar o celular (os catadores de lixo de sábado de manhã talvez levem embora). Mesmo que não encontrem, podem usar o IMEI, a digital do telefone, para rastrear a mensagem de texto que ele enviou para Jaynes até o ponto de venda do telefone, que por acaso foi uma loja de conveniência em Wheeling, West Virginia. Comprado em dinheiro mais de dois meses antes. Se as imagens de segurança de tanto tempo antes ainda existirem, o que é duvidoso, o que vão ver é um homem caucasiano de altura mediana usando um boné do Denver Broncos e óculos de sol Foster Grant.

Trig acha que está com a situação resolvida, mas sabe que pode ter se esquecido de alguma coisa. Assim como se esqueceu do cartaz do caroneiro. Que ainda está no porta-malas. Pode ser um assassino em série (ele demorou para aceitar a denominação, talvez até a gostar dela), mas *não* tem complexo de Deus. Se continuar, e é o que pretende, vão acabar conseguindo pegá-lo.

Falar com a atendente da emergência e depois com Jaynes foi arriscado. Enviar a foto para Jaynes foi mais ainda, mas ele não consegue suportar a ideia de desperdiçar a garota drogada. Seria um assassinato só por assassinato, e ele espera não ter se rebaixado tanto. As pessoas precisam saber que ela foi morta em nome de Corinna Ashford. *Ashford* precisa saber.

Ele poderia ter dito a Jaynes qual era o local, mas aí o Holman se tornaria uma cena de crime, e ele quer guardá-lo para o que agora está pensando como sendo o *grand finale*. Claro que o corpo da drogada pode ser encontrado mesmo assim. Depende em parte se o pessoal da manutenção tem motivo para visitar o rinque Holman na próxima semana. Ele acha que não vai ter. O prédio está condenado, afinal. Mas a possibilidade de o corpo ser encontrado pelos trabalhadores da prefeitura não é a única. O fato de poucos usuários de drogas terem tido acesso à construção até ali não significa que não vão aparecer em algum momento no futuro. Claro que Trig não é a única pessoa que conhece o truque do código. Até onde sabe, já houve usuários no rinque, que não deixaram lixo para trás. Quem disse que todos os drogados são desleixados? É possível que um viciado não denuncie o corpo, mas é mais provável que ele ou ela faça uma ligação anônima (em geral depois de revistar o cadáver em busca de drogas ou dinheiro).

Outra possibilidade: dependendo do quanto a semana seguinte for quente, alguém pode sentir cheiro de decomposição e enviar um dos funcionários do parque para investigar. Isso seria uma pena, porque ele quer usar o rinque de novo. Se o corpo for descoberto, vai ter que repensar essa ideia. Como todos os sábios de todos os tempos já concordaram, merdas acontecem.

10

Holly as tira do South Hall do Macbride assim que o evento de Kate termina, deixando os caçadores de autógrafos de mãos vazias na porta do palco. (Mais tarde, ela descobre que nem sempre vai ser tão fácil.) A livraria forneceu um sedã. Kate, flutuando na adrenalina pós-apresentação, nem reclama de ir para um Holiday Inn.

— Foi uma noite boa, não foi? — pergunta.

Corrie diz que foi muito boa e Holly concorda, mas, quando Kate começou de verdade, Holly não teve oportunidade de apreciar a sagacidade e a afronta da mulher. A lucidez. Ela teria se deliciado com tudo isso se estivesse na plateia. Mas não está ali para se deliciar e apreciar.

Ela dá várias fotos a Corrie, capturas de tela que pediu ao gerente de palco. São das câmeras da plateia e mostram as três primeiras fileiras da seção central. Por causa das luzes de palco, os rostos ficam claros, virados para cima ao olharem para Kate.

— Você vê alguém que se pareça com a mulher que te atacou em Reno?

Corrie olha as fotos e faz que não.

— Aconteceu tudo muito rápido. E estava chovendo. Não sei dizer se ela está nessas fotos, nem se não está.

Holly pega as imagens de volta.

— Foi um tiro no escuro mesmo.

Kate não está prestando atenção.

— Você achou bom, né? Fala a verdade.

Corrie garante que foi bom. Holly olha atrás delas pela quarta ou quinta vez para ver se há carros as seguindo, mas, agora que está escuro, como saber? São só contornos atrás de faróis. Ela está com dor de cabeça, uma fraca mas irritante, e precisa fazer xixi. Lembra a si mesma, também pela quarta ou quinta vez, que se outro trabalho potencial de guarda-costas aparecer, é para ela pensar duas vezes.

Sua mãe morta às vezes fala na cabeça de Holly, normalmente nos momentos mais inoportunos. Como agora.

Se Kate McKay for morta sob sua vigilância, você não vai ter que se preocupar com nada disso, vai? E, com o suspiro resignado de sempre: *Ah, Holly.*

ONZE

1

Holly fica dormindo e acordando, e não descansa muito no pouco tempo em que dorme. O Holiday Inn delas está situado no Coral Ridge Mall, que fica bem silencioso depois das dez da noite, havia uma única festa, mas na outra ponta, e à meia-noite já estava acabando. Mas o motel fica entre as rodovias I-80 e a Grand Army of the Republic, e os caminhões pesados, indo para leste e oeste, passam o tempo todo. Esse som normalmente a acalma, mas não naquela noite. Ela especificou três quartos. Kate fica de um lado do dela e Corrie do outro. Ela fica esperando o som de uma porta sendo arrombada ou um dos alarmes antiestupro delas disparando. Sabe que vai ficar com o sono leve na semana seguinte. Mais tempo ainda, se continuar com a turnê. Pegar a mulher que jogou a água sanitária e entregou o antraz ajudaria, mas mesmo assim...

Holly fica pensando no grupo da vaia da noite anterior, aqueles homens e mulheres de camiseta azul dizendo A VIDA COMEÇA NA CONCEPÇÃO. No quanto pareciam zangados por um motivo justo. Aquelas são as pessoas que protestam em clínicas de aborto. Às vezes, jogam sacos de sangue animal nas mulheres e garotas que vão fazer o procedimento. E, em vários casos, já atacaram médicos e enfermeiras. Pelo menos um médico de que Holly sabe, David Gunn, levou um tiro e morreu. Ela acaba pegando num sono mais profundo e sonha com a mãe.

A ideia de que você pode proteger essas mulheres é ridícula, diz Charlotte Gibney no sonho. *Você não conseguia nem se lembrar de pegar o livro da biblioteca quando descia do ônibus.*

Enquanto escova os dentes, às seis e quinze da manhã, o celular toca.

É Jerome, perguntando se pode pagar o café da manhã de John Ackerly com o dinheiro da empresa.

— Quero perguntar uma coisa sobre aquele cara do AA. O que foi encontrado morto, sabe? Tentei telefonar ontem, mas o seu celular estava desligado.

Holly suspira.

— Esse trabalho aqui não permite distrações externas. O que você quer perguntar pra ele? Lembra que é trabalho da polícia, não nosso.

— É sobre a agenda. Não importa, vou pagar pelo café da manhã. Estamos falando de vinte pratas, no máximo trinta.

Com o sucesso do seu livro, você pode pagar, pensa Holly.

— Não, usa o cartão da Achados e Perdidos. Só me conta se houver algo.

— Pode deixar. Não deve ser nada.

— Então por que você ligou? Não só pra perguntar se a empresa pagaria o café da manhã de uma possível fonte. Não acredito nisso nem por um segundo.

— Eu te conto se der em alguma coisa. E mesmo se não der. Como está aí na terra dos viadutos?

Ela pensa em insistir para Jerome contar o que tem em mente — ele contaria, ela acha que foi para isso que ligou —, mas decide que é melhor não.

— Está tudo bem até agora, mas estou meio tensa. A mulher que está perseguindo Kate é coisa séria. — Ela conta para Jerome tudo que aconteceu, e termina com a porta forçada e o sangue na mala de Kate.

— Ela pensou em cancelar?

— Ela não vai fazer isso. Ela é… dedicada.

— Você quer dizer teimosa? — sugere Jerome.

Um momento de silêncio em Iowa City. E Holly diz:

— Ambas as coisas.

— Eu estou meio surpreso de a editora não ter cancelado. Essas pessoas costumam ser tímidas. — Ele está pensando na corrida para a publicação do livro dele, quando o editor levou uma leitora sensível para avaliar o manuscrito. Ela sugeriu algumas pequenas mudanças. Que Jerome fez, achando que teria havido mais se ele fosse branco.

— O editor não é quem manda — diz Holly. — Kate está fazendo a turnê por conta própria. É mais política do que publicidade para o livro novo.

Ela tem uma assistente que coordena tudo com as livrarias no caminho. O nome dela é Corrie Anderson. Eu gosto dela. É muito competente. O que é bom, porque Kate sabe ser exigente.

— A assistente foi quem tomou o banho de água sanitária? E recebeu o cartão com o antraz?

— Foi.

— Mas ela também vai continuar?

— Vai.

— Pelo jeito você tem um desafio pela frente.

— É.

— Se arrependeu de ter aceitado?

— É estressante, mas eu vejo como oportunidade de crescimento.

— Cuida delas, Hollyberry. E de você.

— É esse o plano. E não me chama assim.

— Saiu sem querer. — Ela percebe um sorriso na voz dele.

— Isso aí é bobagem. Fala com o John, e manda lembranças pra ele.

— Pode deixar.

— Agora me conta o que você tem na cabeça. Eu sei que você quer.

Ele pensa, então diz:

— Até, jacaré. — E encerra a ligação.

Holly se veste, dobra o pijama com cuidado e o guarda na mala, depois vai até a porta para observar um pedação de Iowa. Em horários como aquele, de manhã cedo num dia bonito de primavera, ela deseja muito um cigarro.

O celular toca. É Corrie, perguntando se ela está pronta para ir para Davenport.

— Tão pronta quanto dá pra estar — diz Holly.

2

Chris acorda de um pesadelo horrível. Nele, ele está de volta na terceira fileira do Macbride. A mulher no palco, magnética, linda e perigosa, está pedindo a todos os homens da plateia para levantarem a mão. *Finjam que eu sou a professora por quem vocês eram apaixonados no sexto ano*, diz ela, e para Chris a professora era Yarborough. Ele não frequentou a escola, claro;

todas as crianças da Sagrado Cristo Real foram educadas em casa (já que as escolas públicas são ferramentas do Estado paralelo), mas a professora Yarborough dava aulas de matemática e geografia. Cabelo dourado, olhos azuis, pernas longas e lisas.

No sonho, McKay diz para os homens que fizeram aborto ficarem com a mão levantada. Há risadas por causa dessa ideia absurda, e todos os homens abaixam as mãos. Todos, menos Chris. A mão dele não desce. Está paralisada, esticada para cima. Para cima, e milhares de pessoas estão olhando para ele. Alguém grita "cadê a sua irmã?". Outra pessoa murmura "nosso segredo". Ele conhece aquela voz. Ele se vira, a mão ainda erguida e paralisada, e vê sua mãe como estava perto do fim, tão pálida e magra. Ela grita para todo mundo no Macbride: "Você é você, e ela é ela!".

É nessa hora que ele se arranca do sonho e se encontra estatelado no tapete imundo e gasto do quarto de motel. O lençol e o cobertor puído estão emaranhados em volta de seu corpo, e ele mal consegue abrir os dedos para soltá-los.

Você é você, e ela é ela.

Ele se levanta, cambaleia até o banheiro e joga água fria no rosto. Acha que isso melhora, que resolve, mas seu estômago se contrai e ele nem tem tempo de se virar para a privada, só vomita a *quesadilla* de carne do Taco Bell da noite anterior na pia.

Nosso segredo.

Por um tempo, foi.

Ele fica onde está, certo de que vai vomitar uma segunda vez, mas seu diafragma relaxa. Ele joga água na pia e limpa os resíduos sólidos com um pano, que joga na banheira — *splat.*

Em ocasiões assim, depois de seus pesadelos frequentes, ele é *ambos.* Pensa na mão pendurada na cama de cima e é ambos. *Nunca morreu, nunca morreu* normalmente funciona, mas, depois dos pesadelos, na escuridão da noite, essas palavras não têm poder. Em ocasiões assim, ele não consegue negar o fato de que Christine vai ter sete anos para sempre, o cabelo ficando quebradiço na estreita casa subterrânea, e o melhor que ele pode fazer é habitar o fantasma da irmã.

Ele ouve o papai falando com a mamãe. *Eu proíbo. Você seria Eva? Você ouviria a serpente em vez de seu marido e comeria da Árvore do Conhecimento?*

Naquele dia, sua mãe estava onde quase nunca ia, no celeiro do papai. Onde ele inventava as coisas que os deixavam... bem, não ricos, não com eles dando a maior parte do dinheiro das patentes do papai para a igreja, mas bem de vida. *Nunca se gabem*, sua mãe dissera para os gêmeos. *Tudo que temos vem de Deus. Seu pai é só um condutor. Isso significa que ele só passa adiante.*

Chris estava na lateral do celeiro, com mato até os joelhos e gafanhotos pulando em volta das canelas, ouvindo por uma fresta entre duas tábuas. Uma rachadura que Chrissy tinha encontrado.

Mamãe raramente respondia ao papai, mas, naquele dia, depois que o rabecão tinha ido lá e ido embora, ela respondeu. *Você está se escondendo aqui, Harold. Pode mesmo chamar a si mesmo de cientista e não querer saber o que matou sua filha?*

Eu não sou cientista. Eu nego a ciência. Eu sou um inventor! *Eles vão abrir ela, mulher burra!*

Chris nunca tinha ouvido seu pai chamar a mãe deles de burra. Nunca nem o tinha ouvido elevar a voz para ela.

EU NÃO LIGO!

Gritando! Sua mãe, gritando!

EU NÃO LIGO! EU TENHO QUE SABER!

Ela conseguiu o que queria. Ao contrário dos ensinamentos da igreja, foi feita uma autópsia em Christine Evangeline Stewart. E, no fim das contas, havia sido uma coisa chamada síndrome de Brugada. Sua irmã de sete anos morrera de ataque cardíaco.

Você tinha que saber, disse o papai para ela depois. *Você tinha que saber, né? E agora sabe que o menino também pode ter, porque é hereditário. Aí está seu conhecimento, mulher. Seu conhecimento inútil e sem sentido.*

Naquela vez, eles estavam em casa, mas Chris virara um xereta de sucesso. Não entendeu o que era *hereditário* e foi pesquisar no grande Webster's na sala de aula. Entendeu que o que tinha matado Chrissy podia matá-lo também. Claro que podia, fazia perfeito sentido, eles não eram gêmeos? Chrissy com o cabelo escuro do pai, Chris com o cabelo louro da mãe, os rostos não idênticos, mas parecidos a ponto de qualquer um que os visse saber que eram irmãos. Eles amavam a mamãe, amavam o papai, amavam o pastor Jim e o diácono Andy, amavam Deus e Jesus. Mas, mais do que tudo, amavam um ao outro e viviam no mundo secreto dos dois.

Síndrome de Brugada.

Hereditário.

Mas, se Chrissy estivesse viva, se não tivesse havido mão pendurada na cama de cima do beliche sob um raio de sol empoeirado, ele poderia parar de ter medo de que em qualquer noite seu coração fosse parar. Se Chrissy ainda estivesse viva, a dor da sua mãe não existiria. A dor *dele* não existiria. O vazio. A escuridão em que um monstro espreitava com as garras estendidas, um monstro chamado BRUGADA. Esperando para atacar.

A igreja consolou seu pai. Mas foi Chris quem consolou a mãe. Não houve horror na primeira vez que ele foi até a mamãe usando um dos vestidos de Chrissy. Não houve repulsa. Ela só abriu os braços para ele.

— Eu vou ser sua menininha — disse ele junto ao seio dela. — E vou ser seu menininho também. Eu posso ser os dois.

— Nosso segredo — disse ela, acariciando o cabelo dele, tão fino quanto o de Chrissy era. — Nosso segredo.

Eles a mantiveram viva. Quando o papai descobriu e o chamou de traveco, Chris não entendeu o que significava até ir novamente ao Webster's. E aí, ele teve que rir. Não era aquilo, porque ele *era* Chrissy. Não o tempo todo, mas, quando ele era, *ela* era.

Eles tinham sido próximos; estavam próximos de novo.

— Deixa ele em paz, Harold. — Não gritando dessa vez, apenas sendo firme. Foi uma semana depois que o papai descobriu. Harold tinha se aconselhado com os mais velhos da igreja. — Todos vocês, deixem ele em paz. E deixem *ela* em paz.

— Mulher — disse Harold Stewart —, você está louca.

— Ele a ama — disse ela (Chris estava novamente ouvindo pela fresta na parede do Celeiro de Invenções). — E eu amo os dois. Eu te dei tudo, Harold. Abri mão da minha vida pela sua vida e pela sua igreja. Você não vai tirar a minha filha de mim, nem a irmã de Christopher.

— Ele está *louco*!

— Não mais louco do que você, usando as ferramentas da ciência e chamando de vontade de Deus.

— Você questiona meu entendimento? — Um ronco de alerta na voz dele, como um trovão distante.

— Não, Harold. Nunca questionei. Só estou dizendo que, como ele, você tem dois jeitos de pensar. Não... dois jeitos de *ser*. Chris é igual. — Uma pausa. — E *ela* é.

— Você pelo menos aceita algum aconselhamento?

— Sim. Se for na igreja.

Então Chris e Chrissy começaram a falar com Andy Fallowes. Andy não rira. Tentou entender. Os gêmeos sempre o amariam por isso.

— Deus comete erros? — perguntou o diácono Andy.

— Não, claro que não.

— E você ainda tem vontades masculinas, Christopher? — Com os olhos desviados, o diácono Andy apontou vagamente na direção da virilha de Chris.

Pensando em Deanna Lane, sua parceira de ortografia e matemática, ele disse que sim, ao menos quando era Chris. E com Deanna, e depois com a professora Yarborough, ele sempre era Chris. Só era Chrissy com a mãe, porque a única vez que seu pai o tinha visto de vestido e com a peruca que sua mãe tinha comprado... aquela vez foi suficiente.

Nosso segredo, nosso segredo.

— Quando você é Christine, isso conforta sua mãe, não é?

— Sim.

— E conforta *você*.

— Sim.

— Você não tem medo de morrer como ela morreu.

— Não, porque ela está viva.

— Quando você é Christine...

— Chrissy.

— Quando você é Chrissy, você *é* Chrissy.

— Sim.

— Quando você é Chris, você *é* Chris.

— Sim.

— Você acredita em Deus, Chris?

— Sim.

— Você aceitou Jesus Cristo como seu salvador?

— Sim.

— Muito bem. Você pode continuar sendo Christine, *Chrissy*, mas só com a sua mãe. Consegue fazer isso?

— Sim. — E, ah, que alívio.

Depois, muito depois, ele passaria a entender o conceito. Que, na visão da Sagrado Cristo Real, não existia. Nem na visão dele. Para Chris (e Chrissy), eles eram perfeitamente sãos. Mas havia *possessão*, que podia ser demoníaca, mas também benigna. Embora Fallowes nunca tivesse dito, Chris passou a acreditar que o diácono Andy concluíra que Chris podia ter sido possuído pelo espírito da irmã morta. Quantos anos ele tinha na época? Nove? Dez?

Foi só cinco ou seis anos depois que o diácono Andy, após se consultar com os mais velhos da igreja, o pastor Jim e seu pai, começou a falar com Chris sobre Katherine McKay, ou apenas Kate.

Fallowes nunca mencionou para nenhum deles que estava conversando sobre a mulher matadora de bebês com a irmã de Chris além do próprio Chris.

3

Chris sai do banheiro e olha as duas malas no pé da cama, uma rosa e uma azul. Abre a rosa. Em cima há duas perucas, uma preta e uma loura (a ruiva foi descartada em Reno). Ela coloca uma calça jeans skinny e uma camisa com gola canoa. Põe a peruca loura. Hoje será Chrissy a viajar para a próxima parada de McKay.

Chris é um executor torturado por pensamentos confusos e pesadelos. Chrissy é uma pensadora que tem mais clareza. Ela está perfeitamente ciente de que Andy Fallowes, possivelmente junto do pastor Jim, vê aquela pessoa dividida como a ferramenta dada por Deus para pôr fim à Rainha do Assassinato. As duas personas, Chris e Chrissy, vão alegar que agiram sozinhas, que a igreja não teve relação nenhuma. Vão, numa expressão vulgar, mas aplicável, manter o bico calado.

Fallowes e o pastor Jim veem Kate McKay como uma influência terrível trabalhando contra a lei de Deus, não só quando o assunto é aborto, mas sobre a aceitação da homossexualidade e sua insistência em limitar a

Segunda Emenda (*estrangular* a Segunda Emenda). Mais do que tudo, eles têm medo da influência de McKay em várias legislaturas estaduais. McKay entende que todas as verdadeiras mudanças são locais, e isso a torna um veneno penetrando na política sobre o corpo.

Diferentemente de Chris, Chrissy sabe como Fallowes os vê: como peões.

Importa? Não. O que importa é que a tal McKay quer delegar o poder de Deus para criaturas da Terra que não têm compreensão do plano divino.

4

Jerome Robinson e John Ackerly comem ovos mexidos e tomam um galão de café numa lanchonete na mesma rua do Feliz, que John vai abrir às oito da manhã, pronto para servir os madrugadores querendo aquela dose importantíssima de vodca com laranja para despertar.

— O que houve, meu rei? — pergunta John. — Não que eu não aprecie uma refeição de graça.

— Provavelmente, nada. — Foi o que ele disse para Holly, mas aquilo o está incomodando. — Você viu a foto que eu mandei?

— Vi. — John come um pouco dos ovos mexidos. — Um close da página de maio da agenda do reverendo. Já encontrou o cara? Briggs? Eu verifiquei com um monte de gente do programa e ninguém ouviu falar de alguém que usasse esse nome.

— O caso é da polícia. Eu sou só um observador interessado.

John aponta para ele.

— Pegou o bichinho detetive da Holly, né? É mais contagioso que covid.

Jerome não nega, mas na mente dele é mais como alergia, uma coceira insistente.

— Olha de novo. Dá pra ver melhor no meu iPad do que no seu celular. — Ele mostra a foto do quadradinho do calendário.

John dá uma boa olhada e até amplia a imagem com os dedos.

— Certo. Briggs, sete da noite, 20 de maio. O que tem?

— Eu não *sei* — diz Jerome —, e isso está me deixando louco. Briggs com letra de fôrma.

— O reverendo botou os nomes de todas as pessoas que receberia pra dar conselhos com letra de fôrma. — John aponta o dedo para CATHY 2-T e KENNY D. — O que tem? A caligrafia cursiva dele deve ser uma merda. A minha é. Em metade das vezes, nem eu entendo o que escrevi.

— Faz sentido, mas mesmo assim. — Jerome pega o iPad e franze a testa para a foto da página da agenda. — Quando eu era criança, gostava de umas ilusões de ótica que tinha numa revistinha em quadrinhos. De primeira, a gente só enxergava umas bolhas pretas, mas, se ficasse olhando por bastante tempo, dava pra distinguir o rosto de Abe Lincoln. Bolhas num segundo, e um rosto no seguinte. Pra mim, isso é assim. Tem alguma coisa estranha, mas eu não sei que porra é.

— Então não é nada — diz John. — Você quer solucionar o caso, só isso.

— Porra nenhuma — retruca Jerome, mas acha que John talvez esteja certo. Ou parcialmente certo.

John olha o relógio.

— Eu tenho que ir. Os clientes regulares estarão formando fila.

— Sério?

— Sério.

Jerome faz a pergunta de Holly:

— Quem quer um screwdriver às oito da manhã?

E John dá a mesma resposta.

— Você ficaria surpreso. Sexta à noite está de pé?

— O Secos & Molhados? Claro. Você pode ser meu par, ou eu posso ser o seu. Mas se for de lavada, eu vou embora.

— Nós podemos sair a qualquer momento depois da primeira entrada — diz John. — Eu só tenho que estar lá pra ver a Sista Bessie cantando o Hino Nacional. É imperdível.

5

Aos sábados, a equipe de montagem da banda só trabalha metade do dia, a menos que haja show, e o primeiro show da Sista Bessie no Mingo só acontecerá uma semana depois. Ainda é ensaio das músicas, teste dos equipamentos e finalização da lista do show. Barbara está nos bastidores, vendo

Batty e Pogo mostrarem como os disjuntores funcionam com os amplificadores e as luzes, quando Tones Kelly a encontra e diz que Betty quer vê-la.

Os camarins do Mingo ficam um andar acima e são de primeira classe. O de Betty é uma suíte. Já tem uma estrela na porta e uma foto dela com a roupa brilhosa de show da Sista Bessie. Lá dentro, Betty está sentada num sofá vinho com Hennie Ramer, a agente. Hennie guarda o livro de caça-palavras quando Barbara entra, e Barbara percebe que Tones Kelly também está lá. De repente, ela está com medo.

— Eu vou ser despedida? — diz subitamente.

Betty solta uma risada e diz:

— De certa forma, sim. Chega de trabalhar com os roadies, Barbara.

— Questão de seguro — diz Hennie. — E também de sindicato.

— Eu achava que nós *não éramos* sindicalizados — protesta Barbara.

Hennie parece incomodada.

— Sim e não. Nós seguimos a maior parte das regras da AFM.

— Eu não ligo para aquela merda de Federação — diz Betty —, mas você é uma artista agora. Se der um mau jeito nas costas, não vai poder acompanhar as Crystals.

— As Crystals são ótimas, mas eu também gosto dos roadies — protesta Barbara. — E eles parecem gostar de mim.

— Eles gostam de você, Acey diz que você é bem forte, mas preciso que se concentre na harmonia com as garotas.

As garotas — Tess, Laverne e Jem — estão na casa dos setenta anos.

— E no nosso dueto em "Jazz". Essa é minha prioridade agora. Garota, vamos arrasar com aquilo. Quando chegarmos a Nova York, já vai ser o encerramento do show. A banda vai sair e só vai ficar a bateria, e nós vamos fazer… — Ela começa a cantar a música, batendo os pés com mocassins. — *Jazz, jazz, that Lowtown jazz, give it, take it, move it, shake it, roll it, stroll it…* — Ela volta a falar. — Assim, e pelo tempo que fizer sucesso. Vai ser igual àquela do J. Geils, "(Ain't Nothin But a) House Party", mas nós vamos cantar com soul em vez de rock 'n' roll. Você não se importa se eu fizer umas mudanças? Porque, garota, a gente vai dar um show com essa música.

Barbara *entende*. O ritmo que Betty está mostrando é exatamente o que ela ouviu na cabeça quando leu pela primeira vez o poema racista (mas absurdamente viciante) de Vachel Lindsay, "Congo negro". Mas ao mesmo tempo...

— Betty, eu sou *poeta*, não cantora. Falei a mesma coisa para o meu irmão. Estou tentando ser poeta, pelo menos. Isso é... é *loucura*.

— Deixando as questões legais de lado, tem um lado prático — continua Hennie. — O fato é que você é melhor cantora do que roadie. Tem o gogó bom. Não é Merry Clayton...

— Nem Aretha — diz Tones. — Nem Tina.

— Mas quem é? — pergunta Hennie. — Você é boa nisso, e o que é uma poeta sem música? Ou sem experiência de vida?

— Mas...

— Mas nada — diz Betty do sofá. — Patti Smith. Uma cantora incrível, uma escritora incrível. Nick Cabe. Gil Scott-Heron. Josh Ritter. Leonard Cohen. Eu li todos e li *você*. E também seu irmão agora, e fico me perguntando se ele também sabe cantar.

Barbara ri.

— Ele é *horrível*. Você não vai querer ouvi-lo nem na noite do karaokê.

— Então deixa pra lá. Mas eu tenho você — fala Betty —, e eu *quero* isso pra você. De agora em diante, é como Mavis diz: seu lugar é na banda, aleluia. Né?

Barbara cede e, quando faz isso, percebe que é um prazer.

Betty estende os braços.

— Agora vem, garota, e dá um abração nessa gorda velha.

Barbara dá um passo à frente e se permite ser abraçada. Abraça de volta também. Betty beija suas duas bochechas e diz:

— Eu gosto de você, garota. Faz isso por mim, tá?

— Tá — diz Barbara. Ela está com medo, mas também é jovem e ainda disposta a abrir as asas. Além disso, gosta da ideia de estar na companhia de Patti Smith e Leonard Cohen.

Gibson, o diretor de programação do Mingo, bota a cabeça no camarim.

— Seu cara do som diz que precisam de você no palco, sra. Brady.

Betty se levanta, ainda com um braço em volta de Barbara.

— Vem, garota. Vamos cantar como loucas. E você *vai* tocar pandeiro em "Saved".

6

Kate carrega suas malas novas até a picape, uma coisa que Holly aprecia. A chefe está de bom humor, assim como a assistente da chefe.

— Estamos de volta ao Auditório Mingo — diz Corrie. — Passei uma hora no telefone com Gibson, o diretor de programação, e com o pessoal da livraria. É só um dia antes, sexta em vez de sábado. A maioria dos locais estava disposta a colaborar.

— Porque eu sou *o momento* — diz Kate, e faz uma pose, com a mão atrás da cabeça e o peito estufado. Ela ri de si mesma e então fica séria. Seus olhos estão brilhando de curiosidade. — Me conta uma coisa, Holly. Como é trabalhar em um campo dominado por homens como a investigação particular? Você acha difícil? E é impossível ignorar que você tem um porte pequeno. Difícil te imaginar perseguindo um fugitivo.

Holly, uma pessoa reservada por natureza, considera essa pergunta um tanto invasiva. Possivelmente até grosseira. Mas sorri, porque um sorriso não é só um guarda-chuva num dia chuvoso; é também um escudo. E ela já foi atrás de algumas pessoas ruins e, por sorte e por talento, se saiu bem.

— Assunto pra uma outra hora, talvez.

Corrie, talvez mais sensível a nuances emocionais do que a chefe — à *vibe* —, fala, na mesma hora:

— Precisamos pegar a estrada, Kate. Eu tenho muita coisa para organizar quando chegarmos lá.

— Certo — diz Kate, e abre seu melhor sorriso para Holly. — Continuamos depois.

— Lembrem que vocês duas estão com reserva no Axis, mas nós vamos ficar…

— No Country Inn & Suites — conclui Corrie. — Com reserva no *seu* nome. — E, para Kate: — Lá tem piscina, se você quiser nadar.

— Eu preferiria que você ficasse no… — começa Holly.

— *Eu* preferiria nadar — diz Kate. — Me relaxa. Fazer turnê já é bem difícil sem eu ter que ficar confinada como uma prisioneira.

Estar morta é ainda mais difícil do que fazer turnê, pensa Holly… mas, claro, não diz. Descobriu que a coisa mais difícil de ser guarda-costas é que a pessoa a ser protegida se considera no mínimo invulnerável. Nem sangue e tripas na mala fizeram com que ela parasse por um dia.

— Eu ainda preciso ver as mensagens da perseguidora. — Ela também quer falar com Jerome. Briggs não é seu caso, mas a ligação de Jerome de manhã foi meio esquisita.

— Amanhã — diz Kate. — Amanhã é dia de folga, ó, glória.

E Holly precisa se satisfazer com isso.

7

No fim da tarde de sábado, Trig zarpa no Toyota para a bucólica cidade de Crooked Creek, uns cinquenta e cinco quilômetros a noroeste da cidade. Como sempre, seu rádio está sintonizado na WBOB, a estação de notícias vinte e quatro horas de Buckeye City... se bem que o que a Big Bub transmite na maior parte do tempo não são notícias, mas gritadores de extrema direita como Sean Hannity e Mark Levin. Com o volume baixo, não é política, é só uma companhia de vozes humanas.

Trig diz a si mesmo que seu objetivo é apenas um jantar na Cabana do Norm, considerada por especialistas em culinária (inclusive o próprio Trig) como o local que serve a melhor costela do estado, sempre acompanhada de feijão picante e salada de repolho ácida. Diz a si mesmo que é só coincidência que o Creek, uma instituição para adolescentes que lidam com abuso de drogas, fica a um ou dois quarteirões do Norm. Ora, por que ele se importaria se houver fugitivos e traficantes por lá?

Papai discorda. *Eu sei direitinho o que tem por trás disso*, como o bom e querido pai dele dizia.

Trig não deveria pegar outro tão cedo, não deveria testar a sorte, e daí se um monte de jovens guerreiros de rua — como a garota sem nome se decompondo agora mesmo no rinque Holman — fica um tempo no Creek antes de ir para o próximo, onde quer que seja? Gente anônima já desaparecida e muitas vezes considerada morta?

No limite da cidade, ele encontra uma dessas pessoas sem nome, uma garota com um casaco largo que parece quente demais para a temperatura do dia. Ela tem uma mochila nas costas, uma tatuagem de arame farpado no pescoço magrelo, e está com o polegar esticado.

Trig abre o console entre os assentos, toca no Taurus e o fecha de novo. Quem é ele para dizer não quando a oportunidade bate à porta? Ele para o carro.

A garota abre a porta e olha para dentro.

— Você é perigoso, cara?

— Não — responde Trig, pensando *o que mais alguém como eu diria, sua idiota?* — Pra onde você está indo? The Creek?

— Como você sabe? — Ela ainda está olhando para dentro. Tentando decidir se é seguro. E o que ela vê? Um homem de meia-idade com corte de cabelo de bom funcionário, usando um paletó esporte de bom funcionário, com uma barriga de bom funcionário. Ele parece um vendedor ou algo assim.

— Já estive lá algumas vezes. Uma vez na primavera. Organizei o evento.

— Você é do programa?

— Já com alguns anos de distância da minha última bebida. E você é fugitiva.

Ela para no meio do ato de entrar, os olhos arregalados.

— Relaxa, garota, eu não vou te entregar. Nem tentar dar em cima de você. Já fugi seis vezes. Finalmente, consegui.

Ela entra e fecha a porta.

— Deixam passar a noite lá?

Trig levanta um dedo.

— Só uma.

— Tem um prato de comida?

— Tem, mas não é muito boa. Se gostar de costela, dou metade de um prato pra você. Eu não gosto de comer sozinho.

Ele volta para a rodovia. Cinco quilômetros depois fica a Área de Descanso de Crooked Creek. Ele vai parar lá, vai dizer que quer alongar a coluna ruim. Se não houver ninguém por perto, vai atirar antes que ela perceba o que está acontecendo. Arriscado? Sim, claro. Matar não é a emoção. O risco está se tornando a emoção. Era melhor admitir. Como dirigir para casa com uma garrafa aberta de vodca.

— Se for só por gentileza mesmo, tudo bem. Se for outra coisa, pode me deixar no centro de reabilitação. É isso que é, né? Reabilitação?

— É. — Trig olha pelo retrovisor. Não tem ninguém atrás para ver a placa, mas e daí se tivesse? É só mais um Toyota sujo numa estrada de interior.

A três quilômetros da área de descanso, com o coração batendo forte e lento quando ele ensaia o que vai fazer, a propaganda de creme de hemorroida no rádio é interrompida e uma trombeta toca a introdução das notícias urgentes da WBOB. Ele não precisa aumentar o volume. A garota faz isso.

— Acabou de chegar aqui — diz o anunciante. — Dois jurados do agora famoso caso Alan Duffrey, ao que parece, cometeram suicídio. Vou repetir, dois jurados aparentemente cometeram suicídio. Fontes próximas do Departamento de Polícia de Buckeye City confirmaram, embora os nomes dos falecidos não tenham sido divulgados, pois ainda falta notificar os parentes. Vários homicídios foram ligados aos jurados do caso Duffrey. Fiquem ligados na WBOB, sua estação de notícias vinte e quatro horas, para atualizações.

O comercial de creme de hemorroida continua de onde tinha parado. Trig nem escuta direito. Está tão feliz que mal consegue manter a cara de paisagem. Nunca acreditou que os homicídios dos substitutos dariam certo, mas deram, e muito! Se ao menos o resto dos jurados fizesse o mesmo! Mas claro que não vão. Alguns não devem sentir culpa nenhuma. Principalmente aquele promotor-assistente de merda que mandou Duffrey para a prisão… e, consequentemente, para a morte.

— Um absurdo do caralho — diz a garota. — Desculpa a boca suja.

— Não precisa se desculpar. Eu estava pensando a mesma coisa.

— Como se eles se matarem fosse trazer o tal Duffrey de volta.

— Você está acompanhando o caso?

— Eu sou de Cincy, cara. Está no noticiário o tempo todo.

— Talvez esses dois estivessem tentando… sei lá… acertar as contas.

— Tipo o AA?

— É. Tipo isso.

A área de descanso chegou. Está vazia, mas Trig passa sem desacelerar. Por que Trig mataria aquela coitada se já ganhou um presente incrível e inesperado?

— Suicídio é um jeito radical de acertar as contas.

— Não sei — diz Trig. — A culpa pode ser uma coisa poderosa. — Ele entra na cidade de Crooked Creek e para numa vaga inclinada na frente da Cabana do Norm. — E aquela costela?

— Bora lá — diz ela, e levanta uma das mãos. Trig ri e bate na mão dela, pensando *você nunca vai saber como chegou perto.*

Eles se sentam num lugar na janela e comem costela, salada de repolho e feijão. A garota, que se chama Normal Willette, come como se fosse um lobo faminto. Os dois dividem uma torta de morango de sobremesa e Trig a deixa em Creek, onde a placa da frente sugere que os adolescentes TIREM AS BOTAS SURRADAS E DESCANSEM UM POUCO.

Norma começa a sair do carro, mas para e o encara profundamente.

— Estou tentando, cara. De verdade. Mas é difícil pra caralho.

Trig não precisa perguntar o que ela quer dizer. Ele esteve lá, já passou por aquilo.

— Não desiste. Fica melhor com o tempo.

Ela se inclina e dá um beijo na bochecha dele. Seus olhos estão brilhando com lágrimas.

— Obrigada, cara. Talvez Deus tenha te enviado pra me dar carona. E uma refeição. Aquela costela estava boa demais.

Trig fica olhando até ela estar em segurança e vai embora.

8

Dois salgueiros-chorões na frente dos Apartamentos Salgueiro estão morrendo. Os dois homens no oitavo andar já estão mortos, depois de ingerirem doses cavalares de uma droga que vai acabar se revelando, depois da autópsia, como oxicodona sintética, o que é conhecido entre usuários como Rainha, ou Grande Carro. Ninguém nunca vai descobrir qual dos dois mortos comprou.

Jabari Wentworth foi o Jurado 3 no julgamento de Alan Duffrey. Ellis Finkel foi o Jurado 5. O apartamento onde morreram era de Finkel. Os dois homens estão na cama juntos, só de cueca. Do lado de fora, o sol está baixando no horizonte. Em pouco tempo, a van do legista vai transportar os corpos. Teriam sido levados horas antes se não fosse a possível ligação com o caso dos Assassinatos dos Substitutos dos Jurados. A investigação está se movendo com deliberação cuidadosa. O tenente Warwick e a chefe

Patmore estiveram ali; Ralph Ganzinger, da polícia estadual, também. Todos os peixes grandes foram embora.

Enquanto vê a equipe de três homens da perícia (dois investigadores e um cinegrafista), Izzy Jaynes para um momento para considerar a diferença entre fato e ficção. Na ficção, o suicídio por overdose é considerado a saída mais fácil, muitas vezes preferida por mulheres. Os homens têm mais chance de dar um tiro na própria cabeça ou usar monóxido de carbono em uma garagem fechada. Na verdade, o suicídio por overdose pode ser horrendo, porque o corpo luta para ficar vivo. A parte inferior do rosto de Ellis Finkel, assim como o pescoço e o peito, está coberta de vômito seco. Jabari Wentworth se cagou. Os dois olham para o teto com olhos semiabertos, como se considerando uma compra duvidosa.

A imagem — e o cheiro — dos dois não é o que vai assombrar Izzy quando estiver acordada no apartamento dela à noite. O que *vai* assombrá-la é o desperdício daquelas vidas. O bilhete que eles deixaram, assinado por ambos, era o epítome da simplicidade: *Estaremos juntos no próximo mundo.*

Porra nenhuma, pensa Izzy. *Vocês vão para a escuridão, e vão desacompanhados.*

Um deles precisa falar mais um pouco com a sra. Alicia Carstairs, do 8-B. Ela encontrou os corpos, era amiga dos dois e entendia a "situação especial" deles.

— Vai você, Iz — diz Tom. — De mulher pra mulher. Eu quero olhar o local mais uma vez. Principalmente o estúdio do Finkel. Mas acho que é o que parece mesmo.

— Não é culpa por causa de Duffrey, você quer dizer.

— Culpa, talvez, mas não por causa dele. Vai conversar com a moça. Acho que ela vai te dizer.

Izzy encontra Alicia Carstairs parada em frente à porta do apartamento, retorcendo as mãos e olhando para os dois policiais uniformizados vigiando a porta do 8-A. Os olhos dela estão vermelhos e as bochechas, molhadas de lágrimas. Ao ver Izzy com o distintivo no pescoço, ela começa a chorar de novo.

— Ele me perguntou ontem à noite se eu daria uma olhada nele — diz Alicia. Izzy já tem isso no caderno, mas não a interrompe. — Achei que era trabalho. — Ela levanta a mão. Izzy repara que suas unhas são lindas. Fora isso, não tem ideia do que a sra. Carstairs está falando.

— Vamos pra sua casa — diz Izzy. — Você tem café? Uma xícara cairia bem.

— Tenho. Tenho! Café forte pra nós duas, que boa ideia. Eu nunca vou me esquecer da imagem dos dois. Nem se eu viver até cem anos.

— Se servir de consolo, sra. Carstairs...

— Alicia.

— Tudo bem, e eu sou Isabelle. Se servir de consolo, acho que nenhum dos dois sabia que seria tão... — Izzy pensa nos homens deitados na cama. Nos olhos saltados e semiabertos. — ... tão difícil. Não sei o que você quis dizer sobre ser trabalho.

— Você sabe que Ellis era fotógrafo, né?

— Sabia. — Por causa de Bill Wilson (ou Briggs, ou seja lá qual for o verdadeiro nome dele), Izzy e Tom têm resumos sobre todos os jurados do caso Duffrey. O estúdio principal de Finkel ficava no centro, mas ele também trabalhava no apartamento, e tinha transformado o quarto adicional em miniestúdio.

— Eu era modelo de mão dele — diz Carstairs, e as exibe. — Ellis dizia que eu tinha mãos ótimas. O pagamento era bom. Ele sempre me falava o quanto recebia por um trabalho e me dava vinte ou vinte e cinco por cento.

— De coisas tipo esmalte? — Izzy está intrigada. — Creme para mãos?

— Isso, mas várias outras coisas também. Esfoliantes, detergente de louça, telefones Razr. Esse último foi dos bons. Uma vez, ele me fotografou segurando um Nook, que é tipo um Kindle, só que...

— Sim, eu sei o que é um Nook.

— E às vezes Jabari era modelo de roupas. Paletós esporte, sobretudos, calças jeans. Ele é muito bonito. — Ela repensa, considerando o que viu no quarto de Finkel. — Era.

— Você tinha chave do 8-A?

— Aham. Eu molhava as plantas do El quando ele estava fora da cidade. Ele ia muito pra Nova York pra conversar com as agências de publicidade. Às vezes, Jabari ia junto. Eles eram gays, sabe.

— Sim.

— Eles se conheceram no julgamento. O julgamento do Alan Duffrey. Ficaram completamente apaixonados um pelo outro. Foi uma daquelas coisas de amor à primeira vista.

— O sr. Finkel pediu especificamente que você desse uma olhada nele hoje de manhã?

— Pediu. Eu achei que ele ia me dar uma mãozinha. — Ela fica vermelha. — Isso parece coisa feia, mas você sabe o que eu quero dizer.

— Você achou que ele tinha um produto pra você segurar.

— Pra exibir. Isso. Eu entrei e disse algo tipo "iurruuu, El, você está vestido?". E aí eu senti um cheiro... não sei bem... achei que algo tinha derramado... ou transbordado... aí fui até o quarto... — Ela está chorando de novo. Tenta levantar a xícara de café e derrama um pouco no braço da cadeira.

— Fica quietinha um minuto — diz Izzy. Ela vai até a cozinha estreita tipo corredor, pega uma esponja e limpa a sujeira. Consegue imaginar Alicia Carstairs segurando a esponja azul para uma fotografia, talvez com espuma se espalhando sobre os dedos e unhas perfeitos.

— É o choque — comenta Carstairs. — De encontrá-los assim. Eu nunca vou superar. Eu já falei isso?

— Não tem problema.

— Eu vou melhorar — diz Carstairs. — Eu tenho dois Xanax que sobraram de quando eu passei pela mudança. Vou tomar um e ficar melhor.

— Você tem alguma ideia de por que eles tiraram a própria vida, Alicia?

— Eu acho... talvez, só supondo... que El não queria que Jabari fosse sozinho. A esposa do Jay o expulsou, sabe, e a família dele não queria mais saber dele. Isso foi depois que os dois... eu não quero dizer que eles se escondiam, mas, sabe como é, eles ficavam na deles... isso por quase um ano, talvez mais. A esposa de Jay enviou as fotos que encontrou no celular dele pra todos os amigos dele no Facebook. Estou supondo que algumas eram... sabe como é... explícitas. Eu não sou xereta, não vai pensar isso, foi *ele* que me contou. Ficar fora da vida dos outros a menos que eu seja convidada, esse é meu lema. Jay era muçulmano. Eu não sei se isso teve a ver com o motivo de todo mundo ter se afastado dele. Você sabe?

— Não — responde Izzy.

— Alguém do trabalho do Jabari o viu com El, talvez de mãos dadas, ou se beijando, e dedurou pra esposa dele. Foi assim que começou. Por que alguém fofocaria de algo assim, Isabelle?

Izzy balança a cabeça. Só sabe que às vezes as pessoas são babacas.

— Ellis estava tendo problemas com a família também. E ele tinha HIV ou aids, não sei, o que for pior. Estava indo bem, mas o remédio que ele tomava o deixavam enjoado boa parte do tempo. Eles devem ter decidido... — Carstairs dá de ombros e a boca se curva para baixo em uma expressão de dor.

— Eles falavam do julgamento?

— Às vezes, El falava. Jabari, quase nunca.

— E depois que Duffrey foi assassinado na prisão?

— El falou alguma coisa, tipo "quem se mete com criancinhas merece o que acontece". Ele disse que odiava pedófilos, porque muita gente supõe que homens gays são molestadores de crianças, ou aliciadores, ou seja qual for a palavra da vez.

— E quando Cary Tolliver se manifestou?

Carstairs toma café.

— Eu não quero falar mal dos mortos...

— Ellis não se importaria, e pode ser que ajude na nossa investigação.

Se bem que Izzy não tem a menor ideia de como. Aquilo não era o quinto ato de *Romeu e Julieta*, mas o quinto ato de *Romeu e Romeu*. Os problemas deles podiam ter parecido solucionáveis à luz de um outro dia, a ideia de suicídio um absurdo, mas, na ocasião, a perspectiva de morrerem juntos na cama, de mãos dadas, deve ter parecido o ápice do romance... sem mencionar vingança. *Todos vão se lamentar*, podem ter pensado. Imaturos.

— El falou "nós fizemos o que prometemos fazer, só isso. Aquelas revistas horríveis tinham as digitais dele, e, além do mais, se ele não fez isso, deve ter feito alguma outra coisa".

— Então você não diria que ele estava se sentindo culpado?

— Ele sentia culpa porque a família do Jay não queria saber dele. Mas sobre o julgamento? Acho que não.

— E Jabari? Como ele se sentia?

— Eu só toquei no assunto uma vez. Ele meio que deu de ombros, abriu as mãos e disse que o júri o considerou culpado com as provas apresentadas. Falou que houve duas pessoas contra, mas que elas mudaram de ideia no segundo dia. Os outros as convenceram. Ele lamentava o que tinha acontecido.

— Lamentava, mas não sentia culpa?

— Acho que não.

9

Quando Izzy volta para o 8-A, os corpos foram removidos. Mas os cheiros de merda e vômito continuam lá. *Não foi assim em Shakespeare*, reflete Izzy, e precisa sorrir. Esse pensamento é a cara de Holly.

— Qual é a graça, parça? — Tom está parado ao lado da porta de correr que leva à varanda do falecido Ellis Finkel. A vista do lago dali é boa.

— Nada. Podemos descartar homicídio?

— Claro — diz Tom. — Nosso garoto Bill não mata jurados, só pessoas em *nome* dos jurados.

— Podemos supor que ele não vai matar dois homens como substitutos de Finkel e Wentworth?

— Nós não podemos supor *nada* sobre o cara, porque ele é maluco. Mas ele não pode fazê-los sentirem culpa se estiverem mortos, não é?

— Não. E o filho da mãe deve achar que foi ele que os levou a isso, quando o julgamento de Duffrey não teve nada a ver.

— *Au contraire*, meu pintinho amarelinho. Foi lá que eles se conheceram.

— Verdade. Foi lá que eles se conheceram. — Ela pensa nisso e diz: — Eu adoraria que a imprensa descobrisse o verdadeiro motivo, só pra arrancar a satisfação desse psicopata. Mas nós não podemos revelar isso, né?

— *Nós*, não — responde Tom. — Mas alguém vai. Se Buckeye Brandon não botar no podmerda e no blogmerda amanhã, vai botar no outro dia. Esse departamento vaza que nem pampers com defeito.

— Desde que não seja *você*, Tom.

Ele abre um sorriso e faz uma saudação de escoteiro.

— Eu jamais faria isso.

— Você encontrou alguma coisa no estúdio dele?

— Tipo o verdadeiro nome do Bill Wilson escrito num pedaço de papel?

— Isso seria bom.

— Eu só encontrei alguns álbuns de fotografia. A coisa mais pesada neles era Jabari Wentworth de sunga. Talvez haja mais coisa no computador dele ou na nuvem, mas isso não é da nossa conta. E mesmo se você decidir que o sr. Bill Wilson não vai ter que matar dois estranhos aleatórios nos nomes de Finkel e Wentworth, ele ainda tem muitos jurados, e talvez o juiz e o promotor.

— Parceira, nós não temos nada. Temos?

— Basicamente — admite Izzy.

Tom abaixa a voz, como se estivesse com medo da sala estar grampeada.

— Fala com a sua amiga.

— Quem? Holly?

— Quem mais? Ela não é da polícia, mas pensa fora da caixinha às vezes. Conta e vê se ela tem alguma ideia.

— Você está falando sério?

Ele suspira e diz:

— Tão sério quanto um ataque cardíaco.

10

No Garden City Plaza Hotel, Barbara está observando, fascinada, Betty Brady e Red Jones fazerem um ensaio sussurrado para a sexta seguinte, quando eles vão apresentar o Hino Nacional no parque Dingley. Betty diz que já fez isso duas vezes em jogos de basquete do Sacramento Kings, mas com um Korg a acompanhando.

— Eu não sei o que é isso — diz Barbara.

— Sintetizador — diz Red. — Seria melhor do que isto. — Ele ergue o sax. — Quem quer ouvir *"O say can you see"* como buzina?

— Besteira — diz Betty. — Vai ser… — Betty aponta para Barbara. — Uma coisa assustadora, mas de um jeito bom. Qual é a palavra?

— Assombroso, talvez?

— Assombroso! Isso! Perfeito! Vamos fazer de novo, Red. Mais pra ver se eu estou afinada. Faz muito tempo que eu não faço um agudo e um grave na mesma música.

Red tem três pares das meias de Betty enfiadas no sax, e Betty canta o Hino Nacional com voz baixa e melodiosa. Eles tentam primeiro no tom "oficial", si bemol maior, mas Betty não gosta, diz que parece um canto fúnebre. Eles trocam para sol maior. Red, soprando o sax abafado, assente para ela. Ela assente para ele. A primeira vez no sol é irregular, a segunda é melhor e a terceira é suave como seda.

— Depois de "*O say does that star-spangled banner yet wave*", eu quero parar de repente — diz ela, e conta: — Um, dois, três, quatro. E aí, o último verso. Uma porrada.

— Legal. Um groove.

— Vamos tentar.

Eles fazem desse jeito.

Quando terminam, Betty olha para Barbara.

— O que você achou?

— Acho que as pessoas que tiverem a sorte de ir nesse jogo vão se lembrar disso pra sempre.

E ela tem razão, mas não do jeito que está pensando.

DOZE

1

O trajeto de Iowa City para Davenport é uma viagem curta pela I-80. Holly, Kate e Corrie estão no Country Inn & Suites bem antes do meio-dia, no sábado de manhã. Holly passa a primeira metade da viagem de três a cinco quilômetros à frente da picape de Kate, olhando eventualmente para o celular, onde o rastreador GPS na F-150 está piscando com um ponto verde. Depois fica para trás na esperança de ver algum carro seguindo. Vê um que parece provável. É um Mustang conversível. Ele acelera, troca de pista para acompanhar a picape de Kate pela esquerda. O estômago de Holly se contrai. Ela também troca de pista para ficar atrás do Mustang, fecha alguém no processo e ignora a buzinada. A passageira do Mustang se levanta, o cabelo comprido voando ao vento, e ela grita:

— *A gente te ama, Kate!*

O conversível vai embora. Holly solta o ar e fica para trás.

Elas almoçam no restaurante ao lado do hotel e Kate vai nadar. Ela vai para um lado e para outro, uma volta atrás da outra, lustrosa como um peixe com o maiô vermelho. Holly, sentada ao lado da piscina com uma toalha no colo, fica cansada só de olhar. Kate acaba saindo, pega a toalha, murmurando um agradecimento, e a amarra na cintura. Holly esperava alguma onda de endorfina depois de tanto exercício, mas Kate parece retraída, quase mal-humorada. Ela pega o celular na mesa onde o tinha deixado com um livro, fala brevemente com Corrie, que está no local do evento, e encerra a ligação.

— Vou tirar um cochilo de quarenta e cinco minutos — diz ela, sem olhar para Holly. — Depois, tem a coletiva de imprensa no Axis. Onde nós temos *reserva*.

Holly não diz nada.

— Essas mudanças de itinerário são um saco, Gibney.

Holly não dá trela, só pega o livro de Kate.

— Você quer isto?

As bochechas de Kate estão rosadas e radiantes do exercício, mas a boca está curvada para baixo nos cantos. Ela ainda está irritada por ter que se deslocar vários quilômetros para fazer a coletiva de imprensa em vez de só descer a escada.

— Pode ficar ou jogar fora. É uma merda.

2

No quarto durante o cochilo de Kate, Holly liga a televisão na CNN e fica surpresa de ver uma repórter falando na frente dos Apartamentos Salgueiro, onde a própria Holly tinha olhado uma unidade decorada antes de encontrar o lugar onde mora agora. Atrás da repórter há viaturas com as luzes piscando e dois caminhões da perícia, um da polícia da cidade e um da polícia estadual. Há também uma van com a palavra LEGISTA. Os Homicídios dos Substitutos dos Jurados se tonaram um destaque dos noticiários a cabo, e a possível morte de alguém que tenha servido no júri do caso Duffrey mobilizou a rede a interromper, ainda que brevemente, o eterno enxugar gelo das notícias políticas.

A repórter diz:

— A gente só sabe que um dos jurados no julgamento de Duffrey, Ellis Finkel, mora nesse condomínio. Embora a polícia esteja de bico calado, parece plausível supor que, pela quantidade de atividade policial, algo possa ter acontecido com o sr. Finkel. Pode ser que esse estranho e peculiar assassino em série, na esperança de enfiar uma sensação de culpa nos jurados de Duffrey, talvez tenha, nesse caso, conseguido.

Muitos "pode ser" e "talvez", pensa Holly.

Ela pensa em ligar para Izzy, mas acaba procurando Jerome. Ele não estava acompanhando o noticiário, não sabia que Ellis Finkel talvez estivesse morto. Isso supondo que tenha *mesmo* sido Finkel que causou a reação exagerada da polícia.

— Já tentou falar com a Izzy? — pergunta Jerome, e, antes que Holly possa responder: — Claro que não, Izzy é danada e vai estar *ocupada*.

— Muito poético, Jerome.

— Beleza, princesa. E o caso não é nosso mesmo.

— Não é.

— Mas não dá pra você controlar a sua curiosidade. Essa é minha Holly. Ei, adivinha só? Eu vou ao jogo do Secos & Molhados com John Ackerly. Ele gosta muito de você.

— Eu também gosto dele. Tenho que levar minhas clientes pra coletiva de imprensa daqui a pouco, Jerome. Vê se consegue descobrir alguma coisa. Como você mesmo disse, não dá pra eu controlar a minha curiosidade.

— Talvez eu ligue pro Tom Atta. Eu corro com ele às vezes.

— É mesmo?

— Na Bell College. De vez em quando, Izzy corre com a gente. A gente fica morrendo de falta de ar juntos pela pista inteira.

— Interessante. Talvez até útil. Você já está pronto pra me contar o que anda pela sua cabeça?

Jerome suspira.

— Eu queria descobrir sozinho, mas desisto. Eu só sei que tem algo errado na página de maio da agenda do reverendo Rafferty. Alguma coisa a ver com Briggs, o cara que provavelmente o matou. Pode ter a ver com os outros nomes na página, mas não consigo descobrir o que é por nada deste mundo. Posso enviar uma captura de tela?

— Eu acho que eu tenho — diz Holly —, mas manda mesmo assim. Quando tiver tempo, vou dar uma olhada. E, se você falar com o detetive Atta... ou com Izzy... me avisa.

— Pode deixar.

3

Na coletiva de imprensa, há uma Kate mais animada e mais vibrante, e naquela noite no River Center ela aumenta a potência ao máximo. Holly e Corrie assistem à abertura por dez minutos, da coxia: a caminhada até o centro do palco, a inclinação do corpo numa reverência, a mão no microfone, os gritos de "Poder Feminino". Quando os vaiadores começam a retrucar ("Volta pra cozinha! Volta pra cozinha!"), ela faz o gesto característico de *vamos, vamos*, e a plateia vai à loucura, gritando e cantando. Quando todos se acalmam, ela pede aos homens da plateia para levantarem a mão.

— Ela pareceu bem desanimada à tarde, mesmo depois de nadar bastante. O cochilo deve tê-la animado — sussurra Holly para Corrie.

Corrie sorri e balança a cabeça.

— Ela quase sempre fica assim antes de começar. Ou fica calada e meio emburrada, ou puta da vida com alguma coisa. E aí... quando começa... ela vive pra isso. — Ela acrescenta rapidamente: — E pela causa, claro. Poder Feminino.

— Eu sei — diz Holly. — Eu sei que vive. Eu só queria que ela entendesse que fazer isso está botando a vida dela em risco.

Corrie abre um sorriso.

— Eu acho que ela entende.

Pode ser, mas é um conhecimento acadêmico, pensa Holly. *A maior parte na cabeça, talvez um pouco no coração, nada instintivo.*

Corrie volta para os bastidores para se preparar para um café da manhã com um clube de mulheres no dia seguinte (que também vai acontecer no Double Tree), antes da viagem de três horas para Madison. Holly anda pelos corredores à procura de intrusos, e não encontra ninguém. Volta para trás do palco e só vê um trio de ajudantes jogando Scat com um baralho sujo. Eles não têm interesse no Poder Feminino.

Ela acaba à direita do palco, observando, fascinada, Kate encerrar as festividades da noite com outro grito e resposta. Ela para um momento para olhar a captura de tela que Jerome mandou e entende na hora o que o está incomodando. O que ele não conseguiu entender. Holly entente também outra coisa: se tivesse ficado olhando por muito tempo (como Jerome devia ter feito), ela *não teria* visto. O olhar rápido funcionou porque sua mente estava em outro lugar.

Sua mente dá outro salto, e ela perde um pouco o equilíbrio. *Ah, meu Deus. E se for ele?*

O gerente de palco olha para ela e pergunta num sussurro se ela está bem.

— Estou — sussurra Holly em resposta.

No palco, Kate pergunta:

— Em quem vocês vão acreditar?

— *Acredite na mulher!* — gritam as pessoas.

Ela faz o gesto de balançar os dedos das duas mãos.

— *Vamos lá, Davenport, não sejam covardes, em quem vocês vão acreditar?*

— *ACREDITE NA MULHER!*

— Quando o homem diz que ela queria?

— *ACREDITE NA MULHER!*

— Quando o homem jura que ela disse que tudo bem?

— *ACREDITE NA MULHER!*

— Homens! Em quem vocês vão acreditar?

— *ACREDITE NA MULHER!* — gritam os homens... se bem que, na hora da verdade, Holly não tem certeza do que qualquer um deles fará. Já ouviu mulheres dizerem que os homens são criaturas simples. Holly não contra-argumenta, essas discussões não têm sentido, mas não acredita nisso. As mulheres têm porões; os homens têm porões embaixo dos porões.

— Isso mesmo. Acreditar na mulher, respeitar a mulher e não aguentar merda de quem não acredita. Obrigada, Davenport, vocês foram incríveis! Boa noite!

Mas eles não deixam que ela vá até voltar para se curvar três vezes. Hora dos aplausos de pé. Só os vaiadores se recusam a se levantar. Não são tantos quanto em Iowa City, Holly observa, e, sentados de camiseta azul, eles parecem frangos emburrados. Ela lembra a si mesma que até crianças podem ser perigosas, e isso a leva de volta para o que pensou quando olhou para a captura de tela, sem esperar nada e vendo muito. Talvez tudo. Ela precisa falar com Izzy, mas primeiro tem que tomar conta das suas mulheres.

Mais tarde, vai pensar: *Graças a Deus pela cadeira. Se não fosse isso, Kate poderia ter ido parar no Ira Davenport Hospital. Ou estar morta.*

4

A porta do palco do River Center fica na rua Third, e por isso Holly planejou de elas saírem por outro caminho, pela avenida Pershing, onde um carro e um motorista fornecidos pela Next Page Books vão estar esperando para levá-las para o hotel. Depois de Iowa City, Holly espera não ter problema com a saída (o que é chamado de "remoção" no *Essencial para guarda-costas*), mas isso acaba sendo otimismo demais.

Mais tarde, em Madison, Corrie Anderson vai contar para Holly o que descobriu sobre as plateias de Kate na turnê, uma boa parte com a própria Kate.

— Tem três grupos principais depois do show — ela vai dizer. — Os fãs do Poder Feminino que só querem dar tchauzinho e talvez tirar uma foto da Kate saindo do local. Os caçadores de autógrafos, que podem ser mais insistentes. E o pessoal do eBay.

— Quê?

— Colecionadores. Intermediários. Gente que compra e vende. Eles são ávidos e insistentes. Não é só pelo dinheiro. Tem também a emoção da caçada. Eles querem primeiras edições assinadas ou edições limitadas. Kate fez algumas assim. Eles querem pôsteres, fotos impressas, até páginas do *Mulheres agora*, o documentário do Showtime do qual ela participou. Eles têm coisas que não dá pra acreditar. Uma mulher queria que Kate autografasse uma *calcinha*. Eles vendem as coisas no eBay e em sites dedicados a colecionadores como Kate Para Sempre. Os verdadeiros fanáticos são insistentes como baratas e tão difíceis de se livrar quanto elas.

Holly pode ver isso com os próprios olhos quando elas saem na Pershing. Aquele ponto de remoção era para ser segredo, mas tem uma aglomeração de setenta e cinco a cem pessoas esperando. As pessoas não estão tirando fotos com o celular. Estão balançando livros, revistas, pôsteres e outras parafernálias (uma pessoa tem uma bandeira de arco-íris do Orgulho Gay), todas gritando coisas como "Kate! É pra minha mãe, Kate, ela não pôde vir!", "Kate, eu vim de Fort Collins!" ou "Kate, por favor! Por favor! Eu sou fã desde 2004!". Como é que descobriram a saída estratégica de Holly é algo que ela nunca entenderá, mas, depois de serem enganados na primeira vez — possivelmente por pura sorte —, eles descobriram.

Um funcionário do River Center está sentado em uma cadeira dobrável esperando Kate sair. Quando a multidão se adianta, ele se levanta, abre os braços e faz o possível para segurar as pessoas... que é meio parecido com o rei Canuto tentando segurar a maré. Atrás do pessoal do eBay que grita e balança os braços, a motorista, uma jovem que parece universitária, observa com uma expressão que diz *eu não tenho a menor ideia do que é para eu fazer agora.*

O celular de Holly está no cinto, ainda no silencioso. Ela o sente vibrar, olha para baixo, vê Jerome na tela. Ela não tem tempo de pensar nisso, menos ainda de responder, porque nessa hora um uivo furioso surge no meio da falação insistente.

— *SUA PIRAAAAAAAANHA!*

Um homem muito grande que parece um lutador da WWE em decadência abre caminho pela multidão. Está com uma calça cáqui e uma camiseta branca suja. O cabelo está raspado, só resta uma sombra. Os braços são tatuados e o rosto está vermelho de fúria. Ele segura um bastão de beisebol. O funcionário do teatro entra na sua frente, e o homem (*o Hulk*, pensa Holly, *o Incrível Hulk*) o arremessa na rua com um empurrão.

— *SUA PIRANHA FILHA DA PUUUUUUTA!*

Kate para e fica com olhos arregalados ao ver o Incrível Hulk erguer o bastão. Corrie levanta a mão num gesto de *pare* que vai funcionar com aquele homem tanto quanto uma jarra de água num incêndio florestal.

Holly não pensa, só chuta a cadeira do funcionário do teatro. Ela desliza pela calçada. O Incrível Hulk tropeça nela e cai de cara no concreto. O sangue jorra do nariz e dos lábios. O pessoal do eBay grita e se afasta, alguns largando os objetos preciosos, celulares e canetas permanentes.

O Hulk rola. A parte inferior do rosto está pintada de sangue. Ele aponta para Kate como um explorador apontando para um marco extraordinário.

— *VOCÊÊÊ! A MINHA ESPOSA ME ABANDONOU POR CAUSA DE VOCÊÊÊÊ!*

Ele está tentando se levantar. Em algum lugar, uma sirene da polícia começou a tocar. Holly diz para Kate:

— Entra no carro.

Kate vai sem questionar e nem hesitar, puxando a assistente atordoada pelo braço. Hulk conseguiu ficar de joelhos e está olhando para elas. Holly enfia a mão na bolsa e, quando o Hulk se volta para ela, ela joga spray de pimenta na cara dele.

A multidão recua ainda mais, como se Holly fosse radioativa, e ela percebe que ainda está segurando a lata de spray erguida. Para a garota perplexa da livraria, ela diz:

— Leva essas mulheres para o hotel. Não me espera. Eu vou ter que falar com a polícia.

5

A conversa dela com a polícia não demora. O Incrível Hulk (bem bêbado e, agora, mais parecendo uma criança de cento e quarenta quilos que não para de chorar) é levado para ser fichado por uma acusação de agressão, e Holly volta para o Country Inn & Suites antes que o bar do hotel feche. Está bem até a taça de vinho branco que ela pediu ser colocada na sua frente, e então vem o tremor.

Tão perto, pensa ela. E: *Odeio esse trabalho.*

Seu celular, ainda no silencioso, vibra. É Corrie, querendo saber onde ela está. Cinco minutos depois, as duas se juntam a ela. Kate passa os braços pelo pescoço de Holly e dá um beijo na sua bochecha, inconfortavelmente perto da boca.

— De agora em diante, vou fazer tudo que você mandar, Holly Gibney. Não sei se você salvou a minha vida hoje, mas com certeza salvou uns doze mil dólares de dentista.

Corrie se senta no banco à esquerda de Holly.

— Obrigada — diz ela baixinho. — Muito obrigada. Meu Deus, você viu o *tamanho* dele?

— O Incrível Hulk — comenta Holly.

Kate joga a cabeça para trás e solta uma gargalhada. O barman pergunta o que Kate quer beber, e ela diz Jack sem gelo. Corrie diz que quer o que Holly está tomando. Holly não se surpreende quando o barman pede a identidade dela.

Holly toma vinho. Seu celular toca. É Jerome de novo. Ela pensa *não posso falar com ele hoje*. Está exausta e não para de visualizar o homem de camiseta branca indo na direção de Kate como uma locomotiva, o bastão erguido. *Só que eu tenho que falar com ele hoje, porque eu talvez saiba quem é o Assassino dos Substitutos dos Jurados.*

Os tremores recomeçam.

— Se aquela cadeira não estivesse ali — diz ela.

Kate olha para ela sem entender, a cabeça inclinada.

— *O que* você está dizendo?

— A cadeira. Se não estivesse...

Kate coloca dois dedos nos lábios de Holly. Muito delicadamente.

— Não foi a cadeira. Foi *você* — diz ela.

Holly afasta a taça de vinho, que quase não tomou. O barman se aproxima.

— Tem algum problema com a bebida, moça?

— Não. Está ótima. Mas eu preciso fazer uma ligação. Vocês duas deviam ir para o quarto.

Kate faz uma saudação no estilo britânico, as costas da mão na testa, muito *pukka sahib*.

— Aye, capitã.

Holly não acha graça.

6

No quarto, ela liga para Jerome e pede desculpas por não ter retornado antes.

— Eu estava trabalhando.

— Tudo bem por aí?

— Tudo.

— Conseguiu descobrir o que estava me incomodando na página da agenda? Passei metade da noite olhando pra ela.

Essa foi boa parte do seu problema, pensa Holly.

— Descobri.

— Sério?

— Sério. — Apesar de a dúvida de si mesma ser uma das suas muitas reações automáticas, ela não tem dúvida sobre aquilo.

— Mesmo?

— Mesmo.

— Me conta!

— Primeiro, me conta se você descobriu alguma coisa com o detetive Atta.

— Descobri. Dois dos jurados do caso Duffrey cometeram suicídio. Ellis Finkel e Jabari Wentworth. Eles se conheceram no julgamento e se apaixonaram. A esposa de Wentworth o expulsou de casa quando soube que ele a traía, e com um homem, ainda por cima. A família o afastou. Pode ter sido por religião. Religião é uma merda, você não acha?

— Não tenho opinião formada — responde Holly.

— Enfim, Finkel tinha aids, estava sob controle, mas era uma luta constante pra ele. Em suma, a polícia não acha que tenha a ver com culpa por causa do que aconteceu com Alan Duffrey.

— Terrível — diz Holly. — Um desperdício de duas vidas.

Ela se vê quase chorando, em parte por causa das mortes sem sentido, mas mais porque ainda está lidando com o fato de que a cabeça de Kate McKay quase foi esmagada sob a sua vigilância.

— Concordo — diz Jerome. — Agora me diz o que eu deixei passar.

Ela conta. Ele fica em silêncio do outro lado.

— Jerome? Você ainda está aí?

— *Porra* — diz ele. — Ah, *porra*! Sério? Simples assim? *Mesmo?*

Ela não contou sua segunda dedução, a que a abalou no River Center. Essa ela guarda para Izzy.

7

— Oi, Holly — diz Izzy. A voz dela está meio sonolenta. — Tom mandou te contar tudo, e eu vou, mas tive um dia longo e estou exausta.

— Tenta não ficar. Eu talvez saiba quem é o assassino.

— *Hã?* — Izzy vai de meio difusa a bem acordada. — Você está de sacanagem?

— Eu não tenho certeza. Talvez. Jerome me contou que dois dos jurados cometeram suicídio, mas disse que provavelmente não teve nada a ver com…

— Sim. Quer dizer, não, não teve. Holly, se você sabe de algo, *conta!*

Holly não precisa olhar a foto da página da agenda no iPad. Não precisa nem fechar os olhos. Ela a vê, junto a todos os nomes: BOB, FRANK M. KENNY D. CATHY 2-T. E BRIGGS. Só que BRIGGS está diferente. Não muito, só um pouco.

— Você pode olhar a foto da agenda do reverendo Rafferty? Você tem aí?

— Só um segundo, eu deixei o iPad na cozinha.

Holly nunca foi ao apartamento de Izzy — ainda não, pelo menos —, mas imagina uma cozinha estreita e simples e a bolsa de Izzy na bancada. Talvez ao lado de uma taça de vinho vazia. Ela imagina a própria Izzy com um pijama soltinho e confortável de algodão.

— Pronto, estou com a página da agenda. O que tem?

— Vamos começar com o reverendo Rafferty. Eu acho que ele era míope, mas também acho que era vaidoso. Isso é mais um palpite do que uma dedução, mas você encontrou um par de óculos?

— Tinha um na mesa de cabeceira, sim. Provavelmente de leitura.

— Olha os compromissos de maio. Está olhando?

— Estou. Chega logo ao ponto, *por favor*.

Holly não quer ser apressada, porque ainda está explicando a si mesma.

— Os nomes estão todos em letra de fôrma, meio espaçados. — Em pensamento, ela vê: não FRANK M. ou CATHY 2-T, mas F R A N K M. e C A T H Y 2-T. — Ele podia fazer isso porque os quadrados dos dias do mês são grandes.

— Sim. Estou vendo.

— Mas BRIGGS está diferente. Mais espremido. Não muito, mas está. Jerome viu, só não conseguiu entender o que significava. Você está olhando? Está vendo?

— Eu acho… é, você tem razão.

— Isso é porque o reverendo Rafferty não fez um B. Ele fez um T. Foi o assassino que transformou em B. E, no final do nome, ele acrescentou um GS. Ele tentou deixar parecido com as letras de fôrma do Rafferty e fez um bom trabalho, porque letra de fôrma é bem mais fácil de imitar do que cursiva. O que entrega…

— As duas últimas letras estão mais juntas — diz Izzy. — Não muito, mas um pouco. E… é, esse B *pode* ter começado sua vida sendo um T.

— Nunca foi Briggs — diz Holly. — O compromisso de Rafferty era com uma pessoa chamada Trig. — A dúvida sobre a própria conclusão não aceita ser totalmente renegada. — Acho.

— É! Porra, *é*! Ele deve ter usado a caneta que estava ao lado da agenda na bancada, porque a tinta é idêntica.

— E ele não riscou o próprio nome porque achou que o laboratório da polícia poderia ter alguma técnica de vodu que permitiria ler o que havia embaixo. — Holly reflete. — Ele devia ter levado a agenda. Sua inteligência se virou contra ele. E também devia ser paranoico. Foi um serviço apressado, afinal.

— O nome de Bill Wilson também pode ter sido um caso de inteligência agindo contra ele — pondera Izzy. — Você precisa falar com seu amigo do programa e perguntar se ele foi a alguma reunião do AA ou do NA com alguém que se chama Trig.

— Talvez eu não precise, nem você. Acho que Trig é o advogado de Alan Duffrey. Russell Grinsted.

— Não estou acompanhando. Me ajuda aqui.

— Você tem um bloco e uma caneta por perto?

— Claro, na geladeira. Pra lista de compras.

— Anota o sobrenome dele. Se você tirar o E, o N, o S e o D, o que sobra?

— G, R, I, T, Grit?

— Rearruma as letras, como se estivesse jogando Wordle.

— Wordle? Eu não sei o que…

— Não importa, faz isso.

Uma pausa enquanto Izzy escreve no papel. E:

— Ah, porra. Trig está no meio de Grinsted. Não é isso? Tom tinha razão sobre você, Holly. Isso é coisa de Agatha Christie.

É mesmo coisa de Agatha Christie, pensa Holly. Funcionaria num livro como a grande revelação no capítulo final, mas funciona na vida real? A impossibilidade essencial de acreditar na ideia a incomoda, parece um barco de papel preso num graveto, mas ao mesmo tempo é tão *perfeito*. E, se Grinsted decidiu que é um gênio do crime, como em um filme do Batman… alguém inteligente demais para o próprio bem…

— No mínimo, vocês precisam interrogar Grinsted de novo — fala Holly.

— Nem brinca, e a gente tem que dar uma dura nele — diz Izzy. — Amanhã cedo. Cedinho. Mas todo mundo envolvido achou que ele fez o melhor que podia por Duffrey. Qual é o tamanho da sua certeza?

— Não muita — responde Holly, agitada. — Eu quero acreditar, porque seria bem elegante, mas me parece meio frágil.

— Perfeito demais?

— É. — E Holly passou a acreditar que a perfeição vai estar sempre fora de seu alcance. — Mas tenho quase certeza da parte do Trig. Ele mudou pra Briggs. Vou falar com meu amigo do programa amanhã. Agora, você precisa ir pra cama.

Izzy ri.

— Graças a você, eu estou tão pilhada que vai ser difícil dormir.

8

O perseguidor de Kate em Iowa City era Chris, mas ela é Chrissy hoje, usando uma peruca escura até os ombros no Kia discreto estacionado em frente ao Country Inn & Suites. Sua vítima está lá dentro, no quarto 302. Chrissy sabe disso porque estava no meio da galera, esperando na avenida Pershing. O esforço de Holly para afastar o pessoal do eBay é em grande parte inútil; o grupo a que Chrissy se juntou sabe tudo sobre a estadia de Kate naquele quadrante específico da região de Quad Cities.

Chrissy grudou no sujeito de aparência desleixada de camisa havaiana que se apresentou como Spacer. Spacer tinha vários pôsteres que queria que fossem assinados, além de algumas fotografias brilhosas tamanho vinte por vinte e cinco. Ele acolheu Chrissy debaixo da asa, provavelmente na esperança de levá-la para a cama mais tarde. Chrissy sabia que, mesmo com sua melhor maquiagem, ela não era nenhuma rainha da beleza, mas caras como Spacer, ainda cheio de acne adolescente apesar de dever ter pelo menos trinta anos, não podem escolher demais.

Para a multidão esperando do lado de fora do River Center, Kate era uma presa, e Spacer era um dos caçadores. Ele chamava pegar autógrafos de "cravar as celebris" e explicou para Chrissy que seu grupo de caçadores tinha uma rede de mensagens e telefonemas que incluía pessoas (ratunos e ratunas, no jargão do Spacer) nos quatro ou cinco melhores hotéis da cidade (o que era bom) e três dos atendentes do River Center (o que era melhor). O grupo de cravadores de celebris pagava em dinheiro ou autógrafos vendáveis.

— Kate é melhor do que a maioria, porque ela pode tomar um tiro — disse Spacer para Chrissy. — Se isso acontecesse, o valor dela subiria muito. Foi o que aconteceu quando esfaquearam o Salmão Rushiddy.

Ela leva um momento para entender que ele está falando de Salman Rushdie.

— Que ideia horrível.

— É, nem me fala, mas essa porra de sociedade é controversa, meu bem... Ah, caramba, lá vem ela! — Ele ergue a voz e dá um grito de sirene que Chrissy nem acredita que vem daquele corpo magrelo. — *Kate! Kate, aqui! Minha irmã é sua maior fã! Ela não pôde vir, ela está de cadeira de rodas!*

Os caçadores de autógrafos reunidos começam a ir para cima de Kate... e aí, o inesperado. Chrissy e Spacer viram, impressionados, o homem grande com o bastão enorme sair da multidão e partir direto para Kate. Viram a mulher magrela mais velha que servia de segurança chutar uma cadeira na frente do homem do bastão e jogá-lo estatelado no chão.

— Gol! — gritou Spacer, e deu uma risada.

Os lobos dos autógrafos na Pershing não conseguiram que nada fosse assinado; Kate e a assistente foram embora num piscar de olhos. Mas Chrissy não tem interesse em objetos de valor. Conseguiu os números dos quartos com Spacer e o deixou para trás.

Agora, o quarto de Kate está escuro, e o 306, o quarto da assistente, também. No meio, no 304, a guarda-costas magrela não fechou a cortina. Chrissy a vê andando de um lado para outro, gesticulando, puxando o cabelo e digitando no telefone. Antes daquela noite, Chrissy não a via como problema, mas a velocidade com que ela reagiu ao homem do bastão a fez reavaliar a situação.

A guarda-costas magrela encerra a ligação. Fecha a cortina. Alguns minutos depois, a luz dela também se apaga. Está na hora de Chrissy voltar para o hotel dela do outro lado da cidade, um grupo de chalés simples chamados Davenport Rest. Graças a Andy Fallowes, ela poderia pagar por coisa melhor, mas aquilo é o que ela merece.

Quando entra na área de cascalho na frente do Chalé 6, seu telefone emite uma notificação baixinha (Chris, com quem ela divide o telefone, tem um toque mais masculino). É o diácono Fallowes, ligando de um de seus infinitos celulares descartáveis.

— Como está indo a caçada, meu bem? — pergunta ele.

— Bem, podemos dizer que ela está com os dias contados — diz Chrissy. Sua voz soa grave, com um toque rouco estilo Bonnie Tyler.

— Onde você está?

— Davenport. Ela vai pra Madison depois. É dia de folga. Eu vou dormir daqui a pouco e depois vou atrás. Pode ser que eu consiga pegá-la lá, mas, se quiser cumprir nosso objetivo sem me sacrificar, Buckeye City talvez seja melhor. Kate perdeu a data lá por causa de uma cantora, mas eles remarcaram pra noite anterior. A cantora desistiu do ensaio final, ou da passagem de som, algo assim. Eu ouvi isso hoje.

— Como?

— O cancelamento e a mudança de data eu peguei no site de McKay. O resto… Eu conheci umas pessoas hoje que sabem praticamente tudo. Caçadores de autógrafos, mas que usam esteroides. Acho que consigo encontrá-los em todas as cidades da turnê. Alguns até a seguem de uma cidade pra outra. — E, tardiamente: — Estamos tendo uma conversa segura, diácono?

— Este telefone vai pra dentro do rio assim que a gente terminar de falar. — Como sempre, a voz de Fallowes está baixa e agradável. — Sua missão está demorando mais do que eu esperava.

— Eu peguei a pessoa errada em Reno, mas lá era pra ser só um aviso de qualquer jeito. Em Omaha, a assistente interceptou o antraz que você enviou. Eu vandalizei a bagagem dela. Deixei uma mensagem. Agora elas têm uma segurança, e ela é boa.

Silêncio por um momento. Então Fallowes diz:

— Essa não é uma situação de oração, mas uma solução de mundo real que estamos procurando, e não consigo enfatizar o quanto é importante. — A voz dele sobe e começa a assumir um ritmo de púlpito. — O mundo precisa ver que há um preço a ser pago pela apostasia. Essa mulher não pode ter permissão de pregar sua bruxaria. Êxodo 22, querida. Êxodo 22.

— Sim. Eu conheço bem.

— E lembre-se: se você for pega, você fez isso por sua conta. Deus vai te proteger, mas Satanás é astuto.

Chrissy sente uma pontada de ressentimento por isso, e talvez Fallowes perceba. Ele não é o diabo, mas *é* astucioso.

— Eu queria que fosse um caso simples de preto no branco, como com as Cadelas da Brenda. Lembra?

Chrissy sorri pela primeira vez naquela noite.

— Como eu poderia esquecer? Aqueles scooters idiotas. Foi um dia e tanto, não foi?

— Foi. Foi, sim. Um aleluia, com certeza. Descansa. Depois eu ligo de novo.

Mas eu nunca posso ligar, pensa Chrissy. *Seria botar seu traseiro precioso em risco, não seria?*

Ela fica horrorizada com um pensamento tão feio e ressentido. É um pensamento de *Chris*, e, embora ele resida dentro dela — de um jeito real, é seu gêmeo siamês —, ela às vezes o odeia. Assim como ele às vezes a odeia, supõe ela.

Não, nós somos dois.

Nosso segredo.

O Chalé 6 consiste em um quarto com um banheiro do tamanho de um armário. A cama está bamba. O lustre do teto está cheio de moscas mortas. O local fede à meia molhada de mofo avançado. Em um canto, um cogumelo pálido cheio de verrugas surgiu entre duas tábuas.

Ela pensa: *Expiação.*

Ele pensa: *Quanto mais cedo começar, mais cedo acaba.*

Eles pensam: *Não, nós somos dois. Separados e iguais. Nosso segredo.*

Às vezes, ela se cansa e pensa: *Por que me dar ao trabalho de pensar em fugir? Por que me dar ao trabalho quando a expiação não termina nunca? Por que Deus precisa ser tão cruel?*

Ela queria que ela… ele… eles… pudessem jogar esses pensamentos, essa *apostasia*, em um incinerador e queimar tudo. Deus não é cruel, Deus é amor. A infelicidade dela… dele… deles… não é nada além da doença do pecado, como uma ressaca de uísque. Culpa deles, não de Deus.

Ela abre a porta do banheiro e enfia os dedos da mão direita na abertura ao lado das dobradiças. Lentamente, puxa a porta em sua direção.

— Eu me arrependo dos meus pensamentos rebeldes — diz ela.

A dor, primeiro um beliscão, fica excruciante, mas ela continua puxando a porta.

— Eu me arrependo das minhas fantasias.

A pele se abre na parte de trás dos dedos. Sangue começa a escorrer pela madeira com tinta descascando.

— Eu vou completar minha missão. Eu não vou permitir que a bruxa viva.

Ela puxa mais e, enquanto sente a dor, também sente a paz da expiação. Finalmente solta a porta e os dedos latejantes. Vão inchar, mas não estão quebrados, o que é bom. Ela precisa da mão direita boa — é a que compartilha com o irmão para fazer o trabalho do Senhor.

TREZE

1

Holly dorme mal, assombrada por sonhos do homem grande com o bastão. Nos sonhos, ela não chuta a cadeira, só fica paralisada enquanto o homenzarrão arranca a cabeça de Kate. Ela acorda com o alvorecer, uma linha rosa-alaranjada no horizonte leste, tira o iPad do carregador e escreve um e-mail para Jerome.

> Espero que você esteja ocupado com seu livro e odeio pedir que você volte a trabalhar pra mim, principalmente depois que fez contato com John Ackerly, mas preciso fazer isso. (Além do mais, acho que você disse que estava procurando uma distração.) Acredito que a mulher que está perseguindo Kate possa ser — quase certamente é — uma fanática religiosa. Kate recebeu um bilhete em Spokane que dizia "quem diz mentiras perecerá", que é do livro de Provérbios. Quando a perseguidora jogou animais mortos na bagagem de Kate, ela escreveu "Êxodo 22" na porta. É um tiro no escuro, J, mas você pode pesquisar na internet igrejas que tiveram problemas com a lei por causa de crimes envolvendo protestos contra aborto, direitos das mulheres ou direitos LGBT+ ou comícios. Comece com a Igreja Batista Westboro, em Topeka, e siga as migalhas a partir dela. Eu só estou interessada em protestos de igrejas que resultaram em acusações de invasão de privacidade, agressão, ameaça criminal, coisas assim.
>
> Se você fizer isso por mim, não só será pago, mas também

vai ganhar um passe livre pra me chamar de "Hollyberry" três (3) vezes. Obrigada, e, se estiver ocupado demais, eu entendo.

Holly

Ela envia o e-mail com um ruído vaporoso, encontra John Ackerly nos contatos e escreve para ele.

Querido John: se não for uma violação da sua "cláusula do anonimato" do NA, será que você pode perguntar não sobre pessoas do programa chamadas BRIGGS, mas sobre alguém chamado TRIG? Acho que esse pode ser o verdadeiro nome ou apelido do assassino. Obrigada.

Holly

Com isso feito, ela volta para a cama e consegue dormir mais duas horas. Dessa vez, não há sonhos.

2

Izzy Jaynes e Tom Atta chegam na casa de Grinsted às nove e quinze de uma manhã de domingo. Uma mulher de rosto fino com roupão de matelassê atende a porta e olha para os distintivos. Ela não pergunta por que foram até lá, só diz que o marido está no gazebo. Ela pronuncia *gazebô*.

— Saiam pela cozinha — diz, e faz um sinal com o polegar como se fosse um caroneiro.

— Me diz uma coisa, sra. Grinsted — começa Izzy. — Russell tem um irmão ou irmã caçula?

Ela não pergunta por que Izzy quer saber.

— Filho único. Nasceu para se achar o pequeno príncipe. — Ela revira os olhos.

Eles passam pela cozinha. Tom fala baixo com Izzy.

— Acho que pode haver problema nesse vale específico.

Izzy assente. A sra. Grinsted lhe pareceu uma mulher que sofre de um caso sério de indiferença.

Do outro lado de um pátio e no meio de uma área gramada de bom tamanho, um homem calvo de roupão atoalhado e pijama está sentado a uma mesa no gazebo, tomando café e lendo jornal. Ele os vê se aproximando e se levanta enquanto amarra o roupão. Não pede para ver os distintivos. Não precisa.

— Nossa, a polícia — diz para ambos. E, para Izzy: — Atta eu conheço do fórum. Você eu nunca tive o prazer de convidar pra depor ou interrogar.

— Isabelle Jaynes — fala ela, e dá um aperto breve na mão estendida de Grinsted.

— O que vocês estão fazendo aqui logo cedo num domingo? Não me digam, vou tentar adivinhar. Tem a ver com a pessoa que está matando gente e deixando os nomes dos jurados do caso Duffrey nas mãos das vítimas.

— Por acaso não seria você, seria? — pergunta Tom com voz agradável.

Russell Grinsted faz uma cara de quem não entendeu por um momento e depois ri.

— Boa! Agora, o que esse humilde escudeiro pode fazer pra ajudar?

Izzy e Tom não respondem. Grinsted olha de um para o outro.

— Vocês não estão brincando.

— Nem um pouco — diz Tom.

Grinsted se vira, pega o café e toma tudo. Não fala com os visitantes na manhã quente e encantadora de primavera, mas com a xícara vazia, como se em um microfone.

— Dois detetives da cidade aparecem na minha casa na manhã de domingo enquanto eu ainda estou com remela nos olhos pra perguntar se estou matando gente por causa do falecido, e lamentado por mim, além de outros, Alan Duffrey. Por quem eu fiz milagre quando o estava defendendo. E eles não estão brincando.

Ele se vira para os dois, não rindo, mas sorrindo. Mais tarde, Tom vai dizer para Izzy que se lembra daquele sorriso ao ser interrogado por Grinsted. O que foi uma experiência desagradável.

— E o que os levou a ter essa ideia brilhante, policiais?

— Por que você não nos deixa fazer as perguntas, e depois nós deixamos você voltar para a sua manhã de domingo? — diz Izzy. — Supondo que as respostas sejam satisfatórias, claro. Se não forem, você talvez tenha que nos acompanhar até a cidade.

— Inacreditável. Inacreditável pra caralho. Tudo bem, podem perguntar.

— Vamos começar com o dia 3 de maio — diz Izzy. — Foi um sábado. Onde você estava entre os horários de, digamos, cinco e sete da noite?

— Sério? — Ainda com o sorriso, agora acompanhado de sobrancelhas erguidas. — *Você* se lembra onde estava num sábado três semanas atrás?

A porta da cozinha é aberta com um estrondo e a sra. Grinsted se junta a eles. Está com uma jarra de café e duas canecas em uma bandeja da cerveja St. Pauli Girl. Também tem creme e açúcar.

— Ele estava aqui, eu acho. Nós vemos *Antiques Roadshow* nas tardes ou noites de sábado. O streaming é conveniente porque dá pra ver a qualquer hora. Russ normalmente sai pra comprar comida. O que *ele* estiver com vontade de comer. Eu raramente sou consultada. Café?

— Não, obrigada — responde Tom. — É claro que nós esperamos que cônjuges ofereçam álibis. — Ele abre um sorriso para ela, consideravelmente mais simpático do que o sorriso de tubarão de Grinsted. — Só dizendo.

— E a tarde seguinte? De domingo, dia 4? O dia em que os bêbados foram mortos — pergunta Izzy.

— Ah, meu Deus. Espera, eu talvez tenha algo quanto a isso — diz Grinsted. Ele vai para casa amarrando o cinto do roupão de novo e murmurando: — Inacreditável.

— *Você* tem alguma lembrança daquele domingo? — pergunta Tom à sra. Grinsted. — Foi frio, chuvoso, nada parecido com hoje.

— Eu fui à igreja. Vou todos os domingos. Russell não vai. Acho que ele estava no escritório se preparando pra um caso ou esperando alguém, mas não sei dizer.

— Seu marido tem alguma arma, sra. Grinsted?

— Ah, sim, nós dois temos armas. Eu tenho uma Ruger .45 e Russ tem uma Glock .17. São pra proteção da casa. Meu marido é advogado do ramo criminal e muitas vezes tem clientes que são pessoas ruins. Às vezes, ele os traz em casa.

As duas armas são maiores do que a usada em Mike Rafferty, e *muito* maiores do que a usada na mulher e nos bêbados. Mas eles vão ter que olhá-las se Grinsted não puder fornecer um álibi mais convincente do que uma esposa que não parece exatamente louca por ele. Ainda assim, os dois não têm quase nada... exceto as deduções de Holly Gibney, em que Izzy confia e sabe que Tom confia também. Até certo ponto, pelo menos.

Grinsted volta com uma agenda. Ele a balança na frente deles.

— Às duas da tarde daquele domingo, Jimmy Sykes veio consertar meu computador. Ficava congelando. Eu queria que ele viesse no sábado, mas ele estava com o dia cheio. Olha.

Tom observa. Izzy anota o nome.

— Ele é seu cara do TI?

— É. Ele reiniciou tudo, sei lá, pra eu poder usar o computador pra trabalhar no caso.

— Deve ter sido pra você poder jogar blackjack on-line — comenta a sra. Grinsted.

Grinsted afasta o sorriso apertado de Izzy e Tom e olha para a esposa.

— Seja como for, você lembra que Jimmy veio no domingo?

— Lembro, mas não qual domingo.

Ele bate no quadradinho do dia 4 de maio.

— Aqui, querida.

Isso provoca um revirar de olhos da sra. Grinsted.

— Você por acaso não anotou esse compromisso nessa data específica antes de vir pra cá, né? — pergunta Tom.

— Eu me ressentiria disso se não fosse tão ridículo.

— Vamos pra uma fácil — diz Izzy. — Dia 20 de maio, terça passada. Digamos, entre seis e dez da noite. Em casa com a esposa, imagino. Talvez vendo *Masterpiece Theatre*.

— Eu estava jogando pôquer. Não on-line, com amigos. — Mas, pela primeira vez, Russell Grinsted parece inseguro.

A esposa dele, não.

— Ele não estava aqui, mas também não estava jogando pôquer. Se vocês perguntarem os nomes dos homens com quem ele estava jogando, ele estaria encrencado, porque eles diriam que ele não estava no jogo. Russ não é assassino, mas *é* um traidor. Na noite de terça ele estava com a quenga dele.

Silêncio no gazebo. A sra. Grinsted coloca a bandeja na mesa. Exibe um sorriso apertado, bem parecido com o do marido. *Mas isso é tão surpreendente assim?*, pensa Izzy. *Não dizem que homens e mulheres que ficaram casados por muito tempo começam a se parecer?*

— O nome dela é Jane Haggarty. Ela é secretária de meio período, feia que nem um espantalho numa plantação de melão. Eles estão tendo um caso há pouco mais de um ano. — Ela se vira para o marido. — Você achou mesmo que eu não sabia? Você é *péssimo* em traição, Russ.

Izzy não sabe o que dizer, principalmente porque a sra. Grinsted (ela ainda não sabe o primeiro nome da mulher) está muito *calma*. Já Tom não tem problema nenhum. Afinal, Grinsted já foi para cima dele no tribunal.

— Essa Jane Haggarty vai confirmar que você estava com ela no dia 20 de maio, sr. Grinsted?

— Erin, eu… — Grinsted não parece saber como concluir, mas ao menos Izzy agora sabe o primeiro nome da sra. Grinsted. Seu primeiro pensamento é *ela é magra demais e parece decepcionada demais para se chamar Erin.*

— Vamos conversar mais tarde, depois que a polícia tiver ido embora — diz Erin Grinsted. — Agora, só fique feliz que eu salvei sua pele. Pra um advogado, você sabe mesmo se meter em problemas.

Ela sai e desaparece na cozinha sem olhar para trás. Grinsted se senta à mesa do gazebo. O cinto do roupão, que ele estava apertando obsessivamente, se desamarra. O roupão se abre. Embaixo tem uma camisa de pijama com uma barriga de meia-idade.

— Obrigado, babacas — diz ele, sem erguer o olhar.

— Usando uma metáfora que pode ser adequada nesse caso — começa Izzy —, o júri está debatendo sobre quem é o babaca aqui. A pergunta é se essa Jane Haggarty vai confirmar que você estava com ela na hora em que acreditamos que o reverendo Mike Rafferty foi assassinado. — Eles vão pedir a Grinsted um álibi para o assassinato de Sinclair, se necessário. Talvez não seja.

— Vai. — Ainda sem olhar.

— Endereço? — Tom está com o caderno na mão.

— Fairlawn Court, 4636. Ela é casada, mas eles estão separados. — Ele finalmente ergue o rosto. Seus olhos estão sem lágrimas, mas vidrados, como os olhos de um lutador que acabou de receber um gancho forte no queixo. — Por que, em nome de Deus, vocês achariam que *eu* estava matando aquelas pessoas? Eu dei a Alan Duffrey a melhor defesa que pude. O juiz e o júri erraram. O promotor é ambicioso. Fim da história.

Izzy não tem intenção de botar a amiga investigadora particular na discussão. Nem precisa. Ela pergunta a Grinsted se o nome Claire Rademacher é familiar.

— Ela trabalhava no First Lake City — diz Grinsted, parecendo desconfiado. — Chefe dos caixas, se me lembro direito.

— Você não a chamou pra testemunhar — diz Tom.

— Não tive motivo. — Grinsted parece mais desconfiado do que nunca. Como litigante veterano, entende que tem uma armadilha em algum lugar. Só não sabe onde.

Tom Atta agora conta para Grinsted, com grande satisfação, sobre os gibis do *Homem-Borracha* que Cary Tolliver levou para Alan Duffrey como presente de "parabéns pela promoção". Não houve menção dessa série de seis volumes na transcrição do tribunal, nem dos sacos herméticos. Izzy tenta dizer para si mesma que não está apreciando a expressão de compreensão consternada que surge no rosto de Grinsted. Mas desiste. Ela *está* apreciando. Em parte porque Grinsted trai a esposa, mais porque Grinsted achou que a esposa era burra demais para saber, e principalmente por ela, como a maioria dos policiais, não gosta de advogados de defesa. Em teoria, entende a importância deles no processo legal. Na prática, acha a maioria babaca. Ela lê os livros de Michael Connelly do personagem Mickey Haller e torce para o Advogado do Lincoln quebrar a cara.

— As digitais não estavam nas revistas de pedofilia? — Grinsted ainda está tentando enfiar na cabeça a enormidade de seu lapso. — Estavam só nos sacos?

— Isso mesmo — diz Tom. — Talvez na próxima vez, advogado, você deva contratar um investigador particular em vez de tentar ficar com todo o dinheiro pra você.

— Douglas Allen precisa perder a licença! — Em sua indignação, Grinsted parece ter esquecido que está com um problemão em casa.

— Eu acho que uma revogação disciplinar é o melhor que você pode esperar — diz Izzy —, mas isso deve botar uma mancha bem grande no histórico dele. Perder a licença é improvável. Allen nunca *disse* que as digitais estavam nas revistas, só deixou que você supusesse. Duvido que você vá admitir, mas eu acho que acreditou que aquelas revistas eram de Duffrey o tempo todo, apesar de ele ter negado.

— Independentemente do que eu tenha acreditado, e você não está na minha cabeça, detetive Jaynes, então não tem como saber, é imaterial pra defesa que fiz para o meu cliente. Eu repito, eu suei sangue por aquele homem.

— Mas não o suficiente pra contratar um investigador — retruca Izzy. Ela acha que... não, ela *sabe* que se Grinsted tivesse contratado Holly Gibney, Alan Duffrey ainda estaria vivo e livre. Provavelmente também estariam vivos McElroy, Mittborough, Epstein e Sinclair. Também uma mulher desconhecida com o nome de um jurado na mão. E Rafferty, ele também.

Grinsted abre a boca para retrucar, mas Tom fala primeiro.

— Mesmo sozinho, você devia ter percebido que digitais tão nítidas não podiam ter sido tiradas do papel-jornal usado naquelas revistas.

— E o *seu* pessoal não percebeu? — pergunta Grinsted. Ele aperta o cinto do roupão de novo, como se tentando estrangular a barriga embaixo. — Sua equipe da perícia? Eles *deviam* saber, mas ninguém se manifestou! Ninguém!

Isso é algo que Izzy nem tinha considerado, e a acerta em cheio.

— Nosso trabalho não é fazer o *seu* trabalho. — Ela sabe que é lógica falaciosa, mas é a melhor que consegue tão de repente. — Você poderia ter chamado Rademacher pra depor, mas não chamou. Nem sequer a entrevistou.

— Alan Duffrey morreu por culpa de Doug Allen — diz Grinsted. Ele parece estar falando sozinho. — Com ajuda da polícia.

— Ah, eu acho que você também teve seu papel — comenta Tom. — Você não acha, advogado? Ou devo chamá-lo de Trig?

Não tem reação de culpa no uso calculado do apelido. Nenhuma reação. Grinsted só parece perdido em pensamentos. Talvez percebendo que aquilo é só o Confronto 1, que será seguido do Confronto 2, depois que Izzy e Tom forem embora.

Nesse momento, Izzy percebe que a dedução de Holly, que a própria Holly achou meio fraca, está errada. O anagrama foi coincidência; o que os escritores de mistério de antigamente chamariam de pista falsa.

— Nós vamos verificar com Jane Haggarty — informa Tom, e fecha o caderno. — Tenha um ótimo dia, sr. Grinsted.

Grinsted, cujo dia está se encaminhando para ser qualquer coisa, menos ótimo, não responde. Izzy e Tom voltam para casa. A sra. Grinsted está na cozinha, tomando uma xícara de café. A julgar pela garrafa de uísque Wild Turkey na bancada, ela deu uma fortificada no Folger's.

— Vocês acabaram com ele?

— Por enquanto, sim — diz Tom. — Sua vez.

Se ele esperava um sorriso, foi decepcionado.

— Há quanto tempo você sabe sobre Haggarty? — pergunta Izzy. Não tem nada a ver com o caso, mas ela está curiosa... como sabe que Holly ficaria.

— Um ano? Talvez dezesseis meses. — A sra. Grinsted dá de ombros, como se o assunto não a interessasse muito. — O perfume dela na pele dele. Mensagens de texto. Ligações desligadas algumas vezes, quando Russ deixou o celular na bancada ou em cima da televisão e eu atendi. Ele não tentou esconder muito. Acho que achou que eu era burra. Talvez eu seja.

— Talvez você estivesse com medo — diz Izzy.

Erin Grinsted toma um gole do café fortificado.

— Talvez estivesse. Talvez ainda esteja.

— Seu marido frequenta o AA ou o NA?

— Não. Se ele precisar de um desses programas anônimos, é o de quem aposta e joga. Ou dos viciados em sexo. Ou ambos.

— Sra. Grinsted, você chama seu marido de Trig?

— Não. Eu o chamo de Russ. A maioria das pessoas chama assim. Alan Duffrey chamava.

— *Alguém* o chama de Trig?

Ela olha para Izzy e revira os olhos de novo.

— Por que chamaria?

Pois é, por quê?, pensa Izzy. *De volta à estaca zero.*

Eles a deixam para discutir várias questões com o marido.

3

Enquanto Izzy e Tom estão falando com Russell Grinsted, Trig, o *verdadeiro* Trig, está no condado de Cowslip, a cento e cinquenta quilômetros da cidade. É o condado menos populoso do estado, e as crianças que têm o carma ruim de morar lá o chamam, claro, de condado de Cowshit.

Trig segue pela rodovia 121, passa por uma fazenda aqui, um celeiro ali, mas o que mais tem é bosque e campo. Quase não há trânsito; a 121 ficou praticamente obsoleta por conta da interestadual, que passa pelas áreas mais populosas no sul. Ele nem tenta se enganar sobre o que está fazendo ali. Apesar de ter encontrado Annette McElroy e seu cachorro na trilha Buckeye poucas semanas antes, parece algo que aconteceu em outra vida.

Quando eu era normal.

No começo, ele tenta afastar essa ideia, mas desiste. Porque não é uma ideia, é um fato. Mais e mais, o que aconteceu o faz lembrar de como ele se tornou alcoólatra... e por que não? Não importa se é birita, droga, jogo ou comportamento obsessivo-compulsivo, no fim das contas é sempre a doença do vício. Ele poderia culpar o pai (e às vezes culpa mesmo), mas vício, ou comportamento antissocial, em jargão de psicólogo, não é causado por trauma de infância, estresse nem pressão social; é só uma falha no software que faz um comportamento destrutivo se repetir, se repetir e se repetir.

Tem uma frase que ele ouviu em reuniões: "Primeiro o homem toma uma bebida, depois a bebida toma uma bebida, depois a bebida toma o homem". É verdade. Em algum momento dos vinte e poucos anos, não muito tempo depois de o pai às vezes amoroso e às vezes destrutivo morrer, um interruptor foi acionado. Um dia, ele estava bebendo como uma, como dizia, "*pessoa normal*", e no seguinte era alcoólatra. Bum. Sem volta.

Trig tinha descoberto que matar é a mesma coisa. Ele acha que depois de McElroy, poderia ter parado. No sentido legal, já cruzou uma linha vermelha, mas na cabeça dele? Provavelmente não. Não acha que tenham sido Mittborough e Epstein que fizeram diferença. Ele acha — não tem certeza, mas *acha* — que foi Mike do Livrão que acionou o interruptor. A única coisa de que tem certeza é que o seguinte, Sinclair, aliviou uma pressão crescente que tinha pouco (talvez nada) a ver com a missão original.

Ele passa pela pequena comunidade de Rosscomb, que consiste em um mercado, um posto de gasolina e da Igreja Batista Unida de Rosscomb. E então volta para o campo. Mais seis quilômetros e meio e ele vê um homem dirigindo um trator enorme puxando um cortador. É cedo demais para feno, a grama ainda está verde, então talvez o fazendeiro vá plantar alguma coisa ali. Feijão ou milho, provavelmente.

Trig para no acostamento e sai. A Taurus .22 está no seu bolso. Ele não está nem um pouco nervoso. Está empolgado. Com expectativa. Espera até o trator velho chegar perto e dá ao homem que o dirige um aceno exagerado com um sorriso. Um caminhão passa, indo para o sul.

Aquele caminhoneiro talvez se lembre de um Toyota parado no acostamento e de um homem acenando para o fazendeiro.

Ele deveria recuar, talvez apenas pedir instruções sobre o caminho e ir embora, mas a garota que ele deixou no abrigo de Crooked Creek abriu seu apetite do jeito que uma primeira bebida fazia. *Só uma dosezinha depois do trabalho*, ele dizia a si mesmo… e bebia durante todo o caminho para casa, apesar de sua mente racional saber que ser preso por dirigir alcoolizado poderia destruir sua vida inteira. Como aquelas fotos e revistas horríveis destruíram a vida de Alan Duffrey… ou foi o que todo mundo pensou, inclusive juiz e júri.

O fazendeiro para o trator, mas mesmo parado o velho International Harvester faz uma barulheira danada. Ele é tão velho quanto o trator, com um rosto bronzeado e maltratado pelo sol debaixo de um chapelão de palha. Trig vai até uma das rodas grandes cheias de lama do trator, com um sorriso que o fazendeiro retribui.

— Posso ajudar, amigo? — grita o fazendeiro junto com a barulheira do trator e das lâminas do cortador girando. — Está perdido?

— Sim! — grita Trig. — Estou perdido!

Ele pega a Taurus no bolso e atira duas vezes no peito do fazendeiro. O som dos tiros se perde no rugido do trator. O fazendeiro recua, como se tivesse levado uma picada de abelha. Trig se prepara para atirar de novo, mas ele tomba para a frente. O chapéu cai. O cabelo grisalho ralo voa na brisa suave, lembrando a Trig fios de algodão.

Um carro passa na estrada. Desacelera. Trig acena para o veículo sem se virar — *tudo bem aqui* —, e o carro volta a acelerar. Trig pega a pasta de couro no bolso e mexe na coleção cada vez menor de folhas de papel. Não está nenhum pouco preocupado, assim como antigamente, quando dirigia para casa bebendo de uma garrafa de Smirnoff entre as coxas. Tem uma sensação de perfeição naquele encontro, e ah, Deus, tanto alívio. A necessidade vai voltar, mas até ali está tudo bem.

Eu preciso do HA em vez do AA, pensa ele, e chega a dar uma risada.

Ele tira da pasta a folha de papel na qual está escrito Brad Lowry. Lowry foi o Jurado 12 no caso Duffrey. Trig pega o chapéu de palha do fazendeiro e bota o nome de Lowry ali. Sem se apressar, também bota no chapéu as folhas com os nomes de Jabari Wentworth (Jurado 3) e Ellis Finkel (Jurado 5). O fazendeiro soltou um pedal no lado do assento. Trig o usa para colocar o fazendeiro em uma posição ereta, tomando o cuidado para não mexer no câmbio e fazer o trator andar. Em seguida, enfia o chapéu na cabeça dele. Em algum momento, alguém vai tirar o chapéu. Em algum momento, os pedaços de papel serão encontrados e decifrados.

Passa um caminhão de fazenda cheio de equipamentos. Trig fica onde está, como se conversasse com o fazendeiro. O caminhão segue. Trig volta para o carro e vai embora.

Eu vou ser pego.

Não um palpite, simplesmente um fato. Ele está se lembrando de algo que aconteceu perto do final dos seus tempos de bebida, a coisa que o fez ir ao primeiro encontro do AA. A três quarteirões de casa, bêbado como um gambá com aquela garrafa de vodca junto da virilha, ele viu luzes azuis no retrovisor. Calmamente, fechou a garrafa, botou-a no chão do banco do passageiro e parou, dizendo a si mesmo que o policial não sentiria seu bafo de vodca, como aconteceria com gim e uísque, mas ao mesmo tempo sabendo que isso era um mito.

O policial apontou a lanterna para a janela de Trig e pediu a habilitação e os documentos do carro. Trig pegou os papéis no porta-luvas do Toyota — um outro Toyota, mas parecido com o que dirige agora — e entregou. O policial apontou a lanterna para a papelada e voltou para a viatura. Trig tentou botar a garrafa de vodca no porta-luvas. Era grande demais. Debaixo do banco do passageiro. Também grande demais. Ele pensou: *Eu posso ou não passar o resto da noite na cela para bêbados da cidade, mas com certeza meu nome vai estar na coluna Police Beat do jornal amanhã.*

O policial voltou. Trig deixou a garrafa grande de vodca no chão do passageiro. Era o melhor que podia fazer. Uma sensação de fatalidade tomou conta dele.

— O senhor andou bebendo?

— Eu tomei umazinha depois do trabalho, mas isso foi horas atrás. — Sem arrastar a fala. Ou bem pouco.

— Estou vendo pela sua habilitação que o senhor está perto de casa.

Trig concordou.

— Sugiro que o senhor vá pra lá e não se sente ao volante de novo enquanto não estiver sóbrio.

Ele apontou a lanterna para o chão do passageiro e viu a garrafa de vodca só com um quarto do líquido.

— Se eu o vir dirigindo em zigue-zague de novo, o senhor vai pra cadeia.

Nada por escrito, só um aviso verbal. Isso não aconteceria depois de matar sete pessoas.

Eu devia ter levado a agenda do reverendo em vez de só mudar o nome. Isso foi o que o papai teria chamado de "inteligente demais, só que não", provavelmente pontuando com uma batida na lateral da cabeça. E os veículos que passaram enquanto você "falava" com o fazendeiro? E se um deles viu o velho caído pra frente e achou esquisito? E se um deles anotou sua placa?

Ele não acredita que tenham feito isso, mas a agenda é outra história. Ela já vai ter sido olhada pelos especialistas, e talvez já tenham concluído que ele alterou TRIG para BRIGGS. É verdade que Trig é só um apelido, nem um pouco parecido com seu nome de verdade, mas ele o usou nas reuniões do AA e do NA. Quase sempre fora da cidade, é verdade, mas já foi à reunião Círculo Reto, na rua Buell, algumas vezes. E se alguém daquela reunião o reconhecer do que os alcoólatras e drogados chamam de "outra vida"? Ele não *acha* provável — a maioria das pessoas do Círculo Reto é de alcoólatras no fundo do poço e drogados sem-teto — mas é possível. Uma coisa é certa: ele não vai mais à rua Buell.

E veja o lado positivo, diz a si mesmo. *Eu citei oito dos doze jurados. Talvez até consiga pegar todos.*

No retrovisor, ele vê uma viatura da polícia estadual vindo rápido e lembra-se da noite em que viu as luzes azuis no retrovisor. A mesma sensação de fatalidade surge, tão reconfortante quanto um cobertor numa noite fria. Ele toca na .22 no bolso, desacelera, encosta. Vai atirar no policial, vai botar um nome na mão dele e — talvez sim, talvez não — vai atirar em si mesmo. O carro da polícia passa em velocidade alta pela rodovia 121 na direção de Rosscomb.

— Não — diz Trig, soltando a arma. — Não acabei, papai. Ainda não acabei.

Ele liga o rádio, mas está longe demais da cidade para pegar uma estação de notícias, então escolhe um rock antigo. Em pouco tempo, começa a cantar junto.

CATORZE

1

Holly está se preparando para ir para Madison, a próxima parada na turnê de Kate, quando Izzy liga e conta que Russell Grinsted não é Trig.

— Os álibis dele pra Rafferty e Sinclair batem. A arma dele e a da esposa são do calibre errado. No fim das contas, o cara não ficou com medo quando nos viu, só ficou puto da vida. — Como um pensamento tardio, ela acrescenta (não sem satisfação): — Nossa visita pode ter abalado o casamento dele. Já estava na corda bamba. Ele está traindo a esposa.

Holly nem ouve essa parte direito. Sente as bochechas ficarem quentes com o tipo de rubor que pareceria febril, e não bonito, caso olhasse no espelho (e ela não olha).

— Eu te fiz dar um tiro no escuro. Desculpa, Isabelle.

— Não peça desculpas. Foi uma boa dedução, só que estava errada. Acontece. Você estava certa sobre a outra coisa. Nós temos um cara na perícia que é grafologista amador. Ele passou parte da noite de sábado olhando uma foto ampliada da agenda do reverendo Rafferty sob uma lente de aumento. Você tinha razão. É TRIG, não BRIGGS. O T no B foi o que entregou tudo, ele disse. Não tem dúvida. Se o codinome Bill Wilson significar que esse cara vai a reuniões, nós temos uma chance real de descobrir quem ele é. Trig não é como Dave ou Bill. É um nome que chama atenção.

— Desculpa mesmo, Iz. Eu dei um chute alto demais e levei um tombo.

— Para com isso de pedir desculpas — diz Izzy. — Primeiro, nós tínhamos que falar com Grinsted de novo de qualquer jeito. Segundo, temos uma pista potencialmente valiosa, e graças a você. Terceiro, você sempre é rigorosa demais consigo mesma. Dá uma porra de crédito pra você, Hols.

Holly quase diz *desculpa, eu vou tentar*, mas se segura.

— Obrigada, Izzy, é gentileza sua. Eu procurei meu amigo do programa de recuperação. Se ele conhecer um Trig, ele vai me avisar e eu vou te avisar.

— Vou trabalhar nisso também — diz Izzy. — Pode ser um choque pra você, mas tem muitos policiais com problema de abuso de substâncias tóxicas, e alguns deles vão a reuniões de recuperação. Vou espalhar um memorando perguntando se alguém conhece algum Trig, garantindo anonimato para qualquer um que tenha informações. Concentre-se em cuidar da mulher que você foi proteger. Estão dizendo coisas horríveis sobre ela naquela suposta estação de notícias. A Big Bob.

— Vou fazer o possível — diz Holly, e encerra a ligação.

Ela entra no banheiro e joga água fria nas bochechas quentes. Entende que Izzy está certa; toda a sua vida se baseou em seus fracassos ao mesmo tempo que considerava os sucessos como coincidência ou sorte. Uma parte disso, sem dúvida, foi resultado de ela ter crescido na sombra (não; debaixo da saia) de Charlotte Gibney, mas desconfia que em parte ela seja assim mesmo.

Eu preciso de um programa específico para mim, pensa ela. *Chamado AEA. Autoestima Anônimos.*

Seu telefone toca. É Corrie Anderson avisando que ela e Kate estão se preparando para o trajeto até Wisconsin.

— Eu vou estar meia hora atrás de vocês — informa Holly. — Mantenham-se nas vias principais e fiquem de olho em carros que parecerem estar seguindo vocês.

— Não é fácil — diz Corrie. — Depois de Iowa City, nós pegamos o rastro de sempre de fãs de Kate.

— Fiquem de olho em mulheres sozinhas. — Ela quase acrescenta *provavelmente de óculos de sol*, mas isso é burrice. Numa manhã ensolarada como aquela, a maioria dos motoristas estará usando um par.

— Entendido. — Corrie soa despreocupada, relaxada. Holly não gosta disso. — Espera. Kate quer falar com você.

Há um farfalhar e então a chefe de Holly está no telefone.

— Só quero agradecer de novo pelo que você fez ontem à noite. Eu estava paralisada. Corrie e todo mundo também. Mas você, não.

Holly começa a dizer alguma coisa sobre o fato de não ter pensado, só reagido. Mas aí lembra de Izzy dizendo *dá uma porra de crédito pra você, Hols*. O que ela responde é:

— De nada. — Dizer isso é difícil, mas não impossível.

Ela encerra a ligação se sentindo bem consigo mesma de novo. Bem... não. Holly nunca se sente exatamente bem consigo mesma, mas *de fato* se sente melhor e decide se premiar com um doce de café da manhã antes de pegar a estrada.

O celular toca de novo quando ela está indo para a porta. É Jerome. Ele diz que vai ser um prazer pesquisar igrejas fundamentalistas que se encrencaram com a lei.

— Eu sei que é um pedido grande — começa Holly, jogando a mala no banco de trás do Chrysler (cujo luxo ela está começando a apreciar). — Desculpa por te distrair do seu livro.

— Eu te falei, estou bloqueado. Alguma hora vou acabar, fui criado pra isso, mas acho que não fui feito pra ficção. Já pesquisa... eu amo essa merda.

— Bom, faz o que você puder, mas não deixa o livro esfriar por minha causa. Minha ideia provavelmente não vai dar em nada, eu já dei bola fora na coisa dos Substitutos dos Jurados. — Encostada no carro sob a luz suave do sol da manhã, ela conta para Jerome que achou que Trig poderia ser apelido de Russell Grinsted.

— Não deixa isso desanimar você — diz ele. — Até Aaron Judge erra de vez em quando. Na verdade, muito.

— Valeu, J.

— Não foi nada, Hollyberry.

— Já foi uma — diz ela, e não consegue deixar o sorriso de fora da voz. — Você tem mais duas.

Ele ri e diz:

— Vou guardar essas. Fica bem, Hols.

— É o plano.

2

Foi Chrissy que dormiu no Chalé 6 do Davenport Rest, mas é Chris quem acorda, boceja, se espreguiça e entra no chuveiro enferrujado no box do tamanho de um caixão. Ele não precisa de café; como uma pessoa que cresceu na Igreja do Cristo Real Sagrado de Baraboo Junction, ele nunca consumiu. Nem álcool. Nem drogas, inclusive aspirina.

Ele está de bom humor. O diácono Fallowes mencionou as Cadelas de Brenda na noite anterior, e Chris acordou pensando nelas de manhã. O pastor Jim (e Andy Fallowes) gosta de dizer que "o Caminho da Cruz é difícil" e é verdade, mas isso torna cada vitória mais doce. O dia em que a igreja superou as Cadelas de Brenda foi muito bom mesmo. É verdade que a mãe dele não gostou do que aconteceu, mas, como diz a Epístola de Tito, as mulheres não devem ser argumentativas, e sim submissas.

Não que ela tenha argumentado muito naquele dia; disse algumas palavras, só isso. Como Isaías diz: "O boi conhece o seu dono".

A única toalha do banheiro não passa de um trapo, mas Chris não se importa. Está fazendo uma viagem agradável pelo caminho da memória até Rawcliffe, Pensilvânia, e o Centro da Mulher de Rawcliffe.

Naquele dia, ele era apenas Chris.

3

Centro da Mulher, de fato! Assim como o pastor Jim e o diácono Andy, Chris sempre achou graça de como os ímpios encontram termos higiênicos para o mal deles. Um centro de mulheres, não uma fábrica de abortos. "Pró--escolha" no lugar de "pró-assassinato".

Pelo menos, pensa enquanto veste uma calça jeans e uma camiseta da mala azul, *as Cadelas da Brenda tiveram coragem de usar um nome honesto. Elas eram cadelas e tinham orgulho disso.*

Isso foi um ano antes de Dobbs contra Jackson. Chris descobriu mais tarde, depois que eles voltaram de Wisconsin, que as Cadelas se conheceram (olha só, olha só) no Rawcliffe PTA, sendo Rawcliffe uma cidade pequena e próspera perto de Hershey. Quando as Cadelas se organizaram, a Sagrado Cristo Real estava fazendo manifestações na frente do Centro da Mulher havia quase cinco meses, às vezes com a companhia de manifestantes locais de opinião similar, mas em geral sozinhos em dias em que chovia ou nevava. Como o pastor Jim gostava de dizer: "Aguentem, irmãos e irmãs, e lembrem que no céu faz sempre sol".

Custeada pelo dinheiro da Elétrica Ondas de Calor (Harold Stewart, o pai de Chris, religioso e completamente ingênuo, não fazia ideia de que sua empresa tinha certa implicação feminina), a Sagrado Cristo Real podia escolher um alvo em qualquer parte do país, mas, quando escolhiam, ficavam até o fim.

Havia mulheres no Rawcliffe PTA que aprovavam as manifestações, ainda que nem sempre os cartazes que os Cristãos Reais carregavam (fetos desmembrados, aventais de médico ensanguentados, FAZEDORES DE ABORTO QUEIMEM NO INFERNO), mas havia umas dez ou doze que não. Essas mulheres se reuniam na casa de Brenda Blevins, que ficou particularmente incensada pelo cartaz que o pastor Jim carregava. Isso foi depois que o médico Henry Tremont, que fazia abortos, morreu com um tiro de um mártir religioso chamado Taylor Verecker enquanto estava saindo da igreja. O cartaz do pastor Jim dizia TAYLOR VERECKER FOI ENVIADO PARA FAZER O TRABALHO DE DEUS.

A tal Blevins teve uma ideia para um contraprotesto, que geraria muitas manchetes, e algumas amigas dela, furiosas com os intrusos da Sagrado Cristo Real, embarcaram junto. E foi engraçado. Chris estava disposto a admitir. Ninguém nunca disse que esquerdalhas ateias não tinham senso de humor.

Blevins, herdeira parcial de uma fortuna advinda de chocolate, tinha muito dinheiro (provavelmente não tanto quanto o pai de Chris, que doava quase toda sua fortuna para a Sagrado Cristo Real), mas era rica o bastante para comprar nove scooters e nove jaquetas de couro, todas cor-de-rosa como a casa da Barbie. Nas costas das jaquetas: CADELAS DA BRENDA.

As nove mulheres escolheram um dia de chuva, quando a Sagrado Cristo Real só tinha alguns poucos manifestantes da região ajudando. Formaram um V na rua Tremont, com Blevins na frente. Foram para cima dos manifestantes a uns trinta quilômetros por hora, cantando uma versão de "We Shall Overcome", que rimava *glória* com *crentes são escória*.

Os Cristãos Reais se espalharam quando elas chegaram. Fotógrafos e câmeras de jornal e televisão, todos alertados pela engenhosa sra. Blevins, filmaram tudo. A fábrica de assassinato ficava num shopping aberto no final da rua Fourth. Havia um estacionamento grande para as mulheres fazerem o retorno e voltarem para a rua. Os manifestantes da Sagrado Cristo Real se espalharam de novo quando elas vieram. Cartazes foram largados e elas passaram por cima. Ainda cantando, se divertindo à beça, as pilotos de scooter vestidas de rosa seguiram umas centenas de metros na rua Fourth, fizeram o retorno e voltaram, cantando e gritando epítetos como "Corram, seus babacas moralistas!".

Os homens e mulheres da Sagrado Cristo Real estavam com frio, molhados e desorganizados demais para ficarem com raiva na hora. Estavam acostumados a ouvir gritos e deboches, mas não a ser espalhados com a aproximação de *veículos*. A maioria só ficou perplexa. A mãe de Chris estava massageando o braço. O espelho direito de uma scooter tinha batido nela ao passar. O cartaz DEUS MANDA MÉDICOS ASSASSINOS PARA O INFERNO jazia aos pés dela. Chris ficou furioso de vê-la com cara triste, molhada e desanimada, com o cabelo sem cor (as mulheres da Sagrado Cristo Real não pintavam) grudado nas bochechas.

Jamie Fallowes, filho de Andy, segurou o braço de Chris.

— Tive uma ideia! Vem! — gritou ele.

Os dois jovens saíram correndo para o 7-Eleven na extremidade do shopping. Lá, compraram todos os óleos e azeites das prateleiras. Jamie esperou com impaciência que Chris pagasse com o cartão de crédito da Ondas de Calor (a Sagrado Cristo Real não acreditava em plástico, que era uma ferramenta do Estado paralelo) e os dois voltaram para o Centro da Mulher, jovens empolgados e morrendo de rir. As Cadelas da Brenda estavam na rua Fourth, fazendo o retorno para outro ataque.

— Ajudem a gente! — gritou Jamie para os outros manifestantes. — Venham, pessoal!

Só o pastor Jim ficou para trás (mas sorrindo) enquanto garrafas de óleo de cozinha eram distribuídas, abertas e esvaziadas no estacionamento que as Cadelas estavam usando para fazer o retorno.

— O que você está fazendo? — perguntou Gwen Stewart ao filho. Ela tinha pegado de volta o cartaz, mas se recusado a pegar uma garrafa de óleo Wesson. — Isso é perigoso!

As mulheres do centro, algumas usando uniformes de enfermeiras (que grotesco), tinham saído para olhar e incentivar as Cadelas.

As scooters voltaram, Brenda na frente, curvada sobre o guidão. Alguns dos manifestantes da Sagrado Cristo Real ainda estavam espalhando óleo, mas a maioria ficou de lado com o pastor Jim e o diácono Andy. As scooters entraram no estacionamento.

— *As Cadelas são o máximo!* — gritou uma ao passar.

Elas chegaram ao ponto de retorno. O asfalto estava molhado e oleoso, e todas giraram. A cantoria foi substituída por gritos de surpresa e dor. A maioria das scooters cor-de-rosa deslizou até a frente das lojas. Uma subiu o meio-fio e bateu na vitrine da Penhores e Empréstimos Richard Chemel. O vidro estilhaçou. Houve uma chuva de violões.

Houve um momento de silêncio estupefato da pequena multidão reunida em frente ao Centro da Mulher, e aí eles correram para as Cadelas caídas, gemendo. Uma das mulheres, uma enfermeira, escorregou no chão molhado e oleoso e caiu de bunda. Jamie gritou e bateu no ombro de Chris.

As Cadelas estavam todas de capacete — por insistência de Brenda —, e as notícias sobre o incidente diziam que isso, somado à velocidade baixa de deslocamento, as tinha poupado de consequências sérias. Devia ser verdade, mas houve muitas partes do corpo raladas, um braço quebrado e uns dois ombros deslocados. Cinco ou seis das Cadelas caídas ficaram no asfalto, em choque; duas outras ficaram de pé, cambaleantes; a própria Brenda Blevins estava de quatro com sangue jorrando do nariz.

Enfermeiros e ajudantes, junto a duas jovens que tinham ido até lá para o procedimento, começaram a ajudar as mulheres caídas a se levantarem. Uma das enfermeiras, com um uniforme com estampa de passarinhos azuis (uma coisa alegre para as mamães olharem enquanto seus bebês estavam sendo sugados para fora aos pedaços), se aproximou de Jamie, que estava sorrindo. Ela tremia de fúria.

— *Vocês não têm vergonha de se rebaixarem assim?* — gritou ela. — *Não têm vergonha de serem podres a ponto de machucar um grupo de mulheres?*

Chris se enfiou entre eles antes que a enfermeira dos passarinhos pudesse dar um soco no nariz de Jamie, algo que ela parecia prestes a fazer.

— Vocês estão matando bebês — disse Chris. — Você não têm vergonha disso?

A enfermeira dos passarinhos olhou para ele, com as bochechas vermelhas e a boca aberta. E então abriu bem os braços e riu.

— Eu tenho uma vítima de estupro grávida aqui hoje, mas eu não posso falar com você sobre isso ou sobre qualquer outra coisa. Posso? Vocês estão perdidos. Vocês todos, perdidos. É a Grande Divisão Americana. Pelo menos, vocês vão ser presos. — Ela se virou e repetiu. — *Vocês todinhos!*

Mas ninguém foi preso. Nem as Cadelas da Brenda, nem os manifestantes da Sagrado Cristo Real. O pastor Jim tinha um advogado na região, um dos bons, de plantão, e o advogado observou que foram as Cadelas que começaram. As imagens de segurança das câmeras do Centro da Mulher confirmaram. E, embora o truque do óleo *tenha* sido meio baixo, o grupo da Sagrado Cristo Real estava seguindo o decreto da zona-tampão do FACE, o Ato da Liberdade de Acesso a Entradas de Clínicas. Além disso, várias pessoas da equipe do pastor Jim exibiram hematomas devido às scooters que passaram, quase todos surgidos depois do ocorrido. O único hematoma autêntico era do braço de Gwen Stewart, e ela se recusou a mostrar para a polícia quando foram até eles. Quando o pastor Jim questionou — com sua voz mais gentil — por que não, ela só balançou a cabeça e não quis encará-lo.

— Talvez já estivesse aqui — disse ela. — Eu fico com hematomas à toa ultimamente.

4

O bom humor de Chris (que quase sempre acontece quando ele *é* Chris) é tão frágil quanto um balão inflável, que estoura quando ele está botando as malas no porta-malas do Kia. É a lembrança da sua mãe dizendo *talvez já estivesse aqui. Eu fico com hematomas à toa ultimamente.* A mesma mãe que dizia *nosso segredo.* A mãe que defendeu os gêmeos quando o pai estava prestes a expulsá-los da igreja... e possivelmente de casa. Sua mãe não tinha sido nada burra naquele dia.

Ela *não* estava com o hematoma antes, Chris viu o espelho da scooter bater nela, mas era verdade que andava ficando com hematomas à toa. Porque, no fim das contas, estava com leucemia. Seis meses depois da manifestação em Rawcliffe, ela morreu. Depois que o diagnóstico inicial foi dado, não houve médicos, nem hospitais. O pastor Jim prescreveu oração, e os seiscentos membros da Sagrado Cristo Real oraram por Gwendolyn Stewart sem parar. No final, a vontade de Deus foi feita. Quando Andy Fallowes encontrou Chrissy chorando atrás de casa no dia depois do enterro, usando uma calça capri, a maquiagem tão mal aplicada que parecia coisa de palhaço e uma peruca toda torta, ele não a condenou. Só disse:

— O que os médicos poderiam ter dado a ela além de mais um ano de sofrimento?

Foi um consolo fraco, mas melhor do que nenhum.

5

Holly está em Rockford, Illinois, a picape de Kate uns noventa quilômetros à frente, quando recebe uma ligação de Izzy. Ela para em uma loja de conveniência Circle K e retorna. A fala de Izzy é breve e amarga:

— O filho da puta pegou mais um. Um fazendeiro idoso no norte, em Rosscomb. O nome é George Carville. Um vizinho o viu caído sobre o volante do trator e ficou preocupado. Os papéis estavam dentro da porra do *chapéu*. Brad Lowry, Finkel e Wentworth.

— Alguém viu...

— Ainda estamos verificando, mas até agora nada.

— É seu...

— Caso? Não, ainda pertence à polícia estadual e ao xerife do condado de Cowslip, mas Tom e eu vamos até lá e eu tenho o que você gosta de chamar de esperança de Holly. É uma região rural. As pessoas reparam em estranhos. Foi descuido, ou pura arrogância.

— Talvez as duas coisas. Me mantenha informada quando puder. E, de novo, desculpa por...

— Pode deixar, e *para de pedir desculpas.* — Com isso, Izzy desliga.

Antes de voltar para a rodovia, ela recebe uma ligação de Corrie. Elas chegaram em Madison.

— Kate quer que você almoce com a gente, se não for problema.

— Chego daqui a pouco.

6

Quando as mulheres veem Holly entrar pela porta do restaurante do hotel, trocam um olhar e caem na gargalhada. Por um momento, todas as inseguranças de Holly, nunca muito abaixo da superfície, voltam à tona. Ela pensa no ensino médio. Risadas voltadas para ela *sempre* a fazem pensar no ensino médio. Ela leva a mão esquerda ao zíper da calça para ver se está fechado. Mas Corrie acena para ela.

— Você tem que ver isso! É loucura demais!

Holly vai até a mesa. Seu café da manhã foi horas antes e ela estava planejando um almoço caprichado, mas agora não sabe se continua com fome.

— Corrie é uma heroína — diz Kate solenemente. — Ela salvou o dia. — Ela começa a rir de novo e mostra o jornal *Quad City Times* daquela manhã. Holly o pega sem entender direito do que Kate está falando, mas pelo menos com a certeza (ou *quase*) de que ela não é o motivo da piada.

A manchete do artigo abaixo da dobra diz DEFENSORA DO PODER FEMININO ATACADA NO RIVER CENTER. Holly não consegue se lembrar de nenhum jornalista no meio do pessoal do eBay (engraçado como o nome pega), mas a foto ao lado parece profissional demais para ter sido feita com um celular. O Incrível Hulk, identificado como Victor DeLong, quarenta e seis anos, de Moline, Illinois, está estatelado de cara na calçada. O bastão de beisebol jaz na sarjeta. A cadeira dobrável está perto, de pernas para cima. Ao fundo, virada para a câmera, com cara extremamente sobressaltada e bonita, está Corrie Anderson. De acordo com a notícia, foi Corrie que chutou a cadeira e derrubou o agressor.

— Vou ligar e pedir que imprimam uma correção — diz Corrie.

Holly responde na mesma hora.

— Não se atreva. Gostei desse jeito.

A frase austera da sua mãe sobre mulheres nas notícias nunca foge da mente: *Uma dama só deve aparecer no jornal três vezes: nascimento, casamento, morte.*

É claro que, para Holly, já era.

— Corrie sair no jornal pelo esforço heroico é só metade da alegria — diz Kate. — Nós estaremos no auditório Mingo, na sexta à noite. A vida é boa.

— A última questão foi problema de seguro — comenta Corrie. — O palco vai estar cheio de equipamentos da banda. A seguradora encrencou um pouco com isso.

— Claro — diz Holly. Ela está pensando no burro com os dentões. Não assombra os sonhos dela, ao menos ainda não, mas o tempo vai cuidar disso.

— Instrumentos e monitores, muitos cabos de energia e o ciclorama da Sista Bessie, que me disseram que é de cantores soul famosos de antigamente. Kate teve que assinar um acordo.

— Claro — diz Holly. — As seguradoras são *muito* cocozentas.

As mulheres riem, ainda que Holly não considere seguradoras como a Global engraçadas. Ela diz que é uma ótima notícia... embora tivesse esperança de ver Sista Bessie cantar o Hino no parque Dingley. Além do mais, Izzy estará arremessando para o time da polícia.

Holly gosta de pensar que pode torcer pelos melhores.

7

Naquela manhã de domingo, Barbara está em seu escritório pequeno (mas aconchegante) em cima da garagem dos pais, tentando escrever um poema. Não está indo muito bem, porque pensamentos sobre "Lowtown Jazz", agora uma música, ficam se intrometendo. Toda hora ela se vê olhando para o nada, tentando pensar em palavras que rimem com *jazz* sem ter que recorrer ao dicionário de rimas. Até o momento, só conseguiu *spazz* (que não é uma palavra politicamente correta, uma forma ofensiva de chamar alguém de burro) e *Alcatraz*. É um alívio quando o telefone toca, e um prazer quando ela vê quem está ligando.

— Não vai ter ensaio hoje — diz Betty. — Está ocupada?

Barbara olha os rabiscos.

— Não muito.

— Vem me pegar no hotel. Me mostra alguma coisa *divertida* nesta cidade. Tá dentro?

— Claro, mas de que tipo de coisa você gosta?

— Me surpreenda.

8

Betty está esperando no saguão do Garden City Plaza, desleixada e anônima com uma saia que vai até os tornozelos, meias soquete, um lenço e um par de óculos de sol curvado. Elas saem pelo mesmo caminho que Barbara usou para entrar, o estacionamento. Emergem em uma viela atrás do hotel.

— Pra onde vamos? — pergunta Betty.

— Você vai ver. Está disposta a caminhar?

— Caminhar me parece ótimo. — Betty bate na nádega volumosa. — Preciso queimar umas calorias.

— A julgar pela forma como se move no palco, eu diria que você está queimando bastante.

Elas andam pela rua Clancy e acabam saindo perto do lago. Um quarteirão depois, chegam no Lakewood, um parque de diversões pequeno com o píer Wonderland na extremidade. As duas já estão conversando como velhas amigas, e não como pessoas que se conhecem há pouco tempo.

— Não sei se você gosta de parques de diversões — diz Barbara. — Este aqui acabou de abrir para o período de verão, mas parece que ainda tem pouca coisa funcionando…

Betty segura a mão de Barbara e a balança.

— *Alguma coisa* está funcionando, porque estou sentindo o cheiro de algodão-doce.

Betty compra dois cones e elas se sentam num banco para comer nuvens cor-de-rosa.

— Cada pedacinho tem gosto de infância — comenta Barbara.

— Pra mim também — concorda Betty. — Você pensou melhor sobre continuar a turnê com a gente?

— Eu acho… que devia ficar aqui. Pra tentar escrever uns poemas. A música… sei lá… meio que atrapalha.

— Empata a foda para sua musa?

Barbara cai na gargalhada.

— Eu nunca pensei dessa forma, mas você não está enganada.

Betty joga o cone no lixo depois de ter comido tudo e aponta para a parte do calçadão de madeira que leva ao píer.

— *Ali* está aberto. Vamos.

Barbara olha para o carrinho bate-bate e cai na risada.

— Você está falando sério?

— Garota, eu vou acabar com você.

Betty compra ingressos na bilheteria e entra em um dos carrinhos. Barbara entra em outro, e então elas dirigem, girando os volantes de tamanho infantil, com as hastes de ferro na parte de trás dos carros cuspindo faíscas e o cheiro de transformadores de trenzinho de brinquedo. Barbara bate em Betty primeiro e a joga em uma das laterais acolchoadas. Betty solta risadas estridentes e bate no carrinho de uma criança de doze anos ao perseguir Barbara. Quando a energia do painel superior é desligada e os carros param, elas já colidiram várias vezes e se juntaram para encurralar uns adolescentes num canto, onde bateram nos carrinhos deles sem parar.

Barbara está morrendo de rir, e Betty também.

— Me ajuda a sair desta coisa, Barbara. Eu entalei!

Barbara segura um braço. Um dos adolescentes, sem ranço nenhum, segura o outro. Eles puxam Betty do carrinho.

— Como uma rolha de garrafa de vinho — diz Betty. — Obrigada, Barb. Obrigada, meu filho.

— De nada — responde o garoto.

— Vamos procurar um banheiro antes que eu mije na calça — pede Betty.

Elas ficam sozinhas no banheiro feminino. Betty pergunta se Barbara tem namorado.

— Não saio com ninguém fixo — diz Barbara. — Eu experimento, mas não compro. E você?

— Garota, eu estou velha demais pra isso.

— Nunca se está velha demais — responde Barbara, torcendo pelo bem das duas para que seja verdade.

— Eu fui casada, mas não deu certo. Ele usava drogas e eu gostava de birita. É impressionante que a gente não tenha se matado.

— Eu tenho medo de beber — confessa Barbara. — Meus dois avôs, paterno e materno, eram alcoólatras.

— Eu não bebo há sete anos — diz Betty. — É bom ter medo mesmo. Não vai te fazer mal nenhum.

Elas andam na roda-gigante e, quando param no alto, com infinitos quilômetros de lago desaparecendo na névoa, Betty tira o lenço e o deixa se abrir, como uma faixa. Ela abre a mão e deixa que saia voando. Elas veem o lenço se afastar, uma mancha vermelha no céu azul. Betty passa o braço em volta de Barbara e lhe dá um abraço breve, mas forte.

— Tem muito tempo que eu não me divirto assim.

— Eu também — diz Barbara.

— Presta atenção agora, porque estou falando a verdade. Aquele poeminha do seu livro, "Rostos mudam", me deixou morrendo de medo.

— A mim também — diz Barbara.

— Foi uma coisa real? Será que você viu alguma coisa?

— Vi. — A roda-gigante começa a se mover e traz o mundo real até elas. — Eu gostaria de dizer pra mim mesma que não foi real, mas acho que foi.

Betty assente, com perfeita compreensão. O que é um alívio. E ela não faz perguntas, o que é um alívio maior ainda.

— Como um cachorro uivando ao luar para o que ele consegue ver e você não.

— Exatamente assim.

Elas compram sorvete e andam até o fim do píer. O sol está quente, mas a brisa vinda do lago está fresca. É a combinação perfeita, de alguma forma.

— Você canta com as Crystals no próximo sábado — diz Betty, olhando para a água. — Cante comigo. Ouça a plateia ir à loucura… porque é o que vai acontecer. *Depois* você decide. Mas, aconteça o que acontecer, vamos continuar amigas. Está bom pra você?

— Está — responde Barbara, e sabe que um dia, talvez em breve, vai contar para Betty o que aconteceu no elevador, quando Chet Ondowsky mostrou sua verdadeira cara. Por baixo não havia nada de humano. Nem de perto. Ninguém sabe disso além de Holly e Jerome, mas ela tem quase certeza de que Betty, que sabe sobre cachorros que uivam ao luar para o que só eles conseguem ver, entenderia.

— Que bom.

— Posso perguntar uma coisa, Betty?

— Qualquer coisa.

— O que rima com *jazz*?

Betty pensa e ergue o que resta do sorvete.

— Häagen-Dazs — diz ela, e as duas caem na gargalhada.

9

Tem uma confusão com as reservas no Double Tree em Madison, e depois do brunch as três mulheres precisam esperar um pouco no saguão enquanto os quartos ficam prontos. Kate não fica feliz com isso, mas não diz nada. Ao menos, não para elas.

Naquela tarde, Corrie vê a chefe na piscina e faz uma ligação, enquanto Kate nada sem parar. Holly volta para o quarto e olha as ameaças que a perseguidora de Kate enviou. Tem também o bilhete que Corrie pegou na recepção do hotel em Spokane, acompanhado de uma foto mostrando Kate e Corrie rindo, e fotografias do cartão do antraz, por fora e por dentro.

Spokane: *Este será o único aviso, então preste muita atenção. Da próxima vez vai ser você, e vai ser pra valer. Quem diz mentiras perecerá.*

Omaha: UM CARTÃO BÁSICO PARA PIRANHAS BÁSICAS do lado de fora. Na parte de dentro: O INFERNO AGUARDA O TRAPACEIRO. Escrito com capricho. Holly tem mais certeza do que nunca de que a perseguidora é uma fanática religiosa. No caso do assassino de Izzy, talvez não religioso (só no sentido do AA/NA), mas tão fanático quanto.

Ah, e a foto com LÉSBICAS rabiscado. O que faz Holly lembrar de Al Pacino em *Scarface.*

Holly volta ao e-mail que enviou para Izzy antes de embarcar na Turnê Mágica e Misteriosa de Kate McKay.

Frases elaboradas com primor. Pontuação perfeita. Advogado ou possivelmente… juiz? Tipo o juiz Witterson, que mandou Duffrey para a prisão?

Ela já fez besteira uma vez, ao sugerir que Russell Grinsted pudesse ser Trig. Não vai fazer isso de novo. Ela entra no site do Fórum Distrital do Condado de Buckeye e encontra uma foto do juiz Irving Witterson. Ele aparenta ter sessenta e muitos ou setenta e poucos anos, o que o torna uma escolha improvável para ser Trig. Ainda assim, ela envia a foto para John Ackerly, com um breve bilhete, perguntando se ele tinha visto aquele cara em reuniões se apresentando como Irv… ou Irving… ou Trig.

Chega. Não é seu caso. Sai do quarto e vai respirar ar puro. Dá uma volta, espairece.

É uma boa ideia. Nunca passa pela cabeça dela nadar na piscina do hotel. Ela sabe nadar de peito e de costas, seu pai lhe ensinou quando ela era criança, mas, além de se preocupar com infecções fúngicas, ela não tem a confiança corporal de Kate, e a ideia de ser vista em público de maiô a faz se encolher.

Ela não chega nem ao estacionamento. Corrie está sentada do lado de fora do quarto, no sol, chorando. Quando vê Holly chegando, abre um sorriso.

— Oi, Holly! — Ela diz, tentando parecer animada.

Holly pega uma cadeira do quarto adjacente e se senta ao lado dela.

— O que houve?

Corrie tenta alargar o sorriso e consegue transformá-lo em uma careta.

— Nada. De verdade.

— Não parece não ser nada.

— Mas é. — Corrie esfrega a palma da mão na bochecha em um gesto furtivo de esconder as lágrimas, que Holly conhece bem. Ela já teve a idade de Corrie e não estava muito bem preparada para o mundo. A verdade nua e crua é que ela não estava nada preparada. — É só que Kate me deu outro esporro quando ficamos sozinhas. Não foi a primeira vez, nem vai ser a última. Ela sabe ser generosa, mas também sabe ser dura.

— Qual foi o motivo?

— Ter que esperar no saguão. Porque eu esqueci de ligar e pedir check-in antecipado. Esqueci porque os quartos estavam no seu nome. Tinha gente lá fora com cadernos de autógrafos. Ela odeia que fiquem olhando pra ela.

Também odeia não receber tratamento VIP, pensa Holly. *Odeia ser como o resto dos peões.*

— Eu devia ter feito isso — diz Holly.

Corrie faz que não.

— Você tem seu trabalho, eu tenho o meu. É só que… é tanta coisa pra acompanhar.

Holly fica surpresa com o quanto esse comportamento a deixa com raiva, apesar de ela conseguir admirar Kate pela coragem e pela fala aberta. Parte disso é porque ela já fora tratada como Corrie foi naquela manhã — John diria que ela consegue se *identificar* —, mas também é pura injustiça. Aquela jovem levar um banho de água sanitária na cara e, se não fosse por sua própria sagacidade, poderia ter inalado pó de antraz. Kate só precisou ver sangue e entranhas jogados na bagagem dela; nem precisou substituir as roupas que estavam *dentro* das malas. Corrie ficou com ela ao longo de tudo, só para levar uma bronca por não ter providenciado o check-in antecipado no hotel.

— Isso é injusto — diz Holly.

Corrie olha para ela, e algo na expressão de Holly claramente a alarma.

— Não fala nada pra ela! Não vai me meter em confusão! Eu entendo como as coisas são estressantes pra Kate. Entendo mesmo.

O que Corrie *não* entende é que Holly seria incapaz de ficar cara a cara com Kate McKay para falar sobre isso. Seria incapaz de dizer: *Você tratou sua assistente mal e isso é inaceitável.*

Holly já enfrentou uma arma carregada; em pelo menos duas ocasiões, enfrentou criaturas para as quais não há explicação científica. Não é coragem que lhe falta, é a autovalorização fundamental para chamar a atenção de alguém por comportamento danoso. Talvez ela nunca seja capaz de fazer isso. É uma falha de caráter mais profunda do que não querer ser vista de maiô, e ela não sabe como resolver.

Não importa, diz ela a si mesma. *Afinal, eu sou só mais uma empregada.* E, na mesma hora, desgosta de si mesma por pensar assim.

— Eu não vou dizer nada, Corrie. Mas é um comportamento cocozento. — E, infelizmente, o melhor que ela consegue dizer é: — É muito decepcionante.

Corrie coloca a mão no pulso de Holly.

— Você precisa pensar na pressão que ela está sofrendo. E sofrendo há *anos*, a começar com deixar o Conselho da Cidade de Pittsburgh por causa da votação pra tirar os livros sobre a suposta agenda homossexual das bibliotecas do ensino fundamental...

— Eu sei disso — diz Holly. — Eu li os livros dela, Corrie.

— Mas foi a decisão da Suprema Corte, de Dobbs, que voltou a maior parte do foco dela pra questão do aborto. Quando eles jogaram de volta para os estados. — Corrie está olhando para Holly com sinceridade. — Acabou se tornando uma cruzada estadual pra ela. Pra mobilizar votos. Chamar a atenção para homens no poder que têm agendas religiosas maldisfarçadas. Ela é meio doida sobre o assunto? Claro. Talvez todas as pessoas superdedicadas sejam. E o jeito como a odeiam. Manchetes como A VACA VOLTOU no *Breitbart*, com um asterisco no lugar dos As, pra que as Karens lendo não ficassem ofendidas.

Holly odeia o fato de o nome Karen ser pejorativo, acha que não é muito diferente de crioulo ou chicano, rótulos que dizem "não pense, só odeie". Mas ela não diz isso. Corrie pegou o embalo, melhor deixá-la terminar.

— As redes sociais são piores. Tem memes do rosto de Kate virando uma melancia sendo explodida por uma espingarda 410. Kate fazendo a saudação nazista. Ela já foi acusada de aliciar garotas menores pra irem pra ilha de Epstein. De tomar injeções de glândula de ovelha na vagina pra continuar com aparência jovem. Pessoas que atiravam em alvos com a cara de Osama bin Laden agora atiram em alvos com a cara da Kate. Todas as noites, quando aparece nos eventos, ela sabe que seus inimigos estarão lá, vaiando e xingando. Mas os enfrenta. Ela os enfrenta e os faz parar com humor e coragem.

— Eu sei. Eu vi.

— Não é só essa perseguidora. Aquele cara com o bastão de beisebol teria feito com que ela fosse parar no hospital ou a teria *matado* se você não tivesse chutado aquela cadeira e feito com que ele tropeçasse.

Holly sabe, mas também sabe de outra coisa: Kate ficou parada. O rosto dela na fotografia do jornal diz tudo: *Isso não pode acontecer comigo. Eu sou especial demais.*

— Não é de admirar que ela exploda de vez em quando. É só isso que estou dizendo.

Holly não responde.

— Você não gosta dela, né? — pergunta Corrie.

Holly pensa em como responder. Por fim, diz:

— Eu a respeito. — Isso é verdade, mas ela ainda acha que Corrie merecia coisa melhor.

Merece.

10

Trig está no escritório de casa. O rádio está ligado na Big Bob, como sempre, mas ele nem está prestando atenção. Há um caipira local matando a tarde de domingo com um programa de telefonemas que mistura itens para compra, venda e troca e política. Enquanto isso, Trig precisa preencher formulários de seguros, três conjuntos para três entidades diferentes. Que palavra é aquela! Só uma seguradora com um nome escroto como Buster chamaria as pessoas de entidades.

Seria uma semana agitada mesmo se eu não estivesse matando pessoas, pensa ele... e tem que rir. Graças a Deus ainda consegue achar graça. Só tem alguns apegos no mundo real desde Annette McElroy, e esse é um deles.

Sensumô, ele ouve a voz fantasma do pai. *Cadê seu sensumô, Triggy, meu velho Trigger?*

Dando nele um aperto carinhoso, ou talvez, se estivesse bebendo ou de mau humor, um tapão na cabeça. Às vezes, no rinque Holman, quando o outro time estava fazendo um contra-ataque, o pai agarrava seu braço com tanta força que deixava marcas e só soltava quando a jogada acabava. E, se ele mostrasse os hematomas para o pai depois, ele diria: *Cadê seu sensumô, Trig?* Claro que sim. E a mãe? *Foi embora.* Eram só o papai e Trig. *Ela nos deixou, amigão. Foi bater perna por aí.*

Bom.

Talvez.

Ele olha para os papéis da Global Seguros sem enxergar. Escuta o rádio, onde um sujeito sem noção nenhuma ligou para tentar vender um cortador de grama motorizado, mas sem escutar. Está pensando no pai. Faz isso cada vez mais. Pensar no pai e na voz do pai.

Você vai ser pego, Trigger. Cadê seu sensumô quanto a isso? O que fez hoje foi tão arriscado que nem consigo explicar. Você quer ser pego?

Talvez parte dele queira. Mas o que a maior parte dele quer é fazer de novo e de novo e de novo. Ainda há jurados para carregar a culpa, além do juiz Witterson. Ele poderia incluí-lo? Claro, se houvesse mundo e tempo suficientes. Por que não? Finkel e Wentworth se mataram e Deus acertou Cary Tolliver com a varinha do câncer. Quantos *ele* consegue pegar? Seu pai morto garante que o tempo é curto, e Trig sabe que é verdade... mas porque parar em treze ou catorze?

No rádio, o cara do cortador de grama está dizendo ao apresentador que aquela que "rima com maca" vai apresentar o show dela em Buckeye City, no fim das contas. Ele a chama de Kate Matei. Trig desvia o olhar do computador antigo que vive querendo trocar e escuta.

— Você está falando da feminazi com boca de metralhadora — diz o apresentador.

— Isso! — exclama o cara que ligou. — Os americanos de verdade vão estar no parque Dingley, vendo os policiais e bombeiros no jogo beneficente de softball...

— Sem falar na Sista Bessie cantando o Hino Nacional — interrompe o apresentador. — Vai ser uma apresentação e tanto.

— É, uma mulher negra aí — diz o sujeito com desdém. — Mas os americanos falsos vão estar no Mingo, ouvindo a Matei falar sobre assassinar bebês e que não tem problema deixar os filhos crescerem sendo queer.

— Você quer dizer gay — diz o apresentador, rindo.

— Gay, viado, queer, pode chamar como quiser. E tirar armas! Eu acho é que alguém devia usar uma arma *nela*. É só mirar na cabecinha e vapt-vupt, problema resolvido.

— Aqui na Bob nós não incentivamos a violência — afirma o apresentador, ainda rindo —, mas o que você faz no seu tempo livre é da sua conta. Vamos voltar ao cortador. É um Lawn-Boy?

— É, e quase não foi...

Trig desliga o rádio. Pensa, assim como no consultório do dentista, que sete de uma vez seria muito. Mas e se ele conseguisse pegar as duas velhas famosas? Talvez as assistentes junto? Se ele conseguir aguentar até sexta à noite, talvez seja possível. Ele não vai poder botar as folhas de papel na mão delas, não se queimar o rinque com elas dentro, mas ainda pode mostrar os nomes, e com letras com mais de um metro de altura. Trig se encosta na cadeira, cruza as mãos sobre a barriguinha proeminente e ri.

Pelo jeito, não perdeu seu sensumô, afinal.

QUINZE

1

Isabelle Jaynes às vezes acha que gostaria de habitar o mundo em que os policiais vivem nas várias séries derivadas de *Lei & ordem*. Essas séries supostamente se passam em Nova York, mas na verdade parecem se desenrolar em um país das maravilhas televisivo onde os detetives só precisam cuidar de um caso por vez e as conexões acontecem como magia.

Ela e Tom passam a manhã em um dos prédios baixos de Breezy Point, investigando um esfaqueamento duplo doméstico. A mulher está no Kiner Memorial, em estado crítico, mas com chances de sobreviver; e o marido está mortinho da silva no chão da cozinha, usando apenas uma meia e uma cueca boxer manchada de sangue.

Izzy e Tom se separam, interrogam os moradores dos outros dois apartamentos do quarto andar e dos dois diretamente acima e abaixo. Embora seja segunda-feira, o começo de outra semana de trabalho e escola, todo mundo parece estar em casa, inclusive as crianças. Izzy e Tom tiram certas conclusões desses fatos — afinal, eles são detetives —, mas guardam para si. Enquanto isso, a equipe da perícia está fazendo as coisas periciais de sempre. As histórias que a dupla lei-e-ordem Jaynes e Atta ouvem dos vizinhos por um lado são familiares (os Greers viviam brigando, havia muitos gritos, barulhos e objetos arremessados), e por outro, únicas em outro: Janelle e Norville Greer tiveram o azar de surtar na mesma hora e no pior lugar.

— A maioria dos acidentes acontece no banheiro — diz Tom.

— É.

— Mas a maioria dos homicídios acontece na cozinha.

— É.

— Muitos objetos cortantes.

— E a torradeira — lembra Izzy. — Ela bateu com a torradeira nele, apesar de ele provavelmente já estar morto e ela estar sangrando que nem um porco.

— A alegria doméstica — comenta Tom.

— Felizes para sempre.

Quando eles voltam para o Murrow Building para preencher os relatórios, Tom diz que a única coisa boa do caso dos Substitutos dos Jurados é que a polícia estadual, junto ao tenente Ralph Ganzinger, que lidera o grupo, praticamente assumiu tudo, porque só os assassinatos de Mittborough e Epstein aconteceram dentro dos limites de Buckeye City.

Izzy não discute, mas não está feliz. Para ela, "praticamente assumiu" é a frase errada. Para ela, os caras praticamente *monopolizaram* o caso. Quando voltam para a delegacia, as coisas não melhoram. Patti do Atendimento dá o recado de que ela precisa ir ver Lew Warwick para ontem.

Izzy encontra o tenente em uma posição familiar, inclinado para trás na cadeira ergonômica que ela deseja, com as mãos unidas sobre a barriga e um pé no canto da mesa. Ele se empertiga e fala a frase de sempre:

— Bem-vinda à minha toca.

Ela não está com humor para aquilo, não depois de ter que andar na ponta dos pés no apartamento dos Greers na rua Pine, tentando não pisar no que pareciam ser litros e litros de sangue derramado, o que contaminaria as provas e estragaria seus tênis Salvas novos (*meio* novos, pelo menos).

— O que posso fazer por você, Lewis?

— Você pode comparecer ao parque Dingley das três às cinco todos os dias dessa semana, usando seu short azul novo e sua camiseta azul nova, que tem o logo dos Secos no peito. Lá, você vai apreciar a luz do sol, comer uns cachorros-quentes e treinar, treinar, treinar.

— *Como é?* — Izzy se senta na cadeira bem menos confortável do outro lado da mesa de Warwick. — Você está de *brincadeira*? Com esse tal Trig matando gente por aí?

— Os estaduais assumiram esse caso, e eu soube que os federais também estão demonstrando interesse. — Mas ele afasta o olhar do dela. — E você está de serviço normal o resto do tempo. Até sexta, claro. Aí você vai ficar no Dingley até o jogo acabar. Assim como eu.

— Eu vou ficar lá até pagar o maior mico do mundo na frente de mil pessoas, você quer dizer. — Ela coloca as mãos na cabeça, como se estivesse com medo de que explodisse. — Não acredito que vamos perder tempo nos preparando pra um *jogo* quando tem um assassino em série à solta. Caso você tenha esquecido, eu cheguei a *falar* com o sujeito!

— Você falou com uma pessoa que *disse* que era o sujeito.

— Ele me mandou uma foto do nome de Corinna Ashford na mão de uma mulher morta!

— Você *acha* que ela estava morta. Nenhum corpo foi encontrado. Pode ter sido trote.

— Não foi — diz Izzy secamente. — Eu sei que não.

Warwick passa as mãos pelas bochechas e adota uma expressão séria e lúgubre.

— As ordens de treinar para o jogo não vêm de mim, Iz. Só estou transmitindo a mensagem. Eu sou o capitão do time dos Secos, mas não sou o chefe. Se é que você me entende.

— Patmore?

— Ela diz que é por causa das instituições de caridade. Na verdade, ainda está puta por causa de Crutchfield.

— O patrulheiro que acabou de braço quebrado.

— Foi a perna, na verdade. E tem *mesmo* a questão das instituições de caridade. Patmore já consegue se imaginar na frente de uma sala cheia de repórteres, entregando um cheque enorme para o Chefe de Pediatria do Kiner. A polícia ajudando as criancinhas! Ótima publicidade para o departamento.

— E pra ela. — Izzy ainda está furiosa, mas resignada. É como é, e não é *Lei & ordem*. Além disso, ela estaria mentindo para si mesma se não admitisse que sente uma pequena empolgação competitiva.

— Tem também você e o Pill — diz Lewis, como se lendo a mente dela.

— O bombeiro babaca que me chamou de mocinha.

— Ele mesmo. O jornal está focado na parte beneficente do evento, mas Buckeye Brandon enveredou pelo ângulo do ranço no podcast. Ele está chamando você de Bela e Pill de Fera.

Izzy revira os olhos.

— Eu sei, mas vai fazer um monte de bundas se sentarem nas arquibancadas, e Patmore gosta disso. — Lewis se levanta do lado dele da mesa, Izzy do dela. — Eu sou só o mensageiro, Iz.

— E a mensagem foi recebida. Eu vou estar no treino, de short azul e tudo. Você e eu podemos brincar de arremessar à distância. Agora, posso ir fazer um trabalho de verdade?

— Claro. Como está o caso do Trig?

— Pergunta pro Ganzinger.

— Estou perguntando pra você.

— Nós ainda não o identificamos. Nem os estaduais, e com os federais, somos três. Estamos trabalhando nos codinomes, o pessoal dos computadores está cuidando disso, e olhando as listas de eleitores. Encontramos Trigano, Trigelgas, Trigham... Não vou entediar você, tem mais uns sessenta ou setenta, muitos deles gregos. Tenho certeza de que a polícia estadual está duplicando nosso trabalho.

— E as reuniões dos grupos de reabilitação?

— É difícil arrancar informações deles por causa da coisa do anonimato, mas eu encontrei dois policiais que frequentam reuniões, e Tom tem mais um. Até agora, nenhum deles ouviu falar de algum Trig. Nem de Briggs, na verdade.

— Me mantenha informado.

— Claro. Quando eu não estiver ocupada descobrindo se ainda sei fazer um arremesso curvo.

Lewis deixa que a última palavra seja dela, e Izzy sai, sentindo-se um pouco melhor. Tardes no parque, cachorros-quentes com chili, sol da primavera. Policiais bonitos (alguns, pelo menos). O que poderia dar errado?

2

Enquanto Izzy Jaynes (usando o short azul novo e a camiseta azul nova) está treinando arremessos no parque Dingley, John Ackerly está na reunião da tarde do Círculo Reto, no porão da Igreja Metodista da rua Buell. É sempre bom ir a uma reunião, mas ele tem um propósito naquela tarde. Escuta com atenção quando os presentes se identificam. Ninguém diz se chamar Trig, mas John poderia jurar que alguém *fez isso* não muito tempo antes, talvez naquele mesmo local. E talvez tenha ido conversar com o Mike do Livrão depois? É difícil ter certeza se é uma lembrança real ou falsa. Ele vai a reuniões em toda a cidade, e não há nenhum rosto acompanhando o nome.

Ele não costuma ir ao café Flame, ao que os alcoólatras e drogados chamam de reunião depois da reunião, mas hoje vai. Um homem magrelo mais velho está encostado nos tijolos do lado de fora, fumando um cigarro.

— Telescópio! — diz John.

— Como vai, Johnny?

— Sempre em frente. Foi uma boa reunião, né?

— Você sabe o que dizem, a pior reunião a que eu já fui foi boa pra caralho. — Telescópio solta uma gargalhada catarrenta.

— Uma pena o que aconteceu com o reverendo.

— Ah, cara, eu o vi no mês passado. Tivemos uma conversa boa. O mês passado foi abril, né? Falamos sobre como lidar com meu irmão. O filho da puta do Jimmy sempre aparece e tenta me fazer sair pra beber com ele. Como antigamente, sabe? Eu precisava de uns conselhos pra lidar com ele. E aí alguém foi lá e apagou o cara! O reverendo, não o meu irmão. Não é escroto?

— Muito.

— Você sabe o que dizem por aí: só os bons morrem jovens. Billy Idol até escreveu uma música sobre isso.

John nem se dá ao trabalho de apontar que ele citou o Billy errado.

— Tenho uma questão pra você. Você já foi a alguma reunião com um cara que se apresenta como Trig?

Telescópio aperta um olho num esforço para lembrar, mas balança a cabeça. John não fica surpreso; Telly não tinha certeza nem se o mês anterior fora abril, afinal.

— Pergunta pra 2-Tons. Ela está lá dentro tomando café. Será que você pode pagar um pra mim? Estou meio liso esta semana.

— Claro. — Ele dá uns dólares para Telescópio e entra. A mulher que procura está sentada ao balcão, tomando café. Ela pintou o cabelo com o castanho original de novo, mas ainda se identifica como Cathy 2-Tons nas reuniões. Ele se senta ao lado dela e os dois conversam um pouco sobre o reverendo.

2-Tons diz que também foi ver o reverendo para conversar em abril (pelo menos ela tem certeza do mês), mas não explica por que precisava de conselhos, o que não é problema para ele. Não é isso que quer saber.

— Eu estou curioso se você conhece um cara chamado Trig que vai nas reuniões.

— Por quê? — Ela tira o cabelo do rosto.

— Só quero falar com ele. Preciso de conselho.

— Não pode ser sobre coca — diz Cathy 2-Tons. — Trig é alcoólatra.

Uma pista! Uma pista! Ele espera que o rosto não demonstre a empolgação.

— Você o conhece?

— Eu não o *conheço*. Vi ele duas vezes no Círculo Reto e uma naquela reunião fechada em Upsala ano passado, sabe? Aquela toda mística em que apagam as luzes e acendem velas?

— Sei — diz John. Ele nunca foi a nenhuma reunião em que acendem velas, mas e daí? — Você não sabe o sobrenome dele, né?

— Cara, eu não sei nem o *primeiro*, a menos que seja Trig. E seria um nome bem merda, né? — Ela ri. — O que tá rolando, John?

Ele vê Telescópio entrar com os dois dólares que John deu para ele na mão retorcida de artrite. Tem uma ideia.

— Ah, é que ele me deve dez pratas. Como ele é?

— Você emprestou dez pratas pro cara e não sabe *como ele é*?

Meu Deus, pensa John, *é tipo arrancar um dente*. E Holly faz isso todos os dias?

— Já tem tempo.

2-Tons dá de ombros.

— Ele tem uma cara comum. Altura mediana, óculos, se veste tipo um empresário.

— Branco?

Ela se vira para ele no banco.

— Você emprestou dez pratas pra ele e não sabe nem se ele é branco? Para com isso, cara. Qual é a parada?

— Quer um pedaço de torta pra acompanhar seu café?

— Pode ser.

— Ele *era* branco?

— Claro que ele era branco.

— Que idade?

— Não sei, talvez da sua idade, mais ou menos.

John tem trinta e quatro anos. Ele empurra uma nota de cinco na direção da xícara de café dela.

— Você se lembra de mais alguma coisa sobre ele?

Ela pensa e diz:

— Ele tem uma cicatriz na lateral da mandíbula. Falou naquela reunião de Upsala que o pai que fez aquilo nele quando estava bêbado. Esse é o único motivo pra eu me lembrar do cara. Ele fez alguma coisa com você, John? É por isso que quer encontrá-lo? Fala a verdade de uma vez, Inês.

Ele sorri.

— Meu nome não é Inês.

Ela só olha para ele.

— Pode ser que ele tenha feito uma coisa com alguém. — Ele pega um guardanapo no dispensador e escreve seu número de telefone. — Pode me ligar se o vir de novo? Tem cinquentinha em jogo pra você.

— Cara, o quanto ele ferrou com você?

— Compra uma torta, Cathy. — Ele dá um tapinha no ombro dela e sai. Do lado de fora, se senta num banco de ponto de ônibus e liga para Holly.

3

Jerome pesquisa a Igreja Batista de Westboro no Google e descobre que o lema deles é *Deus odeia bichas e todos os pecadores orgulhosos*. Isso é atribuído ao Salmo 5, versículo 5. Por curiosidade, ele pesquisa o salmo em questão e vê que não diz nada sobre homossexualidade, só sobre os que gostam "da impiedade".

Ele volta para a página de Westboro na Wikipédia e encontra um link para "igrejas acusadas de agressão e conduta desordeira". Pega um bloco amarelo e começa a anotar. Antes que se dê conta, já tem catorze igrejas. Duas horas se passaram, e ele está só no comecinho. Quer aprofundar a pesquisa. A linha de pensamento daqueles grupos é fascinante, sem mencionar a forma como distorcem as escrituras para que se alinhem com suas crenças bizarras. Jerome lê sobre três igrejas (não uma, nem duas, *três*) que praticaram mutilação genital feminina, justificando a prática com um versículo de Provérbios: "Os seus pés levam para a Morte, e os seus passos descem para o Xeol". *Em outras palavras*, pensa Jerome, *a mutilação genital feminina é um favor feito para elas.*

Uma igreja em Wisconsin defende terapia hormonal para "homens e garotos com desejos femininos pecaminosos". Pelo jeito, trata-se de castração química para quando rezar não funciona.

O assunto é bem mais interessante do que seu livro bobo de detetive, que é cheio de porrada e nem um pouco parecido com o trabalho investigativo que ele já fez para a Achados e Perdidos. Aquilo é real. Maluquice, mas real. Ao lado do computador está o manuscrito de duzentas páginas de *Os assassinos de Jade*. Lentamente, e com um certo pesar, ele o empurra até a borda da mesa e para dentro da cesta de lixo. *Tum*, já era. Claro que ainda está no computador, mas é o gesto que conta (é o que ele diz a si mesmo). Com isso resolvido, Jerome volta para a pesquisa. O interesse de Holly está sendo afetado pelo dele, e ele está se perguntando quantas daquelas igrejas poderia visitar antes de começar a escrever algo de que realmente goste.

4

— *Obrigada, Madison! Vocês foram incríveis!*

A plateia está de pé, aplaudindo como louca. Exceto pelos vaiadores, claro.

O telefone de Holly, preso na cintura, toca. Ela o ignora e fica na ponta dos pés ao lado de Corrie, como uma corredora prestes a fazer um tiro. Ela *está* pronta para sair correndo da coxia do lado esquerdo do palco, se precisar. Porque, em vez de sair andando do palco com um toque final na aba do boné dos Wisconsin Badgers, Kate vai até a beirada e começa a apertar mãos que acenam e são estendidas. Isso é novo, e Holly odiou. Qualquer uma daquelas mãos poderia agarrá-la, puxá-la do palco, começar um espancamento, e então uma faca poderia aparecer...

Aff, eu odeio esse trabalho.

Sua cabeça está começando a latejar. Mais cedo, John Ackerly ligou e contou o que tinha descoberto com Cathy 2-Tons: branco, altura mediana, trinta e poucos anos (talvez) e óculos. As únicas coisas interessantes são a cicatriz na mandíbula de Trig e a coisa sobre a "reunião mística" em Upsala. Por causa da questão do anonimato (Holly acha isso cada vez mais irritante e cocozento), ela não pede para John passar tudo aquilo para Izzy Jaynes, mas pergunta se ele se importaria de ir a uma reunião ou duas em Upsala. John concorda.

Depois de vinte ou trinta segundos, que parecem durar bem mais, Kate se afasta da beira do palco. Coloca o microfone no suporte e faz seu gesto de *venham, venham, venham* com os dedos. A plateia fica de pé e berra em aprovação.

— *Vocês vieram aqui, agora votem! DIGAM PARA OS CONSERVADORES QUE O OPOSTO DE WOKE É DORMINDO PROFUNDAMENTE!*

Ela sai do palco cheia de gingado nos quadris. Corrie está segurando um milhão de sacolas, a maioria de suvenires e camisetas da livraria. Holly diz:

— Vamos sair daqui. Dessa vez, nós vamos fugir do pessoal do eBay.

Disso ela está confiante. Do escritório subterrâneo do local, um túnel de serviço passa por baixo da rua e vai até um museu da cidade, já fechado. Holly desce a escada correndo, com Kate e Corrie logo atrás.

Kate está perguntando o que sempre pergunta (*Foi bom hoje?*) e Corrie responde como sempre, garantindo que foi.

Elas passam pelo túnel e sobem uma escada. Um segurança do museu as espera.

— Tem gente lá fora — diz ele, como quem pede desculpas.

Holly olha. Tem muita gente. Umas cem pessoas, todas do pessoal do eBay, com pôsteres, fotos e até (como assim isso existe?) bonecos bobblehead e Funko de Kate McKay. Uma mulher com um moletom do Chicago Bears está balançando uma versão impressa enorme do *Breitbart*, com a manchete que diz A v*c* voltou. *Como se Kate fosse assinar isso*, pensa Holly… e depois se dá conta de que talvez assinasse, sim. Combina com a personalidade ousada dela.

— Como eles *sabiam*? — pergunta Holly.

Corrie suspira com o lábio inferior projetado, soprando o cabelo da franja.

— Sei lá. É um mistério. Nós fugimos deles uma vez, mas agora…

— Vamos, vamos, vamos — diz Kate. Então, com a cabeça baixa, empurra a porta e anda até o carro. Holly se apressa para alcançá-la, a mão na bolsa segurando o spray de pimenta, a cabeça latejando. Brady Hartsfield e Morris Bellamy foram ruins, mas o pessoal do eBay consegue ser pior.

5

Mais tarde naquela noite de segunda.

No parque Dingley, os times do jogo Secos & Molhados terminaram os treinos com um pouco de provocação bem-humorada das duas partes (e algumas não tão bem-humoradas).

Em Madison, Holly finalmente fala com Izzy, para ter certeza de que Iz recebeu sua mensagem anterior. Izzy recebeu e diz que vai passar adiante para a equipe da polícia estadual de quatro detetives que foi designada para investigar os Assassinatos dos Substitutos dos Jurados. Holly fica tentada a não contar a parte da reunião à luz de velas de Upsala por querer dar a John uma chance de verificar, mas conta tudo (com relutância). Izzy pergunta a fonte de Holly, que explica que vai precisar conversar com a pessoa antes de dar o nome para Iz.

— Essa coisa de anonimato é uma bosta de cavalo — comenta Izzy, e Holly concorda. Acha que John vai aceitar falar com Izzy, mas vai relutar em dar *sua* fonte ou fontes.

Ela encerra a ligação e se deita, mas tensa e ereta. Ainda sente a adrenalina vibrar pelo corpo. Fica vendo Kate andar até a beira do palco e começar a apertar as mãos. A confiança de Kate, principalmente depois do que aconteceu, é apavorante. No dia seguinte, elas partem para Chicago cedinho, um trajeto de duas horas em um trânsito cada vez mais carregado. Holly precisa descansar, mas sabe que vai demorar para dormir.

6

Em Buckeye City, Trig para num estacionamento público perto da rodoviária e anda até a rua Dearborn, também conhecida como Corredor dos

Bares. Quatro ou cinco dos pés-sujos foram fechados na renovação urbana dos últimos anos, mas ainda há alguns abertos e bem movimentados, mesmo numa noite de segunda. O clima está frio, com uma brisa forte vinda do lago, e Trig está usando o casaco pesado. A Taurus .22 está no bolso. Ele sabe que o que está pensando em fazer é loucura, mas sabia que dirigir com uma garrafa de vodca aberta também era loucura e isso nunca o impediu.

Atrás do Chatterbox, vê dois homens se pegando com duas mulheres. Não serve.

Atrás do Lions Lair, avista um homem de roupa branca de cozinheiro sozinho, sentado numa caixa de plástico, fumando um cigarro. Trig começa a se aproximar, a mão suando na coronha da Taurus, mas desvia quando outro cara sai e chama o cara de roupa de cozinheiro para dentro.

Sua última parada é o Hoosier Bar, a coisa mais próxima que a cidade tem de um bar caipira. A porta dos fundos está aberta. Ele ouve George Strait cantando "Adalida", e um homem bêbado de camisa de caubói está dançando sozinho na frente de duas caçambas de lixo. Trig se aproxima, com o coração disparado. Seus olhos parecem estar latejando nas órbitas.

O homem bêbado o vê e diz:

— Dança comigo, seu babaca.

Trig assente, se aproxima, dá uns dois passos de dança e então atira no olho do bêbado. O homem cai entre as caçambas, as pernas tremendo. Trig se curva, enfia a Taurus debaixo do queixo do bêbado e atira de novo. O cabelo na parte de trás de sua cabeça voa. O sangue jorra nos tijolos.

Um homem sai pela porta dos fundos.

— Curt? Tá aí?

Trig se agacha entre as caçambas de lixo, com a garganta seca e a boca com gosto acobreado. *Ele vai sentir o cheiro da fumaça!*

— Curtis?

Vou atirar nele também. Vou ter que atirar, vou ter que atirar.

— Foda-se, cara, está ventando. Dá a volta — diz o homem, então entra e bate a porta. Na mão do dançarino morto, Trig coloca o nome de Andrew Groves, Jurado 1 do julgamento Duffrey.

Papai: *Você está louco! Descontrolado!*

É verdade.

— Mas eu não vacilei — sussurra ele. — Nada de vacilo, papai.

Ele sai do beco e anda até onde deixou o carro. Só então, tarde demais para fazer diferença, pensa nas câmeras de segurança do estacionamento. Só tem uma pendurada no fio, claramente quebrada. Ele teve sorte de novo, mas sua sorte vai acabar em alguma hora. Pensa de novo que parte dele quer ser pega. Deve ser verdade. Não, *com certeza* é verdade.

Me dá mais um tempinho, pensa ele quando sai dirigindo. *Só um pouco.*

7

Holly acabou dormindo um pouco e, embora não se sinta no auge no trajeto de terça até a cidade dos ventos, também não está se sentindo mal. A música a ajuda a ficar alerta. Ela pareou o telefone com o bluetooth do Chrysler e está cantando, coisa que só faz quando está sozinha. Sucessos do Abba dão lugar aos de Marvin Gaye. Está cantando com o Maravilhoso Marvin "I Heard It Through the Grapevine", nota a nota (um pouco desafinada, mas não tem ninguém ouvindo), quando a música é interrompida por uma ligação. Ela vê que é Izzy e viola a regra rígida de nunca falar ao telefone dirigindo. Não sem alguma culpa.

— Pegou ele? Me diz que pegou!

— Não — responde Izzy, parecendo atormentada. — E ele matou mais um.

Holly fica confusa.

— Você me contou. O fazendeiro. Carville.

— Não. Você está uma morte atrasada. O de agora foi um frequentador de bar chamado Aubrey Dill. Morto atrás do Hoosier Bar. É um lugar no centro, perto da rodoviária.

— Eu sei onde é — diz Holly. Já pegou um fugitivo de condicional no Hoosier. — No Corredor dos Bares.

— Um amigo saiu atrás dele, não o viu, mas acabou o encontrando quando o bar fechou. O amigo disse que sentiu um "cheiro de tiro" na primeira vez que foi lá fora. Disse que imaginou que alguém estava acendendo bombinhas ou algo do tipo. Acho que o cara ainda estava lá. Se estava, o amigo tem sorte de estar vivo.

— Ele deixou algum nome de algum jurado?

— Deixou. Andrew Groves. São oito agora. Ainda há cinco ou seis na lista de pessoas a matar. E quer saber de uma coisa? — A voz de Izzy falha de tanta raiva. — *Mesmo assim eu tenho que ir treinar pra aquela porra de jogo de softball beneficente!*

— Sinto muito, Iz.

— Apesar de ter sido mais um assassinato na cidade, Lew Warwick ainda diz que é um caso estadual. E a polícia montada do condado que vai patrulhar a cidade na noite do jogo Secos & Molhados. Olha o tamanho da merda. Eu preciso saber quem é sua fonte no programa, Holly. Você pode me dizer?

— Acho que sim. Mas vou ter que te ligar depois.

— Se esse Trig frequenta reuniões, nós temos que identificá-lo rápido.

— Você disse que tem alguns policiais na reabilitação.

— Temos, e eles estão começando a fazer perguntas. Isso por si só é um problema. Você entende por quê, né?

Holly entende e, quando fala com John Ackerly (novamente violando a regra de não falar ao telefone enquanto dirige), ele também entende.

— Já é bem ruim eu ter falado com Telescópio e Cathy 2-Tons, mas policiais fazendo perguntas em reuniões é bem pior. As notícias voam no AA e no NA. Se o cara souber, ele vai parar de ir. Isso se já não tiver parado.

— Alguém *tem* que conhecê-lo.

— Não necessariamente. São muitas reuniões, muitos adictos. E tem outra possibilidade. Ele pode ter voltado.

— Como assim?

— *Voltado.* A beber. Quando os alcoólatras têm recaídas, fogem das reuniões como o diabo foge da cruz.

Holly pensa que um bêbado já teria sido pego, mas não fala nada.

— Continua fazendo perguntas, John, mas toma cuidado. Esse cara é perigoso.

— E eu não sei?

— Você aceita falar com a detetive Jaynes?

— Aceito.

— Obrigada. Eu tenho que desligar agora. Estou chegando em Chicago e o tráfego está bem enrolado.

Ela encerra a ligação e se concentra na direção, lembrando a si mesma mais uma vez que o caso não é seu. Ela tem mulheres para cuidar, e uma delas parece pensar que é indestrutível de tão famosa.

8

O primeiro ensaio completo da Revival Tour de Sista Bessie acontece em 27 de maio, às dez da manhã de uma terça-feira. Barbara gosta da chegada dos quatro homens na seção de metais, fica até empolgada. Também gosta de se vestir como uma das Dixie Crystals, com uma blusa de seda branca de gola alta e calça de couro. É divertido ser uma das garotas e estar de uniforme. Ela gosta até Frieda Ames se juntar a elas, porque aí fica real. Porque Frieda Ames é a *coreógrafa*.

Tess, Laverne e Jem já trabalharam com ela e acatam os ajustes de Frieda com naturalidade. Para Barbara, é diferente. Antes, a ideia de cantar com uma superstar na frente de cinco mil pessoas (ainda por cima uma plateia composta de gente da sua cidade) era estritamente teórica. Frieda a orientando sobre como se mover com as Crystals enquanto elas cantam vocais de fundo é um choque de realidade. Naquela manhã, os assentos do auditório Mingo estão vazios, mas Barbara é acometida pelo medo do palco mesmo assim.

— Não sei se consigo fazer isso — diz ela para Frieda.

— *Consegue*, garota — responde Jem Albright. — Os passos são simples. Mostra pra ela, Dance.

Frieda Ames, ou "Dance", é mais velha do que as Crystals, com uns oitenta anos ou mais, mas se move com a graça de uma mulher de vinte. Aponta para os Tupelo Horns, que agora contam com Red Jones no sax, e fala para eles fazerem "aquele lance da discoteca".

Eles começam a tocar a introdução de "Boogie Shoes", do K.C. and the Sunshine Band, que vai ser o número inicial do primeiro show da Sista Bessie.

Frieda pega um microfone para ser ouvida acima dos instrumentos de sopro e começa a mover os quadris. Aponta para o lado esquerdo do palco.

— Vocês vêm daqui para o centro do palco. Aplauso-aplauso-aplauso, certo?

Barbara assente com Tess, Laverne e Jem.

— Quero ver muito rebolado no passinho. Barb, você é a última. Pé direito e *cruza*. Pé esquerdo e *cruza*. No centro do palco, mãos pra cima, tipo um juiz dizendo que o chute valeu.

Todas levantam as mãos.

— Agora balancem os braços pra esquerda e... palmas. Balancem os braços pra direita... e estalem os dedos. Os pés não param.

A banda ainda está tocando a introdução: *Bump-BAH-BAH-bump, bump- -BAH-BAH-bump, bump-BAH-BAH-bump.*

— Sista Bessie aparece do lado direito do palco agora, fazendo os passos dela. Aplauso-aplauso-aplauso. Gritos. Aplausos de pé. Ela bate nas mãos de cada uma de vocês. Vocês continuam. Pé esquerdo, pé direito, vai pra esquerda e palmas, vai pra direita e estala os dedos. Movendo os quadris. Vão pra trás pra dar o palco pra ela... *viram*... tapinha na bunda... viram de novo. Vamos lá, quero ver.

Sentindo-se como num sonho, Barbara recua com as outras "garotas", bate palmas, estala os dedos, se vira e bate na bunda. As Dixie Crystals têm traseiros de bom tamanho para bater, Barbara nem tanto.

— Mais uma virada e *cantem*.

Tess, Laverne e Jem cantam a introdução.

— Barbara? — pergunta Frieda, ainda no microfone. Os metais seguem repetindo a introdução: *Bump-BAH-BAH-bump.* — O gato comeu sua língua, garota?

Elas cantam juntas dessa vez, e na mesma hora algo acontece com Barbara. Uma coisa boa. Ela se sente bem. Que Deus a ajude, ela se sente uma Crystal.

— Parem! — grita Frieda, e os instrumentos de sopro param. — Vamos fazer de novo e botar a *alma* nisso. Vão para o número um!

Barbara segue as Crystals para o lado esquerdo do palco. Sua ansiedade foi substituída por uma espécie de expectativa nervosa. De repente, ela quer fazer aquilo. Como a música diz, ela quer fazer até o sol nascer. No lado direito do palco, ela vê Betty conversando e rindo com Don Gibson, o diretor de programação do Mingo.

— Prontas? — pergunta Frieda.

Tess faz um sinal de positivo.

— Tudo bem, quero ver esses quadris! E… *banda*!

Os metais começam, *bump-BAH-BAH-bump*, e as Dixie Crystals, agora em quatro, entram no palco, olham para os assentos vazios e levantam as mãos acima da cabeça. *Eles vão aplaudir*, pensa Barbara, *e vai ser legal. Muito*.

Ela espera que Frieda mande a banda parar e as "garotas" repetirem, mas Betty aparece do lado direito, e, apesar de estar usando calça jeans, uma bata e mocassins velhos, quando vem deslizando e gira no centro do palco ela é Sista Bessie. Ela pega o microfone que Frieda estava usando, entra em sincronia perfeita com as Crystals às suas costas e começa a cantar.

Quando a música termina, Barbara sabe de duas coisas poderosas. Uma é que aquele não é seu mundo; a poesia é seu mundo. A outra é que ela queria ser uma Dixie Crystal para sempre. Ela deu seus poemas a Betty Brady; e Sista Bessie lhe deu um presente que é ao mesmo tempo precioso e efêmero.

As duas coisas criam algo novo e poderoso; as duas coisas também se anulam.

9

Trig está almoçando no escritório, um sanduíche de salada de ovo em uma das mãos e uma lata de chá gelado na outra. O rádio está sintonizado na wbob. Normalmente, das onze da manhã até a uma da tarde é o Glenn Beck show, mas hoje Glenn foi substituído por uma coletiva de imprensa no Murrow Building. A ocasião é os Assassinatos dos Substitutos dos Jurados (as autoridades cederam e começaram a chamar assim também). Nos microfones estão a chefe de polícia de Buckeye City, Alice Patmore, e o tenente da polícia estadual Ganzinger. Trig sabe os nomes dos detetives do departamento de polícia de Buckeye City designados para o caso, até conheceu Jaynes e Atta, mas nenhum dos dois está presente naquela coletiva de imprensa. Pelo jeito, a polícia estadual assumiu o caso.

Trig passou a maior parte da vida trabalhando em cargos em que precisava lidar com pessoas poderosas e, embora esteja ouvindo por sua vida e sua liberdade, ainda tem que admirar a habilidade com que a chefe Patmore passou esse bebê feio e chorão para outra organização. Que vai levar a culpa se houver mais homicídios.

Não se, pensa ele. *Quando.*

Depois de uma breve sinopse do que eles sabem sobre os homicídios mais recentes, Ganzinger diz:

— Nós temos uma informação nova importante sobre o executor desses crimes. Acreditamos que o nome que ele usa, provavelmente apelido, é Trig. *T-R-I-G.*

Trig fica paralisado com o sanduíche na frente da boca. Mas o morde. Ele sabia que aquilo ia acontecer? Sim, claro que sabia.

A chefe Patmore dá o palpite dela.

— Considerando o codinome Bill Wilson, que ele usou na primeira comunicação de ameaça com nosso departamento, nós achamos que esse indivíduo talvez, e eu enfatizo o *talvez*, seja membro da comunidade de reabilitação, talvez dos Alcoólicos Anônimos ou dos Narcóticos Anônimos. Se alguém em um desses programas conhecer um indivíduo que se apresenta como Trig, esperamos que entre em contato. Seu anonimato vai ser garantido.

Cada vez pior... mas também esperado. A questão é por que ele usou o nome Bill Wilson na carta para Warwick, o chefe da unidade de detetives da cidade, e para a chefe Patmore. Na ocasião, pareceu natural e perfeitamente certo; por que outro motivo ele estava fazendo aquilo se não era para corrigir um erro? E corrigir erros não era a essência do programa de reabilitação que Bill Wilson tinha fundado?

Você não fez por esse motivo. Fez porque queria ser pego. Talvez seja por isso que escreveu aquelas cartas.

Isso é o pai dele, e ele rejeita a opinião. Escreveu as cartas porque queria que os culpados sentissem sua culpa. Eles *precisavam* sentir culpa.

Patmore e Ganzinger abrem a coletiva para perguntas. A primeira:

— Vocês têm uma descrição desse Bill Wilson, também conhecido como Trig?

Trig leva a mão à cicatriz na mandíbula e acompanha o comprimento. Foram só sete pontos para fechar o ferimento, mas *ainda* dá para reparar mesmo tantos anos depois.

— Até agora, não — diz o tenente Ganzinger. É reconfortante, mas só se for verdade. E se souberem da cicatriz? Trig já viu sua cota de programas policiais e sabe que a polícia costuma segurar informações. Assim como podem estar segurando qualquer testemunha que o tenha visto no degrau do trator, fingindo falar com o fazendeiro que ele tinha acabado de matar.

— Nós só sabemos que esse indivíduo é calculista e mentalmente desequilibrado — acrescenta a chefe Patmore.

Trig pensa: *Justo.*

— Você pode nos dizer o nome do jurado do caso Duffrey que estava aos cuidados do sr. Dill? — pergunta alguém.

— Não vejo motivo pra dar esse nome, nem o nome de qualquer jurado. Não são eles os alvos — diz Patmore.

— De certa forma são, não é verdade? — retruca o mesmo repórter.

— Até onde sabemos, esses homicídios são totalmente aleatórios. Isso torna o homem que executa os crimes particularmente difícil de pegar — diz Ganzinger, com voz estoica.

— Mas como os jurados estão lidando com isso? O objetivo dos homicídios parece ser fazer com que se sintam culpados da morte de Alan Duf... — O mesmo repórter irritante.

— Vou te interromper bem aí. A morte de Alan Duffrey, o *assassinato* de Alan Duffrey, foi trabalho de um detento da prisão estadual ainda não identificado... mas que será encontrado e punido. Os jurados do julgamento de Duffrey não têm nenhum motivo para culpa. Repito, *nenhum.*

Trig, sentado à mesa olhando para o sanduíche pela metade, murmura:

— Você fala tanta merda que fede. — Ele dá outra mordida e mastiga devagar.

— Os jurados do caso Duffrey fizeram o dever deles como cidadãos americanos e cidadãos desta cidade, com base nos fatos que tinham ao seu alcance.

— Mas o sr. Wentworth e o sr. Finkel... — O mesmo repórter irritante.

Dessa vez, é Ganzinger que o interrompe.

— Aqueles suicídios não tiveram nada a ver com o julgamento de Duffrey, eu garanto.

Trig não acredita. Nem por um momento. Ele os *incitou* ao suicídio, os empurrou para isso como quem empurra uma vaca recalcitrante até o corredor do abate, e se pudesse levar outros a fazerem o mesmo, consideraria seu trabalho bem-feito.

Trig reconhece a voz de quem faz a pergunta seguinte. É aquele podcaster falador da verdade e espalhador de escândalos, Herói do Povo, Buckeye Brandon.

— Chefe Patmore, à luz desses assassinatos, como você justifica seguir em frente com o jogo beneficente do Secos & Molhados no parque Dingley?

Trig pausa enquanto morde outro pedaço. Não quer que cancelem o jogo. O jogo é parte do plano.

A resposta de Alice Patmore é suave e sem interrupções do tipo *ers*, *ahs* e *hãs*. Como alguém que já teve sua cota de reuniões sob grande pressão — e que já lidou com sua cota de ego —, Trig reconhece uma resposta preparada quando a ouve.

— Esse assassino covarde não vai roubar de duas instituições de caridade, a Pediatria do Kiner e a Distrofia Muscular, o dinheiro que o jogo de softball de sexta vai arrecadar, e que elas merecem. Uma quantia *considerável*. A polícia municipal, o departamento do xerife do condado e a polícia estadual vão cobrir a cidade de policiais na tarde e na noite de sexta...

— Muitos à paisana — diz Ganzinger.

— Muitos à paisana — concorda Patmore. — E eu encorajaria qualquer um com interesse no jogo ou em ouvir Sista Bessie cantando nosso Hino Nacional *ao vivo* a comparecer, porque vai ser divertido e, na noite de sexta, não vai existir nenhum lugar mais seguro para estar do que a multidão de torcedores de Buckeye City.

Vai *ser seguro*, pensa Trig, desligando o rádio. *O que* não vai *ser é a extremidade do parque.*

Isso se ele tiver mais quatro dias. Eles sabem o nome que Trig usa nas reuniões, mas será que sabem seu nome real? Ele imagina que não. *Espera* que não. E aquela versão do Trig tinha barba (uma que cobre a cicatriz) e usava lentes de contato. Depois que sua foto saiu no jornal em conexão com o julgamento Duffrey, ele raspou a barba e voltou a usar óculos.

Precisa de mais quatro dias. Até lá, vai ficar quieto. Não vai matar mais ninguém. E aí, mais dois.

Pelo menos dois.

DEZESSEIS

1

Holly alcança a picape de Kate no Sharko's BBQ na rodovia 59, no condado DuPage. Elas comem e continuam a viagem juntas.

Para o público, o grupo de três pessoas de Kate está registrado no Waldorf Astoria de Chicago, na rua East Walton. Na realidade, Holly reservou uma suíte e dois quartos com conexão em seu nome no Peninsula, na East Superior. Isso já funcionou antes, mas não funciona dessa vez, e não só porque havia uma cauda de cometa sempre crescente de pessoal do eBay seguindo Kate desde Madison. Alguns daqueles peregrinos famintos por autógrafos, de Madison e de outros locais a oeste, deviam ter feito contato com o pessoal do eBay de Chicago, e alguns deles deviam ter feito contato com a brigada antiKate, porque eles também estão esperando e prontos para ser, nas palavras de um manifestante, "a infâmia de Chicago".

A polícia os segura do outro lado da rua, mas quando Kate e Corrie saem do F-150 de Kate, são recebidas por uma chuva de bonecos de bebês encharcados de sangue falso. A maioria cai longe, mas um atinge Corrie Anderson no ombro, deixando uma marca vermelha em sua blusa branca. Ela olha para a peça, surpresa, e, no automático, se curva para pegar.

— Não — diz Holly.

Ela estacionou o Chrysler tão perto da picape de Kate na área de embarque e desembarque que os para-choques estão encostados. Ela pega o braço de Corrie e a leva para debaixo do toldo. Kate já entrou sem olhar para trás.

— *O novo Holocausto!* — grita uma mulher. Ela parece estar chorando.

O pessoal do eBay vai embora ao perceber que o alvo de oportunidade foi embora, mas o resto dos manifestantes se junta à fala da mulher chorosa e a transforma num canto:

— *Holocausto! Holocausto! Holocausto!*

Essas são as boas-vindas a elas em Chicago — *that toddlin' town*, como dizia Sinatra.

Na suíte, Kate diz a Corrie que a imprensa deveria ir para lá em vez de fazer a coletiva no Waldorf. Ela se vira para Holly e diz:

— Não foi assim nas outras turnês.

Não tinha ninguém tentando te matar nas outras turnês, pensa Holly, mas não diz.

— Que se foda, estou de saco cheio de me esconder de um bando de bots de propaganda de *O conto da aia*.

O que fica na ponta da língua de Holly é *vai ser seu funeral*, mas, claro, ela não diz isso. O que diz é:

— Você me contratou pra te proteger, Kate. Estou fazendo o possível. Não tenho ideia de como esses… esses especuladores de autógrafos estão sempre à nossa frente.

— Não se preocupe com os especuladores de autógrafos, só se joga na minha frente se vir alguém apontando uma arma — diz Kate. Ela vê alguma coisa no rosto de Holly que a faz acrescentar: — Estou brincando, mulher! Brincando!

Holly sente o sangue subindo às bochechas.

— Não é piada. O nome Lauri Carleton soa familiar pra você?

Tem quase dois anos que um homem matou Carleton com tiro porque ficou ofendido com a bandeira do orgulho gay dela, mas Kate conhece o nome. Claro que conhece.

— O que você espera que eu faça, Holly? Que recue? Que amarele? É isso que eles querem!

Holly suspira.

— Eu sei que você não pode, e entendo que participar da coletiva no Waldorf não faz sentido, pelo menos agora, mas…

— Mas o quê? — Kate está com as pernas afastadas e os punhos nos quadris estreitos. — Mas *o quê*?

— Você deveria considerar cancelar.

— De jeito nenhum — diz Kate. E acrescenta: — Nunca.

Corrie vai para o quarto adjacente para fazer ligações e se afastar de qualquer foguetório verbal, mas nada acontece. Holly Gibney não é do tipo que discute, principalmente com clientes. Ela é do tipo que faz o melhor. Então diz que entende e vai para o quarto dela.

Recebeu duas mensagens de texto, uma de Corrie e outra de Jerome Robinson.

Corrie: *Achei que vocês duas iam se atracar.*

Holly: *Não.*

Corrie: *Eu vou até o local. O Cadillac Palace Theatre. Tenho q cuidar das coisas. Volto pra jantar cedo. Vc pode levar ela pra coletiva?*

Holly: *Posso. Fica alerta.* A isso ela acrescenta um emoji de olhos.

Ela não gosta de pensar em Corrie, que foi quem teve de lidar com o pior ataque da perseguidora, indo ao local sozinha, mas Holly é só uma e seu trabalho é Kate. Ela abre a outra mensagem.

Jerome: *Acabei de começar e já encontrei oito igrejas fanáticas que tiveram problemas com a lei por causa de manifestações que terminaram com prisões. O mais comum foi invasão de privacidade, mas alguns manifestantes recorreram à violência. Olhei até dez anos atrás. Tem mais a cada ano, piorou desde a pandemia. Encontrei até um "Mapa do Ódio". Verdade! Olha o e-mail. Sei que vc tá ocupada, mas se algo chamar a atenção, me avisa.*

Ocupada?, pensa Holly. *Você nem imagina, J.*

Ela abre o e-mail, que tem como título (o auge do politicamente incorreto) *Igrejas malucas*. O anexo é uma lista das oito igrejas, com descrições breves do motivo por que cada uma teve problemas. Duas são em Idaho, uma em Wisconsin, duas no Alabama, duas no Tennessee e uma no norte de Nova York. Antes que ela tenha tempo de ler as descrições, outra mensagem de texto chega, dessa vez de Kate.

Coletiva em 45 minutos. Quem chegar por último é mulher do padre.

Eu não ligo de ser mulher do padre, pensa Holly. Ela verifica se estão na bolsa o spray de pimenta, o alarme de estupro e, por menos que ela goste, o revólver de Bill que é agora o revólver *dela*. Todos os equipamentos contra malucos estão presentes e verificados.

Ela pensa em ligar para John Ackerly para saber se ele localizou o elusivo Trig, mas ele teria ligado ou enviado uma mensagem de texto se tivesse encontrado, mesmo que fosse só uma pista. Além do mais, o caso de Izzy é o caso de Izzy... embora, naquela semana, pareça que a prioridade de Izzy é o jogo beneficente de softball.

Mesmo assim, enquanto verifica o cabelo e o batom no espelho do banheiro, ela não consegue deixar de pensar em Trig. O falecido Bill Hodges dizia que a maioria dos casos era fácil porque a maioria das pessoas que fazia coisa errada era preguiçosa e burra. Nas poucas ocasiões em que os criminosos eram um pouco mais inteligentes, Bill dizia para ela parar, pensar e isolar a questão central de cada caso. Era só responder a isso e pronto, caso resolvido.

Então qual é a questão central com Trig? O fato de ele ser do AA? Deve ser o AA, porque aquela tal 2-Tons disse para o John que ele era alcoólatra, não drogado.

Ela precisa passar um pouco de sombra? Não, não para uma coletiva de imprensa às quatro da tarde. Sua falecida mãe desmaiaria. Só um pouco de corretivo, e, aliás, o motivo de Trig para ir ao AA *é* a questão central? É *esse* o mistério da coisa? Não. Holly percebe que a questão central é bem mais simples e pode ser a chave de tudo.

Para o próprio rosto no espelho, ela pergunta em voz alta:

— Por que ele se importa tanto com Alan Duffrey a ponto de matar pessoas?

2

Chrissy está se aproximando de Chicago, já consegue até ver o contorno dos prédios, quando toma a decisão de mudar a rota. Ela vai para o sul pela I-57 e em Gilman virar para leste. Diferentemente de Holly, Chrissy não tem problema em usar o telefone enquanto dirige. Ela liga para o diácono Andy. Ele atende no primeiro toque e faz duas perguntas: Está tudo bem? Chris está usando um celular descartável?

Chrissy responde sim para as duas coisas, sem se dar ao trabalho de dizer para Andy que hoje ele está usando o nome errado. Para Fallowes, a pessoa com quem fala sempre vai ser o homem. Tudo bem por Chrissy (que nunca consideraria usar pronomes moderninhos como "elu" ou "delu"), porque ela e o diácono Andy compartilham o objetivo comum de encerrar o reinado de sangue e terror de Kate McKay.

— Chicago já era — informa Chrissy. — Tem polícia demais e a maldita guarda-costas dela. Aquela piranha é boa no que faz.

— Mas foi a assistente que impediu o cara em Davenport — protesta Fallowes.

Obviamente, ele anda acompanhando o noticiário, mas não com tanta atenção.

— *Não foi* Anderson, foi Gibney. A imprensa entendeu errado, como costuma acontecer. Mas Buckeye City é a cidade de Gibney, e estou supondo, esperando, que quando elas chegarem a assistente vá baixar a guarda e relaxar um pouco. Além do mais, a polícia de lá está atrás de um maluco que está matando gente. Isso deve tirar o foco deles da *nossa* bagunça.

— Tudo bem, a decisão é sua, desde que você deixe a igreja de fora. O que quer de mim?

— A cidade vai estar lotada, porque não é só McKay. Aquela cantora negra de soul vai iniciar a turnê de retorno lá, no sábado. É um evento importante. McKay agora vai se apresentar na sexta, mudou a data. Vai ser às sete da noite. A guarda-costas está fazendo com que elas mudem de hotel, mas isso não vai funcionar em Buckeye City, porque os hotéis estão lotados. Quero que você descubra onde elas vão ficar e consiga um quarto pra mim lá. Consegue fazer isso?

— Consigo — responde o diácono Fallowes. Sem enrolação. Como a tal Gibney, ele é bom no que faz.

— Tudo bem — diz Chrissy. — De uma forma ou de outra, isso acaba em Buckeye City. Sem chance de eu ir atrás dela até o Maine.

E encerra a ligação. Uma hora depois, Fallowes manda uma mensagem de texto:

Grupo de KM reservado no Garden City Plaza em Buckeye City. Quartos 1109-1110-1111. Consegui um quarto simples 2 andares abaixo, 919. Quarto reservado no cartão de crédito da Ondas de Calor Ltda. Mas usa o seu e faz com que apaguem as informações da Ondas de Calor. Você sabe o motivo. E apaga esta mensagem.

Não tem como apagar completamente o rastro digital que leva à Sagrado Cristo Real, mas dá para esconder. Isso importa, porque Chrissy pode ser pega ou morta. O único pé no saco é a necessidade de fazer uma parada no caminho e se tornar Christopher de novo. Christine tem uma identificação com foto e uma habilitação de Wisconsin, mas não cartão de crédito.

É a metade masculina da natureza dupla deles que tem o Visa.

3

Jerome continua a pesquisa sobre igrejas radicais fundamentalistas envolvidas em protestos violentos (inclusive alguns eventos que não têm outro nome senão terrorismo), quando seu telefone toca. O código de área é 818, que ele reconhece como de Los Angeles. Como a imitação é a forma mais sincera de lisonja, ele atende como Holly o faria.

— Alô, aqui é Jerome, como posso ajudar?

— Eu sou Anthony Kelly, o gerente de turnê da Sista Bessie. Peguei seu número com sua irmã. Nós amamos a Barbara.

— Eu também, pelo menos quando ela não tá sendo um saco. O que posso fazer por você, sr. Kelly?

— Pode me chamar de Tones. Gostaria que você trabalhasse na turnê, ainda que brevemente. A convite da sua prefeita, Betty vai cantar o Hino Nacional na sexta à noite em um jogo beneficente de softball. Em um lugar chamado parque Dingo.

Jerome sorri.

— Parque Dingley.

— Isso, isso, isso. Ela precisa de segurança do local do show até o hotel, depois para o campo, depois para o hotel de novo. Por causa do seguro. Sua irmã sugeriu você. Diz que você já trabalhou meio período com uma agência de investigação da cidade.

— A Achados e Perdidos. Por acaso, a mulher pra quem eu trabalho está fazendo um serviço de segurança agora.

— Barbara falou que ela está com a empoderadora de mulheres.

Com base no que Holly já contou, Jerome acha que Kate preferiria o termo *ativista política*, mas não diz nada.

— De que tipo de compromisso estamos falando, sr. Kelly? Tones?

— Só umas quatro horas. Você a encontra no auditório Mingo por volta das cinco e meia da tarde, onde ela estará acertando detalhes de figurino com a figurinista, Alberta Wing. Aí a leva para o hotel Garden City Plaza. Alberta tem o transporte dela. Você tem carro, né?

— Tenho.

— Carro da empresa?

— Não, meu.

— Mas tem seguro? De colisão, de tudo? Desculpe ter que perguntar, mas a Global Seguros tem uma apólice enorme em cima dela. Filhos da puta gananciosos. Perdão pelo linguajar.

— Tudo bem. Minha chefe pensa igual, e nós temos seguro até o fio de cabelo, cobertura pessoal e empresarial. Minha chefe faz a cotação. O nosso é o Progressive, não o do Burro Falante.

— É, eu odeio aquele burro, aquela boca cheia de dentes. No hotel, Betty vai tomar banho e trocar a roupa do ensaio enquanto você espera na nossa suíte de hospitalidade no mesmo corredor. Às seis e quinze ou seis e vinte, você a acompanha até o andar de baixo. Vai ter um carro esperando. Alonzo Estevez, o gerente do hotel, concordou em levá-la até o parque Dingley. Você vai com ela até o campo, onde eu soube que reservaram um camarim particular. Ela não vai se trocar de novo, só quer privacidade antes de entrar em cena. Tudo certo até aqui?

— Tudo.

— Um pouco antes das sete da noite, Red, o saxofonista dela, vai acompanhá-la até o monte do arremessador. Red toca, ela canta. Você a acompanha de volta para o hotel, trabalho encerrado. O que acha?

— Um policial não seria uma escolha melhor?

— Um policial é exatamente o que ela *não* quer. Ela quer o irmão escritor da Barbara, que, de acordo com a Bets, é preto e lindo. Eu não conheço você, então acredito na palavra dela sobre essa parte da beleza. A Sista B Concerts Ltd. vai pagar seiscentos dólares pelo seu tempo.

Jerome pensa, mas não por muito tempo.

— Tudo bem, me parece ótimo. Tudo bem se eu levar uma companhia?

— Claro, mas eu só tenho autorização pra pagar por uma pessoa. Você e sua, hum, companhia vão ao show no sábado?

— É esse o plano. E vou estar lá com meus pais. Eles estão doidos pra ver Barb no palco. Eu também.

— Vou separar lugares pra vocês na terceira fileira — diz Tones. — A primeira é perto demais, vai doer no ouvido e vocês vão ficar com o pescoço doendo de olhar pra cima. Só três? Eu tenho a fileira toda reservada. O grupo da empoderadora vai também.

Jerome pensa. Está sorrindo. Aquilo é bem legal.

— Melhor separar oito. As tias da Barb e os maridos delas vêm de Cleveland se tiver lugar pra eles.

— Reunião familiar, gostei. Considere feito. Com passes para os bastidores também. Pegue no guichê de retirada de ingressos.

— Obrigado.

— Não, *eu* que agradeço. Eu não vou ver você na sexta porque vou estar verificando o som e cuidando pra que a empoderadora não estrague nosso equipamento quando terminar a apresentação dela. A moça diz que consegue fazer o evento dela mesmo com os amplificadores e microfones em volta, mas eu sou do Missouri.

Jerome não tem ideia do que isso quer dizer, então só repete suas instruções, como Holly insiste quando ele está trabalhando para a Achados e Perdidos, e encerra a ligação. Logo em seguida, ele faz outra.

— Você ligou para o Feliz — diz John. — Ei, J, como vão as coisas?

— Acho que não vou conseguir ficar até o final do jogo na sexta — informa Jerome —, mas, pra compensar, você quer fazer parte da equipe de segurança da Sista Bessie?

— Cara, você está falando sério? Eu me acabava de tanto dançar as músicas dela antigamente!

— Eu estou falando sério. Junto com ingressos de cortesia para o show dela no sábado, com passes para os bastidores. Eu vou ganhar seiscentas pratas e posso dividir com você. O que acha?

— O que você acha que eu acho? Já estou lá. Me passa os detalhes.

Jerome explica tudo e pensa: *Trezentos dólares pra cada por quatro horas de trabalho. Parece quase fácil demais.*

A verdade é que ele nem imagina.

4

Naquela noite de terça, Kate sobe no palco usando um boné do Chicago Cubs e uma camisa do White Sox com seu nome nas costas. A plateia a ama por isso e por cada palavra que sai da sua boca. Holly já viu aquilo antes e sabe que, na Chicago azul, Kate está ensinando o padre a rezar missa (só um pequeno contingente de vaiadores), mas sua eloquência é hipnotizante mesmo assim. Ela vai para lá e para cá, exortando, suplicando, brincando, raivosa, emocionada, ultrajada, esperançosa. Holly descobriu que Kate pode ser mesquinha e insegura. Naquela noite em Chicago, não importa. Naquela noite, ela faz uma apresentação histórica.

— Quero encerrar esta noite pedindo a vocês que se lembrem das palavras do apóstolo João. Ele disse: "Se alguém ama o mundo, não está nele o amor do Pai". Mas a teologia praticada pelos fundamentalistas cristãos *só trata* do mundo. Misturar religião com política é perigoso. Não é a estrada para o calvário, mas a que leva ao fascismo.

Na plateia, alguém grita:

— *VOCÊ ESTÁ MENTINDO!*

— Olha a sua Bíblia — diz Kate. — Primeira João, capítulo 2, versículo 15.

— *O INFERNO AGUARDA O TRAPACEIRO!* — responde o homem. Funcionários vão na direção dele, mas ele está com um andador, e eles ficam hesitantes em se aproximar, com medo de serem acusados de agredir uma pessoa deficiente.

— Vou correr meu risco quanto ao inferno — diz Kate —, mas Chicago foi o paraíso para esta mulher aqui. Vocês foram uma plateia incrível. Obrigada, do fundo do meu coração.

Ela é chamada de volta três vezes por uma onda aparentemente infinita de aplausos, e desce do palco vibrando de energia. Dá um abraço em Holly. Esta, que costuma fugir de contato físico, retribui o abraço.

— Foi bom hoje, não foi? — murmura Kate.

— Melhor do que bom — diz Holly, e um pensamento frio (*essa mulher está suplicando para ser assassinada*) a faz abraçar Kate com mais força.

— Foi ótimo.

5

Na quarta-feira, Holly acorda cedo para o trajeto de quatro horas de Chicago até Toledo. Sai do chuveiro e vê que recebeu mensagens de John Ackerly e Jerome.

John: *Talvez eu tenha visto seu garoto Trig, mas acho que ele estava diferente e usando outro nome. Queria conseguir lembrar.*
Holly: *Tenta.*
John: *Tentando.*
Jerome: *Também vou dar uma de guarda-costas. Sista Bessie, sexta à noite. Ela vai cantar o hino no Dingley. Barbara me recomendou.*
Holly: *Boa sorte. Eu sei que você vai fazer um ótimo trabalho. Estou achando o trabalho de guarda-costas bem desagradável. Sua opinião talvez seja diferente.*
Jerome: *Tenho ingressos para o show da Sista Bessie na noite de sábado. Você vai poder ir? Pra ver Barbara no palco?*
Holly: *Eu adoraria, mas nós vamos pra Cincinnati. Manda vídeo. Vai ao hotel se puder. Garden City Plaza.*
Jerome: *Pode deixar.*

Aparecem na tela pontinhos que sugerem que Jerome tem mais alguma coisa a dizer, mas Holly não pode esperar. Está prestes a desligar o celular e colocar a mala no Chrysler quando a mensagem chega.

Jerome: *Hollyberry. E eu ainda tenho um.*

Isso vem seguido de um emoji chorando de rir. Holly tem que rir também.

6

A viagem até Toledo é tranquila, e no meio da tarde Holly vê novamente sua cliente em outra piscina de hotel. Kate nada para lá e para cá em seu maiô vermelho, cortando a água. Corrie desce às quinze para as três e diz a Kate que talvez seja bom ela sair da água. Más notícias, avisa ela.

— Conta logo — pede Kate. Ofega, na verdade. — Ainda quero dar mais quatro voltas.

— Acho que você não vai querer saber enquanto estiver nadando.

Kate dá impulso até a borda da piscina e bota o braço para se apoiar do lado de fora. O cabelo está grudado nas laterais do rosto.

— Manda.

— Cancelaram a gente hoje.

— *O quê?*

— Uma ligação anônima disse que, se você falar, um grupo chamado DANO, Defesa Armada das Nossas Origens, vai entrar no prédio com fuzis e granadas. A pessoa que ligou disse que haveria mortes em massa.

Kate não sai da piscina — ela voa lá de dentro. Holly oferece uma toalha, que Kate ignora.

— Estão cancelando a gente por causa de uma porra de *trote criminoso*?

— A ligação que *eu* recebi foi do próprio chefe de políc…

— Não me interessa se a ligação foi do papa! Cortar minha data por causa de uma ligação anônima? Tentar me calar? — Kate se vira para Holly. — Eles podem fazer isso?

— Podem. Questão de segurança pública.

— Mas, se podem fazer aqui, podem fazer em qualquer lugar! Você entendeu, né? Algum palhaço faz uma ligação e isso basta pra me amordaçarem? Vai tomar no cu! *Tomar no… CU!*

— Quando é sua coletiva de imprensa? — pergunta Holly.

— Às quatro — responde Corrie.

— Cite isso — argumenta Holly. — Sugira que a polícia está capitulando para…

— Sugerir? Eu vou dizer na cara!

Claro que vai, pensa Holly. E ela sabe que Kate deve ter razão; pode haver problema, mas não tem DANO. Alguém que defende o direito à vida fez o trote, ou uma Mãe pela Liberdade, ou um fiel de uma das igrejas malucas de Jerome. E também pode ter sido algum adolescente, só para causar.

Holly fala em tom baixo e paciente, como faz com clientes consternados, mas não sabe se vai adiantar. Kate não está consternada; está furiosa.

— O que eu quero dizer é que você precisa proteger o resto da sua turnê. Isso pode até ser usado a seu favor.

E a meu favor, porque quanto mais proteção policial você tiver, mais fácil meu trabalho fica.

Se bem que, se for em frente, ela sabe que a polícia vai estar mais interessada em proteger as pessoas que vão ver Kate falar do que a própria Kate. No trajeto de Chicago, Holly decidiu com certa relutância que vai continuar com Kate até o amargo fim. Seu pai e seu tio Henry diziam que não se larga um trabalho até que esteja feito.

— Vai fazer alguma diferença se eu ligar para o chefe? — pergunta Kate. — Se disser que eu vou fazer a força policial dele parecer covarde na minha coletiva?

— A imprensa já foi informada — responde Corrie. — O chefe Troendle me disse isso de cara. Ele disse que, se fosse para haver um ataque de tiros em massa, não seria na cidade dele.

Kate anda de um lado para outro, os pés descalços deixando marcas que desaparecem atrás dela. Holly nunca sentiu atração sexual por mulheres, mas pode admirar o corpo definido e bem-cuidado. Não atrapalha em nada o fato de Kate estar novamente emitindo fagulhas psíquicas.

— Amanhã é dia de viagem, né?

— É — diz Corrie. — Nós vamos pra Buckeye City. Você vai falar no Mingo na sexta. Vai ter que desviar do equipamento da banda da Sista Bessie pra isso.

— Sei, sei, mas hoje estamos em Toledo. Tem um parque onde eu possa fazer uma manifestação hoje?

— Você precisaria de permissão do departamento de parques e recreação — interfere Holly —, ou como quer que chamem isso nesta cidade. E não vai conseguir.

— Então basicamente você está me dizendo que Toledo me fodeu na passagem. — Kate anda de um lado para outro, as mãos entrelaçadas na lombar. Ela faz Holly lembrar do capitão Bligh andando no convés do HMS *Bounty*. — E se fizermos uma manifestação mesmo assim?

A expressão de Corrie diz que ela já sabe, mas não quer ser quem vai dizer.

— Você pode tentar — diz Holly —, mas pode acabar presa e obrigada a ficar aqui por tempo o suficiente pra estragar o resto da sua turnê. Principalmente se alguém *realmente* for ferido. Meu conselho seria...

Kate descarta a opinião dela.

— Eu sei seu conselho. Tá-tá-tá, blá-blá-blá, esquece hoje, protege o resto da turnê. — Ela anda com a cabeça baixa, as coxas longas pingando. — Eu odeio deixar esses cuzões filhos da puta vencerem, mas acho que você está certa.

— Dos limões, uma limonada — arrisca Holly, e se prepara para uma tirada de McKay. A tirada não acontece. Kate está mergulhada na própria cabeça.

— Tudo bem, minha fala vai ser assim: a polícia está cedendo pra um trote criminoso anônimo como desculpa pra limitar meus direitos da Primeira Emenda. Só que *limitar* é chique demais. Eu diria que eles querem uma desculpa pra jogar os meus direitos da Primeira Emenda no buraco pra onde vai a merda.

— Eu acho... — começa Holly.

Kate a ignora.

— Na privada, tá bom? Na porra da *latrina*. Fica melhor?

— Talvez seja bom deixar de fora...

— Porra? É, provavelmente. — Kate tenta continuar com raiva, mas dá uma gargalhada.

— Fica melhor — diz Corrie.

— Eles também estão tentando proteger seus fãs — argumenta Holly, mas Kate ignora isso.

— Escuta, Corrie.

— Tô escutando.

— Diz pra imprensa que eu tenho uma declaração importante. Eu quero televisão. Blogs. Todos os sites. Politico, Axios, Kos, Huffington Post, uma porra de vídeo no TikTok. Redes sociais. E me coloca com alguns daqueles babacas de rádio na hora do rush amanhã de manhã, aqueles que se intitulam Bill e o Tubarão ou Will e o Lobo, sei lá. Vamos avisar pras pessoas que elas deveriam ir pra Buckeye City porque eu *vou* me apresentar no Mongo.

— Mingo — corrige Holly. Ela está pensando que um maníaco chamado Brady Hartsfield tentou explodir aquele auditório. Não confia num ditado antigo que diz que o raio não cai duas vezes no mesmo lugar, mas o que pode fazer? Nunca se sentiu mais envolvida na história do que agora.

Kate se vira para Corrie. Holly sempre achou que aquele papo de olhos ardentes era baboseira de livro de romance, mas os de Kate parecem realmente arder.

— Bora, Cor. A gente vai agitar essa porra até pegar fogo.

7

Trig sai cedo do trabalho, troca uma palavrinha com Jerry Allison, o zelador idoso do prédio, e vai para o parque Dingley. Do lado extremo do parque, depois das árvores, vem o ruído de bastões de alumínio e a voz de homens gritando e comemorando enquanto os policiais e bombeiros treinam. Ele diz a si mesmo que não está lá para procurar outro substituto de jurado (ou substituto de juiz), só para ter certeza de que o corpo da drogada não foi encontrado... mas está com a Taurus em um bolso do paletó esporte e uma seringa cheia de Pentobarbital, comprada pelo correio por apenas quarenta e cinco dólares, no outro. Se alguém aparecer, ele pode dar um tiro ou uma overdose na pessoa e guardar o corpo com o da drogada. Se for mulher, pode deixar o nome de Amy Gottschalk, a Jurada 4. Se for homem, o nome do Juiz Witterson, o filho da puta arrogante que negou a condicional a Duffrey e depois o sentenciou à prisão perpétua.

Ele também está pensando nos jogos a que foi assistir com o pai ali, que os amava e ao mesmo tempo ficava com medo. Quando os finados Buckeye Bullets marcavam, o pai fazia carinho na sua cabeça e lhe dava um abraço. Trig amava aqueles abraços. Depois de uma vitória, ele tomaria sorvete no Dutchy's mais tarde. Nada de sorvete quando os Bullets perdiam, e depois daqueles jogos Trig tinha que tomar cuidado com o que dizia para não levar tapas, socos nem ser empurrado na bancada da cozinha de novo. Ah, quanto sangue naquela vez! O papai secando com um pano de prato e dizendo: *Ah, seu bebê, uns pontinhos fecham isso. Diz que tropeçou, tá ouvindo?* E claro que foi isso que ele falou.

Onde estava a mamãe durante tudo isso? *Longe.*

Foi o que o pai disse nas poucas ocasiões em que Trig se atreveu a perguntar (e, quando ele tinha dez anos, ela era no máximo uma lembrança opaca, não uma mãe de verdade, mas só a ideia de uma). *Ela abandonou a família, e nós não falamos de gente que abandona, então por que você não cala logo essa porra de boca.*

Trig compra uma coca-cola no Fabulosos Frutos do Mar do Frank e anda até o rinque Holman, que parece totalmente abandonado. Ele tenta identificar o cheiro da drogada em decomposição, mas não sente nada. Pelo menos não que consiga perceber.

Vai até a frente de novo, a caminho do carro, e, num passe de mágica, *outra* drogada aparece. Com aquela regata suja e uma calça jeans esfarrapada, ela não pode ser outra coisa. Foi como por encomenda! Trig abre um sorriso e enfia a mão no bolso do paletó. Ele já se vê botando o nome de Amy Gottschalk na mão morta daquela otária. Mas logo um rapaz surge do meio dos pinheiros, atrás dela. Está tão molambento quanto a garota, mas usando uma camisa do exército com mangas cortadas, e parece um armário de tão robusto.

— Espera, Mary — diz ele. E, para Trig: — Ei, cara, tem uns dólares sobrando pra dois veteranos? Pra um café ou alguma outra coisa?

Trig tira a mão da seringa coberta, dá uma nota de cinco para ele e segue para o carro, torcendo para que o sujeito não se aproxime por trás e o assalte. Seria uma piada e tanto com a cara de Trigger, não seria?

DEZESSETE

1

É cedo na manhã de quinta, *muito* cedo, mas tudo está pronto para seguir em frente. Holly sempre se considerou uma pessoa organizada, mas está impressionada com Corrie Anderson, e não porque ela é tão jovem. A curva de aprendizado dela deve ter ido de zero ao máximo em questão de semanas. Em parte graças a Kate, claro. Ela escolheu a pessoa certa.

Holly leva a empregadora até três estações de rádio da cidade antes de o sol ter nascido. Kate toma café em quantidades que Holly acha apavorantes; ela estaria quicando pela sala e subindo pelas paredes se tomasse aquilo.

Como Holly não sabe dirigir com câmbio manual (tio Henry se ofereceu para ensinar, mas quando adolescente ela era ansiosa demais para tentar), ela leva Kate por Toledo no Chrysler, usando o GPS de confiança para ir de estação em estação. Em cada uma, Kate diz a mesma coisa. O DANO é uma mentira, as forças locais, inclusive a polícia, *sabem* que é mentira, mas cancelaram o evento mesmo assim. Por quê? Para fazê-la se calar. E, se fizeram isso em Toledo, podem fazer em qualquer lugar. Com qualquer pessoa.

Os programas matinais *são* mesmo zoológicos, mas Kate se supera no bate-boca cheio de pressão que é a especialidade desses apresentadores. Quando uma ouvinte (os programas matinais também são especializados em ligações de ouvintes) acusa Kate de colocar sua plateia em risco, Kate diz:

— Será que minha plateia prefere correr o risco de fazer abortos de fundo de quintal? Correr o risco de os filhos serem suspensos na escola porque têm moicano ou cabelo raspado na lateral? Correr o risco de banirem os livros de que os crentes fundamentalistas não gostam? Que tal deixar que *as pessoas* decidam o que é arriscado, o que você acha, ouvinte?

E quando a ouvinte solta a opinião de que Kate é uma vaca de renome, Kate oferece a própria opinião de que a ouvinte devia vestir a calcinha de adulta e parar de tomar decisões pelas outras pessoas.

Em outras palavras, só dá Kate.

2

No hotel, Corrie tem uma lista com mais de vinte pedidos de entrevista por telefone. Sugere que Kate faça as mais sérias (*Huffington Post*, *NPR*, *PBS*, *Slate*) antes de pegarem a estrada para Buckeye City.

— Quando partirmos, você fala enquanto eu dirijo. Acho que vai conseguir dar conta das nove que marquei. Dez minutos cada, noventa no total — diz ela.

— Tem certeza de que eu posso fazer na estrada? Eu odeio quando o sinal cai. Era de pensar, se conseguimos levar um homem à Lua...

— A cobertura deve ser a melhor o caminho todo. Eu verifiquei.

A admiração de Holly por Corrie só aumenta.

— Faça suas declarações e siga em frente. "Estão tentando me amordaçar, jogar meus direitos da Primeira Emenda na privada, deixem as pessoas decidirem se querem ir, parem com as reações extremas." Martele isso. Não dê trégua. Cada vez que eu te cutucar no braço, fale mais.

Kate olha para Holly.

— Quando eu for presidente, essa mulher vai ser minha chefe de gabinete.

Corrie fica vermelha.

— Eu só quero proteger sua turnê.

— *Nossa* turnê. As três mosqueteiras. Né, Holly?

— Beleza, princesa — diz Holly

— Nós ainda temos reserva no Garden City Plaza — lembra Corrie.

— E ainda no meu nome? — pergunta Kate.

— Sim. Holly disse que seria melhor, considerando o que aconteceu, se não parece que você está se escondendo.

— Isso aí.

— Você pode fazer o resto das ligações de lá. — Corrie balança os punhos no ar. — Isso pode dar certo.

Kate pega a lista de Corrie e começa a fazer ligações. A energia dela parece inabalável. Holly volta para o quarto, leva três minutos para terminar de arrumar as coisas e começa a olhar a lista de igrejas ativistas de Jerome. Ele acrescentou detalhes ao longo da noite. A perseguidora de Kate pode não estar ali, mas também pode.

Jerome escreve que algumas daquelas igrejas se organizaram por um coletivo chamado AOG, que significa Army of God, ou Exército de Deus. Três delas, duas igrejas no Tennessee e a do Alabama, se envolveram com a polícia por causa de violações do FACE, a Liberdade de Acesso a Entradas de Clínicas. Protestar não era problema; lançar insultos para as mulheres que estavam entrando também não (embora, na opinião de Holly, devesse ser); fotos de fetos desmembrados não eram problema; bloquear as entradas e chuvas de sangue, falso ou não, eram. Depois de clicar em vários links inseridos nas notícias, Holly descobre que, desde Dobbs contra a Jackson Women's Health Organization, aquelas clínicas foram fechadas de qualquer modo, e ela acha que o pessoal a favor da vida pode considerar isso uma vitória.

Em Idaho, membros da Cristo Redentor Eterno se deitaram na frente de uma parada drag, enquanto outros membros a "abençoavam" com água gaseificada. Em vez de chamar a água com gás de "bênçãos", o juiz chamou de "agressão em terceiro grau". Também em Idaho, apenas um mês depois, membros da mesma igrejinha foram presos por vandalizarem uma biblioteca que diziam ser local de encontro de pedófilos que pertenciam à organização Q. No norte do estado de Nova York, uma clínica de mulheres foi bombardeada. Ninguém morreu, mas duas pacientes e uma enfermeira ficaram gravemente feridas. A investigação não terminou e nenhuma prisão ocorreu.

A anotação de Jerome sobre a igreja de Wisconsin é curta: *Sagrado Cristo Real, Baraboo Junction, Wisconsin. Pesquisar Cadelas da Brenda.* Como Kate ainda está na terceira ligação, que Holly escuta pela porta aberta, faz exatamente isso.

O artigo mais informativo que encontra está em um site chamado *Religião Boa e Ruim*. A história é de um conflito envolvendo uns vinte e poucos manifestantes da Sagrado Cristo Real e umas doze mulheres, as Cadelas da Brenda, que foram contra o protesto usando scooters. Holly repara que, embora a Sagrado Cristo Real fique no norte de Wisconsin, a manifestação aconteceu na Pensilvânia. A dedução de Holly é que a igreja tem um patrono rico, ou muitos congregacionistas ricos.

O artigo do *Daily Kos* que ela lê em seguida tem um tom calejado de "esses são os Estados Unidos de direita em que vivemos" do qual Holly não gosta. Ela começa a desligar o iPad, mas decide pesquisar mais um pouco a Igreja Sagrado Cristo Real de Baraboo Junction. Ela consegue *uma pá* de resultados, a começar com a Wikipédia.

Acontece que a igreja não afiliada era custeada por Harold Stewart, o falecido presidente da Elétrica Ondas de Calor e dono de várias patentes valiosas. As patentes agora são propriedade da Sagrado Cristo Real, uma igreja afiliada do AOG. Os membros da Sagrado Cristo Real já protestaram em muitos estados com o dinheiro de Stewart, não só na Pensilvânia. Em um caso, quatro membros da igreja *foram* presos e acusados de agressão enquanto protestavam numa clínica na Flórida. Isso foi um ano antes do embate com as Cadelas da Brenda. Holly encontra um artigo sobre isso no *News Journal* de Pensacola. Tem paywall, mas a manchete basta para ela pagar os 6,99 dólares pela oferta introdutória.

QUATRO ACUSADOS EM ATAQUE FALSO
DE ÁCIDO NA CLÍNICA SARA WATERS

Ela murmura um "puta merda" nada característico de Holly.

Antes de ler o artigo, olha a fotografia que o acompanha. Mostra três homens e uma mulher, de braços dados em solidariedade, subindo os degraus do fórum, exibindo uma expressão desafiadora para o fotógrafo. Dois homens são identificados como pastor James Mellors e primeiro decano Andrew Fallowes, da Igreja Sagrado Cristo Real. A mulher é Denise Mellors, esposa do pastor. O terceiro homem, bem mais jovem, é Christopher Stewart. O artigo não diz que ele é filho de Harold Stewart, mas Holly acha que é provável. Ele tem a idade certa.

A voz de Kate some. Pensamentos na parada seguinte, sua cidade, somem. Ela está tendo um daqueles momentos pelos quais ela vive: o clique de coisas se encaixando. *Era uma mulher em Reno, não um homem, mas...*

o que Corrie disse? "Cabelo ruivo que com certeza não é natural." E depois, a polícia encontrou a peruca.

Corrie bota a cabeça na porta.

— Kate terminou. Com essa rodada, pelo menos. Pronta pra ir?

— O que exatamente a mulher de Reno te disse? Você lembra?

— Eu nunca vou esquecer, porque achei que ficaria cega pelo resto da vida. Ela disse: "É isso que você merece". E algo da Bíblia sobre não exercer a autoridade do homem.

— Vem aqui um segundo.

— Ela está esperando, Holly, a gente tem que…

— Isso é importante. Vem aqui.

Corrie vai. Holly mostra o artigo para ela.

— Esse crime na Flórida, agressão que depois foi classificada como contravenção, combina com o modus operandi da mulher que jogou ácido falso em você. Se é que *foi* uma mulher. — Ela afasta os dedos para deixar a foto do quarteto subindo os degraus do fórum maior. Ela mostra Christopher Stewart. — Essa pode ser a pessoa que te atacou em Reno?

Corrie olha por muito tempo e balança a cabeça.

— Não sei. Foi tudo tão rápido, estava chovendo, e, se era um homem, estava com roupa de mulher e peruca. Saia, talvez vestido. Eu não posso…

Kate chega.

— Eu quero ir logo, moças. Vamos, vamos, vamos.

— Holly acha que talvez tenha encontrado a mulher que está nos perseguindo. Só que, se ela tiver razão, é um homem.

— Isso não me surpreenderia — diz Kate. — Eles costumam ser os perigosos. — Ela dá uma olhada rápida na foto do tablet de Holly e continua: — Até que não é feio.

— Pensa e olha de novo, Corrie.

Corria olha e balança a cabeça.

— Não sei. Queria saber, Holly, mas…

— Nós temos que ir — repete Kate. — Faz sua pesquisa em Buckeye, Hols. Se esse pirado estiver atrás de mim, pode ser que já esteja lá.

3

A caminho de Buckeye City, Holly tem um momento de inspiração. Ela para no estacionamento de um Shoney's e liga para Jerome. Ele atende, mas no fundo ela ouve música alta e ecoante. Muitos metais.

— *Eu estou no Mingo!* — grita ele. — *Falei com a Sista Bessie! Estão ensaiando "Twist and Shout"! Fantástico! Barb tá cantando com o grupo! É...* — Ele é interrompido por uma sequência de bateria.

— *O quê?*

— *Eu falei que você não vai acreditar em como ela é boa! Todas são! Vou te mandar um vídeo!*

— *Tudo bem, mas eu preciso que você faça uma coisa pra mim! Você pode ir pra um lugar silencioso?*

— *O quê?*

— VOCÊ PODE IR PRA UM LUGAR SILENCIOSO?

Alguns segundos depois, a música some.

— Melhor? — pergunta Jerome.

— Sim. — Ela diz o que precisa, e Jerome diz que vai ver o que pode fazer.

— E me manda o vídeo. Quero ver Barbara fazendo o twist.

4

Holly adoraria parar no apartamentinho aconchegante em que mora para jogar as roupas da viagem na máquina. Botar umas limpas na mala. Talvez tomar um espresso à mesa da cozinha em uma área com sol. Continuar a pesquisar a Igreja Sagrado Cristo Real de Baraboo Junction, Wisconsin, e possivelmente ver um vídeo de Barbara no palco do Mingo, dançando e cantando.

Mas o principal é que ela gostaria de ficar sozinha.

No trajeto de Toledo, finalmente aceitou a ideia consciente de que não gosta muito de Kate, a Kate com a mente bitolada e o fanatismo um tanto cansativo. Ainda admira a coragem, a energia e o charme da mulher (principalmente este último, utilizado quando ela precisa de alguma coisa ou alguém), mas naquele trajeto de duas horas ela também encarou o fato de que Kate é sua empregadora, não sua cliente. *Eu seguro a toalha dela*, pensou Holly, e que pensamento infeliz foi esse.

Em vez de ir para o apartamento, ela vai direto para o Garden City Plaza e para na entrada da recepção ao lado da picape de Kate. No momento, os especuladores de autógrafos e suvenires foram superados pelos apoiadores de Kate e pelos fãs de Sista Bessie. Os apoiadores ocupam o outro lado da rua, segurando uma faixa que diz BEM-VINDA, KATE MCKAY! PODER FEMININO PARA SEMPRE!

Kate se aproxima deles e Holly sai da banheira que é o Chrysler e corre até ela, pensando: *Lá vamos nós de novo*.

Kate faz o gesto de *vamos, vamos, vamos*. Os apoiadores comemoram e os poucos defensores do direito à vida presentes vaiam com força.

O que Holly vai fazer se alguém pegar uma arma? Derrubar Kate? Sim, provavelmente. Se jogar na frente dela como escudo humano?

Boa pergunta.

Kate não hesita no saguão, vai direto para o bar para sumir de vista. Holly se junta a Corrie na recepção para fazer o check-in.

5

Chris chega a Buckeye City às três da tarde. O Garden City Plaza tem manobrista, mas, pensando nas instruções do diácono Fallowes de deixar o menor rastro digital possível, ele para num estacionamento público a duas quadras e paga em dinheiro por três dias de permanência... embora espere estar morto ou preso depois da noite seguinte.

Ele puxa as duas malas, uma azul e uma rosa, até o hotel e as deixa em frente à porta giratória para descansar os braços e ombros. O porteiro pergunta se pode ajudar e Chris diz que está tudo bem, obrigado. Ele olha para o saguão, um acaso de sorte, porque a assistente de McKay e a vaca guarda-costas estão na recepção, falando com um funcionário. Um grupo de mulheres de meia-idade na fila atrás delas está com camisetas da Sista Bessie que mostram uma Betty Brady bem mais jovem e exibem o slogan MANDEM MAIS SOUL DA SISTA.

— Você veio pra cidade para o show? — pergunta o porteiro.

— Sim, se eu conseguir um ingresso.

— Talvez não seja tão fácil. Está esgotado e os cambistas estão aproveitando. Espero que tenha reserva aqui, porque o hotel está lotado.

— Eu tenho.

Chris vê McKay se juntar a Anderson e Gibney na recepção, e elas vão para o elevador. As fãs de Sista Bessie se aproximam para fazer o check-in. Chris pega as malas e entra. Tira o cartão de crédito da carteira, hesita e guarda. Ele também tem um Amex cortesia do diácono Fallowes, no nome de William Ferguson. "Apenas para emergências e com limite de dois mil dólares", disse Fallowes. "Use só se souberem quem você é."

Até onde ele sabe, ninguém o conhece, mas uma intuição muito forte diz que é para ele usar o cartão em nome de Ferguson, e é o que ele faz. Diz ao recepcionista que o sr. Stewart não conseguiu ir e que vai entrar no lugar dele.

— Pode apagá-lo do seu check-in.

— Muito bem, sr. Ferguson.

O quarto 919 é do tipo cubículo que funcionários de hotel chamam de "uma piada de quarto", mas Chris acha que foi o que o diácono Fallowes conseguiu tão em cima da hora. Fica ao lado dos elevadores e tem um armário movimentado de camareiras logo em frente. A única vista é de uma parede de tijolos do outro lado de uma viela. Ainda assim, é melhor do que a maioria dos buracos onde Chris e Chrissy andam ficando. É bom o suficiente para deixá-lo incomodado, afinal, é melhor do que ele merece.

Seus braços e suas costas estão doendo de puxar as malas até o hotel. Chris pega a aspirina na mala de Chrissy e toma duas com uma garrafa de água Poland Spring que tira do frigobar. Ele se deita para esperar os comprimidos agirem.

Só quinze minutos, diz a si mesmo. *Aí eu vou procurar o auditório onde ela vai falar amanhã à noite. Vou pensar em um jeito de agir, e é melhor pensar direito, porque só vou ter uma chance.*

Mas dormir anda difícil ultimamente, e ele cai num sono leve. Muitas vezes, quando sua mente se liberta, quando ele abandona a observação cuidadosa do passado, com as humilhações e decisões difíceis, se vê lembrando-se da mãe, que sabia e aceitava o que chamava de natureza dividida dele.

Eles nunca discutiram sobre isso, mas ele nunca acreditou que houvesse algo dividido. Quando era Chris, era Chris. Quando era Chrissy, era

Chrissy. Sua mãe comprava as roupas de Chrissy na Outlets at the Dells, que era longe o suficiente para sustentar o que ela chamava de "segredinho da família". As roupas ficavam nas gavetas de baixo da cômoda de Chris, debaixo das calças jeans e camisetas dele, junto à boneca Glitter Girls que Chrissy chamava de Eudora. Apesar de o pai saber sobre a gêmea do filho, Chris era proibido de se vestir como Chrissy ou de dormir com Eudora até Harold Stewart ter ido perguntar se Chris tinha feito as orações e dar um beijo de boa-noite nele. Depois disso, ele podia tirar Eudora do confinamento e se tornar Chrissy.

A mãe chegou à aceitação com facilidade. O pai se refugiou na ignorância.

O diácono Fallowes aprendeu a aceitar porque queria usar os gêmeos Stewart em algum momento (Deus diria quando a hora chegasse), mas também porque as pessoas profundamente religiosas de qualquer seita ou fé sempre conseguem encontrar justificativa para o que querem fazer em algum dos livros sagrados. O diácono Andy encontrou a dele no Evangelho Segundo São Mateus, capítulo 19 versículo 12: "Com efeito, há eunucos que nasceram assim; desde o ventre materno. E há eunucos que foram feitos eunucos pelos homens. E há eunucos que se fizeram eunucos por causa do Reino dos Céus. Quem tiver capacidade para compreender, compreenda".

— Você entende esse versículo, Chris?

Ele balançou a cabeça.

— Eu não sou eunuco, eu ainda tenho o meu... — Ele pensou em como dizer sem ser ofensivo. — As minhas partes masculinas.

— E se pensarmos em eunuco como aqueles que são ao mesmo tempo homens e mulheres? Você entende se for dito assim?

Chris, que tinha dezesseis anos na época, disse que entendia. Na verdade, não entendia; era bem mais simples do que isso, sem necessidade de sintaxe torturada. Mas ele queria que o diácono Andy ficasse feliz com ele... ou tão feliz quanto pudesse. Se isso significasse arrancar algum significado necessário da Bíblia, tudo bem.

Fallowes colocou as mãos nos ombros de Chris, fortes e quentes. Diferentemente do pai de Chris, falecido havia dois anos, Fallowes realmente pareceu entender. Não o entendimento da mãe, que era gentil, mas de um jeito que sugeria que poderia haver uma maneira de seguir em frente.

— Me diz como o versículo se aplica a você, supondo que façamos essa pequena mudança... que é, no fim das contas, só uma pequena modernização da Bíblia do Rei Jaime.

— Significa que alguns se fizeram homem e mulher ao mesmo tempo por causa do Reino dos Céus?

— Isso! Muito bom. — O diácono Andy apertou os ombros dele de leve. — E aquele que puder aceitar a Palavra Sagrada de Deus, que aceite. Quero ouvir você dizer.

— E aquele que puder aceitar a Palavra Sagrada de Deus, que aceite.

— E *aquela*.

— E aquela que puder aceitar a Palavra Sagrada de Deus, que aceite.

— Isso. Faça o que seu coração mandar, e você vai receber. Vou ajudar você nesse aspecto.

— Sei que vai, diácono Andy.

— Vamos conversar mais sobre o que Deus quer de você. — Ele fez uma pausa. — E da sua irmã, claro.

6

Antes que seu cochilo chegue a um sono profundo, ele se senta, vai ao banheiro e joga água fria no rosto. Em seguida, sai para avaliar o auditório Mingo. Tem uma multidão na frente do hotel. Algumas pessoas estão com camisetas do Poder Soul da Sista Bessie. Algumas erguem cartazes a favor da vida, à espera de uma oportunidade de desdenhar de Kate McKay. Chris sabe que desdém não vai fazê-la parar.

Nada vai fazê-la parar, só uma bala.

7

Por que precisa ser o rinque Holman?

A pergunta fica voltando a Trig, interrompendo o trabalho da vida real, que agora parece cada vez mais um sonho. O computador está ligado e há contratos que precisam ser preenchidos e enviados para várias empresas; há formulários de seguro e várias indenizações a serem impressas, assinadas e enviadas. Mas naquele mês, o *último* mês, seu verdadeiro trabalho está sendo assassinato, como beber era seu verdadeiro trabalho antes de ele entrar para o AA. E, olha só! Ele realmente acreditou que poderia fazer os jurados se sentirem culpados? Ou aquele promotor-assistente arrogante? Ou o juiz teimoso e metido a superior?

Está tarde no jogo, tarde demais para ele continuar se enganando, que é o que tem feito. Há jurados, talvez Gottschalk ou Finkel e principalmente Belinda Jones, que sem dúvida se arrependeram quando Alan Duffrey foi morto no pátio da prisão, e mais ainda quando foi revelado que ele tinha sido preso por um crime que não havia cometido. Mas será que sentiram culpa de verdade, do tipo que faz perder o sono?

Não.

Por que precisa ser no Holman?

Porque o Holman era alfa, e é o certo que seja o ômega. Depois que sua mãe foi embora, depois que ela estava *longe*, vamos dizer assim, alguns dos melhores e piores momentos passados com o pai dele

(*alfa/ômega*)

foram naquele rinque, vendo os Buckeye Bullets patinarem, sem importar que ele não podia dizer nada logo depois que os Bullets perdiam. Sem importar que houvera aquela noite em que ele tinha tentado consolar o pai por causa do juiz horrível que estragou o jogo e o pai o empurrou na bancada, o pai limpando o sangue depois e dizendo *ah, seu bebê, uns pontinhos fecham isso*. O pai, tão seguro de tudo, que nunca pedia desculpas. Nunca explicava. Quando Trig ousou, só uma ou duas vezes, perguntar sobre a mãe, o pai disse: *Ela está longe, nos deixou, isso é tudo que você precisa saber, agora cala a boca se não quiser levar uma surra na bunda.*

Maisie bate à porta do escritório dele e coloca a cabeça para dentro.

— Tem uma ligação na linha 1 pra você, Don.

Por um momento ele não responde, porque Don é seu nome da vida real, e cada vez mais naqueles últimos dias do mês que passou ele pensa em si mesmo como Trig. Acha que antes mesmo de Duffrey ser morto e Cary Tolliver ter se apresentado, devia estar planejando algo assim, um *surto*, sem permitir que sua mente consciente soubesse. Foi assim com a bebida. Quando já estava disposto a seguir em frente, não dava para deixar a sua consciência saber do segredo. No AA, diziam que um *deslize* na verdade era *algo que eu não planejei direito*.

— Don? — É Maisie, mas ela está distante. Muito, muito distante.

Tem um cavalo de cerâmica na mesa. Trig o usa como peso de papel. Toca na escultura agora, faz uma carícia. Sua mãe lhe deu de presente quando ele era muito novo. Ele gostava daquele cavalo velho. Amava, na verdade. Levava para a cama (assim como Chrissy levava a Glitter Girl, Eudora, para a cama). Era um cavalo sem nome até seu pai dizer: *Chame de Trigger, porque parece o que Roy Rogers montava.* Papai dizia que Roy Rogers era um caubói de antigamente. Então o cavalo de cerâmica virou Trigger e papai começou a chamá-lo de Trig. Mamãe nunca o chamava assim, mamãe o chamava de pequeno Donnie, mas aí ela *sumiu.*

— Don? Linha 1?

Ele volta a si.

— Obrigado, Maisie. Estou com a cabeça nas nuvens hoje.

Ela abre um sorriso evasivo que talvez diga *não só hoje* e sai.

Ele olha para a luz piscando no telefone e se pergunta como a pessoa que ligou reagiria se ele atendesse dizendo *alô, aqui é Trig, também conhecido como Donald, também conhecido como Jurado Nove.*

— Para — diz ele, e atende a ligação. — Oi, aqui é Don Gibson.

— Oi, sr. Gibson, aqui é Corrie Anderson. A assistente de Kate McKay. Nós nos falamos antes.

— É verdade — diz Trig, assumindo a voz simpática de diretor de programação.

— Obrigada por nos encaixar amanhã. Muitos apoiadores de Kate vão agradecer.

— Agradeça à Sista Bessie, não a mim. Ela foi gentil a ponto de cancelar o último ensaio pré-show.

— Você pode agradecer a ela por mim?

— Com prazer.

— Kate não tem problema em trabalhar com o equipamento da Sista Bessie no palco. Quanto a mim, só tenho algumas perguntas sobre a logística do evento de amanhã à noite.

— Fico feliz em responder, mas primeiro tenho uma pergunta. Você pode vir aqui amanhã assinar alguns papéis? Um deles é bem importante.

É um formulário da Global Seguros, e considerando a… hum… postura controversa da sra. McKay em relação a alguns assuntos… ele precisa ser executado antes de ela subir ao palco.

— Eu preciso estar no auditório pra receber uma entrega do livro mais recente de Kate amanhã às duas da tarde. São vinte caixas. Tudo bem?

Na verdade, não. Vai ter gente demais por perto.

— Eu tinha esperanças de que você pudesse vir por volta do meio-dia, porque tenho um compromisso às duas.

O compromisso é mentira, mas Maisie vai estar almoçando ao meio-dia, e com Sista Bessie e a banda tendo o dia de folga, o auditório vai estar vazio. Havia uma entrega marcada, mas ele a cancelou. Também falou para Margaret, a moça da cozinha, e para Jerry, o zelador, tirarem o dia de folga.

— Seria possível? — Ele dá uma risadinha constrangida. — Não quero ser um pé no saco, mas sem assinatura não tem seguro, e sem seguro não tem evento. Eu estou numa encruzilhada aqui, sra. Anderson, porque, se Kate McKay for cancelada, quem vai levar a culpa?

— Eu que vou — responde Corrie, e ri. — Mas acho que você também. Eu posso assinar? Porque, se você precisar da assinatura da Kate, eu vou ter que ir agora pra trazer o…

— Não, não, sua assinatura está ótimo — diz Trig tranquilamente. Na verdade, como diretor de programação do Mingo, ele pode assinar a maioria dos papéis do seguro, e naquele caso *não há* papéis.

— Eu posso ao meio-dia — diz Corrie.

— Sugiro que você pare atrás do auditório. Posso te encontrar lá e entrar com você pela entrada de serviço.

— Eu vou de Uber. Não vou me arriscar com a picape nova da Kate numa cidade que não conheço.

— Obrigado — diz Trig. — É uma coisa a menos na minha cabeça.

E, se ela levar a guarda-costas de McKay junto, melhor ainda.

DEZOITO

1

Holly vê três vezes o vídeo que Jerome enviou e não consegue parar de sorrir. Como foi gravado com o iPhone dele, o som está estourado e com eco, exagerando as vozes de Sista Bessie cantando e das Dixie Crystals atrás, mas as imagens estão claríssimas. Betty Brady está com um turbante, um vestido amplo reto e tênis vermelhos de cano alto, mas as Crystals — inclusive Barbara — estão experimentando o que Holly desconfia ser as roupas do show: calças pretas de cintura alta e camisas brancas sedosas cintilantes. Embora ela calcule que as três Crystals originais tenham o triplo da idade de Barbara (por aí), Barbara está perfeitamente sincronizada com elas, respondendo ao canto principal de Betty, acrescentando um *oooo* a cada *shake it up, baby.* Barbara parece estar se divertindo como nunca, e Holly, que odiou as poucas coletivas de imprensa a que teve que ir e nunca em seus sonhos mais loucos teria coragem de subir num palco, fica feliz da vida por ela.

Há uma batida na porta quando ela está começando a ver o vídeo pela quarta vez. Ela espera Corrie ou Kate, mas é Jerome, com sua bolsa masculina (que Holly deu para ele no Natal anterior) pendurada no ombro. Ela só percebe como estava com saudade quando o vê, e também ainda está tomada de felicidade por Barbara. As duas coisas se juntam e Holly, que costuma ser uma mulher de poucos gestos de demonstração, passa os braços em volta de Jerome e o abraça com muita, muita força.

— Opa, garota, eu também te amo. — Mas ele retribui o abraço, levanta seus cinquenta e dois quilos e a balança de um lado para outro antes de a colocar no chão. — Você viu o vídeo, imagino.

— Vi! É maravilhoso! Ela tá tão... sei lá... tão... tão *alguma coisa*.

— Natural? Feliz?

— Isso!

Jerome sorri.

— Só torça pra ela não ficar com medo do palco quando estiver na frente da plateia.

— Ela vai ficar?

— Acho que não — responde Jerome. — Ela quer fazer isso pelo menos uma vez, e ela e Betty criaram um laço. Estão grudadas.

— Barb vai seguir com o resto da turnê?

— Não falou ainda, e ela está atraída pela ideia, mas eu acho que no final vai acabar ficando em casa pra continuar escrevendo.

— Sapateiro, foca na tua bigorna — murmura Holly.

— O quê?

— Deixa pra lá. Mas é emocionante, não é?

— É.

— E você vai cuidar da senhora... Sista... quando ela for cantar o Hino no parque Dingley?

— Vou. Isso também é emocionante. Não espero ter problemas, porque as pessoas estão loucas pra ela sair da aposentadoria. — Ele baixa a voz. — Falando em problema, cadê o seu?

Holly garante rapidamente a Jerome que a sra. McKay não é problema (apesar de achar que Jerome deve saber a verdade).

— Kate está no quarto ao lado, à direita. Ela ficou com a suíte. Corrie Anderson, a assistente, está à esquerda. Kate gosta de nadar, e vou ter que descer pra piscina com ela daqui a pouco. Você teve alguma sorte com aquilo que eu pedi?

— Muita. Pesquisa é meu forte. Você me despertou, Hols. Eu joguei meu romance no lixo...

— Jerome, não!

— Jerome, sim. Eu vou escrever sobre essas igrejas malucas. As coisas que você pediu são só a ponta do iceberg. Essa porra é assustadora. Eu poderia contar algumas das coisas que eu já descobri, mas isso fica pra outra hora. Agora, eu tenho as fotos que você pediu. Uma é de uma breve audiência no fórum de Rawcliffe, Pensilvânia, todas as acusações retiradas.

A outra é do Macbride, em Iowa City. Mandei ampliar com papel brilhoso tamanho vinte por vinte e cinco.

Ele abre a bolsa e tira duas fotos. A de Rawcliffe não está ótima, mas basta para Holly identificar Fallowes, um dos diáconos da Sagrado Cristo Real, e o jovem que só pode ser Christopher Stewart. Na foto, ele está com a cabeça baixa, e o cabelo, que é comprido para um frequentador de igreja do tipo fundamentalista, está escondendo parte do rosto.

A foto do Macbride, em Iowa City, está bem melhor. Ele está na terceira fileira, o cabelo penteado para trás, o rosto erguido, o braço esticado para o alto.

— Parece que ele está tendo um momento de ver Jesus — diz Jerome.

— Não é isso — retruca Holly. Ela está empolgada. — No começo do evento, Kate pede que todos os homens da plateia levantem as mãos e só as deixarem levantadas se tiverem feito um aborto.

— Não é exatamente uma pergunta capciosa — comenta Jerome —, mas acho que o ponto é esse.

Kate dá uma batida educada na porta e bota a cabeça para dentro do quarto. Está com um roupão do hotel por cima do maiô vermelho.

— Hora de nadar, Holly. E quem é este pedaço de mau caminho?

— Meu colega da Achados e Perdidos, Jerome Robinson — explica Holly, pensando o que Kate acharia se algum cara perguntasse "quem é essa gostosa?" se referindo a ela. — Ele encontrou outra foto do homem, não uma mulher e sim um homem, que quase certamente está perseguindo você. Christopher Stewart.

Kate entra no quarto. O roupão dela está aberto, e Holly vê Jerome dar uma olhada rápida que ela supõe que seja um reflexo masculino heterossexual… embora não a inspeção mais longa e quase clínica que se tornou famosa como "olhar masculino".

Kate não repara ou não liga. Ela se curva para olhar a foto do Macbride. Um sorriso surge no seu rosto.

— Sabe de uma coisa, eu me lembro desse cara. Ele se esqueceu de abaixar a mão com os outros homens, e eu fiz uma piada sobre ele ser a versão da Virgem Maria com cromossomos XY. A plateia riu, com ele, não dele, e eu bati palmas. Ele ficou vermelho. Agora que você sabe quem ele é, o que você vai fazer?

313

— Informar a polícia — diz Holly —, mas eles estão ocupados com um assassino em série...

— O maluco dos Substitutos dos Jurados — completa Kate. — Ele está no noticiário todo.

— É. — A polícia em geral, e Izzy em particular, também estão ocupados com um jogo beneficente de softball, mas isso é tão idiota (ao menos na opinião de Holly) que ela nem menciona. — Nós também vamos ficar de olhos abertos, não vamos?

— Vamos — diz Kate, mas ela está com o telefone no ouvido. — Corrie? Você ainda está aqui? Que bom. Pode vir para o quarto de Holly? — Ela abaixa o telefone. — Ela já vem.

— Posso fazer uma sugestão? — interfere Jerome.

— Claro — responde Kate, e sem olhar primeiro para Holly. O que Holly acha irritante, interessante e engraçado... tudo ao mesmo tempo.

— Eu aposto que Holly já sabe — diz Jerome, o que Holly considera *très galant*.

Holly sabe.

— Precisamos verificar todos os hotéis e motéis atrás de um Cristopher Stewart, as reservas e os já hospedados. Inclusive este aqui.

— Vou pedir a Tom Atta — fala Jerome. — Ele é reserva no jogo de amanhã, diz que está com uma lesão no tendão da coxa, então deve dar pra ele fazer isso.

— Que jogo? — pergunta Kate, mas antes que Jerome possa responder, Corrie entra com a cabeça curvada sobre o notebook.

— Tem um problema com Cincinnati, Kate, mas estou resolvendo. Tudo bem em Elmira, o tempo não vai ser um empecilho no fim das contas. Eu tenho que ir ao Mingo amanhã ao meio-dia pra assinar uns papéis chatos do seguro...

— Esquece isso tudo por enquanto. Olha essa foto de Iowa City — diz Kate. — É bem melhor que a do jornal da Flórida. Esse é o cara que se vestiu de mulher em Reno?

— Eu já falei, eu vi muito rápido...

Tem uma caneta permanente no bolso lateral da calça de Corrie, perfeita para dar autógrafos e desenhar em fotos brilhosas. Holly a pega e desenha uma franja no rosto virado do homem que estava sentado na terceira fila do Macbride uma semana antes.

314

Corrie olha por bastante tempo. E se vira para Holly.

— É ele. Ela. Tanto faz. Tenho quase certeza.

— Além da polícia, nós temos que informar a imprensa sobre esse cara. E as mídias sociais. A foto do Macbride está boa. Talvez não dê pra botar na versão impressa do jornal de amanhã, mas no Twitter e no Facebook e na edição on-line do... — diz Holly.

Kate aperta o ombro dela com força.

— Você está louca?

— Como assim? — Holly está perplexa.

— Já é ruim você querer informar a polícia. Acho que tenho que permitir isso porque o cara pode ser uma ameaça aos outros, mas *nada de imprensa nem Twitter*. Já cancelaram o evento em Toledo. Se você der aos políticos uma desculpa pra me cancelarem aqui, eles vão aproveitar.

Holly segura a mão de Kate e a solta delicadamente do ombro. Mais tarde, vai ver as marcas dos dedos de Kate no local.

— Esse homem quer te matar, Kate. Você entende isso?

— Cada vez que eu subo no palco, alguém quer me matar, e deve ser só questão de tempo até alguém tentar. *Você* entende isso? — O sorriso de Kate está feroz. Holly está sem palavras. Corrie também.

Finalmente, Jerome diz:

— Que tal circular a foto entre os funcionários do Mingo além da polícia?

— E nos outros locais onde vamos nos apresentar — diz Corrie.

Kate assente. Para Holly, ela pergunta:

— A polícia *vai* tentar cancelar tudo?

Holly abre um sorriso para Kate, não um feroz (ela não *sabe* fazer feroz), mas apertado e sem humor.

— Acho que não — responde. — Se algum deles puder ser liberado do jogo beneficente de softball, acho que vão te encarar como isca.

2

Jerome vai para a Staples, onde faz duzentas cópias da foto da câmera da plateia do Macbride. Leva cinquenta para o parque Dingley e as entrega para

Tom Atta, que está enorme e atlético com o short azul e a camiseta. Exceto pela atadura elástica em volta de um joelho e tornozelo, claro.

— Não basta termos um assassino em série por aí enquanto todos os policiais estão treinando para o jogo de softball — diz Tom. — Agora nós temos que ficar de olho nesse outro maluco também.

— Você pode distribuir isto aqui? Aqui e nos carros?

— Claro. O cara parece um americano normal.

— Ted Bundy também parecia. Que tal verificar hotéis e motéis?

— Você acha que esse cara ia se hospedar com o próprio nome? — pergunta Tom, e responde a si mesmo antes que Jerome possa tentar: — É possível, se não souber que estamos de olho nele.

Jerome gosta do *nós*.

— O maluco dos Substitutos dos Jurados agora é caso da polícia estadual, de um cara chamado Ganzinger. A chefe ficou feliz com isso, mas eu adoraria se o time da casa pudesse pegar ao menos um bandido. Então sim, eu vou pedir para o atendimento falar com o pessoal. E, falando no time da casa...

Ele indica o campo, onde Izzy está andando para o monte do arremessador, parecendo ter pernas absurdamente longas com o short do time da polícia. Seu apanhador, um homem corpulento com COSLAW escrito na parte de trás da camiseta, anda ao lado dela. Ao lado da terceira base, o time Molhados ganha vida dando assobios, gritos e fazendo brincadeiras sarcásticas.

— Vou te dar uma surra, Ruiva! — grita um deles. Ele é alto, um colírio, com joelhos que vão quase até o queixo. — Uma surra que você não vai esquecer!

— Esse é o cara que falou merda com a Iz na coletiva de imprensa do softball — explica Tom. — Foi tenso.

Izzy coloca a bola que estava segurando na luva para poder mostrar o dedo do meio para ele.

Tom indica o jogador alto dos Molhados.

— O nome dele, que apropriado, é Pill.

— Foi tenso de verdade ou só encenação?

— Era pra ser encenação, mas ele encheu o saco dela, então ela encheu o dele.

Coslaw se agacha atrás da *home plate* e bate na luva de apanhador. Izzy pega um impulso desajeitado, se curva e arremessa. A bola faz um arco por

316

cima do apanhador, quica no alto da rede de proteção e cai na cabeça de Coslaw. Os jogadores dos Molhados morrem de rir. Um ri tanto que cai do banco e esperneia virado para o céu azul.

— *Você tá tentando acertar a Skylab?* — grita George Pill.

O apanhador pega a bola e joga para Izzy. Mesmo de onde Jerome está, no banco ao lado de Tom, vê que as bochechas de Izzy estão vermelhas.

— Ela não deveria estar arremessando — comenta Tom. — Foi convocada porque arremessava na faculdade antigamente. Nosso cara dos arremessos se meteu numa briga de bar e quebrou a porcaria da mão.

— *SKYLAB, SKYLAB!* — Os jogadores dos Molhados parecem gostar dessa, apesar de esse objeto em específico ter caído do espaço décadas atrás. — *A RUIVA TÁ TENTANDO ACERTAR A SKYYYYLAB!*

O arremesso seguinte de Izzy é curto e cai na terra na frente da *home plate*. Os jogadores dos Molhados estão se acabando agora, puro deboche.

— Hum, talvez ela tenha um problema — diz Jerome.

— Izzy vai se recuperar — retruca Tom, apesar de não parecer tão convencido. — Você devia levar algumas dessas fotos para o Mingo, onde a moça lá da Holly vai falar. Entregar pros recepcionistas e outros funcionários.

— É minha próxima parada — diz Jerome.

— E distribuir em hotéis e motéis no caminho.

No monte, Izzy está jogando bem agora, embora Jerome torça para que ela coloque mais gás nos arremessos quando o jogo de verdade começar. Naquele momento, está fazendo arremessos de treino, cada um suplicando *acaba comigo.*

Ele se levanta e grita:

— Arrasa, Iz!

Ela abre um sorriso para ele e toca a aba do boné.

3

Kate está nadando na piscina do Garden City Plaza. Holly está de novo sentada na lateral, com uma toalha por perto, mas também com o tablet e o celular. Usa o PeopleFinders para conseguir os números de telefone de Andrew Fallowes — são dois. Com sua experiência em investigação, Holly deduz que um deve ser do escritório da igreja e um de casa. São duas e meia em Wisconsin, e Holly tenta o número da igreja primeiro. Um robô deseja que ela tenha um dia abençoado e dá cinco opções. Holly aperta 1 para Serviços Administrativos, perguntando-se o quanto uma igreja no norte de Wisconsin deve ser rica para ter cinco opções.

Depois de dois toques, um ser humano atende.

— Aqui é Lois e Deus te ama! — O ser humano quase canta. — Como posso ajudar?

— Meu nome é Holly Gibney e eu gostaria de falar com o sr. Fallowes.

— Posso perguntar como o diácono Fallowes pode ajudá-la hoje, Holly?

Holly desgosta de gente que usa seu primeiro nome logo de cara; essas pessoas costumam querer vender alguma coisa. Seguros, por exemplo.

— É de natureza pessoal — diz ela. — Não deixe de dizer meu nome para ele. — Pode não significar nada, mas pode significar muito.

— Eu vou te deixar na espera um momento, Holly, se não tiver problema por você.

— Não tem.

Ela espera. Kate vai para lá e para cá na piscina: maiô vermelho, água azul. Depois de uns trinta segundos, uma voz intensa de barítono diz:

— Aqui é o diácono Fallowes, srta. Gibley. Como posso ajudar?

Às vezes, quando menos espera, Holly se vê dotada de uma sensibilidade quase divina, vislumbres de compreensão subconsciente que ela chama, com sua autodepreciação habitual (e aparentemente intratável), de "minhas intuições malucas". Ela tem um momento desses agora. Fallowes não ouviu o nome dela errado. Ele o pronunciou errado de propósito. Ele sabe quem ela é, e, se sabe, quase certamente conhece a pessoa mentalmente instável que anda prosseguindo Kate McKay. Será que sabe o que Stewart está fazendo? Holly não tem certeza, mas acha que é bem possível.

— Estou ligando por causa de um dos seus paroquianos — diz ela. — Um jovem chamado Christopher Stewart.

Depois de uma pausa brevíssima, Fallowes diz:

— Ah, eu conheço o Chris. Conheço muito bem. O menino do Harold. Um jovem ótimo. O que tem ele, srta. Gibley? — Ele pausa por mais tempo e acrescenta: — E de onde você está ligando?

318

Você sabe muito bem de onde estou ligando, pensa Holly, *mas a pergunta é: você pilhou Stewart e o colocou nesse rumo ou ele fez isso sozinho?*

— Sr. Fallowes... diácono... eu tenho motivos pra acreditar que Christopher Stewart está perseguindo minha empregadora, uma mulher chamada Kate McKay. Imagino que você também conheça esse nome.

— Claro que conheço. — Um tremor se infiltrou na voz de Fallowes. — A matadora de bebês.

— Pode chamá-la como quiser — diz Holly. — Stewart jogou água sanitária no rosto da assistente dela, achando que era a sra. McKay. Isso é agressão. Ele entregou um veneno mortal nos bastidores de um dos eventos da sra. McKay. Isso é agressão com intenção de matar. Eu tenho motivos pra acreditar...

— Você *acredita*. Tem alguma prova?

— Ele foi a vários eventos dela, talvez todos. Eu tenho uma foto nítida dele em Iowa City. Estava na terceira fileira com a mão levantada. Acho que ele está nesta cidade, ou vai chegar em breve. Ele é um perigo para os outros e também para si mesmo.

— Eu discordo da sua teoria, e não tenho ideia de onde Chris possa estar — retruca Fallowes, e ela sabe que ele está mentindo sobre uma das duas coisas. Provavelmente as duas.

— Pelo seu bem e pelo bem da sua igreja, diácono Fallowes, espero que seja verdade. Porque se ele fizer mal a Kate ou a qualquer pessoa próxima dela, ou mesmo a algum passante ou passantes inocentes, as consequências serão graves. Em uma expressão que eu tenho certeza que conhece, será um inferno para vocês.

— Não gosto das suas insinuações, srta. Gibney. Elas são acusatórias.

Finalmente acertou meu nome, né?

Na piscina, Kate está desacelerando. Logo vai querer a toalha. Holly vai entregá-la, satisfeita com seu progresso.

— Sr. Fallowes? Diácono?

Silêncio... mas ele está ouvindo.

— Se souber onde ele está, mande que pare. Porque o rastro vai levar até a sua igreja. E a você.

— Já chega — diz Fallowes, e encerra a ligação.

Kate nada até a lateral da piscina.

— Está quase na hora da coletiva. Toalha?

Holly abre um sorriso.

— Bem aqui.

E estende a toalha para ela.

4

Chris está andando para o estacionamento onde deixou o carro quando o telefone toca. É o diácono Fallowes.

— Você tem outro telefone?

Ele quer saber se ele tem um descartável. Chris tem vários, mas estão todos no Kia, debaixo do compartimento traseiro, onde fica o estepe. Ele começa a dizer isso para Andy, mas ele o interrompe.

— Me liga de outro. Se livra do seu. — Ele desliga.

Então é sério. O plano de Chris de verificar o Mingo vai ter que esperar até ele descobrir o que está deixando o diácono Andy preocupado.

Quando chega ao estacionamento, troca de telefone e liga. A notícia é a pior possível.

— Já sabem quem você é. — A voz de Andy está intensa e suave como sempre, mas Chris é especialista quando o assunto é medo, já sentiu muito desde a manhã em que acordou e viu a mão da irmã pendurada, e sente o pânico mascarado pela voz suave e simpática do diácono. — Você vai ter que parar e voltar.

Chris anda até a extremidade do estacionamento e olha para o trânsito na avenida Buckeye. É só mais uma tarde de quinta no Segundo Erro no Lago. Pessoas com suas preocupações ridículas. Chris tem as preocupações dele, que não são ridículas.

— Não.

— *Como é que é?*

— Eu não vou parar. Eu vou pegar aquela mulher, e vou pegar ela *aqui*. Chega de pisar em ovos.

— Christopher, como seu diácono e ancião da igreja, estou ordenando que você volte. Se continuar, estará fazendo um mal irreparável à igreja.

Quer dizer que vou estar fazendo um mal irreparável a você, pensa Chris. Um ressentimento reprimido cresce dentro dele, como uma fonte termal prestes a se libertar de uma forma ou de outra.

— Se me pegarem, vou dizer que agi sozinho. — Ele não tem intenção de ser pego. Ao menos, não vivo.

— Christopher, me escuta. Não vão acreditar nisso. Estamos no radar do Estado paralelo, isso faz anos. Assim como Waco. E Ruby Ridge.

Chris tenta deixar o ressentimento de lado. E a raiva. É difícil. Será que ele estaria naquela posição, naquela *encrenca*, se não fosse a igreja? Só sua mãe entendia sua dor, mas, exceto o ultimato dela sobre Chrissy, ela era gentil demais para ficar contra as crenças de ferro do Velho Testamento da igreja.

— Eles têm sua foto da palestra da McKay em Iowa City. Vai ser passada pra todos os policiais da cidade. Se já não tiver sido.

— Eles estarão ocupados com outra coisa. — No caminho do hotel, Chris viu os folhetos do Secos & Molhados em todos os prédios e postes de luz. — Tem um assassino em série aqui, além de um jogo beneficente grande acontecendo. Procurar o perseguidor da McKay não vai ser prioridade.

Fallowes parece não ter ouvido.

— Todos os hotéis e motéis. Inclusive o *seu*.

Era algo em que ele não tinha pensado, e isso o faz hesitar.

— Vem pra casa, Christopher. Podemos resolver isso, desde que não consigam identificar você em Reno ou Omaha.

Acho que não vão conseguir. Eu era Chrissy nos dois lugares. Isso dá uma ideia para ele. Se conseguir voltar para o hotel sem ser reconhecido como o perseguidor de McKay, tudo ainda pode sair bem.

— Eu preciso que você me ajude — diz Chris. — Preciso que você encontre um lugar onde minha irmã possa ficar sem ser vista até McKay subir no palco amanhã à noite, às sete. Entra na internet e procura prédios abandonados perto do hotel Garden City Plaza.

— Christopher, eu não vou fazer isso.

A raiva explode.

— Vai, sim. É melhor que faça. Se não fizer, eu vou dizer que foi tudo ideia sua. Sua e do pastor Jim.

Fallowes faz um som que é em parte suspiro e em parte gemido.

— Se você fizer isso, vai matar esta igreja, meu filho.

— Eu não sou seu filho — retruca Chris. E, surpreendendo a si mesmo, grita: — *Ela não pode matar bebês! Já é ruim o bastante que Deus possa!*

Ele olha em volta para ver se alguém ouviu, mas o estacionamento é só dele debaixo do sol inclemente da tarde.

— Droga, filho... quer dizer, Chris...

— Encontra um lugar onde eu possa desaparecer, diácono Andy.

— Qualquer prédio abandonado que eu encontrar vai estar trancado...

— Eu entro. — *Desde que não tenha alarme.*

— Chris...

— Eu vou me livrar do meu celular e ficar com este descartável até você ligar. Depois, vou me livrar deste também. Quero pelo menos quatro prédios abandonados, pra poder escolher. Não, melhor cinco.

— A internet não é confiável, Chris. Eu posso encontrar um prédio que *supostamente* esteja abandonado, mas na realidade não...

— É por isso que eu quero alternativas — diz Chris, e precisa se segurar para não acrescentar o que teria sido impensável quando ele começou aquela cruzada. *Seu burro.*

— Chris...

Ele desliga.

5

Chris anda até o hotel com a cabeça baixa e o boné John Deere bem puxado. Quando se aproxima, lança um olhar sorrateiro para a frente e vê a assistente, Corrie Anderson, saindo de um Uber. Essa passou perto! Ele espera até ela entrar e dá um tempinho a mais para que chegue aos elevadores. Ele tem um minuto ruim ao passar pelo porteiro, mas isso corre bem. Pelo menos ele acha. Espera.

No quarto 919, Chris coloca um terninho lilás — ela pensa nele como sendo seu terno Kamala Harris —, brincos, maquiagem (inclusive um batom de cor forte) e se torna Chrissy. Sua bolsa está na mala rosa, com duas perucas. Ela partiu naquela peregrinação com três, mas se livrou da ruiva em Reno. Uma das que restam é loura, mas ela não quer usar essa, porque seu cabelo é louro. Ela coloca a preta, ajeita a franja e acrescenta uma faixa estilo Alice que combina com o batom.

Chrissy pendura a bolsa no ombro, pega a mala rosa e sai do quarto. Está rezando para não encontrar a guarda-costas de McKay no elevador nem no saguão. Não tem certeza, mas acha que deve ter sido a tal Gibney quem botou o medo de Deus em Andy Fallowes.

O saguão está vazio no momento. Uma das recepcionistas olha com desprezo casual para Chrissy quando ela passa. Chrissy não entende de primeira, mas depois entende. A funcionária acha que está vendo uma prostituta que acabou de dar prazer vespertino para um cliente.

Do lado de fora do hotel, vira à direita só porque o porteiro está olhando para a esquerda. Não tem ideia de para onde ir enquanto espera a ligação de Andy Fallowes. Um quarteirão depois, pergunta a um passante se tem algum lugar com sombra onde uma garota possa descansar os pés, talvez até comer alguma coisa.

— Que tal o parque Dingley? — pergunta ele, e aponta na direção em que ela está indo. — Uns seis ou oito quarteirões. Tem muitos bancos, muita sombra, e os food trucks vão estar abertos.

— Não é lá que vai acontecer o jogo beneficente amanhã?

— É, mas é do outro lado do parque.

— Obrigada, senhor.

— É sempre um prazer ajudar uma garota bonita — diz o sujeito.

Ele segue seu caminho e Chrissy, sentindo-se lisonjeada, segue o dela.

6

Kate faz a coletiva de imprensa de quatro às cinco na Sala Lago do hotel. Está revigorada e corada depois do exercício e de uma chuveirada rápida pós-piscina. Holly está no fundo da sala, sem chamar atenção, apesar de ser a sua cidade e de ela mesma já ter aparecido em algumas manchetes. Pequena e grisalha, com um rosto simples, mas bem-cuidada, tem o talento de ser meio *apagada*. Deixa a mão na bolsa, tocando sem segurar o spray de pimenta. Reconhece a maioria dos repórteres da região e algumas semicelebridades da televisão nacional, como Clarissa Ward, Lauren Simonetti e

Trevor Ault. Corrie teve seu desejo realizado: o cancelamento de Toledo transformou a turnê de Kate numa cruzada.

Todos os repórteres estão com a foto de Christopher Stewart de Iowa City. Jerome entregou uma pilha para Holly antes de ir falar com Tom Atta no parque Dingley. Ela pediu ao chefe de segurança do hotel para distribuí--las. Buckeye Brandon, o podcaster semicelebridade da cidade, está na primeira fila usando seu fedora de repórter antiquado, com o gravador analógico antiquado pendurado no ombro com uma alça de couro. Ele inclina o microfone (sem dúvida moderno) na direção de si mesmo pelo tempo de fazer a primeira pergunta.

— Sra. McKay, tem um maluco, o chamado Assassino dos Substitutos dos Jurados, solto nesta cidade, e agora um perseguidor supostamente perigoso está atrás de você. Mas a força policial da cidade vai continuar com o jogo de softball anual do Secos & Molhados amanhã à noite.

— O senhor tem uma pergunta ou só quer dar um sermão? — retruca Kate.

Há risadas vindas do resto dos repórteres, mas Buckeye Brandon não se deixa abalar.

— Eu estava explicando a história, porque você é forasteira na nossa bela cidade. A pergunta é: como justifica o risco, não só para você mesma, mas para a plateia?

Para Kate, é um bom arremesso para rebater.

— Desde a decisão de Dobbs contra a Jackson Women's Health Organization, em junho de 2022, mais de cem clínicas da mulher foram fechadas em todo o país. Essas organizações…

Buckeye Brandon a interrompe com um sorriso.

— A senhora tem uma resposta ou só quer dar um sermão?

Isso gera mais risadas e, surpreendentemente, Kate parece meio desconcertada.

— Esses centros fechados oferecem muitos outros serviços além de aborto: Papanicolau, controle de natalidade, mamografia, serviços de adoção. Como você justifica *isso*?

Buckeye Brandon não se deixa abalar.

— Você não respondeu à minha pergunta.

Holly espera que Kate desafie isso — ela é uma mulher que gosta de ter a última palavra —, mas fica aliviada quando, pela primeira vez, Kate recua e só diz que as medidas de segurança do Mingo serão suficientes, e que dar mais detalhes comprometeria essas medidas.

A coletiva segue para outros assuntos e só volta a Christopher Stewart no final. Um repórter da AP pergunta a Kate se Stewart tem conexão com alguma organização terrorista, como o Isis ou o Army of God.

— Até onde sabemos, ele só tem conexão com uma igreja em Wisconsin chamada Sagrado Cristo Real. Você teria que perguntar para eles lá sobre conexões terroristas.

O diácono Fallowes vai ter que fugir dos pedidos de comentários hoje e amanhã, pensa Holly, e não sem satisfação.

A última pergunta vem de Peter Upfield, do *The Western Clarion*. É feita com uma voz áspera e acusatória.

— Como você vai reagir, sra. McKay, se houver um ataque desse tal Stewart amanhã e pessoas forem mortas?

Kate abre um sorriso fino como uma lâmina.

— Isso é como perguntar para um homem se ele ainda bate na esposa, não é? Não importa como esse tipo de pergunta é respondida, porque dá confiança à acusação. É o que eu esperaria de alguém que trabalha pra um jornaleco como o *Clarion*. Obrigada, senhoras e senhores.

Kate anda pelo corredor central e, quando se aproxima de Holly, um murmúrio surge no meio de alguns repórteres locais, que finalmente a reconhecem. Buckeye Brandon grita:

— Há quanto tempo você está trabalhando para Kate, Holly?

Ela não responde, e só relaxa quando Kate está de volta em segurança à suíte.

7

Corrie está no quarto dela, fazendo ligações para estações de rádio da região, rechaçando o boato atual de que Sista Bessie vai abrir para Kate na noite seguinte. Corrie diz que Sista vai estar ocupada cantando o Hino Nacional num jogo beneficente de softball a doze quarteirões de distância. Qualquer outra pergunta deve ser direcionada ao representante de Sista Bessie, e não, Corrie não sabe quem é.

Kate, sem saber o que fazer no momento, pergunta se Holly gostaria de pedir um jantar pelo serviço de quarto com ela. Holly concorda, e as duas se sentam juntas no sofá para olhar o cardápio. Os preços são apavorantes, mas Kate diz para Holly aproveitar.

— Eu só deixo as pessoas pedirem o que quiserem se elas me salvarem de levar porrada até meu crânio afundar.

Enquanto esperam a comida, Izzy liga. Holly pede licença e atende no quarto dela. Izzy começa dando parabéns a Holly por identificar o jovem instável que anda perseguindo a turnê de Kate McKay.

— Quando isso tudo começou, eu falei pra Lew Warwick que ele devia te ligar se quisesse uma detetive de primeira.

— Izzy, isso não…

— Eu estava mais certa do que imaginava. Você é incrível, Holly.

Como sempre acontece quando recebe um elogio, Holly quer mudar de assunto. Ao fundo, ouve homens gritando e o barulho dos bastões de metal batendo em bolas.

— Você está no parque Dingley, né?

— Estou. Passei a maior parte do dia aqui.

— Na coletiva da Kate, Buckeye Brandon perguntou por que a polícia iria em frente com o jogo com o Assassino dos Substitutos dos Jurados ainda solto.

— É, já ouvimos muito mimimi por causa disso. — Antes que Holly possa decidir se o comentário é preconceituoso, Izzy segue em frente. — Eu entendo e me solidarizo, mas também entendo o ponto da chefe Patmore. O jogo arrecada mais de cem mil dólares para as unidades pediátrica e de distrofia muscular do Kiner. Se for cancelado, as entidades perdem e os bandidos vencem. Além do mais, tem uma boa chance de as pessoas permanecerem seguras na multidão, e estamos esperando que seja grande.

— Você está se divertindo?

— Até que estou. Ainda sei arremessar uma boa bola. — Ela abaixa a voz. — Estou tentando esconder isso do pessoal dos bombeiros.

— O arremesso do ginásio, né?

— É. A versão de softball de uma inclinada. Se eu não perder o jeito quando estiver sob pressão, vou conseguir strikeouts e muitas bolas no chão. As do chão vão depender da minha defesa.

— Bom, boa sorte. Eu queria poder ir.

— Você não teve nenhuma revelação súbita sobre o *nosso* caso, né? Se bem que aquela coisa do Trig foi brilhante.

— Eu pensei muito. Nenhuma pista? — pergunta Holly.

— É quase certo que identificamos o carro que o assassino estava dirigindo quando matou George Carville, o fazendeiro, como um Toyota Corolla ou Avalon, mas de que adianta isso?

— Não muito, eu acho. São carros muito comuns.

— E o cara teve muita sorte. O caso é do Ralph Ganzinger, o que acaba sendo bom pra gente, mas, se você pensar em alguma coisa, me avisa.

— Tem certeza de que Alan Duffrey não tinha amigos que levariam a causa a esse extremo?

— Colegas, mas nenhum amigo de verdade desde que saiu do Exército em 2016.

— Nunca se casou?

— Não, mas nós, Tom e eu, temos motivo pra acreditar que ele era tão hétero quanto era de esperar. Uma busca no computador dele levou a alguns serviços de acompanhante de alto nível que pode ter usado, com notas de cartão que tendem a confirmar isso, e ele era um visitante ocasional do Pornhub.

— Que tipo de visita ao Pornhub? Garotinhas jovens? Ou garotinhos?

Izzy ri.

— No Pornhub, quase todo mundo é jovem. Você nunca olhou? Nem como pesquisa?

— Não — responde Holly. Em algumas poucas ocasiões ela entrou em um site chamado Beijos *Apaixonados*, mas isso pelo menos tem uma embalagem de romance para as coisas sexy. Tipo os livros da Colleen Hoover, dos quais Holly gosta.

— É meio triste — diz Izzy —, e Duffrey nunca se interessou por garotas se fingindo de estudantes. Nem garotos, se descontarmos as fotos que Cary Tolliver colocou no computador dele. Só umas transas comuns, basicamente. Grinsted observou isso, e o promotor, Allen, retorquiu dizendo que Duffrey devia ter apagado as coisas pesadas… exceto pelas coisas que achava que estavam bem escondidas. Só que, no fim das contas, ele não teve nada a ver com isso.

— Mas alguém se importou a ponto de começar essa vingança em nome de Duffrey — comenta Holly.

— Tom acha que é só um maluco.

— Eu gosto do Tom, mas acho que ele está enganado. Eu fico me perguntando quem se importava o bastante pra começar a matar gente como consequência daquele julgamento. Quem se sentiu tão culpado a ponto de fazer isso?

— Bom, se você pensar em alguém, me avisa.

— Nenhum amigo que possa estar querendo se vingar? Certeza?

— Não que a gente saiba.

Do lado de fora, Holly ouve o barulho do carrinho de serviço de quarto. Kate grita:

— O jantar chegou, Holly! Não vai deixar esfriar!

— Tenho que ir, Izzy. Está na hora de comer. Pedi costelinhas de cordeiro de cem dólares.

— Porra, tem pó de ouro nelas?

Holly ri, encerra a ligação, vai para a suíte e come o jantar caro. Kate puxa conversa perguntando sobre o trabalho de investigadora de Holly. Holly se abre um pouco… mas não sobre os casos incomuns. Ela raramente fala sobre esses.

8

Depois do jantar, Holly recebe uma ligação de Tom Atta, que está no Dingley, mas inelegível para o grande jogo por causa de uma lesão na coxa. Ele diz que também ligou para a extensão administrativa da Igreja Sagrado Cristo Real.

— Falei com uma pessoa chamada Lois.

— Ela falou como se estivesse cantando?

Tom ri.

— Eu não tinha me tocado, mas sim. Disse que Fallowes não estava, e quando perguntei sobre Chris Stewart, ela ficou toda evasiva e disse que não tinha liberdade pra divulgar nomes de paroquianos.

— Eles o conhecem — diz Holly. — Lois pode não saber o que ele está armando, mas eu apostaria minha casa e meu terreno que Fallowes sabe.

— Você *tem* uma casa e um terreno, Holly?

— Na verdade, não, mas eu tenho um apartamento.

— Depois do retumbante *nada* que consegui com a igreja, liguei pra prefeitura de Baraboo Junction, que, considerando a população, deve ser do tamanho de um trailer. Estavam fechando naquela hora, mas consegui uma funcionária disposta a conversar com um agente da lei. Ela identificou Chris Stewart como membro da Igreja Sagrado Cristo Real.

— Eu já sabia…

— Tem uma coisa que você talvez não saiba. A funcionária tagarela disse que rolou uma confusão danada na igreja uns anos atrás. Falou que Chris Stewart era meio que um pária da Sagrado Cristo Real porque foi pego usando roupas de menina quando criança, mas depois disse que a igreja rezou e fez passar.

— Talvez não tenham tido tanto sucesso — diz Holly.

DEZENOVE

1

Chrissy tinha quase desistido do diácono Andy quando seu celular descartável finalmente ganha vida. Ela está sentada a uma das mesas de piquenique perto dos food trucks do parque Dingley, com a mala em segurança entre os pés (que estão calçando sapatilhas Vionic confortáveis, porém estilosas). As luzes do campo acabaram de ser acesas, e os homens da polícia e do Corpo de Bombeiros ainda estão treinando. Chrissy gostaria de estar nas arquibancadas iluminadas de lá, já deram em cima dela duas vezes no lado mais escuro do parque, mas ela não se atreve. As chances de ser reconhecida são grandes demais. Ali, no limite das árvores, é mais seguro, e os dois caras que se aproximaram estavam bem hesitantes. Ela até puxou a mala até o food truck Tacos do Joe e comprou um burrito. Sabia que era um risco, mas seu estômago tinha passado do ponto de roncar e estava rugindo.

Ela atende o telefone no primeiro toque.

— Você precisa mesmo vir pra casa — diz Andy Fallowes. Soa irritado e assustado. — Eu recebi uma ligação de um detetive da cidade além daquela tal guarda-costas. Isso é *sério*, Christopher.

— Eu sou Chrissy.

Andy faz uma pausa e solta um suspiro sofrido.

— Chrissy, então.

— Não vou pra casa. Vou terminar o que comecei. Se conseguir fazer isso, vou deixar você de fora. Se você não me ajudar, não vou.

— O pastor Jim disse…

— Eu não ligo pra o que aquele velho diz. Você tem uma lista de lugares onde posso desaparecer até amanhã ou não?

Outro suspiro.

— Tem dois armazéns vazios na Bincey Lane. É perto do lago. Tem um Sam's Club vazio perto do aeroporto...

— Longe demais — diz Chrissy. — Eu não ouso voltar para o meu carro.

— Tem também um rinque de hóquei abandonado num lugar chamado parque Dingley. Está aguardando demolição...

— *O quê?*

— Eu falei...

Mas Chrissy nem escuta o resto. Está olhando para o teto cônico com tinta descascando que aparece acima das copas dos abetos próximos. Achou que era algum tipo de depósito.

Ela pensa: *Quem disse que Deus não ajuda quem precisa?*

2

Chrissy faz um círculo lento caminhando em volta do prédio condenado, a mala rosa na mão, de olhos abertos para qualquer pessoa vagando daquele lado do parque, provavelmente à procura de drogas ou boquetes. Não vê ninguém, mas sente um aroma estranho e desagradável, que acha que deve ser de lixo mal guardado atrás de um dos food trucks, provavelmente o que vende peixe.

Quando volta para a porta dupla, coloca a mala no chão e examina o teclado. Antes de o pai de Chris ficar rico como inventor de inversores, reguladores de voltagem e circuitos inteligentes, Harold Stewart era um eletricista humilde, que sabia muitos truques do ramo... alguns dos quais Donald Gibson, ou Trig, se lembraria dos sermões do pai naquela mesma construção.

Coloque as coisas no chão. Não dá pra elas caírem desse jeito.

Nunca volte pra van de mãos vazias.

Use um descascador de batatas pra desencapar fios.

Se não der pra entrar num prédio com o teclado, tente o código do bombeiro.

Chrissy olha ao redor, como Trig fez. Levanta a capa do teclado, como Trig fez. Lê o código do bombeiro na parte interna, 9721, como Trig fez. Digita os números. A luz no teclado fica verde e ela ouve um ruído quando o trinco abre. Coloca a tampa do teclado no lugar e entra, pronta para sair correndo se ouvir o *bip-bip-bip* de um alarme. Não ouve nada. Fecha a porta.

Segura! Deus do céu, ela está segura.

Fica feliz por não ter jogado o celular descartável num bueiro. É um Nokia Flip com lanterna. Ela o pega no bolso do paletó do terninho, acende a luz e ilumina em volta. Está em um saguão. Há duas bilheterias cobertas de poeira à direita, e à esquerda, uma lanchonete sem lanches. O cheiro lá dentro está mais forte, e ela não acha mais que seja lixo do food truck de peixe. É um animal em decomposição.

Chrissy vai para o rinque, o telefone na mão, a mala na outra, os sapatos com atrito no concreto empoeirado. O chão, antes de gelo brilhante, agora é de concreto rachado cheio de vigas entrecruzadas, parecendo trilhos de ferrovia. Até onde sabe, é isso mesmo. Do alto, onde o resto da luz do dia ainda entra por rachaduras no telhado, ela ouve o arrulhar baixo e o movimento de asas de pombos.

No centro do rinque, há algo em cima das vigas. Ela acredita que seja a fonte do cheiro, forte demais para ser um cachorro. Acha que pode ser uma pessoa, e, quando segue naquela direção, pisando de uma a outra viga, confirma o palpite.

Chrissy examina o corpo em decomposição e murmura:

— Ah, coitadinha. Sinto muito.

Ela se ajoelha, embora de perto assim o fedor de decomposição seja quase insuportável. É uma garota. Chrissy só teve certeza por causa do cabelo desgrenhado e dos seios pequenos. Os drogados e tarados ficaram de fora, mas não dá para manter os ratos e insetos longe, e eles comeram a cara da garota morta até quase não haver mais cara nenhuma. Os olhos são buracos vazios que olham para o teto sem enxergar, com uma expressão de choque ultrajado.

Tem algo na mão da garota. Chrissy abre os dedos e leva o celular para perto. Duas palavras: CORINNA ASHFORD. Provavelmente o nome dela.

— Até amanhã à noite, vamos ser só eu e você, Corinna — diz Chrissy. — Espero que você não se importe de ter companhia.

Chrissy se levanta e anda se equilibrando pelas vigas até a lanchonete. Sente muita pena da garota morta, sem dúvida assassinada e deixada ali por algum maníaco sexual. Mas não está compadecida a ponto de se sentar junto dela.

Corinna está fedendo demais.

3

No quarto adjacente, enquanto Holly tenta decidir se sete e meia da noite é cedo demais para vestir o pijama, seu telefone toca. É Barbara. Está sem fôlego e feliz. Parece que faz anos, e não semanas, desde que ligou para contar para Holly que tinha ganhado ingressos para o show de Sista Bessie. Desde então, ela se tornou uma Dixie Crystal honorária e estabeleceu uma amizade firme com a mulher que agora chama de Betty.

Holly escuta o que Barbara está propondo e diz que vai ver se consegue. Precisa verificar com a mulher que está protegendo. Não quer chamar Kate de chefe, provavelmente porque é exatamente isso que Kate é.

Kate está sentada no sofá da suíte, vendo um painel de políticos ou aspirantes a políticos (Holly não tem certeza se há diferença) discutir a questão cultural mais recente.

— Holly, você devia sentar aqui e ouvir essa merda. Não vai acreditar.

— Tenho certeza de que é interessante — diz Holly —, mas, se você estiver acomodada por esta noite, vou sair por uma hora ou duas.

Kate se vira da televisão e abre um sorriso largo.

— Tem um encontro?

— Não, só vou ver minha amiga Barbara. Ela vai cantar com a Sista Bessie nos shows aqui na cidade. Inclusive uma música que era originalmente um poema que ela escreveu.

— Puta merda! — Kate dá um pulo. — Que foda! Você comentou que ela ganhou um prêmio de poesia, não foi?

— Sim, o Penley. — Holly sabe (por cortesia de Charlotte Gibney, de quem todo tipo de sabedoria de para-choque de caminhão flui) que o orgulho precede uma queda, mas ela sente orgulho mesmo assim. Está quase explodindo de orgulho. — O livro dela foi publicado e está vendendo bem. — Isso é uma mentirinha inofensiva, mas Holly acha que a vontade de que seja verdade faz com que não seja bem mentira.

— Então vai encontrá-la, pelo amor de Deus! — Kate vai até Holly, coloca as mãos nos ombros dela e lhe dá um sacolejo simpático. — Faz um vídeo, se ela cantar e eles deixarem. Vou mandar Corrie comprar o livro dela amanhã. Quero ler.

— Se eu conseguir passar no meu apartamento, pego um exemplar pra você — diz Holly. — Eu tenho um sobrando. — Na verdade, ela tem dez, comprados na Appletree Books de Cleveland.

— Show! — Kate pega o controle remoto e desliga a televisão. — Quando eu era criança, idolatrava a Avril Lavigne e a Rihanna. Fantasiava sobre estar no palco com um vestido decotado cheio de brilho, cantando algo rápido, com batida, tipo aquela música "We Got the Beat". Lembra dessa?

— Lembro.

— Mas acabei fazendo... isso. — Ela olha para as malas novas e pilhas do livro mais recente, esperando autógrafos. — É bom, eu não mudaria, mas os sonhos... Às vezes os sonhos...

Ela balança a cabeça, como se para organizar os pensamentos.

— Vai lá. Vai ver sua amiga. Diz que a gente vai estar na plateia de sábado, aplaudindo e gritando pra ela. Fala também que Katie McKay *morre* de inveja dela pela chance de cantar com Sista Bessie.

Há uma batida na porta. Holly espia pelo olho mágico e deixa Corrie entrar, com os braços cheios de camisetas de Poder Feminino para Kate assinar. Kate resmunga, mas com humor.

— Eu vou dar uma saidinha — diz Holly para elas. — Deixem a porta trancada, tá?

— Eu duvido muito que esse tal Stewart consiga subir — responde Kate. — A foto dele está *em toda parte*.

— Mesmo assim. E lembra que ele pode estar vestido de mulher.

Kate coloca um pé para trás e faz uma reverência profunda que pareceria perfeitamente aceitável na corte de São Jaime.

— Sim, chefe.

Não, pensa Holly. *Essa é você*.

4

Barbara disse para ela usar a entrada de serviço, que Holly conhece de antigamente, quando Bill Hodges ainda estava vivo. Foi assim que entraram na noite em que Brady Hartsfield tentou explodir a porcaria do lugar.

Holly para no estacionamento pequeno para funcionários ao lado de uma van Transit branca com AUDITÓRIO MINGO na lateral. Embaixo disso tem uma frase: *SÓ COISA BOA!*™. A porta de serviço para a cozinha está aberta. Há dois homens ao lado dela, um careca de calça jeans e camiseta da Sista Bessie e o outro de paletó esporte e gravata. De dentro, vem o som estrondoso e ecoante de uma banda de rock 'n' soul tocando a todo vapor.

O homem de calça jeans se aproxima, a mão estendida.

— Eu sou Tones Kelly, o gerente de turnê da Sista. E você deve ser a amiga da Barbara, Holly.

— Isso — diz Holly. — É um prazer conhecer você.

— Nós amamos Barbara — diz Tones. — Principalmente a Sista. Ela leu o livro de poemas da Barbara, e elas se deram superbem.

— E agora ela está na banda! — diz Holly, maravilhada.

Tones ri.

— Ela canta, dança, toca pandeiro na batida certa, escreve poemas… o que ela não sabe fazer? Nasce uma estrela!

O outro homem se apresenta.

— Oi, sra. Gibney. Sou Donald Gibson, diretor de programação do Mingo.

— Você vai ficar bem ocupado este fim de semana — comenta Holly, apertando a mão dele. Dois anos antes, teria oferecido o cotovelo para os dois homens, mas os tempos mudaram o bastante para ela voltar à prática antiga. Mas continua carregando um frasco de álcool em gel na bolsa. Alguns a chamariam de hipocondríaca, mas até o momento ela evitou até mesmo um caso leve de covid, e quer continuar assim.

Donald Gibson vai na frente por um corredor curto. Quando eles seguem, Holly reconhece a música que a banda está tocando como uma antiga melodia de Al Green, "Let's Stay Together". Sista Bessie (Holly não consegue pensar nela como simplesmente Betty, pelo menos ainda não) está cantando com uma voz grave e doce que canaliza Mavis Staples de forma tão clara que Holly fica com a nuca arrepiada. A música é interrompida no meio da estrofe, e quando eles entram no elevador, a banda começa outra, que Holly não reconhece.

— Estão fazendo um ensaio cortado porque sua sra. McKay vai usar o salão amanhã à noite — diz Tones. — Betty achou que a sra. McKay poderia querer fazer uma passagem de som amanhã.

— Isso vai tranquilizar a assistente dela — diz Holly. — O que é um ensaio cortado?

— Eles tocam um pedacinho de todas as músicas programadas para o show — responde Tones. — Pra ter certeza de que a banda e Ross, nosso cara do som, estão sintonizados. O cenário muda entre músicas animadas e baladas. As luzes e o fundo também, mas eu deixo que Kitty Sandoval se preocupe com isso. Só preciso ter certeza de que o som está certo.

— Você também tem que cuidar pra que a banda fique no mesmo tom de uma música a outra, né? — pergunta Gibson. Ele empurra os óculos no nariz.

— É — diz Kelly.

Há algo de familiar em Gibson, mas, antes que Holly comece a pensar no que pode ser ou onde ela pode tê-lo visto antes, as portas do elevador se abrem nos bastidores e a banda os recebe: a introdução de "Land of 1000 Dances".

Gibson segura a mão de Holly (ela não gosta, mas permite porque está escuro ali) e a puxa para o lado esquerdo do palco, o local que ela espera ocupar na noite seguinte, quando Kate falar. Nem percebe que Gibson a solta e chega para trás, porque está totalmente absorta no que acontece no centro do palco. Hipnotizada.

Barbara está usando uma calça preta e uma camisa branca brilhosa. Está batendo em um pandeiro com a base da mão, balançando os quadris, dançando junto com as outras três Dixie Crystals e parecendo jovem, extremamente jovem, sexy e linda. É uma música animada de antigamente, para dançar, e ela vai do passo Pony para o Frug, o Watusi e o Mashed Potato. Ela até faz o Twist. E *brilha*.

A banda para. Barbara vê Holly e atravessa o palco correndo, pulando sobre os cabos de força. Ela se joga nos braços de Holly e quase a derruba. Suas bochechas estão coradas; há gotículas de suor nas têmporas.

— Você veio! Estou tão feliz!

Sista Bessie se junta a elas.

— Você é a amiga da Barbara, Holly.

— Sou. E sei que você deve ouvir isso o tempo todo, mas eu sou sua fã. Eu me lembro dos seus dias gospel.

— Tem muito tempo — diz Betty, e ri. — Muito tempo que passou. Barbara é bem especial, como você deve saber.

— Sei — concorda Holly.

— Estamos terminando. Temos mais três trechinhos e a música que encerra o show, que você talvez reconheça. Se chama "Lowtown Jazz".

— Eu conheço muito bem, Sista Bessie.

— Pode me chamar de Betty. Sista é só para o show. Vem, Barb, vamos acabar logo com isso pra gente ir pra casa e eu poder descansar a alma. — Para a banda, ela grita: — *Folga amanhã, rapazes e bonecas!* — Eles comemoram ao ouvir isso.

Holly observa, hipnotizada, Tones Kelly e Donald Gibson esquecidos, quando a banda começa a tocar "Dear Mister", um dos primeiros sucessos da Sista, depois "Sit Down, Servant" e, por último, uma estrofe do maior sucesso dela, "Let's Stay Together".

Um roadie joga uma toalha para Betty. Ela seca o rosto grande e sem maquiagem (ao menos naquela noite) e fala com a banda de novo.

— Em homenagem à nossa convidada especial, a amiga da Barbara, srta. Holly, nós vamos tocar "Lowtown Jazz" todinha. Quero ver essa moça *rebolar!* — Ela se vira para Barbara. — Vem pra frente, garota, e faz a contagem!

Dessa vez, o arrepio percorre o corpo todo de Holly, dos calcanhares até a nuca, quando Barbara, de quem ela ainda se lembra como uma adolescente estabanada que acabou de tirar o aparelho dos dentes, encara os assentos vazios. Ela ergue as mãos fechadas e levanta um dedo de cada uma.

— *Um... dois... vocês sabem o que vem depois!*

A bateria começa, um tom-tom grave e regular. O baixo entra, depois os metais. Barbara faz um passo de Michael Jackson deslizando para trás até Sista Bessie, enquanto as Crystals, agora um trio de novo, começam a cantar *jazz, jazz, bring that shazz, do it, do it, show me how you move it, get on down and groove it, do that Lowtown jazz.* Sista Bessie e Barbara cantam os versos juntas, dançando em sincronia perfeita, trocando o microfone, cantando uma letra que Holly conhece não só do livro publicado de Barbara, mas de um bloco manchado de café onde o rascunho fora anotado.

A música tem quase cinco minutos, perfeita para o encerramento do show, e Holly está hipnotizada, principalmente quando chega mais perto do fim e toda a banda para, exceto a bateria.

— *Quero ouvir vocês, Buckeye City!* — diz Sista Bessie para os assentos vazios. Na noite de sábado, Holly sabe que cinco mil pessoas estarão de pé, cantando *jazz, jazz, bring that shazz, do that Lowtown jazz.* Cantando as palavras de sua amiga Barbara. Holly tem a sensação de estar sonhando acordada, o sonho mais doce do mundo, e quando a bateria para, ela não quer acordar.

No palco, Betty e Barbara se abraçam.

— Ela ama mesmo a garota — diz Tones.

— Ama mesmo — concorda Donald Gibson, com ar sonhador. — Ora, ora, ora. Ela ama mesmo.

5

Chrissy puxa a mala para trás da lanchonete e se senta nela, porque não quer sujar a parte de trás do seu terno Kamala. O Nokia está com quatro barrinhas de sinal. A maioria dos canais de notícias tem paywall, mas um site indie, operado por alguém que se apresenta como Buckeye Brandon, é gratuito. Há uma transcrição de cada podcast. Chrissy seleciona o que diz "Assassinatos dos Substitutos dos Jurados: O que sabemos até agora" e lê com grande interesse.

O texto confirma o que ela já sabia, com base nos relatos que tinha ouvido quando estava viajando de Davenport para Buckeye City: por obra do destino ou mero acidente, ela tropeçou com uma das vítimas do Assassino dos Substitutos. A recapitulação de Buckeye Brandon inclui os nomes do juiz, do advogado de defesa, do promotor e de todos os jurados, os doze que decidiram o destino de Alan Duffrey, além dos dois suplentes. Uma das principais foi Corinna Ashford, que é o nome que Chrissy encontrou na mão da garota morta. Buckeye Brandon parece não saber que uma pessoa foi assassinada em nome de Ashford, provavelmente porque a polícia não sabe, ou porque estão segurando a informação.

Chrissy pensa que o Assassino dos Substitutos dos Jurados pode ficar tentado a usar o rinque de novo. Possivelmente para apreciar seu trabalho, possivelmente como local para largar outro corpo. *Porque, Chrissy pensa, as árvores em volta deste lugar seriam o local perfeito de caça pra alguém como aquele monstro. Tem muitos moradores de rua revirando os lixos atrás dos food trucks, provavelmente viciados sempre procurando mais. Pelo jeito, a garota morta no rinque antigo deu de cara com o assassino porque estava procurando drogas.*

Que lugar melhor pra botar outro morto do que um prédio em ruínas? Ele mandou pra polícia uma foto do nome de Corinna Ashford na mão da pobre garota?

— Tenho certeza que mandou — murmura Chrissy.

Ela não tem certeza se o Assassino dos Substitutos vai voltar, mas é possível. Chrissy só sabe que pretende ficar ali até o evento de Kate McKay na noite seguinte. Se o homem que matou a garota voltar à cena do crime antes...

Ela abre a bolsa. Dentro tem cosméticos, hidratante, um espelho, uma carteira com fotos da mãe (mas nenhum cartão de crédito; Christine Stewart não tem isso), alfinetes de segurança, grampos, um bloquinho de anotações, um saco pequeno de Doritos e uma ACP .32. Está totalmente carregada, o que deve ser suficiente para derrubar Kate McKay. E a assistente e a guarda-costas se necessário... mas só se necessário. O último tiro ela está guardando para si mesma.

Agora, a arma tem outro propósito. Existe a possibilidade de ela servir ao Senhor não só matando a monstra que defende o assassinato de bebês indefesos; mas talvez também a pessoa maluca que está assassinando estranhos inocentes. Ela acha que a pessoa vai aparecer. *Deve* aparecer.

Acha que Deus a colocou ali com mais de um propósito.

6

A banda foi embora, a estrela e as backing vocals foram embora, os roadies e técnicos foram embora, o palco está escuro. Só resta Trig, e ele pretende voltar para a casa no parque de trailers em breve. *Com toda probabilidade pela minha última noite*, pensa ele. Há alguma tristeza no seu pensamento, mas não arrependimento de verdade. Cada vez mais, ele acredita que estava mentindo para si mesmo o tempo todo. Nunca foi para criar culpa em quem provocou a morte de Alan Duffrey; isso era só uma desculpa. Era só para matar por matar, e como não existe um Homicidas Anônimos, só tem um jeito de parar. Ele vai fazer isso depois de terminar o trabalho... ou pelo menos tanto quanto conseguir.

Mas o mundo precisa saber.

Ele se senta à mesa, batendo o cavalo de cerâmica, Trigger, enquanto pensa como prosseguir. Coloca o cavalo no lugar e abre um aplicativo no computador. O nome é LETREIROS DO MINGO, e ele controla o painel digital acima das portas do saguão e o painel enorme na frente, na rua Main, onde os passantes podem ler a agenda atual. Agora, esses painéis dizem SEXTA 30 DE MAIO 19H KATE MCKAY e SÁBADO-DOMINGO 31 DE MAIO E 1º DE JUNHO SISTA BESSIE *ESGOTADO*.

O computador está perguntando: NOVO PAINEL? S N.

Trig clica no S. Um campo novo aparece.

Ele digita: AMY GOTTSCHALK JURADA 4 (KATE MCKAY) BELINDA JONES JURADA 10 (SISTA BESSIE) DOUGLAS ALLEN PROMOTOR (CORRIE ANDERSON) IRVING WITTERSON JUIZ (BARBARA ROBINSON) TODOS CULPADOS. E acrescenta: DONALD "TRIG" GIBSON JURADO 9 O MAIS CULPADO DE TODOS.

FIM? S N.

Ele clica no S.

POSTAR AGORA A OU DEPOIS D?

Ele clica no D.

Quando o campo seguinte aparece, o referente ao horário de mudança dos painéis, ele pensa com cautela. O Hino Nacional no jogo beneficente é a chave. Se Sista Bessie o cantar, tudo deve correr como planejado.

Ele não acredita de verdade que tudo vá transcorrer como gostaria; tem engrenagens demais se movendo, imprevisibilidade demais. Mas assassinato o tornou fatalista. Ele precisa continuar e aproveitar as chances que conseguir.

Ele pesquisa "quanto tempo em média dura o Hino Nacional em jogos de beisebol?". A resposta é um minuto e trinta segundos. Não pode perguntar ao Google se o jogo vai começar na hora, mas, a menos que atrase muito, não deve importar. Até onde sabe (*tem engrenagens demais se movendo, imprevisibilidade demais*), Sista Bessie vai escorregar no chuveiro, ter enxaqueca, aparecer com covid, levar uma porrada na cabeça de um fã entusiasmado, *qualquer coisa*, e não vai poder cantar.

Com a sensação de estar atravessando o próprio Rubicão de sangue, ele digita 30 DE MAIO 19H17 como horário para seu letreiro final substituir o atual. O computador pede que confirme, e ele confirma.

Se tudo correr como espera, na noite seguinte, às 19h17, vai haver uma multidão ao redor do Mingo perguntando-se onde está o ídolo deles. Alguém vai ver o painel eletrônico mudar, e aí todos vão entender.

7

Não é muito difícil John Ackerly localizar "a reunião toda mística em que apagam as luzes e acendem velas". Chama-se Hora do Crepúsculo, e acontece no porão de uma igreja em Upsala. Ele dirige até lá sem nenhuma expectativa, mas com esperança de obter alguma migalha de informação que possa passar para Holly. No mínimo, pode ter sua dose de sobriedade, "ocupar sua cadeira", como dizem em vários programas de reabilitação.

É uma boa reunião. John escuta, mas em geral só olha e identifica uns cinco ou seis frequentadores antigos. Quando acaba, ele fala com vários e pergunta se alguém se lembra de um cara que se apresenta como Trig. Dois lembram, mas vagamente; uma das pérolas que circulam nas reuniões é que alcoólatras e drogados têm "um esquecedor embutido", e é verdade.

— Claro, eu me lembro dele — diz Robbie M. — Sujeito barbudo, mas aí eu acho que ele raspou. Pode ter se mudado. — Robbie está com duas bengalas. Segue lenta e dolorosamente para a cozinha da igreja, onde se serve de um último copo de papel de café. John estremece de pensar como deve estar forte no fundo da urna de quatro galões.

— Alguma coisa nele chamava a atenção?

— Não. Branco, de meia-idade, mais ou menos do seu tamanho. Por que o interesse?

— Só estou tentando encontrá-lo pra uma amiga.

— Bom, eu não tenho como ajudar. O Mike do Livrão talvez conseguisse, mas ele está morto.

Eu sei, John pensa, mas não diz. *Eu que o encontrei.*

John tem certeza de que Holly teria mais perguntas a fazer, mas ele não consegue pensar em outras. Agradece a Robbie e segue para a porta.

— Normalmente, ele se apresentava como Trig, mas às vezes era Trigger. Tipo o cavalo.

John se vira.

— Que cavalo?

— Do Roy Rogers. Você não vai lembrar, jovem demais. Umas duas vezes, alguns anos atrás, ele se apresentou com o nome real.

— Que nome real?

— Já falei, tem muitos anos. Importa?

— Talvez. Talvez importe muito.

— Podia ser John. Tipo você. — Robbie toma um gole de café com a testa franzida. — Se bem que talvez fosse Ron. — Ele coça a papada. E fala como pergunta: — Será que era Vaughn?

John pega um guardanapo ao lado da urna de café e escreve seu número de telefone.

— Se você se lembrar de mais alguma coisa sobre o cara, me liga. Pode fazer isso?

Robbie dá uma piscadela para ele.

— Ele deve dinheiro pra sua amiga? É isso?

— Mais ou menos isso. Se cuida, Robbie. — Ele vê o homem mais velho guardar o guardanapo no bolso de trás da calça Dickies puída, onde sem dúvida será esquecido.

8

Jerome está assistindo a um jogo de basquete na televisão quando recebe uma mensagem de texto da irmã.

> Barbara: *Você pode pegar Betty no Mingo amanhã? Ela quer olhar as roupas do show/figurino com a figurinista.*
>
> Jerome: *Claro, já está na agenda.*
>
> Barbara: *Ela falou que era pra pegá-la lá às 17h30 e levar pro Garden City Plaza. Ela tem uma carona especial pro parque Dingley num conversível chique. Acho que com a prefeita. Falou que é pra você ir junto!* ☺
>
> Jerome: *Beleza. Aliás, você ficou ótima com aquela calça apertada.*
>
> Barbara: *Ah, para.* 😊

Jerome manda uma mensagem para John Ackerly para perguntar se ele ainda está a fim.

> John: *Claro. Fui numa reunião. Vendo os Cavs agora.*
>
> Jerome: *Eu também. Jogo horrível.*

John: *Terrível.*

Jerome: *Posso te pegar às 17h amanhã? Depois vc dirige meu carro até o campo?*

John: *Beleza, deixa comigo. Me pega no Feliz.*

Os Cavs estão levando uma surra na Costa Oeste.
Jerome desliga a televisão e vai dormir.

VINTE

1

5h30.

Holly só dorme bem na própria cama, e o estresse de ser segurança de Kate desequilibrou ainda mais seu ciclo de sono. Ela acorda antes do amanhecer, mas se obriga a ficar deitada fazendo a meditação matinal antes de se levantar. Quando termina, verifica o celular e vê que recebeu duas mensagens novas.

> John: *Fui a uma reunião em Upsala ontem. 2 caras antigos se lembraram de Trig. Nenhuma descrição que ajude. O cara era branco, tinha barba, raspou em algum momento. Se apresentava como Trig ou às vezes Trigger, tipo o cavalo do Roy Rogers (?). Às vezes, talvez no começo da sobriedade, usou o nome real, que pode ter sido John. Ou Ron. Ou Don. Ou talvez Lon, do Chaney, hahaha. Vou tentar de novo semana que vem.*
> Izzy: *Rezando pra chover e o jogo ser cancelado.*

Holly vai até a janela e abre a cortina. O sol está subindo e não tem uma nuvem no céu. Ela escreve para John Ackerly: *Obrigada, me mantenha informada.* E para Izzy: *Pelo jeito você não deu sorte.*

Isso acaba sendo verdade.

2

Tem um Starbucks na rua do hotel. Holly compra um café Americano e um sanduíche. Ama como o café bota o mundo matinal em foco. Ama manhãs, ponto. É quando se sente mais à vontade. Ela anda os sete quarteirões até o parque Dingley, para ver o campo onde a amiga vai encontrar a glória ou a vergonha à noite (provavelmente exagero, mas ela está cheia de café). A arquibancada está vazia agora, as linhas do campo apagadas, quase invisíveis. Ela se senta na arquibancada mais baixa por um tempo, sentindo o sol aquecer seu rosto, pensando no dia. Um jovem de lenço na cabeça e calça jeans surrada se aproxima e pergunta se ela tem algum trocado. Holly dá uma nota de cinco. Ele diz obrigado, moça, e aperta a mão dela antes que possa protestar. Quando ele vai embora, ela usa o álcool em gel, fica mais um pouco ali e volta para o hotel, parando no caminho para comprar, que luxo raro, um jornal impresso.

Essa é a melhor parte do dia, pensa ela. *Aproveite um pouco*. Só que, claro, é como o poeta diz: tudo que é bom dura pouco. Como investigadora experiente, ela sabe disso.

3

No quarto, ela verifica se chegou alguma mensagem nova (nenhuma), lê o jornal e faz outra xícara de café (não tão boa quanto a do Starbucks, mas passável). Às oito e meia, bate de leve na porta da suíte de Kate. As duas mulheres estão lá. Kate está fazendo anotações para um discurso que, no fim das contas, não vai fazer. Corrie está ao telefone no quarto da suíte, resolvendo a logística de Pittsburgh, a próxima parada na turnê. Kate está agendada para falar no Carnegie Library Lecture Hall, mas, considerando as proporções que a situação tomou, o local agora ficou pequeno demais, e a PPG Paints Arena, onde cabem quase vinte mil pessoas, é grande demais. Corrie diz para a pessoa com quem está falando que ela não quer que Kate veja muitos lugares vazios. Quando a escuta, Holly acha que ela pode chegar a chefe de gabinete presidencial um dia.

— Eu vou ao Mingo dar uma olhada — diz Holly para Kate. — Avaliar o local. Você precisa de alguma coisa?

— Não.

— Por favor, fique no quarto até eu voltar. Algumas daquelas pessoas do e-Bay e defensores da vida já chegaram.

— Sim, mãe — responde Kate sem olhar, e Holly percebe com uma espécie de desespero cômico que Kate vai fazer exatamente o que quer.

Holly dirige o Chrysler até o Auditório Mingo e para ao lado da van Transit. Já ligou antes, e a assistente do diretor de programação, Maisie Rogan, está lá para abrir a porta para ela.

— O chefe ainda não está aqui, mas acho que chega lá pelas dez.

— Eu não preciso dele. Só quero dar uma olhada — informa Holly.

— Antes que você pergunte, todos os funcionários receberam fotos daquele pirado do Christopher Stewart, ou vão receber assim que chegarem.

— Excelente, mas tem uma coisa que vocês precisam prestar atenção. Ele pode estar vestido de mulher e usando peruca.

Maisie parece ficar perturbada.

— Então como a gente vai…

— Eu sei, é um problema. Vocês vão ter que fazer o melhor que puderem.

Elas pegam o elevador até o andar do palco, onde Maisie mostra a estrutura de vídeo. É muito boa. Muitas câmeras, muitos ângulos, poucos pontos cegos. O palco em si está cheio de amplificadores, monitores, microfones e suportes para partitura. Holly tira fotos para mostrar a Kate o espaço que ela vai ter para se movimentar. Elas descem alguns degraus à esquerda do palco e dão no auditório. Holly fica feliz — não, satisfeita — de ver que as pessoas da plateia vão ter que passar por detectores de metal para entrar no auditório. Maisie mostra a Holly as várias saídas.

— Nós temos que sair com o mínimo de agitação possível — diz Holly. Não tem muita esperança de fugir do pessoal do eBay, mas, se Stewart estiver lá ("o pirado", ela gosta do apelido), pode ser que dê para fugir dele.
— Você tem alguma ideia?

— Talvez — diz Maisie. — Deu certo para Neil Diamond quando ele veio aqui.

Elas descem de elevador até a sala de descanso, onde uns dez funcionários estão comendo de um bufê que oferece café, frutas, iogurte e ovos cozidos. Na parede, há um cartaz que diz LEMBRE-SE DE QUE VOCÊ TRABALHA COM O PÚBLICO, ENTÃO SORRIA! Abaixo, há fotos emolduradas dos funcionários, incluindo não um, nem dois, mas *três* gerentes de palco.

— Por que tantos gerentes? — pergunta Holly.

— Eles se revezam. Principalmente porque nossos grandes shows acontecem perto de feriados. Esse pessoal todo trabalha quando exibimos *O quebra-nozes*. É um show de horrores, crianças de nariz escorrendo pra todo lado, não gosto nem de pensar. Vamos lá pra trás.

Ela leva Holly para depois do bufê, até a cozinha pequena. Tem uma porta entre o fogão e a geladeira que leva à extremidade do estacionamento de funcionários.

— Esta é sua rota de fuga — diz Maisie.

Holly tira fotos.

— Vou dizer pra assistente da Kate. E você pode me fazer um favor?

— Claro, se eu puder.

— Não diz pra ninguém que nós vamos sair por aqui. — Ela fala isso sem acreditar de verdade que vai poder enganar o pessoal do eBay, mas, como sempre, tem a esperança de Holly.

4

11h15.

Corrie passa cinco minutos esperando, o tempo todo preocupada de se atrasar para a reunião marcada com Donald Gibson no Mingo. Ela está prestes a encerrar a ligação quando o coordenador de programação do North Hills Event Center interrompe a música de espera e confirma (finalmente!) Kate no local para a terça-feira, 3 de junho, às oito da noite. Fica a apenas doze minutos do centro de Pittsburgh, a capacidade é de dez mil pessoas, e o valor do Event Center é razoável.

Ela desliga, ergue as mãos fechadas acima da cabeça e murmura:

— Anderson joga, Anderson marca.

Ela corre para a academia, no segundo andar, para contar para Kate, que está nadando cedo hoje. Holly está sentada ao lado da piscina, segurando a toalha de Kate e lendo sobre a Igreja Sagrado Cristo Real no iPad. Kate nada incansavelmente com o maiô vermelho. Corrie conta para Kate sobre a mudança favorável de local em Pittsburgh. Kate faz um sinal de positivo e quase não hesita nas braçadas.

— Eu fiquei uma eternidade na espera pra conseguir o local e só recebo um *isso aí* de um segundo como agradecimento — resmunga Corrie.

Holly sorri para ela.

— Teve algum poeta que disse: "Também serve quem só fica de pé e espera". Ou, no nosso caso, faz ligações e segura toalhas.

— Não foi "algum poeta", foi John Milton, o criador de versos zen original.

— Se você diz.

— Teve alguma notícia de Chris Stewart?

— Se você quer saber se ele foi preso, eu queria poder dizer que sim, mas não foi.

— E o outro homem? O que está matando jurados?

— Não jurados, pessoas inocentes que *representam* jurados, ao menos na cabeça desse pirado. Esse caso é de Isabelle Jaynes.

— Mas você tem interesse, né? Mandou um dos seus minions investigar?

Holly pensa nas criaturinhas amarelas de *Meu malvado favorito* e ri.

— John não é um minion, ele é um barman.

— E nada da parte dele?

— Infelizmente, não.

— Bom, a esperança é a última que morre. Eu vou para o Mingo assinar uns papéis de seguro.

Holly franze a testa.

— É mesmo? Eu achava que isso era feito antes.

— Eu também, mas a papelada parece não ter fim. É setenta por cento do meu trabalho. Não, oitenta. Talvez eu pare em algumas lojas na volta pra comprar uma saia e uma calça jeans. Também preciso de uma meia-calça.

— Toma cuidado.

— Vai ficar tudo bem — diz Corrie, e aponta para Kate com o polegar. — É dela que você tem que cuidar.

5

11h30.

Enquanto Corrie está no saguão do hotel esperando um Uber, Izzy Jaynes está no campo de softball do parque Dingley com seu carão de jogo. Preferiria estar fazendo seu trabalho policial, mas, como precisa estar ali, pretende dar tudo de si. Em parte porque a provocação incessante está começando a incomodá-la, aos poucos, mas cada vez mais.

Os bombeiros cederam o campo para os policiais, mas estão nas arquibancadas comendo cachorros-quentes e tacos de peixe, se divertindo e falando besteira. Como ela está arremessando devagar para o treino dos rebatedores da polícia, a maior parte das besteiras é direcionada a ela. Algumas coisas são inofensivas, mas tem muita merda machista desagradável. Nada que ela nunca tenha ouvido — George Pill quer saber se as pernas dela se levantam completamente —, mas isso não melhora em nada.

Izzy era competitiva na faculdade e é competitiva na polícia. É inteligente, mas foi seu lado competitivo que fez com que, em apenas dez anos, ela fosse de aluna da academia de polícia com corte de cabelo curto de novata à posição atual na equipe de detetives. Ela pode não ter a capacidade de dedução de Holly Gibney, sabe que não tem, mas também sabe que é melhor do que Tom Atta e a maioria dos outros na equipe. Lew Warwick também sabe. Foi por isso que a chamou para olhar a carta de Bill Wilson, também conhecido como Trig, também conhecido como sei lá.

Podem achar que é assim que eu vou arremessar quando o jogo começar, pensa Izzy. *Podem achar.*

Ela não joga com tanta força quanto Dean Miter, que sustentou o título de bola sem rebatidas do time da polícia por seis entradas, mas sabe fazer o arremesso baixo, sua arma secreta, e não tem nenhuma intenção de demonstrá-la na frente de Pill e do resto dos bombeiros dos Molhados.

Seu celular vibra duas vezes no bolso do short, mas ela o ignora até todo mundo do time da polícia — os que estão lá; outros vão chegar quando o turno de trabalho deles acabar — ter tido a chance de rebater. Os Assassinatos dos Substitutos dos Jurados são importantes, mas o departamento do xerife do condado vai cuidar disso à noite. Ela está preocupada com Kate McKay também, mas confia em Holly para mantê-la protegida.

Tudo isso importa. O jogo da noite não... só que, para Izzy, agora importa. Ela pode não conseguir ficar sem rebatidas contra os bombeiros como Dean Miter fez por três entradas no ano anterior, mas ela pretende defender o time e a si mesma. Pretende fazer os bombeiros engolirem boa parte daquelas palavras nojentas pela garganta que engole fumaça. Seu trabalho, no momento, foi para o banco de trás.

Isso nunca aconteceria com Gibney, pensa ela enquanto puxa um balde cheio de bolas para o banco de reserva da polícia. *Ela manteria os olhos no prêmio.* E, surpresa, suas duas ligações perdidas são de Holly, que diz que está na academia do hotel.

— Trabalhando nesse corpinho magrelo, é?

— Vendo minha chefe trabalhar no dela — responde Holly. — Acho que ela está quase terminando. Você descobriu alguma coisa?

— Não — diz Izzy, torcendo para que a voz não denuncie a culpa que sente. O fato é que ela nem falou com Ken Larchmont na delegacia. Ken não vai jogar softball à noite. Vai ter que ficar de plantão e está perto da aposentadoria.

— Nada de Trig de nenhum dos policiais que vão às reuniões. Nada de Stewart também. O detetive Larchmont está ligando pra hotéis, motéis e pousadas pra verificar de novo, mas, até agora, nada.

Sentindo-se mais culpada do que nunca, Izzy confere o celular para saber se Ken não ligou *mesmo* naquele intervalo.

— Stewart se escondeu em algum lugar. Com certeza — diz Holly.

— Acho que é isso mesmo.

— Você está no campo?

— Dessa acusação eu sou culpada.

— Não se sinta culpada. É por uma boa causa, Izzy, e eu confio em você. Vai se sair bem.

— Me sair bem seria bom — comenta Izzy. No campo, alguns bombeiros estão jogando uma bola enquanto o resto faz treino de rebatimento. George Pill olha para Izzy, apoia as mãos nos quadris e faz um rebolado cômico.

Vai rindo, cuzão, pensa Izzy. *Espera até eu pegar você como rebatedor.*

Cuidado com o que você deseja.

6

12h.

A tal Anderson, assistente de Kate, aparece na hora marcada, o que Trig aprecia. A expectativa é um dia *extremamente* ocupado, mas tem um lado bom: quando acabar, poderá descansar na escuridão eterna. Ele tem "um deus de sua compreensão" porque o programa do AA insistia que ajudaria a manter a sobriedade, mas não espera céu nem inferno. O seu deus da compreensão é um ser egoísta que joga os humanos no esquecimento e fica com a vida eterna só para si.

Ele a está esperando na entrada de serviço. Sabia que ela provavelmente não mandaria o motorista do Uber embora, pois está esperando apenas assinar alguns papéis, mas Trig está preparado para isso. Acena para ela com uma das mãos. A outra fica no bolso do paletó esporte, tocando numa seringa hipodérmica com duzentos miligramas de pentobarbital.

Corrie acena para ele, que chega para o lado, estendendo a mão para recebê-la na cozinha pequena. Quando ela passa, ele a agarra pela cintura com força, fecha a porta com um chute e injeta a substância no ponto macio na base do pescoço dela. Logo acima da clavícula. A luta de Corrie é misericordiosamente curta. Ela cai inerte para a frente, sobre o braço dele. Trig a arrasta para o balcão em forma de L e a apoia ali. Os olhos dela estão abertos, mas revirados, brancos. Ela está de pé, mas o peito não parece estar se movendo.

Ele a matou? Mesmo com aquela dose modesta? Faz alguma diferença? Como pode ser que sim — porque, se McKay for esperta, vai exigir uma prova de vida —, Trig dá um tapa na cara dela. Não com toda a força, mas com força. Ela respira, ofegante. Trig pega a outra seringa, pronto para injetar uma dose menor, mas Corrie escorrega para o lado até ficar com a bochecha apoiada no balcão. Os olhos ainda estão abertos, uma íris aparecendo e a outra ainda não. Escorre saliva do canto da sua boca, mas ela está respirando sozinha de novo. Seus joelhos cedem. Trig a coloca no chão. Decide que ela pode ficar sozinha por um tempinho. *Bem curto*.

Ele vai até o estacionamento dos funcionários e bate na janela do Uber.

— Ela decidiu ficar mais.

Quando o motorista vai embora, feliz com a gorjeta generosa em dinheiro, Trig abre a porta de trás da van Transit. Ele tenta pegar Corrie no colo, quase não consegue. Ela é magra, mas musculosa. Ele a segura por baixo dos braços e a arrasta para a porta de serviço. Olha em volta. Não vê ninguém no estacionamento ensolarado dos fundos. Bom, talvez o fantasma do pai. Uma piada que não é piada.

— Você que se foda, pai. Não vou vacilar.

Ele respira fundo duas vezes para se preparar psicologicamente e a coloca na traseira da van. A cabeça molenga bate no chão e rola para o lado. Ela faz um som interrogatório indefinido e começa a roncar.

Na van, tudo está preparado. Ele a rola para ficar de lado, o que vai ajudar caso a garota vomite, e prende os tornozelos um no outro com uma fita que ele tira de uma bolsa reutilizável da Giant Eagle. Puxa as mãos dela para trás e as prende na lombar, passando tiras de fita longas em volta da cintura dela e prendendo com força. Gostaria de botar fita na boca para que ela não possa gritar se acordar, mas tem uma chance de ela morrer sufocada caso vomite, e a internet diz que isso pode acontecer depois de uma dose de pento.

Ele está suando como um porco.

Trig mal bateu a porta da van Transit quando *outro* carro aparece, agora um Lincoln sedã preto com CORTESIA DO GC PLAZA HOTEL no visor abaixado. Sista Bessie sai, do tamanho de um navio de guerra, com uma túnica estampada. Uma outra mulher a acompanha, tão magra que mais parece um fiapo.

— Esse é o chefe do local — diz Sista Bessie para a companheira magrela. — Eu não me lembro do seu nome, senhor.

Ele quase diz Trig.

— Donald Gibson, sra. Brady. — E para a mulher magrela: — Diretor de programação.

E se ela acordar agora? Acordar e começar a gritar?

— Nós só vamos olhar alguns figurinos e ver se precisam ser ajustados — explica Sista Bessie. — Ganhei um quilinho ou dois desde que comecei os ensaios.

— Está mais pra uns cinco — emenda a mulher magrela. — Quando começa a cantar, você come igual uma doida. — O afro branco como neve dela parece um dente-de-leão.

— Essa é Alberta Wing, minha figurinista — diz Sista. — E eu não preciso nem dizer que ela tem uma boca de sacola.

— Eu falo o que eu penso — responde Alberta Wing.

Trig sorri educadamente, pensando *entrem entrem ENTREM PORRA!*

O carro do hotel começa a se afastar, mas Sista Bessie grita:

— *Pode esperar! Espera!*

O motorista está de janelas fechadas para o ar-condicionado trabalhar, mas a Sista tem um par de pulmões poderoso e ele escuta. As luzes de freio se acendem, depois as de ré. A janela do motorista é aberta. Sista pega uma carteira enorme na bolsa e tira uma nota.

— Pelo trabalho — diz ela.

— Ah, senhora, não é necessário. É parte do hotel...

— Eu insisto — retruca ela, oferecendo a nota.

— Não é uma gracinha — diz Alberta Wing para Trig.

Ela já está acordando? Está ouvindo?

— Com certeza.

— Esse tipo de tempo é uma meleca. Não tem outra palavra. O que você acha, sr. Gibson?

— É mesmo.

Ela assente.

— Sim, é mesmo. Você está suando *muito*.

O Lincoln preto se afasta. Sista Bessie volta.

— Você foi gentil de esperar por nós na porta — diz ela. — Devo passar a maior parte da tarde aqui.

Isso foi um barulho dentro da van? Ou imaginação? Trig tem uma lembrança louca e vívida de "O coração delator", em que o som vinha de debaixo do piso. *Como um relógio enrolado em algodão*, Poe escreveu, e como ele se lembra disso do ensino médio? E por que agora?

Porque todos os meus planos podem ser estragados por um grito vindo da van. Tipo um foguete SpaceX de um bilhão de dólares que explode na plataforma de lançamento.

— Pode ser até que eu tire um cochilo — diz Sista. — O camarim é maravilhoso. Tem aquele sofá enorme. Eu já fiquei em cada buraco.

— Senhor, sim. Lembra do Wild Bill em Memphis? — pergunta Alberta Wing.

— *Aquele* lugar! — Sista ri. — Eu estava cantando e um sujeito na primeira fila ejetou a cerveja da noite no próprio colo. Nem chegou a se levantar!

Houve uma batida. Ele tem certeza.

— Vamos entrar, moças, pra sair do sol. — Ele as leva para a cozinha e vê um dos sapatos de Corrie Anderson no linóleo. Ele o chuta para o lado, para a sombra da porta. — Você sabe pegar o elevador até o 3, certo, sra. Brady?

— Ah, eu sei o caminho. Dois fatos do show business: saiba o caminho no local onde você vai cantar e nunca perca a bolsa de vista. Vamos, Albie, é passando por esse café.

— Eu tenho alguns compromissos na cidade — diz Trig. — Não deixem ninguém roubar os talheres enquanto eu estiver fora.

Sista Bessie ri. Alberta Wing não. Mesmo em seu estado distraído, Trig acha que ela é uma mulher que não ri muito, mas e daí? A única coisa que importa é que as duas já foram. Saíram do seu pé.

Do lado de fora, ele ouve gritos abafados dentro da van. Abre uma das portas e vê a mulher problemática rolando de um lado para outro, tentando se soltar, e, sim, ela vomitou. Está em uma bochecha e no cabelo dela.

Ele entra, fecha a porta, enfia a mão na fronha e pega a Taurus .22. Ele encosta o cano no peito dela.

— Eu posso fazer você parar de fazer barulho agorinha. Ninguém vai ouvir o tiro. Você quer provar?

Ela para na mesma hora, os olhos arregalados e cheios de lágrimas.

— O que você quer?

— Você pode sair disso viva — diz ele, o que é mentira. — Mas precisa ficar parada. — Ele coloca a arma no bolso do paletó e tira um pedaço de fita do rolo.

Ela vê o que ele pretende fazer e vira a cabeça para o lado.

— Não! Por favor! Meu nariz está entupido por causa do vômito! Se você colar isso na minha boca, eu vou sufocar!

Ele pega a seringa extra (tem outras carregadas na gaveta de sua mesa). A seringa está em uma das mãos, a fita na outra.

— Qual você prefere? Sempre supondo que você queira continuar viva, claro.

E se Sista Bessie sair enquanto ele está lidando com aquela mulher problemática? Sista Bessie querendo outra coisa? As estrelas *sempre* querem outra coisa. Garrafas de água, frutas frescas, M&Ms, uma porra de um *massagista*.

Corrie indica a fita.

— Mas faz um buraquinho nela.

Sem saber por que deu alternativa a ela (mas sentindo-se obscuramente feliz por ter feito isso), Trig faz um buraco na fita com a ponta da seringa e a cola sobre os lábios dela. Só então percebe que se esqueceu de uma coisa.

— Presta atenção. Está prestando? — Tanta coisa para lembrar!

Isso nunca vai dar certo. É loucura. Eu estou louco. Papai acharia graça. Morreria de rir e bateria na minha cabeça. "Foi embora", *disse seu pai. Ele disse isso no rinque Holman, durante um dos intervalos de dezoito minutos.*

— Quando ele disse isso, eu soube — diz Trig para Corrie. — Estava na voz dele. — Ela só o encara, com os olhos marejados de lágrimas. Não sabe do que ele está falando. *Ele* também não sabe.

É o que ele diz a si mesmo.

— Isso não importa. Eu preciso saber a senha do seu celular. Eu vou dizer os números de zero até nove. Cada vez que eu chegar ao número certo, faça que sim. Entendeu?

Ela assente.

— Se você me der a senha errada, vai ser punida. Entende *isso?*

Claro que sim.

Você não devia ter feito isso aqui, seu pateta, diz papai. *Devia ter esperado. E se a cantora negra sair querendo que você compre um sanduíche ou uma garrafa de água?*

Tarde demais agora. Ele pega a caneta, diz os números e, um a um, anota o código de quatro dígitos.

7

12h20.

Holly finalmente acha que tudo bem passar no apartamento. Corrie está no Mingo, e tem umas compras para fazer em seguida, e Kate está na suíte, no Zoom, fazendo uma entrevista para a CNN seguida de um debate gravado para o *The Five* da Fox News.

Via de regra, ela não é fã de música country, mas descobriu uma música de Alan Jackson que mexeu tanto com ela que Holly a salvou no celular e no tablet. A música se chama "Little Bitty" e ela consegue (como tem certeza de que dizem no programa do AA de John Ackerly) *se identificar*. Seu apartamento é uma versão dessa música: uma máquina de lavar pequenininha, uma secadora pequenininha, um fogão pequenininho onde ela faz sopa de tomate e uma mesa pequenininha onde toma a sopa com um queijo-quente.

Ela levou as roupas sujas em um saco de lavanderia do hotel, mas seu compromisso com Kate a incomoda e ela não quer ficar longe por tanto tempo a ponto de conseguir lavar e secar tudo. Nada pode acontecer com a chefe enquanto ela estiver na suíte do hotel, mas e se ela botar na cabeça que quer sair? Possivelmente para discutir com os defensores do direito à vida que se reuniram do outro lado da rua? Seria a cara dela. Ao imaginar o cenário, Holly fica assombrada por pensamentos de David Gunn, John Britton e George Tiller, pessoas que levaram tiros e morreram oferecendo o serviço que Kate passou a turnê defendendo.

Ela esperava que estar em casa, no apartamento pequenininho da investigadora particular pequenininha, fosse lhe dar a serenidade que falta em sua vida desde que fez a bobagem de concordar em ser a guarda-costas de Kate McKay. Não deu. Alguma coisa a incomoda, e ela deveria saber o que é, mas não sabe. Acha que tem a ver com sua visita ao Mingo no dia anterior, mas, cada vez que tenta identificar, só consegue pensar no quanto fica feliz de ver Barbara no palco, cantando e fazendo passos de dança. Era como se Barbara estivesse fazendo por Holly algo que Holly era tímida e insegura demais para fazer sozinha.

Ela toma a sopa. Mordisca o queijo-quente. Tenta pensar no que está deixando passar. Diz a si mesma que não importa, que quando finalmente lhe ocorrer não vai ser importante, vai ser pequenininho, mas não acredita nisso. Aconteceu alguma coisa no Mingo, alguma coisa que ela deveria ter notado, mas não notou. Foi algo que viu? Ouviu? As duas coisas? Simplesmente não vem. Ela só consegue pensar em como seu coração se inflou ao ver a jovem amiga poeta dando vários passos enquanto Sista Bessie cantava "Land of 1000 Dances".

Ela acaba empurrando a metade não comida do sanduíche para a lata de lixo e passa água no prato de sopa. Coloca o prato na lava-louça pequenininha, pega o saco de roupa suja e volta para o hotel. Vai enviar tudo para a lavanderia.

E colocar nos gastos de trabalho.

8

12h45.

Chrissy está cochilando atrás da lanchonete quando a tranca na porta do saguão se abre com um estalo. Ela desperta na hora e agarra a arma. É a polícia, ela tem certeza, e quase fica de pé, pronta para trocar tiros com eles, mas algum instinto a faz ficar escondida, embora esteja de joelhos, segurando a .32 com as duas mãos, todos os músculos contraídos e todos os sentidos aguçados quando a porta se abre. Ela ouve algum grunhido de esforço e o som de passos. Há sons vocais inarticulados também. Chrissy acha que seriam gritos, talvez até berros, mas algo os abafa.

— Anda, caramba, *anda* — diz um homem. — Me ajuda. Faz o que der.

Os dois passam pelo saguão. Chrissy se esgueira até o canto da lanchonete e espia, pronta para atirar se for vista. Mas não é. Os recém-chegados estão de costas para ela. Um homem está com o braço na cintura de uma garota ou mulher jovem. As mãos dela estão presas nas costas com o que parece ser fita adesiva. Os tornozelos também estão presos, e um dos pés está sem sapato. Ainda que o homem esteja carregando tanto quanto possível do peso dela, ela só consegue dar alguns pulinhos embriagados. Eles vão para a arena.

Chrissy tira os sapatos, corre nas pontas dos pés para a porta central que dá no rinque e espia. Poderia ter ficado totalmente exposta ali sem ser vista. O homem está guiando a prisioneira lenta e pacientemente pelas vigas entrecruzadas até o que era o banco das penalidades. Ele a coloca sentada, pega um rolo de fita no bolso do paletó esportivo e começa a prender o pescoço e os tornozelos dela a um dos postes de aço.

Chrissy pensa em atirar no homem quando ele sair, porque obviamente é o mesmo que matou a garota que ela havia encontrado antes. Ele ainda não matou aquela — talvez pretenda primeiro estuprá-la ou molestá-la de algum jeito bizarro —, mas Chrissy tem certeza de que vai.

A garota amarrada vira a cabeça e Chrissy dá uma boa olhada. Ela a reconhece de imediato, apesar da fita na boca da garota. É Corrie Anderson, a assistente de Kate McKay. Corrie também vê Chrissy, e arregala os olhos. Chrissy recua antes que o homem possa seguir o olhar da prisioneira — ou assim espera — e corre com pés leves até a lanchonete.

Ele a *viu*? Ela não sabe. Se tiver visto, ela vai ter que atirar nele mesmo, mas não quer mais fazer isso, a menos que seja necessário.

O homem finalmente volta. Ela ouve os passos se aproximando quando ele anda de uma viga para a seguinte, depois o ruído dos sapatos no chão empoeirado do saguão. Ela espera, com a arma em mãos.

Procure a sombra dele, diz ela a si mesma, mas o saguão está escuro e pode não *haver* sombra. *Escute, então, só escute.*

Os passos não se aproximam da lanchonete, nem param. O homem volta para a porta. Por um momento, o saguão clareia na hora que ele sai, mas a escuridão volta. Há um ruído quando ele usa o teclado para trancar a porta. Apurando os ouvidos, ela ouve um motor ser ligado e se afastar.

Ele foi embora.

9

12h55.

No Feliz, o movimento do meio-dia está lento porque não tem jukebox nem televisão sobre o bar mostrando os momentos do esporte, e eles não servem comida nenhuma além de amendoim e batata chips até a noite, quando só tem cachorro-quente. John Ackerly está aproveitando a tranquilidade para colocar copos na lava-louças quando seu telefone toca.

— Ei, é o John? — É a voz de um homem velho que passou a maior parte da vida fumando dois maços por dia. Há um jukebox ao fundo, no lugar de onde ele fala; John consegue ouvir Bonnie Tyler gritar ao mundo sobre o eclipse total do seu coração.

— É o John, sim. Quem fala?

— Robbie! Robbie M., da reunião de Upsala. Eu estou no Sóbrio Club em Breezy Point. Peguei emprestado o telefone de Billy Top. Você conhece o Billy Top?

— Já vi em reuniões — diz John. — Cabelo curtinho. Vende carros.

— Ele mesmo. Billy Top.

Um cara tipo sr. Empresário se senta no bar vazio. Está com olhos vermelhos e rosto pálido. Para John, ele tem cara de encrenca. O sr. Empresário grita pedindo um Scotch, sem gelo. John serve com gestos treinados.

— O que eu posso fazer por você, Robbie?

— Eu ainda não consegui me lembrar do nome que o cara usou algumas vezes no lugar de Trig, mas me lembrei de uma coisa que ele disse na reunião de Upsala, deve ter sido mais de um ano atrás, mas ficou na minha cabeça porque foi muito engraçado. Fez o grupo todo rir.

O sr. Empresário vira o Scotch e pede outro. John é bom em ler pessoas — sendo barman, essa é uma habilidade de sobrevivência — e, além de ser encrenca (ou por causa disso), aquele homem está com cara de quem acabou de receber uma notícia ruim. *Eu vou expulsá-lo daqui por volta das três da tarde*, pensa ele, mas o cara ainda está relativamente sóbrio, então John serve outra bebida, mas diz para ele ir devagar.

— O quê? — pergunta Robbie.

— Eu não estava falando com você. O que John ou Ron disse que foi tão engraçado?

— Ele disse: "Vocês já tentaram contratar alguém pra limpar merda de elefante às dez da manhã?". Todo mundo riu.

— Obrigado, Robbie. — Pensando: *Por nada.* — Se você se lembrar do nome, me liga de novo.

— Vou ligar, e se seu amigo receber dinheiro, manda uns trocados pra cá.

— Eu não...

Nessa hora, o sr. Empresário pega o copo, toma impulso e o joga no espelho do bar, que se estilhaça e derruba várias garrafas de bebida, não as mais usadas, mas as caras. Ele começa a chorar e bota as mãos no rosto.

— Tenho que ir, Robbie. Tem problema à vista.

— Que tipo de pr...

John encerra a ligação e liga para a emergência. O sr. Empresário coloca o rosto no balcão do bar e começa a soluçar. John contorna o bar e aperta o ombro dele.

— Seja lá o que for, amigão, vai passar.

10

No Sóbrio Club de Breezy Point, Bonnie Tyler foi trocada por Chrissie Hynde falando sobre a vida na prisão. Billy Top está com a mão estendida para o telefone. Robbie o entrega.

— O cara não se chamava Ron nem John — diz Robbie. — Era Don. Acabei de lembrar. Do nada.

— Isso sempre acontece quando a gente para de tentar lembrar alguma coisa — comenta Billy Top. — Sobe para o alto da cabeça. Quer jogar totó?

— Claro — diz Robbie, e cinco minutos depois ele já se esqueceu do cara que precisava que limpassem merda de elefante às dez da manhã.

VINTE E UM

1

13h.

Tem alguém se aproximando de Corrie, pisando com cautela nas vigas no chão de concreto. Ela vira a cabeça o tanto que a fita em volta do pescoço permite, que não é muito. Não está sufocando, mas é como respirar por um tubo. Deixa a dor de cabeça da substância que Gibson injetou nela muito pior. Não consegue acreditar que isso aconteceu com ela. E que aconteceu tão rápido.

É uma mulher de cabelo escuro, usando um terninho, mas o rinque está tão escuro que Corrie não consegue identificar seu rosto de primeira... mas, quando ela fala, Corrie reconhece a voz baixa, meio rouca. Ela já a ouviu uma vez, em Reno. Dizendo que não permitia que a mulher ensinasse nem dominasse o homem. *Primeira epístola a Timóteo, piranha.*

— Olá, Corrie Anderson. Desta vez eu sei quem você é. E aposto que você sabe quem eu sou.

Corrie sabe. É Christopher Stewart.

Stewart se apoia em um joelho na frente do banco das penalidades e olha para ela como um cientista poderia observar uma cobaia, um animal que vai ser sacrificado para o bem maior. E é exatamente assim que Corrie se sente. Seu terror é sobrepujado pelo surrealismo. Ela quase poderia acreditar que está tendo um pesadelo terrivelmente vívido, porque qual é a chance de ser drogada e aprisionada por um homem obviamente maluco para logo em seguida ser confrontada por outro?

— Ele não te matou — diz o homem de peruca. — Ele matou a outra, mas não você.

Stewart se vira parcialmente e estende a mão como um apresentador de game show exibindo o grande prêmio da noite. Corrie vê uma forma caída sobre as vigas no que antes era a área central do gelo. Quase *derretendo* lá. Percebe com horror crescente que é um cadáver, e em seguida que o cheiro que sente não é só o resíduo da substância que o lunático usou para drogá-la.

Como se lesse a mente dela, Stewart diz:

— A coitadinha está fedendo, né? Deu pra sentir lá de fora.

Por favor, me solta. Não sou eu que você quer, Corrie tenta dizer, mas é claro que não sai nada pelo buraco na fita além de sons abafados que não soam como palavras.

— Matou a outra, mas não você — repete Stewart. — E eu acho que sei por quê.

Mesmo com a dor de cabeça e ainda tonta da droga, Corrie acha que também sabe. Stewart diz pelas duas.

— Você é a *isca*.

2

13h15.

Trig volta para o Mingo e coloca a van de ré na entrada de serviço. Ele vai para a cozinha, vê o sapato de Corrie e o enfia no fundo da lixeira. Ela não vai mais precisar dele.

Ele segue pela escada, sem querer que a cantora negra e a moça do figurino ouçam o elevador, percebam que ele voltou e desçam com algum pedido irritante. Ele tem os próprios assuntos para resolver, o próprio plano. Que é loucura, claro. Ele sabe. Leu que as chances de ganhar dois dólares numa raspadinha de um dólar são de quatro para um. Acha que as chances de aquele esquema dar certo são maiores. Não de forma absurda, considerando a natureza humana e como ela é, mas maiores.

Eu vou matar alguns, aconteça o que acontecer. Se consegui convencer um júri potencialmente indeciso a condenar Alan Duffrey, consigo matar ao menos algumas dessas pessoas.

— Eu tinha certeza de que ele era culpado — diz Trig quando chega no topo da escada. — *Certeza*. — Mas tinha muita culpa pra distribuir. Muitos erros. Eles deveriam ter tido coragem nas suas condenações. Não deveriam ter hesitado. Não deveriam ter vacilado.

Lowry dizendo vamos votar de novo, estou perdendo negócios na loja, e nessa hora ele finalmente votou em culpado. Só sobrou Bunny. Como eu fiz? Como convenci todo mundo?

— Eu só canalizei meu pai — diz ele. — Foi fácil.

Ele ouve risadas de mulher vindas do terceiro andar. Sista Bessie e a magrela, Alberta sei lá o quê. Entra no escritório. Bate no bolso do paletó para ter certeza de que está com o celular de Corrie. Precisa usá-lo para fazer uma ligação, mas depois. Agora, procura no computador os números da banda e da equipe da Sista. O nome e o número de Barbara Robinson foram adicionados tardiamente, mas, como papai dizia, antes tarde do que nunca.

Trig pega o cavalo de cerâmica. Faz um carinho nele. É uma espécie de amuleto de sorte. Papai dizia que Trigger era um palomino. Eram cavalos caros, e papai também dizia que Roy Rogers tinha mandado empalhar Trigger quando ele morreu, o que tem um cheiro danado de *azar*, mas isso não importa.

Trig liga para Barbara, que atende no segundo toque. Ao fundo, ouve vozes rindo, gritos e o som de bastões de metal em bolas. Deduz que ela está passando o dia de folga no parque Dingley.

Trig pensou e rejeitou uns seis pretextos para levar Barbara Robinson para o Mingo antes de perceber que não precisa de um. Só precisa falar com a seriedade adequada.

— Oi, sra. Robinson. Aqui é Don Gibson. O diretor de programação do Mingo.

— Oi. O que posso fazer por você?

— Bom... a sra. Brady está te chamando. Ela está aqui no Mingo.

— O que ela quer? — Os sons do campo estão ficando distantes conforme ela anda para longe. Percebeu o tom sério dele. Que bom.

— Não sei — diz Trig. — Ela não quis me dizer. Está no camarim, e acho que está chorando.

— Vou o mais rápido possível — diz Barbara.

— Obrigado — diz Trig. — Acho que seria o melhor. Vou te esperar na entrada de serviço.

Fácil assim.

Ele encerra a ligação, abre a gaveta e pega um estojo preto fino de couro. Nele, há mais seis seringas com pentobarbital. Ele acredita que não vai precisar de todas, mas é sempre melhor prevenir. Tira uma das tampas de proteção de agulha e guarda o estojo no bolso.

3

13h35.

Holly está entrando no saguão do Garden Plaza City Hotel depois de ter atravessado a multidão crescente lá fora: fãs de Sista Bessie, fãs de Kate, pessoas que odeiam Kate. Ninguém presta atenção em Holly, e é assim que ela gosta.

Na metade do saguão, seu telefone toca. É John Ackerly.

— Oi, Holly, tudo bem?

— Tudo. E você?

— O dia no Feliz foi agitado.

— O que aconteceu?

— Bêbado turbulento. Ele causou alguns estragos, mas no bar, não em mim, e a polícia o levou.

— Sinto muito.

— Não é a primeira vez que acontece algo assim, nem vai ser a última. Eu liguei porque conversei com um sujeito chamado Robbie numa reunião ontem à noite, e de novo logo antes da merda bater no ventilador. Ele diz que o cara que você está procurando...

— Que *Izzy* está procurando — diz Holly.

John ri.

— Baboseira. Eu sei como você é: quando começa, você não para.

Holly não contesta.

— Continua.

— Robbie se lembrou de uma coisa que o cara disse. "Tentem contratar alguém pra limpar merda de elefante às dez da manhã." Ou algo nessa linha. Foi numa reunião e fez todo mundo rir. *Isso* significa alguma coisa pra você?

— Não. — E não significa. Mas a faz lembrar a ida ao auditório na noite anterior. Por quê, ela não sabe. Ela pensa em quando parou no estacionamento de funcionários com a banheira que era o Chrysler. No gerente de turnê da Sista Bessie e o diretor de programação do Mingo esperando por ela.

Por um momento, Holly quase identifica o que está fugindo dela, mas, antes que consiga agarrar a informação, volta a pensar em como foi ótimo ver Barbara dançar e cantar enquanto a banda tocava e... sumiu.

— Bom, eu te contei o que ouvi — diz John. — É o que eu consigo fazer. Vou sair cedo do bar e encontrar Jerome. Nós vamos levar Sista Bessie para o hotel. Não me odeie por andar com as estrelas.

— Vou tentar — responde Holly.

— Jerome vai com ela para o parque Dingley. Vai fazer a coisa lá de guarda-costas.

— Guarda-costas pra todo lado — diz Holly. — Nós somos pessoas ocupadas.

— Mas ninguém precisa limpar o cocô do elefante — diz John, e novamente quase vem... alguma coisa quase vem, pelo menos... mas escapa de novo. *Dê tempo*, pensa ela. *Dê tempo e vai vir à tona.*

Então ela pensa que é isso que se diz sobre vítimas de afogamento.

4

13h50.

Para Trig, é como a segunda apresentação de uma peça. Essa transcorre de forma mais suave, como costuma acontecer com segundas apresentações. Barbara chega de Uber, mas o manda embora, o que resolve um problema. Anda rapidamente até a porta de serviço, abre um sorriso rápido e entra correndo. Ele a agarra pela cintura e injeta a substância, déjà vu. Ela luta e cai inconsciente.

Trig a coloca na van Transit e a prende como tinha feito com Corrie, mas, dessa vez, também a prende em um apoio lateral para que ela não possa rolar e chutar a lateral da van quando voltar a si, o que talvez pudesse atrair atenção. Ele coloca a bolsa dela na sacola enorme Giant Eagle junto ao celular de Corrie, mais rolos de fita e uma lata grande de fluido para isqueiro de carvão Kingsford.

Trig pensa no pai dizendo *a prática leva à perfeição*. Dizia isso quando os dois estavam se enfrentando na entrada da garagem, Trig com seu bastãozinho de hóquei. O pai jogava o disco para ele e dava uma batida no seu braço cada vez que ele piscava.

A prática leva à perfeição.

E: *Foi embora. Você só precisa saber disso.*

— E eu *sabia* — diz Trig.

Os olhos da jovem tremem, mas não se abrem. A respiração pelo nariz está catarrenta, mas regular. Trig dirige até o rinque Holman.

Já foram duas, faltam duas.

As mais importantes.

5

13h55.

Holly acabou de baixar um artigo no notebook quando ouve uma batida leve na porta. É Kate.

— Não tem coletiva hoje à tarde. Estou guardando a energia pra de noite. O que você está fazendo?

— Pesquisando sobre Christopher Stewart. E sobre a igreja dele. Pode ser que ajude.

— A pesquisa leva à prevenção? É isso?

— Algo por aí. Precisa de mim pra alguma coisa?

— Não. Vou botar a plaquinha de não perturbe na porta e tirar um cochilo. Corrie ainda está na rua fazendo compras. A coitada precisa de um descanso. Eu ando arrancando o couro dela.

Não é exatamente como Holly diria, mas bem perto.

— Quer que eu te acorde?

— Não precisa, vou programar o despertador do celular. — Ela se curva sobre o ombro de Holly para olhar a tela. — São eles? A Igreja Cem Por Cento Jesus, ou sei lá como é o nome?

— São. Essa é do *Lakeland Times*, em Minocqua, Wisconsin.

A manchete diz IGREJA DE BARABOO JUNCTION FAZ VIGÍLIA DE ORAÇÃO NA CLÍNICA NORMA KLEINFELD. A foto que acompanha mostra mais de vinte pessoas ajoelhadas debaixo de chuva. Atrás deles, na calçada, há uma fila de cartazes mostrando fetos ensanguentados com frases do tipo "eu só queria viver" e "por que você me matou?".

Holly bate na tela.

— Este é Christopher Stewart, seu perseguidor. O homem ao lado dele foi o sujeito com quem falei quando você estava nadando. Andrew Fallowes. Não tenho certeza se ele botou pilha em Stewart como se fosse um brinquedo de criança, mas acho que sim.

Ela se vira e fica surpresa de ver lágrimas nos olhos de Kate.

— Ninguém quer matar bebês. — A voz de Kate está rouca e irregular. — Ninguém em sã consciência, pelo menos.

— Tem certeza de que você não quer dar uma pausa nas suas aparições até Stewart ser capturado?

Kate faz que não.

— Nós continuamos. — Ela seca o rosto em um gesto rápido e zangado. — E você não viu isso.

— Vi o quê?

Kate sorri e aperta de leve o ombro de Holly.

— É isso aí. Pode continuar. Vou acordar às quatro e meia. Cinco, no máximo.

— Tudo bem. — Holly se volta de novo para o notebook. *A pesquisa leva à prevenção*. Ela gostou disso.

— Holly?

Ela se vira. Kate está na porta.

— Não é fácil ser a vaca malvada. A cadela do diabo. Sabia?

— Sabia — diz Holly.

Kate vai embora.

6

14h15.

O homem do paletó esportivo volta. Ele traz outra, também jovem e quase inconsciente.

Quando ele chega à arena, Chrissy volta para a porta. Sabe que o homem é perigoso, mas precisa ver. O observa amarrar a mulher nova no outro poste do banco das penalidades. Ele tira uma foto de Corrie Anderson com um celular, e da recém-chegada com outro. Quando se empertiga, enfiando os celulares no bolso e dizendo alguma coisa para a segunda mulher, Chrissy volta a seu esconderijo atrás da lanchonete.

Quando Chrissy tem certeza de que o homem do paletó esportivo foi embora, vai para a arena e apoia um joelho na frente da mulher que chegou depois.

— Eu não tenho nada contra você. Quero que saiba disso.

A boca da jovem está fechada com fita, mas os olhos dela são fáceis de ler: *Então me solta!*

— Eu não posso te libertar. Ainda não. Pode ser que possa depois. — Ela repete: — Não tenho nada contra você. — E vai para o saguão para esperar a mulher que ela quer. Aquela que Deus, trabalhando por meio do homem de paletó esportivo, vai entregar para Chrissy. Ela tem certeza.

As duas mulheres nem conseguem se olhar; a fita no pescoço delas está tão apertada que chega a ser cruel. Barbara consegue encostar no ombro da outra. E a outra encosta de volta. Não é muito consolo... mas é alguma coisa.

7

14h30.

Trig mal voltou para sua sala no Mingo quando a mulher negra magrela, Alberta sei lá o quê, bate na porta e entra sem ser convidada. Ela está com um vestido de brilhos no braço.

— Betty está cochilando — diz. — Quer que você a acorde por volta das quatro e meia. Eu tenho que deixar este vestido no hotel. Ela está ficando muito *gorda*.

— Quer que eu chame...

— Um carro? Já chamei, deve estar esperando. Espero que esteja, porque o tempo está *apertado*. Quatro e meia, viu? Não vai esquecer.

Normalmente, Trig ficaria irritado de ser tratado como subordinado, principalmente por uma pessoa que também é subordinada, mas, naquela tarde, não o incomoda. Ele tem coisas demais para fazer, bolas demais no ar.

E se elas derem um jeito de se soltar?

Isso é besteira, o tipo de coisa que só acontece em programas de televisão. As duas estão amarradas como perus.

— Dia de compras? — pergunta a mulher negra magrela. Ela mostra dentes demais em um sorriso de jacaré.

— O quê?

— Eu perguntei se é dia de compras. — Ela aponta para o lado da mesa e ele vê que levou a bolsa enorme do Giant Eagle. Nem tinha percebido.

— Ah... não. Só tem algumas coisas aqui. Coisas pessoais.

— Umas coisinhas *de nada*? — O sorriso de jacaré se alarga e ela balança as sobrancelhas como Groucho Marx. O que está querendo insinuar? Ele não tem ideia. O sorriso some como um letreiro de neon apagado. — Estou brincando. Não esquece minha garota Betty.

— Não vou esquecer.

A mulher negra sai. Ele ouve o ruído do elevador descendo. Sista Bessie está roncando no camarim. Isso é bom. *Muito* bom. E ele vai acordá-la, sim. De fato, a mulher vai ter o despertar da vida dela. Ele poderia acabar com ela agora, o local está vazio e ninguém ouviria o tiro, mas ela precisa cantar o Hino Nacional. Vai ser sua canção do cisne. O painel precisa mudar às 19h17, enquanto o jogo estiver acontecendo no Dingley e no Mingo e a plateia estiver se perguntando onde está Kate.

Num eco bizarro de Chrissy Stewart, Trig diz:

— Eu não tenho nada contra nenhuma de vocês. Vocês só são... — O quê? O que elas são? As palavras certas lhe ocorrem. — Vocês são dublês. Representantes. *Substitutas.*

Os homicídios têm que acontecer no rinque Holman, porque foi para lá que o papai contou a Trig que sua mãe tinha ido, o que significava que nunca voltaria, o que significava morta, o que significava que papai a matara. O rinque Holman foi onde Trig finalmente entendeu esse fato. Ela não fugira, como papai disse para a polícia.

Seria legal acreditar que tinha sido o papai que transformara Trig em um alcoólatra. Em um assassino. Na pessoa que tinha perturbado os três resistentes do júri do caso Duffrey para que todos cedessem e votassem na condenação.

Mas nada disso é verdade. Ele era um bêbado desde a primeira dose, e assassino em série desde o primeiro homicídio. Descobrir que Duffrey tinha sido condenado falsamente e depois assassinado na prisão... aquilo foi como a primeira dose. Um pretexto. Ele tem uma falha de caráter intratável, que só vai acabar com a morte do mais culpado de todos. Que é ele mesmo.

Mas mesmo assim precisa terminar no rinque Holman, e precisa terminar, *vai* terminar, com fogo. A ligação seguinte vai ser para Kate McKay, mas não agora. Melhor esperar que o grande jogo da noite do outro lado do parque se aproxime. É melhor ele pensar exatamente o que vai dizer para fazer com que ela vá... e com que fique de boca calada. Trig desconfia que essas coisas podem acabar sendo bem fáceis. Já viu vídeos dela em ação no YouTube e sabe bem o que ela é: uma mulher acostumada a fazer tudo por conta própria e a ter tudo que quer.

Vai, pensa Trig. *Vai, vai, vai.*

8

15h.

No parque Dingley, policiais e bombeiros de folga estão levando cerveja em coolers e garrafinhas com bebidas mais fortes nos bolsos das bermudas cargo. Os policiais e os bombeiros que estão de serviço *também* estão bebendo. O clima de festa se espalha sob o sol quente e a provocação fica mais ácida.

Izzy pega um refrigerante e faz algumas ligações, com a esperança de que Bill Wilson (também conhecido como Trig) ou Christopher Stewart tenham sido apreendidos. Nada. Procura Barbara, mas a menina foi embora. Ela *vê* George Pill, que aponta para ela e segura a virilha. *Mantenha a classe, George*, pensa Izzy.

No quarto de hotel, Holly desistiu da pesquisa. A Sagrado Cristo Real é deprimente demais. Ela fica olhando pela janela. *Viu* alguma coisa... ou *ouviu* alguma coisa... e até que consiga lembrar (e com sorte dispensar), está em parafuso.

Eu dirigi até o Mingo. Parei na área de serviço ao lado de uma van bran-
ca. Fui até a porta. O homem careca, o gerente de turnê, disse "todos amamos
Barbara". Ele disse "ela canta, dança, toca pandeiro na batida certa, escreve
poemas… o que ela não sabe fazer?". Ele disse que "nasce uma estrela". O que
isso quer dizer? O que *pode* querer dizer? Holly bate com o nó dos dedos
na lateral da cabeça.

— O que estou deixando passar?

No camarim grande do terceiro andar do Mingo, Betty Brady está dormindo no sofá e sonhando com a infância na Georgia: pés descalços, terra
vermelha, uma garrafinha de coca-cola.

Ao chegar no Garden City Plaza Hotel, Alberta Wing observa o número crescente de manifestantes pró-vida do outro lado da rua, e se pergunta
quantas das mulheres brancas arrumadinhas naquele grupo estariam dis-
postas a dar à luz um bebê cego no meio do lixo e das garrafas abandonadas
de bebida atrás da churrascaria Dilly Delight em Selma, Alabama. Antes de
começar a trabalhar no vestido que Betty vai usar na noite seguinte, ela pega
a calça boca de sino com lantejoulas que sua amiga e parceira vai usar para
cantar o Hino Nacional em algumas horas. *Se sua bunda crescer mais, você*
não vai conseguir passar pela porta, pensa ela, e ri. Bota a calça num cabide
junto da faixa estrelada que Betty pretende usar na cintura. Quando a música acabar, Betty vai para o camarim, que é um cubículo reservado para
ela no galpão de equipamentos, e vai vestir uma calça jeans e um moletom,
que Alberta também coloca num cabide. Ela pensa na expressão de culpa
do diretor de programação branco quando olhou para a sacola de compras
e se pergunta o que ele tinha ali. Ela tem que rir.

No Feliz, John Ackerly está pronto para passar o bastão para sua substituta, Ginger Brackley. Sobre o espelho quebrado no fundo do bar, ele
pendurou uma toalha de mesa quadriculada e escreveu nela com caneta
permanente: TIVEMOS UM PEQUENO ACIDENTE.

— Estou fazendo isso por você, então espero que consiga o autógrafo
dela pra mim — diz Ginger, e John fala que vai tentar.

No apartamento, Jerome coloca sua melhor calça preta, uma camisa
azul de algodão bonita, uma correntinha de ouro e os tênis All Star pretos
de cano alto (um detalhe ousado). Passa manteiga de carité no cabelo, um
leve toque, e fica pronto duas horas antes, mas está empolgado demais para

sequer pensar em escrever ou pesquisar sobre as igrejas Army of God. Ele tenta ligar para Barbara, mas o celular dela vai direto para a caixa postal. Quando convidado a deixar uma mensagem, diz para ela ligar a porcaria do telefone porque quer encontrá-la no jogo.

No rinque de hóquei Holman, duas mulheres amarradas esperam enquanto os minutos se arrastam.

Atrás da lanchonete, Chrissy também espera. Sabe quem é o sequestrador. A imprensa até tem um nome para ele: Assassino dos Substitutos dos Jurados. O homem de paletó esportivo também é servo de Deus, apesar de não saber. Se ele voltar com Kate McKay, aquilo pode acabar. Chrissy acha até que talvez se safe. Não é errado ter esperanças.

9

15h50.

Há muito tempo, em uma galáxia muito, muito distante — na verdade, a entrada de carros da casa dos Gibson nos anos 1990 —, o papai jogava um disco de hóquei para o pequeno Trigger, que estava vestido com um uniforme tamanho infantil do Buckeye Bullets, até o capacete de goleiro… e o papai jogava *com força*. Se a mamãe visse, gritava da janela: *Para com isso, Daniel!* Ela o chamava de Dan ou Danny na maior parte do tempo, Daniel só quando estava com raiva dele. E isso acontecia cada vez mais. Quando ela se foi, não havia ninguém para fazer o papai parar. Os treinos eram um inferno, e o inferno não tinha fim. *A prática leva à perfeição*, dizia o papai, e cada vez que Trig se encolhia para longe do disco, papai gritava: *Não pisque! Não vai vacilar, Trigger! Você é goleiro, tipo o Cujo, tipo o Curtis Joseph, então não vacila!* E quando Trig não conseguia se controlar o papai olhava para ele com repulsa e dizia: *Vai pegar, seu inútil. Mais um gol pros adversários.* E Trig tinha que ir até a rua buscar o disco.

— Não pisque — murmura ele para si mesmo quando tira o celular de Corrie Anderson da bolsa. — Não vai vacilar.

Se aquela tal McKay chamar a polícia… ou contar para a guarda-costas magrela, que provavelmente a *convenceria* a chamar a polícia… tudo desmorona. Não vai ter jeito. Mas há certa ironia sinistra no que ele está prestes a fazer, coisa que Trig aprecia. Incutir culpa nos jurados de Duffrey era só um pretexto (ele percebe isso agora) e provavelmente não serviu de nada, mas agora tudo depende de mais convencimento e indução de uma sensação de culpa real. Ele pensa: *Só a culpa pode fazer isso dar certo.*

O disco está voando. Pode ser que o acerte na boca, mas ele não vai piscar.

Ele faz a ligação.

10

15h55.

O celular de Kate está no silencioso, exceto para três pessoas: Holly, Corrie e sua mãe. O toque a acorda do sono leve e de um sonho no qual arrancava pétalas de margaridas com a mãe quando criança: *bem me quer, mal me quer.* Kate pega o celular, pensando: *É a mamãe. Ela piorou. Só espero que não esteja morta.* Roselle McKay, tão jovem e linda no sonho, está idosa, careca e doente por causa de uma combinação de quimioterapia e radioterapia.

Kate se senta com dificuldade e vê que não é a mãe, o que é um alívio. É Corrie. Mas, quando atende, não é Corrie que fala com ela.

— Alô, sra. McKay? — Uma voz estranha de homem. — Você precisa me ouvir com muita atenç...

— Cadê a Corrie? Por que você está com o celular dela? Ela está bem?

— *Cala a boca e escuta.*

Políticos e religiosos de todos os Estados Unidos poderiam testemunhar como é difícil silenciar Kate McKay, mas o imperativo daquelas cinco palavras — o imperativo *selvagem* — consegue.

— Eu estou com a sua sra. Anderson. Ela está amarrada e amordaçada, mas ilesa e viva. Se vai continuar assim depende só de você.

— O que...

— Cala a boca. Me escuta.

— É você, né? Christopher Stewart?

— Sra. McKay, eu não posso perder tempo mandando você calar a boca, então, na próxima vez que você desviar do assunto, eu vou meter uma bala no joelho da sra. Anderson e ela nunca mais vai andar direito, caso sobreviva. Entendeu?

Pela primeira vez na vida, Kate não tem ideia do que dizer, mas Holly (se estivesse lá) reconheceria a mesma expressão petrificada que Kate fez quando o homem com o bastão de beisebol foi na direção dela.

Com um possível humor ácido (que grotesco), o homem diz:

— Se você entender, pode responder que sim.

— Sim.

— Vou te mandar uma foto da sra. Anderson pra mostrar que ela está bem. Por enquanto. Você vai ao rinque de hóquei Holman, no parque Dingley. Quando chegar, vai ter gente vindo para o parque da avenida Buckeye e do Dingley Plaza pra assistir a um jogo de softball beneficente que acontece lá hoje, mas o rinque Holman fica do outro lado do parque, abandonado e em ruínas. Pegue a estrada de serviço A. Seu GPS vai mostrar.

Ela arrisca uma interrupção.

— Moço… sr. Stewart… tem um monte de gente na frente do hotel que sabe como eu sou.

— Esse problema é seu, sra. McKay. Resolva. Use o cérebro que Deus te deu. Eu quero você no rinque entre cinco e quinze e cinco e meia. Essa janela de quinze minutos é fundamental pra sobrevivência da sra. Anderson. Se você chegar mais cedo ou mais tarde, ela morre. Se contar pra alguém, *pra qualquer pessoa*, ela morre. Se você vier, e vier sozinha, vocês duas vão viver.

— Você…

— Cala a boca. Se você fizer mais uma pergunta, eu não vou me dar ao trabalho de meter bala no joelho dela, vou matar de uma vez. Entendeu?

— S-sim.

Quando foi a última vez que ela gaguejou? Na faculdade? No ensino médio?

— Vou recapitular. Rinque Holman, entre cinco e quinze e cinco e meia, que é em aproximadamente setenta e cinco minutos contando a partir de agora. Se você não aparecer, ela morre. Se contar pra qualquer pessoa e eu descobrir, e eu tenho meus meios, ela morre. Se aparecer acompanhada, ela morre. Entendido?

— Sim. — Ela está desperta agora, todas as luzes internas ligadas no máximo. *É Stewart?* Ela não entende por que seria outra pessoa, mas ele parece mais velho do que o homem das fotos de Holly.

Tem que ser ele.

— Apareça de acordo com as minhas instruções, e vocês duas saem de lá ilesas.

Claro, pensa Kate, *assim como nós vencemos no Vietnã.*

O telefone desliga, mas seis segundos depois vibra com a chegada de uma mensagem de texto. Ela a abre e vê Corrie presa com fita adesiva, quase mumificada, a um poste de metal coberto com tinta amarela descascando. Está com os olhos arregalados e cheios de lágrimas. A boca foi amordaçada com fita adesiva, que passa pela parte de trás da cabeça, e Kate pensa — engraçado como pensamentos aleatórios são intrusivos — que a fita vai arrancar um monte de cabelo quando for tirada. Vai doer... mas só se ela estiver viva para sentir.

Agora, Kate começa a sentir raiva. Pensa em Holly, mas rejeita a ideia, e não só porque o homem *tem seus meios.* Holly é boa no que faz; a velocidade com que chutou a cadeira na frente daquele homem enorme e enraivecido confirma isso. Mas aquela monstruosidade específica estaria além dela. Parece que um vento forte a levaria voando, ela é meio tímida e, vamos admitir, está envelhecendo.

Além do mais, Kate quer lidar com aquilo sozinha.

Queria ter comprado armas para ela e para Corrie. Talvez aquilo não tivesse acontecido se tivesse insistido que Corrie andasse com uma, mas na confusão dos eventos ela nem tinha tentado. O que ela *tem* é o spray de pimenta que Holly lhe deu.

Ela olha longamente para a foto que Christopher Stewart enviou (porque tem que ser ele, quem mais seria?). Corrie presa com fita adesiva a um poste de metal como um inseto preso em papel colante. Um buraco para respirar feito na fita da boca. Corrie, que já recebeu água sanitária na cara e poderia ter inalado veneno mortal se não fosse seu raciocínio rápido. Corrie com cara de atriz de filme de terror prestes a ser sacrificada por um assassino de filme de terror; não a Garota Final, mas a Penúltima Garota, a que aparece em quarto lugar nos créditos.

Ela escreve um bilhete para Holly e o cola na porta da suíte com um dos adesivos para calos Dr. Scholl que tem na bolsa. Em seguida, pega o telefone do hotel, se identifica e pede para falar com o gerente. Quando ele está na linha, ela pergunta:

— Como eu saio daqui sem ser vista?

VINTE E DOIS

1

16h.

A sala de Trig fica no segundo andar do auditório Mingo. Os camarins ficam no terceiro. Falar com Kate McKay ao telefone foi tranquilo, mas, com Sista Bessie, FaceTime seria melhor. Ele precisa pensar, e com cautela.

Decide que um pouco de terapia de choque pode ser necessário.

2

16h05.

Holly ligou para Jerome e perguntou se limpar cocô de elefante às dez da manhã significa alguma coisa para ele. Jerome disse que não. Ela tentou falar com Barbara para fazer a mesma pergunta e a ligação foi direto para a caixa postal. Holly concluiu que ela devia estar no banho ou treinando os passos de dança como Dixie Crystal honorária.

Ela decide se aproveitar de um dia sem coletiva de imprensa se deitando e tirando uma soneca, mas está pilhada demais e não consegue pegar no sono. Perdeu alguma coisa que deveria ser grande e óbvia demais para se deixar passar... mas ela *está* deixando passar.

Uma ideia lhe ocorre, talvez brilhante. Ela se senta, pega o celular e liga para uma pessoa que vai saber mais sobre Buckeye City do que qualquer outra: seu sócio recém-aposentado, Pete Huntley.

3

16h10.

Há uma estrela decalcada na porta do camarim da Sista Bessie e um cartaz colado com fita que diz BATA ANTES DE ENTRAR. Trig só entra. A mulher está deitada no sofá-cama, dormindo profundamente. Usando roupas desleixadas de ficar em casa, ela não parece famosa, e deitada imóvel em vez de fazendo passos variados no palco, com o microfone na mão, parece gigantesca.

Ela o ouve entrar e se senta, primeiro esfregando os olhos, e depois olhando o relógio... não um Patek Philippe, nem mesmo um Rolex, mas um simples Swatch velho.

— Falei pra Alberta que eu podia dormir até quatro e meia, mas já que você está aqui...

Ela começa a se levantar. Trig avança dois passos, coloca os dedos afastados na parte de cima de um dos seios dela e a empurra para que volte a se sentar na bunda gorda. Isso dá a ele um prazer surpreendente. Já viu muita gente famosa ir e vir e, no fundo do coração, sempre quis fazer isso. Todos acham que são escolhidos de Deus porque conseguem reunir uma multidão, mas vestem as calças uma perna de cada vez, como qualquer um.

Enquanto isso, o tempo está passando, e o disco, voando. É tarde demais para voltar atrás. É tarde demais para vacilar.

Ela olha para ele da beirada do sofá.

— Que *diabos* você pensa que está fazendo, sr. Gibson?

Ele puxa a cadeira que está na frente do espelho de maquiagem e se senta nela ao contrário, estilo caubói.

— Vendo se você está acordada e consciente. Me escuta, Sista sei-lá--qual-o-seu-nome-verdadeiro. Com atenção.

— Meu nome é Betty Brady. — Agora ela está acordada e consciente, encarando-o com os olhos semicerrados. — Mas como você achou que podia me empurrar, pode muito bem me chamar de senhora.

Ele tem que sorrir ao ouvir isso. Ela é corajosa. Trig lembra de Belinda Jones, a do "me chamem só de Bunny", na sala do júri. Ela também tinha coragem. Quando Lowry cedeu, só faltou Bunny. Mas ele a convenceu, não foi?

— Tudo bem, senhora, não tenho problema com isso. Você vai sair daqui em breve, eu soube que planeja voltar para o hotel e trocar de roupa

378

pra sua aparição no parque Dingley, e eu não vou te impedir. Está acompanhando? — diz ele.

— Sim, estou. Mal posso esperar pra saber onde isso vai dar. — Parecendo quase achar graça, mas também com o tom sulista mais acentuado, e olhando para ele com os mesmos olhos semicerrados.

— Quando você sair daqui, vai poder fazer o que quiser, a decisão é sua, mas deveria dar uma olhada nisso antes de decidir.

Ele pega o telefone de Barbara Robinson e mostra a Sista Bessie — a senhora — a foto de Barbara presa a um dos postes do banco das penalidades.

Betty coloca a mão embaixo do pescoço.

— Mãe de Deus, o que... o que...

— Meu parceiro está com uma arma apontada pra ela. — Trig mente com suavidade. — Se você contar pra polícia, se contar pra *qualquer pessoa*, ela vai morrer. Entendeu?

Betty não diz nada, mas sua expressão de consternação é tudo o que Trig poderia desejar. A cantora era um ponto fraco o tempo todo. (Bem, havia *vários* pontos fracos, é um plano muito frágil, mas esse é um dos mais fracos.) O quanto aquela mulher, aquela *estrela*, se importa com a nova amiga? Ele escuta; *mantém os ouvidos alertas*, como dizem por aí. Maisie também, porque adora gente famosa. Eles ouviram o bastante para saber que Sista Bessie botou a garota debaixo da sua asa. Tanto que deixa seu livro de poemas por perto e a incluiu na banda, ao menos para aquele primeiro show. Tanto — e para a mente de Trig é isso que mais convence — que adaptou um dos poemas dela em uma música tão importante que vai encerrar o show.

Tanto que ele decide arriscar.

— Se você entendeu... senhora... faz que sim com a cabeça.

Betty faz que sim sem tirar os olhos da foto de Barbara. É como se estivesse hipnotizada, como um pássaro pode ser hipnotizado por uma cobra, e, pela primeira vez, Trig acredita de verdade que o foguete vai decolar.

— Você consegue agir como se não houvesse nenhum problema durante mais ou menos uma hora? Consegue cantar o Hino Nacional antes do jogo?

Ela pensa e diz:

— No passado, já cantei no estádio do Giants com gastroenterite, na frente de oitenta e duas mil pessoas. Eu não quis decepcionar ninguém, então fui de fralda. Vomitei no intervalo e só o pessoal da banda soube. Eu consigo, mas só se você puder me convencer de que pretende soltar ela.

— Eu pretendo soltar *as duas*. Mas não vamos nos adiantar. Quando você terminar o Hino, eu vou te ligar e te dizer onde buscar ela. Não é longe.

Ela olha para ele com olhos arregalados e gargalha. Solta uma *gargalhada* de verdade.

— Você é um branco maluco e também é um branco *burro*.

— Esclareça.

— Eu canto a música. Não tem oitenta e duas mil pessoas me vendo, mas tantas quanto couber naquele parque. Vou trocar de roupa no quartinho que reservaram pra mim e, quando sair, vai ter umas duzentas ou trezentas pessoas do lado de fora querendo meu autógrafo ou uma foto. Você acha que eu consigo simplesmente sair dali? *Poooorra*.

Trig não tinha pensado nisso. Torce para que a outra, McKay, encontre uma solução, porque os hotéis, ao menos os bons, costumam ter um caminho ou até dois pelos quais as celebridades possam fazer uma fuga rápida e discreta. Mas de um camarim improvisado em uma construção de concreto para guardar equipamentos no campo de softball? Usando uma frase que ele inventa na hora, vai ser um jogo bem diferente.

Mas, como o plano depende disso, ele repete o que disse para Kate McKay.

— Dá um jeito.

— Vamos dizer que eu dê um jeito. Você espera que eu acredite que você vai deixar nós duas irmos embora? Eu nasci à noite, mas não foi *ontem*, e eu tenho uma boa ideia de quem você é. Você anda matando gente nesta cidade, sr. Gibson. Então, como eu falei, me convença.

As mentiras funcionam melhor quando a pessoa que as ouve quer acreditar. Também funcionam melhor quando são misturadas com a verdade. Trig usa as duas estratégias.

— Eu estava no júri que condenou um homem inocente chamado Alan Duffrey. Tive ajuda de um promotor ambicioso e metido a moralista e do homem que o incriminou, mas isso não é desculpa para o que eu fiz, que foi convencer três jurados que achavam que Duffrey estava falando a verdade quando testemunhou em defesa própria. Se não fosse eu, aquele júri teria ficado num impasse. E sabe o que aconteceu com Alan Duffrey?

— Nada de bom, imagino.

— Foi morto na prisão antes da verdade vir à tona. Toda a culpa que carrego desde esse dia...

Ele balança a cabeça como se isso fosse verdade, mas não acredita mais que seja, nem que já tenha sido. Antes de ir *embora*, sua mãe dizia que pipoca é só uma desculpa para comer manteiga. Agora ele acredita que a culpa que queria incutir nos colegas jurados era só uma desculpa para cometer assassinatos.

Mas ela está olhando para ele como se entendesse. Claro que pode ser o que ele chama de Cara Sincera de Celebridade. A maioria delas é boa nisso.

— Eu decidi ser misericordioso — diz ele. — Você e a jovem, Barbara, podem sair dessa. Tem outras duas mulheres que talvez não tenham tanta sorte. Ou talvez tenham. Ainda não decidi.

Ele já decidiu *tudo*.

— Se você demonstrar seu amor por essa Barbara não falando com ninguém e depois aparecendo no local que eu indicar, por mais difícil que seja sair sem ser vista, eu *vou* deixar vocês irem embora. Prometo pra você. Se você *não* a ama o bastante pra aparecer, você continua viva, mas ela morre. Entendeu as escolhas que estou te dando, *senhora*?

Betty assente.

Trig se levanta da cadeira.

— Vou embora agora. Você tem uma decisão pra tomar. Não tem?

Betty assente de novo.

— Tome a correta — diz Trig.

Depois que ele sai, Betty coloca as mãos no rosto e começa a chorar. Quando as lágrimas param, ela se ajoelha, fecha os olhos e pergunta a Deus o que deveria fazer. Ou Deus fala com ela, ou seu coração secreto é que fala. Talvez dê no mesmo. Ela faz uma ligação e pergunta a um velho amigo se ele foi de ônibus para a cidade.

— Você me conhece, Bets. Não gosto de avião. Eu teria ido de ônibus pra Inglaterra naquela vez, se pudesse.

— Mas esse não é o único motivo pra você ir de ônibus, né, Red?

4

16h20.

Alberta Wing disse que o tempo estava apertado, mas Holly não sabe disso; acha que tem pelo menos uma hora até Kate querer ir para o Mingo, talvez mais, então ela e Pete passam um tempo botando a conversa em dia: os casos dela, as aventuras de pescaria dele. Ele repete que ela deveria ir para Boca Raton, e ela que vai... e talvez dessa vez esteja falando sério. Só Deus sabe o quanto precisa de um tempo para relaxar depois que aquele trabalho acabar.

Pete só tem um ataque de tosse, bem curto, então talvez finalmente esteja melhorando da covid longa. Quando a tosse passa, ele diz:

— É muito bom falar com você, Hols, mas duvido que você tenha ligado só pra jogar conversa fora.

— Eu tive outro motivo mesmo, mas fico quase sem graça de contar. E o caso é da Izzy, não meu, mas ela tem outras prioridades este fim de semana. Ao menos, hoje à noite.

— É, o jogo de softball. Eu acompanho os eventos da cidade, principalmente os que envolvem a polícia. Depois do que aconteceu com Emil Crutchfield ano passado, estou torcendo pra ela acertar uma bolada na cabeça de um daqueles bombeiros. A ligação é por causa daquele tal Substituto dos Jurados? Deve ser, né?

— É. Eu tenho motivo pra achar que o assassino disse alguma coisa numa reunião do AA sobre elefantes.

— Elefantes. — Pete soa intrigado. — Paquidermes.

— Certo. O que esse cara supostamente disse foi "tentem contratar alguém pra limpar merda de elefante às dez da manhã". Isso significa alguma coisa pra você?

Silêncio.

— Pete? Está aí?

— Estou aqui e isso me lembra alguma coisa. Só não sei por quê.

— Sei como é — diz Holly.

— Posso te ligar depois?

Holly olha o relógio. São quase 16h45. Kate já deve estar acordada, se arrumando.

— Pode, mas se não for nos próximos vinte ou trinta minutos, meu celular vai estar desligado até umas nove e meia.

— Trabalhando?

— Trabalhando.

— Às vezes eu queria estar trabalhando também — diz Pete. — Vou te ligar se pensar em algo.

— Obrigada, Pete. Estou com saudade.

— Eu também, Hols.

Ela encerra a ligação, bota a cabeça no corredor e vê a plaquinha de não perturbe ainda pendurada na porta de Kate. Holly tem certeza de que ela acordou, mas acha que ela pode estar tomando um banho rápido.

5

17h.

Há um pequeno engarrafamento perto do parque Dingley, com gente já indo para o campo, mas Trig buzina e vai passando, querendo chegar ao rinque Holman antes da tal McKay. Um folheto amarelo do jogo beneficente está no banco do passageiro, parecendo debochar dele. Tudo tem que acontecer no prazo, e não só o jogo. Se McKay chegar cedo ao rinque, pode estragar tudo. *Vai* estragar tudo. Quando ele entra na estrada de serviço A, a multidão indo para o outro lado do parque fica para trás. Ele para a van Transit, pega a sacola de compras e usa o código para entrar. Anda pelo saguão até a arena e verifica se as prisioneiras continuam prisioneiras. Ele relaxa quando as vê. Tem muita fita na bolsa, mas está sem espaço para a próxima hóspede no banco das penalidades, então vai ter que prendê-la na arquibancada. Supondo que ela seja dócil. Gostaria de matar as quatro de uma vez, cinco contando com ele, mas, se McKay der trabalho, ela vai ter que ir de uma vez. Se ele deixar isso claro, o interesse pessoal pode garantir a cooperação dela. Ele toca na Taurus no bolso do paletó para conferir se ainda está lá.

Do outro lado da cidade, John Ackerly está na frente do Feliz, todo elegante de paletó e calça social. Jerome para junto ao meio-fio e John entra.

— Que dia legal, cara — diz John, e Jerome bate no punho dele.

Com a ajuda do gerente, Kate pega um Uber na saída de carga e descarga atrás do Garden City Plaza. O carro também fica preso no trânsito do parque Dingley, o motorista avançando aos pouquinhos enquanto o telefone de Kate parece estar correndo de cinco e cinco para cinco e dez, e então cinco e quinze. Se não conseguir chegar ao prédio de hóquei abandonado antes das cinco e meia, será que Stewart vai cumprir a ameaça de matar Corrie? Kate acha que o risco é grande. Muito grande.

— Você não consegue cortar essas pessoas? — pergunta ela, sentando-se para a frente. O motorista levanta as mãos no gesto gaulês de *você está vendo com os próprios olhos*. Kate está com o celular na mão e a bolsa no ombro. Quando a hora no telefone muda de cinco e quinze para cinco e dezesseis, ela enfia a mão na bolsa, tira três notas de dez e as joga no banco da frente. Ela sai, passa pela multidão na calçada e abre o aplicativo do Maps no celular. Vê que o destino fica a vinte minutos de distância a pé, então ela não anda. Ela corre.

6

17h17.

Holly coloca a cabeça para fora do quarto de novo e vê que a plaquinha de não perturbe ainda está na maçaneta da suíte de Kate. Isso é meio preocupante. O que talvez seja mais preocupante é que ainda não há sinal de Corrie, que, como a própria Holly, sempre se adianta, compulsivamente. Antes que possa decidir se deve usar o cartão magnético para verificar o quarto das duas, seu telefone toca. É Pete. Ela pensa em não atender a ligação, mas muda de ideia.

— Eu sabia que me lembrava de alguma coisa sobre paquidermes. O Circo Familiar Calloway estava na cidade. Isso foi uns anos atrás. A tenda era meio vagabunda, só tinha um picadeiro e não três, quase falido, nem existe mais. O Calloway tinha um trio de paquidermes que chamavam de Mamãe, Papai e Bebê. Tipo em "Cachinhos de Ouro", sabe? Isso se a garota tivesse encontrado uma casa na floresta em que moravam elefantes em vez de ursos, claro. O que é ridículo, mas é mais ridículo do que uma casa de ursos com camas e um fogão? Provavelmente uma porra de televisão, com perdão pelo meu linguajar? Acho que não.

Vá direto ao ponto, Holly se segura para não dizer. Ela bota a cabeça para fora de novo, com a esperança de que a plaquinha tenha sumido da porta de Kate, mas continua lá. Também não há sinal de Corrie cheia de sacolas, correndo pelo corredor após ter saído do elevador.

— Enfim — diz Pete, depois de outro breve ataque de tosse —, o circo Calloway. Sempre que iam pra uma cidade nova, faziam uma publicidade gratuita convidando todas as crianças pequenas pra irem a um local da região para ver alguns atos e fazer carinho na tromba do Bebê. Em Buckeye City, as crianças puderam ver parte do show, e o Bebê, no Mingo. O que eu me lembrei foi de uma foto do Bebê no palco, usando um chapeuzinho de sol.

Até então, Holly estava parada na porta. Agora, cambaleia para trás um passo, como se tivesse levado um golpe. Acabou de perceber o que a estava incomodando, o que era grande demais para deixar passar... só que ela *deixou* passar, não deixou? O telefone se afasta do seu ouvido e ela ouve Pete dizer, metálico e distante:

— Holly? Tá aí?

— Eu tenho que ir, Pete — diz ela, e encerra a ligação antes que Pete responda.

Na noite anterior, no Mingo. Ela parou ao lado de uma van Transit no estacionamento dos funcionários. Dois homens a esperavam do lado de fora, um com uma camiseta da Sista Bessie, e o outro de paletó esporte e gravata. O primeiro era o gerente de turnê da Sista Bessie. O outro...

Oi, sra. Gibney. Sou Donald Gibson.

Donald Gibson, o diretor de programação do Mingo.

Donald Gibson, que também estava no júri que condenou Alan Duffrey.

Não pode ser ele. Não pode.

Mas e se for?

O primeiro impulso de Holly é ligar para Izzy. Seu dedo está em cima do botão de favoritos quando ela reconsidera, e não só porque sua ligação vai quase que com certeza cair no correio de voz se Izzy estiver no campo de softball, se preparando para o jogo que começa em menos de duas horas.

Ela disse para Pete que o caso era de Izzy, mas não é mais. Os Assassinatos dos Substitutos dos Jurados agora pertencem à polícia estadual.

Ela deveria fazer contato com o detetive Ralph Ganzinger, mas não vai. Já cometeu um erro constrangedor ao dizer para Izzy que achava que Russell Grinsted, o advogado de Alan Duffrey, era Trig. Ligar para Ganzinger seria outro erro, ainda maior. Deveria dizer para Ganzinger, que não faz a menor ideia de quem ela seja, que acha que o assassino é Donald Gibson porque uma vez ele falou uma coisa sobre merda de elefante? Que *pode* ter falado? Que ele pode ter dito isso em uma reunião do AA, e que o codinome que o assassino está usando é Bill Wilson, o fundador do AA? Que ele se chama não Briggs, mas Trig? Alguém além dela seguiria essa linha de raciocínio enrolada? Importaria se ela dissesse *eu sei, eu sinto*? Importaria para o falecido Bill Hodges, e talvez importasse para Izzy, mas para mais alguém? Não. E se for como aquele delírio do Grinsted? E se ela estiver errada de novo?

A mãe que vive na cabeça dela fala: *Claro que você está errada, Holly. Ora, você não conseguia nem se lembrar de pegar o livro da biblioteca quando descia do ônibus!*

Ela olha para o relógio e vê que são 17h22. Uma coisa de cada vez; é hora de pegar a empregadora famosa e ir para o Mingo. Na verdade, elas vão ter que correr para não se atrasarem. *Kate* é seu trabalho, não Bill Wilson, também conhecido como Trig (e possivelmente também conhecido como Donald Gibson). Além disso, e essa ideia provoca uma onda de alívio, ela pode perguntar a Kate o que *ela* acha. *Uma mulher que acredita em si mesma*, pensa Holly. *Uma que não sofre de insegurança terminal.*

A mãe na sua cabeça está dizendo que ela está transferindo a responsabilidade e só pessoas fracas fazem isso, mas Holly a ignora. Vai até a porta e usa o cartão magnético para entrar na suíte de Kate.

— Kate? Cadê você? Nós temos que ir!

Não há resposta. A porta do quarto está fechada. Tem um bilhete. Holly o tira da porta e lê.

7

17h23.

Jerome e John Ackerly estacionaram perto da entrada de serviço atrás do Mingo. Jerome diz:

— Espero que ela não tenha vergonha de ir até o hotel num Subaru.

— Não seja babaca — diz John.

Jerome usa o código que a irmã tinha lhe dado para abrir a porta e eles atravessam a cozinha pequena.

— O camarim dela é no terceiro andar — diz Jerome, mas Sista Bessie está esperando por eles na sala de descanso, lendo o livro de poemas de Barbara. Jerome fica impressionado com o quanto ela é parecida com sua tia Gertrude. Isso leva a um segundo pensamento, que deveria ser básico, mas também não é: ela é só mais um ser humano. Uma companheira de viagem do berço ao caixão. Isso leva a um terceiro pensamento, ao qual ele tenta se agarrar: a menos que seja usado e até que seja usado, talento é só uma ilusão.

Sista Bessie se levanta e sorri. Parece um sorriso forçado aos olhos de Jerome, e ele se pergunta se ela não está se sentindo mal, talvez prestes a ficar doente.

— Jovem Jerome. Obrigada pela carona — diz ela.

— É um grande prazer — responde ele, e aperta a sua mão estendida. — Este é meu amigo, John Ackerly.

Apesar de ser sua deixa, John não se vira imediatamente para a Sista. Ele está olhando uma fileira de fotos emolduradas na parede abaixo de uma mensagem para a equipe que diz: LEMBRE QUE VOCÊ TRABALHA COM O PÚBLICO, ENTÃO SORRIA!

— John?

Ele parece acordar e se vira para o amigo e para a mulher mais velha.

— Sou seu fã — diz ele. — Mal posso esperar pra ouvir você cantar.

— Obrigada, meu filho. Acho que é bom a gente ir. Não quero me atrasar.

— Sim — diz Jerome, mas John anda até as fotos emolduradas abaixo do memorando que diz LEMBREM-SE DE SORRIR. Ele está olhando para a foto de um homem barbado sorrindo.

8

Holly: *Christopher Stewart pegou Corrie. Falou que se alguém contar pra polícia, ele vai matá-la. Eu acredito nele. Se você ligar pra sua amiga da polícia e Corrie morrer, vai ser culpa sua. Eu a meti nisso. Eu vou tirá-la disso. K.*

Sem nem perceber o que está fazendo, Holly amassa o bilhete e bate na própria testa duas vezes, com força. Sente-se uma mulher que correu até a beira de um precipício e quase caiu. Se tivesse ligado para Izzy, como pretendia antes, ou tivesse feito contato com o detetive da polícia estadual, poderia estar assinando o mandado de morte de Corrie Anderson... e possivelmente de Kate também.

E o que deve fazer agora? Que merda deve fazer agora?

O rastreador GPS na picape dela!

Ela pega o telefone, liga para a recepção e, depois do que parece uma eternidade, é conectada ao estacionamento. Ela se identifica como segurança de Kate, e o atendente diz que o F-150 de Kate ainda está parado na garagem. O coração de Holly despenca. Ela está quase desligando quando o atendente diz:

— Ela saiu de Uber. Foi pela saída de carga e descarga. Como a Lady Gaga fez quando tocou no Mingo.

Holly agradece e afunda no sofá, o bilhete de Kate ainda amassado na mão. Bem depois, ela vai ver as marcas de sangue que as unhas fizeram nas palmas das mãos.

E agora? O que eu vou fazer agora?

Seu telefone toca. Ela o pega, torcendo para ser Kate. É John Ackerly.

— John, eu não posso falar agora. Estou com um problema aqui e preciso pensar.

— Tudo bem, mas só um minuto. Eu estou indo para o hotel com Jerome e Sista Bessie, mas eu achei que você ia querer saber logo. Acho que sei quem é Trig! O cara que eu vi na reunião Círculo Reto da rua Buell! Isso foi anos atrás e ele usava barba na época. Agora ele está sem barba e usa óculos! A foto dele está na parede do Mingo! Ele é o diretor de programação!

— Donald Gibson — diz Holly.

— Ah, droga — retruca John. — Você já sabia. Eu chamo a polícia?

— Não!

— Tem certeza?

Ela *não* tem certeza, esse é o inferno da situação. Holly raramente tem certeza das coisas. Mas tem *quase* certeza. Kate acha que Christopher Stewart está com Corrie, mas a lógica sugere que Kate está enganada. Como Stewart poderia ter levado Corrie se o nome e a foto dele estão em toda parte? Gibson, por outro lado, poderia tê-la capturado com facilidade, porque ela ia ao Mingo assinar, *supostamente*, papéis do seguro.

— Tenho. Você precisa guardar essa informação pra você, John. Promete pra mim.

— Tudo bem. Você que sabe.

Quem me dera saber, pensa Holly. *O que eu posso fazer? Contar com Kate pra salvar Corrie?*

Seria ótimo se ela conseguisse acreditar nisso ao menos em parte, mas fica pensando em como Kate ficou paralisada quando o homem com o bastão a atacou. Aquilo não era um fórum religioso na CNN ou na MSNBC; é um homem maluco que a está atraindo. Se Kate tivesse ido de picape, Holly poderia rastreá-la até Corrie, mas ela *não* foi de picape.

Pense, diz ela a si mesma. *Pense, sua vaca burra e ineficiente*, pense! Mas a única coisa que vem à sua mente é algo que Bill Hodges dizia: *Às vezes, o universo joga uma corda pra você.*

Se ela já tinha precisado de uma corda, era agora.

9

17h30.

Kate corre por um pequeno estacionamento de funcionários do parque, passa por uma van Transit branca e segue por uma calçada congelada e rachada até um prédio velho de madeira com jogadores de hóquei desbotados ladeando a porta dupla. Ela está ofegante, mas não sem ar; anos de natação a condicionaram para essa corrida intensa desde o Bulevar Dingley, que contorna o parque, até a estrada de serviço A. Ela está com uma das mãos na bolsa, segurando a lata de spray de pimenta.

Quando chega à porta, lança um olhar ao relógio e vê que são 17h31. E se estiver atrasada?

Ela bate na porta com a mão livre.

— Eu cheguei! Eu cheguei, droga, não a mate, Stewart! *Não...*

A porta se abre. O braço de Trig está puxado para trás como um ferrolho de rifle, a mão em punho. Não dá tempo de Kate tirar a mão da bolsa, ele dá um soco na cara dela. Há um estalo quando o nariz quebra. A dor é enorme. Uma névoa vermelha, não de sangue, mas de choque, encobre sua visão, e ela cambaleia para trás e cai de bunda. Kate segura a lata de spray na bolsa quando está caindo, mas, quando bate no chão, sua mão se solta. A alça da bolsa escorrega até o cotovelo.

Trig se curva, tentando deixar de lado a dor da mão. Ele segura o antebraço da mulher, puxa-a até colocá-la de pé e dá outro soco na cara dela. Kate está distantemente ciente de que um calor está escorrendo pela sua boca e pelo seu queixo. *Sangue*, pensa ela, *é meu san...*

— *NÃO!* — grita alguém. — *NÃO, ELA É MINHA!*

A mão segurando o braço dela solta. Há um tiro, e Kate fica vagamente ciente de algo zumbindo perto do seu ouvido. Enfia a mão na bolsa quando alguém, uma mulher de cabelo escuro, corre para o homem que a agarrou. A mulher está com uma pistola na mão, mas antes que possa apontá-la para dar um segundo tiro, o homem segura o pulso dela e gira. A mulher grita. O homem a puxa, vira e usa o impulso para jogá-la em Kate, que ainda está lutando para tirar o spray de pimenta da bolsa. As duas caem, a mulher em cima de Kate.

De perto assim, cara a cara como amantes na cama, Kate vê os pontinhos de barba por fazer e percebe que é um homem. A pessoa da foto que Holly mostrou a ela. Christopher Stewart.

O homem de paletó esportivo se curva sobre Stewart e segura a cabeça dele com as duas mãos. Ele a gira, e Kate ouve um estalo abafado quando o pescoço de Stewart se fratura ou — meu Deus — quebra. Kate finalmente tira a lata da bolsa.

— Ei, sua merdinha.

O homem de paletó esportivo olha na direção dela e Kate dispara Sabre Red Pepper na cara dele. O homem grita e leva as mãos aos olhos. Kate luta para sair de debaixo do peso morto de Stewart. Ela olha ao redor à procura de alguém, *qualquer pessoa*, mas não vê ninguém. Do outro lado do parque há centenas, talvez milhares de pessoas, mas ninguém ali. Nem uma alma viva. Ela ouve "Centerfield", de John Fogerty, tocando nos alto-falantes do campo de softball, um som distante.

— Socorro! — Ela tenta gritar, mas sai apenas um sussurro rouco. Não foi a corrida; foi o choque de levar um soco e de Christopher Stewart cair em cima dela.

Ela se esforça para ficar de joelhos, mas antes que consiga fugir uma mão se fecha no seu tornozelo. É Stewart. Tem baba com espuma saindo pela boca, a peruca está torta e ele parece estar sorrindo.

— Matadora... de... bebês — diz ele, ofegante.

Kate chuta a garganta dele. A mão de Stewart afrouxa e solta. Kate fica de pé, mas é derrubada de novo por um golpe forte no meio das costas. Ela vira a cabeça e vê o homem de paletó esportivo. Os olhos dele estão bem vermelhos e lacrimejando, mas ele a está enxergando. Ela tenta se levantar de novo, mas ele a chuta. Sente uma onda de dor quando algo na lateral esquerda de seu corpo se quebra.

O homem de paletó esportivo tropeça em Stewart, tenta manter o equilíbrio, consegue e segura o braço dela. Ele a puxa para ficar de pé de novo, anda para trás e cai sobre Stewart, que está tendo espasmos fracos. Kate cai por cima do homem de paletó esportivo e, com a testa, golpeia sua boca.

— Ai! Porra, isso dói! Para, sua piranha!

Ela bate de novo, e sente os lábios do homem de paletó esportivo se esmagarem contra os dentes. Antes de repetir o golpe uma terceira vez, algo a acerta na têmpora. A névoa vermelha volta. Escurece e fica preta.

10

17h33.

Holly decide que, no fim das contas, vai ter que ligar para a polícia — não há alternativa. Ela está pegando o celular quando se lembra de uma coisa de Iowa City: Kate segurando a chave da picape e da casa litorânea em Carmel. "Elas precisam de um guarda-costas", disse ela. "Eu vivo perdendo esses bebês."

E assim Holly, que sabe mais sobre a vida assistida por computadores do que Kate, colocou um AirTag da Apple no chaveiro dela.

Ela pega o celular, deixa o aparelho cair (suas mãos estão tremendo), pega-o no tapete e abre o aplicativo Buscar. *Por favor, universo*, pensa ela. *Joga uma corda.*

O universo obedece. O aplicativo localiza as chaves de Kate no que parece ser o parque Dingley, a três quilômetros dali.

Holly volta para o quarto e tira a arma de Bill Hodges do cofre no armário. Ela a guarda na bolsa e vai para o elevador.

Kate e Corrie.

Responsabilidade dela.

11

Trig olha em volta com olhos lacrimejantes e vê que o rinque Holman ainda é só deles. Sua boca está latejando, e ele não para de engolir sangue. A música continua tocando nos alto-falantes no campo de softball. Ele sente o *gosto* da merda que a vaca jogou nele, e seu rosto parece estar inchando. Ele precisa lavar os dois olhos e o nariz, mas não sabe se as torneiras dos banheiros ainda funcionam.

Isso não importa agora.

Ele pega McKay pelo cabelo e a arrasta até o saguão ao estilo homem das cavernas. Os pés dela reagem, e ela faz um som de protesto abafado. Ele fica tentado a chutá-la de novo pelo que ela fez... Deus, como seus olhos *ardem*! Não era para ela ter reagido!

Não importa, não importa.

Trig pega o homem de terninho feminino, Stewart, e o arrasta até o saguão. Sabe que é o cara que anda perseguindo Kate McKay. Qualquer dúvida que podia ter tido sumiu quando o homem gritou ao tentar atirar em Trig: *Ela é minha!*

Stewart está tentando falar. As mãos dele estão tremendo, mas ele parece não conseguir virar a cabeça. Um calombo enorme surgiu na sua nuca, onde uma vértebra foi deslocada ou quebrada.

Trig volta para o lado de fora. Pega a peruca preta que o homem estava usando e a lata de spray de pimenta com a qual bateu em McKay e a apagou antes que a bruxa pudesse dar outra cabeçada nele. Seu lábio está inchando.

Você mereceu, diz seu pai morto. Trig o vê, mesmo com os olhos lacrimejantes. Um fantasma ondulante. *Você vacilou.*

— Não vacilei, papai. Nunca vacilei.

Ele entra, fecha a porta e chuta a arma que o tal perseguidor de McKay tinha usado para tentar matá-lo. Ajoelha-se no chão ao lado do homem de terninho. Do bolso, tira a Taurus .22. O tal perseguidor vira o olho visível para espiar a arma.

— Eu não coloquei seu nome no painel do Mingo porque não sabia que você estaria aqui — diz Trig —, mas tudo bem. Você pode ser o substituto do Russell Grinsted. Sabe quem é?

O tal perseguidor faz um som gorgolejante áspero. Pode ter sido *Jesus.*

— Não Jesus, meu amigo, e sim o advogado do Alan Duffrey. Eu não ia matar ninguém no nome dele, mas, já que você está aqui…

Ele encosta o Taurus na têmpora do homem. Chrissy Stewart faz mais alguns sons inarticulados, talvez o começo de uma súplica por misericórdia, talvez querendo uma palavrinha com Jesus, mas Trig atira nele antes que possa dizer muito.

— Você pode falar com Jesus em pessoa. Quanto a Grinsted, sei que poderia ter feito um trabalho melhor — diz Trig.

Seus olhos ainda ardem, e o rosto segue latejando, mas sua visão está ficando límpida. Kate McKay está começando a voltar a si. Trig a puxa para ficar de pé. Quantas vezes ele fez isso? Não lembra, só sabe que está se cansando. Ela não é leve. E não era para ninguém reagir, cacete.

— Quer que eu bata em você de novo? Que te apague? Talvez frature sua mandíbula? Ou eu posso meter uma bala na sua barriga. Quer que eu faça isso? Você não morreria, pelo menos não por um tempo, mas vai doer pra porra. É isso que você quer?

Kate faz que não. A parte inferior do rosto dela está coberta de sangue. Os dentes da frente, de cima e de baixo, estão quebrados.

— É uma boa decisão. *Senhora.* — Ele a acompanha, cambaleante e atordoada, até o rinque. — Pisa em cima das tábuas. Não quero que você tropece. Sua amiga Corrie está ali, e uma nova amiga, Barbara. Elas não podem dizer oi, mas sei que estão felizes em ver você. Ali perto da arquibancada, sua piranha problemática. Nós temos que esperar mais uma e aí podemos terminar.

VINTE E TRÊS

1

17h45.

Holly desce de elevador, com cenários competindo em sua mente como imagens sobrepostas de projetores diferentes apontadas para a mesma tela. Todos têm um pensamento em comum, uma batida unificada: *Minha responsabilidade, minha responsabilidade.*

A Charlotte Gibney que vive na cabeça dela tenta acrescentar *minha culpa, minha culpa*, mas Holly se recusa a engolir esse veneno em específico. Sua chefe confundiu Trig e Stewart, mas esse não foi o maior erro de Kate. O verdadeiro erro, que com sorte não será fatal, é acreditar que ela pode convencer o sequestrador de Corrie a ser sensato. Aquilo não é um debate de canal a cabo onde a lógica e respostas rápidas e cortantes vão segurar a discussão. Holly acha que a arrogância de Kate McKay é do pior tipo. A que não se reconhece.

Os elevadores do hotel se abrem num corredor curto na esquina do saguão. Quando Holly sai, escuta uma agitação animada de vozes acompanhada de aplausos. Anda até o fim do corredor e vê Sista Bessie, de ombros largos, seios fartos e pernas grandes, no saguão. Betty para e dá um autógrafo rápido para um recepcionista de hotel de uniforme deslumbrado e abre um sorriso protocolar para o iPhone dele. Ao lado dela, incrivelmente lindo com uma camisa azul, está Jerome Robinson. Holly sente uma vontade quase absurda de correr até ele e convocar sua ajuda no que tem que fazer (seja lá o que *isso* for).

Outros querem autógrafos, mas Jerome faz que não e aponta para o relógio, fazendo o gesto de *estamos atrasados.* Ele acompanha Sista — Betty para as amigas — até os elevadores. Holly tem segundos para tomar uma decisão, e em vez de ficar onde está para que a vejam, entra na loja de jornais e revistas e vira as costas. É um gesto instintivo, tão automático no nível consciente quanto respirar. É só quando está olhando para as revistas, sem realmente vê-las, que percebe o motivo de ter evitado Jerome. Ele tem seu trabalho de segurança para fazer naquela noite. Deixaria tudo isso de lado na mesma hora se Holly pedisse, mas ela não vai pedir que abandone seu posto. Nem vai colocá-lo em perigo. Como explicaria para os pais dele, ou para Barbara, se ele acabasse ferido ou, Deus o proteja, morto? *Isso* seria culpa dela.

Ela atravessa o saguão até as portas giratórias, com o aplicativo Buscar aberto no celular.

2

17h50.

O falecido Christopher Stewart estava numa piada de quarto; o melhor que Corrie conseguira para a chefe foi uma suíte júnior. Três andares acima, Betty Brady ficou com a presidencial. Jerome a acompanha até lá dentro. Sentadas na sala, em frente à televisão, há duas pessoas, um homem e uma mulher, ambos velhos e magrelos. O homem está usando um terno vermelho espalhafatoso e uma camisa de gola alta preta com o sinal da paz numa corrente dourada. Botas curtas de pele de cobra adornam seus pés. Betty os apresenta a Jerome como Alberta Wing e Red Jones e diz que Red vai acompanhá-la no sax quando ela cantar o Hino.

— Sua roupa está na cama — diz Alberta. — Eu tive que afrouxar a bunda da calça até o limite. Você está ficando bem *grande*, garota.

Está claro que Alberta espera uma resposta ácida; Jerome também espera, é como sua tia e sua mãe agem quando estão juntas. Mas Betty só abre outro sorriso protocolar e fala para Red ir com ela. Ele pega uma bolsa de viagem azul e deixa a caixa do saxofone ao lado da cadeira. Os dois entram no quarto e Betty fecha a porta.

— A música que ela vai cantar hoje vai ser grátis, e são essas que sempre dão problema. Você já ouviu aquele ditado antigo que diz que toda boa ação tem seu preço?

Jerome diz que sim.

— É verdade. Ah, olha só você, parecendo o gato que ganhou leite. — Ela balança a mão com desdém. — Acha que chegar perto de uma estrela é a única coisa envolvida aqui, uma coisa pra contar para os seus amigos e filhos no futuro, mas eu estou dizendo que você precisa levar a sério. Está ouvindo?

— Estou.

— Você vai cuidar dela? Impedir que sejam ruins com ela?

— O plano é esse.

— Então cuide pra que o plano funcione. — Alberta balança a cabeça. — Tem algo a incomodando. Ela não está bem.

3

No quarto, Betty tira a camisa e exibe um sutiã enorme e uma barriga maior ainda. A calça jeans sai em seguida, expondo uma calcinha de algodão gigante. Red dá uma olhada e vira o rosto para a paisagem na janela.

Embora preocupada, não falta humor a Betty.

— Pode olhar, Ernest — diz ela. — Até parece que você nunca me viu sem roupa.

— Verdade — comenta ele, ainda olhando para fora —, mas na última vez você era M.

— G — corrige ela, vestindo a calça de lantejoulas e uma túnica rosa de seda que cai até as coxas. Ela a prende com a faixa estrelada. — Agora eu sou GG, mas o tamanho do meu sutiã não importa. Trouxe?

— Trouxe, e por que você quer eu não sei.

— Nem precisa saber. Passa pra cá.

Faz quase vinte e cinco anos, desde que o Onze de Setembro acirrou as inspeções e restrições nos aeroportos, que Red viaja de ônibus. Ele nunca gostou de andar de avião. Tem medo de ser sequestrado, odeia as turbulências e a multidão, e diz que a comida não presta nem para um cachorro doente. Afirma que trens são melhores, mas prefere um bom e velho ônibus porque diz que dá a ele a chance de ver pelo menos três filmes e examinar seus pensamentos. Às vezes, até distrai companheiros de viagem com uma canção ou duas, como "Yakety Sax" ou "Baker Street". Também pode levar "seu bom amigo", que ele agora tira da bolsa antiga da Pan Am. É um revólver J-Frame Smith & Wesson. O cabo de madeira foi enrolado numa camada de fita branca.

Ele o entrega para ela com óbvia desconfiança.

— O cilindro é de cinco balas, cartuchos 38, e está totalmente carregada. Derrubaria Mike Tyson, então, pelo amor de Deus, não vai atirar em você mesma com isso. Lembra que não tem trava de segurança.

Ela o guarda na bolsa.

— Obrigada, Red. Nós temos tanto chão juntos, né?

— E mais no futuro, espero — diz ele. — Você não quer me contar pra que quer isso?

Ela faz que não. Era o que ele esperava.

4

17h55.

A multidão do outro lado da rua do hotel cresceu exponencialmente. Ainda há muitos manifestantes a favor e contra Kate, mas a maioria das pessoas, que seguem para os dois lados do quarteirão, parece ser composta de fãs da Sista Bessie torcendo para conseguir vê-la de relance... e tirar a importantíssima foto, claro.

Um Thunderbird azul-claro está estacionado na entrada, com o gerente do hotel parado ao lado. O sr. Estevez está acariciando a lateral do carro com um ar de propriedade que só pode significar que aquele é o seu bebê. Estacionado atrás, um tanto chinfrim em comparação, está um Subaru vermelho que Holly reconhece. Ela também reconhece o homem encostado no lado do motorista.

Seu amigo barman a vê e acena.

— Holly! Você viu o Jerome?

— Vi — diz ela, sem acrescentar que tomou cuidado para que ele não a visse.

— Nós vamos acompanhar a estrela até o jogo. Bom... Jerome vai. Eu só vou atrás. Mas isso não importa. É ele? É Gibson o cara que você está procurando? — E antes que ela possa responder: — Eu *sei* que é. Eu enviaria a foto dele pra Cathy 2-Tons pra ter confirmação, mas não tenho o número dela.

— É ele.

— Você falou com a polícia?

— Não. E não quero que você fale, mas deixe seu celular ligado. Se não tiver notícias minhas até… umas nove horas, chama a polícia e pede pra falar com Isabelle Jaynes ou Tom Atta. Conta que Trig é Donald Gibson, do Mingo. Lembra pra eles que ele foi do júri de Duffrey. Se você não conseguir falar com nenhum dos dois porque o jogo não terminou, liga pra Ralph Ganzinger da polícia estadual. Entendeu?

— Isso parece sério, Holly. Você vai se meter em confusão? Algum tipo de prêmio?

Vem comigo, John, pensa Holly. E depois: *Minha responsabilidade, minha responsabilidade.*

— Só deixa o telefone ligado. Espera a minha ligação.

— Pode deixar — diz ele, mas não vai fazer isso. John Ackerly vai ter que lidar com os próprios problemas pouco depois.

Ele aponta para o T-Bird com o polegar.

— A prefeita vinha, mas cancelou. Deve ter achado que ir a um jogo de softball com um assassino à solta não pegaria bem em época de eleição.

O fato de o jogo estar acontecendo com um assassino em série à solta é loucura, pensa Holly, mas não diz. O que diz é:

— Se cuida, John. — E vai para o parque Dingley, acompanhando a multidão que segue naquela direção.

5

18h.

— Quem é *você*? — grita Trig para o homem morto, e dá um chute na barriga do cadáver.

Claro que ele sabe quem o morto é, sabe perfeitamente bem, e não só por causa de Buckeye Brandon. Toda a equipe do Mingo tem a foto do babaca. Outras cópias da foto foram coladas nos bastidores, nas bilheterias, nos elevadores dos funcionários e do público e nos quadros de aviso nos banheiros feminino e masculino. É o perseguidor de McKay.

Ainda assim, ele pergunta de novo:

— Quem é *você*, porra?

Na sua cabeça, um chiclete surge e ele ouve a música do The Who que serve como tema de *CSI*. O que quer dizer, e em algum lugar no fundo da mente entende isso, é: *Quem é você pra tentar me impedir de terminar meu trabalho?*

Ele prendeu McKay em um dos postes de sustentação das arquibancadas perto das outras duas mulheres e jogou a arma de Stewart no bolso interno do paletó esportivo. Agora, chuta o corpo mais uma vez e pergunta de novo quem ele é.

Não seja idiota. Você sabe quem ele é, Trigger.

O papai está bem ali, encostado na porta, usando a camisa da sorte, a número 19 dos Buckeye Bullets.

— Cala a boca, papai. Cala essa porra de matraca.

Você nunca ousaria dizer uma coisa assim quando eu estava vivo.

— Bom, eu não preciso me preocupar com isso, né? Você mereceu aquele ataque cardíaco. Eu queria ter feito *isso* depois. — Ele chuta o corpo de Christopher Stewart com tanta força que o levanta brevemente do chão empoeirado do saguão. — E isso. E isso.

O fantasma parado na porta ri. *Seu vacilão inútil do caralho. Sr. Inútil, esse é seu nome.*

— *ASSASSINO!* — grita Trig. — *VOCÊ MATOU A MINHA MÃE! ADMITE, ADMITE!*

Antigamente, antes do AA, havia uma parte dele, um pedacinho minúsculo, que sempre ficava sóbria, por mais que ele bebesse. Naquela vez que o policial o parou a três quarteirões de casa, ele soube ser educado. Educado e coerente. Digno. Sem gritos. Sem arrastar a fala. Enquanto boa parte da sua mente estava disparada, furiosa e morrendo de medo das consequências que uma prisão por dirigir embriagado infringiria em seu emprego no Mingo, um emprego que era essencialmente uma mistura de relações públicas e fazer as celebridades felizes, aquele pedacinho de sobriedade o manteve cortês e racional, e o policial o tinha deixado seguir com um aviso. Ainda assim, ele entendia que dirigir bêbado daquele jeito, e com uma garrafa de vodca aberta com acesso fácil, significava que esse pedacinho de sobriedade, de *sanidade*, estava encolhendo. Sua descida ao caos estava próxima, e por isso ele tinha procurado a ajuda do programa de reabilitação.

Isso era a mesma coisa, só que pior. A cada assassinato ele tinha ficado mais ousado e menos são. Agora, está chutando um cadáver e falando com o pai morto. *Vendo* o pai morto. Louco. Por outro lado, e daí? Ele tem uma hora até a cantora negra chegar, supondo que ela consiga chegar, e aquele *idiota*, aquele substituto do advogado de Duffrey, tinha tentado *matá-lo*! Errou por pouco!

— *Quem é VOCÊ?* — grita ele, e é bom gritar. É *ótimo* gritar. Ele chuta o corpo de novo.

Para com isso, seu idiotinha. O fantasma encostado na porta está comendo pipoca agora.

— Cala a boca, papai. Eu não tenho medo de você.

Ele se afasta do corpo e começa a arrancar os pôsteres antigos das paredes. Os jogadores de hóquei para os quais ele e o pai tinham torcido. Ele os arranca e os amassa, gritando o tempo todo.

— Bobby Simon, *vai se foder!* Evzenek Beram, o Garoto Maravilha Tcheco, *vai se foder!* Charlie Moulton, *vai se foder!*

Um monte de papel. Jogadores de hóquei da sua infância apavorada. Jogadores de hóquei que estavam *longe* havia muito tempo, como sua mãe. Ele olha para aquele monte de papel que está segurando junto ao peito e sussurra:

— Quem *são* vocês?

6

18h05.

Barbara Robinson entende que vai morrer. No passado, não muito tempo antes, ela enfrentou uma criatura que ia além da compreensão racional, uma criatura cujo rosto humano pingava e escorria até virar algo que era insanidade viva. Na ocasião, ela não tinha pensado que ia morrer, pelo menos não que lembrasse, porque estava horrorizada demais. Mas o sr. Gibson não é uma criatura de fora do universo conhecido, ele é um ser humano.

No entanto, como a coisa que estava se disfarçando de Chet Ondowsky, ele é um mutante de rosto. Ela está vendo o outro rosto agora que ele entra no rinque com os braços cheios de papel, pulando de viga em viga e falando com um pai que não está lá. Ela entende que o horror extremo é, de certa forma, misericordioso. Não permite que você olhe adiante, para o fim.

É o fim dos poemas. O fim da cantoria. O fim das noites de primavera e das tardes de outono. É o fim de beijos e de fazer amor. Tudo vai ser queimado. E falando em queimar...

O sr. Gibson coloca os papéis num quadrado feito de quatro vigas entrecruzadas. Barbara queria estar horrorizada demais para poder saber o que os papéis significam. Mas a outra garota, a que ele pegou primeiro, bate com o ombro no dela repetidamente e faz barulhos abafados. A outra garota também sabe o que o papel significa.

É para fazer fogo.

7

18h15.

São quase três quilômetros até o parque Dingley, e o Thunderbird conversível que transporta a cantora convidada da noite passa por Holly, rodando em velocidade de caminhada enquanto ela ainda está a oitocentos metros de distância. No banco de trás, com Jerome, um homem negro idoso está sentado de forma confortável com os braços abertos. Holly se curva e finge amarrar os sapatos quando o carro passa. Depois que se foi, ela volta a andar, o celular na mão.

Vê a parte de cima da iluminação em volta do campo quando alcança o T-Bird azul. Está parado junto ao meio-fio, com o pisca-alerta ligado. As pessoas que estavam indo para o parque carregando coolers e cobertores agora envolvem o carro e a ocupante famosa. O sr. Estevez está atrás do volante, as costas eretas, exalando propriedade.

Holly para e observa Sista Bessie sair do veículo e se aproximar de uma família com crianças pequenas, que gritam de empolgação quando a veem chegando. Jerome sai do banco de trás do T-Bird e fica junto dela. *Que bom, Jerome,* pensa Holly. As crianças parecem ter onze e nove anos e não têm a menor ideia de quem é Sista Bessie, mas estão segurando cartazes com as cores do arco-íris onde se lê, escrito com giz de cera: NÓS TE AMAMOS, SISTA B!

Betty abraça as crianças e diz alguma coisa que Holly não consegue ouvir. Uma multidão se reúne, rindo, animada. Celulares são erguidos. Sista sorri para fotos, mas quando alguém oferece papel e caneta, ela faz que não.

— Não vou começar esse absurdo, então nem peça.

Holly chega um pouco mais perto, fascinada apesar da sua missão. O homem negro idoso de terno vermelho ainda está sentado relaxado no banco de trás do T-Bird, sorrindo conforme mais e mais gente se aproxima de Sista Bessie. Ela está voltando para o carro. Holly atravessa a rua para que Jerome não a veja e continua na direção do parque. Os Reis Magos tinham uma estrela. Holly, que não se sente nem um pouco importante como eles, tem seu aplicativo Buscar.

O T-Bird azul passa por ela de novo, e Holly novamente finge amarrar o sapato até que o veículo vá embora.

8

18h20.

Jerome está impressionado.

A notícia se espalhou — *Sista Bessie está indo para o campo num conversível azul grande e velho!* —, e mais e mais gente está indo atrás do T-Bird, que continua seguindo em ritmo majestoso. As pessoas o cercam, param na frente para tirar fotos e abrem caminho com bom humor para permitir passagem. Nada de empurrões, nada de raiva, só uma chuva apolítica de bons desejos para a Sista. O Bulevar Dingley se enche de um lado a outro com pessoas comemorando. O sr. Estevez continua ereto atrás do volante. Betty toca as mãos estendidas, acena e sorri para fotos. Jerome acha que o sorriso dela está tenso. Ele sai de novo, pulando pela parte de trás, e anda atrás do carro lento, tentando manter as pessoas longe do ponto cego. Ele se sente um agente do Serviço Secreto. Alguém dá uma flor para ele. Uma mulher negra grande diz:

— Cuida dela, querido, é um tesouro nacional.

Ele está pensando que poderia ter sido assim se Tupac voltasse, ou talvez Whitney. Há alguns gritos de *fique firme*, *nós te amamos, Sista* e *nós vamos no seu show, querida*, mas muitas das centenas de pessoas seguindo e cercando o carro estão quietas e impressionadas. Mesmo assim, Jerome, que nunca acreditou precisamente (ou nunca acreditou) em coisas como telepatia ou transmissão emocional, sente vibrações fortes de gentileza humana ali: viva, forte e bem. Pelas lágrimas nos olhos de Betty quando ela se vira de um lado para outro, observando a multidão andando com eles, parece que, apesar do que a está incomodando, ela também sente. Por um momento, ele se pergunta se Kate McKay, de Holly, famosa do jeito dela, já sentiu aquele tipo de amor, o tipo que sem a mácula de ódio que os apoiadores dela sentem por aqueles do outro lado do espectro político. Ele acha que não.

O T-Bird vira para a direita. À frente, banhado em luz branca, está o parque. A multidão para e deixa o carro passar pelo portão arqueado que diz SECOS & MOLHADOS HOJE. As pessoas começam a aplaudir. E gritar.

Aqueles que os seguem param para jogar dinheiro em uma bota de bombeiro enorme à esquerda ou em um igualmente gigantesco chapéu de policial de plástico à direita. A multidão está rindo, feliz. Viram uma Celebridade Talentosa autêntica, a noite está agradável e eles estão se preparando para se divertir.

9

As portas do auditório Mingo se abriram às seis da tarde, e às seis e vinte os lugares começam a ser ocupados. Um pequeno grupo pró-vida, usando camisetas azuis estampadas com um bebê no útero (apesar de aparentar ter uns quatro meses de idade), ocupa um bloco de lugares no meio das três primeiras fileiras, mas o pessoal pró-escolha ocupa os corredores em volta, isolando-os. Usam camisetas vermelhas que dizem TIREM AS MÃOS DO MEU CORPO. Uma das pessoas pró-vida olha para uma das pró-escolha, uma mulher idosa pesada com cabeleira branca, e diz:

— Eu não botaria as mãos no seu corpo nem se me pagassem.

A mulher idosa responde, como aprendeu com suas amigas adolescentes muitos anos antes na escola:

— Se não gostou, não olha.

Dos alto-falantes sai um medley dos hits antigos da Sista Bessie, e o palco está cheio de equipamentos da banda. No meio disso, há um pódio para a estrela da noite, que no momento está presa num poste de sustentação de arquibancada.

Todos os recepcionistas têm fotos de Christopher Stewart e verificam os rostos com atenção, mas até agora não viram ninguém parecido com a descrição... e ajuda o fato de os homens presentes esta noite, principalmente jovens, serem minoria. Também não há nem sinal de Don Gibson, o diretor de programação. Isso não é inédito; quando os planejamentos do show da noite estão feitos, ele às vezes chega atrasado ou nem aparece.

Os painéis acima da porta do saguão e na frente, na rua Main, ainda dizem SEXTA-FEIRA 30 DE MAIO 19H KATE MCKAY e SÁBADO-DOMINGO 31 DE MAIO E 1º DE JUNHO SISTA BESSIE *ESGOTADO*.

Eles vão ficar assim por mais cinquenta e sete minutos.

10

18h25.

O progresso é lento até que Holly consiga sair do meio da multidão. Gostaria de correr, mesmo que fosse só um pequeno trote, mas não ousa. Não quer atrair a atenção das equipes de televisão filmando a multidão, nem dos policiais usando shorts e camisetas azuis com o logo dos Secos que estão organizando o trânsito.

O ponto verde piscante a guia para a esquerda, por uma rua estreita (mais estreita ainda devido aos carros parados dos dois lados) chamada Dingley Place. A música ecoa dos alto-falantes do campo — no momento, "Hey Stephen", de Taylor Swift. Holly anda por dois estacionamentos lotados. Depois, fica uma via estreita pavimentada com placas que dizem ESTRADA DE SERVIÇO A e APENAS PARA SERVIÇO DO PARQUE e VEÍCULOS NÃO AUTORIZADOS SERÃO REBOCADOS.

O aplicativo diz que ela está a uns trezentos metros do destino, que só pode ser o rinque de hóquei em ruínas. Ela não tinha ideia de que aquela estrada de serviço existia, apesar de a área de piquenique em que ela e Izzy almoçaram tantas vezes ser perto. (Os almoços agora parecem ter sido há uma eternidade.) Com árvores dos dois lados da estrada, a luz do dia está ficando fraca e nada confiável.

Ela chega em outro estacionamento, menor, para veículos do Serviço do Parque. De acordo com o aplicativo, *VOCÊ CHEGOU ÀS CHAVES DE KATE*. Ela desliga o telefone e o guarda no bolso, ciente do brilho da tela no estacionamento escuro. À frente, parada com duas rodas no asfalto e duas na grama, está uma van Transit branca. Os abetos são tão altos que bloqueiam a luz do campo, mas Holly ainda consegue ler o que está escrito na lateral da van: AUDITÓRIO MINGO e *SÓ COISA BOA!*™.

A van está vazia. Kate deve estar por perto e, muito provavelmente, Corrie. A mente de Holly volta rapidamente para Barbara e Jerome. Pelo menos eles estão em segurança, e graças a Deus por isso. Holly ouve Lizzo cantando pelo alto-falante, como algo vindo de um sonho.

Ela vê um caminho pavimentado largo, congelado e com mato despontando das muitas rachaduras, que leva ao volume escuro do rinque. Jogadores de hóquei fantasmagóricos adornam a porta dupla. Um dia, no outono, ela e Izzy andaram até aquele lugar enquanto comiam tacos de peixe do food truck do Frankie, então Holly sabe que não há janelas. Ela se senta no para-choque da van do Mingo e tenta pensar no que fazer a seguir.

Ele pode já ter matado as mulheres, e nesse caso ela está atrasada. Mas, se fez isso, por que a van ainda está ali? Parece improvável que ele a tivesse deixado para ir embora a pé. Há cem policiais por perto, talvez até duzentos, e ela não ousa ligar para eles por medo de precipitar dois assassinatos e, muito provavelmente, o suicídio de Gibson.

Ela olha a hora e descobre que acaba de passar das seis e quarenta. Será que ele está esperando o jogo começar? Holly não consegue pensar em um motivo para isso. Mas o jogo não é a única coisa que vai acontecer às sete naquele dia. Tem também o evento da Kate. E se ele quiser que a plateia se reúna e questione onde ela está? Questione e se preocupe? Gibson pode até ter esperanças de que Christopher Stewart seja atraído para o Mingo e seja capturado. A ironia dessa possibilidade pode ser um atrativo para um homem louco; tem um toque de Coringa dos quadrinhos.

Ela tenta rezar e não consegue. Agora, pelos alto-falantes, vem o som de um grito de guerra de alguma torcida, algo sobre Mary e seu carneirinho.

Espera, diz Charlotte Gibney na cabeça dela. *Você não pode fazer mais nada. Porque se ele souber que está aqui vai atirar nas duas, e vai ser culpa sua.*

Mas ela tem outra voz na cabeça, a de seu falecido amigo Bill Hodges. *Isso é besteira, Holly. Quer ficar parada aqui fora com o dedo na bunda quando ouvir os tiros?*

Ela não quer.

Holly vai na direção da porta, ficando na lateral do caminho principal, sob a sombra densa das árvores. Ela enfia a mão na bolsa aberta e toca no .38. Era de Bill. Agora, quer ela goste ou não, é seu.

VINTE E QUATRO

1

As arquibancadas estão lotadas, e é claro que são viradas para o campo, então, quando o Thunderbird azul entra no parque, todo mundo no lado da terceira base se levanta e se vira para vê-lo passar. Os que estão no lado da primeira base, incluindo o banco dos policiais, não têm uma visão muito boa a princípio, porque as pessoas do outro lado do campo bloqueiam a visão. Há aplausos e gritos.

— O que foi? — pergunta Izzy.

Tom Atta sobe na cobertura do banco e protege os olhos dos refletores.

— Um carro velho andando pelo campo. Vintage. Deve ser a Sista Bessie.

A dúvida não dura muito, porque o sr. Estevez leva o T-Bird para fazer um circuito completo. Izzy e Tom andam até a área reservada para o time dos policiais e dão uma boa olhada quando o T-Bird vai para o lado deles. O veículo está andando a dez quilômetros por hora. Há um jovem na parte de trás, os tênis All Star pretos apoiados no para-choque traseiro. Parece intrigado. Tom aponta e diz:

— É o Jerome. Amigo da Holly.

— Eu sei.

De pé, na frente, usando uma faixa azul-escura cheia de estrelas, está Sista Bessie. Ela acena para a multidão.

Izzy aplaude freneticamente.

— Eu me lembro das músicas dela. Tocavam no rádio o tempo todo quando eu era criança. Bela voz.

O carro desaparece atrás da construção de concreto.

— Estou ansiosa pra ouvir ela cantando — diz Tom.

— Eu também.

2

O T-Bird para ao lado do prédio de equipamentos, do outro lado da cerca. Pessoas carinhosas, outras querendo autógrafos e o pessoal do eBay se reúnem, mas Jerome e o sr. Estevez fazem o possível para afastá-los, ou pelo menos para mantê-los longe, gritando:

— Deem privacidade para a senhora.

John Ackerly teve permissão de parar no pequeno estacionamento vip. Ele sai do Subaru de Jerome e cumprimenta primeiro Red, depois Jerome.

— Tudo bem?

— Tudo, até agora — diz Jerome.

Dois representantes dos times contornam a construção. O representante dos Secos é Lewis Warwick. Ele assente para Jerome, aperta a mão de Red, se vira para Betty e diz como estão honrados de recebê-la.

O representante dos Molhados, o chefe dos bombeiros Darby Dingley, está usando um short curto demais que exibe as coxas largas e os joelhos nodosos.

— É um grande prazer recebê-la, Sista Bessie. Mal posso esperar pra te ouvir cantar.

— Eu também mal posso esperar — diz Betty.

— Você pode nos fazer um favor antes de entrar no camarim?

— Se eu puder.

Dingley entrega uma moeda para ela.

— Nós temos que escolher quem vai ser o time da casa. Pode jogar a moeda? O tenente Warwick pode escolher.

Betty joga a moeda bem alto. Warwick pede cara. Betty pega a moeda no ar, coloca sobre o pulso grosso e espia. Olha para Warwick e diz:

— Desculpa, chefe.

— Time da casa! — gaba-se Dingley. — A gente vai rebater depois! *Obaaaa!*

Warwick dá parabéns, o que, com a expressão azeda, não parece muito sincero.

408

Betty pega a bolsa e as roupas que vai usar depois do show, e leva tudo para a sala de equipamentos. Entre um suporte de bastões e uma máquina de cortar grama, vê uma porta com uma foto dela colada (tirada da entrevista que deu antes da turnê para a revista *People*). Ela espia dentro.

— Não é muito — diz o tenente Warwick —, mas é o melhor que conseguimos em um prazo tão curto.

— Tem um banheiro — informa Dingley. — Se você… sabe… precisar…

— Está ótimo — diz Betty, acabando com o sofrimento dele. Só quer que eles vão *embora*. Precisa fazer uma coisa, e é importante.

— Nós temos um microfone. Sem fio. Na hora da apresentação, você vai direto para o monte do arremessador. O chefe Dingley e eu vamos acompanhar você, e eu vou te entregar o microfone. Ou seu acompanhante. — Ela olha para Red, que está reclinado em um banco à esquerda da porta, de costas apoiadas no concreto, parecendo, para Jerome, completamente à vontade. Ele está com a caixa do sax no colo.

— Não precisa de microfone, acabaria se sobrepondo ao sax do Red. Meus pulmões são poderosos, pode acreditar. Também não precisa me acompanhar. Eu confio no jovem Jerome aqui pra me levar até onde eu vou fazer minha parte. — Ela volta e aperta o ombro de Jerome. — Se ele consegue escrever um livro, pode me acompanhar até a cabine do arremessador, ou sei lá como chamam.

— Tudo bem, senhora, o que você preferir. — O sr. Dingley volta a atenção para o sr. Estevez, parado com as mãos cruzadas. — Você pode parar ao lado daquele Subaru e esperar. Pra levar a senhora… a sra. Sista… para o hotel depois que ela cantar.

Estevez assente.

— Talvez eu fique um pouco, rapazes. Pra ver parte do jogo. Eu aviso — diz Betty.

Antes que possam dizer qualquer coisa, ela entra no camarim improvisado e fecha a porta.

— Cuida dela — diz Warwick para Jerome e se afasta sem esperar resposta. Que teria sido: *Claro que vou. Dela e do Red.*

Jerome se vira para o homem idoso, que o encara com olhos perturbados e testa franzida.

— Red? Está tudo bem? Não está se sentindo mal?

Red parece prestes a dizer alguma coisa, mas se ocupa prendendo uma alça brilhante no instrumento. Quando olha para Jerome, o rosto dele está sereno de novo.

— Nunca estive melhor. Adoro um show, mesmo que seja de uma música só.

3

18h45.

Agora, a arma está na mão direita de Holly. Ela toma o cuidado de se aproximar da porta pelo lado, mas, quando chega perto, vê que não tem janelinha com que se preocupar. Há um teclado, e a luzinha vermelha piscando acima dos números deixa claro que a porta está trancada. Dentro, ela ouve duas vozes, de uma criança e de um homem. Ela acha estranho. Muito.

A criança diz:

— Eu tirei todos os pôsteres, de todos os seus jogadores favoritos, gostou?

O homem responde:

— Você não faria isso se eu pudesse te dar uma surra.

A criança:

— Vai se foder!

O homem:

— Não fala assim com seu papai.

A criança:

— O que você fez com ela?

O homem:

— Não importa. Ela foi *embora*. Você só precisa saber disso.

Holly percebe que *não são* duas pessoas do outro lado da porta. O motivo de ser estranho é que Donald Gibson está falando com duas vozes, e ele está com Kate e Corrie lá dentro... a menos que elas já estejam mortas.

A voz de homem grita:

— Quem é você? — Ele ri e quase canta, as palavras pontuadas por grunhidos de esforço físico: — *Queeeeem... é... VOCÊ?*

Há uma longa pausa e a voz de criança diz:

— Nós vamos esperar, papai. Ou ela vem ou ela não vem. — Risadas, falhas e agudas. — Quantas eu puder pegar, quantas eu puder pegar, por que não?

Holly ergue a arma, aponta para o trinco, mas a abaixa de novo. Atirar em trincos funciona nos filmes, mas funcionaria na vida real? Talvez só o alertasse, e ele acabaria atirando nas duas reféns, assim como atirou em... quantos outros? Cinco? Seis? Sete? Em seu estado atual de estresse, Holly perdeu a conta.

Nós vamos esperar, papai. Ou ela vem ou ela não vem.

Gibson está falando sobre uma pessoa real ou um fantasma? Holly não sabe. A única coisa que sabe é que o pai — o papai — é faz de conta. Gibson é tipo o Norman Bates em *Psicose*, mas falando com a voz do pai e não com a da mãe. O que faz sentido, porque Gibson *é* psicopata. Talvez ache que a mãe dele vai chegar. Ou uma garota que namorou no ensino médio. Ou a Virgem Maria descendo do céu numa carruagem para abençoá-lo e dizer que ele não é pirado e está fazendo a coisa certa.

Holly só sabe que, se alguém chegar, alguém *real*, ele vai ter que abrir a porta. E aí ela pode atirar nele.

Holly chega para a esquerda, o .38 erguido na altura do ombro. Esperar é a melhor opção, ela sabe, mas, se ouvir tiros dentro do rinque abandonado, acha que vai enlouquecer.

A criança:

— Eu te odeio, papai.

O homem:

— Você não aguenta nem o que bebe. Sr. Inútil, esse é seu nome. Sr. Alcoólicos Anônimos.

E, gritando com:

— *QUEM É VOCÊ?*

4

18h46.

Betty está finalmente sozinha e pode parar com a cara falsa. Ela pendura as roupas que vai usar depois da música e deixa a bolsa na única prateleira.

Dá um suspiro longo e trêmulo e sente a pulsação na lateral do pescoço. Está rápida demais e toda irregular. Tem comprimidos na sua bolsa. Betty coloca um debaixo da língua e acaba acrescentando um segundo. O gosto é amargo, mas um tanto reconfortante. Ela passa a mão pelo rosto e fica de joelhos. Cruza as mãos em cima da tampa da privada fechada. Começa a oração como fazia quando criança, sussurrando as palavras de encantamento:

— Jesus, poderoso Jesus.

Ela faz uma pausa e organiza os pensamentos.

— Não tem como eu salvar a vida daquela garota sem a sua ajuda, poderoso Jesus, não mesmo, mas ela é uma boa garota, eu já a amo como a criança de quem abri mão quando tinha dezessete anos, e pretendo tentar. Eu nem sei se aquele sr. Gibson vai me ligar como disse que ia, porque ele está maluco como um cachorro com raiva. Eu acho que ele pode pretender matar nós duas. Espero que, se eu atirar nele com a arma do Red, você me perdoe. Não se não tiver outro jeito de a salvar. Por favor, me ajude a cantar lá fora como se não houvesse nada de errado, está bem? Estou quase acreditando que você pode fazer tudo isso, desde que eu faça a minha parte, mas agora tenho que pedir um milagre, poderoso Jesus. Não tem como eu sair daqui sem ser vista, vai ter um monte de gente me esperando, essa é a maldição do que eu me tornei. Não sei o que fazer agora, e é por isso que eu preciso de um milagre...

Lewis Warwick bate na porta que tem o rosto dela.

— Senhora? — diz ele. — Sista? Está na hora.

— Eu rezo em seu nome, poderoso Jesus — sussurra ela, e se levanta, amarra a faixa estrelada e sai.

— Obrigado de novo por fazer isso — diz Lewis.

Ela assente distraidamente.

— Minha bolsinha vai ficar segura aí dentro? Não tem tranca na porta. — O celular dela está na bolsa, assim como a arma de Red.

Warwick chama o sr. Estevez, que está parado ao lado do T-Bird. Pede a Estevez para ficar na porta do camarim da Sista e vigiar para que ninguém entre. O sr. Estevez diz que fica feliz em ajudar.

— Tudo bem — diz Betty. — Red? E aí?

Red se levanta, o sax pendurado no pescoço, e quando Betty estende a mão, ele a segura.

— Vamos nessa.

Betty estende a outra mão.

— Vem, jovem Jerome. Quero você comigo.

— É uma honra — diz ele, e segura a mão dela. É um aperto quente. — Você é uma garota e tanto, Betty Brady.

Ela sorri e pensa: *Melhor que eu seja. É melhor mesmo que eu seja.*

Eles andam até o campo, os três de mãos dadas. Quando os milhares reunidos nas arquibancadas, e mais as centenas de pé, os veem a caminho do monte do arremessador, se levantam e aplaudem.

Dois homens negros, um velho, um jovem. Uma mulher negra corpulenta entre eles. As sombras, mais negras do que eles, se destacam como recortes. Red Jones sussurra uma pergunta no ouvido de Betty, que assente. Ela se vira para Jerome e conta sobre uma leve mudança de planos; haverá uma musiquinha adicional.

5

18h50.

À esquerda da porta do rinque Holman, encostada nas tábuas pintadas de cinza e cheias de farpas, Holly percebe que está com vontade de fazer xixi, e muita. *Segura*, diz a si mesma. *Só segura.* Mas, se tentar, vai molhar a calça. Ela entra com cuidado no meio dos arbustos (torcendo para não haver cobras nem hera venenosa), abaixa a calça jeans e se agacha. O alívio é enorme. Puxa a calça e volta para onde estava, ouvindo os acordes lamentosos de uma música bem conhecida tocados num saxofone.

No saguão, Trig inclina a cabeça e escuta. Identifica a música e sorri. Pensa: *Que adequado.*

No rinque, Corrie e Barbara estão esperando para ver o que acontece a seguir, sendo a morte o mais provável. Ambas sabem.

Kate está com medo de morrer desde que viu os alvos de tiro com o rosto dela à venda na internet. O medo é mais uma ideia, mitigada pela compreensão de que, se vier, sua morte vai ser um grito de manifestação. O que ela nunca esperou foi ser levada por um maluco qualquer sem nenhuma agenda política a cumprir, um homem para quem ela não significa nada além de outra vítima numa série de homicídios sem sentido. A dor no seu rosto, exacerbada pela fita passada em volta da cabeça, é enorme. *Se eu sair disso*, pensa ela, *vou financiar o Tesla novo de algum ortodontista... mas acho que não vou sair.* O maluco parou de brigar com ele mesmo. Está ouvindo a música.

No rinque, as três mulheres prestes a morrer também escutam.

6

18h52.

No campo, o trio Red e Jerome e Betty (só que agora ela é a Sista) para no monte do arremessador, onde Izzy Jaynes logo vai começar seu trabalho da noite como arremessadora da polícia. Sista Bessie levanta a mão pedindo silêncio, e a plateia obedece.

Red dá um passo à frente e começa a tocar "Taps", cada nota um sino repicando. Há um farfalhar baixo quando chapéus são tirados. Ele toca devagar, mas não arrasta o som, sem pieguice. Sista sabe que não deve dar tempo para a plateia aplaudir, não em "Taps".

Quando Red toca a última nota, um dó, ela inspira e canta à capela, da barriga e do diafragma:

— *O say can you see, by the dawn's early light...*

Jerome sente arrepios percorrerem seu braço quando Red entra na música, indo de dó a sol, não apenas tocando junto, mas fazendo um afastamento para que a voz dela, ainda mais bonita do que nos primeiros ensaios, seja a estrela. Ela canta com as mãos estendidas, abrindo os braços lentamente como se para envolver toda a plateia.

Quando chega ao penúltimo verso — *O say does that star-spangled banner yet wave* —, Red conta mentalmente. *Um, dois, três, quatro*, como ensaiaram. Ela dá tudo que tem, e ele também, soprando como Charlie Parker ou Lester Young. Com as mãos para o céu, Sista Bessie coloca a alma em:

— *Over the land of the free and the HOME of the BRAVE!*

Há um momento de total silêncio, então a plateia enlouquece, gritando e aplaudindo. Chapéus são sacudidos; chapéus são jogados no campo. Sista Bessie e Red se curvam. Jerome faz sinais para a plateia, *aplausos para ela, mais, mais, mais*, e o barulho aumenta.

Sista Bessie leva as mãos à boca, beija os dedos e abre bem os braços mais uma vez, dando seu amor para a plateia reunida. Os três voltam para a sala de equipamentos. Os aplausos e comemorações continuam enquanto Betty, Jerome e Red saem do campo.

— Seja lá como for o jogo, nada vai ser melhor que isso. Você arrasou, Bets — diz Red.

— Foi incrível — concorda Jerome.

— Obrigada. Obrigada aos dois.

— Está tudo bem, sra. Brady? Você parece pálida.

— Estou ótima. Só forcei bastante esse equipamento velho. Preciso entrar e tirar essa roupa. Veja se consegue afastar aqueles curiosos. Eles só querem autógrafos. Fala pras pessoas irem ver o jogo. E você pode me chamar de Betty, como sua irmã chama.

— Pode deixar, e vou ver o que consigo fazer sobre aquelas pessoas. — O rosto de Jerome diz que ele não tem muita esperança de afastar a multidão, e Betty pensa: *E eu não sei? Esse pessoal não veio pelo jogo, veio por mim, e só o poderoso Jesus pode tirá-los dali.*

Ela entra no camarim, fecha a porta, tira a roupa da apresentação e espera o telefone tocar.

7

19h.

O time dos bombeiros corre para o campo com gritos do lado da terceira base e vaias do lado da primeira. Os alto-falantes tocam Steven Tyler gritando "Take Me Out to the Ballgame".

A música chega a Holly enquanto ela circula o rinque Holman com passos cuidadosos, em silêncio, à procura das saídas de emergência. Encontra duas, ambas trancadas. Em um ponto, quando se aproxima do lado da construção mais perto dos food trucks, acha que ouve sons abafados vindos de dentro da arena. Podem ser sons de vida ou só o que ela deseja ouvir.

No Mingo, quase todos os lugares estão ocupados. Maisie Rogan, a assistente do diretor de programação, está frenética, porque a estrela da noite não chegou. Depois de tentar falar com Don quatro vezes, todas indo para o correio de voz, ela verifica os camarins de novo. Nada de Kate. Tenta a assistente de McKay e cai no correio de voz também. Finalmente, vai até o pódio no centro do palco, evitando suportes de microfone e amplificadores, mas quase tropeçando num fio. A plateia aplaude, imaginando uma introdução, mas Maisie faz que não e levanta a mão.

— Haverá um pequeno atraso no evento de hoje — diz ela.

A plateia resmunga. Uma das pessoas pró-vida grita:

— O que está acontecendo? Ela está se cagando de medo?

Isso gera respostas imediatas de *cala a boca*, *fala com o capelão* e *fecha essa matraca*.

Uma mulher grita:

— Não vem legislar com a minha xoxota!

Isso gera aplausos e gritos de aprovação. Maisie volta para a escuridão reconfortante da coxia e faz mais ligações.

Todas vão direto para o correio de voz.

Betty ouve "Take Me Out to the Ballgame" do camarim pequenininho, onde está sentada na privada com o telefone na mão. Já teve que ficar em camarins piores quando era apenas uma adolescente em início de carreira, lugares sem água corrente e buracos com cheiro de vômito atrás de espeluncas precárias que vendiam frango frito e bares de beira de estrada como o Shuffle Board e o Dew Drop Inn, onde o pagamento era de cinco dólares a noite mais gorjeta e uma jarra de cerveja. Pelo menos entrava um pouco de ar puro pelas frestas das tábuas. Aquele, com as paredes de concreto e luz fluorescente piscando e tremeluziando, parece uma cela de cadeia em uma daquelas cidades do sol. Não se parece nem um pouco com o do Mingo.

Esse camarim (que pelo menos tem banheiro e espelho) não é o problema dela. Nem o revólver J-Frame de Red guardado em sua bolsa. Ela o verificou duas vezes, está carregado. O problema dela é como sair dali sem ser vista. Ela desconfia que Red e Jerome ainda estejam do lado de fora, sentados naquele banco. O gerente do hotel, Estevez, e o amigo de Jerome, John, devem estar junto. E os caçadores de autógrafos. Como vai escapar? A fama nunca pareceu um fardo tão grande. Aquela cidade é chamada de Segundo Erro no Lago. O erro *dela*, e dos grandes, foi ir para lá. O que aconteceu com Barbara é culpa dela.

— Poderoso Jesus — diz. — Poderoso Jesus, me mostre o caminho.

Seu telefone toca.

8

19h04.

Trig volta para a arena e pisa delicadamente nas vigas. As prisioneiras ainda estão presentes. *Enquadradas*, teria dito seu pai. Ele liga para a cantora negra.

— Você vai para leste do campo — diz ele. — Seu celular vai mostrar o caminho. Atravesse o campo de futebol e o parquinho. Vai ver uns food trucks...

— Sr. Gibson, tem um zilhão de pessoas do lado de fora de onde estou, esperando pra pegar meu autógrafo.

Papai diz: *Não pensou nisso, né, sr. Inútil?*

— Cala a boca!

— O quê? — Ela soa confusa, temerosa. Bom, isso é bom.

— Não estou falando com você — diz Trig. — As pessoas que querem autógrafo são problema seu, não meu. Eu devia atirar na sua amiguinha negra agora por você me interromper com suas baboseiras.

— Não faz isso, sr. Gibson, por favor. O que você falou dos food trucks?

— Certo, tudo bem. Isso. Tem umas árvores atrás deles. E mesas de piquenique. Você vai contornar as árvores, daí vai ter um prédio grande de madeira que parece um silo de grãos, só que maior. Deve dar pra ver o telhado aí de onde você está. É um rinque de hóquei antigo. Condenado. É pra cá que você vem.

Trig olha para o relógio. Os painéis do Mingo vão mudar em doze minutos. Ele precisa dar tempo para as pessoas verem. Para perceberem o que ele fez. O que está fazendo.

Você não está fazendo nada. Você é o sr. Inútil. O sr. Vacilão.

— O que eu estou fazendo, papai?! O que eu estou *fazendo*?!

— Com quem você está falando, sr. Gibson? Seu pai?

— Esquece ele. Eu quero você aqui no rinque Holman às sete e quarenta. Daqui a trinta e cinco minutos. Bata na porta. Diga "sou eu". Vou deixar você entrar. Se não ouvir uma batida às sete e quarenta, vou atirar nela. Vou atirar em todas.

— Sr. Gibson...

Ele encerra a ligação. Aponta a. 22 primeiro para Kate, depois para Barbara, e enfim para Corrie.

— Você... e você... e você. Se tiverem sorte, eu *vou* atirar em vocês. Se não tiverem...

Da sacola de compras Giant Eagle, ele tira o fluido de isqueiro. Joga nos pôsteres amassados no ninho de vigas velhas de madeira creosotada.

— Vão ver isso — diz ele para as três mulheres. — E todo mundo naquele jogo idiota. Vão ver, vão ver, vão ver. Sabem como meu pai teria chamado? Funeral viking!

Ele ri, vai para o saguão e volta a chutar o corpo de Christopher Stewart. O filho da puta tentou *atrapalhar*! Tentou *atirar* nele!

9

19h06.

Lewis Warwick (polícia) e Darby Dingley (bombeiros) não gostam um do outro, mas concordaram em uma coisa: naquele ano, não pode haver reclamações sobre juízes tendenciosos, como em anos anteriores. Ninguém com preferência por um dos lados. Vai haver um grande torneio da Liga Babe Ruth em Cincinnati no começo de junho e, por trezentos dólares, Warwick e Dingley contrataram dois juízes desse grupo — não garotos, mas homens adultos. Como eles não são de Buckeye City, não ligam para quem vai ganhar.

O juiz de campo se abaixa, as mãos nos joelhos. O juiz da home plate desce a máscara e se agacha atrás do apanhador. Nas duas arquibancadas, lotadas, todos fazem barulho.

— *Cadê o rebatedor? Cadê o rebatedor? Um baita furão!* — grita Darby Dingley.

O primeiro rebatedor dos Secos, Dick Draper, entra e balança o bastão. Ele joga um para a esquerda. O fielder dos bombeiros chega para trás e pega com facilidade.

Primeira metade da primeira entrada, uma fora.

O grande jogo começou.

10

19h10.

No auditório Mingo, a plateia está ficando inquieta. Uma pessoa do grupo pró-vida, que antes de se casar e de ter seis filhos era líder de torcida de St. Ignatius, começa a cantarolar:

— *Kate Matei, Kate Matei, me caguei toda e me mandei!*

O sucesso é imediato. As outras pessoas do grupo, em número bem menor que os demais, mas animadas, se juntam ao canto. A líder de torcida se levanta e faz sinal para que os outros se levantam e façam barulho.

— *KATE MATEI, KATE MATEI, ME CAGUEI TODA E ME MANDEI!*

Alguém joga uma lata de amendoim e acerta a líder de torcida no cabelo armado. O objeto quica e voa longe sem causar nenhum dano — muito laquê — mas um dos homens do grupo pula por cima do banco e agarra a mulher que acredita ser a culpada.

Socos são distribuídos.

Começou.

VINTE E CINCO

1

19h11.

Betty está começando a achar que não vai ter escolha exceto ir até o antigo lugar de hóquei — ela pesquisou uma foto dele no celular — com uma cauda de cometa de caçadores de autógrafos no seu encalço. Eles estarão ao redor dela e talvez até na frente, segurando os celulares e as merdas dos livros de autógrafos. *Só um, por favor, Sista, por favor.* Ela não tem como fugir. Antigamente, talvez; cinquenta anos e noventa quilos atrás.

Do lado de fora do Holman, Holly também ouve a algazarra do campo de softball. Lá dentro, há gritos, silêncio e depois mais gritos. Gibson fala com três vozes: a dele, a da criança que foi e uma voz grave que ela supõe que seja a do pai. Até o momento não houve tiros, mas ela os espera a qualquer momento, porque o homem está louco de pedra.

A indecisão a deixa *louca*. Qualquer coisa que faça pode ser a errada. Sua falecida mãe está piorando tudo, balançando a cabeça com tristeza e dizendo *más decisões levam à dor em vez de alívio, sempre falei isso pra você.*

Holly pensa: *Estou encrencada.* Mas decide que isso é pouco. *Não, ainda é pouco. Fodida, é isso que eu estou. E quero muito um cigarro.*

No Mingo, a briga está pegando fogo. Não precisou de muito para começar; aquelas pessoas estão acostumadas a brigar nas redes sociais. Há recepcionistas separando o grupo pró-vida, numericamente em desvantagem, das pessoas pró-escolha. A líder de torcida está chorando no braço do marido, repetindo: "Qual é o problema dessas pessoas, qual é o problema delas?".

No campo de softball, a polícia já rebateu três vezes, e Isabelle Jaynes assume sua posição no monte pela primeira vez desde a faculdade. Sua adrenalina está trabalhando dobrado, e o primeiro arremesso de aquecimento que faz não só passa por cima da cabeça do apanhador, como sobrevoa a grade até os torcedores parados atrás. Isso gera risadas, gritos e assobios do banco dos Molhados e dos torcedores deles. Alguém com voz potente no banco dos bombeiros revive uma frase popular:

— *Ela está tentando acertar a SKYYYYLAB!*

Essa provocação gera outras dos torcedores dos bombeiros, em grande parte devido à cerveja.

O apanhador dos Secos é um veterano de catorze anos de radiopatrulha chamado Milt Coslaw, com um metro e noventa e cinco, um verdadeiro alce. Ele também é o rebatedor coringa da polícia. Com o short azul, suas pernas peludas parecem pilares. Ele anda até o monte. O cara da voz potente, ao perceber que o sucesso já está garantido, berra:

— *SKYYYLAB!*

— Tirou isso do seu sistema, detetive Jaynes? — pergunta Coslaw. Ele está sorrindo.

— Meu Deus, espero que sim — diz Izzy. — Eu estou me cagando de medo, Cos. E me chama de Izzy. Pelo menos até eu passar vergonha. Aí você pode me chamar de titica de galinha.

— Você não vai passar vergonha — retruca Cos. — Joga fraco enquanto se aquece. Suave e fraco. Como você estava jogando no treino de manhã. Aqueles babacas estavam vendo? Você sabe que estavam. Guarda a energia pra quando estiver preparada, porque você não tem mais dezenove anos. E, o que quer que faça, não mostra aquela bola inclinada antes que seja pra valer.

— Valeu, Cos.

— Imagina. Vamos dar um sacode nesses manés.

O homenzarrão acalmou Izzy, e ela termina o aquecimento, jogando apenas umas bolas suaves. *Guarda a energia*, pensa ela. *Guarda a bola inclinada.* Não está pensando em Bill Wilson, em Sista Bessie, nos substitutos dos jurados mortos nem em Holly. Não está pensando no trabalho. Está respirando apenas um pensamento: *Mostrar para aqueles manés quem nós somos.*

Betty quase não escuta os gritos do campo, nem os resmungos e gritos quando o primeiro batedor dos Molhados começa a segunda metade da primeira entrada errando uma bola inclinada perfeita. Ela espiou uma vez do lado de fora e viu Red e Jerome ainda no banco, pedindo para fãs esperançosos da Sista Bessie com tablets e celulares para ficarem longe. Ela pensa *eu nunca vou conseguir sair daqui, tenho que sair daqui* e *poderoso Jesus, poderoso Jesus.*

No banco das penalidades, Kate McKay está pensando *preciso me preparar pra morrer, mas, Deus, ainda há tanto trabalho a ser feito!*

Ali perto, Corrie e Barbara estão pensando coisas bem mais simples (e talvez mais práticas): *Quem me dera poder viver. Quem me dera poder ver a minha mãe e o meu pai de novo. Quem me dera isso fosse só um sonho.*

2

19h17.

Izzy despacha o time dos Molhados com facilidade, com dois strikeouts e uma bola rebatida para o chão. O apanhador dela, Coslaw, sai na frente na primeira metade da segunda entrada e, no primeiro arremesso, joga uma bola por cima da cerca central, errando por pouco o Thunderbird vintage do sr. Estevez. Secos 1, Molhados 0. Um torcedor dos Molhados joga uma garrafa nele quando contorna a primeira base. Coslaw a rebate para o lado com desprezo.

O celular de Betty sugere que são uns quatrocentos metros de onde está até a antiga arena do outro lado do parque. Ela consegue chegar lá às sete e quarenta, mas sua margem de erro está evaporando. Ela se pergunta se poderia enviar Jerome em seu lugar. Afinal, Barbara é irmã *dele*. Mas se... não, *quando* Gibson pedir para Betty dizer alguma coisa antes de abrir a porta, Jerome não vai soar como uma cantora de soul de sessenta e poucos anos. Além disso, e se ele matar o irmão de Barbara?

Nos fundos do auditório Mingo, dois recepcionistas chegam e anunciam para a plateia perturbada que há algo muito estranho acontecendo com os painéis acima das portas do saguão e na rua. As pessoas começam a sair para olhar.

AMY GOTTSCHALK JURADA 4 (KATE MCKAY) BELINDA JONES JURADA 10 (SISTA BESSIE) DOUGLAS ALLEN PROMOTOR (CORRIE ANDERSON) IRVING WITTERSON JUIZ (BARBARA ROBINSON) TODOS CULPADOS. DONALD "TRIG" GIBSON JURADO 9 O MAIS CULPADO DE TODOS.

Algumas não entendem. Muitas, sim. Jerry Allison, zelador do Mingo desde sempre, é um dos que entendem, e não só porque escuta Buckeye Brandon. Ele reparou que Don Gibson estava ficando meio... vamos dizer *estranho*... nas semanas anteriores. Além do mais, tem o peso de papel de Gibson, o cavalo de cerâmica. A idade dele permite com que Jerry se lembre de *O show de Roy Rogers*, do amigo de Roy, Gabby Hayes, e do cavalo de Roy.

Trigger.

3

19h20.

Sentado no banco do lado de fora da sala de equipamentos, Red olha para o jovem Jerome e pensa *eu devia contar pra ele*. Mas também pensa *Bets não vai conseguir sair de lá sem ser vista mesmo, não com tanta gente em volta. Eu não preciso contar.*

Isso é um alívio.

4

19h23.

No Mingo, a plateia que foi ver a apresentação explosiva de Kate McKay está reunida em volta do painel acima da porta do saguão e do maior, virado para a rua Main. Tanto os grupos pró-vida quanto os pró-escolha estão unidos na perplexidade. As primeiras viaturas da polícia estadual estão chegando, sem saber que estão do lado errado da cidade. Buckeye Brandon, em estado de êxtase, está filmando tudo e sonhando com arco de sucesso nas redes de televisão a cabo.

No campo, o jogo continua brusco. Na segunda metade da segunda entrada, o primeiro batedor dos bombeiros, um babaquinha chamado Brett Holman, sobe e balança o bastão. No monte de arremesso, Izzy respira fundo e diz a si mesma para se acalmar, se acalmar. Ela se prepara e lança uma inclinada perfeita. O babaca bate sete centímetros acima. Os torcedores da polícia comemoram. O cara da voz potente do lado dos bombeiros grita:

— *Mostra seu arremesso da SKYYYYLAB, gatinha!*

Não vai rolar, pensa Izzy, e lança outra inclinada perfeita. O babaquinha bate quase a ponto de sair dos sapatos, mas não consegue. Coslaw coloca um dedo entre as pernas, pedindo um arremesso rápido e reto. Izzy tem suas dúvidas, mas obedece. Dessa vez o babaca, esperando a bola inclinada, bate *embaixo* do arremesso, e chega a levantar terra com a ponta do bastão.

— *Vai pro banco, amador!* — grita um torcedor da polícia enquanto o babaquinha volta para o banco. Os torcedores dos bombeiros vaiam. Dedos do meio são erguidos. O próximo batedor dos Molhados o substitui.

Eu consigo fazer isso, pensa Izzy. Ela afasta o cabelo e se inclina para ver o sinal de Coslaw. *Eu consigo, sim.*

Ela se prepara e arremessa. Uma inclinada perfeita.

— *Strike um!* — grita o juiz.

No camarim, Betty Brady se levanta. Que se fodam os caçadores de autógrafos. Ela não pode ficar ali sentada. *Tem* que ir.

Izzy lança mais uma bola inclinada. O batedor deixa passar, na altura dos joelhos, mas o juiz ergue o punho. Darby Dingley pula do banco dos bombeiros e anda na grama, quase passando da linha, o que teria feito com que fosse expulso. O rosto dele está quase tão vermelho quanto o short curto demais.

— *Ladrão!* — grita ele para o juiz. — *Não chegou nem perto!*

As pessoas na arquibancada dos bombeiros se juntam ao grito. Os torcedores da polícia discordam e mandam os dos bombeiros calarem a porra da boca. O espírito esportivo está dando uma voltinha bem longe dali.

Holly, ainda indecisa, de novo na parte esquerda da porta do rinque, ainda com o revólver na mão e o cano apontando para o céu cada vez mais escuro, inclina a cabeça e presta atenção. Há sons vindo do campo de softball. Primeiro, ela pensa que estão comemorando, mas logo muda de ideia. Não é comemoração. É *gritaria*. Alguém… não, muita gente, parece puta da vida.

Na arena, Trig também está ouvindo.

— Papai? O que é isso?

Mas o papai não responde.

5

A plateia está hipnotizada, vivendo e morrendo a cada arremesso. Dois já foram, ambos strikeouts, na segunda metade da segunda entrada, quando George Pill, o adversário espertalhão de Izzy Jaynes, vai para a área do batedor. Ela não tem medo dele; na verdade, fica feliz em vê-lo. A bola inclinada está funcionando como magia, e cada vez que Milt Coslaw pediu uma reta e forte, os Molhados foram enganados. *Eu consigo fazer isso*, diz ela a si mesma. Seus braços estão relaxados, aquecidos e fortes.

George Pill faz um gesto que quase combina com Kate McKay: *Vem, vem, vem, joga a porra da bola*, e inclina o bastão. Ele está desdenhando dela? Bom. Ótimo. Pode desdenhar até a Cochinchina. Ela arremessa o primeiro strike.

— *Ela tá roubando!* — grita o sujeito dos pulmões potentes. Da linha lateral, onde ainda está irritadíssimo, Darby Dingley acrescenta à opinião do colega:

— *Verifica a bola, juiz!*

Izzy joga a inclinada. Pill rebate e erra. O lado da polícia comemora. Agora todos os torcedores dos bombeiros estão gritando com Darby:

— *Verifica a bola! Verifica a bola!*

O juiz descarta a sugestão com um gesto. Sabe que o problema não é a bola. Ele a verificou antes de jogá-la para Izzy começar a segunda metade da segunda entrada. Aquele arremesso inclinado danadinho que é o problema, e não é um problema *dele*.

Os torcedores da polícia cantarolam:

— *Strike out pra ELE! Strike out pra ELE!*

Betty abre a porta do camarim e sai para a sala de equipamentos.

Jerome, John e Red se levantam do bando e vão até o canto da construção para ver que gritaria é aquela. Todos, menos os caçadores de autógrafos mais dedicados — o pessoal do eBay que está nisso por dinheiro e não por amor — fazem o mesmo.

O cara do pulmão potente:

— *Ela tá roubando!*

Dingley:

— *Verifica se a bola tá com graxa, juiz!*

Lew Warwick, chegando até a linha lateral do outro lado do campo:

— *Senta e cala a boca, Darby! Aprende a perder!*

Dingley:

— *Perder é o meu cu rosa! Ela tá jogando uma porra de BOLA BABADA!*

Izzy ignora o barulho. Respira fundo. Olha para o sinal. Cos está com um dedo para baixo, querendo a rápida e reta.

Ela arremessa, e tudo vira um inferno.

6

19h28.

George Pill acerta a bola e a joga pelo campo, entre a primeira base e o monte do arremessador. Por um momento, Pill fica parado na home plate, hipnotizado. Mas então ele corre. Os torcedores dos Molhados se levantam, prevendo o primeiro ponto do time.

O primeira base dos Secos é um patrulheiro jovem chamado Ray Darcy. Ele corre na direção da segunda e pega a bola na terceira quicada.

Izzy Jaynes sabe que, se o primeira base é tirado de posição, o trabalho dela é proteger a base e pegar o arremesso. Ela corre ao ouvir o som do bastão de alumínio e para na linha da primeira base para pegar a bola. O arremesso de Darcy é preciso, e ela se vira para tocar em George Pill para desclassificá-lo, sabendo que ele pode tentar deslizar por baixo dela.

Mas ele não faz isso. Com a cara amarrada, Phil redobra a velocidade, abaixa a cabeça e se choca contra Izzy, o braço afundando no seio dela e a cabeça, com capacete, no encaixe do ombro. Ela ouve um estalo abafado quando o ombro se afasta do braço, e seu grito é o primeiro que todo mundo, tanto ali quanto no rinque Holman, escuta. A bola quica na luva dela e Pill para na primeira base, sem capacete agora, alheio à mulher gritando no chão. Ele está sorrindo e — incrivelmente — fazendo um sinal de *salvo*. Ainda mantém o gesto quando Ray Darcy o acerta e o derruba com um salto, monta nele e começa a lhe dar socos até ele apagar.

Os jogadores dos Secos e dos Molhados correm dos bancos e a porradaria come solta. O juiz de campo tenta separar, mas é derrubado. Os torcedores dos Secos começam a descer da arquibancada. Do lado dos Molhados, Darby Dingley está balançando os punhos acima da cabeça, gritando:

— *Peguem eles, bombeiros! PEGUEM ELES, PORRA!*

Lew Warwick corre pelo campo, segura Dingley e o joga no chão de bunda.

— Não seja escroto, para de jogar lenha na fogueira.

Mas o estrago está feito.

Os torcedores dos Molhados descem da arquibancada, prontos para se meter. Alguns caem e se levantam, outros caem e são pisoteados. Policiais e bombeiros se encontram no meio do campo. Os alto-falantes chiam e protestam antes de serem cortados em meio ao ruído de feedback. De qualquer forma, nenhum chamado à razão teria importado. A multidão, muitas daquelas pessoas cheias de cerveja, vinho e coisas mais pesadas, começa a atacar umas às outras. Não é como a troca de tapas infantil no auditório Mingo; aquilo é coisa séria.

Em meio a tudo, ao sul da primeira base, Izzy rola de um lado para outro, aninhando o ombro quebrado em sofrimento, esquecida, até Tom Atta a pegar no colo.

— Vou tirar você daqui! — diz ele, e, para Ray Darcy, ao vê-lo passar: — Para de bater nesse bombeiro, policial. O imbecil mau perdedor do caralho já está inconsciente.

Uma viatura da polícia entra lentamente no campo, luzes piscando e sirene tocando. Torcedores dos Molhados cercam o veículo, bloqueando seu caminho. Outros torcedores dos Molhados começam a sacudi-lo e acabam virando o carro de lado, à esquerda do campo.

Caos.

7

Betty Brady passa por pilhas de uniformes e equipamentos de futebol e espia pela porta. Não sabe o que aconteceu, nem quer saber. De repente, o que importa é que o caminho ficou vazio. O poderoso Jesus ouviu sua oração. No momento, até os caçadores de autógrafos parecem ter sumido, mas ela sabe que eles vão voltar. Não há um segundo a perder.

Ela dá uma última olhada ao redor para ver se está tudo bem e sai correndo com cuidado na direção do teto redondo do rinque acima das árvores, segurando a bolsa junto aos seios com uma das mãos. Atrás dela, há um único cara do eBay, extremamente dedicado, um homem de óculos que Holly teria reconhecido de Iowa City, Davenport e Chicago. Em uma das mãos, ele tem um pôster de Sista Bessie bem mais jovem, na frente do Apollo Theater. Ele está gritando para ela:

— *Só um, só um.*

Betty não o escuta. O barulho da multidão, vozes zangadas, vozes apavoradas, gritos de dor, uma barulheira de homens e mulheres gritando, aumenta. No limite das árvores, ela para e pega o frasco de comprimidos para o coração na bolsa. Toma três, torcendo para que segurem o ataque cardíaco do qual anda fugindo nos últimos oito ou dez anos de vida, ao menos até fazer o que precisa.

Aguenta aí, sua lata velha, diz ela para o coração. *Aguenta mais um pouco.* Ela tira a arma de Red da bolsa.

— Sista Bessie! — diz o cara do eBay de óculos. — Eu sou seu maior fã! Não consegui ingresso para o show! Você pode autografar...

Ela se vira, a arma na mão e, apesar de não estar exatamente apontando para ele, o homem de óculos decide que não é tão fã assim, afinal. Ele dá as costas e corre. Mas segura o pôster, que assinado, no eBay ou em algum outro site de leilões, chegaria a quatrocentos dólares.

No mínimo.

8

Antes que Jerome entre na confusão (que agora tomou conta do campo todo) e comece a separar pessoas, Red Jones segura o seu braço.

— Betty — diz ele. — Se ela saiu, acho melhor você ir atrás.

Jerome olha para ele com a testa franzida.

— Por que ela sairia? Ela ainda está no camarim, né?

— Eu gostaria de acreditar nisso, mas acho que não. Ela quis minha arma.

— *O quê?*

John Ackerly cambaleia pelo portão central com sangue jorrando do nariz e da boca.

— Bêbados do *caralho*! — grita ele. — Um babaca me deu um soco, riu e saiu correndo! Eu odeio gente *bêbada*!

Jerome o ignora. Segura Red pelos ombros magrelos.

— Que arma? Pra que ela queria uma?

— A minha .38. Eu não sei pra quê. Ela estava com algum problema. Eu devia ter te contado antes. O velho idiota aqui não conseguiu decidir. Eu ia contar depois do Hino, mas pensei: "Que se dane, tem essa gente toda querendo fotos e autógrafos, ela não vai conseguir sair". Mas agora... — Ele balança a cabeça. — Velho idiota, com molho no lugar do cérebro. Aquela arma está carregada, e eu acho que ela pretende atirar em alguém.

Jerome não consegue acreditar. Os dois voltam para a sala de equipamentos, deixando os torcedores dos Secos e dos Molhados para se resolverem sozinhos. A porta do camarim está aberta. A calça de lantejoulas e a faixa estrelada estão no chão. Betty sumiu. *Agora* ele acredita.

Ele recua e vê um homem de óculos correndo para o campo segurando um pôster como se fosse a rabiola de uma pipa. Ele olha de Red para Jerome e diz:

— Eu pedi um autógrafo e ela apontou uma *arma* pra mim! Ela está louca!

— Cadê ela? — pergunta Jerome.

O cara de óculos aponta:

— Eu sei que algumas celebridades não gostam de caçadores de autógrafos, mas uma *arma*?

Jerome corre para as árvores. Quando chega lá, vê Betty à frente, sentada em um banco de uma mesa de piquenique, com a cabeça baixa, pálida e exausta.

9

Na arena, Trig está sentado na arquibancada com o ombro encostado no de Kate McKay. A fita sobre a boca de Kate está encharcada de sangue, e se soltou com ajuda da língua dela.

— Sabe — diz ele —, você tem uns bons argumentos.

— Solta elas — retruca Kate. A voz sai como um rosnado rouco. Ela tenta indicar as duas jovens amarradas no banco das penalidades. A cabeça está presa e só se move uns dois centímetros, então ela decide mover os olhos na direção delas. — Sou eu que você quer, a famosa, então solta elas.

Trig estava perdido em lembranças de quando se sentou naquelas mesmas arquibancadas com o papai. Lembrando que o papai apertava seu braço com tanta força que deixava hematomas. E às vezes abraçava Trig nos intervalos. A voz de Kate o traz de volta. Ele olha para ela, surpreso.

— Como você ficou tão arrogante, mulher? Foi aos poucos ou nasceu assim?

— Eu só...

— Não é você que eu quero, você só estava *lá*. Isso não tem nada a ver com fama, tem a ver com *culpa*. E foi isso que te trouxe aqui, não foi? Além de uma ideia meio ridícula de salvar sua amiga.

— Mas... você... eu achei...

— Quando falei que você tem bons argumentos, acho que deve ser porque meu pai matou a minha mãe.

Kate o encara.

Trig assente.

— Ele disse que ela tinha ido *embora*, mas eu sei o que aconteceu.

— Você precisa de ajuda, cara.

— E você precisa calar a boca. — Ele coloca a fita de volta na boca de Kate, mas ela não gruda.

— Por favor. Se a gente puder ao menos conversar sobre isso...

Ele bota a Taurus no meio da testa dela.

— Você quer viver mais alguns minutos? Se quiser, *cala a boca.*

Kate cala a boca. Trig olha para o relógio. São 19h38.

Acho que a cantora negra não vem, papai. Vou ter que me contentar com essas três. E comigo, claro.

10

Jerome se aproxima de Betty e se apoia em um joelho ao lado dela. Tem uma pistola com o cabo coberto com fita no banco ao lado da cantora.

— Não consigo — diz ela. — Achei que conseguia, mas não consigo.

— Não consegue o quê? — pergunta ele. — O que é?

Ela aponta para o prédio cinza redondo, visível através das árvores.

— Barbara.

Jerome fica tenso.

— O que tem ela?

— Lá dentro. Um maluco pegou ela. Gibson. Do Mingo. Disse pra eu chegar lá até 19h40, senão ia matar ela, mas eu não consigo... minhas pernas não aguentam.

Ele se levanta na hora, mas Betty segura o pulso dele com uma força surpreendente.

— Você também não pode ir. Ele quer que eu bata e diga "sou eu". Se ouvir um homem, vai matá-la.

Por um momento, Jerome considera a ideia de que aquilo é um delírio maluco de Betty, talvez até Alzheimer precoce, mas é de Barbara que ela está falando, *Barbara*, e ele não pode se permitir esse luxo.

Betty está dizendo outra coisa, mas ele não escuta. Jerome pega a arma e corre para o rinque Holman.

11

19h40.

Trig se levanta e anda até o banco das penalidades. Aponta a .22 primeiro para Corrie, depois para Barbara.

— Qual das duas primeiro? — pergunta ele. — Acho que a garota branca.

Ele bota a arma na têmpora dela. Corrie fecha os olhos e espera para ver se tem alguma coisa do outro lado do mundo conhecido. Mas a pressão da arma é removida.

— Tudo bem, papai. Se você diz.

Corrie abre os olhos. Trig está passando pelas vigas de madeira, na direção do saguão. Ele fala com elas sem se virar.

— O papai me mandou dar mais cinco minutos pra ela. Falou que as mulheres estão sempre atrasadas.

12

Holly não acredita no que está vendo: Jerome.

Ele sai correndo de entre as árvores com uma pistola pequena na mão. Ele a vê e para, tão sobressaltado quanto a própria Holly. Vai dizer ou gritar alguma coisa, ela o visualiza prestes a fazê-lo, e por isso leva um dedo aos lábios e balança a cabeça. Ela o chama com a mão e percebe que é o gesto da Kate: *Vem, vem, vem.* Quando ele começa a se aproximar, Holly move as duas mãos para baixo em um gesto de *silêncio.*

Jerome chega e leva os lábios ao ouvido dela.

— Você precisa dizer "sou eu". Eu não posso fazer isso. E tem que falar igual a ela.

— Igual a quem? — sussurra Holly.

— Betty — sussurra ele. — Sista Bessie.

— Eu não consigo...

— *Você precisa* — sussurra ele. — Bate e diz "sou eu". Senão ele vai matar a Barbara.

Não só a Barbara, pensa Holly.

Jerome aponta para o relógio e sussurra:

— Nosso tempo acabou.

13

19h43.

Ele decide que não quer atirar em ninguém além de si mesmo.

Trig volta para a arena, pisando pelas tábuas até chegar ao quadrado cheio de papéis no centro. Ele joga um pouco mais de fluido Kingsford e pega o Bic. Quando se ajoelha, se preparando para botar fogo, ouve uma batida na porta. Ele para por um momento, sem saber o que fazer.

Por que escolher, sr. Inútil?, pergunta papai. *Você pode fazer as duas coisas.*

Trig decide que o papai tem razão. Acende o fogo e larga o Bic nos pôsteres amassados. A chama surge no quadrado de madeira seca velha. Ele olha para as mulheres amarradas, todas com os olhos arregalados de horror.

— Funeral viking — diz ele. — Melhor do que o que minha mãe teve. Minha mãe está *longe*. — E vai atender a porta.

14

Holly para na frente daquela porta. Jerome está perto, os lábios tão apertados que a boca praticamente sumiu. Parece que ela espera muito tempo até que Gibson fale do outro lado, a voz baixa e confidencial.

— É você, Sista Bessie?

Holly deixa a voz o mais grave que consegue e tenta imitar o sotaque sulista leve de Betty.

— Sou eu, sim — diz, e acha que sai péssimo, num tom racista idiota fazendo uma voz negra caricata.

Há outra pausa. E Gibson diz:

— Você veio porque é culpada?

Holly olha para Jerome. Ele faz que sim.

— É — diz Holly com sua voz mais grave. — Culpada pacas.

Que péssimo. Ele nunca vai acreditar.

Depois de uma pausa agonizante, a luz vermelha no teclado fica verde. Holly tem aquele único momento, aquele único sinal, para erguer a arma antes de a porta se abrir. Gibson olha para o rosto extremamente caucasiano dela e arregala os olhos. Ele está com uma arma, mas Holly não lhe dá tempo de usar. Atira duas vezes em Gibson: no centro de massa, como Bill Hodges ensinou. Gibson cambaleia para trás, batendo no peito, os olhos arregalados. Tenta erguer a arma. Jerome empurra Holly com o ombro e atira nele de novo com a pistola de Red.

Gibson emite uma palavra — "papai!" — e cai para a frente.

Holly lança um olhar rápido para ele e então se volta para o rinque.

— Fogo — diz ela, e passa por cima do corpo de Gibson.

Na área circular do rinque, os pôsteres amassados já estão pegando fogo e as vigas entrecruzadas ao redor estão começando a queimar, chamas azuis se tornando amarelas e ganhando espaço. Há duas mulheres presas no banco das penalidades e uma terceira, Kate, em uma arquibancada ali perto.

Holly corre até elas, tropeça, cai e nem percebe as farpas machucando as palmas das mãos. Levanta-se e vai até as mulheres lado a lado no banco das penalidades. Se tivesse uma lâmina, poderia soltá-las com facilidade, mas não tem.

— Jerome, me ajuda! Apaga o fogo!

Jerome corre até o corpo de Donald Gibson e arranca o paletó esporte. Os braços do homem sobem junto e Jerome tem dificuldade em tirar a peça. Apesar de estar morto, Gibson não quer entregar o paletó. Os ombros dele rolam de um lado para outro, a cabeça sacudindo como a de um boneco grotesco de ventríloquo. Finalmente, Jerome consegue soltar o paletó e corre para a arena enquanto arranca o forro de seda e o deixa pelo caminho. Holly está desenrolando a fita nos braços de Barbara do poste amarelo, mas o processo é lento, lento.

Kate cospe a fita ensanguentada da boca e grita:

— Mais rápido! — fala ela, com a voz rouca. — Faz isso mais rápido!

Sempre mandona, pensa Holly. Ela pega montes de fita com as duas mãos e puxa com toda a força. Um dos braços de Barbara se solta. Ela arranca a fita da boca e diz:

— Corrie! Corrie! Solta a Corrie!

— Não — diz Holly, porque Barbara é sua prioridade. Barbara não só é sua amiga, mas alguém que ela ama. Corrie vai ser a segunda. A chefe vai ser a terceira… se for. As mãos de Holly estão escorregadias de sangue das farpas. Ela arranca a mais comprida e começa a afrouxar a outra mão de Barbara.

No meio do piso, com o brilho oscilante de duas luzes movidas a pilha, Jerome joga o paletó de Gibson sobre o fogo e começa a pisar em cima, pé esquerdo, pé direito, pé esquerdo, pé direito, como se pisasse em uvas. Fagulhas formam uma nuvem em volta dele. Algumas queimam a camisa e chamuscam sua pele. Uma das pernas da calça solta fumaça e pega fogo. Ele se curva e apaga as chamas com as mãos, vagamente ciente de que os tênis All Star descolados começaram a derreter em volta dos pés. *Meias esportivas, não falhem agora*, pensa ele.

Holly consegue desenrolar a fita em volta do tronco de Barbara. A garota tenta ficar de pé e não consegue, tenta empurrar com as pernas e não consegue. A fita que prende suas pernas ao banco das penalidades está apertada demais.

— Sua calça! — grita Holly. — Você consegue tirar?

Barbara empurra a calça um pouco para baixo, afrouxa um pouco a fita e tenta empurrar com as pernas de novo. Dessa vez, ela consegue. Seus joelhos chegam ao peito e depois aos ombros. Ela tira a calça e fica com as pernas livres.

O paletó de Gibson está pegando fogo e as chamas estão correndo para todo lado pelas tábuas. Jerome desiste de tentar abafar o fogo e vai até o banco das penalidades, pulando de viga em viga. Começa a tentar soltar Corrie. Para Holly, ele diz:

— Eu desacelerei o fogo, mas pegou naquelas vigas. Daqui a pouco as laterais incendeiam. Depois, as traves.

O fogo está mesmo se espalhando. Jerome está fazendo o possível para soltar Corrie, mas ela está amarrada com mais força do que Barbara.

— Ei. Jovem Jerome. Pega isto.

Ele vira a cabeça e vê Betty. O cabelo afro está sujo e o rosto está brilhando de suor, mas ela está com aparência melhor do que estava no banco da mesa de piquenique. Tem um canivete de cabo gasto na mão.

— Eu sempre deixo na bolsa. Desde quando me apresentava nas espeluncas de frango.

Jerome não faz ideia do que sejam as espeluncas de frango, mas não se importa. Ele pega o canivete. Está afiado e corta a fita que prende Corrie ao banco das penalidades com facilidade. Ele a deixa terminando de se soltar sozinha e vai ajudar Kate. O teto da arena antiga é alto, o que ajuda com a fumaça volumosa, mas também age como combustível e alimenta as chamas.

— Me ajuda — diz Jerome para Holly. — Está ficando meio quente aqui.

Mas o calor nas costas dele não é nada em comparação ao calor nos pés. Seus tênis agora são caroços deformados. Ele espera que, quando os tirar, supondo que saiam daquela situação, os tênis de cano alto levem as meias, mas não a pele. Ele está ciente de que talvez levem um pouco de ambos.

Holly ajuda da melhor forma que consegue. Barbara, já livre, mas descalça e com as pernas expostas, tenta ajudar a terminar de soltar Kate.

— Não, não, sai daqui! — grita Jerome para ela. — Ajuda a Betty, ela está quase caindo! Vai!

Barbara não discute. Passa um braço pela cintura de Betty e as duas fazem um progresso lento e hesitante pelo trilho até o saguão.

Corrie fica de pé, mas quase cai.

— Não consigo andar. Minhas pernas estão dormentes.

Jerome a carrega, se arrastando com os tênis de Frankenstein, mas ainda de pé. As chamas estão lambendo as vigas entrecruzadas, fazendo desenhos quadriculados laranja.

Kate também não consegue andar. Ela tenta, mas cai de joelhos. Holly coloca a mão na axila dela e a puxa, usando uma força que não sabia que tinha.

— Você vive me salvando — diz Kate, com a voz rouca e grave. O queixo e a camisa dela parecem um avental de sangue. Os vislumbres de dentes que Holly vê entre os lábios inchados não passam de presas.

— Foi pra isso que você me contratou. Me ajuda.

Elas seguem em frente, primeiro até o saguão, depois para fora, com o fogo ardendo atrás. Quando estão no frescor abençoado da noite de maio, Jerome volta e pega as pernas de Donald Gibson. Ele o puxa para fora e diz:

— Tem outro, também morto. Acho que não consigo pegar ele... ou talvez seja ela... se não tirar isso. — Ele se senta no chão e começa a tirar um pé de tênis meio derretido.

Holly entra. O fogo não chegou ao saguão, mas a arena em si logo vai ser engolida, e o calor já está escaldante. Ela pega uma das pernas da pessoa que Gibson deve ter matado — Chris Stewart. Chrissy. Pensa *eu não consigo, é pesado demais*. Mas Kate aparece e pega a outra perna. Sempre mandona.

— Levanta — grunhe ela.

Elas puxam Chrissy Stewart para o anoitecer. Barbara está sentada ao lado da van do Mingo, com a cabeça no ombro de Betty. Jerome conseguiu tirar os tênis. Seus pés estão vermelhos, mas só o esquerdo está ficando com bolhas.

Kate se esforça para se sentar e olha para o corpo que as duas acabaram de tirar do rinque.

— Essa é a vaca que anda me perseguindo — diz ela. — *Nos* perseguindo.

— É. Kate, nós temos que sair daqui. Essa construção vai pegar fogo que nem um palheiro.

— Um minuto. Eu preciso recuperar o fôlego, e ela também. — Ela está falando de Betty. — Que bom que ela tinha aquele canivete, senão nós teríamos virado churrasquinho.

Kate ergue o braço de Chrissy Stewart e o examina.

— Roupa bonita. Ou era, antes disso tudo. Ele queria ser garota e a igreja não deixava? Era esse o problema todo?

— Não sei. — O que Holly sabe é que precisam sair dali logo. Ela vai até a van e Deus é bom: a chave está no porta-copos. Ela abre a porta do motorista e se vira para olhar para as outras pessoas, que são silhuetas iluminadas no brilho laranja do fogo.

— A gente vai dar o fora daqui — diz ela. — Com isso. Agora.

Barbara e Betty se ajudam a levantar. Jerome manca com a ajuda de Kate, que está carregando o máximo do peso dele que consegue.

— E eles? — Jerome aponta para os cadáveres.

— Ah, Deus, não — diz Corrie, mas ela vai até Gibson e o pega por um braço. E o puxa até a traseira da van. — Tem outro… uma garota, mas… está queimando agora. *Sendo cremada.* — Ela geme.

Holly não quer saber de nada. O que quer é dormir umas doze horas, acordar e tomar café, comer um donut de geleia e fumar uns doze cigarros. Mas Kate está andando até ele… ou ela… a pessoa de terninho. Holly vai junto. As duas arrastam Stewart até a van, mas não têm força para jogar os corpos lá dentro. Jerome faz isso, grunhindo de dor quando os pés feridos sustentam o peso. Ele fecha as portas e cambaleia.

— Você dirige — diz ele para Holly. — Eu não consigo. Meus pés.

— *Eu* dirijo — retruca Kate, com um toque de sua antiga certeza.

E dirige mesmo.

VINTE E SEIS

1

Em uma manhã quente e ensolarada do final de junho, alguns dias depois que o parque Dingley reabriu, Holly está sentada à mesa de piquenique onde ela e Izzy costumam almoçar. É a mesma (ela não sabe disso) onde Betty Brady parou, sem conseguir seguir em frente e com a certeza de que tinha assinado a morte da nova amiga dessa forma.

Holly chega cedo; sempre chega cedo. Os food trucks ainda não abriram, mas no parquinho próximo ela ouve os gritos das crianças brincando de pique e subindo no trepa-trepa. A sala de equipamentos ainda está isolada com fita amarela da polícia. O lugar foi saqueado no auge da confusão, e o que havia dentro — uniformes, proteções, bolas, bastões, sapatos e até suportes atléticos — foi espalhado pelo campo de softball junto com garrafas quebradas, camisas vermelhas e azuis rasgadas e até alguns dentes. As bases foram levadas, talvez como lembrança. Holly não consegue entender o motivo, mas tem muita coisa no comportamento humano (incluindo o seu próprio) que sempre vai ser um mistério para ela.

Seu amigo John Ackerly teve a mandíbula quebrada durante a confusão. Só percebeu na manhã seguinte, quando se olhou no espelho e viu a parte inferior do rosto inchada a ponto de "eu parecer o Popeye em um daqueles desenhos antigos, só que sem o cachimbo". Ele foi tratado no pronto-socorro do Kiner, ficou esperando sua vez junto com mais de cinquenta pessoas que saíram feridas do jogo de softball do Secos & Molhados. O médico receitou oxicodona, que ele usou por três dias, depois jogou na privada. Falou para Holly que tinha gostado dos comprimidos um pouco demais.

Da mesa, ela e Izzy costumavam ver o teto arredondado do Holman, mas agora não está mais lá; não restou nada do rinque além de destroços pretos e fumegantes isolados por fita da polícia. Donald Gibson, também conhecido como Bill Wilson ou Trig, aparentemente pretendia queimar as vítimas como faziam com as bruxas do século XVII. Os detetives da polícia estadual que revistaram a casa de Gibson no parque de Trailers Elm Grove encontraram uma pilha de cadernos, alguns com o nome *Falhas de cará-ter*, como no programa do AA, e outros com o nome *Cartas ao papai*. Os do segundo grupo deixam claro que o assassinato de Annette McElroy foi o primeiro de Gibson.

As Crônicas ao Papai (assim chamadas por Buckeye Brandon) também acusam o pai de Donald Gibson de matar Bonita Gibson, desaparecida em 1998, quando Donald tinha oito anos. Avery McMartin, um detetive da cidade aposentado, confirmou (no podcast de Buckeye Brandon) que o sr. Gibson fora suspeito do desaparecimento da esposa, mas o corpo da mulher não fora encontrado e o caso de Bonita Gibson está há muito tempo consignado ao departamento de arquivos abertos, porém inativos, do departamento.

Kate McKay agora é a mulher mais famosa dos Estados Unidos. Sua foto, com a boca ensanguentada, o cabelo desgrenhado e a pele do rosto e do pescoço vermelha por causa da fita adesiva já divulgada pelo mundo todo, inclusive na capa da revista *People*. Ela se recusou a se lavar até que a foto icônica fosse tirada no hotel. A turnê foi recondicionada para locais maiores, onde o gesto de *venham, venham, venham* de Kate gera berros de aprovação. Milhões de mulheres estão usando camisetas com o rosto de Kate, algumas com a boca ensanguentada, algumas sem, sempre com os dedos abertos naquele gesto. Mais estados, dois deles bem vermelhos, decretaram leis que protegem o direito da mulher de abortar.

— Ou de não abortar — Kate sempre diz. — Lembrem-se disso. A vida é *sempre* a escolha preferida, mas essa escolha pertence à mulher.

Houve boatos de que ela poderia entrar para a política. Talvez para o cargo mais alto. Holly acha a ideia ridícula. Kate está concentrada demais na própria causa para ser eleita. Sua visão é limitada. Ou é o que Holly acha.

Holly pediu demissão do posto de segurança de Kate. Três mulheres ex-militares assumiram seu lugar. Elas são mais jovens do que Holly, e mais bonitas (como as jovens costumam ser). Elas se chamam de Esquadrão do Corpo.

Corrie voltou para casa, em New Hampshire.

A Polícia de Buckeye City e o Corpo de Bombeiros estavam e continuam com um problemão. Formaram uma comissão para estudar as causas do tumulto e criar sanções por aquele comportamento. A chefe de polícia Alice Patmore e o chefe do Corpo de Bombeiros Darby Dingley pediram exoneração. As perguntas sobre a decisão de fazer um jogo beneficente com um assassino em série à solta continuam sendo feitas.

— Antes tarde do que nunca — diz Buckeye Brandon sobre essas perguntas. *Gaba-se*, na verdade.

Os rapazes de azul e os de vermelho estão na deles, provavelmente constrangidos com o próprio comportamento (talvez até chocados), mas não preocupados demais. Sim, o Tumulto do Softball se tornou assunto para apresentadores de talk show da madrugada em seus monólogos, mas isso vai passar. E, sério, quantos policiais e bombeiros podem ser suspensos se existem crimes para combater e prédios em chamas para apagar? Metade dos envolvidos alega que nem estava lá, e a outra metade diz que estava tentando impedir a confusão. E Holly sabe, via Tom Atta e Lew Warwick, que isso é baboseira.

A maioria dos membros da polícia e dos bombeiros vai escapar ilesa. Há duas exceções notáveis. Ray Darcy, primeira base dos Secos, foi suspenso por seis meses, os três primeiros sem remuneração. George Pill foi expulso do Corpo de Bombeiros. Por tudo que Holly ouviu de Warwick e Izzy, essa dispensa foi melhor do que a acusação de agressão que Pill tanto merecia. Izzy se recusou a denunciar. Russell Grinsted tentou convencê-la de processá-lo, mas ela se recusou. Nunca mais quer ver a cara de George Pill. Nem de Grinsted, aliás.

Jerome havia deixado seu livro arquivado no computador e voltou a trabalhar nele. A experiência da qual escapou por um triz — ele ficou de muletas por uma semana devido às queimaduras de primeiro grau nos pés, e mostrou a Holly a constelação de buracos de queimadura na camisa — parece ter dado um empurrão muito necessário na sua criatividade. Quando terminar o romance sobre o detetive particular, ele planeja trabalhar no livro sobre o Army of God. Diz que seu coração está na não ficção. Mantém contato com Corrie e diz para ela que os pesadelos vão passar. Corrie responde que espera que ele esteja certo.

Não houve shows da Sista Bessie em Buckeye City, claro. Mesmo que Betty não tivesse sofrido um ataque cardíaco leve, o Mingo era uma cena de crime. Está fechado no momento, com uns poucos shows em junho e julho — George Strait, Maroon 5 e Dropkick Murphys — remarcados para outros locais. Os outros foram cancelados.

O Mingo, com Maisie Rogan agora no leme, vai reabrir em agosto com um show muito especial.

2

O Fabulosos Frutos do Mar do Frank abre. Esperando Izzy e com as mãos cruzadas com cuidado à frente do corpo (ela finalmente parou de roer as unhas), Holly pensa: *Agora eu já matei cinco pessoas, e passo a noite acordada por isso? Não. Com as quatro primeiras, eu estava com medo de perder a vida. Com Donald Gibson...*

— Eu estava cumprindo meu dever de guarda-costas.

Um trabalho que ela *nunca mais* vai fazer.

Betty Brady, também conhecida como Sista Bessie, voltou para a Califórnia no jatinho particular, e com Barbara Robinson como companhia. As duas ficaram muito próximas, mas Barbara mantém contato com os velhos amigos e vai voltar... ao menos por um tempo. Holly falou com ela pelo FaceTime na noite anterior. É o segundo quase encontro de Barbara com a morte, e ela tem que lidar com os próprios pesadelos, mas diz que, de modo geral, está bem, em parte porque tem base para comparação. Falou para Holly que pelo menos Donald "Trig" Gibson era um maluco *comum*, se é que isso existe; não como o outro. Elas não se referem ao outro pelo nome, Chet Ondowsky, apenas como forasteiro.

Ela diz que está escrevendo poesia de novo, e a poesia ajuda.

3

De trás dela:

— Estou morrendo de fome, mas talvez você precise me ajudar a comer.

Holly se vira e vê Isabelle Jaynes andando com muito cuidado na direção da mesa favorita delas. Seu braço está numa tipoia, e o ombro, praticamente mumificado. Ela não vai ao salão de beleza desde a lesão; Holly vê cinco centímetros de fios grisalhos na raiz do cabelo ruivo pintado. Mas os olhos são os mesmos: cinzentos enevoados e bem-humorados.

— E *buscar* a comida, claro. Tacos de peixe pra mim.

Holly a ajuda a se sentar.

— Eu quero vieira, se ele tiver hoje. Esses pinos no seu ombro estão doendo?

— Está tudo doendo — diz Izzy —, mas eu tenho mais dez dias de analgésicos fortes. Depois, não sei ainda. Me alimenta, mulher. Preciso de um rango e de um litro de coca-cola.

Holly vai até o food truck para pegar a comida. Não precisa ajudar a amiga a comer. Izzy é destra, e foram o braço e a mão esquerda os incapacitados.

Izzy vira o rosto para o céu.

— Que sol gostoso. Eu estou passando tempo demais em lugares fechados.

— Você está fazendo fisioterapia?

— Um pouco. Vou ter que fazer mais quando tirarem isso. — Izzy faz uma careta. — Não vamos falar disso.

Ela começa a comer o segundo taco.

— Você vai voltar a arremessar?

— Porra, não.

— Tudo bem, próximo assunto. Você sabe alguma coisa sobre a Igreja Sagrado Cristo Real?

— Ah. Na verdade, eu sei umas coisinhas, e é tudo uma *maravilha*. Lew Warwick me contou. Você sabe que ele é o chefe de polícia em exercício agora, né?

— Eu soube. — Por Buckeye Brandon, na verdade, que sempre sabe tudo dos cocôs mais novos da cidade.

— Vai ser só por um tempo, até trazerem algum figurão de uma das cidades maiores. Ele está de boa com isso. Lew soube pela Agência de Álcool, Tabaco, Armas de Fogo e Explosivos, a ATF. Ainda não foi divulgado. Quer ouvir a história?

— Você sabe que eu quero. — Os olhos de Holly estão cintilando.

442

— Tinha uma mulher na igreja chamada Melody Martinek, certo?

— Ela atende o telefone meio cantando?

— Eu nunca falei com ela. Só cala a boca e escuta, tá? Ela era amiga íntima da mãe de Christopher Stewart e uma das poucas pessoas que sabiam que Christopher gostava de se vestir com roupas femininas. Era em homenagem à irmã. Ou porque às vezes ele achava que *era* a irmã. Martinek não tinha opinião sobre o assunto. Depois que o pai e a mãe dele morreram, todo mundo da pequena seita deles ficou sabendo. Martinek se desiludiu e abandonou a igreja quando a sra. Stewart morreu. Contou que não deixavam Stewart ir ao médico porque diziam que iam orar pra curar o câncer.

— Como devem ter tentado orar pra curar a metade feminina de Christopher — diz Holly.

— É, provavelmente. Sabe, Holly, eu acho que as religiões do mundo são responsáveis por uma cacetada de problemas.

— Termina a história.

— Martinek falou com a polícia de Baraboo Junction. A polícia local falou com a polícia estadual, e a polícia estadual falou com a ATF. A ATF conseguiu um mandado de busca com base no depoimento jurado de Martinek e encontrou um monte de armas escondidas no porão da igreja. Coisa grande, inclusive metralhadoras com tambores rotativos calibre .50, granadas de fragmentação M67, morteiros... você entendeu. A Sagrado Cristo Real estava se preparando para a Guerra Sagrada do Cristo Real, e foi fechada.

— E Andrew Fallowes?

— Essa parte não é boa. Ele está cheio de advogados. Tem um *pelotão* de gente de defesa. Os advogados dizem que ele não sabe de nada. Nem sobre Chris Stewart, nem sobre as armas. Acho que Fallowes pensa que o sargento de artilharia Jesus trouxe todo aquele poder de fogo do céu.

— Os federais ou a polícia estadual do Wisconsin, ou *alguém*... ninguém tem *nada* sobre Fallowes em relação a Christopher Stewart?

— Não.

— Que meleca! Não, que *merda*! Foi Fallowes que mandou Stewart. Que o incitou. Eu *sei*, caramba — diz Holly.

— Tenho certeza que você tem razão, mas ele vai se safar e provavelmente pra sempre. Tem muitos megadólares por trás daquela igreja, e você sabe como é, né? O dinheiro fala, a verdade evapora.

Izzy tira um frasco de comprimidos do bolso da calça jeans e entrega para Holly.

— Pode abrir pra mim? Tem que usar as duas mãos. Os azuis são de antibiótico. Eu tenho que tomar com comida. Os brancos são analgésicos. Vou tomar dois depois que terminar.

Holly pega os comprimidos e Izzy engole um comprimido azul com coca-cola. Ela olha para os dois comprimidos brancos e diz:

— Mal posso esperar.

— Você não quer ficar viciada.

— Agora, a única coisa em que eu estou viciada é dor. E tacos de peixe. Você pode comprar outro?

Holly fica feliz de fazer isso, porque está na cara que sua amiga perdeu peso. Quando volta, Izzy está sorrindo.

— É verdade?

— O que é verdade?

— Sobre a Sista Bessie? Ela vai abrir o Mingo com um show em agosto?

— É verdade.

— Tem certeza?

— Tenho. Eu soube pela Barbara. Ela está na casa de hóspedes da Betty e aceitou ser uma Dixie Crystal honorária, pelo menos uma vez, e aqui.

— Você consegue um ingresso pra mim?

Holly sorri. Ela fica radiante quando sorri. Os anos somem e ela fica jovem de novo.

— Pode ter certeza que consigo. Eu tenho amigos na banda — diz.

4

O cubículo do zelador e a sala de equipamentos adjacente no auditório Mingo ficam no porão, e em algum momento Jerry Allison ganha permissão para voltar lá. O Mingo estava interditado pela polícia, e o pessoal da perícia com trajes Tyvek brancos andou por lá com seus pincéis, pó de digitais e luminol. Três cinegrafistas acompanharam todos os passos, registraram tudo, inclusive o buraco do esconderijo de Jerry no porão.

— Cuidado com isso — disse Jerry quando um dos caras de Tyvek se curvou para examinar o cavalo de cerâmica na mesa, lotada de coisas. — É herança familiar.

Mentira, claro. Ele roubou da mesa de Don Gibson antes de a polícia chegar. Sempre gostou daquele cavalinho, do velho Trigger.

No dia em que Holly e Izzy almoçam no parque Dingley, quando está voltando para o quarto, sem nada na mente além do chocolate Baby Ruth no bolso, Jerry para em frente à porta. Alguém lá dentro diz, com voz baixa:

— Onde você enterrou ela, papai?

Com o coração batendo tão forte que lateja no pescoço magrelo, Jerry entra na salinha do tamanho de um cubículo. Que está vazia. Só tem o cavalo de cerâmica na mesa.

Olhando para ele.

28 de agosto de 2024

ESTA OBRA FOI COMPOSTA PELA ABREU'S SYSTEM EM WHITMAN
E IMPRESSA EM OFSETE PELA GRÁFICA SANTA MARTA SOBRE PAPEL PÓLEN NATURAL DA
SUZANO S.A. PARA A EDITORA SCHWARCZ EM ABRIL DE 2025

A marca FSC® é a garantia de que a madeira utilizada na fabricação do papel deste livro provém de florestas que foram gerenciadas de maneira ambientalmente correta, socialmente justa e economicamente viável, além de outras fontes de origem controlada.